献给姐姐，她让我懂得聆听。

目　录

Ⅰ　荆　棘

读客外国小说文库

激发个人成长

火星崛起3

晨色之星

[美]皮尔斯·布朗 著

陈岳辰 译

江苏凤凰文艺出版社
JIANGSU PHOENIX LITERATURE AND
ART PUBLISHING LTD

MORNING STAR

PIERCE BROWN

II 愤 怒

III 荣 耀

Ⅳ 星 星

黑暗中，我升上天空，远远离开底下的花园。那片以亲友鲜血灌溉的美景。杀死我妻子的金种躺在旁边冰冷的金属台上，被自己的儿子了结了性命。

秋风拍打着我的发梢，引擎嗡嗡响；一条条亮橘色火焰划破远方的夜幕；有人穿越大气层，这代表忒勒玛纳斯家族率众试图登陆来救我——别来比较好，就让我被黑暗吞噬，任兀鹫啄食这具麻痹瘫痪的身躯。

敌人的声音从背后传来。一群长了天使面孔的高大恶魔，个头最小那人靠过来弯腰轻抚我的头，望着他断气的父亲。

“故事都是这样结束的，”他对我说，“无人哀号，无人怒吼，只有沉默。”

叛徒洛克坐在角落。我们曾是好友，我以为他有不同于色族的宅心仁厚。此刻洛克别过脸，我看见了泪光，然而他的感伤并非因为我，而是为他自己。他缅怀着自己所失去的，还认为一切都是我造的孽。

“阿瑞斯不会来救你，野马也不爱你，是不是很孤单呢？戴罗。”胡狼的目光遥远、寂寥。

“就跟我一样，”他拿出一副没有眼缝、口鼻凸出的面罩套到我脸上，我什么也看不见了，“结局就是这样。”

为了击溃我，他杀死我在乎的人。

但只要还没全部毁灭，就有希望。塞弗罗、拉格纳、舞者，以及还困在黑暗中的族人，甚至每一颗星球上受到压迫囚禁、只为成就金种统治的各色色族。只要想起他们，即便胡狼在我灵魂上留下一个深深的空洞，仍有源源不绝的怒火将它填满。我绝不孤单，绝不沦为他的玩物。

尽管来吧。我是火星的收割者。

我明白何谓苦痛。

我见过黑暗。

这绝不是结局。

I
荆棘

Per aspera ad astra.

“颠簸路途通繁星。”

第一章
只剩黑暗

黑暗深邃无边，没有一点儿温暖，也见不到太阳或其他行星。我瘫在那里，跟周围紧贴身体的石头一样寂然无声，仿佛瑟缩在狭窄子宫中无法动弹，令人恐惧。我起不来、伸不直手脚，只能蜷成一球，好像只是过往的自己的化石。我双手被拷在背后，赤裸的肌肤磨着寒凉的岩石。

漆黑之中，我独自一人。

膝盖与背脊无法伸展、舒缓的日子仿佛无边无际，像过了几个月、几年，也恍如数世纪。疼痛感令人精神错乱，全身关节都生了锈。距离最后看见我的金种朋友倒在草地上血流不止，到底过了多久？距离洛克在我脸颊轻轻一吻，然后彻底打碎我的心，过了多久？

时间并非一条长河。至少在这儿不是。

在这座陵墓中，时间只是石块，是黑暗，永恒不变。只有两种属于生命的钟摆能用来计算时间流逝：一是呼吸，二是脉搏。

吸气。怦、怦……

吐气。怦、怦……

吸气。怦、怦……

永无止境。要到……要到何时？到我衰老而死？到我忍不住撞墙自尽？等我咬断插在下腹的导管，不让黄种强迫摄食、排泄？

还是等到我发疯？

“想都别想。”我咬紧牙。

是这样吗……

“不过是黑暗罢了。”我又吸气，稳定自己的情绪，接着照着固定的顺序以身体碰墙，转移注意力。背、手指、尾椎、脚跟、脚趾、膝盖、头。重复一遍、重复十遍、重复百遍。要做彻底一点儿吗？那一千遍好了。

是，这里只有我一个人。

原本我以为这还不是最惨的命运，但我终于明白自己错了。人非孤岛，需要有情感，就算心怀怨恨也无妨。人与人会相互羁绊，成为对方有感受和能生存的理由。而如今，我拥有的只是一片黑暗。有时我会忍不住尖叫，有时忍不住狂笑，无论白昼或夜晚——谁还分得清时间呢？我只能大笑，借着笑打发时间、耗费胡狼强灌的热量，身体颤抖到昏睡过去。

除了笑，我还会哭，会哼歌，会吹口哨。

我拼命地听。上头有声音，隔着无垠的黑暗之海传来，仿佛渗进这牢笼的枷锁和骨骼，敲打出快逼疯人的节奏。明明很近，却又相隔千里，仿佛全世界就在这片黑暗之外，我却怎么也看不到、摸不着、无法尝尝滋味，无法穿过这层阻隔，返回正常世界，只能永远独困孤单寂寞中。

我又听见了。锁链、骨骼，就在这监狱里——该不会是我自己发出来的吧？想着我都笑了。

我又是诅咒又是算计。杀！杀光他们！钻孔、撕裂、用火去烧。

我苦苦哀求，逐渐出现幻觉；接着我说愿意条件交换，又对着伊欧喃喃自语，庆幸她不用体验这种酷刑。可她根本听不到。

我唱起童年学会的歌，背诵《濒死的地球》《点灯人》《罗摩衍那》以及《奥德赛》[1]。一开始是希腊文和拉丁文，后来搬出已被人遗弃的阿拉伯文、英文、中文、德文，全部都是马提欧通过数据传输灌给我的知识。当时我只是个大孩子，算不上男人。我朗诵着阿尔戈斯人的故事。他四处流浪，却一心想回家，我从中汲取到力量。

你根本不记得他做了什么。

奥德修斯是英雄，以木马攻进特洛伊，就像我发动铁雨作战，击溃贝娄那家族的军队。

然后呢……

“不！”我吼着，“闭嘴！”

……士兵冲进特洛伊，找到了女人和小孩。你猜猜他们干了什么好事？

“闭嘴！”

你知道的吧——骨骸、汗水、人肉、灰烬、眼泪、鲜血。

那片黑暗发出尖锐的笑声。

[1] 《濒死的地球》为杰克·万斯（Jack Vance）的著名系列作品，描述二十亿年后太阳即将熄灭，地球重新出现魔法和神祇；《点灯人》为玛莉亚·苏珊娜·库敏思（Maria Susanna Cummings）作品，为1854年的畅销小说，描述孤女被点灯人收养，历尽艰辛与生父团聚且找到好归宿；《罗摩衍那》是印度重要史诗，直译即为“罗摩的冒险”；《奥德赛》为希腊经典史诗，描述出生于阿尔戈斯的英雄奥德修斯的经历。——译注（本书中注释，如无特殊说明，均为译注）

收割者、收割者、收割者啊……丰功伟业外头是用鲜血包裹的。

我究竟是睡是醒？我已经无法分辨。所有念头混杂、融合在一起，我沉进各种画面、耳语和噪声。一次又一次，我拉扯着伊欧纤细的脚踝，砸烂朱利安的脸庞，听见帕克斯、奎茵、塔克特斯、洛恩、维克翠咽下最后一口气。如此庞大的苦痛为的是什么？我终究还是辜负了妻子、辜负了族人。

也辜负了阿瑞斯，辜负了所有朋友。

还剩下几个朋友？

塞弗罗？拉格纳？野马？

野马？或许她知道你在这里……或许她根本不会在乎……她为什么要在乎你呢？你才是叛徒、才是骗子。你玩弄她的身心与热血。你露出了真面目，于是她逃走了。会不会其实出卖你的是她？如果是这样，你还爱她吗？

"闭嘴！"我对着自己、对黑暗大吼。

不要想她，绝对不要想她。

为什么不？你明明很想念她。

野马就像其他人一样浮现在我脑海——青葱草地上，女孩骑着马离去，在鞍上转身娇笑，要我追过去。她头发随风舞动的姿态如同夏天农车上的禾草。

你渴望她。你爱她。那金色的女孩。你忘了那个红种妖女。

"休想！"我举头撞墙，低语着说，"不过是黑暗……"一切只是黑暗在玩弄我的心智，但我却忍不住想忘了野马和伊欧。除了黑暗外我什么都没了，我不能留恋那些不存在的人和事物。

额头上的结痂又被撞破了，鲜血汩汩冒出，还很温热，沿着鼻梁往下滴。我伸舌头舔了半天冰冷石块，最后才舔到血。感觉又湿又咸，含有火星的铁质。慢慢来，不要急，让这感官刺激维持一阵子。只有血腥的气味能提醒我自己还是人，是莱科斯的红种，是地狱掘进者。

不对，你什么也不是。妻子抛弃了你，不愿小孩出世，接着野马也离你而去。你自以为是，但你根本不够好。你太蠢太卑劣，所以现在没人记得你。

真的吗?

我最后一次见到我的金种女孩，是在莱科斯的隧道里，我跪在拉格纳旁边，开口要求野马背叛自己的同胞、追求更崇高的理念。我相信只要她答应，伊欧的梦想就会开花结果，更好的世界唾手可得。可惜她选择离开。她遗忘我了吗？也把对我的爱一起遗忘了?

她爱的不过是你的面具。

“只是黑暗。都是这片黑暗。是黑暗。”我自言自语得越来越急。

我怎么会在这里？我早该死了才对。毕竟连洛恩都没能活下来。奥克塔维亚想让雕塑师解剖我的尸体，查明红种变金种的秘密，并追查还有没有其他的人；但胡狼和她做了交易，将我留在手上，运到阿提卡城的住处，严刑逼供，想套出阿瑞斯之子、莱科斯及我家人的情报。他完全不透露自己是怎么发现我的真实身份，而我只能求他了结我的性命。

胡狼应允我的则是这个石头牢房。

“若失去所有，为了荣誉，应求一死。”洛克曾这么对我说过，“那才是高尚的结局。”然而那个出身豪门的诗人懂得什么生命大道理呢？穷人才体会得到什么叫死亡。奴隶日日与死亡擦肩而过，而我尽管想死，却也怕死。

因为见识过残酷世界真实的面貌，所以无法相信死后世界那些梦幻的想象。

往生谷根本不存在。

往生谷只是父母为了安抚挨饿的孩子编织的善意谎言，他们希望我们接受，现实的一切冷酷与恐怖都有背后的缘由。实际上根本没有那回事。伊欧死了，看不见我为她的梦想奋战，也无法关心我是否在学院中得胜、是否爱上野马。她断气的那天，这一切就化为乌有了。我除了这个世界外一无所有，我们在此开始，也在此结束。能把握幸福的机会就只有这么一次。

是。但你的机运还没有结束，你可以逃出去。黑暗如此耳语：说，说出来，你知道的。

没错，我是知道。

“只要你承认自己崩溃，折磨就会结束。”胡狼将我扔进这地狱时就告诉我了，“到时候你可以在一栋温馨的别墅中度过余生，吃得饱、穿得暖，还有美丽的粉种服侍，日子过得比灰烬之王还要惬意。不过，那句话是有代价的。”

代价很值得。救救你自己吧。否则没人救得了你。

“是什么代价呢？亲爱的收割者，代价就是你的家人。”

他派人前往莱科斯抓来我的家人，也关在阿提卡这座堡垒地底。当然，我们两方被隔绝，我不能诉说心中的爱，也不能为自己无力保护他们而道歉。

“我会把他们交给这座堡垒里的囚犯，”胡狼说，“也就是那些你认为可以取代金种的人种。只要你亲眼目睹他们身上有着兽性，就会明白自己错得离谱。只有金种才适合统治世界。”

舍弃他们吧，那片黑暗呢喃，这牺牲很划得来，聪明人都会这么做。

“不行……不可以……”

母亲难道不希望你活下去吗？

不是这样活的。

谁能碰触到母爱的底线？活下去吧，为了她，也为了伊欧。

她会希望我这么做吗？黑暗的耳语是正确的吗？我很重要，伊欧是这么说过，阿瑞斯也这么说过，所以他才会在众多红种里选中我。为了打破枷锁，我可以追求更高、更远的事物。逃离牢笼不是出于自私，而是牺牲小我、完成大我。

这样算是……无私吧。

母亲会哀求我这么做的，哥哥和妹妹一定也能够体谅。我要救所有的族人，实现伊欧的梦——不惜一切代价。我必须存活下来，这是我的义务。

开口吧。

我又猛力撞墙，要黑暗滚开。别想诓我！别想击败我！

你不明白吗？只要是人，都有极限。

黑暗发出尖声嘲笑，回音无边无际。

我心里知道它说的没错。人都是有极限的。这种酷刑已经将我逼入绝境，所以我才会招供自己来自莱科斯，有哪些家人。但是还有一条出路，一个保住自己名声的办法。我不该玷污伊欧的梦想，我必须阻绝那些杂音。

“洛克，你说的没错，”我自言自语，“一点儿也没错。”我只想回家，只想离开这里。但我做不到，所以唯一出路就是趁着荣耀之心还在时死去，不然我只会一再作践自己。

死是唯一出口。

别傻了。住手，快停。

我更用力抬头撞砖墙。这不是要惩罚自己，而是要求死，要为人生画下休止符。就算没有美好的来世，就这么回归虚空也无所谓。倘若往生谷真的存在，我一定会找到的。等我，伊欧，我们终于可以团圆了。“我爱你。”

不、不、不、不、不——

我一而再、再而三地往石头撞击，脸颊肿胀发烫。疼痛中，漆黑的视野冒出星光点点，黑暗对着我凄厉哀号，但我不肯停下来。

假如这就是尽头，我要勇敢迎上前。

但在我预备好最后一击时竟察觉到其他事物的存在——随之而来的声响就像晴天霹雳。那不是黑暗，而是黑暗彼端出现了一些什么。隔着石头，在我头顶上越来越大声、越来越明确。最后，黑暗被劈开，光线如利刃射来。

第二章
囚犯编号L17L6363

天花板打开，光线刺眼，我反射性闭紧眼睛，感觉牢房地板“咔”一声后往上浮，静止后发现自己位于一个开阔的空间，周围仍是石板。我的双腿可以伸展了——结果却疼得差点儿晕过去。我的关节咔咔响，纠结的肌腱终于打开。我试着睁眼，但尚未适应亮度，于是泪水直流，朦胧之中，我捕捉到一些人影在移动。

太久没听见人声了。我一时之间只能理解一部分。

“阿德里乌斯，这怎么回事？”

“……这段时间一直在里头？”

“臭死了……”

我仍旧倒卧着，只能看见身旁的石板。虽是黑色，却浮着蓝紫色光泽，就像克瑞翁甲虫壳。是地板吗？不对，我渐渐看到杯盘和咖啡盘组：是餐桌。原来我不是被关在什么地狱深渊，而是个一米宽、十二米长的中空大理石碑内部，这些人每晚就在我上方吃吃喝喝，因此我才会听见黑暗彼端的微弱声响。餐具碰撞的叮叮咚咚就是我仅有的慰藉。

“野蛮……”

我想起来了。铁雨作战成功、伤势复原后，我曾来与胡狼商谈，当时他就坐在这桌前。该不会他那时就计划要将我囚禁在此？被塞进去时我被蒙了头罩，所以一直以为自己在他据点的地牢。大错特错。我的梦魇、他们的飨宴，始终只距离我三十厘米。

视线从咖啡碟往上，我发现有个人正在等着我——不，是好几个人。我眼中都是血水和泪水，无法立刻辨认相貌。我不由自主扭动身体，感觉就像第一次钻出地表的鼹鼠，因为过度震撼，来不及思考什么尊严与怨恨。然而，我能感觉到他的目光。胡狼在场，那张童稚脸孔配上瘦小躯体，顶着沙色的旁分头发。他清了清喉咙。

“各位贵宾，容我介绍编号L17L6363的囚犯。”

对我来说，这是天堂也是地狱。

我终于看见其他人类……

终于确定世上不是只剩下自己……

……同时也必须面对他对我做的一切。我仿佛灵魂被掏空，诸多声音涌来，太嘈杂了，我什么也听不清楚。我依旧蜷曲着，感受那些噪声，但同时我也感受到那些东西背后某种自然、温和的事物。那是在黑暗中时我以为自己再也不可能体会的情感。仿佛清风从敞开的窗子吹送而入，亲吻我的肌肤。

深冬的冷风吹去覆盖身体的各种腥臊，我模糊地觉得自己的孩子正在雪地森林中嬉戏，正伸手触摸松皮、松针，头发沾到树液。我并没有这种回忆，却又觉得应该要有。我想要那样的人生。我原本可以有孩子的。

我哭了。但不是为自己，而是为了那个以为能活在美好世界的男孩。在那个世界，父亲和母亲都像山一样可靠。要是我能回到天真无邪的年代，那该多好，要是当下这些感受都真实不假，该有多好。但这不可能。胡狼给的甜头从来都是陷阱。不用多久光明就会过去，黑暗会重新袭来。所以我紧紧闭眼，聆听血液从脸颊滑落石头的滴答声，等着他露出真面目。

“真要不得。奥古斯都，你有必要做到这种地步？”那是一个仿佛猫科猛兽的低沉喉音，却搭着从宫殿山[1]养出来的慵懒月球腔。那里的人觉得宇宙已经毫无新意。“闻起来跟尸体没两样。”

“是汗水发酵和磁力手铐底下死皮的关系。看到他前臂上发黄的疤痕了吗，艾迦？”胡狼回答。“不过呢，整体来说还是活蹦乱跳，够你那些雕塑师忙了。”

“你跟他比较熟，”艾迦对另一个人开口，“确定一下不是替身。”

“你不信任我？”胡狼问，“我真是伤心。”

我感觉有人接近，身子一抽。

“省省吧，大统领阁下。要有心才能伤心，你什么都有，但就我所知，那东西你没有。”

“嘴巴好甜，我会害羞的。”

汤匙与瓷器相碰撞，有人清清喉咙。我好想捂住耳朵。太吵，太多信息了。

“现在就可以看出他骨子里是红种了。”是个来自火星北方的女性，教养很好，但口吻十分冷漠，但又比月球人来得利落。

“对极了，安东尼娅！”胡狼回答道，“我也一直好奇他究

[1] 地球上的同名山丘称为帕拉蒂尼山，位于罗马。帕拉蒂尼（Palatine）为许多欧洲语言中“宫殿”的语源。

竟会变成什么德行，金种怎么可能会像你眼前见到的这样卑微、低贱。你们知道吗，被我丢进去之前，他竟然求我赐死？还哭哭啼啼的。最具讽刺意味的是，他明明随时可以自杀，却不死，想必内心深处根本就喜欢这种地洞。你看到了吧，红种这么久以来已经习惯黑漆漆的地方了，蛆虫不都是这样的吗？窝在里面就像回到故乡，比起和我们相处要自在多了吧？”

我终于想起仇恨的滋味。

于是，我睁开眼睛，让所有人都意识到我看得见也听得见。然而，当我睁开眼皮，目光却不是落在仇敌身上，而被几名金种背后那扇窗外的雪景吸引过去。阿提卡有七座山峰，从这里能看得见六座，它们在晨曦下璀璨绚烂，上面有许多金属和玻璃组成的高耸建筑，耸入蓝天；山与山之间有桥梁连接；外头正飘着细雪，即便我的视力尚未恢复，那对我而言亦是如梦似幻的奇景。

“戴罗？”我认得这嗓音，微微转头望。他生了茧的双掌按在桌边，我见到后下意识向后缩，担心他会出手就打。然而，我又不由得注意到他中指上的金鹰徽记。徽记所象征的贝娄那家族已被我毁灭；至于这人的另一只手臂，则是在月球决斗中被我砍下，是后来才找名雕塑师赞吉巴接上新肢。他手上有两枚狼首形状的戒指。一个是我的，一个是他的。每枚戒指都代表了一条年轻金种的生命。“记得这是什么吧？”他问。

我仰头看着那张脸。我已残败不堪，卡西乌斯却没有因战争或时间而失去风采，反而比记忆中还要俊美，每次心脏跳动都散发出无限活力。身高超过两米的卡西乌斯身穿晨曦骑士专属的金白二色甲胄，卷发闪耀、恍若流星。他胡子刮得很干净，鼻梁因为断过，所以稍有歪曲。当我们四目相交，我尽力忍住啜泣，因为卡西乌斯的眼神极度悲伤，近乎温柔。我难以想象自己究竟落魄到什么地步，竟让一个被我亲手重创无数次的人露出悲悯同情的眼神。

“卡西乌斯。”我不知道自己在说什么，但除了喊他名字外我也不知道还能说什么。或许我只是想和人说话，想被人听见。

“还有呢？”艾迦·欧·葛里穆斯站在卡西乌斯背后。她是最高统治者身边的三大御史中身手最狠的一个。她穿着跟上次在月球城塞高塔一样的盔甲。那一夜，野马救了我，但奎茵命丧艾迦拳下。她的甲胄已老旧，但都是从无数恶斗胜出的战绩。恐惧掩盖了仇恨，我别过头，不愿看见她一身黝黑的肤色。

“至少他肯定还活着。”卡西乌斯淡淡地说，转头问胡狼，“你到底对他做了什么？这身伤……”

“这不是很明显吗？”胡狼回答，“我不就是毁了收割者吗？”

直至此刻我才低下头，隔着杂乱的胡须，我终于明白这番话真正的含义——我成了一具惨白的尸骸，乍看像具骷髅，一条条肋骨清晰可见，皮肤比热牛奶表面那层膜还要薄；我的膝盖在枯瘦的两腿上突起，脚趾甲太长，嵌进肉中。外加我满身都是胡狼严刑拷打留下的疤痕。肌肉萎缩，肚子上仍插着维生导管，像是黑色脐带一样连着下面的牢房。

“他被关了多久？”卡西乌斯问。

“三个月审问，九个月禁闭。”

“九个月……”

“不错的数字。即便是战时，也不能忘记象征有多重要。我们可是文明人呢，贝娄那少爷？”

“阿德里乌斯，你这样会刺激到他的敏感带哦。”安东尼娅站在胡狼身旁。她根本不是一般女子，而是一颗毒苹果。外表光鲜亮丽、里面残忍腐败。学院训练中，她杀死我朋友莉娅，又亲手将一颗子弹打进她亲生母亲的脑袋、两颗子弹射进她姐姐维克翠的脊椎。训练时她明明被胡狼钉在木桩受苦受辱，现在两人反倒一搭一唱，真是荒谬到极点。安东尼娅背后一脸阴沉的人是蓟草，她以前是号叫者的成员，如今却加入了胡狼旗下的骨骑团——不然胸口怎么会悬着一条鸟颅骨项链？她不看我，只是直瞪着地板。骨骑的指挥官莱拉丝坐在胡狼右手边，仍剃个光头，自院训时期以来，她就是他最得力的帮手和杀手。

“恕我无法理解。摧残落败的敌手有何意义？”卡西乌斯回答，“更何况，对方已经把所有情报吐出来了。”

“意义？”胡狼望着他，眼神淡漠，口里却说，“阁下，意义在于施以惩戒。这……东西假冒我们的一分子，自以为与我们平起平坐啊，卡西乌斯，他甚至认为自己优于我们，嘲弄我们，跟我妹妹上床。在我们得知真相之前，他把我们当成智障。可是他心里一定明白自己会战败并非偶然、而是必然。红种自古以来就是爱耍小聪明的人种。各位朋友，面前这人就是他们最终极的样貌，一旦我们退让，将会产生恶果。因此，我用时间与黑暗来还原他的样貌。根据我对品管会提案的新人种分级，他属于红火人（Homo flammeus），就演化来说，与智人（Homo sapiens）几乎没有差异，只是外观有点儿不同。”

“你是想说，他愚弄了你，”卡西乌斯对他施压，“而且你父亲竟同意让一个经过改造的红种当继承人？面对现实吧，胡狼，你不就是因为没有人疼所以妒忌眼红吗？”

胡狼被他一讲，面部都要痉挛起来。艾迦也对这名年轻骑士的口气很不满。

“戴罗夺走朱利安的命，”安东尼娅说，“然后杀光你全家。卡西乌斯，你一家老小躲在奥林帕斯火山[1]上，这玩意儿竟然还派人进行大屠杀，不知道你母亲见你现在这副悲天悯人的模样会怎么想？”

卡西乌斯没搭理她，只是掉头使唤大厅角落那群粉种。“去给人犯拿条毯子来。”

她们动也不动。

“连你也是这种态度吗，蓟草？”

蓟草没反应。卡西乌斯对众人嗤之以鼻，解下自己的白斗篷盖在我颤抖的身体上。好一阵子没人讲话，连我也被他这举动吓到了。

“谢谢。”我呻吟着说。但他只是别过脸，不愿去看我此刻的枯槁面容。同情和宽恕不同，感激也不能取代忏悔。

莱拉丝发出闷哼，直瞪着面前那碗水煮蜂鸟蛋，拾起一颗放进口中。“晨曦骑士，注重荣誉到过度夸张的程度，反倒会像人格有缺陷呢。”坐在胡狼隔壁的她抬起那颗光头，望向艾迦，眼神仿佛金星洞海里的鳗鱼。她又吞了一颗蛋。“阿寇斯那老头就付出了惨痛代价。”

艾迦没有响应，她身上毫无破绽，但任谁也能感觉到沉默底下暗藏的杀机。我还记得，奎茵死前她就是散发出如此气势。洛恩·阿寇斯指导艾迦的剑艺，想必她也不乐见自己师父受人贬损。

[1] 火星地表的火山（并非院训时学监的据点）。

莱拉丝不客气地再拿蛋吃，为了羞辱对方似乎甘于抛开礼教。

看来这两个阵营并非诚心互助。金种本性如此，然而，我眼前上演的却是新旧两代的分裂苗头——新生代由胡狼领军。

“大家都是朋友嘛，”胡狼一派轻松，“莱拉丝，说话有点儿分寸。洛恩先生可是钢铁金种哪，他只不过是选错边。话说回来，艾迦，我有个疑问，我的租约到期了，你们把收割者领回去以后还是打算解剖吗？”

“对。”艾迦回答，看来我谢卡西乌斯谢得太早了，他那行为不是为了什么狗屁荣誉，只是希望样本能干净而已。“赞吉巴很好奇他是怎么做出来的，虽然提出了理论，但还是需要采样实证。我们也打算缉捕进行这项手术的雕塑师。不过呢，听说他在导弹轰炸阿西达里亚省加藤市时就死了。”

“说不定是敌人误导你们呢。”安东尼娅说。

“你已经问过这件事了吧？”艾迦的语气有些尖锐。

胡狼点点头。“那个雕塑师叫米琪。以前有金种生出瑕疵品，担心新生儿审查时遭到揭露，就找他进行未获核准的雕塑手术。事情曝光后，他被吊销执照，但又转入黑市继续执业。他的专长是有翼或水生造型，在约克顿偷偷营运自己的工坊，随后跟阿瑞斯之子搭上线。本来人已经让我拘捕了，可是戴罗却协助他逃亡。如果你问我，我会说他大概还活着。有情报指出他目前藏匿于提诺斯市[1]。”

艾迦和卡西乌斯交换眼神。

“假如你在提诺斯有眼线，应该立刻告知我们。”卡西乌

[1] 提诺斯原为爱琴海上希腊属的岛屿。

斯说。

“我没得到确定的消息。提诺斯那地方……很封闭，我们至今没能捉到半个开船的……呃，我是说活捉。”胡狼啜一口咖啡，“不必担心，有线索会立刻通知你的。但是呢，说到要敲开号叫者的脑袋，我这边的骨骑团也想抢第一，你说是不是呢，莱拉丝？”

一听到那三个字，尽管我想不动声色，却很难镇定。他们还活着！至少没有全死光，而且似乎选择投效阿瑞斯之子，而非金种的暴政……

“那是当然了，阁下，”莱拉丝打量着我，“我们期待能来一场真正的狩猎。起来造反的多是乌合之众，红种军团无聊死了，就连灰种也不怎么样。”

“无所谓，最高统治者也要我们回去，”艾迦先这么告诉卡西乌斯，又转头对胡狼说，“等第十三军团压制戈兰盆地后，我们就回航，大概早上动身。”

“军队也带回月球？”

“只有第十三军团走，其余暂时由你指挥。”

“给我指挥？”胡狼也感到讶异。

“直到所谓的……*崛起革命*彻底灰飞烟灭为止。”说起那个新词时，她语气充满厌恶，“这也象征最高统治者的信赖，代表她对你的成果十分满意。”

“手段则另当别论。”卡西乌斯补上这句话，却让艾迦白了一眼。

“既然明天早上就走，今天当然要共进晚餐。我想就某些政策——主要是星系外缘区的叛军问题——和两位商议一番。”胡狼语焉不详，大抵是因为我能听见。情报是他最大的武器。先前他就不断暗示我是被自己人出卖，却不肯明说是谁，只是一边刑讯逼供一边说话刺激我，后来才将我丢进那片漆黑。有个灰种进来禀告说他妹妹在接待室等候，而胡狼的指间飘着香气，是香料奶茶打出的泡沫所特有的味道。那是他妹妹最喜欢的饮品。她知道我在这儿吗？也在这桌边用过餐吗？胡狼还在滔滔不绝，但我没办法专心听。他说太多话了。

“……我会叫人把戴罗洗干净后再送他过去。和两位讨论完毕后，我们可以享用帝王等级[1]的盛宴。佛勒斯与柯瑞亚卢斯两家人见到你们想必会很开心，好久没招待奥林匹亚骑士等级的贵客了。两位总在前线征战，或去巡查偏乡僻壤；除了上山下海，还要进贫民窟，大概很久没好好歇息一晚，忘记暴民和人肉炸弹，轻轻松松享用美食，是不是？”

“的确没什么机会。”艾迦大方承认，“经过塞萨洛尼基时我受过瓦利-瑞斯兄弟款待，毕竟他们在狮雨战役是那种态度，现在却急着向我们表达忠诚，反倒叫人……不怎么安心。”

胡狼一笑。“这下我可担心自家菜色会输给他们了，最近老是和政客或军人混在一起。话说，打仗真是要不得，害得我社交活动得全部停摆，你们应该能想象吧。”

“确定不是你们家族的招待方式不太好？”卡西乌斯问，

[1] 原文Trimalchian，源于公元一世纪文学作品《爱情神话》（Satirycon）中的人物，该人名按古文分析即为“最伟大的君主”之意，有名事迹是宴会奢华，餐点稀奇古怪，例如将活禽塞进猪内或者置于假蛋内且要宾客自己采集，以及代表黄道星座十二宫的菜肴。

“还是说你们的菜单有点儿奇怪[1]？”

艾迦叹口气，藏起冷笑。“贝娄那阁下，说话请得体些。”

“这你就别担心了。上一代或许恩恩怨怨纠缠不清，但到了这节骨眼上，为了金种全体的福祉，我们总得顾全大局。”胡狼嘴角上扬，不过我知道他脑中正想象着要如何拿钝刀慢慢锯断两人的脖子，“更何况彼此都有年少轻狂的糗事，你说是不是？我都不害臊了[2]。”

“我们也有事情想跟你们谈谈。”艾迦说。

轮到安东尼娅唉声叹气。“早就跟你说了吧。最高统治者又有什么吩咐？”

“跟卡西乌斯刚才提的有关。”

“就是我的手段。”胡狼接话。

“没错。”

“还以为平定了叛乱就能获得最高统治者的赏识呢。”

“她确实欣赏，但……”

“最高统治者要我重建秩序，我就重建秩序。氦三输出没有中断，产量只降低了百分之三点二；崛起革命的团体已被我压得喘不过气，不要多久，阿瑞斯和提诺斯都将成为囊中物，费毕家的少爷负责……”

艾迦打岔道：“问题在于你的杀人部队。”

“啊——”

---

[1] 此处讽刺奥古斯都家族和贝娄那家族绵延三代的恩怨。两大家族起冲突后，尼罗·欧·奥古斯都的父亲唆使仆役下毒失败，最后败给贝娄那家族。尼罗获得贝娄那家族收养，成年后迎娶其千金，却在新婚之夜就砍下她头颅送去宣战。

[2] 院训中卡西乌斯被人围殴压制并撒尿羞辱，而胡狼遭戴罗俘虏后裸体示众。

“以及你对叛变矿区下诛杀全族的指令。最高统治者担心做法太极端，反而会激发低阶红种的反动心态，就像之前媒体战时，我们也曾经受挫。如今宫殿山也出现爆炸案，还有地球上各处的私人土地都受到恐怖攻击，甚至有人胆子大到去月球城塞门口示威抗议。反叛分子士气折损，但一息尚存，别给他们煽风点火的机会。”

“我倒想看看投入黑曜种以后还有没有人敢抗议。”安东尼娅狞笑。

“总而言之……”

“不必担心我的策略会泄露到外头，阿瑞斯之子散布信息的能耐已经被我截断。”胡狼回答，“艾迦，现在媒体网络全在我控制下，外头能知道的只有战争结束、叛军败走，但他们连一具尸体都看不到，更别提什么矿工家族遭政治清算这种事。现在如此，往后也一样，社会大众看到的只有红种攻击平民百姓，中高色族孩童惨死校园，舆论会站在我们这边……”

“要是被发现，你打算怎么办？”卡西乌斯还是问。

胡狼没有立刻响应，只是招手叫一个衣不蔽体的粉种从隔壁客厅的沙发过来。她看上去年纪不比当年的伊欧大，走到胡狼身旁后温吞地望着地板，眼珠是粉晶的蔷薇光泽；她的头发泛着些淡紫色、闪耀银光，扎成好几根辫子，垂到腰际。粉种从小被训练要服侍这些恶魔，我不忍心猜想那双漂亮眼睛究竟看过什么，相较之下，我受的苦好像不算什么了，萦绕脑海的那些疯狂念头也在瞬间平息。胡狼轻抚女孩的脸，视线却朝我射来。他用手挖进女孩的嘴，扳开牙齿，刻意以缺了手掌的残肢将那张脸拗过来，要我和艾迦、卡西乌斯都看个清楚。

女孩的舌头被割了。

“八个月前收来时，由我亲手处理。这丫头在爱琴城里的珠伎酒店想行刺我的骨骑，她那时候可恨我了，巴不得看我死无全尸。”放开女孩的脸后，胡狼取出自己的配枪，往她手里一塞，“卡利俄佩，对我开枪啊。我不是折磨了你和所有粉种吗？快动手啊。我还割了你的舌头呢，记不记得我在图书馆里对你做了什么呀？还会有下次哦。”他的手回到女孩的面颊，狠狠掐着那纤细的下颚，“应该还会有很多次的——开枪啊你这贱货。快点！”粉种怕得抖不停，将枪抛在地上，跪下来抓紧他的脚。胡狼起身，装出一脸和蔼慈爱，伸手拍拍女孩的头。

“这样就对了，卡利俄佩，你真乖。”他回头看着艾迦，“对付愚民，饥饿是最有效的办法。但要对付那些在工地或阴沟闹事、用毒药或炸弹进行恐怖攻击、日日趁夜骚扰我们的蟑螂，唯一有效的就是恐惧，”胡狼瞪着我，“——恐惧，以及除恶务尽。”

第三章
蛇咬

某个发出嗡嗡声的金属掐住我头皮，所经之处皆冒出血，脏污的金发一绺绺落下，堆在水泥地上。拿着电动剃刀的灰种终于给我理完头，他伙伴好像唤他“丹托”。丹托将我的脑袋转来转去，确定都剃干净后重重一拍，“要不要洗个澡啊，阁下？”他问，“葛里穆斯大人最喜欢犯人香喷喷、有礼貌，懂不懂呀你？”说完，他敲了敲拴在我脸上的口套。他们从餐桌将我抬下来时，有个人差点儿被我咬伤，所以决定如此处置。搬运途中还帮我装上电击颈圈，双手铐到背后，派了十二名猎犬部队精英，把我当作一大袋垃圾拽出去。

另一个灰种上前，拉扯项圈，将我拖下椅子。丹托去墙上取来强力水龙头。这些人比我还矮一个头，但体格健壮、肌肉横陈，平时过的也是苦日子：在小行星带追捕流寇、深入月球都会中心缉拿黑帮杀手、下矿坑猎杀阿瑞斯之子……

所以我不想让他们碰。连看见、听见都嫌恶心。那种粗暴、尖锐，一言一行都只是为了伤害别人，他们对我扭手扭脚、随意殴打。尽管我想忍住泪水，但实在不知道该怎么压抑眼泪。

十二个士兵包围过来，让丹托用水龙头瞄准我。他们之中还有三个黑曜种，是猎犬部队的常态编制。水柱打在胸口的感觉就像马匹冲撞，我皮开肉绽，被冲得在水泥地上打滚，滚到墙角动弹不得。我的颅骨重击墙壁，眼冒金星，不停吞水，几乎要噎死。可是我只能缩起身体保护面部，因为两手被绑在背后，没有解开。

等到他们冲过瘾了，我大口喘息、咳嗽连连，一口气接不上来。他们给我解锁，却只是将手脚套进囚犯穿的黑色连身衣裤，再度铐紧。这回连头套也预备好了，立刻当头罩来。我仅存的一丝尊严也遭剥夺。我被甩到椅子上，铐镣“咔”一声固定在接头，牢牢锁住。真是烦琐且累赘的高度戒护，这是用来对付过去的我，不是现在的我。如今我就连想看清楚他们都没办法；我眼前一片朦胧，活像深度近视；水珠老是沿着睫毛刺进眼睛，想擤鼻子也做不到。灰种给我安口套时顺手敲断了我的鼻梁，鼻腔和鼻孔塞满凝固的血块。

接着，我到了品管会的筛检室。胡狼这座堡垒的监牢设置了支部，以处理行政事务，大楼外观就跟每间政府机构一样，是个四方形的水泥箱，灯光的颜色仿佛含毒，人人活像尸体，毛孔超大，媲美陨石坑。除了灰种与黑曜种外，这儿只有一名黄种、一张椅子、一张检验台、一个水龙头。排水沟的不明液体污渍与金属椅面的抓痕既是表象，也代表灵魂。生命将在这个地方走向终点。

卡西乌斯这样的人终其一生不会踏入这里。很少金种会需要（或想要）进来——除非他们惹了不能惹的人。这里仿佛钟的内部结构，零件倾轧运转、不存在半点儿人性。在这种氛围下谁还能勇敢?

“夸不夸张？”丹托问了后头的伙伴才望向我，“我活了大半辈子，从没见过这种鬼家伙。”

“雕塑师是不是在这家伙身上堆了上百千克的肉啊。”另一个人开口。

“——搞不好还不止呢。你们看过他穿盔甲的模样吗？他妈的，真是个怪物。”

丹托伸出一根有刺青的手指，弹了我的口套。“换个身体一定痛死了，这点倒是令人敬佩。痛可是不分种族的。你说对不对啊？锈铁？”见我没反应，他故意探身，用钢底靴踩我的赤脚，我的拇趾趾甲顿时碎裂，甲床暴露后，鲜血迸散、剧痛难耐。我朝一旁偏过头，重重地喘息。“是不是？”他又问。我眼泪满盈，不完全是因为痛，也因为他轻率做出这般残酷举动，对比出我有多渺小、卑微。为什么他能够毫不在乎地伤害我？我几乎要怀念起餐桌下狭小的黑暗空间。

“不过是穿着囚服的大猩猩，”又有人对我说，“别和他一般见识。”

“和我一般见识？”丹托嚷嚷，“胡说八道什么，是这家伙自己爱穿主子的衣服，对我们颐指气使吧！”他蹲下来直视我，我怕又遭虐待，不愿跟他互看，却被丹托拧住脸，拿拇指撑开我眼睑，逼两人目光交错。“锈铁，那次铁雨害死我两个妹妹和一堆朋友，你听到没？”他拿了某个金属物体朝我脑侧打，我眼前又是繁星点点，失血好像更严重了。丹托背后的百夫长自顾自地拿着通信仪看，他继续吼。“你连我儿子女儿也不会放过吧？”他想从我瞳仁中找到答案，然而，我没有任何他可以接受的答案。

丹托和其余灰种都是资历丰富的军团步兵，像生锈的水道栅门一样，历经千锤百炼。他的黑色战斗装上都是高科技装置，细丝蚀刻的紫色龙纹缠绕蜷曲，眼球中植入光学组件，具备热感应功能，还能显示地形数据，体内也有足以猎杀金种与黑曜种的人体改造。队伍中每个成员颈部都有刺青：一条游移的海龙伸爪扣住数字XIII，数字下方有一小堆灰烬图样。海龙十三号军团，之前灰烬之王最钟爱的禁卫军部队，由他女儿艾迦接管后依旧出类拔萃。平民称之为“龙骑兵团”，野马则最讨厌他们这种狂人。第十三号军团由艾迦亲自挑选的三万精兵组成，高度自主，等同最高统治者从月球伸出的魔爪。

他们对我恨之入骨。

身为灰种，种族歧视思想却深入骨髓，甚至超越金种。

“丹托，想听他叫就挑他耳朵。”某个灰种提出建议。那女人站在门边，靠着金属板，胡桃钳似的下颚来来回回嚼着泡泡糖，铁灰色发理成很短的莫西干发型，拖拖拉拉的咬字有点儿地球口音。隔壁的男子打了哈欠。他的鼻子小巧，不像军人，更像粉种。“手捧成杯状，这样气压可以震破鼓膜。”

“谢了，赫莉。”

“别客气。”

丹托还真的凹起手掌。“这样吗？”他打了我的头一下。

“弧度得大一点儿。”

百夫长弹弹手指。“丹托，葛里穆斯大人要囚犯完好无损。你先退下，让医生好好检查。”我听了稍微放心，呼出一口气。

臃肿的黄种慢吞吞走近，赭色小眼打量我。灯光死白，照得他的秃头就像上了蜡的白苹果。医生拿着扫描镜划过我胸前，直接从眼球加载芯片、阅读报告。“医生，怎样？”百夫长问。

“真厉害，”过了几秒黄种才低声解释，“长时间低热量饮食，却还能维持这种骨质密度与器官健全。肌肉是萎缩了，跟实验室环境下的观测结果差不多，不过程度比原生的金种组织还轻微。”

“意思是他体质比金种还好？”百夫长又问。

“我可没这么说。”医生赶紧回嘴。

“别紧张，这里又没摄影机。医生，你这儿可是筛检室，所以结果到底如何？”

“这个物件可以进行运输。”

“物件？”我勉强从口套后发出狂野的咆哮，医生吓得往后一跳，很惊讶我居然还可以讲话。

“长期施打镇静剂呢？从火星轨道前往月球要花三周。”

“没问题，”医生惊恐地瞥我一眼，“为求保险，我建议队长每日加重十毫克剂量，这个物件的循环系统似乎异于常人。”

“了解。”队长对着那名女性灰种点点头，“赫莉，你负责押他上轮床，其他人去拉车，准备起航。医生，这边没事了，回去你那个吃好穿好的小天地悠哉吧，剩下的我们……”

啪。百夫长的前额落下半片——某种金属物体击中墙壁。我盯着他，但神志不够清楚，无法理解为什么那张脸会消失。啪、啪、啪，随着仿佛折手指的声音，周围几个龙骑兵的头颅化作红色喷泉，泉水洒向半空，溅向我的脸。我本能地转头闪避，便看见那名下颚如胡桃钳的女子慢条斯理地走过他们之间，朝每人后脑补了一记子弹。还活着的队员拿出步枪，意图还击，但太过手忙脚乱，还来不及叫嚣，五人已各中两枪。停在门前的灰种手持火药式古董霰弹枪，装了消音器，所以不刺耳。先倒下的是黑曜种，鲜血汩汩流出。

“歼灭完毕。”女子开口。

“附赠两点。”男子说完，射杀了爬向门口想逃走的黄种，又往丹托胸膛一脚踩下。丹托颚部伤势严重，鲜血淋漓。

“崔格……你怎么……”

“阿瑞斯请我问候诸位浑球大人。”他瞄准丹托的战术头盔缝隙（也就是眉心位置）扣下霰弹枪的扳机，立刻吹散枪口烟雾，收回腿上的枪套。“歼灭完毕。”

我的嘴在口罩后面动个不停，努力拼凑紊乱的思绪。“谁……你们……”

女灰种推开一具尸体。“我的全名是赫莉蒂·泰·中村[1]，我弟叫崔格。”她被疤痕截断的眉毛挑起。若是近看，能注意到那张宽脸上长满雀斑，鼻子曾被打扁，瞳孔深灰，而且特别窄细。“其实应该是我们要问你，你是谁？”

“我是谁？”我喃喃地反问。

“我们要找收割者——假如是你，那我要赶快改下注别人了。”她眨眨眼，“我开玩笑的。”

“赫莉蒂，别胡扯，”崔格像是要保护我似的轻轻推开她，“你看不出他惊吓过度了吗？”弟弟好像比较谨慎，伸出手安抚道，“没事了，先生，我们会救你出去的。”他的声音比较诚恳，少了姐姐那种圆滑感，不过他一靠过来，我还是下意识退避。我想先看看他手中有没有武器，是不是想打我。“我只是想

[1] 色族的中间名有固定规则，以元素符号标示其色族，“泰”（Ti）是灰种的钛元素，其余如金种则是“欧”（Au）、银种人为“艾格”（Ag）、赤铜种为“库”（Cu）。

解开手铐——你想解开吧？”

假的。是胡狼的伎俩。明明脖子上有十三军团的记号。他们是执政官的走狗，不是阿瑞斯之子。他们是睁眼说瞎话的凶手。

“假如你不要，我就先不解开。”

不对、不对。他刚刚杀了卫兵，是来救我的，没有其他可能。我提高警觉，朝崔格点点头。他溜到我背后，我完全不敢掉以轻心，担心会遭针扎或绞喉。但孤注一掷获得不错的结果。崔格真的卸下了手铐。我重获自由，扭扭肩膀，关节咔咔响。九个月过去，终于又能将双手放在身前。只是我疼得发抖，无法克制。指甲又长又脏，就连自己看了都要作呕。但至少手又属于我了。我脚一蹬就想冲出去，马上摔个狗吃屎。

“嘿——你先缓缓，”赫莉蒂一屁股坐到椅子上，“大英雄，你别着急，肌肉萎缩成那样，不换一下机油怎么跑得动啊。”

崔格走到我面前。他微笑时嘴会斜一边，看起来是个态度诚恳的大男孩，与姐姐有些咄咄逼人的气质相距甚远。他右眼有两个泪滴状的金色刺青，五官和神情令人联想到忠犬。他温和地替我摘下口套，有点儿惶恐地说：“先生，有个东西要给你看看。”

“挑别的时间吧，崔格，”赫莉蒂盯着入口，“来不及了。”

“不给他看不行。”崔格的呼吸急促，却还是等姐姐点头才敢从装甲背包掏出一个皮囊递来，“先生，这是给你的，请收下。”他看出我依旧充满戒心，又连忙说，“我刚才说要打开手铐，我没撒谎吧？”

“是没有……”

他将小包放入我摊开的掌心，我抖着手指，解开封口系带，还没看见物品就已感受到它的力量。我差点儿将东西摔落，仿佛畏惧着那光芒。

是我的锐蛇剑。野马给我的。至今被我遗失两次：一次因为卡努斯，一次在我的凯旋式，被胡狼夺去。剑身洁白光滑，如同婴儿乳齿。我的双手拂过冰冷的金属、小牛皮握柄上的汗渍，那触感唤醒了哀愁，使我悼念失去已久的气力，和早已消逝在记忆中的温暖。榛果香飘来，我仿佛回到了洛恩的训练室。他指导我剑术时，他最宠爱的小孙女就在隔壁的厨房烘焙东西。

锐蛇扭伸，刺入半空，姿态曼妙，令人几乎要忘记它蕴藏多大力量。剑刃让我想起天神般的权威，就像之前世世代代持用锐蛇的剑士。然而，今时今日的我明白那都是幻象，只是为了傲慢必须付出惨痛代价的幻象。

当我再次握紧锐蛇，心中只剩畏惧。

它发出坑蛇求偶的沙沙声，然后曲折，转为甩刀。最后一次见到这柄锐蛇时，剑身仍是空白无物，此刻，白色的金属刃面却浮现出图像。我弯过来，将靠近剑柄的雕饰看仔细，一看之下却傻了眼。回望我的竟是伊欧的面容。她被雕刻在剑刃上了。不过工匠捕捉的并非伊欧在绞刑台上的那一刻（即使那是她在多数人心中唯一的形象）。锐蛇上的伊欧更接近我爱的女孩，她蹲着，发丝散在肩头，正摘着地上的血花，头抬起，似乎要露出微笑；伊欧上方是我父母在家门亲吻，再过去还有莉亚娜、洛兰和我，一同追着基尔兰在隧道奔跑，大家戴着祭灵节面具。都是我的童年回忆。

雕下这些画面的人真的认识我。

“金种都会将生平事迹雕刻在武器上，可是净是些杀人放火的勾当。但阿瑞斯说，你更希望看到的一定是自己挚爱的亲友。”赫莉蒂的声音从弟弟背后飘来，她的视线转往门口。

“阿瑞斯死了。”我检视着两人的表情，想看他们露出马脚、眼底浮现恶意，“是胡狼派你们来的吧，这是陷阱，想要诱我带你们到阿瑞斯之子的基地，”我握紧锐蛇剑柄，“你们撒谎，想利用我。”

赫莉蒂慢慢退开，明显对我手中的武器有所顾忌。然而，崔格仿佛被我捅了一刀，喊着说：“撒谎？对你撒谎？我们愿意为你舍命啊先生。我们愿意为珀耳塞福涅……为了伊欧舍命。”他支支吾吾，不知道该怎么继续说，看得出来平常都是姐姐负责谈判的，“外面还有一支军队在等着你——记得吗？军队正在……正在等待它的灵魂人物归来。”他不断恳求着我，赫莉蒂也不断张望入口，“我们是从南帕西菲卡来的，就算在地球，那里也算是偏乡。以前我以为自己会在那儿守着谷仓直到老死，但我来了这里，来到火星。我们只有一个任务：带你回家……”

“就一个骗子而言，你不太高明。”我嗤之以鼻。

“鬼扯。”赫莉蒂想拿出通信仪。

崔格却开口阻止。“阿瑞斯说万不得已才用这招，要是信号被拦截……”

“你看看他这副死德行，这还不是万不得已吗？”赫莉蒂取出后将通信仪抛给我，屏幕显示它正在连接另一台装置。蓝色画面闪烁，等对方接听。我将屏幕转正，立体影像也散到半空中。那个人戴着尖刺日冕的头盔，大小跟我的拳头差不多。头盔缝隙里有一双红眼正在狠狠瞪视。

“费彻纳？”

“猪头，我再给你一次机会。”音讯颤动。

这怎么可能？

“塞弗罗？”我简直不敢放声说出口。

“我说大哥，你是刚从骷髅人的阴道挤出来吗？”

“你还活着……”全息投影的头盔消失后，浮现我那尖嘴猴腮的朋友。他笑起来时露出满口锯子般的牙齿。影像摇摇晃晃。

“可不是吗，那些妖精怎么杀得了我？”他咯咯笑，“好了，小收割者，你可以回来了。我没空过去，你自己回来吧，知不知道？”

“怎么回去啊？”我拭去眼角泪光。

“相信我的子民啊。这总行吧？”

我看着那两个阿瑞斯之子的姐弟点头。“胡狼……抓了我家人。”

“那个食人浑蛋谁都抓不到，你家人在我这儿。你中计之后我就先去了莱科斯，你老妈等很久啦。”我忍不住哭出来，虽然心中得到慰藉，但实在难以承受。

“大哥，动作快点，不走不行了，”他东张西望，“叫赫莉蒂来。”我将通信仪递过去，“可以就低调，不能就高调，明白吗？”

“遵命。”

“打破枷锁。”

“打破枷锁。”女灰种说完，塞弗罗的影像晃动消失。

“色族并非绝对。”赫莉蒂朝我伸手，我望向她身上的色族印记，再看看那张长满雀斑的大脸，发现她有一边是不会眨的生化义眼。从她口中听见伊欧说过的话，感觉很怪。就在这瞬间，我终于回神了——并不是神志完全苏醒，我的思路还不是很连贯，潜意识中依旧流窜着一股质疑与黑暗。然而，希望之火重燃。我握紧她小小的手掌。

“打破枷锁，”我沙哑地回应，“——只是得请你们扶一下了，”我看看自己没用的腿，“我现在站不稳。”

“早就给你准备了‘好东西’。”她掏出一个针筒。

“什么玩意儿？”我问。

崔格露出傻笑。“给你换机油——唉，说真的，你不会想知道啦。”他继续笑，“打了这玩意儿就算尸体都能动。”

“给我打吧。”我伸出手腕。

“会有点儿痛。”崔格提醒我。

“他已经长大啦。”赫莉蒂靠过来。

“先生……”弟弟还是将手套递过来，“咬着吧。”

我确实没那么有自信，所以先咬住那团脏兮兮的皮革后才向姐姐点了头。但赫莉蒂推开我的手腕，直接对心窝扎下去，药剂从金属针尖释入体内。

“他妈的！”我连想大叫都来不及，喉咙发出一阵咕噜声，仿佛火焰随血蔓延全身，心脏像是活塞上下狂跳。我忍不住低头，担心它会直接从胸腔炸出来。接着，我仿佛能感受到每一条肌肉，甚至每一个细胞都在膨胀，充满能量。干呕完后，我跌在地上用力按胸膛，一边喘气一边咳出胆汁，握拳捶打地板。两名灰种连忙退避，我伸手朝着椅子挥，椅子明明钉在地上，却差点儿被我连根拔起。我口中飙出一连串脏话，就算塞弗罗听了也要脸红。最后，我猛打哆嗦，抬头瞪着两人。“那……到底是……

什么鬼玩意儿？”

赫莉蒂忍住笑。“我妈都叫它‘蛇咬’，三十分钟后就会代谢掉。”

“你妈会做这种鬼东西？”

崔格耸肩。“我们是地球来的。”

第四章
二一八七号牢房

姐弟俩像是护送囚犯那样带我出去。我依旧被蒙着头，双手铐在背后，但手铐没有上锁。弟弟在左，姐姐在右，偷偷扶着我。蛇咬发挥药效后我可以走路了，只是脚步不算稳，即便有药物帮助，我还是觉得这副皮囊就像一堆湿衣服，几乎感觉不到被踩伤的脚与孱弱的腿，只能拖拉着囚鞋慢慢前进。我的脑袋也仿佛泡了水，然而，我萌生一股冲劲，只要紧抓着它，就能硬撑着不嗷嗷叫，时刻提醒自己已不再身处那片无边黑暗。我缓缓穿过水泥走道。这是通往自由的道路。家人和塞弗罗都在那一头等着我。

看见两名十三军团的龙骑兵，没有人会出面拦阻。他们代表艾迦的权威，更何况，我活着这件事胡狼的部下未必知情，即便看见，也会因为我的身高和现在这种尸体般的肤色被误认为倒霉的黑曜种。但我还是时时感受到有视线逗留在自己身上，不由得一阵恐慌。*他们发现了吗？他们发现尸体了吗？距离有人进去筛检室，过了多少时间？是不是该被带走了？*我脑中闪过各种情节，预想会出什么差错。是药的关系吧。一定是。

“不是应该往上吗？”两人将我带到深入山脉核心的重力升

降梯，“下面有机库？”

“神预测，”崔格语气讶异，“船只已备妥。”

赫莉蒂吹了个泡泡。“崔格，你鼻子怎么回事……颜色挺怪的？”

“噢，你闭嘴啦。都不知道是谁看到他没穿衣服就脸红。”

“小鬼，你确定吗？——嘘——”升降梯逐渐减慢，他们开始警戒，把武器的保险打开。门开了，有人进来。

“阁下，您好。”赫莉蒂若无其事行礼，还将我往旁边推开，腾出位置。听那沉重的靴子声，应该是金种或黑曜种。但若是黑曜种，灰种绝不可能尊称对方为阁下，我更不会嗅到满身丁香和肉桂。

“中士。”对方响应，声音让我吓了一跳，是以前拿人耳当项链的维克瑟斯，院训时提图斯的手下，他也在我的凯旋式上大开杀戒。升降梯继续往下，我瑟缩在角落，担心会被他认出来（或是嗅出来）——维克瑟斯还真的朝这儿瞪，我听到他的衣领发出沙沙声。“第十三军团？”过了一会儿，他开口，应该是看见姐弟俩颈部的刺青了。“是艾迦的人还是她爸的？”

“启禀阁下，这次任务，我们是由御史差遣，”赫莉蒂口气淡漠，“不过之前是追随灰烬之王。”

“去年的火卫二战役有上场吗？”

“有的，阁下。我们隶属葛里穆斯元帅的前锋部队，搭乘蛭附艇前往击杀忒勒玛纳斯一族，之后，费毕家族舰队包围了他们和阿寇斯家族。我，以及旁边这位——他是我弟——都与卡珐克斯交战过，并且用枪击中他。原本要将他拿下，却突然遭到奥古斯都家族及卡珐克斯的妻子率突击队干扰。”

“真精彩，”维克瑟斯语气似乎颇为赞赏，“算是立下大功一件，可以多添一个眼泪记号上去吧。那时我去追杀本来属于第七军团的黑曜种走狗，灰烬之王很想把自己的奴隶讨回去。”他将某个东西放进鼻孔（大概是以前塔克特斯也很喜欢的兴奋药物），“那这是谁？”

他说的是我。

我觉得心脏都要跳到耳朵边了。

“葛里穆斯预备的礼物，用来交换她要带回去的……包裹。”赫莉蒂说，“希望您明白我的意思。”

“包裹？装得满吗？”他自己倒是说得很开心，“是我认识的人吗？”维克瑟斯对着我的头罩伸出手，我往后缩。“要是号叫者那可就温馨了。是卵石吗？野草？不对，他们没这么高。”

“是个黑曜种，”崔格赶快撒谎，“我们也想逮到号叫者。”

“嗯哼，”维克瑟斯像是怕脏一样将手收回，“等等，”他好像又想到了什么，“不如把这家伙和裘利家那贱人关一起，让他们抢晚餐吃——十三军团的，觉得如何？要不要找点乐子啊？”

“崔格，切断监视器。”我隔着头罩厉声指挥。

“他说什么？”维克瑟斯立刻转头。

啪，干扰场启动。

我开始行动。或许我还很笨拙，但速度够快。我的双臂挣脱手铐，一手扯下头罩，另一手抽出藏起来的锐蛇，朝维克瑟斯的肩膀戳刺，将他钉在墙壁，用头猛击他面部。然而，尽管有药物辅助，我和之前的实力落差太大，双眼不清、重心不稳。但维克瑟斯可没这些状况。我反应不及，视线还没对到焦，他已拔出自己的锐蛇。

赫莉蒂将我推开，以身体掩护。我摔倒的同时崔格更果断出击，霰弹枪枪口插进维克瑟斯张开的口腔，锐蛇剑锋此时停在他姐姐额前几厘米。

“嘘，”崔格低声警告，“丢掉锐蛇。”

维克瑟斯照做。

“他妈的，你到底想怎样？”赫莉蒂火大地质问，边喘气边扶起我。我头晕目眩，一边道歉，一边觉得自己很傻，稳住脚步后望向维克瑟斯。他一脸错愕，我腿还在抖，得抓住升降梯的栏杆才不会摔倒。药力未退，心脏激烈跳动——我居然想找人对打，也太蠢了。要他们开启干扰信号也很蠢，这座堡垒的上上下下都受绿种人监视，一定会察觉到异样，要是派其他灰种调查，不要多久就会找到筛检室那边的死人。

我努力集中散乱的思绪，组织起来，挤出一句话。“维克翠还活着？”崔格稍微将枪口向后，停在维克瑟斯齿前。他可以讲话了，但没出声。“你知道他是怎么对付我的吗？”我又问。僵持一阵子后，维克瑟斯终于点头。“那……”我笑了，笑声仿佛冰层的裂缝那样不断扩大、碎往四面八方，直到我咬住舌头让自己停下。“你居然还有胆子要我再问一次？”

“她还活着。”

“收割者……会有人过来的。干扰场太显眼了。”赫莉蒂看着天花板的小型摄影镜头，“现在来不及改变作战计划了。”

“她在哪里？”我甩动自己的锐蛇，“在哪里？”

维克瑟斯咬牙回答。“地下二十三楼，二一八七号牢房。戴罗，你还是别杀我比较好，等会儿可以将我关进那房间，然后让我告诉你出去的路。”他脖子的皮肤底下有肌肉血管在抽动、隆起，仿佛藏在沙里的毒蛇，完全没有体脂肪。“两个禁卫军士兵能带你逃到哪儿？这山里、外头城里，甚至太空轨道都驻扎了军队，总共三十个圣痕者，南阿提卡完全在骨骑的控制中。”他对着自己制服领口上那小小的鸟类颅骨标记撇撇头，“你还记得都是些什么人吗？”

“别理他。”崔格语气一冷，作势要扣扳机。

“噢？”维克瑟斯冷笑。因为看穿我的弱点，他重燃信心。“那你这个锅盖头能拿一个奥林匹亚骑士怎么办？——噢，说错了，是两个锅盖头。”

赫莉蒂闷哼一声。“学你啊，金毛。落荒而逃嘛。”

“去二十三楼。”我对崔格说。

他按下按钮，我们偏离原先的逃脱路线。崔格从通信仪调出地图，赶忙跟姐姐研究一番。“二一八七……在这里。我们需要密码，而且那里有摄影机。”

“从那里撤退太远，”赫莉蒂抿嘴，“过去就是自寻死路。”

“维克翠是我很重要的朋友。”我回答。我一直以为她死了，但看来她奇迹地从妹妹的枪下捡回性命，“不能丢下她。”

“你没有选择。”赫莉蒂还是这么说。

“永远都有选择。”可是就连我听了都觉得不大有说服力。

“拜托你先照照镜子好不好，你这身体能打吗？”

“赫莉，别跟他争。”崔格开口。

“那个金毛女又不是我们的人！我干吗为她送死？”

但维克翠本来要为我而死。关在黑暗中的那段时日我常想到她。我还记得在胡狼办公室内送了她潮土油香精，那双眼中闪烁的喜悦就像个孩子。“我不知道，我真的不知道。”洛克背叛后，她对我说的最后一句话就是这个。死了好多人，维克翠也被开枪打中背部，然而她一心只想着维护我们的友谊。

“不能抛下朋友。”我只能重复这句话，完全刚愎自用。

“我愿意追随你，”崔格慢慢回答，“收割者，无论你到哪儿，我都会效命。”

“崔格，”赫莉蒂低声道，“阿瑞斯说过……”

“阿瑞斯无法力挽狂澜。”崔格朝我点点头，“但他可以。他去哪儿，我们就去哪儿。”

“就算错失逃走的机会？”

“那再制造机会就行了。我们的炸药够多。”

赫莉蒂目光呆滞，下颚咬得很紧。我懂这种神情。在姐姐的心里，崔格是一起长大的小弟，不是冷血的士兵，不是猎犬。

“好吧，要走就走。”她无奈地说。

“不过这个圣痕者要怎么办？”弟弟问。

“输入密码就留他一命，”我回答，“有任何轻举妄动就收拾掉。”

我们一行人进入十九楼，我又蒙上了头套，由赫莉蒂扶着，维克瑟斯假意带头，伪装成押送人犯的队伍。崔格跟着走，枪不离手。走廊上很安静，脚步声一直在回荡。隔着头套我什么也看不见。

“就这儿。”到了门前，维克瑟斯说。

“输入密码呀，混账。”赫莉蒂使唤他。

他乖乖照办，门“唰”一声滑开。巨大的噪声袭来，扩音器播放出令人精神错乱的噪声。天花板结冰了，所有物品都覆盖白霜，灯光刺眼，难以直视。那个憔悴的囚犯倒在角落，像胎儿那样蜷缩成球，脊骨朝向我们这边。她背上有许多烫伤与鞭刑疤痕，淡金乱发散在脸上，勉强遮蔽强光。若非我见到脊椎顶部和肩胛之间有两个弹孔，就算见了面也认不出是她。

“维克翠！”我大喊着，但被噪声盖过，她根本听不见。“维克翠！”我又吼了一次，那些噪声停下，换成了脉搏的声音。他们是用声光对感官加以折磨，跟我的待遇恰恰相反。这回她听到了。维克翠猛然转头，金瞳从乱发后瞪来，我无法判断她还认不认得我。从前那个即便赤身裸体也霸气十足的维克翠已经崩溃。她太脆弱惊恐，只想藏起来。

“去扶她，”赫莉蒂将维克瑟斯推倒在地，“我们快走。”

“她瘫痪了……”崔格观察着，“……的样子？”

“不妙，这样就得用扛的。”

崔格想上前，但我伸手按在他胸口，拦住他。就算是现在这个状态，维克翠也很有可能撕下他手臂。我才刚逃离黑暗深渊，明白那种混沌的情绪。我缓慢接近，心中恐惧渐渐退居意识之后，取而代之的是无法遏制的愤怒。她的亲妹妹居然做得出这种事。然而，追根究底一切都是我害的。

“维克翠，是我，戴罗。”她没有任何回应，看不出有没有听懂。我蹲下来。“我现在就带你出去，让我们……”

她忽然伸手扑来。“**摘下面具！**”她吼道，“**摘掉！**”赫莉蒂赶紧上前拿电击棒往她背上一敲。维克翠抽搐着，不过电击无法完全将她制伏。

“趴下！”赫莉蒂怒喝一声，但维克翠却对准她穿了强化护甲的胸口出拳，女灰种向后弹出几米，撞上墙壁。崔格举起双手的两用多功能卡宾枪，朝维克翠大腿打了两发麻醉弹，维克翠很快安静下来，倒地喘息不止，眯眼注视我片刻后才昏迷。

“赫莉蒂——”我担心地问。

“什么钢铁金种不怕火炼，”赫莉蒂喘着大气站起来，护甲胸前多了一个拳头大小的凹洞，“这妖精真能打，”她看着凹陷，发出赞叹，“这护甲可是为了要挡住磁道弹而设计的呢。”

“裘利家族的基因吧，”崔格喃喃地说，“还好关在这里，没有足够的热量。”他将维克翠抬到自己肩上，随姐姐回到走廊。赫莉蒂招手要我赶快跟上，维克瑟斯还趴在地板，但如我承诺过的，留他一条命。

“我们迟早会找到你，”他抢在我关门时坐起来嚷嚷，“你心里有数，叫那个矮子塞弗罗好好等着，巴卡家的老头死了，儿子也别想逃。”

“你说什么？”我怒吼。

见我又冲进牢房，维克瑟斯眼神忽然充满恐惧。多年前，当我躲在暗处，见到莉娅被安东尼娅和维克瑟斯施以暴行时一定也是这种感受。还有，花园宴会上每个死去的朋友也是这么害怕。现在若放过他，以后他还会杀更多人。一时心软，祸患无穷。

锐蛇弯成甩刀状。

“饶了我——”这种时候他就知道哀求。那薄如刀削的嘴唇颤动，我看见了他内心深处的孩子。

维克瑟斯立刻意识到自己铸下大错，看来还有某个人在某处关怀着他，将他看作睡在摇篮里的可爱孩子。

要是我们都能停在那时候，该有多好。“戴罗，放了我，你不是冷血无情的人，你跟提图斯不一样。”

牢房扩音器发出的心跳声更大。维克瑟斯被白光笼罩。

他要我怜悯他。

可惜，我的恻隐之心已经埋于黑暗之中。

红种的英雄诗歌赞颂慈悲和荣誉，要饶恕敌人，就如我曾纵放胡狼。只有宽恕能够保有自己的纯洁，歹毒者自会承受苦果。若让他们披上黑衣，趁我掉头时捅来一刀，那时我就有权转身反击，毫无罪疚地杀了对方。只不过，我们并非歌谣里的人物。这是战争。

“戴罗——”

“替我传个消息给胡狼。”

锐蛇划破维克瑟斯咽喉。我看着瘫软在地、生命急速流逝的他，体悟到维克瑟斯会如此畏惧，是因为彼岸将是一片空无。他发出咕噜声，那是临死的泣涕，但我毫不后悔。

然而房间内发出的心跳噪声是遮掩不了走廊的警钟的。

第五章
C计划

赫莉蒂开口："早说过我们没时间了。"

"别紧张。"崔格回答。

我们回到升降梯，他先将维克翠放下，取出备用的黑色雨衣给她，让她能有点儿尊严。我紧紧握拳到指节发白，维克瑟斯的鲜血玷污了刀上几个孩子在隧道嬉闹的景象，又流过我父母的轮廓，最后沾上伊欧的秀发。我用身上的囚服抹干净，暗忖着自己似乎快要遗忘夺人性命有多么简单。

"为活命自私自利，活该这样孤单死去。"崔格淡淡地说，"明明就那么聪明，我还以为他们不会那么混账。"他望向我，拨开落在眼前的头发，露出燧石般闪耀的眼珠。"抱歉，话说得太狠了。假如他是我们的朋友……"

"朋友？"我摇摇头，"那种人才没朋友。"

说完，我弯下腰，给维克翠顺顺头发。她靠着墙熟睡，有些营养不良、双颊凹陷，连嘴唇都变得更薄，着实令人心疼。不过即便是这样的维克翠，也有种颇戏剧性的美丽。我不禁想象，无论敌人如何虐待，她看来还是坚强勇敢，掩饰着那颗柔软的心。

只怕那颗心是再也找不回来了。

“还好吗？”崔格问。我没有回话。“你女朋友？”

“不是。”我摸了摸自己脸上的胡须，有些厌恶这种搔刮的触感——而且很臭。丹托怎么只剃了我的头，没刮胡子呢？“而且我也不好。”

我在心中找不到希望，找不到爱。

从维克翠和我的遭遇中，我只能找到怨怼。

我怨恨自己现在的模样。我一再从崔格的视线中感受到他有多失落。这个男孩想找当年的收割者，但我形容枯槁，不成人形。指尖滑过肋骨时，根根分明、那般脆弱。我给这对姐弟，给所有人承诺了一个太美好的将来，对维克翠尤其如此。她拿出最真的一面，但我和那些将她当作工具的人有何不同？我就是她母亲教她严加提防的那种人。

“我们现在只需要一样东西。”崔格又开口。

我正色，抬起头。“复仇吗？”

“冰啤酒。”

笑声脱口而出，音量大得我都吓了一跳。

“该死，”赫莉蒂嘀咕着，手指在面板上按不停，“该死、该死……”

“怎么了？”我问。

我们目前位于地下二十四、二十五楼之间。她用力按按钮，但电梯飞速上升。“敌人取得操作权限了，这样我们到不了地底机库，而会被他们逼到——”赫莉蒂呼了口气，朝我望来，“——一楼。该死、该死、该死！走出去就是猎犬部队和黑曜种……说不定金种也会亲自出马。”她停顿，“对方知道你在这里。”

绝望带来的闷痛从腹部扩散。我忍着没讲话，心想无论如何都不能被捉回去，要是走投无路，我就杀死维克翠，然后自戕。

崔格挨到姐姐身旁。“黑不进系统？”

“你他妈什么时候看我学过黑系统了？”

“要是伊法瑞在就好了，他就会有办法。”

“真抱歉哦，我不叫伊法瑞。”

“爬出去如何？”

“想被碾平你就爬出去啊。”

“所以只剩一个办法啦，”他伸手探进口袋，“C计划。”

“我讨厌C计划。”

“由不得我们，小妞，干活吧，快准备。”

“C计划是？”我悄悄问。

“高调路线，”崔格启动通信网络，屏幕闪过许多代码，最后连上一个加密频道。“流寇呼叫冤魂，收到请回答。流寇呼叫——”

“冤魂收到。”一个声音幽幽飘来，“请求安全代码，请回答。”

崔格盯着自己的仪器显示屏。“一三四三九二八三，请回答。”

“代码确认。”

“需要立即提供脱出管道，已救援公主与另一人，目前为二级警戒。”

对方沉默一阵，但随后而来的回答即使充满杂音，依旧能听出语气欣慰。“回报太晚。”

“杀人这种事哪可能准时？”

“十分钟内抵达，保护公主的安全。”联机中断。

“该死的！根本是业余货色！”崔格咕哝道。

“十分钟。”赫莉蒂说。

“还有更惨的。”

“什么时候？”他没回答，姐姐又叹道，“早知道直接去机库就对了。”

“我该怎么配合？”空气中弥漫着恐惧，“我能帮什么忙？”

“别死就好。”赫莉蒂脱下背包，掏出一个不小的塑料盒，转开盖子。盒里有个金属圆筒，中央有颗水银珠在旋转。我都看呆了。要是殖民地联合会发现赫莉蒂带着这种东西走来走去，她根本休想见到隔天的太阳。这玩意儿可是大忌。我又望向电梯墙壁的仪表板：还剩十层楼。她拿起遥控器。剩八层了。

卡西乌斯会在一楼吗？艾迦？还是胡狼？不，他们这时候正在船上进行晚宴，胡狼继续过自己的生活，谁会察觉警报和我有关？即便他们发现，也没办法第一时间赶到。可是，就算心里知道他们不会在场，我还是吓得要命。一名黑曜种就算赤手空拳也能轻而易举将这对灰种姐弟撕成碎片。崔格明白自己的处境，他闭上眼，在胸前点了四下（是一个十字），赫莉蒂看着弟弟的手势，但没有照做。

“我们是专业的。”她淡淡地对我说，“所以呢，先把你的尊严摆到一边，躲在我们后面，别妨碍我和崔格。”

崔格转转脖子，关节发出声响。他隔着手套亲吻左手无名指。“靠近点，贴着我身体，没关系的，你不必害羞。”

三层。

赫莉蒂右手拿着气动式步枪，嘴里依旧嚼着泡泡糖；左手握遥控器的拇指随时预备按下。最后一层，电梯速度放慢，我盯着双开门，将维克翠的腿拉到自己腋窝位置。

“我最爱你啰，小弟。”赫莉蒂说。

“我也爱你，小妞。”响应时，崔格的声音微弱，同时也变得紧绷而机械化。

现在的气氛比铁雨作战前卡在星战机甲、从喷射管飞出时更让我紧张。我担忧的不只是自己，还有维克翠和这对姐弟。我希望他们可以活下来。我想问他们南帕西菲卡是怎样的地方，两人会不会捉弄母亲，有没有养狗，街景如何，乡间又……

升降梯“咻”一声停下。

门上灯号闪烁，分隔我们与胡狼麾下精英部队的厚重铁门终于打开。两枚震撼手榴弹当场飞入，黏在墙壁上哔哔叫。赫莉蒂按下遥控器，电梯内的寂静被低沉的内爆音击碎，无形的电磁脉冲自脚底的圆形装置发散；手榴弹发出嗞嗞声，失去作用，升降梯内外灯光熄灭，在外面守株待兔的灰种持高科技脉冲兵器，黑曜种则穿着面罩自动供氧的重装甲。这个瞬间，他们仿佛回到中世纪。

相较之下，赫莉蒂与崔格虽使用传统武器，威力却丝毫不减。两人窜出升降梯，进入石砌建筑，抓着枪支拱身，活像教堂上神情凶恶的石像鬼。他们大开杀戒，以精准的射击近距离将旧式子弹打入那些毫无防备的灰种体内。对方完全没有掩护。走廊上火光不断，枪声隆隆，我则是牙齿打战、咯咯作响，非要等到赫莉蒂呼唤才拖着维克翠冲向崔格。

三名黑曜种逼近，赫莉蒂抛出传统手榴弹。轰！天花板开了个洞，灰泥尘埃如雨撒落，上层楼的椅子带着赤铜种一同摔进混战。我呼吸困难。我见到一个人向后拦腰折断，身体在地上滚动；有个灰种逃到走廊后面，想找地方躲，赫莉蒂直接朝那女的背脊开枪，对方像是在冰上滑倒的孩童一样向前一趴。四面八方都有人影晃动，又有黑曜种从侧面上前。

我拿了手枪发射，可是瞄不准。子弹从他护甲擦过，那两百千克重的大汉高举离子斧朝我劈来——就算电池失灵，斧刃依旧锋利。黑曜种发出特有的喉音战吼，一阵红雾从头盔喷出。子弹准确地从头盔的眼缝钻入，他前扑滑倒时差点儿撞弯我的脚。崔格立刻对付下个目标。金属子弹再取敌人性命，干净利落的手法像将一根根钉子钉上木头的工匠，动作中不带半分私人情绪，也不追求美感，只是扎实的训练与体能的展现。

“收割者，别拖拖拉拉的！”赫莉蒂一边大叫一边将我拽过战场，崔格殿后戒备，扔了一枚手榴弹，黏到没穿装甲的金种大腿。先前四次步枪射击都没打中他——轰！现在只剩骨头肉块飞溅。

姐弟俩一边奔跑一边换弹匣，穿过第一波敌人封锁线后，崔格将维克翠接过去，我就只能努力不晕倒或跌倒。“右边五十步，上楼！”赫莉蒂低吼，“还有七分钟。”

一楼大厅静得出奇，没有警笛或警示灯，也没有通风口吹出暖气的呼呼声，只有我们的脚步、远方的怒吼，我关节咔咔响及气管嗞嗞叫的声音。途中经过一扇窗户，外头船舰的黑色轮廓自天际坠落，地平线冒出很多团小火光；列车在磁悬浮轨道上突然停止，仅存的光芒是来自最遥远的两座山峰。那里将有更多配备高科技武器的部队前来增援。但他们不会明白战况为何失控，也找不到问题根源。监视摄影机与生物扫描系统失灵了，就算卡西乌斯和艾迦亲自出马也找不着我们，这是我们唯一的一线生机。

爬上楼梯，我的右小腿抽筋了，无力前进，不禁发出惨叫，几乎摔倒在地。但赫莉蒂撑起我大半体重，以有力的颈项顶到我腋下。三名灰种在楼梯顶端发现我们，赫莉蒂一把将我推开，举起步枪全数歼灭，不过最后一名敌兵开火还击，子弹钻进大理石内。

“对方有备用的气动枪支，”她低吼，“不走不行！不走不行啊！”

两次右转后，我们遇见几个低阶色族，他们望着我目瞪口呆。大理石走廊的天花板挑高，两侧立有希腊风雕像，我们行经胡狼的艺术品宝库，他给我看过约翰·汉考克的《独立宣言》及防腐保存的美帝末任统治者的头颅。

我的全身肌肉好像正着火裂开。

“这儿！”赫莉蒂终于叫道。

我们窜进一条小走廊，找到侧门，冲进冷冽的阳光底下后，我被狂风吞噬。囚服挡不住寒气，我们一行人三步并作两步躲进胡狼堡垒边缘的金属长廊，右边山峦巍巍，却挡不住盖在上面的钢筋玻璃大楼，左手边是一道超过三百米的悬崖。雪花飞舞，凛风呼号，我们快步奔走。长廊沿山壁蜿蜒，伸出一条桥梁，连到一个空无一物的平台，仿佛骷髅手臂托起水泥餐盘，盘上有积雪覆盖。

“还有四分钟。”赫莉蒂拉着我过桥，到停机坪后马上将我往地上扔，崔格也把维克翠放下，移到我背后。结冰的地面是一片湿滑的烟灰色，周边有及腰的垛墙挡住深渊，墙角下雪堆隆起。

“步枪有八十发子弹，那把古董有六发，”弟弟叫道，“然后就空了。”

"我只有十二发。"姐姐丢出金属罐，扬起绿色烟雾，"得想办法守住这条桥。"

"还有六个地雷。"

"快装上。"

崔格跑向另一侧的桥，桥头是扇防爆门，比我们走的维修通路要大上许多。我还在发抖，又被雪地反光刺得眼盲，只能将维克翠拉近一些，靠着墙壁，以免受冻。雪片落在她的雨衣上，飘零的飞雪仿佛卡西乌斯、塞弗罗与我冲进密涅瓦主堡抢人放火后的灰烬。"没事的，"我低声说，"可以撑过去的。"我转头朝垛墙外面瞭望，可以看见底下的市区。好平静——平静得古怪。所有声响和骚动都被电磁脉冲锁起。此时有一片特别大的雪花随风飘来，停在我的指节上。

我为什么会在这儿？矿工的孩子经历几番波折，却在这儿打哆嗦、眺望城市，只希望自己能回家。我闭上眼，祈祷自己能和亲人朋友团聚。

"三分钟。"赫莉蒂的声音从背后传来，好像在保护我似的用戴着手套的手搭我肩膀。她搜索着空中有无敌人踪迹。"再三分钟就可以走了。就三分钟。"

我好希望自己能相信她，可是雪停了。

第六章
计 划

我眯着眼睛望向赫莉蒂，便见到阿提卡七座山峰被防护罩笼罩，截断云层和苍穹。防护罩的动力机组想必位于电磁脉冲范围外，也就是说——援军来不及赶到。

“崔格！回来！”她呼叫。他正在地底安装最后一枚地雷。

一声枪响击碎冬晨的静谧，回音清脆且冷漠。越来越多枪声了：哐！哐！哐！雪在崔格身边扬起，他迅速往回跑，姐姐探身过来做掩护射击，步枪在肩上震动。我努力挺身，阳光炽烈，我想对焦都很困难。接着，水泥块在我面前炸开，碎片朝我脸上拍打。我压低身体闪躲，吓了一跳后却抖得更厉害。胡狼的部下找到备用武器了。

我再次偷窥，隔着微闭的眼睑见到崔格在回来的半路就不得不与一队灰种交火，对方也拿出气动步枪应战，人从桥对面的防爆门涌出。有两人被他击倒，两人走近地雷时崔格以开枪引爆，人影顿时消失在黑烟中。弟弟继续后退，姐姐以火力支持，除掉一人，但崔格肩膀中了弹。他拿出针筒往大腿一插，起身再战。此时，一枚子弹落在我前方的水泥地，回弹起来后从赫莉蒂腋下护甲缝隙贯进肋骨，发出“咚”的一声。

她的身体跌落，弹雨逼得我只能蹲在一旁。水泥块跃起又砸下，像一场大雨，赫莉蒂吐了口血，气息中传来夹带黏液的咻咻声。

“卡在肺了。”她摸索裤子口袋的药剂。如果没有电磁脉冲，护甲上的医疗系统其实会自动注药，但现在只好人工处理了。我过去帮忙，拆下小型针剂扎进她颈部，止痛药随血液循环，赫莉蒂瞳孔立刻放大，呼吸缓和。维克翠躺在旁边，还没有恢复意识。

枪声停得突然，我小心翼翼地查看，胡狼的灰种部队藏在水泥垛墙及桥塔后方，距离六十米。崔格趁隙换弹匣。一时之间只有狂风呼啸，可是我觉得不对劲——静默是最恐怖的一件事——我抬头望天。是金种。我仿佛能感受到战争的脉动。

“崔格！”我用这副身躯仅存的力气大喊，“快跑！”

赫莉蒂注意到我的表情，哀号着勉力起身，崔格也不顾掩护了，朝我们直奔过来，靴底在结冰的桥面打滑，惊恐之余赶紧爬起来逃命。只是来不及了。他背后那扇防爆门闪出艾迦·欧·葛里穆斯的身影。她穿过一干灰种与潜伏暗处的黑曜种，直逼而来。御史身上是一袭黑色正装，长腿一蹬，扑向崔格。

我无法对此视若无睹，立即开火，赫莉蒂也举起步枪想救弟弟，但我们弹弹虚发。艾迦左窜右移，在崔格只剩十步就能与我们会合时将锐蛇一挥，刺进他胸膛。金属剑刃贯穿胸骨，刺出后血光淋漓。他瞠目结舌，只能发出低鸣，随后在哀号中被高举到半空，像只被孩子拿树枝插起残酷炫耀的青蛙。

“崔格——”赫莉蒂低吼。

我握紧锐蛇想冲过去，却被赫莉蒂一把拉回垛墙后。远处的灰种开枪攻击，幸好只击中周围地板。姐姐的血染红积雪，“别傻了，”她以最后一丝力气将我拉倒在地，“救不了他。”

“他是你弟弟！”

“但任务的目标不是他，是你。”

“戴罗！”艾迦站在桥上狂喝，赫莉蒂偷看了一眼。对方手持锐蛇，弟弟的尸首依旧挂在剑锋。

她的面颊失去血色，没有多说什么。崔格的四肢还在蠕动，沿剑身滑向御史的手掌。“拿别人当肉盾的日子也该结束了吧，快点滚出来。”

“别中她的激将法。”赫莉蒂提醒我。

“出来吧。”艾迦又嚷嚷，把剑一甩，崔格飞到桥的这头，滚落下来，砸在两百米底下的岩棚，粉身碎骨。

赫莉蒂发出可怕的哽咽，举起子弹耗尽的步枪往艾迦的方向扣了几下扳机。艾迦见状连忙闪躲，我才知道她没有弹药。我将姐姐拉回来。有个狙击手原本瞄准她胸口，结果打中的是步枪。枪离手时炸开，削断了手指。我们只能背靠垛墙，惴栗不已。维克翠被夹在中间。

“抱歉。”我只能挤出这两个字。赫莉蒂根本没听见，手抖得比我还厉害，双眼已经视线模糊，但没有眼泪，憔悴的面容失去了所有神采。

“会有援军。”她沉默好几秒才又开口，注视着那片绿色烟雾，“一定会有。”血从衣服和嘴角渗出，还没流到脖子就冻结成霜。赫莉蒂拔出靴里的刀，还想站起来，身体却支撑不住，呼吸中卡了血痰，满身都是腥臭。“马上就来了。”

“计划是？”我问。她闭起眼睛，我伸手摇摇她。“援军要怎么来？”

赫莉蒂朝停机坪边缘撇撇头。“你听。”

“戴罗！”卡西乌斯的叫声随冷风传来，他与艾迦会合了。“莱科斯的戴罗，快点出来投降！”他气势万千的声线和此刻气氛实在不符，太过冠冕堂皇，完全不为我们所受的苦痛动摇。我抹去眼角泪痕。“戴罗，你想清楚，你要以什么形象受死。像个男人？还是像只被人从洞里拖出来的老鼠？”

怒气仿佛郁结在我胸中，但我并不打算站起来。以前的我可能会，毕竟那时身上披着金种的甲胄，能击倒害死伊欧的仇敌，就算他们知道真相，也只能眼睁睁看着帝国陷入火海，暴政步上末路。

然而此刻我失去了那身盔甲，失去了收割者的面具，留下的只有疑惑与黑暗，又回到最初的自我。只是个孩子。我颤抖着，畏缩着。我躲避着敌人，我知道失败的代价，我真的理解了什么是恐惧。

我也不会让敌人带走自己，再次沦为俘虏。维克翠也是。

“操他妈的。”我自言自语揪着赫莉蒂的衣领、维克翠的手，奋力抵抗雪地的阳光，睁开眼睛。

我的脸都冻僵了，但我使出全身的力气拖着那两个女子走出掩护，站在停机坪边缘，任强风拍打。

敌方一怔。

我的模样带给他们不小的震撼。枯槁如活尸，双眼凹陷，脸颊如饿鬼，却蓄着可笑的大胡子，手里还拖着两个人——可悲到了极点。背后二十米处有两个奥林匹亚骑士杀气腾腾守着桥，五十名以上的灰种与黑曜种出了堡垒，在背后待命。艾迦手中滴血的银剑根本不属于她，真正的主人是洛恩，这是死后才被她夺走的。我藏在鞋中的脚趾疼得受不了。

堡垒和山壁如此巍峨，映衬出杂兵的渺小、金属枪支的简陋。我望向右边，几千米外的遥远山头聚集了另一批部队，电磁脉冲影响不到那里。他们穿越云层，正要赶来，还尾随了一架镰翼艇。

“戴罗，”卡西乌斯与艾迦靠近停机坪时再次呼唤，“你逃不掉的。”卡西乌斯瞪着我，眼神难解。

“有防护罩，空路也封锁，没有任何船舰能进来接你。”他看了看从停机坪升起的绿色信号烟雾。

“接受现实吧。”

刮了一阵风后，我们之间有雪花在空中飘。

“解剖吗？”我问，“你觉得我该面对的现实是那样吗？”

“你成为恐怖分子时就已失去人权了。”

“人权？”我抓紧维克翠和赫莉蒂，愤怒咆哮，“所谓人权，是要我亲手绞死自己妻子，看着父亲死在眼前？”我很想吐口水，但唾液黏在嘴唇，“你们有什么权力滥杀无辜？”

“没人要跟你争辩这个。恐怖分子就是得接受制裁。”

“那你这个操他妈的假道学是在跟我聊什么天？”

“因为荣誉至上。*唯有荣誉才能传世*。”那是他父亲的名言，可惜这话从他口中说出传到我这双耳，变得毫无内涵。这场战争也夺走了卡西乌斯的一切，我能在他眼中看见那种虚无。他战战兢兢，始终是为了父亲的期盼，若能重新选择，我想他大概会希望院训时几个人在高地围营火的日子重新来过。少时生活单纯，朋友能交心。然而，纵使我们不愿放手，那段岁月终究洗不掉彼此掌上的血痕。

我听着寒风在谷间呼号，脚跟踩到停机坪边缘。再向前就什么也没了，只剩空气及两千米底下那座都市的模糊轮廓。

“他想跳崖，”艾迦悄悄提醒，“我们必须回收尸体。”

“戴罗……别做傻事。”卡西乌斯虽这么说，眼神却在鼓励我跳下去，暗示我别投降，别接受得在月球被肢解的命运。死也要死得壮烈，他又拿出英雄的披风往我罩来。

我最讨厌的就是他这点。

“你觉得自己很光荣？”我恶狠狠地喊叫，“觉得自己是正义化身？你爱的人之中还有谁活了下来？你为何拼命？”怒意渗透我的声音。“卡西乌斯，你是*孤军奋战*，但我不同。入学面对你弟弟时不是，隐藏在你们之中时不是，被关在黑暗中时不是，此时此地也不是。”我用尽全身力气抓紧昏迷的赫莉蒂，指尖勾进她的护甲内侧，也牢牢握住维克翠的手，脚跟磨着水泥平台边缘。“听听风声，卡西乌斯，他妈的你听听这风声。”

两名奥林匹亚骑士侧着头，但无法理解为何山谷会回荡一股低鸣——当然了，金种的儿女怎么可能有机会听到钻爪机凿穿岩石的声响？又要如何想象我的同伴并非从天而降，而是自行星地核爬出？“再会了，卡西乌斯，”我大叫，“你给我等着。”

两脚一蹬，我拖着赫莉蒂与维克翠飞向半空。

第七章
黄蜂

我们朝白雪覆盖的都市坠落。此处中央仿佛开了一个火山口，周围有一排排厂房随地面隆起的节奏晃动。接着许多管线从裂口探出，断开的柏油路面喷发蒸汽，气爆如日冕那样向外炸开，烈焰如触手，起伏伸展，就像火星突起六层楼那么高，催生出一头太古巨兽。接着，地面和建筑物的震动停止，钻爪机猝然冲入寒冬——那是一个巨大的金属手掌，指尖有如熔岩，在热气之中抓握，又缩回地壳深处，顺道扯下大半市区。

我们落下的速度太快——太早跳了。地面遽然来到面前。

一阵剧烈的音爆刺进耳朵。

第二声、第三声，最后，钻爪机挖出的深穴涌出一小团军队。从两人变成二十人，再加到五十人。穿着重力靴和装甲的士兵蜂拥而至，来到我左右。他们一身血红，朝天扣下脉冲枪的扳机，臭氧的气味传进鼻中，我不禁汗毛竖立，超高温子弹与空气分子摩擦出蓝色光芒。士兵肩上还有迷你炮筒，轰隆轰隆地将厮杀推向高潮。

阿瑞斯之子的部队中有个甲胄特别鲜艳的身影。他戴着父亲留下的日冕头盔朝我扑来，千钧一发之际，他接过维克翠，没让她撞上大楼屋顶。狼嚎从头盔的扩音器传出，阿瑞斯就在面前，那是我全太阳系中最好的朋友，他没有弃我于不顾，还出动了足以对抗金种帝国的精兵、恐怖分子和反抗军——号叫者。队伍中个头最大的一个却是一身纯白胄甲，胸前与手臂上有蓝色掌印图样。一刹那，我误以为是帕克斯死而复生、前来助我，但那人接住我与赫莉蒂，我便见到蓝色掌印上还有字符，来自火星南极。拉格纳·佛勒洛，女武神山锥的王族，他将赫莉蒂抛给另一个号叫者成员，把我转到背后，方便我搂住他脖子、手指嵌进护甲上的孔洞固定。接着，他飞越弥漫烟尘的山谷和都市，进入坑道，对我吼着："小弟，抓紧。"

拉格纳向下俯冲，塞弗罗抱着维克翠，位于左侧，其余号叫者包围周边，窜入地面那个张开的大口，每双靴子引擎都发出凄厉吼叫。敌人穷追不舍，战场纷乱嘈杂，狂风击打，脉冲枪将队伍后方的岩石轰得粉碎，枪响锐利刺耳。我用下颚靠着甲胄，牙齿格格敲不停。拉格纳将重力靴的速度逼到极限，身子微微震颤。护甲凸起的部分磨着我的肋骨。在他闪避和加速时，尾椎骨上的电源组件往我腹股沟重重一撞。底下一片黑，我仿佛骑乘金属鲨鱼，潜进怒海深渊；耳膜鼓胀、狂风呼啸。某颗石块砸中我的前额，血流到脸上、刺痛眼睛。我能看见的光线只有靴子和枪。

我的右肩一阵剧痛，敌人的脉冲兵器毫厘之差，没有造成重创，但皮肤起了水泡，还冒出烟来，囚服袖子生出火苗，所幸立刻被风势压下。前方另一名阿瑞斯之子就倒霉了，重力靴被子弹命中，爆炸后整条腿连装甲一起化为铁浆，人在空中旋转扭动、撞上隧道顶端，身体被压成肉饼，头盔一落，直朝我飞来。

一阵阵红色强光闪烁，就算闭上眼睛也抵挡不住。空气中弥漫着烟雾，雾里有股焦味在喉头徘徊不去，那是脂肪被烤熟的酥脆油腻。我的胸口又热又痛，周围是一片哀鸣哭号、哭爹喊娘的声音之沼。还有——黄蜂般的声响在耳边嗡嗡叫。头上有人。我睁开眼睛后，他们从红光中降下，对着我的脸大喊大叫，接着盖了个口罩过来。一条湿的狼皮斗篷从甲胄肩膀垂下，擦到我脖子，还有好几只手压过来，整个世界都在晃动倾斜。

“右舷！右舷！”某个人在喊，他好像正泡在水里。

身边倒着一群奄奄一息的人，他们严重灼伤，肢体卡在扭曲的甲胄中。一群体型较小的人涌入，弯腰的模样好像兀鹫。不过他们是在拿锯子帮忙切开金属护甲，拖出里面烧伤的战士，只可惜有些人的护甲完全熔解了。有只手靠到我身上，是一个躺在我旁边的男孩。他瞪大眼睛，甲胄焦黑，脸颊的皮肤年轻滑嫩，却沾满黑灰和血液。那张嘴还没有印上笑纹。男孩的气息越来越短促、越来越短促，最后的唇形念的是我的名字。

然后，他断气了。

第八章
家

我独自站在路上，看不见那些骇人场景，身体洁净轻盈，四周飘着青苔和泥土的气味，脚底踏到地面，却又感觉不到脚下究竟是什么。左右两侧原野开阔，野草随风倒。天际划过闪电，我手上的印记消失了。我沿着弯弯曲曲往两旁延伸的石砖墙走。我是什么时候踏上这里的？远方升起一柱柴烟，我继续前进，觉得自己别无选择。山头彼端有个声音在呼唤我。

噢，坟墓；噢，礼堂。
全都空了，伫立凝望。
我回到同胞身旁，他们都在那儿，
齐聚于珀耳塞福涅的指引下。
时机未至，旅途艰险，
纵然殿后，我仍会抵达终点。
在那里，我们终将见面——
亲爱的父亲，亲爱的母亲和兄弟，
在那边，你们认得我的手，

因为我曾洗涤你们的尸首……

是我叔叔的声音。我来到往生谷了吗？这是死者必经之路？不对，往生谷里面无伤无痛，但我身体疼得要命，腿还像是被针扎了一样。声音从前方传来，仿佛拉着我穿过这片迷雾。父亲死后，叔叔教我跳舞，掩护我进入阿瑞斯之子。他死在矿坑里头，此刻应该徘徊在往生谷间。

我还以为会是伊欧来迎接，不然要是父亲也算合理，怎么会是纳罗？“继续，”另一个声音响起，“维朗尼医生说他听得见，只是还找不到回来的路。”我不断走着，却意识到身体底下是一张床，周围空气冰冷，进入肺后有种锐利的触感。床单柔软干净，我两腿肌肉抽搐，好像不断遭到蜂螫。每回刺痛都模糊了如梦似幻的世界，意识逐渐被塞回身体。

“要念东西给这小子也该念些与红种有关的吧。紫种写的也太文绉绉了。”

“舞者说他最喜欢这首。”

我睁开眼睛，发现自己确实躺在病床上。寝具洁白，手臂连上点滴。被子底下的双腿黏了好多蚂蚁大小的贴片，以电流促使肌肉运动，避免萎缩。病房本身像个洞窟，但里头堆着机械设备和培养皿。

而我在恍惚之中听见的声音果然是纳罗叔叔，当然了，他没去往生谷，还活蹦乱跳地坐在病床旁低头看着米琪留下的旧书。即便以红种而言，叔叔也显得消瘦很多。长满茧的手指小心翻着书页。他变成光头了，前臂、颈后晒得很黑，不过整个人还是很像回收的碎皮组出来似的。掐指算算，纳罗已经四十一岁，只是看起来更老，而且改走凶狠路线：他的大腿枪套里有把电磁枪，黑色军装外套缝上备用的甩刀；这套衣服原本属于殖民地联合会的士兵，但他们将标志拆掉，颠倒后缝回去。红色在顶端，金色成为最底层。

他也参战了。

母亲坐在隔壁，曾中风过一次，所以也孱弱许多。不知道有多少次，我想象着胡狼以钳子蹂躏她的画面，但是这段时间来母亲一直都很安全。她动着手指缝补破袜，动作没有以前那么灵光，年纪和体力都不行了，然而她的身体与精神并不相符。就精神层面上，母亲绝不会输给金种，她的心跟黑曜种一样魁梧。

我看着她坐在一旁，呼吸沉静，专注着手上的工作，我找到了整个宇宙中最想保护的对象。我多希望可以治愈她，给她那些从来没感受过的舒适生活。我明明那么深爱母亲，面对面却不知道该说什么，表达不出心里的千言万语。“妈……”我低声开口。

那两人猛然抬头。纳罗叔叔傻了眼，母亲伸手拍拍他，轻轻起身靠近，动作缓慢、谨慎。“孩子，醒啦。”

她站在床边，眼中充满关爱。现在我的手比她的头还大，只能小力地碰触那张脸，想确定这不是一场梦。我的手指沿着她眼角的鱼尾纹摸到发鬓。小时候我比较喜欢父亲，因为母亲会打骂管教我，也会一个人偷哭，却又装作没事。如今，我最希望的就是能再次听她哼小调、做料理，回到孩提时代安稳的每一夜。

我想重返那种生活。

“对不起……”我听见自己说，“对不起……”

她在我前额一吻，轻轻靠上来。她的身上有铁锈、汗水和油渍的味道。我仿佛回到了故乡。母亲说，无论如何都会把我当儿子看，所以没什么好道歉。我觉得好安全。有人爱我，全家都在，包括基尔兰、莉亚娜和他们的小孩，大家都想见我。我哭个不停，将独囚时压抑的痛苦全部发泄，比起我能吐出的言语，泪水更为铭心刻骨。母亲再次亲吻我的头，我终于累了。她退开时，纳罗过来搭我的手臂。“叔叔……”

“好久不见啊，小浑球。”他还是不太客气，“有其父必有其子是吧。”

“我还以为你死了。”

“没有的事。的确是鬼门关走了一遭，但被踢了出来。叫我回来打打架、救救人。”他朝我笑了笑，唇上原本就有一道疤，现在又多了两条。

“我们一直在等你清醒。”母亲解释，“飞船送你过来已经两天了。”

我的咽喉里仿佛还残留着人肉烤焦的气味。

“这里是？”我问。

“提诺斯，阿瑞斯统治的都市。”

“提诺斯……”我喃喃自语，起了身，“塞弗罗……拉格纳……”

“他们没事。”纳罗闷哼着压我躺下，“别扯掉点滴和人工肉啊。千辛万苦逃出来，维朗尼医师花了好几个钟头才把你拼好。本以为敌人的骨骑也在电磁脉冲范围内，结果他们却躲开了，跟进隧道，把我们打得落花流水。多亏有拉格纳才保住你小命。”

“你也在？”

“不然你以为是谁带挖掘队冲进阿提卡？都是莱科斯的血脉

哦，兰达和奥米克戎两个部落联手。”

“维克翠呢？”

“孩子，你别着急。”他伸手按住我胸口，免得我又跳起来，“她在医生那儿，另一个灰种也是，两个都保住性命了，正在缝伤口。”

“纳罗叔叔，给我做全身检查！请医生验辐射反应，看看有没有定位器或植入物，敌人可能是故意放走我，利用我找出提诺斯的所在……我得见塞弗罗！”

“喂，就叫你别着急啦！”纳罗提高音调，“我们检查过了，的确被植入两个东西，但已经被电磁脉冲烧坏了，追踪不到你。阿瑞斯不在，他和号叫者还没回来，之前只是先送伤员，顺便吃点东西。”

我记得自己看到十几个披着狼皮的人，塞弗罗应该招募到新成员了。蓟草反叛，但维克瑟斯提到卵石和野草，不知道小丑和废物是否也还在。

“阿瑞斯老是在忙。”母亲补充。

“事情很多，阿瑞斯却只有一个。”纳罗为他辩护，“还在搜索生还者，不用多久就会回来了，运气好的话大概就早上吧。”母亲白他一眼，他赶紧住嘴。

我靠回床上。单是和两人见面说话，我已经内心澎湃、语无伦次。好多话想说，好多矛盾的情绪，最终我只能坐在床上，不住喘息。整个房间都有母亲的爱包围着我，但我依旧觉得黑暗正在虎视眈眈，随时会袭击我以为已经失去的亲人。我担心往后自己无法保护他们，敌人太强而且太多，我又如此虚弱。此时，我只能摇摇头，拇指滑过母亲的指节。

“我还以为再也见不到你了。”

“但你不是来了吗？”这句话一如往常，淡然到近乎冷漠。我们两个男人都哽咽了，她眼睛还是干的。不愧是我母亲。回想起来，能在院训那种环境生存下来，我实在无法归功于父亲。他的形象太温柔体贴，母亲才是给我骨气和坚毅的人。我拎着她的手，想用简单的碰触来传递复杂的心意。

有人轻轻敲门。舞者探头进来。他还是俊美得不合常理。在我见过的红种中，唯有他会因年岁增长而更有魅力。舞者拖着脚的声音从走廊传来，母亲和叔叔都对他点头行礼，纳罗还客气地让出位置给他，母亲倒是没有动。“看来我们这位地狱掘进者命真的很硬，”舞者握起我的手，“不过我们都快吓死了。”

“能再见面真是太好了，舞者。”

“没错，孩子，真的太好了。”

“谢谢你帮忙照顾他们，”我朝母亲和舅舅撇了撇头，“还有帮忙塞弗罗……”

“都是一家人。”他回答。“你感觉如何？”

“胸口还是痛——其实全身都痛。”

他浅浅一笑。“没办法，维朗尼说，中村姐弟给你的那一针差点儿出人命，你是心脏病发作。”

“舞者，胡狼究竟是怎么知道的？我百思不解，不断回想自己透露过什么。是我露出马脚吗？”

“不是你，”舞者说，“是哈莫妮。”

“哈莫妮……”我低呼，“她怎么会……她那么恨金种……”但我刚说出这句话，顿时醒悟。哈莫妮对金种的恨太深，一定怨我没有引爆炸弹，将最高统治者和月球上的显要人物全部炸死。

“她觉得是我们忘记初衷，”舞者解释，“嫌我们不够积极，所以干脆将你的真实身份泄露给胡狼。”

“所以我去他办公室送礼时他就知道了……”

舞者神情疲惫地点点头。“等于是证实了哈莫妮的说辞，所以胡狼才让我们将人救走。她回到基地，在胡狼的突击部队出现前一小时就不见踪影。”

“费彻纳会死也是这原因。但他明明给了哈莫妮生存下去的动力……出卖我倒还容易理解，为什么连费彻纳——阿瑞斯——也要害死？”

“哈莫妮发现原来阿瑞斯也是金种，就崩溃了。我猜她是直接把基地的坐标给了胡狼。”

哈莫妮曾将阿瑞斯视为英雄，甚至是神。她的孩子在矿区亡故，因为阿瑞斯出现，才决定为了战斗而活。但最后竟发现他自己是敌人的一分子，索性要他拿命来抵。费彻纳的死背后藏了纠结曲折的心路历程，我听了不禁唏嘘。

舞者静静观察我，应该能看出我的身体状况与预期相差太大。母亲和纳罗同样仔细地看看他，又打量我，应该也猜到舞者有什么顾虑。

“我知道我看起来比以前差很多。”我慢慢地说。

“不，孩子，你经历了那么多，身体当然虚弱。问题不是这个。”

“那是什么？”

舞者和母亲交换一个眼神。“可以吗？”

“他有权知道，直说无妨。”母亲和叔叔都点头。

舞者还是犹豫了一下，回头想找椅子，纳罗赶紧拉了一张过来，放在床边。他点头致谢，身子朝我探来，两手指尖靠在一起，像个尖塔。“戴罗，长久以来，有太多人对你有所保留，所以我希望从此刻开始不再有任何隐瞒。其实，直到五天前我们都认为你死了。”

“我的确是差点儿没命。”

“不是那个意思。我是说，事实上，九个月以前，我们就没有继续寻找你的下落。”

母亲握紧我的手。

“你落入敌人手中三个月，频道上就播放了行刑过程。他们找来和你长相几乎一样的人，拖到爱琴城塞大门阶梯上，宣读罪名，看起来似乎是继续将你当成金种。我们尝试过劫囚——不出所料，那是陷阱，我们折损了好几千兵力。”舞者的目光扫过我的嘴唇和头发，“受刑的人无论眼珠、身上疤痕或脸面都仿造得毫无瑕疵。我们眼睁睁看胡狼砍下你脑袋，将遗体毁弃在火星荒原上。”

我盯着他，还不明白这番话真正的含义。

“孩子，我们哀悼过了，”母亲声细如蚊，“整个部落、整座城市的人都很难过，还是我亲自领着大家捶胸高唱《消逝的悼念》，将你留下的靴子埋在提诺斯的隧道深处。”

纳罗双手抱胸，似乎想要压下那段记忆。“同样体态、同样五官，没人察觉有异，我真的以为自己又亲眼看着你死了一次。”

“高科技人皮面具，或者是直接找替死鬼做雕塑手术，又说不定只是数字特效。”舞者解释。

“但怎么办到的已经不重要。胡狼以金种的仪式处决你，没有揭露你红种的真面目。对他们而言，拆穿这件事有害无益，只会成为我们的宣传工具。于是你就跟以前想篡位的金种一样，接受公开处刑、杀鸡儆猴。”

胡狼说过，他要我爱的人深深受苦，此刻我便领悟到他的手段有多残酷。就连我母亲也无法镇定，眼中的伤痛越来越浓。她看着我，那张脸因罪恶感而变得僵硬。

“我放弃了。”她支支吾吾，轻声地说，“我放弃了你。”

“不是你的错啊。”我回答，“你被骗了。”

“可是塞弗罗没放弃。”母亲叹道。

“他继续找你，”舞者说明后来的事，“我之前觉得塞弗罗发神经病，但他坚持你没死，声称自己能感觉到，你肯定还活着。我都开口叫他把日冕头盔交出来了。他实在太执着于这件事。”

“到最后真的给他找到了。”纳罗说。

“是，”舞者回答，“找到你了。我错了，我不够相信你，不够相信他。”

“不过他到底是怎么找到我的？”

“是狄奥多拉的协助。”

“她在这儿？”

“她有很多人脉可用，负责提供情报。通过珠伎酒店，狄奥多拉得知，居然有奥林匹亚骑士亲自前往阿提卡运送‘包裹’，而且要带回月球交给最高统治者。塞弗罗听了以后，认定包裹就是你本人，便投入大量资源组织作战，耗掉我们地底两个……”

舞者还没说完，我发现母亲的眼睛一片蒙眬，注视着天花板的灯泡。她会有什么感受？作为母亲，目睹儿子遭人如此凌虐，满身伤痕，连话都讲得断断续续，眼睛无法对焦？不知世上还有多少母亲体验过这种滋味：儿女好不容易从战场回来，心却早已丢失，冷酷现实的毒素渗透骨髓，再也不是她过去的宝贝？

九个月了。她在心中埋葬了我。现在我又爬出坟墓，她则因为自己没有坚持到底而内疚，当战火再度将我卷入，却又无能为力，只能无奈。这几年来，我追逐自己的目标，不知拿多少人当垫脚石，假如眼前我这条命是最后一次机会，我想要做得正确，我必须正确。

“……现阶段最大的问题并不是物资，而是需要的人力……”

“舞者……先停一下。”我开口。

“停一下？”他皱眉不解，瞟了纳罗一眼，“怎么了吗？”

“没怎么，但我早上再跟你讨论。”

“早上？戴罗，太阳系都要天翻地覆了。我们失去其他红种的合作意愿，阿瑞斯之子撑不过今年，不赶快重回正轨绝对不行，只有你……”

“舞者，我还活着。”我心里也有好多疑问：关于这场战争，关于其他朋友，关于我被击败的细节——关于野马。但这不急于一时。“你知道光是活下来就够幸运了吗？光是还能见到你们，就够幸福了。已经六年了，一家都没团圆，所以等到明天好吗？明天我就和你们重回战场。今晚我想跟家人相处。”

还没走到门口，我已经听见孩子嬉笑的声音，我觉得自己仿佛是别人梦里的客人，早不属于孩童的世界。但这件事由不得我做主。母亲推着轮椅，我进了狭小的宿舍，里面有金属制的便床，几个小朋友，洗发精的味道，整个空间吵吵闹闹。五个小孩都和我有相同血脉，看他们的头发和地上的小拖鞋可以猜到才刚洗过澡。两个九岁的比较高，联手对抗另外两个六岁的娃儿，还有个女婴，她一直伸头往年纪最长的男孩腿上磨蹭，大男孩还没有发现；旁边的床上坐着第六个孩子，上次回莱科斯探望母亲，我就见过这个半夜不睡觉的女孩。她是基尔兰的女儿。她一边看顾年幼的弟妹，一面又沉迷在纸张光滑的故事书里，不过她也是第一个察觉我进来的人。

“爸爸——”她瞪大眼睛，回头叫唤，“爸——”

基尔兰本来在和莉亚娜玩骰子，看见我后立刻冲来。莉亚娜也跟在后面。“戴罗……”他边喊边跑过来停在轮椅前，他已经二十几岁，开始留胡子，没有以往弯腰驼背的模样，眼中依旧散发一股好人的气质，从前我觉得他的模样很傻，现在反而显得格外勇敢。基尔兰回神后才招手要儿女过来。“瑞冈、旖罗，孩子们快过来，这是我弟弟，就是你们的叔叔。”

孩童围到父亲身边，表情有点儿尴尬。房间角落传出一阵婴儿的笑声，有个年轻的母亲从床上起身，她正在哺乳。“伊欧？”我不由得失声唤道，她和记忆里那个身影太像了——小小的鹅蛋脸，天气潮湿时会打结的浓密头发——只可惜那不是她。仔细一看，她眼睛比较小、鼻型淘气些，没有那种火一般的气焰，更何况，我妻子那时还是个少女，眼前这位已经是个成熟女性，算算应该满二十岁了。

大家望着我，神情慌张，怕我是不是精神错乱，唯一的例外就是迪欧——她就是伊欧的姐姐。她脸上泛起微笑。“抱歉，小迪，”我赶紧解释，“你看起来……和她真的很像。”

迪欧不想让场子冷掉，马上叫我别道歉，还说这是最好的赞美。“这宝宝是？”我指着她怀中的婴儿，小女娃那头乱糟糟的锈红色头发绑成一束，立在头顶，活像天线；她深红色的眼珠盯着我，兴奋莫名。

“这小鬼啊，”迪欧凑近轮椅，“一听到丁娜阿姨说你还活着，我就想一定要找机会让你们认识认识，”她瞥了哥哥一眼，我竟然有些嫉妒了，“这是我们第一胎，你也抱一抱吧？”

“抱？”我回答，“不行，我……”

可是小女娃朝我伸出肉肉的小手，我还来不及缩，她已经到了腿上。她掐着我穿的毛衣，蠕动一阵，转身在我腿上找到舒服的角度，还拍了拍手大笑起来。女婴不知道我是谁，不明白为什么我手上很多疤，只是觉得我的手很大，有奇形怪状的金种印记，还抓起我拇指拿没牙的牙龈咬了咬。

娃儿的世界没有我习以为常的恐怖，举目所见只有爱。她稚嫩的肌肤碰触我的身体，色泽白净，触感如云朵，而我像块粗糙的石头。那双晶莹大眼的神采遗传自母亲，但嘴唇薄，举止动作像基尔兰。

那是一条新生命，原本我和伊欧也有孩子，换作以前，她一定不会相信我们两人竟没能一起走下去，反倒是基尔兰和她姐姐在一起了。我和她就像一团风暴，虽然轰轰烈烈，却注定消散无踪。希望小迪和哥哥能长久。

为了减轻发电机负载，居住区后来有了灯火管制，但我和哥哥、叔叔还是围在后面的桌子聊天。基尔兰说自己有了新工作，他跟橙种学会了如何维修镰翼艇与飞船。小迪先上床休息，却将娃娃托给我。女婴在我怀里睡得很沉，做着美梦扭来扭去。

“这里环境不算太差，”哥哥说，“至少比下面好得多。有得吃，有水洗澡，不必被喷射气体刮破皮！听说那是因为上面就是湖泊，淋浴间真是好东西哪，孩子高兴得要命。”幽微光线下，他望着儿女两两挤一床睡得安稳，偶尔翻身。“可是，每次只要想到小家伙们的将来就烦恼，他们得回去挖矿做纺织吗？以前觉得理所当然，还认为是世代传承的技艺呢，懂吧？”我点点头，“我大概是妄想吧，希望儿子可以像你和老爸一样做个地狱掘进者。现在呢……”基尔兰耸耸肩。

“眼界开了就什么都不一样了，”纳罗叔叔说，“意识到自己一直在给人践踏，那种日子根本没有意义。”

“嗯，”基尔兰附和，“我们几乎活不过三十岁，却要让另一群人长命百岁，操他妈，这什么道理。我希望自己的小孩别过那种生活，小弟。”他凝望着我，我却想起母亲问过革命后有什么打算。

我们要创造一个什么样的世界？野马也问过同一件事，然而，伊欧则来不及考虑到这一步。“下一代不该浑浑噩噩过完一生，所以，虽然我欠阿瑞斯这条命，也很尊敬他，但我还是……”哥哥摇头，他还想说些什么，但感到纳罗沉重的视线。

“你说说看。”我鼓励着。

“我不太确定阿瑞斯是否规划过未来。你回来了，我很开心。我觉得你会有计划拯救所有人。”

基尔兰的语气充满期待、信心满满。

“我是想过。”这是我特别说给哥哥听的，而他也真的心满意足，为自己再斟上一杯酒。然而，我察觉叔叔的目光，明白他看穿了表象，我们都知道，其实前途茫茫。

第九章
阿瑞斯之城

清晨，我的早餐是母亲代领的咖啡和谷物粥。我目前还不适合在公众场合露面。基尔兰和莉亚娜上工了，只剩下我、小迪和母亲，孩子正在更衣，准备去上课。能念书是好事，倘若大人不管下一代的教育，只是代表心中没有希望。

喝完第一杯咖啡，母亲又给我倒了第二杯。“你拿了整壶回来？”我问。

“厨子硬要塞给我，原本想给我两壶呢。”

我继续喝。“味道跟真的一样。”

“是真的啊，”小迪回答，“有强盗团抢了东西送过来。这咖啡应该是地球货吧，听他们说是什么牙买加之类的。”

嗯，地名这种小事我就不纠正了。

“喂！”外头传来叫声，妈惊跳起来，“收割者！收割者！你要不要出来玩啊——”接着是一阵东西翻倒、用力跺脚的声音。

“丁娜太太要我们敲门。”喊声如雷响。

“你别烦，好啦好啦！”接着，门被敲响，“过节啦！塞弗罗叔叔和超亲切、超和蔼的小巨人来探望你们啦！”

母亲朝兴奋不已的侄女说：“艾拉，帮我们开门好吗？”

艾拉跑过去给塞弗罗开门，塞弗罗一进来就将女孩一把捞起，她开心地直叫。塞弗罗没穿盔甲，而是军人穿在脉冲护甲底下的黑色吸汗衣，腋窝还能看得见污渍。看到我的时候，他眼睛一亮，将艾拉丢到床上，张开双臂直朝我冲来，还不断发出怪笑、嘴角扯开，几乎要切开那张窄脸了。他顶着一头沾满汗水又脏得要死的莫西干发型。

“塞弗罗，小力点！”母亲叫道。

“小收割者！”他用力一拍，轮椅打转，我的牙齿咯咯响。塞弗罗用力抱紧，几乎要把我抱离椅子。他比以前壮，身上有香烟、引擎油和汗水味。然而他依旧像只边哭边笑、活蹦乱跳的小狗那样钻进我怀里。“我就知道你没死！我就知道！那些妖精王八蛋别想骗我！”鬼叫完，他拉开一些距离，上下打量，奸笑一声，“你这天杀的小浑球。”

“别说粗话！”我妈吼道。

我也眯起眼睛。“肋骨好痛。”

“噢，对不起啦，兄弟。”他这才把我放回轮椅，跪下来和我平视，“我早就说过了，一点儿也没错——这世界上最难杀死的两样东西，一是我小鸟蛋底下的霉菌，二是他妈的火星收割者！哈哈哈！”

“塞弗罗！”

“抱歉，阿姨，抱歉。”

我稍稍后退。“塞弗罗，你……好臭。”

“我五天没洗澡啊，”他一派得意，还搔搔胯下，“这可是纯正的塞弗罗牌浓汤味呢，大哥。”他双手叉腰，“至于你嘛……嗯，你看起来……”塞弗罗偷看我妈一眼，咬了一下舌头，“也是挺狼狈的。”

突然间，一道阴影罩下，有个人影窜进来，遮住天花板上靠近门口的那盏灯。小孩围着拉格纳跳来跳去，他很难移动。

“收割者，好久不见。”他一开口，马上压过小朋友的嬉闹。

我对他微笑。拉格纳一如以往，神情淡漠沉郁，身上满布刺青；那身经过家乡的极地气候洗礼的皮肤厚如犀牛，白胡结成四根辫子，头发几乎剃光，只留一束绑上红色丝带。孩子们问他有没有带礼物。

“塞弗罗，”我探身，“你眼睛……”

他也靠过来。“喜欢吗？”刀削似的脸上双眼眯起，眼珠已不再是往昔那不够澄澈的金色，竟变成与火星土壤一样的红。塞弗罗特别拉开眼睑给我看个清楚。那不是隐形眼镜，右眼也不是生化义眼了。

“操他妈，你竟然去做雕塑手术？”

“业界最高等级。喜不喜欢？”

“他妈的，是很厉害啦，根本是为你量身打造。”

他握起拳，往自己的手掌一打。“听你‘本人’这么说我就安心了。这是你的。”

我脸一白。“什么？”

“你的啊。”

“我的什么？”

“眼珠啊！”

“我的眼珠……”

“巨人大哥救你回来时摔到你的脑袋了吗？米琪一直把你原

本的眼珠放在约克顿的冰柜里——那儿真是有够阴森。不过我们去搜刮了些物资回来，资助崛起革命，反正我看你应该也用不到嘛，我就顺便……”塞弗罗尴尬地耸耸肩，“后来我问他们可不可以装上去——你懂的，我就是想说，这样你就算挂了还可以用这个眼睛看见世界，算是纪念你吧。有那么奇怪吗？”

“我早就告诉你了——很怪。”拉格纳开口，一个女孩爬上他的腿。

“那你想要回去吗？”塞弗罗突然有点儿怕怕，“是可以还你啦。”

“不必了！”我回答，“我只是一时忘了你有多狂。”

“噢，”他笑着拍拍我肩膀，“那就好，还以为你真的不开心。所以我可以留着啰？”

“既然是你找到的，那就给你吧。”我也耸耸肩。

“莱科斯的丁娜女士，可否借您儿子于战事之用？”拉格纳对我母亲说，“他有多项任务，需要大量情报。”

“行，带回来别缺一块就好。你们拿点咖啡去吧——还有帮我把这些袜子送去洗。”我妈拿了才补好的一袋袜子放进这个大块头的怀中。

“遵命。”

“礼物呢？”一个孩子问，“这次没有礼物哦？”

“有——”他才回话，小迪和我妈立刻齐声大叫：“塞弗罗，不准！”

“干吗？”他掏出个小袋，“我这次拿的真的是糖果呀。”

“……结果呢，拉格纳踩到卵石，从运输带后面摔出去，”塞弗罗咯咯笑，“摔个四脚朝天。”他在我头顶上大嚼糖果，大剌剌地将轮椅在石头隧道推得乱窜，加速过猛后又急忙要刹车，结果轮子一偏，椅身撞墙，震得我眯起双眼。“然后呢他就掉进海里，那时场面可壮观了，浪打起来和火炬船[1]一样高。我想说我好像该帮帮他，就跟着往外跑，没想到一个庞然大物……不知道叫什么来着，总之是雕塑出来的那种怪物……”

“海魔。”拉格纳声音从后面飘来，我根本没察觉他跟着，“赫珞[2]第三层来的。”

“嗯哼。”塞弗罗推我过转角，这回同样又用力擦撞，害我咬到舌头，一群阿瑞斯之子的驾驶员急忙散开，经过时还瞪大眼睛看我。“海里那个——”塞弗罗回头望向拉格纳，“——海魔，它大概觉得拉格纳是块美味肉排，他才刚坠进水里它就立刻吞下去，我和废物看了以后哈哈大笑，实在他妈的太夸张了！你懂的，废物也是很幽默。但那海魔居然潜下去，我只好从后面货舱口出去，拿脉冲手套一直往海面轰个不停。”他又转头看看拉格纳，“海魔游着游着，眼看就要到热海海底去了，水压越来越高，我的防护衣吱吱叫，还以为自己要死在那儿呢。结果，拉格纳这家伙忽然从那只全身鳞片的鬼东西身体里开了条路出来，”他凑近说，“你猜猜是从哪儿？快猜！”

[1] 著名科幻作家罗伯特·安森·海因莱因创造的名词，描述宇宙飞船喷出尾焰如上下颠倒的火炬。其作品中火炬船具备不断加速直到接近光速的科技水平。

[2] 黑曜种文化源流接近地球北欧神话。赫珞即冥界（及司掌该世界的女神）。

“肠子吧？”我问。

塞弗罗尖声大笑。“对！从屁股出来！就像一坨大……”

轮椅忽然停下，他话没说完就硬生生停住。接着是“咚”一声和某个物体在地面滑行的声音。轮椅又往前了。我转头一看，拉格纳若无其事推着，塞弗罗没跟在后面。我皱起眉，暗忖那小子怎么失踪了，突然他又从旁边小路溜出来。

“你这蠢牛！”塞弗罗气急败坏，“我可是恐怖集团的首脑！不准你这样把我丢来丢去！害我糖果都掉光了啊！可恶！”他盯着隧道地板，“烦唉……在哪儿？混账东西，拉格纳，我的花生棒呢？你知不知道我是杀了几个人才抢到的？——六个，六个啊！”

拉格纳正在我上方咀嚼东西。不知道是不是我看错，但我总觉得他在窃笑。

“拉格纳，你开始刷牙了吗？干净很多。”

“谢谢，”这名满嘴花生棒高两米四的壮汉回答，“巫师给我换了新的。很痛。不过是新的。好看吗？”

“巫师——米琪吗？”我向他确认。

“是。离开提诺斯前他教我识字。”于是，拉格纳凡是看到路牌或警告标语都读给我听。约十分钟后，我们进入机库。塞弗罗跟在后头，还在唠叨他的零食。就殖民地联合会的标准来看，这座机库算是狭小，但其实也有三十米高、六十米宽，是用激光在山岩内部钻凿而成，机体引擎衬出地面有多黑。里面停了几架老旧飞船和三架崭新又光芒四射的镰翼艇；两名橙种正在指挥红种整备，看我坐轮椅经过，不禁也愣了一下。我总觉得自己格格不入。

成群士兵从一架外壳破损严重的飞船鱼贯而出，有些没卸甲胄，肩膀上挂着狼皮斗篷，其余人则脱得只剩内衣或打赤膊。

“老大！”卵石撑着小丑的手臂，看见我在，立刻高声呼喊。她和之前一样体形丰腴，脸上堆满笑容。她拖着小丑加快脚步，小丑则汗水濡湿、头发杂乱，让那个比自己矮一些的女孩搀扶前进。两人露出灿烂的笑容，仿佛我还是他们记忆中那个模样。他们到我面前后，卵石将伙伴晾在一旁，上前拥抱，小丑则是用滑稽的方式来个鞠躬。

“学级长，号叫者回报，”他开口，“抱歉，我们有点儿狼狈。”

“战况混乱吗？”我还没回应，卵石就抢着讲话。

“真的是一团乱……收割者，你的状况也不太好，”小丑双手叉腰，“好像……瘦了。然后你怎么头发剃这么短，胡子却一大把？……看起来好老。”

“可不是，”我说，“谢谢你们还愿意留下来。毕竟我……”

“……骗了我们整整五年？”

“嗯，是。”我回答。

“嗯……”小丑似乎想损损我，卵石朝他肩膀一撞：“我们当然要留下来啊，收割者！”她甜笑，“这儿是我们的家……”

“但话说回来，”小丑摇着一根手指，“要我们像以前那样什么都听你的，那就有条件了……我们先走，我屁股好像插到榴弹片了，恕我失陪。走啦卵石，找医官去。”

“之后见啦，老大！”卵石说，“你没死真是太好了！”

“用餐时间是八点！”塞弗罗朝两人叫道，“别迟到，我才不管你屁股插了什么，小丑。”

“是，长官！”

塞弗罗又转身对我咧嘴。“我说你是锈铁时，他们两个眼睛都没眨半下，二话不说，立刻陪我和大黑去把你家人带出来，不过进了矿区还要靠我带他们。来这边。”

我们经过方才卵石和小丑搭的船，沿船梯可以看见里面。两名年轻人拎着水管朝地板猛冲，红褐色的污水顺梯向下滴进机库。这里没有排水孔，只有边缘的一条窄槽，管线一路延伸到尽头。

“别人老爸的遗产是军舰啦，别墅啦，阿瑞斯这个浑蛋却留了个马蜂窝和一群找麻烦的给我。”

“操——”等到我终于看清楚，不禁发出惊呼。原来机库外面是一片巨大的钟乳石林，专属于地底的日光使得景色灿烂辉煌。灰色岩石被水流打得湿滑，映着来自码头、营房和雷达的光线，化成一排排森白尖牙，守卫着阿瑞斯这座雄伟碉堡。周围几座港口还不时有运输船穿梭来回。

“原来是在钟乳石里头。”我笑着赞叹。然而，当我低头，那凄凉的场面使我肩头越发沉重：石头底下百米处就是难民营。最初，这里是往火星地底发展的古城，建筑物间的街道埋得太深，仿佛小型峡谷；市区在广阔洞穴内蔓延数千米，城墙上挂着蜂巢结构的建筑物，阶梯在砂岩层上蜿蜒曲折。这里以古城为基底，却出现新聚落——难民的新家，只是他们连屋顶也没有。难民满身破烂脏污，就这么躺在地下，放眼望去犹如皮与肉组成的海洋；有些人睡在屋顶，有些倒在路上，也有些在阶梯上找空位。此处能看到难民以废五金做出伽玛、奥米克戎和埃普西隆等标志，象征同胞被殖民地联合会拆解的十二个部落。

我目瞪口呆。“多少人？”

“我哪知道。至少来自二十个矿坑，而且比起一些大型氦三矿藏点，莱科斯还算是个小地方。”

“根据统计，四十六万五千人。”拉格纳说。

“才将近五十万吗？”我低声问。

“看起来好像不止？”

我点点头。“他们为什么会在这儿？”

“来接受庇护啊。这些可怜的家伙来自胡狼清算过的矿坑，只要那混账东西怀疑阿瑞斯之子混在矿工里，就直接从通风系统倒进雾后九号毒气，偷偷摸摸来场大屠杀。”

我背脊发凉。“品管会对造反矿区的最终手段就是全族连坐。不过你们怎么有办法藏这么多人没被发现？用干扰场吗？”

“嗯，加上这里距离地面超过两千米，还有人帮忙篡改殖民地联合会的地形数据，所以比较不容易察觉。在金种看来，这地方顶多是三百年前耗竭的氦三矿脉，一时半刻不必担心曝光。”

“你要怎么喂饱这么多张嘴？”

“喂不饱——我是说，我们尽力而为。但这个月提诺斯的老鼠绝种了，还有，大家几乎是贴在一起睡觉，就算我们已将部分的人转移到石林里，也来不及阻止传染病大爆发。可现在药物不足，我也不能让阿瑞斯之子暴露在风险中，少了士兵会更使不上力，会成为一头病牛，只能等着被宰。”

“他们还暴动过。”拉格纳又补充。

“暴动？”

“没错，我差点儿就忘了这件事。先前我们迫不得已把粮食配给减半。话说这些家伙身体小也就罢了，就连稍微动一下那忘恩负义的脑袋都不肯。”

“我下去镇压之前已经有多人丧命。”

“大黑有个外号叫‘提诺斯之盾’，”塞弗罗解释，“可想而知，他比我受欢迎，难民也不会将挨饿的事算在他头上。但我的立场又比舞者好一些，至少还有顶头盔可以吓人。那些细枝末节，以及我没法处理的事情就交给他，但底下这些家伙真是死脑筋，居然以为是舞者死要钱才不肯喂饱他们。”

“看来文明似乎倒退了一千年。”我感慨地说。

“真的。还好发电机没问题。有条地下河流经这儿，饮水和清洁还可以，电力勉强够用，可是呢……人的问题摆不平。偷拐抢骗，杀人强奸，什么都有。一开始我们隔离伽玛的恶棍，结果上星期奥米克戎的人却又吊死一个伽玛的男童，拔掉人家手臂上的红种印记，硬在胸口画了金种符号，说他是反动者，心向着金种——那孩子才十四岁哪。”

我听了觉得好想吐。

“下面随时保持明亮，晚上也开灯。”

“嗯，关灯的话，底下会……不像给人住的地方。”塞弗罗眺望古城，表情疲惫。说到战斗他内行，但谈起治理他就外行了。

我俯瞰古城，不知道该说什么好，我觉得自己像个花了大半辈子挖开墙壁，却发现另一边依旧是牢狱的犯人。事实上，牢狱永远都在。有第二个，第三个，无穷无尽。底下的难民根本谈不上活着，只是苟延残喘。

“伊欧要的不是这个。”我叹道。

“嗯哼……”塞弗罗耸耸肩，“做梦简单，打仗难。”他咬着嘴唇想象了一下，问，“你有没有见到卡西乌斯？”

“快逃走之前见过。怎么？”

转身时，他眼神闪烁。“杀死老爸的就是他。”

第十章
战争

“这是属于全人类的战争——”

我们在阿瑞斯之子战情室集合，由舞者主持会议。这是个有圆顶和石墙的房间，上方挂着蓝白色灯，一圈计算机面板包围中央的全息投影。他站在显示器旁，整个人浸沐在火星热海的蓝光中。与会者还有拉格纳，几位我不认识的资深成员，以及狄奥多拉。才刚见面，她就学月球名流在我唇上轻吻问候，一身黑衣黑裤讲究的是功能性，但浑身散发的气势压倒在场所有人。感谢老天，在奥古斯都眼中她无关紧要，所以跟号叫者一样，并没有获邀参加庆功宴，却因此逃过一劫。出事后，塞弗罗派卵石即刻带她离开城塞，狄奥多拉就与阿瑞斯之子合作，配合舞者进行宣传和情资搜集。

“——现在不止此处和星系各地的崛起团体正在对抗金种，就连金种的内部也相互对立。阿寇斯和奥古斯都身亡，两人的亲信也在那场花园盛宴中丧命，洛克与胡狼第一时间拿下太空轨道上的舰队，好像是因为担心弗吉尼娅小姐或忒勒玛纳斯家族会煽动死者的船舰，展开反攻——弗吉尼娅小姐确实那么做了，追随者不止她父亲的部下，阿寇斯先生的三位媳妇也将继承的部队交予她调动，双方在火卫二展开激斗。然而，纵使悬殊，洛克的舰队仍逼退野马。”

“你的意思是她还活着。”大家必定早就等着看我有何反应。

“没错，”塞弗罗和其他人一样正注视着我，“就我们所知，她还活着。”拉格纳好像想说什么，却被塞弗罗抢话，“舞者，给他看看木星。”

我盯着拉格纳，舞者手掌动了动，全息投影扭曲后，转为像弹珠一样的气态巨行星。木星共有六十七颗卫星，其中六十三颗较小，只有木卫一到木卫四特别大。

“胡狼和最高统治者阴谋策划的肃清行动不仅限于花园宴会上的三十多条人命，而是遍及全太阳系暗杀人数超过三百人以上的大事件。其中多数由奥林匹亚骑士与禁卫军执行。胡狼制定的主要目标是为奥克塔维亚除去火星、月球乃至殖民地联合会结构内奥克塔维亚的所有政敌。成效十分显著。不过，他们犯下一个极其严重的失误：他们在城塞花园错杀了卢俄家族的睿弗斯，及其九岁孙女。”

“木卫一的大统领，”我会意过来，“这是给所有卫星统领一个下马威。”

“没错，只是得到的效果却相反。卫星统领几乎都有儿女住在月球被当成人质，确保他们效忠奥克塔维亚，可是凯旋宴过后一周，他们全逃走了。又过了两天，卢俄家族得到木卫三居民的援助，彻底攻占萨坦努斯驻屯区，也就是第八舰队留在木卫四的所有兵力。

“卢俄家族宣布木卫一独立——这等于木星所有卫星的独

立，并且与奥古斯都家族的弗吉尼娅小姐和阿寇斯家族后裔结为同盟，对最高统治者宣战。”

“第二次卫星叛乱。距离土卫五化为灰烬才六十年。”我浅浅一笑，想象着野马统治全行星系的模样。就算她舍弃了我，我每次回想起她仍觉得体内有个空洞。目前局面对我们有利，最高统治者遭多方夹击。“天王星和土星没加入吗？海王星一定反叛了。”

“全数加入。”

“全数？那应该有希望……”我说。

“我就说嘛。”塞弗罗嘀咕着。

舞者为我说明。“可惜，卫星统领同样失策了。他们以为奥克塔维亚会被火星局势绊住，低阶色族暴动应能动摇殖民地联合会核心，三年内无法派遣规模够大的舰队到六亿千米外平定叛乱。”

“大错特错，”塞弗罗像是在自言自语，“那群傻瓜连裤子都来不及穿。”

“结果她进军花了多久？”我问，“半年？”

“六丨三天。”

“怎么可能？光是燃料补给……”但我才说到一半就想起来。我攻下火星前，灰烬之王已受命支持贝娄那家族，进入轨道。若之后舰队直接转往外缘区，便等于紧咬野马后方不放。

“你比任何人都明白殖民地联合会军队效率多高。本质上，他们就是战争机器，”舞者说，“后勤和指挥体系可谓天衣无缝。给外缘区越多时间准备，最高统治者胜算就越小，她十分清楚自己的立场。所以宝剑舰队立刻赶赴木星轨道，在那儿停留了将近十个月。”

“洛克那家伙很难缠，”塞弗罗补充，“在主队之前，还有一队伏兵——他们竟然抢到去年老尼禄想拿下的卫星级战舰。”

“卫星级？”

“对啊，夸张吧。那娘娘腔还给它改名，叫什么‘巨像号’，把它当作自己的旗舰了。你那和平号还矮人家一截呢。”

全息投影显示洛克的舰队进攻木星，卫星级战舰早已蓄势待发，之后几周、几月的战况便快速转变。

“这场仗打得……很惨烈，”塞弗罗评价道，“动用成千上万的运输机和战舰，每一支舰队都超过你对付贝娄那时的两倍……”他还没说完，我的心却迷失在那些随画面流逝的时间里，这宇宙从未因我缺席而停滞半分。

“奥克塔维亚不会轻易祭出灰烬之王的名号，”我恍惚地问，“就算只是穿越小行星带，也意味将不留余地，外缘区知道是他，一定会抗战到底。所以舰队是由谁领军？艾迦吗？”

“洛克·欧·他妈的费毕。”塞弗罗用鼻子喷气。

“他来统率全军？”我很诧异。

“吓到了吧？经过火星包围战和火卫二战役后，核心区的人都当那浑小子是天才儿童，是钢铁金种屁眼生出来的小宝贝，完全忘了你当初是怎么整他，或者一开始我们院训时他根本不知道是哪根葱。现在洛克就靠三招绝活打天下：哭哭啼啼、暗箭伤人，还有打垮别人的舰队。”

“他被尊称为戴莫斯[1]的诗人，”拉格纳说，“战无不胜，

[1] 戴莫斯即火卫二的外文名，为希腊神话中阿瑞斯和美之女神的儿子。

就连野马和她的泰坦也难以抗衡。是非常危险的对手。”

“舰队战本就不是她的强项。”野马在这方面虽不算差，但她更擅长政治操作，她有凝聚人心的本领。若是纯论太空战术，那就是洛克的天下。

我也曾经带兵上阵，此时不禁感慨我错过太多，竟没能参与到第二次卫星革命。那六十七颗卫星是极为军事化的社会，四大居住区的人口都超过一亿。不管是舰队交战，轰炸轨道，装甲部队利用小行星掩护进行奇袭，样样都是我的拿手好戏。但同时我也很清楚，要是自己没被关上一年，此刻根本没机会坐在这里。

我突然察觉自己安静了太久，赶快开口讲些话。“现在所剩时间不多了吧？”

舞者点点头。“上星期洛克攻下木卫四了，还剩下木卫一和木卫三。假使木卫全部投降，舰队就会回头帮胡狼；要是殖民地联合会的全部兵力集中起来，我们绝对撑不过去。”

费彻纳讨厌炸弹攻击就因为这样。太引人注意了，会唤醒沉睡的巨人。

“火星呢？其他人呢？该死，现在到底是什么情况？”

“就乱七八糟的啊。”塞弗罗回答，“大约八个月前就全面开战，阿瑞斯之子集结；奥利安下落不明，我猜是死了吧。毕竟和平号和你其他船舰都没啦！前阵子北方冒出民间军团，滥杀无辜后又被政府的空降部队歼灭。几十个都市爆发大规模抗议和罢工，政治犯都要满出来了。所以就对外声称要进行临时安置，不过咱们都心知肚明，一旦被拖出去就别想活命。”

舞者调出画面，影像不很清晰，看来是沙漠和丛林里的大型监狱。低阶色族被士兵拿枪指着，排队走进水泥建筑物内；接着又切换到混乱的街道，电车轨道的遗迹还在冒浓烟，有戴面具的人和一些红种，正手持武器作战。一名金种从天而降，随后视信中断。

“我们尽全力打，”塞弗罗说，“倒也不是毫无进展。抢了十几艘船和两条驱逐舰，还毁了热海指挥中心……”

“对方已经开始重建了。”舞者开口。

“盖好我再打。”塞弗罗哼一声。

“我们可是连一座城市都很难守住呢。”

“红种不是战士，”拉格纳打断两人的抬杠，“他们可以开船，可以开枪，可以放炸弹，可以和灰种对打，但遇上金种就会阵脚大乱。”

好一会儿没人讲话。阿瑞斯之子过去的主力放在游击战、渗透和扰乱，不是眼前这场货真价实的战争。我脑中浮现洛恩说过的话：“绵羊又要如何杀死雄狮？只能用血淹死它了。”

“火星平民的伤亡成了我们的包袱，”狄奥多拉终于加入讨论，“有一回爆破弹药厂房，两人来不及逃生，传出去却变成是我们牺牲上千条性命。然后每回罢工和游行活动都有殖民地联合会的奸细渗透，他们混在人群中，伺机射杀维持秩序的灰种警官，又或是穿上炸弹背心，伪装成恐怖攻击。媒体上播放这种负面新闻，现实生活中则是灰种带队抄家，声援崛起革命的人会平白无故失踪，不管中阶或低阶，只要是异议分子，绝对不放过。就因为这样，北方才演变成塞弗罗说的公开造反。”

“有个自称‘红色军团’的组织，若找到高阶色族就格杀勿论。”舞者一脸阴沉，“对方的领导人就是我们的老朋友：哈莫妮。”

“不意外。”

“问题是，她煽动那个军团与我们对立，不接受我们指挥，我们也只好停止供应武器。但是，再这么下去士气将一蹶不振。”

“有发言权和武力就能控制世界。”我低声说。

“阿寇斯的教诲吗？”狄奥多拉问。

我点点头。

“要是他还在就好了。”

“我倒不觉得他能帮上什么忙。”

“很遗憾，发言权似乎得基于武力之上，”她跷起腿，“革命最大的武器是信念，是追求改变的那颗心。人若能在心中找到希望，就能开花结果，传递出去。然而，我们失去了在人心播种的力量，甚至难以维持革命者的形象，好比被胡狼割去舌头，完全无法为自己辩驳。”

狄奥多拉说话时其他人都很专心听，并非像金种那样只是装模作样，而是认同她拥有接近舞者的地位。

“听来逻辑不通，”我回应，“为什么会演变成全面开战？胡狼不会笨到将处决费彻纳的影像公之于世，阿瑞斯之子暗中扫荡就好。他是在什么环节形迹败露？另外，你们说阿瑞斯之子失去发言权，但费彻纳不是建立了能联络各大矿区几乎无所不在的通信网络吗？否则他要如何将伊欧的死塑造成某种旗帜，推动崛起革命？难道网络被胡狼破坏了吗？”我望向众人，察觉他们的神情有点儿奇怪，“怎么都不讲话？”

“没人和他说过吗？”塞弗罗问，“难道我不在的时候你们都只会抓屁股吗？”

“戴罗想先陪陪家人，”舞者急着辩解，朝我这边叹口气，“阿瑞斯被杀，你被捕后的一个月内，数字通信遭胡狼攻击，损坏得十分严重，塞弗罗好不容易抢在对方偷袭爱琴城总部前发出警告。我们换成低调路线，回收一切物资，但无论如何，失去超过万名受过训练的成员，这打击实在太大了。阿瑞斯之子的人力出现断层，接连三个月我们都在努力搜寻你的下落，挟持来往月球的货船，却找不到你；进监狱买通官员，仍旧没有你的音讯，仿佛你从来没有存在过。唯一值得强调的是胡狼在爱琴城塞前公开处刑你的那一刻。”

“这我知道。”

“嗯——但你不知道塞弗罗是如何处理那个场面的。”

我望向他。“你干了什么好事？”

“我不得不啊。”他动手操作显示器，木星影像消失，取而代之的是我本人：十六岁的我，身体干巴巴，一脸病容，裸身躺下，米琪拿起圆锯站在旁边。这画面看得我背脊一凉，但其实那根发凉的背脊完全不属于我。它属于大家，属于这场革命。于是我不禁感到……自己成了工具。塞弗罗竟然真的这么做。

“你公开这段录像了。”

“一点儿也没错。”塞弗罗的口气真惹人厌。我忽然觉得所有人的目光都集中在自己身上，也明白为什么提诺斯底下的难民要将我的甩刀画在屋顶。现在，所有人都知道我是红种，却能发动铁雨作战，打下火星。

换言之，发动这场战争的就是我本人。

“你接受雕塑的过程在每个矿坑、每个频道、太阳系的每个角落播放。金种以为狠狠地把你的脑袋剁掉就能让你前功尽弃，我可不会让他们称心如意。”塞弗罗往桌子用力一拍，“怎么能让你和我妈一样稀里糊涂地消失？连长什么模样都没人记得？小收割者，现在火星上每个红种都认识你，凡是能连上数字频道的人，都知道有个红种不仅变成金种，还领军攻破火星呢！我造神成功啦！再加上你还死而复生，从烈士进化成他妈的救世主！红种等了你一辈子啊！”

第十一章
子民

我悬着双腿坐在机库边缘，俯瞰下面那个世界的生活，上千人望着我窃窃私语，听起来像是一阵微风吹拂树海，沙沙作响。难民得知我还活着，在墙壁和屋顶上漆了更多甩刀，那是失去方向的人民绝望的哭喊。六年来，我多么希望能回归成为他们的一分子。但此刻目睹他们的苦难，基尔兰的话回荡在心头。我或许真的背叛了大家的期待。他们的期望太高了。

难民无法认识到这是一场打不赢的仗。阿瑞斯早就知道我们没有能力和金种硬碰硬。现在的我能帮上什么忙，能指引他们走去哪儿？

我很害怕。不只因为自己无法实现大家的心愿，也因为塞弗罗披露真相等于破釜沉舟，再无回头的可能。

对家人而言，这代表什么？对朋友和底下的难民呢？这些困惑压得我喘不过气。得知塞弗罗拿雕塑过程的纪录片当宣传，这股情绪闷着太难受了。我没讲话，自个儿冲出来。

拉格纳从我后头走到轮椅旁坐下，学我将腿悬在半空。他那双靴子真是大得滑稽。一艘飞船经过，掀起微风，吹得他系了丝带的胡子飘起。拉格纳也没有开口。但我们即便沉默，依旧自在，有他在身边我也觉得安心。以前我对塞弗罗有同样感觉，可是他也变了。或许是阿瑞斯那顶铁冠太过沉重。

“小时候大家都想证明自己最勇敢，”我先出声，“半夜溜出家门，走到矿坑深处背对那片黑暗，只要静下来就会听见坑蛇在动，但没办法判断位置。大部分男孩子过一分钟就会逃跑，强一点儿的大概能支撑到五分钟。只有我留得最久——直到被伊欧发现我们玩那种游戏为止，”我摇摇头，“如果换作现在，我应该连一分钟都没办法。”

“因为你已经知道自己会失去什么。”

拉格纳那双黑眼流露出沧桑。他将近四十，成长在冰天雪地、信仰魔法的世界，为了族人，他不得不出卖劳力给金种，身为奴隶的时间超过我现在的岁数。相较于他，我能有什么人生体悟。

“你还想家吗？会想妹妹吗？”

“想。我怀念刚入夏的雪。我都会将妹妹放在肩上，一起去看尼德霍格冲破春天凝聚的冰层。”

所谓的尼德霍格（Níðhǫggr）是条毒龙。地球的北欧古神话认为它住在世界树底部，啃食树根，而火星的黑曜种部落则认为毒龙会自海底涌出，撞碎封锁港口的结冰，开启航路，供他们出去掠夺。为了感谢毒龙，每年降临的第一道春季曙光会被冠以奥丝塔拉之名，他们会在那天将罪犯的尸体丢进大海。

“我也请朋友回去女武神山锥和冰原传达你的话，告诉同胞说天神并不存在，所有人都受到奴役，可是我们很快会回去进行解放。他们会听到伊欧的歌声。”

伊欧的歌声。这句话使我觉得自己实在渺小又愚笨。

“拉格纳，我已经感受不到她了。”我回头望向机库。一群橙种和红种一边维修镰翼艇，时不时朝我们望来。“我知道我是大家和她之间的连接，但我已经在那片黑暗中失去伊欧。以前我总认为她在另一个世界眷顾着我，还会偷偷对她说话。现在……她变得很陌生，”我低下头，“会演变成眼前这种局面都是我的错，拉格纳，如果不是因为我的傲慢，早该察觉到陷阱，费彻纳也能活下来，还有洛恩也是。”

“你以为自己可以掌握命运的走向吗？”他嘲弄我的狂妄，“他们活下来是好是坏，你同样无法预料。”

“可是我知道自己不是大家期望的那个人。”

拉格纳皱眉。“你心存恐惧，不敢正视他人，那要如何了解大家需要什么？”

我无法回答。他骤然起身，朝我伸手。

“跟我来。”

医院原本是餐厅，但已经摆满担架与凑合的病床，四处传来咳嗽或有点儿严肃的低语。红种、粉种和黄种组成的工作团队都穿上黄色护理服，进进出出照顾患者；后面成了烧烫伤病房，以塑料幕布隔绝。那一边传来女人的哀号，她正在挣扎，不肯接受男护理师的注射。有两个人立刻上去帮忙压住。

我觉得自己似乎被这里的悲惨凄凉吞噬。其实我并没有看见血，连地上也没有，但这就是我从阿提卡逃出来的代价。即便有米琪那样技术高超的雕塑师，缺乏资源的话，依旧无法挽回这么多条人命。伤员瞪着山洞顶端，思索着下半生该怎么办。医院里只有一种气氛：伤痛。而且并不只有肉体层面。无论是人生或梦想，都在此破碎一地。

虽然想退出去，我却被拉格纳推到一个年轻人床边。对方早就注意到我了。他头发很短，脸圆，但下巴特别长，所以相貌整体很突兀。

“还好吗？”我一开口，冒出的就是久违的矿工腔。

他耸耸肩。“待在这儿没啥事可干。”

“嗯哼，”我伸出手，“我是莱科斯的……戴罗。”

“认得。”对方的手很小，指头完全扣不住我的手。他也觉得差太大了，发出咯咯笑声。“我叫凡诺，卡洛斯矿区来的。”

“白班还是夜班？”

“当然是白班，你这小猪崽。我有夜班的那种死人脸吗？”

“现在很难分辨了……”

“好吧，有道理。我是奥米克戎部落的，二线三号。”

“掉渣滓下去害我得到处闪的就是你们啊。”

凡诺咧嘴。“地狱掘进者就是不长眼，”他做出一个低俗的手势，“你们都不学一下怎么抬头挺胸。”

一说完，我们都笑了。“到底多痛？”他朝我撇了一下头。我起初以为他问的是胡狼的刑讯逼供，后来才意识到那双眼睛盯的是我手上的金种印记。平常我用衣服遮住，但不小心露出来了。“好夸张啊。”他伸出手指拨弄。

而我正在环顾四周，察觉并非只有凡诺望着我，在场所有人都在观察我，包括后头烧烫伤病房的红种也从床上坐起，探头张望。他们看不见我这具躯体中藏有恐惧，只见到自己期盼的表象。我望向拉格纳，他却忙着和一个受伤的女子讲话。原来是赫莉蒂在那儿。看见我以后，她也点头问好，失去弟弟的哀戚还写在脸上。崔格留下的手枪搁在床头，步枪则靠着墙壁。阿瑞斯之子在行动中抢回了他的遗体下葬。

“多痛啊，”我重复这句话，“凡诺，你就想象自己挂在钻爪机上，一次滑下去一厘米，最先戳破皮肤，接着是肉，再来是骨头。差不多就是这样。”

凡诺吹了口哨，低头看看自己残缺的腿，露出的表情竟是厌倦（或无趣）。“我可没有那么多感觉。装甲自动注射的麻药过量，”他朝拉格纳点点头，发出咂咂声，“幸好那根保住了。”

“快问哪，”隔壁床的人催促，“凡诺——”

“别吵，”凡诺叹口气，“话说，大家很好奇一件事：‘那里’也有动吗？”

“哪里？”

“那里。”他瞪着自己大腿中间，“是不是有……你懂吧……等比例放大？”

“你真想知道？”

“呃……其实也不是我想知道啦，但我有下注。”

“嗯哼，”我一本正经地探身过去，凡诺和周围几人见状，马上跟着围上来，“想知道怎么不去问你妈呢？”

他先傻傻地瞪着我一会儿，接着立刻捧腹大笑，旁边几人也失控了，立刻把这对话传遍整间医院。一瞬间，气氛整个不同了，原先令人无法呼吸的惨淡被叫闹和下流的笑话盖过，再也没有人认为非得捏着嗓子讲悄悄话不可，我的情绪也跟着转换，同时理解了笑声具有多大感染力。我不再想躲避大家的视线和伤病，也不再需要拉格纳的保护。我自己沿着走道，一床一床地慰问、感激，询问每个人的故乡和姓名（感谢老天赐给我绝佳的记忆力）。要是你忘记别人名字，别人也不会想记得你；只要叫得出名字，对方就愿意为你拼命。

大部分人不是尊称我“先生”，就是喊我“收割者”。我其实很希望大家都改口叫我戴罗，但我很清楚这种下对上的敬重与距离是怎么回事。纵使我陪着他们又笑又叫，也借由这种互动疗愈心中的伤，彼此终究称不上朋友或家人。目前我们还无法那样放纵、那样亲密，因为这群人是士兵，他们需要我，我也需要他们。对他们而言，我仍旧是火星收割者。最后这个提醒来自拉格纳。他见我乐在其中，竟一反常态地露出微笑。我知道自己虽然不是什么开心果，但也没那么好斗，更无法学洛恩那样，仿佛风暴中的岛屿，永远屹立不摇。那些都是装出来的，自始至终，我都需要通过身边的人来圆满自我，就像此刻，我的体内正慢慢涌现出力量。我很久没有这样的感受了。我不只被爱，也受众人信任，而且他们不像院训的学生那样戴着假面，我也不像替奥古斯都征战时脑中装的全是名声和地位。这是真正的我。即使回不去莱科斯，听不到伊欧的歌声，野马也在太阳系的另一端，阿瑞斯之子面对危急存亡的紧要关头，我的灵魂却正一点儿一点儿复苏，也意识到自己真的回到家了。

我由拉格纳陪同回战情室，舞者与塞弗罗趴在一份蓝图前面，狄奥多拉在角落收发信息。他们目瞪口呆——因为我脸上挂

着微笑。虽然依旧需要拉格纳搀扶，但已经能自己站起来了。我将轮椅留在医院，倚靠这名壮汉慢慢走回一小时前逃离的会议现场，内在与外在焕然一新。纵使回不去囚于黑暗之前的状态，搞不好更适合眼前的重责大任。因为我学会了过去不懂的谦逊。

“抱歉，我刚才太冲动了，”我对伙伴说，“短时间内变了这么多……我有些负荷不过来。我明白大家都尽了全力做到最好，在这么艰困的处境中，也没有人能比各位表现更出色，你们保住了大家的希望，也解救了我，还有我的家人，”说到这里，我稍微停顿，以强调这件事之于我的意义多么重大，“我知道自己的状态与你们的预期落差很大，你们可能认为我会怒不可遏，但我跟以前不一样了——真的不一样了——”见塞弗罗想纠正，我连忙打断，“我信任各位，也希望能尽一己之力推动革命，但以我现在的状态还使不上力，”我举起细瘦的手臂，“因此，我需要你们帮忙三件事。”

“又这么戏剧化，”塞弗罗开口，“公主殿下有何吩咐？”

“首先，必须派一位使者和野马联络。我知道你们认为她叛变，但我仍希望将自己活着的消息传给她，说不定会成为改变的契机。也许她会愿意合作。”

塞弗罗嗤之以鼻。“我们给过她机会，她却差点儿杀死你和大黑。”

“但她终究没动手，”拉格纳说，“她会对我们有很大帮助，值得冒险一试。我愿意担任使者，如此一来她才不会怀疑你的动机。”

“门都没有，”塞弗罗反驳，“你是太阳系头号通缉犯，再加上金种封锁了一切未经授权的太空航运，你离开港口后根本撑不过两分钟，戴面具也没用。”

“那就派我的间谍过去，”狄奥多拉说，“我已经有人选了，她很能干，可能遇到的阻碍也比你——这位山锥勇士——少得多，而且，这个人已在港都待命。”

“依薇吗？”舞者询问。

“没错，”狄奥多拉望向我，“依薇为了赎罪非常努力，连不是自己的工作也去做，是个相当得力的助手。假如你们不反对，我就着手安排掩护与运输。”

“行。”塞弗罗立刻答应，但狄奥多拉仍旧等到舞者点头才放心。

“谢了，”我回答，“还有，我想请你们将米琪带回提诺斯。”

“为什么？”舞者问。

“我想借助他的力量，再次成为武器。”

塞弗罗咯咯笑。“说得好，也得在骨头上添些肉才能杀人。你现在活像患了厌食症的稻草人。”

舞者摇摇头。“米琪在五百千米外的珐洛斯市做研究，暂时不能离开。你需要的是热量，不是雕塑。更何况你这种状态也没办法接受手术。”

“小收割者可以的，我们星期四就把米琪和设备运回来，”塞弗罗说，“反正维朗尼老跟他讨论治疗的技术，他简直像粉种一样巴不得赶快见到你。”

舞者按捺着情绪白他一眼。“那最后一个要求是？”

我皱起眉。“恐怕你们听了不会太高兴。”

第十二章
袭利

维克翠被安置在隔离房，门口有数名阿瑞斯之子看守。她躺在小小的病床上，两腿超出床架不少，眼睛盯着床尾的全息电视机。此刻屏幕上正在播殖民地联合会的新闻，报道里说，恐怖分子摧毁水坝，密斯托斯河谷下游因此淹没，两户棕种人农家紧急避难，得到灰种空投物资，犯人则被政府军团一网打尽。下手的人可以是红种，也可以是胡狼的部下，在这节骨眼上，谁能确定？

她泛起白光的金发在脑后束成小马尾，包含瘫痪的双腿在内，四肢都铐在床上。这里无人信任金种。维克翠没有转过头。画面切换，开始介绍洛克·欧·费毕，也就是戴莫斯的诗人、上流社会的新宠。媒体挖出他过去的一切，访问身为元老院成员的母亲及接受院训前的教师，还找到他童年在乡间别墅生活的影像。

"洛克从小就认为大自然比都市更美，"他母亲对着镜头侃侃而谈，"他总是向往自然界的井然有序、高低有别。我想这也就是为什么他会如此敬爱殖民地联合会，而且……"

"真该找人往她嘴里塞把枪。"维克翠低声说完，按下静音。

"她这个月喊儿子名字的次数可能比这半辈子加起来都

多。”我回答。

“呵，政客可不会浪费家人这种资产。之前洛克在奥古斯都办的宴会上说过什么来着？‘兀鹫群集，追逐权贵，争食他们遗留于路上的尸首。’”她转头望向我，眼神闪亮，带着战意。先前的那股慌乱还在，只是暂时压下。“同一句话放在你身上也说得通。”

“确实如此。”我说。

“这一小群恐怖分子是你的手下？”

“曾经是我的手下，但我搞砸了。现在管事的是塞弗罗。”

“塞弗罗呀，”她躺下，“居然是他？”

“很怪吗？”

“不怪，不知怎么我一点儿也不讶异。他是能叫也能咬的那种人，第一次见面时他可让塔克特斯难看了。”

我靠近一步。“我欠你一个解释。”

“唉，不必。把这件事跳过如何？”她问，“无聊。”

“跳过？”

维克翠叹口气。“什么道歉、控诉、因为失去安全感所以这样那样的内心小剧场。你不用对我解释什么。”

“那你有何看法？”

“殖民地联合会建立的社会体制是一种契约，我们压迫你们，享受你们的劳役带来的优越生活，还假装你们从来不存在。于是你们反击——虽然大半时候没什么用。我个人认为那是你们的权利，无关善恶，而是某种等价交换。假如老鼠能反过来咬死老鹰我会非常赞赏——难道你不会吗？这干得漂亮啊。

“等到红种越打越强，金种才在那边东抱怨西抱怨，实在荒谬，而且虚伪。”她发出尖锐的笑声，我吓了一跳。“怎样，亲爱的？你以为我会大吵大闹，像卡西乌斯和洛克那两个娘儿们鬼扯什么荣誉、正直之类的狗屁吗？”

“可能吧，”我说，“我……”

“你的情感层次比我丰富。我是裘利家族的，身体里流的是冷血，”维克翠转了转眼珠，不容我驳斥，“别只因为你那样希望就觉得我该变得不一样。我们都没这么软弱。”

“但你没有伪装的那样冷酷。”我回答。

“在你出现在我生命之前我这样活了多久？你又了解我什么？毕竟我有那样一个母亲。”

“你和她不一样。”

“随你怎么想。”

然而，维克翠不使暗箭，不耍手段，也很少像野马那样浅笑示好，她永远是直来直往。凯旋式之前，她显露真情，放下防备，可惜如今又躲到高墙后面，像初见面那样充满隔阂。对话中，我无意间发现她的头发不再是浅金色，而掺杂真正的白发，双颊也凹陷了。靠在小床内侧的右手紧掐着被子。

“戴罗，我懂你为什么撒谎，也不觉得有何不妥。但我不明白的是，为什么你要救我离开阿提卡？是同情还是某种策略？”

“因为你是我的朋友。”

“噢，拜托——”

“就算死，也不能留你在那儿受煎熬——其实我为了救你确实赔上了崔格的性命。”

“崔格？”

“进你牢房时在我背后的灰种。另一人是他姐姐。”

“我可没求你们来救。”她愤愤不平，想划清界限。然而她撇过头又说：“你知道吗，安东尼娅居然觉得我们有一腿，特地给我看你的雕塑手术录像。她还以为我知道你的背景和阴谋后会作呕。”

“结果你有吗？”

她用鼻子哼了哼。“我干吗在乎你的出身？我只在乎一个人实际上做了什么，那才是真的。即使一开始你就老实说，我的选择也不会改变，也愿意替你隐瞒，”而我相信她，尤其相信她眼中流露的苦痛。“所以，你为什么不告诉我？”

“因为我怕。”

“但你一定告诉野马了吧？”

“嗯。”

“能跟她说，就不能跟我说？我就这么不值？”

“我也不知道为什么。”

“我知道，因为你说谎。之前你在房门口说我心地不坏，可是潜意识里还是不信任我。”

“嗯，”我回答，“的确，那是我误判，其他朋友也因此牺牲性命。伴我度过那几个月黑暗的……只有这份罪恶感。”我从维克翠的神情知道她没有听说我的遭遇，“但我还活着，获得第二次机会，所以我不想浪费。我希望能补偿你，我欠你一条命，也欠你一个公道。另外，我也希望你愿意加入。”

“加入你们？”她冷笑，“加入阿瑞斯之子？”

“对。”

“别开玩笑，”维克翠露出笑容——那是另一重防卫机制，“亲爱的，我可不打算自杀。”

“维克翠，你习以为常的世界已经消失了，被你亲妹妹偷走了。母亲和朋友全灭，存活的亲人却兵戎相向。更不用说你被金种视为叛徒，而殖民地联合会最大的问题就在于同类相残，逼所有人反目。你无路可退……”

“你倒是挺会说的。”

“……我想给你一个永远不会窝里反的家，我想让你拥有一个有意义的人生。你尽可以嗤之以鼻，但我还是要说你本性善良。我相信你，不过……我相信了什么，计划了什么都不是重点。重点是你想要什么。”

她在我眼中寻找答案。“你觉得我要什么？”

“假如你想离开，那就离开；假如你还想躺在这床上，就继续躺。只要你开口，想要什么都可以。我欠你的。”

维克翠想了想。“我不在乎你们的革命，也不在乎你那死掉的妻子，甚至不在乎什么家庭、生命意义。我不要有人给我成天注射一堆怪药，戴罗，我希望睡觉时能做梦，希望把我母亲凹下去的脑袋、空洞的双眼和抽搐的手指忘掉。我想忘掉阿德里乌斯脸上的笑容，我想好好感谢他和安东尼娅对我的‘照顾’。我要踩在他们和那个浑蛋洛克的脸上，我要他们哭着求饶，然后挖掉他们的眼珠，再往眼窝里倒进熔金，叫他们惨叫扭动到尿失禁，看看有谁还敢把维克翠·欧·裘利关进该死的牢笼，”她露出一抹狞笑，“我要复仇。”

“复仇的尽头什么也没有。”我说。

“我就是个什么也没有的女人。”

我拿出外头卫兵给的磁性钥匙，解开维克翠的手铐脚镣。她重获自由。

“你比外表看起来还要蠢。”维克翠说。

“或许你对我们的革命没有信心，但在塔克特斯再也没有机会之前，我看到他真的变了；拉格纳也放下过去的束缚，追求理想世界；塞弗罗也经过历练，成熟许多。我变得更多了。如今，我愿意相信人人都能选择自己的样貌，没有什么命中注定。你让我知道何谓忠诚，你超越了野马，超越了洛克，光是这样就值得我全心信赖你，维克翠，我相信你的程度超越任何人，”我伸出手，“请你成为我的家人，我绝不会舍弃你，再也不欺骗你，我活着的每一天，我都会是你的兄弟。”

听见我这样情感满溢，即使是冷若冰霜的她也傻了眼，适才筑起的防备至此崩塌。若在异时异地，也许我俩真有一点儿可能，就像我对野马、对伊欧。只可惜不会是这一世。

维克翠没有软化，没有落泪，她的愤怒尚未消散，冰冷的心需要时间消化仇恨、背叛与遗憾的记忆。但此时此刻，她能释然，因此紧紧握住我的手，我终于燃起一丝希望。

“欢迎加入阿瑞斯之子。”

Ⅱ
愤怒

“真是屎上加屎。”

——塞弗罗·欧·巴卡

第十三章
号叫者

“什么都不说，气死我了。”维克翠帮我装上推举杠片时喃喃地说。金属敲出叮咚声，回荡在健身房石墙上。这儿设备简陋。只有铁杠片、橡胶轮胎和绳索，再加这几个月我流下的汗。

“他们有眼不识维克翠？”我坐起身说。

“够了，闭嘴啦。号叫者不是你创的吗？他们那样对我们，你就不能讲几句话吗？”她催促我离开板凳，自己躺上去，脊椎顶住坐垫，双手握紧杠铃。我替她拿掉一点儿重量，却招来白眼，我只好默默再装回去。维克翠又重新抓好。

“确切地说，不行。”我回答。

“好吧，但话说回来，到底要怎样才能领到狼皮斗篷？”她有力的手臂撑起杠铃，边运动边讲话——那可有三百千克哪。“上上次任务中我就击毙一个副将——副将唉！你又不是没见过你那群狼，除了……拉格纳之外，其余个头都很小，他们……应该多做重量训练，不然……可没办法对付阿德里乌斯的骨骑和最高……禁卫军。”维克翠咬牙做完最后一轮，没靠我帮忙就将杠铃放回原位，站起来指着自己的镜中倒影。她身材健美，肩膀厚实，走路的姿态极有气势。“无论何时，我都处在最佳状态，竟然没将我纳入名单，表示塞弗罗的脑袋根本就不好。”

我翻了翻白眼。“你可能少了一点儿他很在意的‘自信’。”

维克翠朝我脸上扔毛巾。“你怎么跟他一样惹人厌啊？我对天发誓，要是他再鬼扯什么‘先天不足’的鬼东西，我就算用汤匙也要把他的脑袋剁下来，”我忍住没笑。“怎样？你想补充什么？”

“没，大小姐，你说得对极了，”我摊开双手，她反射性盯着看，“接着做深蹲吗？”

自从米琪完成雕塑手术，这座临时健身房就成了我们第二个家。一开始，我们在病房休养几周，维克翠的神经系统逐渐恢复行走的能力，接着，我们接受维朗尼医师的复健课程，进行重量训练。房间角落有群红种和一个绿种人，即便过了两个月，他们对我的新鲜感仍未消散，还是有很多人想看看两名经基因和药物强化的圣痕者究竟有多大的力气。

两周前，拉格纳跑来故意害我们出糗。他什么也没说，只是拼命往杠心加重量，直到再也没有空间能塞更多杠片，稀里哗啦做完一轮，还示意要我们照办。那个重量维克翠连把杠子从地上抬起来都没办法，我也只能举到膝盖高度。之后的一小时，我们就在那边听着数百个小笨蛋跟在拉格纳屁股后面，歌颂他有多英明神武。但我很快发现幕后主使是纳罗，他开了赌局，赌拉格纳可以举超过我多少的重量，而且就连叔叔都下注在他身上。但这其实是个好现象。即便有人不认同，可是金种并非无懈可击。

借着米琪和维朗尼的协助，维克翠和我体力日增。然而，重新培养战斗直觉同样旷日持久。我们一小步一小步来。首次任务是陪赫莉蒂运送补给，队员中还有十数名保镖——保护的不是货物，而是我。我们还不能与号叫者一同出击。“小收割者，你得自己拼上来，否则我怕你会跟不上A级部队哪，”塞弗罗说这话时还拍拍我的脸，“裘利，你也得证明自己是可以派上用场的。”他也想拍维克翠的脸，却反被打手。

十次补给任务过后，接着上场的是两次潜入破坏和三次暗杀。至此，塞弗罗终于判定赫莉蒂、维克翠与我有B级实力，小队代号是坑蛇，由纳罗领军——本地红种视他为英雄，拉格纳则是半神。但叔叔仍是个酒喝太多、烟抽太凶的糟老头，只是战术运用意外灵活。我们坑蛇部队鱼龙混杂，擅长匿踪和破坏机具，约半数队员当过地狱掘进者，另一半则由各种能干的低阶色族混合。我们跟着出了三次任务，摧毁一座军营和数座通信设施。然而，我始终怀疑阿瑞斯之子已走入死胡同。因为攻击行动给了殖民地联合会更多机会以媒体污蔑我们的形象，还会刺激爱琴城派出更多武力进驻矿区或小市镇。

我总觉得自己是待宰羔羊。

更糟糕的是：我觉得自己确实是恐怖分子。过往我有过一次这样的感受。那时我的胸口装了炸弹，堂堂走进月球盛宴。

舞者与狄奥多拉时常要求塞弗罗与外结盟，消弭阿瑞斯之子和其他阵营间的矛盾。他虽不情愿，但还是答应。于是，这周的前几日，我随坑蛇部队前往北半球的阿拉伯高地，红色军团将当地的伊斯梅尼亚港当作据点。舞者期盼着塞弗罗无法做到的事可以由我完成，要说服对方合作，并降低哈莫妮的影响力。只可惜，当我们过去后找到的不是伙伴，而是一大片坟场。太空轨道投下的导弹轰出巨大的灰色坑洞，海岸还有惨白浮肿的遗体随浪浮沉，螃蟹横行，以腐肉为食；一道黑色烟柱蜿蜒入天，死寂之中，战争的余音回荡，不绝于耳。

此景触目惊心，维克翠却像面对健身计划那样不动声色。她能将眼前所见一切苦痛与罪恶压缩，锁进意识深处。我真希望自己也有这种本事。要是当下，甚至是之后都能少点儿恐惧，那该多好。只是，每回那束黑烟浮现在脑海，就像某种凶兆。大宇宙揭示了我们会迈向何种末路。

夜深后，镜子蒙上雾气，模糊了结束了重训的我们的身影。我们一起去淋浴，隔着塑料板聊天。

“算是有点儿进步，”我说，“至少她肯跟你讲话了。”

“才怪。你妈讨厌我，她打从一开始就看我不顺眼。我才懒得理她。”

“你可以试着客气一点儿。”

“我哪里不够客气？”维克翠出言反驳，但立刻关水离开淋浴间。我闭着眼睛冲水，抹上洗发精搓揉，本以为她还要继续斗嘴，却听不见任何声响，所以我匆匆洗掉泡沫跟出去——维克翠裸身倒地，手腿被捆在背后，头也被罩住了。我见不妙，自己背后也不大对劲。一回身，正好察觉蒸汽摇曳，六个披着匿踪斗篷的身影接近。接着，有人从我背后施擒拿术，力气大得出奇。那人先狠狠将我向前推，然后将我双臂扣在身旁。我能感觉到对方的呼吸掠过脖子，恐惧自心底涌出。我被胡狼找到了！他来抓我了！——可是这怎么可能？“金种！”我高声呼救，“是金种！”我才刚冲洗过，全身湿漉漉，地板也很滑，我利用这一点儿像鳗鱼那样蠕动身体，挣脱钳制后肘击对方的脸。敌人闷哼一声，我又扭身，却脚下一滑，膝盖敲在水泥地上。我赶紧四肢并用爬起。左方另有两个穿着斗篷的人冲来，我往下一蹲，避开后以肩膀往其中一人膝盖撞去，那人在我头顶上一个空翻，摔到淋浴间的塑料隔板；第二人被我扣住咽喉，挡下他的出拳后朝天花板扔；再来第三人从侧面突袭，想拉倒我的腿，我顺势让脚离地，使出克拉瓦格斗术，翻转身体，反而让对方失去平衡。我们双双落地——但我的双腿夹住他的头，我只要一扭就能折断他咽喉——可是却有两双手扑来，往我脸上掴，接着就连腿也被打了。匿踪斗篷在蒸汽中激起波纹，我叫着打着，口沫横飞，然而敌人实在太多，招式也太阴毒——竟然重击我膝盖后侧肌腱，让我无法踢腿，然后又瞄准肩膀穴道，让我使不上力。最后连我也被蒙上头罩，双手被捆在背后，倒地动弹不得，吓得不断喘息。

“拉起来，”那个电子声低吼着，“他妈的，让他们跪好。”

他妈的？王八蛋，我突然明白自己遇上的是什么人。好，就让他们拉吧。头罩拉掉，灯光熄灭，地板上多出了几十根蜡烛，整个淋浴间鬼影幢幢。维克翠在我左边，一脸怒容，鼻子歪了，血还在流；赫莉蒂也来到我右手边，虽然穿了衣服，但一样绑着手——而且是两个黑衣人抬她进来按在地上跪好的。她大大咧开笑容。

我们周围那十个妖怪般的人全将脸涂黑，顶着狼头、毛皮垂到大腿。两人靠着墙，被我刚才疯狗般的反击给打得很疼，特别高的那个是拉格纳，他披着熊皮站在塞弗罗旁边。号叫者来“欢迎”新人了。他们看起来还真是挺吓人的。

“小丑八怪，欢迎入帮，”塞弗罗扯下变声器，从阴影中走到我们面前，“你们既野蛮又凶残，而且邪恶到一种变态的程度，生为杀人放火，死为制造混乱——我非常欣赏！假如我搞错了，现在就开口。”

“塞弗罗，你想吓死人啊！”维克翠叫道，“你脑袋有什么毛病？”

“不可污蔑此时此刻。”拉格纳吼道。

维克翠呸了一声。“你打断我鼻子了。”

“技术上来说，是我打断的，”塞弗罗对着一旁那个身材精壮手上有红种印记的号叫者说，“小瞌睡虫也有帮忙。”

“你这矮子——”

“谁叫你动来动去。”是卵石。但声音在淋浴间荡来荡去，我分不出哪个是她。

“再废话我们就把你绑起来搔痒痒，”小丑一派凶狠，“嘘——”

维克翠摇摇头，但也没再讲话。气氛十分严肃，但我实在好想笑。塞弗罗在我们面前来回踱步，继续主持仪式。

“我们一直都在注意你们，现在则决定接纳你们。想成为我们的一分子，必须先发誓忠于帮内的兄弟姐妹，永无欺瞒，永不背叛披上斗篷的伙伴。你们的罪孽与伤痕，你们的敌人，从此刻起也是我们共同的负担。你们的挚爱与家人都只能排在第二顺位，我们才是唯一的家，至高无上的爱。假如无法遵守、认同这种羁绊，马上说出来，现在还可以离开。”

他沉默下来，连维克翠也不再出声。

“很好，依据我们神圣的帮规记载……”塞弗罗拿出一本黑色小册，书页形状仿佛被狗啃过，封皮画着白色号叫者头……

“你们必须放弃过往所有誓约，证明自己有资格对我们宣誓，”他举起双手，“净化开始！”

众号叫者仰头鬼叫，简直像疯子，接下来的情况着实令人眼花缭乱。不知从哪儿飘来音乐声，我们仍跪着，手被捆着，他们上前拿瓶子架到我们唇边，一群人在塞弗罗带领下吟唱着诡异的旋律，他本人却莫名泰然自若。喝下瓶里的东西后，拉格纳高兴得大吼，可是我简直要吐出来。酒好烈，烧灼着我的食道和肠胃。维克翠在背后猛咳，赫莉蒂忍着喝完，号叫者又是一阵欢呼。我们摇摇晃晃，他们则围着维克翠哼哼唱唱，算是一种逼她喝光的方式。酒洒上脸，她咳个不停。

“太阳之女！难道你只有这点儿程度吗？”拉格纳低吼，“喝光！”

见到维克翠终于喝干那瓶酒，拉格纳愉快地吼叫。她则是边咳边骂。“拿蛇和蟑螂过来！”他又叫道。

一群人如同祭司那样诵唱，卵石左摇右摆，提着桶子上前。我们被押过去旁边围一圈，就着摇曳烛光看见桶底有生物蠕动：是长着毛毛腿与翅膀的油亮大蟑螂，在一条坑蛇身上爬来爬去，这画面吓得我就算醉翻了还是直往后缩。赫莉蒂可不一样，她直接伸手把蛇揪出来，对着地板一阵狂甩，直到它断气。

维克翠瞪大眼。“这到底……”

“不吃光就得死！”塞弗罗说。

“什么意思？”

“不吃光就得死！不吃光就得死！”号叫者齐声鼓噪，赫莉蒂捞起死蛇张嘴一咬。

“好！”拉格纳吼道，“她有号叫者的灵魂！很好！”

我醉到根本什么也看不清楚，手伸进桶子时还抖个不停。我感到蟑螂爬上手，抓起一只硬塞进嘴里。虫还在扭动，我强迫自己咀嚼，几乎要哭出来。维克翠看见后开始打嗝。我逼自己吞下去，又拉起她的手进桶子。维克翠的身体一阵抽搐，当下我还没反应过来，她就直接朝我肩膀狂吐。酸臭的气味钻进鼻子，我也受不了了，跟着呕出来。赫莉蒂还在嚼，拉格纳对她赞誉有加。

等我们三个解决那桶东西，便是一副醉醺醺又满口生肉臭虫的惨况，塞弗罗又说了些什么，但我一直在摇晃……可能只有我这样吧。他真的在讲话吗？不知道谁从背后摇摇我，我昏过去了吗？“这是我们神圣的帮规，”我那矮小的朋友说，“你们要好好背诵到滚瓜烂熟。不过今天呢，你们记住第一条就好。”

“绝不低头。”拉格纳说。

“绝不低头！”所有人复诵，小丑拎着三条狼皮斗篷过来。这皮跟院训时见过的野狼一样，会主动模拟环境，在烛火照耀下散发幽暗光泽。他朝维克翠递出一件，有人过去给她松绑，她想站起来却没力气。卵石出手要帮，但维克翠不肯，她试了几回，还是只能一脚跪地。最后是塞弗罗到她身旁跪下，也伸出手了。维克翠“哧”地喷出笑声，隔着汗水濡湿的秀发望着他，终于搞清楚他们这是在干吗，才握住那只手，让塞弗罗搀扶着上前。塞弗罗从小丑手上接过斗篷，披在她裸露的肩上，两人四目相交，随即各自退开。赫莉蒂在卵石的帮助下披上斗篷，拉起我、给我裹上斗篷的则是拉格纳。

“欢迎你们，兄弟姐妹。欢迎加入号叫者！”

又是一阵仰头长啸。这次我也加入，但意外的是维克翠也跟着。她在黑暗中毫无保留地将头往后甩——突然间电灯亮起，号叫戛然而止，所有人仓皇失措、左顾右盼，舞者与纳罗叔叔慢条斯理地走进淋浴间。

“你们他妈的搞什么鬼？”纳罗扫过地上的蟑螂和坑蛇尸体和三个酒瓶，号叫者众人也面面相觑，无言以对。这气氛太滑稽、太荒诞了。

“这是秘密仪式，”塞弗罗回答，“你们两个干扰到上级做事。”

“是是是……”纳罗点点头，看起来有点儿不安，“抱歉，长官。”

“爱琴城有个粉种替我们偷到骨骑的通信仪，”舞者朝塞弗罗开口，显然对眼前这团乱颇为不悦，“查出是谁了。”

“靠！”塞弗罗叫道，“我猜中了吗？”

“是谁？”我恍惚地问，“你们在讨论什么？”

“胡狼的幕后合伙人，”舞者解释，“塞弗罗，你没料错，那人就是贾王。探子回报，说他目前在火卫一的企业总部，停留的时间不多，两天后会转往月球。一旦他抵达月球，我们就鞭长莫及。”

“那么就该执行‘黑市行动’了。”塞弗罗回答。

“是。”舞者似乎有点儿不情愿。

塞弗罗高举拳头。“太棒了！各位号叫者听到了吧，快回去梳妆打扮醒醒酒，吃饱准备上路，咱们要去劫贾王，把他荷包榨光光！”他笑得猖狂，朝我望来，“今天真是精彩！太精彩了！”

第十四章
吸血之月

火卫一就是神话中的福波斯，战争之神阿瑞斯和爱与美之女神的儿子，象征恐惧。毕竟它是卫星中较大的那个，这名字十分贴切。

在人类文明尚未存在的远古时代，陨石撞击父星，激起尘埃裂片，飞入轨道，凝聚形成这颗略呈椭圆的卫星。它飘浮的姿态如同尸体，毫无生气，并且遭弃置数十亿年。如今，火卫一像是遭到寄生一样，虫子抽取它的血液，灌溉金种帝国。许多形状笨重的小货船从火星表面升空后，就是要前往环绕这颗卫星旋转的两座灰色的巨大港口。来自火星的物资转到长达一千米的星系级运输舰，经裘利阿苟斯航路前往外缘区。更多时候，则是进入核心区——因为贪婪如吸血鬼的月球需要它的供养。

最初只是一颗荒芜岩块的火卫一经人工挖凿，变为空心，外侧包覆金属；它的半径最宽也只有一万两千米，不过周围设置了两个巨大的港口太空站，相对位置成直角；港口材质是深色金属，但表面有白色纹饰，闪动红色灯火，提醒有意停泊的船只，船舰可通过磁悬浮轨道与货柜船的指引进入。偶尔会见到仿佛无数尖塔从内部冲出的建筑群，人称“巢城”，平时都在码头底下。这座锯齿状的都市虽符合金种社会新古典主义的审美观，但也因为处于无重力状态，没什么经济价值。火卫一经历六百年的打孔穿凿，可谓人类制造出最大的针垫，高楼顶的针尖区与石头底下的空心区财富差距之大，令人咋舌。

“从火炬船舰桥上看好像没有这么大，”维克翠站在我背后慢条斯理地说，“失势可真是件麻烦事。”

我懂她的不悦。上回我亲眼见到火卫一是狮雨战役前夕，手中握有舰队，野马和胡狼助我运筹帷幄，成千上万圣痕者任我指挥。此刻我却躲在破破烂烂的货船上——这船竟老旧到没安装人工重力生成引擎，我身边除了维克翠外就只有三名阿瑞斯之子的搬矿工，另有一小队号叫者驻扎在货舱内。此外，现在我是接受指令的一方，不是发号施令的人。只要把舌头朝后舔，就能感觉到插进口腔右后侧的毒臼齿，结束入帮仪式后就装上，每个号叫者身上都有同样的东西。塞弗罗认为宁死也不能被抓，我同意，但心里还是有些不自在。

我逃脱后，胡狼即刻发布禁航令，限制船舰脱出火星轨道，想必是认为阿瑞斯之子会孤注一掷带我离开火星。幸好塞弗罗不是笨蛋，若他中计，我大概又会回到胡狼手里。然而，纵使胡狼当上火星大统领，也不能永远截断经济往来，禁航令很快就撤销，只是已在市场造成巨大波澜。氦三输出只要每耽搁一分钟，就有好几十亿货币单位蒸发掉。这发展看在塞弗罗眼里真是振奋人心。

“贾王在其中占多大比例？”我问。

这里是零重力状态，维克翠一边拉着其他东西一边来到我身边，头发飘散，仿佛白色王冠。她将头发脱色，戴了黑色变色片。伪装成黑曜种在巢城内行动会比较容易，而且以体格来看，她假扮黑曜种比起其他号叫者更有说服力。

“难说，”她回答，“贾王的资产无人能摸透，他有太多人头公司和地下银行账户，我认为就连最高统治者也不能完全掌握。”

“换个角度：还有谁牵涉其中？传闻说他是金种幕后金主，假如属实……”

“属实，”维克翠只是耸耸肩，身子就往上飘了些，“他的触手无所不在。按照我母亲的说法，贾王是唯一一个有钱到不能杀的人。”

“所以他比你母亲和你更有钱？”

“是跟以前的我们比吧！”维克翠摇摇头，“他可没我们那么笨。”停顿一下后她又补充，“或许吧。”

我朝火卫一最壮观的高塔望去。三千米高的双螺旋结构，外层是钢铁和玻璃，顶端镶了一叶银色月牙，墙上印着银色翼足图样。有多少金种会一面看着这画面，一面忌妒不已？这个人到底握有多少资产、行了多少贿赂才能活到今天？也许只要和一个人搞好关系就够了。胡狼之所以能登上高位，关键在于背后的合伙人。对方帮助他悄悄控制绝大多数信息通路与媒体产业。先前我怀疑是维克翠或她母亲暗中输诚，但经过凯旋式后，这个可能性完全排除了。而且胡狼的搭档应该还活着——而且（暂时）活得很好。

“三千万人口，”我低声道，“真是不可思议。”

——我忽然感觉到某个视线停在自己身上。“你不认同塞弗罗的计划对不对？”

我伸出拇指，拨弄黏在生锈舱壁上的粉红口香糖。绑架贾王的确能取得大量情报与武器，然而，塞弗罗想破坏经济体系，这令我担忧。“领导阿瑞斯之子熬到今天的是他不是我，所以我会按他命令办事。”

“嗯，”维克翠望着我，一脸狐疑，“你什么时候也把意志力和有没有远见混为一谈了？”

“喂，各位蠢蛋，”塞弗罗的声音从对讲机传到耳边，“风景看够了就快动起来，时间不多了。”

半小时后，维克翠与我及其余号叫者躲进货船后方的一个氦三货柜，一行人隔着货柜感受船体震动。现在船想必已通过磁耦合连接港口的环状表面，船壳外飘浮许多身穿机械装的橙种，等会儿他们会利用磁道将货柜送进星系级运输舰，等候转往木星，然后成为洛克的补给，助他对抗野马和卫星统领。

货柜运输前必须经过赤铜种和灰种检查，但我方的蓝种已取得联系，加以买通。总共五十货柜，但他们只会回报四十五。另一个由我们打点好的巢城橙种会故意丢失我们藏身的货柜，一般走私毒品或逃税都是同一种做法。橙种将货柜放在储放机件的下层，阿瑞斯之子的接头会过来带我们出去。计划大致如此，现在就只能等。

重力回来了，代表我们已进入机库，我们所处的货柜“砰”一声落地。大家紧贴着氦三圆桶，金属柜壁外出现人声，货船哔哔叫了几次，接着关闭货舱、脱离脉冲力场回太空，然后便是一片死寂。

我很不喜欢这种感觉，下意识伸手握紧外套袖内的锐蛇皮柄，朝着门口踏出一步。维克翠跟上来，塞弗罗却扣住我肩膀。“等接头来。”

“但我们连对方是谁都不晓得。”

“舞者担保，”他弹了手指，要我回到原位，“我们就等吧。”

我发现每个人都在注意我们的互动，因此点了头，没再多说什么。过了十分钟，我听见有人靠近的脚步声，货柜门锁解开，微弱光线中，我看见一个留整齐短发、蓄山羊胡的红种，嘴里还叼着牙签。他比塞弗罗矮半个头，视线在每个人身上停留片刻，看见拉格纳时还挑起一眉，而看到塞弗罗拿枪瞄准他时，另一眉也向上扬。然而他没有后退，由此可见胆量还挺大的。

“什么东西是杀不死的？”塞弗罗尽量装出黑曜种的腔调。

“阿瑞斯胯下的霉菌，”男人微笑，回头一望，“不介意的话，请先把枪收好，我们得尽快动身。港口是向黑道借用的，不过事前没报备，假如你们没打算和专业打手厮杀，就先别聊天了，赶快走。”他拍了拍手，“现在就走。”

后来我听说这人叫劳洛，满身肌肉，笑的时候会歪嘴，眼睛炯炯有神，对女人很有一套——尽管他没两分钟就讲自己妻子一次，总说对方是火星表面上最美的女人。但是夫妻俩已经八年

没见，这期间，劳洛一直在巢城担任太空塔台焊工。工作和矿区不太一样，不算奴隶，而是合约外包。只可惜受金钱奴役的结果就是得一周辛苦六天，每天忙上十四小时，悬在凿穿巢城的高塔间，一边焊接一边担心职业伤害。要是受伤就没办法继续赚钱，不赚钱就要饿肚子。

“这家伙相当油嘴滑舌。”我偷听到塞弗罗说的话，他和维克翠位于队伍中间，劳洛带头领路。

“山羊胡挺可爱的。”维克翠回答。

“蓝种叫这里‘巢城’。”劳洛带我们走向画满涂鸦的磁道。这层维修站似乎已遭弃置，弥漫油污铁锈和尿臊味，阴暗的金属长廊成为流浪汉的聚居地。他行走时似乎不看前方也能避开那些毯子与破布，但手却从来没有离开塑料材质的枪柄。“对蓝种来说或许是个城。这里有学校、有住宅，是那些傻瓜的小小区、宗派据点；他们在这里学航行技巧以及如何与计算机同步。可是对我们而言，这里像个绞肉机。人进来，往上堆，”劳洛朝路旁撇撇头，“碎肉就被挤出来。”

游民身上盖着破布，唯一可判断有无生命迹象的，只有随微弱气息稍稍鼓起的布料，犹如火山底下的岩浆散发热气。我忍不住拉紧灰色外套，调整一下挂在肩上的包袱。这层楼非常冷，恐怕是因为空调系统也很老旧。卵石呼出一团白烟，推着推车运送大型装备，东张西望，很同情那些人。维克翠在前面拉车，她没那么有同理心，遇上挡路的人就直接出脚拨开。对方生气抬头——抬头，继续抬头，直到明白自己瞪的是一个身高两米二的超级杀手，于是便滚到旁边，喘着大气。不觉得冷的只有劳洛和拉格纳。

一群阿瑞斯之子成员在磁道站台和车厢中待命，大半是红种，也有一些橙种、绿种人和蓝种，他们持旧式枪支对准其他几条走道。他们察觉我们靠近还是忍不住惊恐，怀疑是否被敌人发现。这一刻，我十分庆幸自己通过假肢和变色片伪装成黑曜种。

“担心遇到麻烦吗？”塞弗罗也注意到他们都举起武器。

“前几个月常有灰种巡逻，不是空心区当地的锅盖头，是难缠的军团士兵，而且混编第十三、第十和第五军团。”对方压低声音，“这个月很辛苦，伤亡惨重，藏在空心区的据点也被抄了。敌人雇黑道打手支持，拿了钱他们就是六亲不认，所以我们大部分人也只能先避风头，分散在几个预备基地。虽然阿瑞斯之子的主力一直协助太空站的红种叛军，但特务部队也是很勉强才平安到今天，我们不想冒太大风险，能明白吧？是阿瑞斯说你们身负重任——”

“阿瑞斯很睿智。”塞弗罗轻蔑地说。

“阿瑞斯很爱演。”维克翠补上一句。

到了车厢门口，拉格纳迟疑一阵，盯着候车区水泥柱子上贴的反恐海报。察觉异状，立刻报告。

标语这么写，还画上神情惶恐的红种，露出歹毒的红眼，如刻板印象那样穿矿工的破烂衣服，鬼鬼祟祟走向标示“禁止进入”的门。除此之外我就看不懂了，因为其他部分被叛军涂鸦盖掉。但我后来才发现原来拉格纳注视的根本不是那张海报——我竟然完全没发现下面躺着人。那人戴起帽兜，左腿是旧式机械义肢，左半脸缠着凝结血块的褐色绷带。“咻”一声，压缩气体冲出，男人朝后一靠，身体颤抖，咧嘴笑开，露出一口全黑的牙。塑料药匣“咚”一声落地，里头装了焦油渣。

“为什么不帮他们？”拉格纳问。

“拿什么帮？”劳洛明白拉格纳脸上那抹怜悯，却束手无策，“兄弟，我们自己都缺物资，能帮什么忙？”

“但他是红种，是你们的亲人……”

真相残酷赤裸，劳洛只能蹙眉。

“省省你的同情心，拉格纳，”维克翠开口，“那人吸的是黑帮流出的毒品，这种人可以只为爽一下午毫不留情砍人脑袋。他们只剩一副空皮囊。”

“你说什么？”我转身问。

维克翠被我锋利的语调吓了一跳，但不肯退让，反而进逼。“我说空皮囊。亲爱的，”她重复说出那三个字，“身为人类的条件之一就是尊严，他们没有尊严，而且是自己选择放弃，而非金种强迫。当然，你要怪在金种头上的确简单多了。我为什么要可怜他们？”

“因为他们不是你，也没有你的出身背景。”

维克翠没再回话。劳洛清清喉咙，好像怀疑起我们的真实身份。“刚才这位小姐提到他们砍人不眨眼，这倒是没错。这些人多半像我一样，是外地劳工。撇开老婆不谈，我寄钱回新底比斯是为了养活三个家人，可是若想回去团圆，就得做满合约。我还有四年呢，倒在这边的人就是已经懒得挣扎，不打算回家了。”

“四年？”维克翠半信半疑，“你先前说在这儿待了八年。”

“因为船票要自己买。”

她望着劳洛，一脸不解。

“公司不出交通费。早知道就看清楚合约书的小字了。的确是我自己决定要过来，”劳洛朝路旁游民点一下头，“他们也一样，如果不过来就是饿死——”他耸耸肩，似乎觉得事实很明显了，“会躺在这里的人就是倒霉，工作时断了手脚之类的，公司通常不补贴义肢，就算有补贴也是些烂货……”

“雕塑手术呢？”我问。

他冷笑。“你有听说谁负担得起吗？”

我压根儿忘了手术要钱，也因此意识到，纵使我说自己为这群人而战，却早就距离他们好远好远。眼前的人是名红种，我们应该能亲近，但我却连他的家乡菜是什么也不知道。

“你替哪个企业工作？”维克翠问。

“还用说吗？当然是袤利集团啊。”

列车离站，我隔着脏污的强化玻璃望向外面那片金属丛林。维克翠坐在我身旁，一脸迷惘。但我和她以及我的朋友就像是分处不同世界，我渐渐沉入回忆。一度，我与大统领奥古斯都和野马来到巢城，他带着枪骑兵，拜会殖民地联合会的经济官员，讨论如何在这颗卫星上进行基础建设的现代化工程。会晤结束后，野马和我偷溜出去，参观了当地有名的水族馆，我甚至以天价包场，并在虎鲸槽前设了一桌丰盛酒宴。比起雕塑生物，她更喜爱自然的。

我拱手让出被五十年陈酒和粉种奴仆填满的生活，交换这群锈铁和叛军。这才是真实的世界，不是金种沉迷的梦境。今日，我终于听见被践踏数百年的文明发出怒吼。

一行人沿空心区的边缘前进，卫星内部被隔成一格格住家，实际上却更像牢狱，而且没有重力。

往下走可能卷入阿瑞斯之子和黑道打手的街头混战，往上就进入中阶色族区域，难保不会惊动殖民地联合会的地上部队，还要防范监视摄影机与全息扫描等警戒设施。

因此我们留在空心区和针尖区中间的工程区，红种和橙种在这里维持火卫一的各种机能。列车由支持阿瑞斯之子的人驾驶，高速穿过数个车站，站台上等车的劳工只见双眼，面容一片灰蒙，模糊不清。那不是金属的颜色，而像营火灰烬：面容灰败，衣着与生命同样灰扑扑。然而隧道吞噬列车后色彩炸裂：墙壁满是裂缝，仿佛一条灰暗咽喉，划上无数刀疤，伴随积压数年愤怒渗出的血液是缤纷的涂鸦，以十五种方言写出的脏话描述了各种将金种生吞活剥的方法。一幅潦草的画像有收割者持镰刀斩下奥克塔维亚头颅，右侧以数字颜料绘出绞刑台上的伊欧，以及她火一样的秀发。“打破枷锁”斜斜地写在一旁，在蔓草般的仇恨中绽放出唯一闪耀的花。我不禁哽咽。

过了一小时，列车停靠在荒芜的低阶色族工业区。这里本该有好几万人于大清早离开格子屋，通勤赶来，各自上工，现在却冷清得堪比墓园。金属地上到处是垃圾，全息电视仍播放着殖民地联合会的新闻节目，路边小馆桌上还搁着杯子，而且冒出热气，换言之，阿瑞斯之子几分钟前才完成清场，看得出他们处境艰困。

我们离开之后，居民得回归日常。然而设置炸弹会导致什么结果？若摧毁这里的厂房，劳工岂不是会跟车站那些悲惨的游民一样失业吗？如果工作是生活唯一的重心，假使被我们夺走，他们会如何？我很想与塞弗罗从长计议，但他露出箭在弦上不得不发的态度，和以前的我一样专横。我在此时此刻要是厉声质疑，等同翻脸不挺朋友。当初他二话不说追随我，我若不信任他，是否太没义气？

我们又穿过几座重力升降梯来到一间车库，里面停放了废弃物清运机，同样属于裘利集团。我瞥见维克翠抹去一扇门板上的家徽上的尘土。那个贯穿的太阳图形磨损严重，已经褪色。里面还有几十名红种和橙种工人在做事，他们装没看见，我们就直接往里面走。到了两台大型运输机底下与阿瑞斯之子的小型军队合流，人数超过六百，但不像我们一样是战斗员。多数为男性，有零星几个女性面孔，以年轻红种和橙种为主，都是为了养活在火星上的家人，迫不得已来卫星工作的。他们武器简陋，或站或坐，原本正在聊天，突然察觉这头冒出十二个伪装的黑曜种才转身。他们看着我们拎装备推两辆车靠近，浑然无觉车上装了什么。我望向他们，涌起一股哀伤。之后无论去哪儿、做什么，他们都逃不开今日留下的烙印。假如可以，我想告诉他们接下来即将迎接的会是重担和罪孽，我想提醒他们，所谓胜利听来美好，却不适合亲自体验。你每天醒来，还没下床第一件得面对的事就是你杀过人，还有亲友死于敌人之手。那种感受诡异得太不真实。

最后我什么也没说。目前为止，我只能随拉格纳、维克翠走在塞弗罗背后，看他吐了口香糖缓缓上前，还不忘朝我眨眼、手肘抵一下，最后站在那支小军队前面——那是属于他的军队。与真正的黑曜种男人相比，塞弗罗太矮，但那身疤痕与刺青依旧能镇住这群专职收垃圾、做焊接、个头更微不足道的人。他头稍稍前倾，变色片底下的瞳孔仿佛冒出火焰，泛白皮肤上的狼形文身在机库灯光下杀气腾腾。

“幸会，各位油腻腻的蠢猴，”塞弗罗嗓音低沉却洪亮，仿佛猛兽，“你们大概在想，为什么阿瑞斯要派这些看起来很威武的硬汉来这个狗窝？”底下的阿瑞斯之子表情惶恐，面面相觑。“我们不是来取暖的，也没打算学那个浑蛋收割者，发表什么长篇大论。”他弹弹手指，卵石与小丑将车子推过去打开箱盖，随着吱吱嘎嘎的声音，众人都能看见里面装满矿坑用的炸药。“我们是来炸东西的，”他一展双臂，咯咯笑着，“有没有人有疑问？”

第十五章
狩猎

我跟着其余号叫者在清运机后面晃，附近很黑，通过夜视功能可以看见周围有许多暗绿色物体。都是垃圾，香蕉皮、玩具包装、咖啡渣。一张卫生纸打在维克翠脸上，对讲机传来干呕。她和我都戴上“魔盔”。盔上画着黑瞳，五官仿佛张嘴狂吼的妖魔。一年多前，费彻纳从月球的武器库内偷来这些装备给阿瑞斯之子用，魔盔可侦测多数光谱、能扩音、追踪同伴坐标、显示地图，以及进行无声通信。所有人都是一身黑，没穿机械装甲，而是穿虫皮，只能抵挡刀刃和一般武器射击。我们连重力靴和脉冲护甲也放弃了，用意是要有最高的机动性，将噪声和触动警报的风险降到最低，预备的氧气筒可用四十分钟。我为拉格纳调整好装备，看看通信仪，驾驶清运机的两名红种已经开始倒数计时，听见“十”的时候，塞弗罗开口，“夹好蛋蛋、抓紧斗篷！”

启动匿踪斗篷后，我眼前一阵扭曲，就像透过污水折射观看这个世界，同时间，电池在尾骨附近发烫。匿踪斗篷适合短时间使用，就我们携带的这种小型电池来说，不要多久就需要冷却和充电。我寻找塞弗罗和维克翠的手，最后才终于握到。其他人也分散成小队。印象中就算是铁雨作战前我也没有这么怕，是因为那时候我比较勇敢吗？不，也许是比较天真。

“抓牢点，我们要大干一场啦，”塞弗罗说，“再三秒……两秒……”我紧紧握住他的手，“……一。”

清运机舱门默默滑开，附近一座摩天楼上的全息屏幕投下琥珀色光辉；狂风拍打，天旋地转，我们随着垃圾一起弹射出去，就像果壳抛入半空，跟着废弃物进入高楼大厦与墙面广告交织而成的巨大万花筒。好几百艘飞船在大街小巷穿梭，速度快得仿佛水花喷过。众人在空中翻滚，避免身形遭扫描锁定。

对讲机传出一名蓝种交通管控员在埋怨垃圾乱飞，不久后，集团里的赤铜种出面吼叫，扬言要开除没用的司机。我笑出来，庆幸他们眼力不好。警用频道一如往常充斥专门术语，广播内容包括黑道挟持巢城飞船、公园广场的古代美术馆发生惨不忍睹的谋杀，银行区有人抢劫等。我们混在废弃物里，他们丝毫没有察觉。

我们利用头盔内藏的小型喷射装置控制翻滚频率，开始缓降，在真空中保持寂静无声。落下路线无误，随着这些垃圾，我们可以直抵钢塔侧面。而接触瞬间最关键，靠近目标时，维克翠开始骂脏话，我则是手指微微颤抖。不要弹起来、千万别弹起来。

“放手。”塞弗罗下令。

我抽回手，三人撞上摩天楼钢质表面。垃圾碰上墙壁后往外弹开，往四面八方喷散。塞弗罗与维克翠利用手套上的磁铁吸附成功，我却被迎面而来的一大团工业废材打中大腿，抛物线轨道因此偏斜；往旁边飞出去途中，我疯狂挥舞手臂，希望能找东西抓住。但整个人又开始翻滚。

最后，我的脚先蹬到墙壁，向外弹出。叫骂一阵后我大喊：

"塞弗罗！"

"维克翠，带他回来。"

我的脚被一只手扣住，拉回。我低头张望，见到一个隐形人的扭曲光影。是维克翠。她小心地将我失重的身体带到建筑物表面，我赶紧用自己的磁铁吸附上去。进入市区后，景色绚烂却死寂，金属铸造的景观毫无人味，与其说是人类社会，不如说更像异星文明留下的古迹。我眼前冒出点点金星。

"放轻松，"维克翠的声音隔头盔传来，"戴罗，你呼吸不畅了。跟我一起吸气、吐气、吸气……"我强迫肺部配合节奏，眼中的光点褪去。我重新睁眼时脸几乎贴在墙上。

"你没拉在衣服里吧？"塞弗罗问。

"我没事，身手有点儿退步了。"

"呃，在玩文字游戏嘛。"

拉格纳和其余号叫者降落在下方三十米处，卵石朝这边挥挥手。

"还有三百米，你们这些妖精，动作快！"

双螺旋形的贾王高塔窗内灯火通明，中间有两百层办公室；上班族在计算机前走动。我通过光学聚焦看见坐在办公室里的是证券交易员，旁边有助理来来回回；分析师马不停蹄地在月球市场信息的全息显示上做标记。所有人都是银种，感觉像群忙碌的工蜂。

"这下我可想念那几个小可爱了。"维克翠说。我花了一会儿才反应过来。她说的不是银种。上回，维克翠与我进行类似战术时塔克特斯与洛克还是自己人。那是研究院的模拟战，我们趁卡努斯将船舰停靠在小行星基地补充燃料时，直接从真空空间入侵，目标也是突破船壳，掳走主将，取得最终胜利。然而没料到中计的是我，若非朋友相助，我可能根本逃不走。而赌输一局的代价是折断手臂。

自落点爬到塔顶的巨大月牙又花了我们五分钟。其实我们并不是以手一点儿一点儿爬上去，所以不太算是“爬”。手套内部的磁铁能自动转换磁极，因此我们就好比装了轮子一样，是滑上去的。升降的过程中，最困难的是想办法在处于无重力状态下通过位于顶点，也就是这趟尽头的月牙。我们必须抓紧从玻璃天花板伸出来的细金属支撑杆（握感和叶梗差不多），我们腹部下方的玻璃另一边是一座博物馆，贾王以收藏闻名。头顶上的贾王塔尖直指火星。

那颗太空中的母星似乎更大了，大过一切。火星上有数十亿生命，有人造的海洋与山脉，有比地球更多的沃土良田；现在我们看见的是夜晚面，而多数人只记得地面上数万城镇的光辉，却遗忘地底下遍布数百万千米的矿坑隧道。然而，一股无形脉动已然苏醒。此时此刻的火星看似宁静，战争遥远得像是不存在。不知道那位诗人见了会说些什么，不晓得洛克会如何对着清风倾诉。也许这只是风暴前的宁静，抑或来自深渊的脉动。强光乍现，我心头一惊，阴暗的星球表面仿佛长出一朵闪亮蘑菇。

“看见没有？”我通过对讲机联络，同时用力眨眼，想减轻光线造成的残像。接下来频道上的叫骂声此起彼落，众人皆回头张望。

“该死，”塞弗罗嘟哝，“新底比斯？”

“不是，”卵石回答，“更北，阿文提诺半岛，大概是赛普利昂。那里的最后一次回报提过有红色军团接近。”

又一次剧烈闪光。我们七人伏在建筑物上不动，眼睁睁看着距离前次核爆约一根拇指的地方竟又引爆第二枚核弹。

“他妈的，是我们的人还是别人？”我问道，“塞弗罗！”

“不知道。”他语气烦躁。

“不知道？”维克翠也问。

他怎么能说不知道？我实在很想破口大骂，但随即就明白真相。舞者说过的话始终萦绕我心头。

“塞弗罗不是在运筹帷幄，”一次号叫者任务失败后，经过几周，他私下向我提起，“他只是个对着火场喷瓦斯的人。”或许我还没弄清楚这场战争的规模有多大、混乱范围有多广。

我这样无条件信任塞弗罗会不会是错的？我望向他的面罩，却看不见任何表情，身上甲胄与城市灯火化为一体，不见反射，只像光芒中的一个黑洞。塞弗罗缓缓转身，继续上移，没有丝毫犹豫。

“全息新闻出来了，”卵石回报，“可真快。红色军团对赛普利昂市的金种部队发射核弹——至少报道是这么说。”

“天杀的，胡说八道，”小丑气急败坏，“又要欺骗社会大众。”

“红色军团怎么弄得到核弹？”维克翠问。的确，若哈莫妮取得核弹，就会毫不留情地拿去对付金种，但我怎么想都觉得是金种攻击红色军团。

“那些烂东西现在和咱们没关系，”塞弗罗说，“任务优先，动作加快！”大伙儿迅速跟上，在月牙周边找侵入点，根据练习过的计划行动。我从维克翠背包取出一小罐酸性化学物体，塞弗罗扔出一个比我指甲还要小的微型摄影机，摄影机沿玻璃表面飘，扫描着博物馆内的生物反应——没有任何信号。现在是凌晨三点，不意外。他又拿出脉冲生成装置，等待卵石的通信仪操作。

“怎么了，卵石？”他不耐烦地问。

“程序代码有效，我进入系统了，”她回答，“但还得找到正确区块……有了！激光格栅……解除——热感应摄影机……冻结——脉搏侦测……关闭！恭喜各位，神不知鬼不觉啦！只要没人手动重开警报系统就好。”

塞弗罗启动脉冲生成装置，泛着微弱虹彩的力场泡泡笼罩我们，隔绝出一个真空环境，让我们入侵建筑物时不引起警戒。我将吸盘装在玻璃中央，打开酸液罐，在四周画出一个两米见方的方格。强酸腐蚀玻璃后形成入口，些许空气从里面涌出，因脉冲力场的限制没有散开。玻璃板弹起后，维克翠伸手抓住，免得飘向太空。

“大黑先进去。”塞弗罗吩咐。这里距离博物馆地板有一百米高。

拉格纳将垂降绞车装在玻璃边缘，套上磁性索具，抽出锐蛇，重新启动匿踪斗篷，钻进洞内。我们在外面飘，他硕大又几乎隐形的身躯却被人工重力拉得急速下坠，场面十分震撼，拉格纳犹如炎夏沙漠中摇曳热气构成的巨魔。

“安全。”

塞弗罗第二个下去。“祝好运。”维克翠说完，推我入洞。我穿过玻璃后受到重力牵引，滑下去的速度瞬间飙升。重量骤然回到体内让我一阵反胃，胃里的食物差点儿喷出来。我重重落地，险些扭到脚踝，但还是赶紧拿起装有消音器的手枪搜索敌人踪迹。号叫者一个个降落在背后，众人退到大厅角落。地板是灰色大理石，地形随塔顶月牙扭曲起伏、延伸至视野外，因此无法估计实际面积，不规则的空间感加上重力变化也使我眼花缭乱、头晕目眩。左右陈列许多高大的金属展示品，例如宇宙拓荒时代的旧式火箭；拉格纳身旁的灰色探测船壳上有月球集团的标志，看起来和奥克塔维亚·欧·卢耐的家徽一模一样。

“变胖就是这种感觉吧。”塞弗罗闷哼一声，在高重力环境中稍微跳了跳，“好恶心。”

“贾王是地球出身，”维克翠解释，“抬高价钱的本事当然比低重力中长大的人要好。”

这里与我习惯的火星重力相比足足有三倍，与木卫一、木卫二的常态比起来更高达八倍。所幸重建肉体过程中米琪对我施加的刺激是地球重力的两倍，体重高达三百六十公斤的感觉实在不太好，但对肌肉的帮助倒很惊人。

众人脱下氧气筒，藏在一架古董航天飞机的引擎旁边，机身上还有早期美帝的旗帜图案。我们只带重点装备，穿虫皮甲和魔盔、准备好武器就上阵。塞弗罗调出维克翠事前准备的内部地形图，询问卵石是否确认贾王所在位置。

“无法。有点儿怪哪，最上面两层楼的摄影机全部关闭，生物扫描仪也是，所以无法按原定计划预先定位。”

“关掉了？”我问。

“大概是开杂交派对或是在手淫，不想给安保看到而已吧。”塞弗罗哼了一声，耸耸肩，“反正一定还躲在这儿，我们进去搜就是。”

我决定通过私人线路通话，不让其他队员听见。“别像无头苍蝇一样进去，要是在通道上没掩护……”

“我们不用当无头苍蝇，”他切断线路，直接对所有人说，“各位小妞，斗篷、锐蛇、手枪，有必要就用脉冲手套。”塞弗罗的身影随着涟漪消失。“号叫者，跟我来！”

众人由他领头潜入博物馆走廊，这里整个气氛像另一个世界。黑色大理石地板、玻璃墙壁、高十米的脉冲力场天花板。然而，另一边竟是巨大水族生态圈，活的珊瑚礁蔓延的姿态如同真菌触手，刺眼的蔚蓝与鲜橘背景中有群“人鱼”正在悠游。它们长达三十厘米，有似人的面孔，躯体却是爬虫类，皮肤是灰色，颅骨长出王冠般的突起，小眼如乌鸦，而且正恶狠狠地瞪着众号叫者。

墙壁使用幻彩玻璃，时时透出浅浅色泽，并不断变化。一开始是心脏般的绛红，接着是钴银色的水波，令人仿佛置身梦境。走廊像座迷宫，侧面凹龛展示工艺品，不过是以当代的点状全息，还有二十一世纪流行的夸饰主义为主，并非圣痕者最欣赏的新罗马古典风。我们为匿踪斗篷换过电池，窜进一间陈列室，里面摆了一尊俗艳的金属材质紫色狗，形状仿佛是用气球折出来的。

维克翠叹了口气。“要命，这人的品位真不入流。”

拉格纳仰头望去。“这些到底是什么？”

“艺术——”维克翠回答，“理论上而言。”

她语调中的不屑以及眼前所见令我起了疑心。这里的人工感无所不在，艺品、墙壁或者人鱼都是这样，简直像是故意迎合圣痕者对银种人富翁的刻板印象。但贾王若猜不透也无法掌握金种的想法，怎能走到今日的地位？换言之，这些财大气粗的玩意儿会不会是场精美的骗局，为了满足简单而直接的想象，以免他人窥探底下的秘密？他绝不笨，所以我们所见未必关乎喜好，而是一种应付手段。

因此我越来越觉得不对。队伍走到没点灯的中庭，那里有两排没打磨的砂岩地砖与紫茉莉树，呈V字形，直指目标寝室的双开门。大家关掉匿踪斗篷，想看得清楚一些，但都抽出锐蛇紧握在手。剑锋与砂岩地板只隔几厘米。

正常人不会住在这种地方。这是舞台，是机关，设计之初就满载阴谋诡计。我觉得越来越不妙，又开启私人频道。“不大对劲。仆人呢？警卫呢？”

“也许他很重隐私——”

“我怀疑是陷阱。”

“陷阱？你判断还是你猜的？”

“猜的。”

他沉默几秒，我暗忖也许他是在跟其他人私下讨论——说不定是除我以外的所有人。“有何建议？”

“撤退，重新评估局势——”

“撤退？”塞弗罗气呼呼地打断，“咱们才亲眼看见对方往我们身上丢核弹，撤什么退？”我想插话，他却连珠炮般说个没完，“去死，经过十三次努力才拿到这个银屁股的情报，现在一走了之就全白费，还会被对方发现我们来过。机会错过就没了，不拿下他就无法制伏胡狼。小收割者，你相信我好不好？”

我咬着牙没骂人，先切断频道，不确定我气的是他还是自己，又或者是恼火胡狼夺走了让我自认高人一等的傲慢心态。我再也无法强硬执拗，因为我明白了这身虫皮甲和魔盔下的人依旧是个小男孩，被独自关进黑暗中，哭哭啼啼。

背后那面落地窗外有艘游艇经过，我们所在的房间顿时被紫光淹没。大家匆忙跑向前，在贾王寝室入口两侧预备进攻。我隔着黑色变色片望向那船，看见一层甲板上有数百个妖精，他们随月球旋律和蔚为风潮的伊特鲁里亚[1]节奏扭动身躯、舞蹈作乐，仿佛对火星处于战争中浑然无觉。若不剥夺这些人的奢华，他们就会继续享受地球的香槟、金星的衣服、火星的燃料，纵情声色、毫无罪恶感地度过一生。这些人根本是蝗虫。塞弗罗的信念和怒火也在我心里烧了起来。

这些人不懂得吃苦，不认识战争。一切只是新闻标题，反正有别人会负责。报道里的影像令人不适，但很快就会消失。军火船舰和社会阶级庇护着他们，但他们从未正眼看过，未曾体悟活着也可以是种折磨。不过他们也逃不了多久了。

临死前，他们会记得这一夜，记得自己站在哪一边，记得卷入战争、再也无法抽身是什么滋味。豪华游艇散发的颓腐是黄金时代咽下的最后一口气。

一口相当可悲的气。

“我当然相信你。”说完后，我握紧锐蛇，并察觉拉格纳正在注意我们。明明他应该听不到对话才对。维克翠已经准备要破门而入。

外头的光线远去，妖精也没入都市夜景。我忽然察觉，即便金种文明因此陨落，我也不会感到开心。就算人类帝国所有的灯火都熄灭，船舰都坠毁，敌人随建筑物生锈倾倒而灭亡，那又如何？这时我怀念起野马。之前我想念的是她的嘴唇和香气，此刻惦记的却是有人能够与我心连心。与野马相伴从不寂寞。她若在

[1] 公元前十二世纪到前一世纪的地中海文明，未留下明确的文史哲记录。

场，可能会责备我们为什么只顾着破坏，却不思考如何建设。

我怎么会有这种感触？我身边都是朋友，就要完成击垮金种的梦想了，可是脑海深处却隐隐骚动，仿佛有双眼睛正在瞪着。无论塞弗罗怎么说，这都不对劲，除了周遭环境外，还包括他的计划。要是换成我指挥，我会不会这么做？费彻纳呢？如果计划成功，尘埃落定，没了氦三输出，要如何建立新秩序？还是就这么进入黑暗时代？塞弗罗锐不可当，那股气势足以劈开群山，过去的我也一样。

但看看我最后是什么下场。

“杀掉卫兵，敲晕粉种。打完抢完马上走！”塞弗罗下令，我握紧剑柄。他做了个手势，拉格纳和维克翠窜进门内，其他人也跟着冲进去。

第十六章
情 人

里面没有开灯，安静得像座坟墓。前厅空无一人，只有桌上的浴缸里漂浮一只水母，释放耀眼电光绿，照得光影诡谲。我们继续深入，砸了镶金丝的门，我和卵石蹲下把风，怀中捧着消音电磁枪，锐蛇已经收回臂上。背后有个男人倒在四柱大床上睡觉，被拉格纳扣住脚拖出来。他一丝不挂，直到滑落床下才惊醒。他摔在地板，还来不及叫就被拉格纳的巨掌捂住。

“该死，不是他。”维克翠在后面说，我听了回头，发现那人原来是个粉种，脸被拉格纳给挡住了。

塞弗罗一拳将床柱轰成两截。“早上三点，他能在哪儿？”

“月球时间是早上四点，才刚开市，”维克翠提醒，“会不会进办公室了？问问这奴隶。”

“你家主子呢？”透过面罩，塞弗罗的声音听起来像是被铁棒敲打的钢管。我守着前厅，直到听见粉种呜咽。塞弗罗正用膝盖抵住对方腹股沟。“老兄，你的睡衣不赖，染成红色会更漂亮哦。”

他的口吻冷酷无情，我一阵心寒。好熟悉，关在阿提卡时，胡狼也是这么跟我讲话。

“你主子呢？”塞弗罗扭动膝盖，粉种疼得发出哀号，却仍不肯招供。众号叫者目睹刑讯逼供都默不作声，仿佛融入了房间阴影中，失去面孔，现在没什么好说，没什么好良心煎熬，都要放炸弹，还装什么无可奈何。但我可以看出他们不是第一次听见粉种倒地惨叫，顿时感到一股脏脏黑黑的情绪油然而生。比起武器和船舰，这一幕更贴近战争的本质，这是战争中悄然无声、无人记得的残酷面。

“不知道，”粉种回答，“我不知道。”

他的声音勾起我的回忆，我愕然离开岗位，跑到塞弗罗旁将人拉开。这人我认识，他温柔的五官线条没有改变，鼻子又长又挺，眼睛像是粉晶，肤色如同深色糖浆。我之所以能成为现在的模样，他的功劳和米琪一样多。房间里的人是马提欧，依旧俊美、孱弱，软在地上不住喘息，手臂已经折断，嘴角流血，另一手压着两腿间遭塞弗罗殴打的部位。

“你脑子烧坏啦？”塞弗罗朝我大吼。

“我认识他！”

“啊？”

我这样一捣乱就制造出空隙，而他也只看见一顶狰狞的魔盔。马提欧扑向床头柜上的通信仪，可惜塞弗罗动作更快。就种族而言，塞弗罗的骨质最密实，马提欧最疏松。“咚”一声后，塞弗罗击碎了他脆弱的下颚，他发出呕吐的声音，倒下后不断痉挛，眼珠一吊。我感到恍惚，犹如经历一场噩梦，如此冷酷，原始而直接的暴力，那样的筋骨、那样的肌肉根本不该做出这种事。我下意识朝马提欧跑去，跪在他抽搐的身前，将塞弗罗推开。“别碰他！”

马提欧昏迷后样貌凄惨，我无法判断他的脊椎或脑部是否受伤，只敢轻轻触碰着那头遭血水染成深褐的卷发；他的发丝依然闪着一抹蓝光，马提欧紧紧握拳，像个孩子；左手无名指上有个小银环。这段时间他到哪儿去了？为什么出现在这里？“我认识他。”我再次低语。

拉格纳也过来蹲在一旁守着，但目前我们无法治疗马提欧。小丑拿了通信仪抛给塞弗罗。“紧急警报功能。”

“你说认识他是什么意思？”塞弗罗问。

“他是阿瑞斯之子，”我迷惘地回答，“至少曾经是。院训之前我接受他的训练，学会金种文化。”

“这可厉害了。”废物嘀咕。

维克翠以脚趾抵了一下马提欧的粉种印记，上面有小花的图案。

“和狄奥多拉一样是花伎，”她瞥向拉格纳，“价钱可是能跟你们污印媲美呢。”

“你肯定是同一个人？”塞弗罗又问。

“他妈的，我当然肯定。他叫马提欧。”

“为什么他会在这里？”拉格纳问。

“而且看起来不像俘虏，”维克翠说，“身上这睡衣不便宜，大概是情人吧。贾王可不像是会守贞的人。”

“所以他叛变了。”塞弗罗语气凶狠。

“——又或者是你父亲的安排。”我说。

“那怎么没有跟我们联络？一定有问题。这代表贾王渗透进来了。”塞弗罗转头看门口，“该死。说不定他已经知道提诺斯的位置——甚至是今天的计划。”

我的思绪飞快转动。会是阿瑞斯派马提欧来的吗？还是马提欧为求自保、不得已委身于此？也许我的事情是他走漏的……越想越不安，毕竟我和马提欧相处时间没有那么长。尽管如此，我还是在意他的安危。印象中的他很温和，这年头还能有颗温柔的心非常不容易。看看我们是怎么对待他的。

“快走吧。”小丑开口。

“没捉到贾王不能走。”塞弗罗回答。

“——但我们不知道他在哪里，”我说，“情况不单纯，最好等马提欧醒来。有没有人带兴奋剂？”

“剂量不对会害死他的，”维克翠警告，“粉种的循环系统承受不了军用品。”

“但我们也没时间叙旧，”塞弗罗低吼，“不能冒险逗留，得快点动起来，”我想回嘴，但他没有停顿，又看着正在检查马提欧的通信仪的小丑说，“有没有找到线索？”

“只看到厨房的食材清单，好像送了很大分量的羊肉、果酱三明治和咖啡到编号C19的房间。”

“收割者，你怎么认为？”拉格纳问。

“说不定是陷阱，”我回答，“还是先……”

维克翠不屑地冷笑打断我。“陷阱又如何？反正不就是这种货色，能奈我何？”

“说得好，裘利，”塞弗罗走向门口，“废物，带好这粉种，有状况就咬他。拉格纳、维克翠，你们两个打头阵，准备见血了。”

下了一层楼，我们终于遇见安保，六名猎犬守在门前，巨大玻璃面板闪亮得如池塘般吹起的阵阵涟漪。对方身穿黑色西装，而非军用护甲，左耳后有银色脚跟状的植入物。这层楼显然监控更严密。但我们仍没看见仆役。几分钟前，数名衣着相似的灰种推了一车咖啡点心进去。这种事本来应该交待粉种或棕种人才对。总之此处戒备森严，办公室里应该有重要的客人，又或者是贾王疑心病太重。

“速战速决。”塞弗罗躲在转角，我们距离那群灰种三十米左右。

“瘫痪这群猪头后立刻冲进去。”

“还不知道里面是谁咧。”小丑提醒。

“冲进去才知道，”塞弗罗低吼，“上！”

拉格纳与维克翠率先杀去。匿踪斗篷扭曲的光影遮蔽他们身形，其余人尾随在后，一名灰种察觉异样后沿走廊冲来，瞳孔上的热感应芯片启动，红光闪烁，捕捉到我们携带电池的热度。“匿踪斗篷！”他大叫。六人训练有素、立刻取枪。然而太迟了，我为先锋先发制人，拉格纳挥舞锐蛇、斩断一人手臂与另一人咽喉；维克翠的消音枪射出磁力弹，击毙两人。我从倒下的敌人中间钻过，剑锋刺进一人肋骨，心脏爆裂的触感随“啪”一声传来。随后我又将锐蛇化为鞭形抽出，再转换为甩刀形态。死者倒地。

对手连枪都来不及开，但仍有一人按下通信仪，于是警报大作，墙壁一片赤红，进入了紧急状态。塞弗罗解决掉最后一名守卫。

“快进去！”他下令。

情况不太对。我的感受越来越明确。但维克翠与塞弗罗一马当先，拉格纳跟着将门踹开，一向顺从的我只能追入房间。

贾王的会议室与楼上那层相比朴素得多，层高十米，墙壁是数字玻璃显示器，此刻飘着淡淡银雾；左右有两列大理石柱，中间摆放气派的缟玛瑙会议大桌，正中央竖立一棵纯白枯树；会议室另一端设有落地观景窗，可俯瞰巢城全景。瑞古勒·艾格·桑恩，贾王的大名从水星远传至冥王星，他本人正站在落地窗前，肥胖的手中提着一杯红酒。

他是个光头，前额皱纹多得像洗衣板，厚唇仿佛咬着牙套的拳击手，猿猴似的肩膀，屠夫般的手指，身上那袭金星产的青绿高领袍绣着苹果树图案。就外观判断，贾王六十好几，皮肤晒得很黑，蓄八字山羊胡，却没真的修饰脸型。不过他看起来没什么雕塑过的痕迹。比起他那一双赤脚，拥有三颗眼睛更为引人注意。脸上那双眼是银眸，眼睑厚重，但藏不住精明干练；肥硕右手中指上单调的银戒竟植入一颗金种的眼珠。

显然我们打断了他的会议。

室内将近三十名赤铜种和银种人，分为两派，坐在缟玛瑙大桌左右，面前除了咖啡杯、酒瓶，还有通信仪及半空中的全息投影显示屏。原本他们正紧盯屏幕上的数据，听见房门猛然朝内打开，全都吓了一跳，反射性后退。可是绝大多数尚未反应过来或感到畏惧，甚至无法察觉号叫者众人正披着匿踪斗篷闯入。不过，在场的并非只有赤铜种和银种人。

“噢，该死。”维克翠脱口说。

在这两种色族中站起六名金种，都是骑士，一身脉冲胄甲，而且每一个我都认识。左侧那位面色铁青、浑身漆黑的长者贵为死亡骑士，身旁两人里，一是艾迦的姐妹，也就是圆脸的御史莫依拉，另一人则是老面孔：卡西乌斯·欧·贝娄那。桌子右边依次为忒勒玛纳斯家族父子，卡珐克斯与戴克索，以及约一年前留我跪在矿坑中的女孩。

野马。

第十七章
断金

“住手！”我大吼着，同时压下维克翠的枪口，但塞弗罗又吼出命令，于是她又举起武器。号叫者摆出交错队形，脉冲手套和高能枪纷纷瞄准会议室内的金种，目前尚未进攻，除了想活捉贾王，也是因为塞弗罗看见野马、卡西乌斯以及忒勒玛纳斯父子，必然与我一样震惊。

“趴下投降，否则格杀勿论！”塞弗罗叱喝，通过魔盔变造放大过的声音完全不像人类。其余队员跟着吼叫，一时之间房里像是鸟妖群吱吱嘎嘎，嘈杂至极。我全身一凉，不管大伙儿如何咆哮，也绝对盖不过警报声响，张皇失措中，我只能先以脉冲手套攻击威胁最大的对手——卡西乌斯。我的考虑在于担心塞弗罗面对杀父仇人会无法克制情绪。魔盔与武器系统联动，显示出目标护甲的弱点，然而我的视线却离不开野马。她放下咖啡，离座起身，姿态一如往常优雅动人，左手手甲缓缓打开，露出底下同样配备的脉冲兵器。

我一阵天人交战。她为什么会在这里？她不是该在外缘区吗？包括野马在内，在场金种丝毫不理警告，可能是猜不到魔盔下面究竟何人。那六人没穿披风，谨慎地评估自身处境后开始做出反应。

卡西乌斯右手上缠着锐蛇，卡珐克斯父子则小心站起，至于贾王则是慌张地挥动双手。

“等等！”在这片混乱中实在听不见他的声音，“不要开火！这是外交会议，你们先表明身份！”于是我明白，这是某种协商场合，野马是打算投降还是联手？最关键的是胡狼不在场。难道贾王背叛了？显然是如此，而且合作对象还是最高统治者。因此塔内冷冷清清，没有仆人，戒护极低。火卫一还在胡狼眼皮底下，贾王要谋反自然不能大意，只敢留下信得过的部属。

想通后，我不禁一阵晕眩，那六人势必会以为形迹败露，现在是胡狼的杀手来袭。他们一定认为我们绝不会留下活口，这样一来，他们也只剩一条路。

“他妈的！统统趴下！”维克翠吼道。

“怎么办？”卵石通过对讲机问，“收割者？”

“贝娄那留给我。”塞弗罗抢先。

“用昏厥系武器！”我回应，“野马她……”

“打不穿护甲又有什么用？”塞弗罗打岔，“谁动手就宰谁，脉冲波全开，我才不拿自己人性命去赌。”

“塞弗罗，听我说，得先确定……”话说到一半，信号断掉，他以领队权限封锁频道，我能听大家说话，却无法发表意见，虽然开口骂了他，但一点儿用也没有。

“贝娄那，不准动！”小丑喝道，“我叫你别动！”

野马对面的卡西乌斯穿梭于银种人之间，利用他们做肉盾，朝我们逼近，瞬间来到十米内，完全没有停顿半步。我发现身旁的维克翠肌肉紧绷，她将母亲性命算在对方头上，一有机会就要出手。但此时尚有平民挡在中间，而且贾王对于阿瑞斯之子实在太有价值。

我端详在场的银种人和赤铜种，他们脸颊丰满，显然没吃过苦挨过饿。他们都是共犯，要是给塞弗罗一把锈刀与几小时闲暇，他必定会一个一个扒了他们头皮。

“收割者……”拉格纳小声询问我怎么打算。

“放下锐蛇！”维克翠对卡西乌斯怒喝，但卡西乌斯沉默以对，如冰河那样无惧地前进。莫依拉与死亡骑士尾随而来，卡珐克斯的头盔悄悄升起。野马不知何时已全副武装，脉冲手套启动，瞄准地面。

鬼门关前走了太多回，我能嗅到那个气味。

——我开启外部扩音。“卡珐克斯、野马，住手，是我——”

“混账，不许轻举妄动！”维克翠咆哮，但卡西乌斯冷笑突进。拉格纳鬼魅般窜至我左侧，手上的双蛇仅剩一柄，因为另一柄已经飞掷而出，贯穿死亡骑士额头。堂堂奥林匹亚骑士踉跄倒下，银种人看傻了眼。

“卡珐克斯·欧·忒勒玛纳斯！”卡珐克斯吼出自己的名字，领着戴克索直扑而来。野马闪到旁边，莫依拉举起脉冲手套，也准备出招。

“杀光他们。”塞弗罗口气鄙夷。

恶斗在此刻揭幕，号叫者在拥挤的会议室近距离发射高能粒子，气流碎裂、大理石化为尘埃，椅子变成金属块在地上滚，骨渣肉沫随腥风血雨四散，银种人和赤铜种避之不及，命丧火网。

塞弗罗没能击中卡西乌斯，被他躲到柱后；卡珐克斯中了十几弹，防护罩过热，但他完全没有半分犹豫，一心想劈死塞弗罗和维克翠。拉格纳半途杀出，仗着体型优势拱肩将卡珐克斯撞得双脚离地；戴克索见状，往黑曜种背后跳去，三个巨人激烈扭打，弹往房间角落，顺势压垮两个赤铜种。赤铜种只有他们一半体积，四腿应声而断，倒地哀号声不绝于耳。

卡珐克斯背后的野马胸口中了两枪，但有脉冲防护罩保护，只是脚步蹒跚了一阵，立刻朝我们还击。卵石被她命中大腿，整个身子向后一弹，撞上墙壁，骨头折断，一边哀号一边紧按住伤处。

小丑和维克翠出面掩护，瞄准野马开火，同时将卵石拉到柱后，废物和另外四名号叫者镇守门口，对着室内扫射，马提欧被他们放在门外。

我躲到旁边逃离混乱战场，方才脚下的大理石地板已被轰成碎片。银种人纷纷钻到会议桌底下，也有些从椅子跳起后避到外围柱下，自以为远一点儿就安全，结果超音波脉冲却从身旁头顶呼啸而过，有些更穿透他们的躯体，甚至打弯石柱。贾王拿两名赤铜种当掩护，肉盾被流弹波及，浑身血淋淋倒地。

莫依拉冲上前。拉格纳仍与忒勒玛纳斯父子缠斗，塞弗罗想绕过他们，直取卡西乌斯，却被御史找到破绽，准备在背后突刺。我逼不得已近距离朝她发射脉冲波。盔甲被防护罩吸收，莫依拉身旁泛起茧状蓝色涟漪，但她也被轰得重心不稳。假如我在这时停手，莫依拉隔天起床不过就是全身淤青，然而我早用中指牢牢扣住扳机。面前这人就是造就苦难压迫的黑手，金种社会最顶尖的精英，更何况她还想杀塞弗罗。怨不得我。

我持续攻击，御史的护盾逐渐向内凹陷。她单膝跪地，肢体抽搐，口中发出悲鸣，皮肤与内脏温度飙升，血液沸腾，瞬间从眼窝和鼻孔涌出，甲胄和肉相黏。怒火中烧的我心已麻木，失去恐惧、理性和怜悯的情绪，再度化为曾击败卡西乌斯、格毙卡努斯的收割者。金种休想杀死我。

手指因高温而抽筋的莫依拉拿脉冲手套胡乱发射，用全自动模式朝着天花板轰炸一轮，又扫过侧面。会议室里血流成河，两个银种人来不及逃命，当场被大卸八块。房间另一头，能俯瞰市区的落地窗上满布裂痕。众号叫者躲在掩蔽物后，莫依拉的左手手套终于发出强光，过热熔解。伴随机件故障的嗞嗞声与死前一声怨愤喟叹，三御史中最诡计多端的一位终于化为焦尸。

我真希望那是艾迦。

我再次张望，仿佛有一只愤怒之手引导着自己。我追求更多血腥、更多杀戮，然而在场剩下的都是我曾经的朋友。怒火遂熄，内心一阵空虚，朋友自相残杀的场面看得我胆战心惊。原本整齐的队形早就崩解，战况演变为高科技武器外加肉搏，众人或在玻璃上飞窜或撞进墙壁，四肢与地板不停刮擦；手套鸣叫，刀剑铿锵，脉冲波在柱间来回。

就在此刻，我忽然醒悟，惊觉串起所有人的那条线究竟为何。不是理念，不是我妻子的梦想，也不是信任、盟约或色族。

是我。

因为没有了我，事态演变至此；塞弗罗选择走上这条路，冤冤相报，血债血偿，成了一场看不到尽头的杀伐。

我必须斩断这轮回。

房间中央，卡西乌斯对维克翠穷追不舍，两人在翻倒的椅子和碎玻璃上跑跳，地板早已染红。她的匿踪斗篷受损，功能时好时坏，身形时隐时现，宛如拿不定主意的妖魔。卡西乌斯往她大腿挥出一剑，立刻旋身，朝着开枪掩护的小丑额侧削下，接着一个后仰躲开子弹，卵石躺在房间另一头，竟还能出手救援。维克翠滚到桌下回避，执锐蛇对准卡西乌斯脚踝进逼，他却跳到桌上，以脉冲手套轰击缟玛瑙。桌子中间凹陷，维克翠反而进退两难。卡西乌斯就要出招取她性命，这个瞬间，塞弗罗忽然从背后放出脉冲波，虽然防护罩吸收了能量，卡西乌斯还是远远摔出数米外。

右手边只见拉格纳、戴克索、卡珐克斯三个巨人斗得不可开交。黑曜种以锐蛇将卡珐克斯的手臂钉在墙上，剑柄脱手后立刻闪身，在唾手可及的距离发射脉冲波攻击戴克索。冲击被防护罩吸收，戴克索虽剑势凌厉，却只砍下一块墙壁，反被拉格纳以关节技制伏。眼看儿子就要被绞死，卡珐克斯举起锐蛇高吼氏名，剑锋插进这名黑曜种的肩膀。我想过去帮忙污印友人，却察觉左侧有人逼近。

一回头，野马纵身飞来。她的面罩遮住五官，手持锐蛇想将敌人腰斩。危急之际，我只勉强架住，震动随剑身窜进手臂，我意识到自己速度大不如前，肌肉反应在那段黑暗的日子中荒废了，尽管有米琪的手术和维克翠陪同特训，也无法一时三刻恢复实力。相较之下，野马则比印象中更强悍。

我节节败退，想逃也逃不开。她使起锐蛇灵巧多变，想必这一年里下了苦功。按照洛恩以前的提点，我试着从侧面找空隙，然而野马心思缜密，总能拿石头、柱子等地形优势加以拦截。她的剑网逐渐收紧，虽说一时半刻内我还能挡下，剑刃却离身体越来越近。

最后，我终于被她一剑划过肩膀，疼得好比坑蛇毒牙。我一面哀号，一面又被野马伤了几处，心里着急想大叫自己名字或随便喊什么都好。问题是，我连喘息机会都没有，全副精力都用在手臂的动作上。千钧一发之际我往后缩，她的剑尖已在虫皮护甲护颈留下一道浅痕，接着又是迅雷不及掩耳的三招朝我左手筋络挑来，险些就要得逞。野马掌握了出招节奏，将我逼到墙角。斩、劈、刺连击，我的身体涌起灼热感。我将会死在这里。即使通过对讲机呼救，频道仍被塞弗罗关闭。

这次行动，我们完全错估了对手阵容。

我发出哀号，但无济于事。我被野马的剑刃切断三根肋骨。她旋转握柄，抽剑回劈，准备砍下我脑袋，而我只能高举锐蛇，勉强将她的兵器弹到头上，强压在墙面。我们隔着头盔，面对着面——野马竟然抄袭我的绝招——她脖子一仰，用颅骨朝我重重一击，我疼得差点儿晕过去，视野忽明忽暗，虽然没有倒下，却感到面罩松动，鼻梁又歪了。我眼前闪过光点。这下头盔真的裂开了，她的面罩凑过来，像匹气势汹汹的马，扬蹄就要踩碎我这条小命。

我的锐蛇往后一收，准备要砍，最后还是停在她面前。野马盯着我的面孔浑身颤抖，解开头盔，露出自己的脸。汗水濡湿的头发黏在前额，少了平常的金色光辉，她的眼神紊乱。如果我能斩钉截铁地说她眼里是爱或喜悦，那该多好。可惜不是。如果一定要说——那是恐惧。恐惧抽走了她两颊的血色，野马蓦然后退，另一手指着我，结结巴巴。

“戴罗……？”

她回头看着会议室内那片狼藉，我们仿佛是在风暴袭来时窜入一片僻静的小天地。卡西乌斯寡不敌众，决定撤退，顾不得御史和死亡骑士的遗体，先溜出侧门，然而离去前却与我对上一眼。维克翠追过去，塞弗罗尾随支持，其余号叫者围着野马。我上前一步，但被锐蛇抵住锁骨，无法动弹。

“你明明死了。”

她快步踏过大理石地板和墙壁崩落的玻璃碴，来到正门口。“卡珐克斯！戴克索！”野马用尽全力大叫，脖子浮出青筋，“撤退！”

忒勒玛纳斯父子匆忙与拉格纳拉开距离，摸不透自己对付的究竟是何人，也忽然意识到身上处处是伤。他们同时朝野马过去，想要合流，一左一右自我身旁掠过，但我岂能眼睁睁看她离去。我的锐蛇化作鞭子，缠上卡珐克斯颈部，他边干呕边挣扎，但我不肯放手，只要按下按钮，锐蛇就会由鞭转剑，卡珐克斯将人头落地，然而我并不想杀他。拉格纳过来，使出一记扫腿，再往他胸口膝蹴，这位长者不得不倒。废物带着其他人利用体重过来压制。

“别杀他！”我大喝。废物也认识帕克斯，而且见过忒勒玛纳斯父子，所以没有动剑，也下令大家都别轻举妄动。戴克索见状还想过去救援，只是我和拉格纳拦在中间，塞弗罗和维克翠也回到战场。壮汉用那双锐利的眼睛瞪着我，脸上写满困惑。

“弗吉尼娅，你们快走！”卡珐克斯躺在地上大喊，“快逃！”

“奥利安在我那儿，我救了你的家人，”野马说完，瞟着几名虎视眈眈的号叫者，“请留他活命。”她用悲痛的眼神望着卡珐克斯，闪身消失。

第十八章
深渊

“她最后那句话什么意思，奥利安活下来了吗？”我问。卡珐克斯和我一样还没从讶异中回神。他望着房里游移的黑衣号叫者，十分警戒。我们虽然无人阵亡，但情况也不太妙。“卡珐克斯！”

“就是字面上那个意思，”他回答，“就是她说的那个意思，和平号安全。”

“戴罗！”塞弗罗和维克翠从会议室另一端烤焦的侧门出去追卡西乌斯，不仅空手而返，现在还走都走不稳。“大家集合！”纵使我还有好多事想问，但维克翠的伤势是第一位，我赶紧过去查看。

她靠在碎裂的缟玛瑙大桌边，二头肌上多了一道深口，面罩也掉了下来，五官扭曲，不断冒汗。尽管如此，她还是自己注射止痛药与凝血剂进行急救。透过血光，我看见白色的骨头。“维克翠——”

“妈的，”她冷笑道，“你那小男友比以前厉害。刚才在走廊上差一点儿就能收拾他，不过我猜艾迦传授了几招你们那套

‘柳流’。”

“看来是这样，”我回答，“撑得住吗？”

“亲爱的，别担心。”维克翠眨眨眼，塞弗罗又喊了我名字。他和小丑跪在莫依拉的焦尸旁。身为恐怖分子领袖，他果然对于血肉遍地的惨况无动于衷。

“是个御史，”小丑开口，“烤焦的御史。”

“厨艺很棒，小收割者，”塞弗罗得意扬扬，“皮酥肉嫩，这种口感最好了。艾迦一定会气炸——”

“你切掉我频道！”我狠狠打断他。

“你太意气用事，会扰乱指挥。”

“意气用事？你有什么毛病？至少我肯动脑袋，不是见人就杀，这房里本来有一半的人不必死。”

塞弗罗面色一沉，流露出的残酷完全不像我所认识的朋友。“老兄，这是战争，战争有不死人的吗？你应该要高兴我们是杀人的那一方。”

“野马也在啊！”我走到他面前，“连她也无所谓吗？”塞弗罗耸耸肩，我朝他胸口一戳。

“老实说，你是不是一开始就知道她在？”

“哪有，”他慢条斯理地回答，“没这回事。你够了，老兄。”塞弗罗一脸挑衅，似乎不介意和我当场开打，可我也没打算退让。

“她为什么在这里？”

“我怎么知道？”塞弗罗望向我背后。拉格纳正将卡珐克斯押到房间中央，号叫者集合的地方。

“大伙儿准备冲锋，得在军队里杀一条路才出得去，脱出地点设定在背光面，十层楼高的地方。”

“目标呢？”维克翠望向大屠杀后的会议室，地上不是尸体就是痛苦发抖的银种人，以及拖着短腿爬行的赤铜种。

“恐怕烂了。”我说。

“大概吧，”小丑附和，对我露出同情眼神。我们两人开始翻查那些尸体。“真是一团乱。”

“你知道野马在这儿吗？”我偷偷问。

“不知道。话说回来，老大，”他回头注意塞弗罗，“你刚才说频道被切掉是什么意思？”

“别顾着聊天，快找到那个浑蛋银种人，”塞弗罗站在房间中央发号施令，“然后谁去外面带那个粉种进来。”

小丑到会议室另一边离正门最远的角落，他在俯瞰火卫一的观景窗右侧找到贾王。他倒在地上动也不动，被一根底部断裂的柱子压在墙下，蓝绿色袍子染红，但那是别人的血；他的指节上是插了些玻璃，不过我可以探到脉搏，还没断气，任务不算完全失败。麻烦的是贾王额头也遭流弹挫伤，我叫队伍里体形较大的拉格纳与维克翠过来帮忙，合力挪动柱子，将人给拖出来。

拉格纳从滚到柱底的死亡骑士的头颅取回锐蛇，打算利用石头当支点，和我一起扳动断柱，但维克翠忽然要我们先缓缓。“你们看。”她指着柱子顶端与墙壁交接的地方，从地板缝隙往上透出淡淡蓝光，形成长方形。那里显然有一道密门，贾王大概是想躲进去，却被柱子压住。维克翠将耳朵靠在门上，眯起了眼睛。

“等离子炬？”维克翠说，“呵呵——”她笑了起来，“贾王的卫兵急着想出来呢，看样子他是把人藏在里面，以防万一。他们说的是**静语**。”静语是黑曜种使用的方言，要不是柱子倒下，正好将门堵住，恐怕我们已经死光了。

他们明白，我也明白，今天这情况完全是侥幸。因此我对塞弗罗更不谅解，维克翠眼里那抹狂妄也淡了些，想必是在冷静思考后意识到这支队伍的行动方针根本是胡来。打从最初我们就不该在尚未取得建筑蓝图的前提下乱闯，塞弗罗的决策模式与一年前的我如出一辙，连结果也差不了多少。我们三人不约而同望向会议室门口，暗忖剩下的时间真的不多了。

拉格纳和维克翠帮我将贾王拖出来。他失去意识，短腿在地上滑，维克翠拉着他带到中间。塞弗罗正在使唤小丑和卵石搬运马提欧和卡珐克斯两个俘虏，直到现在，卡珐克斯都还张着嘴盯着我瞧。其实卵石连站都站不起来，号叫者战力几乎崩溃。

“俘虏太多，”我开口，“会拖慢脚步，这回也没有电磁脉冲可以用。”更何况我们和外层空间仅隔三厘米的墙和空调系统，启动电磁脉冲是自寻死路。

“那就减轻荷重，”塞弗罗走向受伤且双手缚在背后的卡珐克斯，朝他的脸举起脉冲手套，“老头，这无关个人恩怨。”

他扣下扳机，我一把将他推开，脉冲波从卡珐克斯脸边掠过，轰在地上不省人事的马提欧身旁，几乎炸掉他一条腿。塞弗罗猛转过身，手套瞄准我的头。

“给我拿开。”我低头对着脉冲炮管怒喝。热能往眼珠射来，刺得我不得不别过脸。

“你脑袋在想什么？”塞弗罗咆哮，“你以为他是你朋友？他不是！”

“留他活口。他是谈判筹码，奥利安应该还活着。”

“谈判筹码？”塞弗罗喷出鼻息，“那莫依拉呢？烤焦她的时候你可没手下留情，”他眯眼放下武器，嘴唇一掀，露出黄牙，“噢，是为了野马吧？难怪。”

“他是帕克斯的父亲。”我提醒他。

“帕克斯死了。为什么他会死？因为你放过了敌人。老兄，我们不是在院训，这是战争，”他指着我的脸，“战争很简单：不择手段、见敌就杀，否则就换自己人遭殃。”

他转转头，发现所有目光瞬间集中过来，气氛十分紧绷。

“你错了。”我说。

“我们带不走这些人。”

“老大，外头很挤，”废物从外面跑回来，“超过一百个警卫，我们会变成蜂窝的。”

“要是没有拖油瓶就能杀出去。”塞弗罗说。

“一百个人哪，”小丑开口，“老大……”

“大伙儿检查电力。”塞弗罗眯眼望向自己的手套。不行，他的目光太短浅，会葬送所有人的命。

“不必，”我说，“卵石，联络赫莉蒂取消原本的撤离计划，传坐标过去，要她把船停在外面一千米的地方，尾巴对着我们，”卵石听了没有立刻反应，先看看塞弗罗，又看看我，不知如何是好。“我回归了，”我又说，“照我的话做。”

“就这么办，卵石。”拉格纳附议。

维克翠也轻轻点头，卵石皱了皱眉。“抱歉，塞弗罗。”她也朝我点头示意，以通信仪连接赫莉蒂。其余号叫者都盯着我，我感到痛心，竟因为自己害大家走到这一步。

“小丑，看看莫依拉的通信仪能不能修理，尽量将数据调出来，或许能知道他们本来有什么协议，”我飞快地下指令，

“废物和瞌睡虫去走廊把风，拉格纳负责押送卡玹克斯，假如他真想逃，就砍掉他的腿。维克翠，你身上还有悬吊用的绳索吗？”她检查后点点头。“把所有人串在一起，大家集中过来，要绑紧，”我转头看着塞弗罗，“你在门口装好炸弹‘欢迎’客人。”

他没多说什么，眼中也没有愤怒，但压抑许久的自卑与恐惧结了果，最终流出怨怼的汁液。我认得那种神情，我的脸上不知浮现过几遍。就在刚才，我夺走了塞弗罗唯一的心灵寄托：号叫者。明明他耕耘了那么久，明明他说我还没准备好，但大家仍选择了我，不是他。这不只是对塞弗罗领导资格最大的否定。自他父亲死后就埋在心中的那股自我怀疑，此时得到印证。

不该是这样。我说我会服从指挥，但没做到。是我不好。然而眼下并非自怨自艾的好时机，我不是没试着沟通，或是通过我们的友谊指引塞弗罗看清方向，但我重返阿瑞斯之子后看到的除了暴力还是暴力。无可奈何，我必须用他的方式来发言。我上前一步，对大家说：“不想死就赶快带着你们的鸟蛋动起来。”

塞弗罗板起皱巴巴的小脸，望着照我吩咐开始动作的同伴。“要是你害死他们，我这辈子都不会放过你。”

“我们立场一致。动手吧。”

他转身跑向门口，从腰带取下剩余的炸药，开始安装。我看着混乱的会议室，大伙儿各司其职，总算有个团队的模样。想必每个人都能猜得到我想做什么，也知道这计划有多疯狂。

但看着大家那股认真执着的模样，我心里也越来越踏实。塞弗罗认为我没有准备好，大家却愿意信任我。只不过，我也注意到拉格纳偷偷望向落地窗三次。所有人身上的护甲都并非完好无缺，若要进入真空，光是压力就会叫人吃不消。我连面罩都没了。能否生还的关键是赫莉蒂。我总期待某天行动时能控制一切变量，假使独囚于黑暗之中给了我什么启示，那就是宇宙之浩瀚，绝非凡人能掌握。

唯一能做的就是保持信心。“大家打开干扰波。”我也启动自己腰带上的装置，不能让外面的监视摄影机捕捉到我的样貌。

“赫莉蒂就位。”卵石回报。隔着玻璃，远在一千米外的运输机十分微小。

“听我指挥，同时朝观景窗中心点射击，”我尽力压抑声音中的恐惧，“废物、瞌睡虫，回来集合！给昏迷的俘虏戴上面罩！”

“我的老天，”维克翠咕哝，“我还以为你会有更好的主意。”

“闭气肺会裂开，所以玻璃破了以后尽速将空气吐光，缺氧就睡一觉，做个好梦，顺便祈祷赫莉蒂的动作比小丑那根在床上时还快。”

他们笑出声音，紧紧围过来。维克翠迅速将缆绳穿过每个人的腰带，我们变成一串葡萄。塞弗罗装好炸药，瞌睡虫与废物招手要他赶快过来。

“注意！”隐藏式扩音器发出声音，维克翠靠过来，将我和拉格纳绑在一起。“我是桑恩集团安全部长艾列克·泰·大和，在此对各位宣布，你们遭到包围，放弃武器和人质，否则我们将被迫开火。你们有五秒钟时间决定！”

会议室里除了我们外没有别人，前门早就关上。塞弗罗设置好陷阱，正要回来。“你快点！塞弗罗！”我呐喊，可是他还

没跑到一半，突然整个人往地面一拍，仿佛一个遭人踩踏的空罐。同样那股力道将我压倒，我的膝盖无法抵抗，骨骼、肺片、喉咙，没有一处不受到巨大重力的倾轧。视野模糊，脑子血液不足。我想举起手臂，却觉得它变成一百三十千克重。敌人提高会议室内的重力系数，唯一能撑着的是拉格纳。但就连他都单膝跪地，弯腰驼背，仿佛扛起苍穹的亚特拉斯。

“该死——”维克翠勉强挤出声音，望向我背后的房门。门开了，进来的不是灰种，也不是黑曜种，更不是金种，而是一颗黑色的蛋，往旁边一滚，大小跟一个矮子差不多。它的表面平整光滑，白色小字印上编号。是机器人，与电磁脉冲或核弹一样天理难容，都是奥古斯都的心腹大患。那颗蛋仿佛一团伸出触手的油腻物品，顶端开始变形，伸出一挺炮管瞄准塞弗罗。我想起身拿脉冲手套迎战，但手臂对抗不了强大的重力。维克翠使劲浑身解数，同样动弹不得。塞弗罗咬牙爬行，试着逃离机器人的锁定。

“观景窗！”我挤出一句话，“拉格纳，打破窗子！”

纵然是他，在超高重力下要举起手臂也经历一番挣扎。拉格纳的手剧烈颤抖，喉间鼓动的战号听起来像是远处传来的雪崩。他的身体随着被扭曲的吼叫不停痉挛，他奋力平举臂膀，拳套凝聚能量，冒出微弱的光点。

震颤之中，拉格纳扣下扳机，手臂重重往后挫，脉冲波直冲玻璃中心，夜幕群星随冲击波荡漾，窗户向外鼓胀，出现裂痕。

“Kadir njar laga……”他狂喝。

玻璃破碎，空气抽出，物体滑动。一个女赤铜种尖叫着从我们身边摔出去，一入真空瞬间沉默。混战时躲在桌底或柱子周围的人牢牢抓紧。但手指出血，指甲脱落，两腿在半空摆荡，力竭后身子终于翻滚坠进宇宙，深渊即将吞噬建筑物内的一切。塞弗罗来不及会合，体重敌不过气压，不过飞起来后也与机器人拉开了距离；我伸手揪住他的莫西干短发，维克翠趁机以双腿箍好他，带到自己怀中。

我们一行人逐渐滑向观景窗，我心里很害怕，手抖个不停。正视自己的决策后，所有质疑一股脑儿涌出。塞弗罗说得没错，我们应该杀出去，拿卡珐克斯甚至卡西乌斯当盾牌。为什么非要进入这片冰冷的世界不可？我好不容易才从胡狼的黑暗囚笼逃脱。

这只是恐惧。我这么告诉自己。都是因为恐惧才会惊慌。这股情绪渲染开，我看见他们五官上压抑的害怕，他们也从我脸上找到一样的感受。但我怎么能害怕？我活在害怕和遗憾中太久，没有挑起自己必须承担的责任。就算我不是大家想象的那样也无妨，所谓火星收割者只是面具，此刻的我依旧得戴上。不只为了他们，也为了自己。

“Omnis vir lupus（人皆为狼）！”我高呼一声，仰天长号，将肺中所有空气呼出。身旁的拉格纳睁大了眼睛，极为兴奋；他张开大嘴发出咆哮，音量之大，连墓穴中冰封的祖先也会惊醒。卵石、小丑也加入狼嚎，最后连平常高高在上的维克翠也出声。愤怒与恐惧随吼叫离开身体，我们被气压拖过地板，流入太空。尽管旅途的终点可能是死亡。我在荒诞的号叫中找到人性与归属。当你假装勇敢，就真的变勇敢了。然而只有塞弗罗除外，我们飘走时，他一直保持沉默。

第十九章
压 力

我们以时速八十千米冲出破碎的观景窗，狼嚎被静默淹没。一股震荡传过身体，我觉得自己仿佛被扔进冰水，肢体抖不停。血氧消耗得很快，生存的本能让我不自觉张嘴。当然，太空中什么也吸不到。幸运的是，肺部也没有膨胀，只是成了两个干瘪的纤维囊袋。起初，我的身体绝望抽搐，想得到氧气，但渐渐视线就停在火卫一表面那些毫无人味的金属摩天楼。黑暗中，朋友手牵着手、靠缆绳串联，心底流泻过一股熟悉的安宁。与野马共度的雪地生活，与号叫者在山沟中围营火烤山羊肉，听奎茵说故事。我的思绪飘到另一段回忆。不是莱科斯，不是伊欧，也不是野马，而是维克翠、塔克特斯、洛克和我在研究院期间听机库里的监种教授讲课，解释太空会怎样影响人类的生理状态。

“体液沸腾，也就是气压骤减时体液中会形成气泡，那是真空最危险的地方。身体组织的水分蒸发，并因此肿大……”

“亲爱的无脑教授，组织肿大这种事情谁不懂啊。问问你妈还是你爸，你妹也行。”记忆中，塔克特斯这么说，洛克的笑声我也无法忘掉。这笑话太过粗鄙，诗人脸都红了，而我一直不解为什么他与塔克特斯这么亲近，始终关切这位爱说猥亵话的朋友滥用药物的习惯，塔克特斯死后，洛克还在他身旁哭泣。教授继续叨念……

“……十秒内，身体体积暴增，造成循环系统失灵……”

眼压增高，眼珠胀大，除了倦怠感，还有视觉歪曲。手指冻僵，耳膜鼓起，到处都痛。舌头变大变冷，好像有条冰蛇在口腔蠕动，随着体液蒸发慢慢钻进肚子。皮肤仿佛充了气，手指变成大蕉形状，气体从胃进入肠中，又成了个气球。黑暗笼罩，我瞥了塞弗罗一眼，那张脸肿成两倍大，模样古怪极了。持续以腿箍住他的维克翠貌如怪兽，不过意识竟还清醒。她那双卡通人物般的充血双目瞪着塞弗罗，喉咙止不住干咳，却吸不进氧气。两人的手牢牢相握。

“水和气体分解后，在大血管形成气泡，随循环在体内流动，阻碍血流，十五秒内就会昏迷……”

身体失去知觉，短短几秒延伸为永恒暮光。宇宙变缓慢，人类的可笑和渺小此刻完全展现出来。

我体悟到其中的讽刺与虚无。戳破生命的泡泡后我们还剩下什么？周围的金属高楼看起来像冰雕，全息屏幕的光芒闪烁，如同冻结在内的龙鳞。

火星就在头顶，依旧全知全能，无法撼动。我们随着火卫一公转，来到迎接白昼的那面，阳光如弯刀般划破黑暗，星球表面仍留着两颗核弹爆炸后镕金般的疮疤。最后一点儿时间里，我好奇着火星是否介意自己的容貌遭到毁损，资源被人掠夺。相较宇宙等级的寿命，我们这些温热却可鄙的小东西不值一哂，繁衍、扩张、争斗、灭亡，最后留下的只有钢铁与塑料，而它将持续低语、吹拂、变迁、转动，遗忘这群胆大包天、自以为能够永存的无毛猿猴。

我看不见。

醒来时，我感到身体下面是金属，脸上有个塑料罩，听到周围有人喘息蠕动，并察觉这是船体，引擎发出冰冷的嗡嗡声。抽筋、战栗，我猛吸了一口氧气，觉得仿佛头颅凹陷，无处不痛，但痛觉随着每次心跳退去，手指变回正常大小，我摩擦着手，试图稳定神志。我还是在抖，不过身上盖了电毯，也有人正以不怎么温柔的方式给我按摩，加速循环。左手边，我听到卵石正在叫唤小丑。接下来的几分钟里，我们都是盲人，得等视神经重新适应。小丑支支吾吾响应，卵石哽咽到几乎要大哭出声。

“维克翠！”塞弗罗咬字不清地嚷嚷，“醒醒！醒醒！”他摇动维克翠身体，一身装备哐啷响。

“快醒过来！”塞弗罗掴了她的脸，她倒抽一口气后开口。

“……妈的，你刚刚打我？”

“我以为……”

维克翠一巴掌甩回去。

“谁？”我问那个隔着毯子揉捏我身体的人。

“长官，我是赫莉蒂，四分钟前才捞回你们这几支棒冰。”

“所以……我们在外面待了多久？”

“约两分钟三十秒。情况非常危急，我们不得已清空货舱，倒车接近，然后再紧急加压。还好这些红萝卜虽然打架不行，驾驶垃圾船倒有点儿本事。不过话说回来，要是你们没串在一块儿，现在大半会变成冰块。那附近还有一大堆废弃物和尸体飘来飘去，很多摄影记者在拍。”

“拉格纳？”一直没听见他声音，我有点儿担心。

“朋友，我在这里。无人坠入深渊。”他笑出声，“时候未到。”

第二十章
异议

现在麻烦大了，塞弗罗也明白。降落在阿瑞斯之子基地的破烂码头后，我们立刻抢回通信频道主导权，下令将尚未恢复意识的马提欧和贾王送进医务室处理，卡珐克斯则关进监狱，并要劳洛指挥大家，防范敌人来袭。留守基地的人望着我们目瞪口呆，因为号叫者身上的黑曜种伪装坏得乱七八糟，我的状况最惨，假五官在会议室混战时尽数脱落，由于真空吸力，剥下了瞳孔变色片，黑色染发剂被汗水洗去，所幸手套没掉。问题在于，他们现在终于发现我们不是一群黑曜种，而是金种，里头还混着一个“死人”。

“是收割者……”有人窃窃私语。

“闭嘴，”小丑没好气地说，“别走漏风声。”

可惜，无论如何消息很快会传开。收割者尚在人世带来的震撼是好是坏，尚不可知，可以肯定的是，现下并非好时机。虽然我们避开追杀，但这么高调地绑架了贾王，还连带杀死两名地位最高的圣痕者，胡狼麾下的反恐团队必定会巨细靡遗分析残留的证据，殖民地联合会也会出动禁卫军和维安机制，查明真相。

我们潜入的路线、脱逃的手法及可能的共犯，没有一项能逃过检验，连武器装备船只的来源都将曝光。届时太空站内许多低阶色族将会惨遭屠戮。

太空逃亡的过程一定会留下影像，从中定能找到我和塞弗罗的面孔。之后，胡狼可以出兵侵略，也可以派安东尼娅、莱拉丝和骨骑进行暗杀。

倒计时已经开始。

另一方面，现阶段我先假设殖民地联合会只认为贾王遭到挟持。野马与卡西乌斯究竟为何会出现，我还想不通，只能先认为胡狼并不知情，这也是之前我要大伙儿启动干扰的主因。贾王那栋大楼内的摄影机应该无法辨识卡珐克斯，要是形迹败露被胡狼察觉，他就会推敲出自己与最高统治者、贾王的三方合作出了差错。这张王牌我想先藏好，等到与野马取得联系，就会知道该怎么运用。

然而，卡西乌斯势必得对最高统治者回报。他会怎么解释莫依拉的死？还有野马与殖民地联合会的关系又是什么？谜题太多，线索太少。我穿过长廊，伙伴都去包扎，武器库内数十名红种、棕种人、橙种着手整装，而我脑海里始终回荡她的那句话。

我救了你的家人。

野马的话可以有很多层含义，知道答案的只有卡珐克斯。我得向他问清楚。卡珐克斯已由拉格纳押解到牢房，塞弗罗对其他人下完命令后转头望向我。“收割者，他们要动手了，这回可是来真的，”他说，“你比较清楚殖民地联合会军团的战略，赶快去数据中心，给我做个对方的时间表和战术模式，就算没办法势均力敌，总能尽量争取时间。”

“时间？”我问。

“引爆炸弹，然后设法离开这块大石头，”他伸手搭在我肩上，想必和我一样清楚旁边有许多人在观望，“快动身。”说完后，塞弗罗带着其他号叫者继续前进，只有我与赫莉蒂留在原地。

我转头。“赫莉蒂，你也熟悉军团战术，去数据中心支持。”

她回头望向正要拐弯的塞弗罗。

“你可以吗？”我问。

“可以，长官。不过，你要去哪儿？”

我握紧拳头。“去找答案。”

“弗吉尼娅后来对我们说了你是红种的事，所以我们才没有出席你的凯旋宴。”卡珐克斯抬起头，他被缚在钢管上，两腿平伸，甲胄还没脱下，胡须在微弱灯光下闪着红金色泽，个头大得很有压迫感，但他一脸坦荡，不带仇恨，只是对我和拉格纳说起这些事时激动得鼻孔都撑开了。塞弗罗交待，任何人都不许进来跟他接触，显然他的命令对收割者已经无效。我认为这是好事。即使我还没想出办法，却很肯定塞弗罗那套行不通。现下也无暇争辩或体谅他了，危机迫在眉睫。我需要情报。

“她不知道该怎么办，就像小时候一样来找我们商量，”卡珐克斯继续解释，“那天我们在列那号上烤羊肉给索福克勒斯吃，不过它好像不大喜欢柑橘醋。爱琴指挥中心忽然来了通信，说最高统治者开始攻击城内宴会场地，弗吉尼娅联络不上你或她父亲，担心发生政变，就要我和戴克索带着骑士过去看看。

“她留在船上，最后与洛克取得联系。戴克索和我本来都要穿过大气层了，但洛克跟她说最高统治者的政变成功，你和她父亲都受重伤，要弗吉尼娅到他船上避难，地面不安全，他会带你逃走。”

这么一说，我想起自己倒在航天飞机里，胡狼那时正弯腰跟我讲话，而洛克在旁边不知道与谁通信，内容我听不见。最高统治者也在，就躲在洛克的舰队里，根本没有离开火星和我的眼皮底下。

“弗吉尼娅没有马上冲上去，”卡珐克斯咧嘴一笑，“假如给爱情冲昏头就会那么做，但弗吉尼娅是个聪明人，一下就看穿洛克虚与委蛇，也料定最高统治者不可能只偷袭宴会，必定会有连环计。于是她赶紧通知奥利安和阿寇斯家的人预防部下造反，也通报洛克是叛徒。果然，后来有人想暗杀奥利安，她和忠心的部属早在舰桥和会议室做好准备，双方交火后奥利安手臂中弹，但性命无虞；接着洛克的舰队也开炮了，我们这边伤亡不少……”

同一时间，塞弗罗与拉格纳发现费彻纳已死，阿瑞斯之子前一个大本营被攻破，而我瘫痪了，倒在艾迦预备的航天飞机上。革命垮台——不，还有一线希望。

“她救了船上的人，”我回答，“所谓‘家人’是这个意思。”

“嗯，”卡珐克斯附和，“你和塞弗罗解放的船员还活着，甚至连你以前的军队也大多平安。我们抢在胡狼和最高统治者彻底掌控火星前协助他们逃走。”

“所以我的朋友被关在哪儿？”我问，“木卫三？还是木卫一？”

“关？”卡珐克斯眯起眼睛，随后一阵狂笑，“小子，你误会了，大家都留在原本岗位上，和平号原封不动，舰长还是奥利安，大家都听她指挥。”

“我不懂——她让蓝种继续当舰长？”

“如果弗吉尼娅不认同你口中的新世界，那么，当时你和拉格纳跪在矿坑地上毫无防备，她会留你们活命吗？”我摇摇头，没有答案，“如果将你们看作敌人，她会就地处决你们两个。你知道她和帕克斯小时候窝在壁炉前都是听我说什么故事？争权夺利、彼此斗法的希腊神话？不对，是亚瑟王、拿撒勒人和毗湿奴。他们都是自身非常强大的英雄，却不忘保护弱者。”

野马也成了这样的人，而且她证明伊欧没错。不是因为我，不是因为爱情，而是为所当为。也多亏卡珐克斯貌似四肢发达，跟她的亲生父亲相比，却是一名更好的父亲。我不禁湿了眼眶。

“戴罗，你没看走眼，”拉格纳开口，伸手搭上我肩头，“情势逆转了。”

“那么你们今天过来的目的是？”

“我们处于劣势，”他回答，“卫星统领那边撑不过两个月。弗吉尼娅一直在追踪火星的情况，也知道她哥哥手段残暴、恣意屠杀。阿瑞斯之子没有足够武力全面开战。”卡珐克斯那双大眼透出失去故土的凄凉。火星是我的家乡，也是他的家乡。“战败的代价太惨重，所以银种人提议和谈，我们当然有兴趣。”

“条件是？”我又问。

“弗吉尼娅与所有盟友能得到最高统治者的特赦，由她出任火星大统领，阿德里乌斯和他的党羽终身监禁。其余还有些改革的细节。”

“但必须保留阶级制度。”

“没错。”

“果真如此。这必须和她谈谈。”拉格纳语气似是迫不及待。

“难保不是陷阱。”我回答时盯着卡珐克斯，深知这张忠厚老实的面貌下藏着敏锐的心智。我很想信任他，希望能相信他也追求正义，值得我尊敬。然而事关重大、敌友难辨，假如野马有意设局，眼前正是除掉我最好的机会。她能走到今天，身边的人也绝非省油的灯。

“卡珐克斯，有个地方不合逻辑。依照你刚刚说的，那为什么不干脆和塞弗罗联络？”

他朝我眨眨眼。

“联络了呀。好几个月前的事，他没告诉你？”

拉格纳与我回去时，号叫者正在着装。

“都去死。”塞弗罗破口大骂，维克翠拿了人工肉贴在他背上，伤口经过烧灼、冒出焦味。他气得摔掉通信仪。机器滚到墙角，废物捡起来递回去。“全面封锁，连货运进出也暂停。”

“老大，别担心，我们一定能找到破绽。”小丑语带安抚。

我悄悄进去，朝塞弗罗点头，示意想私下交谈，但是他没理会。原本的计划全乱了套——我们本应躲进太空中的氦三运输机扬长而去。等外界发现贾王遭绑、火卫一大爆炸，一切都太迟。现在的情况则如他所言，我们都要去死了。

“能确定的是，我们不能留在这儿，”维克翠放下人工肉黏贴器，“我们在那栋楼里少说留下百件以上的DNA证据，外加一大堆面部影像，阿德里乌斯很快就会察觉，派军团过来搜索。”

“——甚至会直接把火卫一轰成碎片。”赫莉蒂径自叹气。她坐在角落一箱医疗器材上，与小丑一起研究通信仪显示的地图。卵石在桌子对面望着两人，受伤的腿先以胶体模具固定，不过骨骼没办法立刻接起。多亏有虫皮甲保护，烧伤程度降到最低，但可看得出还是痛苦难耐；高剂量镇痛剂抑制中枢神经，导致瞳孔扩大。还有，我和维克翠都注意到卵石那张圆脸上挂着明显的不悦：她很介意小丑伸手指地图时整个人挨在赫莉蒂身上。

“氦三是阿德里乌斯的命脉，”维克翠说，“他应该不会冒险。”

“塞弗罗……”我开口，“过来一下。”

“我在忙，”他转头问劳洛，“还有哪条路线能离开这块该死的石头？”

那名红种靠着医务室的灰墙，墙上贴着反光剪纸，上面有粉种模特儿在金星的白沙滩晒太阳。

“这里只有货船。”他不可能没注意到我们的伪装掉了，虽然没有多说什么，但显然很讶异这里的人几乎都是金种，还看了我特别久。“不过全都无法升空。假如是豪华游艇或私家船只，也许还能进入针尖区，但要是你们过去马上就会被逮到——只要一两分钟。至于电车，车门都装了面部辨识，广告投影也连接瞳孔扫描。就算你们劫别人的船，还是得经过哨站。除了空间传送，我想不出办法。”

“要是有那种东西就好了。”小丑咕哝道。

“抢一艘飞船，硬闯哨站，”塞弗罗说，“以前就干过了。”

“会被射下来。”我直截了当地反驳，对他一而再、再而三无视我想私下谈话的举动感到厌烦。

“上次就没事。”

“上次我们有莱森德。”我提醒他。

“这次我们有贾王。”

“为了除掉我们，胡狼完全不会舍不得，”我回答，“他就是这种人。”

“如果直线冲向地表那就没问题，”塞弗罗还不死心，“阿瑞斯之子有很多隐藏的地道入口，可从太空轨道直接钻进地底。”

“我就不会这样，”拉格纳开口，“太鲁莽，而且舍弃了这里的高贵子民任由敌人杀害。”

“我同意大黑。”赫莉蒂出声。她从小丑身旁走开，还是看着通信仪，持续监听警用频道。

“你们走了我们怎么办？”劳洛问，“胡狼发现收割者和阿瑞斯来过，就算把太空站翻过来也在所不惜。留在这里的阿瑞斯之子不到一周就会死光，你考虑过这点吗？”他露出作呕的神情，“我知道你们是谁，其实拉格纳一走进机库就很明显了，只是我没想到号叫者竟然会夹着尾巴逃跑。还有，原来收割者是别人的手下。”

塞弗罗朝他逼近一步。“王八蛋，那你有什么好主意？还是你只是不懂得闭嘴？”

“有啊。我有主意，”劳洛回答，“留下来，帮我们占领太空站。”

号叫者冷笑。“占领这里？兵力要靠谁来弄？”小丑问。

“靠他，”劳洛望向我，“我不知道你为什么还活着，收割者，可是……我还记得，我是在半夜吃面的时候忽然在全息网络上看到，阿瑞斯之子流出你接受雕塑的手术影片。不到两分钟，殖民地联合会的网路警察就关闭那个网站，但影片已公开过，我面还没吃完，就有上百万网站贴出备份，他们挡都挡不住。后来，火卫一的网络总服务器死机，你们知不知道为什么。”

“维安单位拔掉插头，”维克翠说，“不过这是标准程序。”

可是他却摇头。“死机是因为半夜三更网络瞬间涌入三千万人，服务器无法负荷流量。金种关闭电源是后来的事。我的意思很简单：只要你去巢城告诉大家你还活着，就能占领这个卫星。”

“有这么简单吗？”维克翠语气存疑。

“就有这么简单。火卫一约有两千五百万低阶色族正苟延残喘地活着，日日为了那几平方米的空间、蛋白质包和黑帮问题打来打去。但只要收割者一露脸，那些小事都烟消云散，没什么好争好抢。我们需要的只是一个领导者，假如火星收割者死而复生……别说是军队，你指挥的根本是一场海啸，懂吗？战况立刻就能逆转。”

这番话说得我背脊发凉。维克翠显然还没信服，塞弗罗则默不作声，恐怕内心又再次受创。

“你知不知道殖民地联合会是怎么对付暴民的？”维克翠问，“你看过的军团装备大概都只针对装甲。譬如脉冲手套、锐蛇。但他们对付平民时会拿出线圈炮或连击炮，每名士兵每分钟可以射出一千发子弹，打你们跟打纸人没两样。一般人听到声音根本反应不过来，连害怕都来不及就死了。另外还有微波武器，可以加热人体组织的水分。光是灰种的镇暴部队就有这种威力，如果他们派出黑曜种呢？甚至金种披着战甲亲自上阵呢？又或者切断你们的水和氧气呢？”

“那我们也断了他们的水跟氧气啊？”劳洛回答。

“行吗？”

“惹毛我们就行。”他瞪着维克翠。从他语气中的那股狠劲判断，我想劳洛八成知道维克翠的姓氏了。“阁下，虽然对方全是军人，能轻易把我打成肉酱，但我不到九岁就懂得拆解重力靴再拼装回去，过程花不到四分钟。今年我三十八岁，只要给我螺丝起子和电工工具，随便也能找出十种以上的办法要他们的命。我累了，受够了，想要回家。为了氧气、饮水和生存作践自己的日子该结束了。”劳洛眼神一空，身子倾近，“门的另一边有两千五百万个我。”

维克翠听完这番慷慨激昂的告白，还是翻翻白眼。“你只是个想逞英雄的焊接工。”

劳洛走过去，伸手拔掉桌上一排扳手。工具落地，弄出很大的声响，小丑和赫莉蒂本来盯着通信仪，吓了一跳纷纷抬头。劳洛愤慨地瞪着至少高自己三十厘米的维克翠，毫不畏缩。“我不是焊接工，是工程师。”

“够了！”塞弗罗大叫，“他妈的！都这节骨眼了还吵架！靠贾王出去就对了，不然我就把他手指一根一根剁下来，然后开始引爆炸弹——”

“塞弗罗……”拉格纳开口。

“我才是阿瑞斯！”塞弗罗吼道，“不是你，”他先指着拉格纳胸膛，接下来才指着我，“也不是你。快点收拾装备，要出发了。”

说完后，他冲出房间，其余人面面相觑，气氛尴尬。

“我不会舍弃这里的人，”拉格纳说，“他们帮助我们，是我们的一分子。”

“阿瑞斯是在发什么神经，”劳洛对大家说，“他疯了，你们得……”

我猛然转身，单手抓起他抵在天花板上。“不准你再污蔑他！”劳洛道歉，我将他放回地上，确定大家都在听后，我说，“大家先待命，我一会儿回来。”

我抢在塞弗罗进去之前追上。前面是座废弃车库，本地的阿瑞斯之子将它改建为发电机房，贾王暂时关在里面。塞弗罗与卫兵听见我靠近，一齐转身。“不敢让我和人犯单独相处是吗？”他鼻子一哼，“很好。”

“我们得谈谈。”

“当然，不过先让他说话。”塞弗罗推开房门，我暗骂一声，只能先跟进去。里面到处都生锈了，机器看起来比莱科斯还要旧。肥胖的贾王背后有个笨重物体在咯咯作响，苟延残喘输出的电力化作一圈光线，从头顶洒下，他被困在中间，什么也看不见。贾王坐在金属椅上，手臂铐在背后，青绿袍子皱巴巴又沾满血，不过那对斗牛犬似的眼珠依旧沉稳精明，宽大额头上黏了一层汗水与油脂。

“你们是谁？”贾王并不恐惧，而是烦躁。房门在我们背后重重关上。他对自身处境所展现的只有不耐，没有多余的怒意或鄙视。他正发挥专业素养算计着我们的待客之道究竟有多烂，又捅出了多少娄子。强光刺眼，贾王看不到我们的脸孔。“黑道打手？还是卫星统领的刺客？”我们没回话，他吞了口口水，“难道是阿德里乌斯大人来了？”

我听见那名字心一冷，但没讲话。塞弗罗也是。贾王开始怀疑我们是胡狼的手下，而且露出如假包换的恐惧。这可以利用，只可惜我们时间不多。

“我们要离开这块石头，”塞弗罗一派蛮横，“老兄，你得帮我们想出办法，不然我就把你的指头一根一根折断。”

“老兄？”贾王喃喃自语。

“你一定准备了逃生艇和紧急出口——”

“你是巴卡家的？”塞弗罗听了一呆。贾王继续说：“原来是你，他妈的真要命，吓死我了。我还以为被胡狼发现了。”

“你有十秒钟告诉我该怎么离开，否则我就拿你肋骨来当背心。”听到贾王这攀亲带故的语气，塞弗罗威胁恫吓的气势都缩了一截。

贾王摇摇头。“巴卡先生，你得仔细听——这是天大的误会。我知道你很难相信，甚至会觉得我脑袋有毛病，但拜托你听我说：我和你同一阵线，是你们的一分子。”

塞弗罗皱眉。“什么我们的一分子？”

“还能有别的意思吗？”贾王哑嗓笑道，“年轻人，现在状况简单明了：我，瑞古勒·艾格·桑恩，既是造币会的爵士、桑恩集团的首席执行官，同时也是阿瑞斯之子的创始成员。”

第二十一章
贾王

“阿瑞斯之子？”塞弗罗重复这五个字，走进那圈光线，让贾王看到自己的脸。我没有跟过去，心里觉得越来越荒谬。

“这样好多了，从刚才我就觉得你很耳熟。你可能不晓得自己跟父亲有多像哪。总而言之——没错，我也是阿瑞斯之子。事实上，我是元老成员。”

“哦？你不如说你是粉种好了，他妈的，以为随便说什么都有人信吗！”塞弗罗暴喝，“什么天大的误会！”他跳上前，蹲在贾王旁扯着对方的长袍。“干脆让你换件漂亮衣服出去叫人帮忙算了！”

“那最好，因为你们打乱了原本……”

塞弗罗手起拳落，打在贾王肥厚的嘴唇上。那是我很熟悉的原始暴力，我忍不住紧闭双眼。贾王的头向后仰，本能地想挪椅躲避，但立刻被塞弗罗压住。“你这只又老又肥的癞蛤蟆！别以为这些花招能行得通。”

“这不是什么花招——”

塞弗罗再次出手，贾王喷出唾沫，嘴唇裂开流血，蹙紧眉头忍着痛。他应该眼冒金星了。

但塞弗罗掴了他第三次，态度轻率随便。也许根本不是要打贾王，而是做样子给我看，因为他还特地回头狠狠瞪我，似乎想试探我是否又要拿道德当诉求，当场跟他起冲突。塞弗罗的做人原则非常简单：保护自己人，其余随便死。

他抽出一把短刀塞进贾王口中。“老兄，我知道你很会演，”塞弗罗低吼，“竟然连自己是阿瑞斯之子这种话都说得出口。你觉得自己急中生智，只要三言两语就能骗倒无脑的畜生，是不是？抱歉，这种游戏我玩多了，而且对手都比你厉害，什么苦头我都吃过。如何？舒服吗？”他将刀刃朝着贾王脸颊戳，贾王只能跟着他的动作晃脑袋，但嘴角依旧被稍微割裂。

“猪头，不管你要什么心机，都别想全身而退。你是共犯，是寄生虫，自作孽不可活。赶快交代逃出去的办法。说出船藏在哪里、怎么过哨站，之后再把胡狼的计划、军备和基地设施也说清楚，还有你家的武器装备，全部给我送过来。”

贾王的眼神从短刀回到塞弗罗脸上。塞弗罗先将刀抽回来。“动动你的小脑袋好吗？你以为费彻纳是从哪里弄到资金——”

“不准提起他的名字。”塞弗罗手指戳向他的脸，“不准。”

“我认识他——”

“那他怎么从没提起你？舞者也没有？根本睁眼说瞎话。”

“为什么要让他们知道我的事？”贾王反问，“遇上暴风雨时，绝不能把两艘船绑在一起。”

这句话直击核心。费彻纳曾以同样比喻解释为何不事前告知我提图斯是同伴。此外，费彻纳死后，阿瑞斯之子一夕间失去大量科技方面的外部支持，会不会从一开始阿瑞斯之子就并非单一团体，而是低色族与高色族齐头并进？而两边平时不联系，以免走漏风声？换作是我就会这么处理。回想起来，费彻纳甚至说，若能攻下月球，他会找来“强力后盾”，足以将我拱上最高统治者的大位。假如包含贾王，那就说得通了。费彻纳死后，低色族阵营遭敌人渗透，于是他们销声匿迹，切断所有对话管道。“马提欧为什么会在你卧室里？”我字斟句酌。

贾王凝望着黑暗，摸不清是谁在讲话，但眼中不只是气愤，也夹杂些许畏惧。“你……你怎么知道他在我房里？”

“快回答！”塞弗罗踹他一脚。

“你们没伤害他吧？”贾王突然暴怒，“不准你们动他！”

“我叫你回答！”塞弗罗大吼，又甩他一巴掌。

贾王气得浑身颤抖。“他是我的爱人，当然在我房间，你们这些混账东西，马提欧也是阿瑞斯之子！你们要是动他一根汗毛……”

“你们在一起多久了？”我追问。

“十年。”

“六年前呢？他跟舞者合作过。”

“那时他去约克敦市帮忙训练你的朋友，塞弗罗，戴罗是他教出来的。雕塑师改造他的肉体，但灌输他知识文化的是马提欧。”

“他没说谎。”我走进光线中，让贾王看见我的脸。他大吃一惊。

“戴罗，你还活着。我……我以为……怎么可能呢……”

我转头望向塞弗罗。“他是阿瑞斯之子没错。”

“就因为他拼凑出这么几件事？”塞弗罗驳斥，“你也太容易被说服了。”

“你还活着，”贾王自言自语，还没想通，“怎么会呢？他明明杀死你了。”

“他说的是实话。”我重申。

“实话？”塞弗罗的嘴仿佛正咬嚼蟑螂，形状扭曲，“他妈的，你说‘实话’是什么意思？你凭什么觉得你能看透这种走后门、放高利贷的混账东西？他和殖民地联合会每个圣痕者都有一腿，蛇鼠一窝，别把他当成善男信女。这家伙玩弄你的手法和胡狼一模一样。如果真的是阿瑞斯之子的一员，那怎么还不赶快联络我？”

“因为你们那艘船眼看就要沉了，”贾王回答时仍不解地望着我，“敌人已经潜入组织，我不知道潜得多深。至于戴罗——你的背景是怎么被发现的我不清楚。我和低色族只有一个窗口：费彻纳。而他在高色族只有一个窗口：就是我。我无法确定是不是舞者为了夺权出卖费彻纳，你们觉得我怎么敢去联络？”

“舞者才不可能做那种事。”塞弗罗哼了一声。

“我又没把握，”贾王气馁地说，“我又不认识他。”塞弗罗摇摇头，似是觉得莫名其妙，他继续解释，“我手上有些影片，是我和你父亲的对话。”

“你别想碰通信仪。”塞弗罗回答。

“试看看，”我说，“叫他证明。”

“我见过你母亲一次，塞弗罗，”贾王立刻开口，“她叫布琳，是个红种。假如我不是阿瑞斯之子，有可能知道这件事吗？”

“很多渠道可以查，所以你啥也没证明。”塞弗罗说。

“换个问题，”我说，“有一件事情只有阿瑞斯之子会知道，而胡狼如果能锁定位置，早就进攻了——提诺斯的位置？”

贾王咧嘴笑道：“热海以南三百千米，以前矿业枢纽，梵戈转运站地下三千米；原本是废弃矿区，相关记录还是我亲自找黑客从殖民地联合会内部服务器删除的。之后，我又从工厂运出埃克戎十九号激光，让人把钟乳石凿成中空螺旋，否则很难保持结构稳定。后来，我请工程师画了艾塔利亚型水力发电机蓝图，那边的人按图施工。虽然那座城市名义上由阿瑞斯建造，但幕后是我的设计——还有我的钱。严格来说是我盖的才对[1]。”

塞弗罗听完后惊愕不语。

“以前你父亲替我工作过，”贾王接着说，“那是海卫一刚开始进行生态改造的阶段，他和你母亲也是通过这个机缘认识。之后，我们开始……不太正当的合伙关系。爬到今天的地位之前，我需要金种，需要不怕脏的圣痕者和他们的法律后盾，而且最好有把柄在我手上，才会愿意为我处理竞争对手。当然，那都是台面下的事，你们应该明白。”

“你意思是说我爸给你当打手？”

“说白一点儿：是杀手。我是靠他的帮忙才得以扩张。市场饱和就会限制企业成长，因此得设法腾出空间。你该不会以为银种人都是守规矩的乖乖牌吧？”他呵呵笑，“也许有些人是，但这个社会就是裙带与资本主义挂帅，够狠才能壮大，不是吃人，就是被吃。我给你父亲钱，请他组成特勤队私下为我办事，直到某天我终

[1] 桑恩企业内使用的名词多出自希伯来文。

于发现他拿我的资源投入自己的计划，也就是**阿瑞斯之子**。”

说起那五个字，贾王不禁语带嘲讽。

“你没有举发？”我狐疑地问。

“金种社会将叛乱分子看作癌细胞，我举报了他，自己根本无法全身而退，所以陷入两难。但他没有为难我，反想邀我入伙。几次沟通后，我也认同他的想法，于是变成现在这局面。”

塞弗罗退后几步，一时间无法接受。“但是……我们……我们像虫子一样被追着打，你也都看见了，却还是……跟那些粉种厮混，甚至与敌人串通。如果真是我们的一分子……”

贾王仰头，被揍之前的那股气势又回来了。“不然我该怎么处理才对，巴卡先生？你在谍报方面资历深厚，不如你给点建议？”

“与我们并肩作战啊。”

“拿什么作战？”他等着塞弗罗回应，但塞弗罗无言以对，“我个人和企业名下有一支三万人的维安部队，但兵力分散在水星到冥王星之间。更何况有大半都并非我的财产，只是签了合约的灰种，仅有少数是真正归我所有的黑曜种。我的确有武器，但有谁可跟圣痕者抗衡，你搞清楚没有？所以我想以柔克刚。而事实上你父亲也是这样主张，毕竟一旦正面冲突，就连金种的小家族都能彻底毁掉我。”

“你还有全太阳系最大的软件公司，”塞弗罗反驳，“手下很多黑客，也有弹药和军武工厂，可以给我们装备，或者为我们监控胡狼。你能做的事情太多了。”

“我能直说吗？”

我皱眉。“时间不多了——”

贾王身子往后一靠，用鼻孔对着塞弗罗。“我待在阿瑞斯之子超过二十年，靠的是恒心和远见；而你带头还不到一年，看看目前是什么局面？巴卡先生，你可不是笔潜力股。”

“潜力……股？”

一个被铐在椅子上、嘴角还有血渍的人说出这番话，感觉极其突兀，然而，贾王那双眼睛的确能够服人。他不是俘虏，而是另一次元的泰坦、商业领域的主宰，确实能与费彻纳的雄才大略并驾齐驱，无论骨气或城府，都远超我预期。但我也不会轻易对他产生好感。这二十年来，他就靠谎言生存，什么都能演，说不定眼前就是一出大戏。

那张斗牛犬般的脸孔下到底藏了什么心思和动机？贾王究竟追求什么？

“我静观其变，想看看你有什么本领，”他对塞弗罗说，“我要看你能不能继承父亲。后来，金种对戴罗行刑——”贾王又瞥我一眼，还是充满疑惑，“至少看来是那样。之后呢，你像个小娃儿一样，挑起一场自己打不赢的战争。基础设施、物资后勤、领导统御，没有一方面做足准备，没头没脑就把戴罗的雕塑手术公之于世，连矿坑也能看得到，你以为那会有什么作用？掀起无产阶级革命？”他嗤之以鼻，“我还以为比起别人你更能理解何谓战争。你父亲有再多不是，至少也目光高远，能以理念打动我。换了儿子上来，都干了些什么好事呢？种族清算、核弹对射、杀人放火，那么多都市遭红种暴动蹂躏，然后被金种的反击彻底毁灭。人类不再团结，就是一片混沌。巴卡先生，混沌是我绝对不会投资的项目，它对商业活动毫无帮助。而无助于商业的事，通常对全人类也没有好处。”

塞弗罗缓缓吞了一口口水，终于感受到对方话语的重量。“我也是不得已，”他听起来变得好渺小，“没有人愿意承担。”

“是吗？”贾王靠上前，话锋更加锐利，“不是你自己想那么做的吗？不是因为你觉得受伤，想要发泄吗？”

塞弗罗的眼神蒙眬，他的沉默仿佛利刃朝我划下。我很想为他辩护，但他一定要面对。

“你以为我没奋斗，其实我有，”贾王继续说，“上回你们逃走，最高统治者对阿德里乌斯的态度大变。”

“为什么？”我问。

“这我不知道，但我觉得是个好机会，所以说服弗吉尼娅·欧·奥古斯都与最高统治者派代表前来和谈，希望转移火星大统领的位置，并将失势的胡狼终身监禁。我在其中并非能获益，我只是觉得让胡狼掌握火星太危险，他是我们长期目标最大的威胁。”

“问题是，一开始是你帮他站稳脚步。”我提醒。

贾王叹息。“我误判了，你也一样，我们都以为他父亲比较棘手。现在却得优先除掉他。”换言之，胡狼的两个盟友都背叛了他。

“你的计划被打乱了。”

“是。我倒也没有太遗憾，因为戴罗，你还活着，革命的火苗没有熄灭。费彻纳的理念、你妻子的梦想尚未随你幻灭。”

“到底为什么？”塞弗罗开口，“你从这场战争之中能得到什么好处？都已经是太阳系最有钱的人了，你完全没有反政府的理由。”

“的确，我既不反政府，也对法西斯、财阀统治或民主没兴趣。年轻人，不要被学校洗脑了，政府不但不能解决问题，它还时常制造问题。我奉行资本主义，相信人类可通过努力和才智获得进步，公平竞争可以促进演化。症结点出在金种社会拒绝前进，征伐成功以来，为了保护天堂般的生活，他们扼杀所有改变的可能，以神话包装自己，在海里放养怪兽当猎物，复制奥利匹斯山或幽暗密林；不过打造出能飞的盔甲，就以为真的成了神明。这些可笑的童话故事冻结了人类历史，阻碍创意、好奇心和社会阶层流动，不容任何改变。

“看看现在的人类。我们活在*太空*，居住在自己亲手*改造*的星球上，可是殖民地联合会还是不肯丢掉铜器时代那套恋童癖的习性。所谓的神话，不就是阿提卡[1]农夫在过得不顺遂时发出的无病呻吟吗？

“金种还对黑曜种自称为‘神’——差得远了，真正的神要能够创造，金种充其量只是吸血鬼，是咬着我们喉咙的寄生虫。我不要法西斯主义金字塔，我认为应当开放财富和思想的利伯维尔场。明明可以用机器人挖矿，为什么要叫活人进去受苦？还有，我们为什么局限在这个太阳系？人类有能力继续扩展，条件是金种得垮台、杀掉最高统治者与胡狼。而你就是我期待已久的曙光，安德洛墨德斯先生。”

他朝我的手套点点头。“你那对印记是我买的。你的骨骼、眼珠，身上每一寸肉都是。你是我挚友的心血结晶，我丈夫的得意门生，阿瑞斯之子的集大成者。我的商业帝国会在幕后支持，

[1] 此指希腊首都雅典所在的地理区。

第二十二章
阿瑞斯的重量

塞弗罗的手指在引爆按钮上滑来滑去，但我趁他还来不及反应，马上启动干扰力场，引爆信号便无法穿透出房间。“混账！”他一边咆哮一边要冲出去。

我伸手一抓，却被他灵活闪过。我身上的干扰装置功率不高，一点儿距离就会失效。他跑进走廊，我也追了出去。

“塞弗罗，住手！”我出牢房一看，他已经跑了十米远，完全超出我的干扰范围。狭窄地形对他有利，跑起来我根本赢不了。迫不得已，我举起脉冲手套瞄准他头顶上方，没想到准头偏了，脉冲波削过塞弗罗的莫西干头，头发烤焦。他紧急刹车，转过头，一脸狰狞。

“塞弗罗，我不是故意的——”

他一面怒吼一面扑过来，而我手足无措，被他疯狂的模样吓得节节败退。塞弗罗攻势猛烈，我挡住第一招，但随即被拳头勾中下颚，两排牙齿狠狠相撞。向后摔出时，我还咬破了舌头，满口血腥、脚步踉跄。若非由米琪强化过骨质，颚骨大概早被塞弗罗击碎了。他痛骂一声，抓着自己的拳头喊疼。

我也使出上勾拳，左脚跟着扫去。塞弗罗被踢中肋骨，身子往旁边一飞，金属隔板凹进去。接着我右手一记直拳被他闪过，打在强化钢板上，整只手臂都发麻。我惨叫的瞬间以左肘攻击他头部，但塞弗罗压低躲过，手爪往我下腹袭来，看来想把我给阉了。我回身避开，趁势扣住他手臂，使劲一扭，塞弗罗的脸被甩向墙板，整个人滑下来。

“在哪？”我搜他的身，“塞弗罗——”

他施展剪刀脚，锁住我双腿。我无计可施，跌坐地上，两人从拳击变成摔跤。论扭打，塞弗罗技高一筹，我拼尽全力，也只求不被勒昏。他以两腿夹杀，脚跟抵着我面部，腿从左右挤压脖子，就算我将他整个人抬起来也无法挣脱。塞弗罗倒挂在我背上，我们的脊椎紧贴，除了脚跟死不松开，他还想伸手掐我要害。我够不到他，也快不能呼吸，最后又是抓紧他小腿往墙壁上甩。一次、两次。塞弗罗终于松开腿，掉了下去，我把握机会立刻压制，以克拉瓦格斗术的动作不断肘击，但中间却还被他逮到破绽使出铁头功。

“你这……兔崽子……”我撑不下去，只能后退。

他也抱头鬼叫。“你这……蠢驴……”

塞弗罗再朝我腰间一踹，我硬接下这招，左手擒住他的腿，利用惯性将浑身重量往拳头上加，往他颅骨捶。塞弗罗“砰”一声倒地，乍看之下，我们仿佛铁锤和钉子。他还想挣扎，却被我一脚踩住，只能不停喘息。我自己也头昏脑胀，上气不接下气。竟然干出这种事，我真是浑身不舒坦。

“够了没有？”我问。他点点头，于是我抬起脚，伸手要拉他。可是塞弗罗往旁边滚了一圈，抓住我的手，起身的同时却对准我腹股沟狠狠一蹴，我倒在他旁边，差点儿要哽死，呕吐感从下背蔓延到睪丸和肚子。塞弗罗在我背后气喘吁吁，活像条狗，我本来以为他在窃笑，一抬头竟看到那双眼中全是泪水。他躺在地上啜泣，胸口不停起伏，后来则别过脸不看我，大概以为这样就能不哭，没想到更是一发不可收拾。

“塞弗罗——”

我坐起身，看到他那模样心里也很不忍，但我没有上前拥抱，只是将手放在他头上。出乎意料，塞弗罗没有躲开，反而慢慢枕到我膝上。我另一手搭着他肩膀。等他情绪稳定，擤了鼻涕，还是没有起来。此时气氛仿佛雷雨过后，空气依旧震荡不停。他躺了几分钟才清清喉咙、手一推，盘腿坐在走廊中间。他眼睛肿了，神情羞愧，不断绞手指，搭配一身的刺青与莫西干发型，简直像是某个小鬼在精神错乱后画下的人物。

“要是你敢告诉别人我哭了，我就拿条死鱼塞进袜子，藏到你房间让它烂。”

“知道了。”

引爆器掉在旁边，只要一伸手就可以拿到，但我们都没有动手。“我讨厌这样，”塞弗罗小声解释，“讨厌那样的人，”他抬头望向我，“我不希望他是阿瑞斯之子，我不希望自己跟他是同一种人的感觉。”

“你不是。”

他还是无法接受。“在学院的时候，我每天早上醒过来都以为这只是一场梦。可是吹到冷风后我就慢慢想起来自己是在什么地方，看见指甲里面还有泥巴与血。我只想找个温暖的地方继续睡觉，却又很清楚自己一定得起来面对无情的世界，”塞弗罗的五官挤在一起，“现在我每天早上也是同样感受，我一直很害怕，不想再失去任何人，也不想让大家失望。”

“你没有，”我说，“无论怎么看，都是我让你失望。”塞弗罗想打岔，可是我继续说，“你没有错，我们彼此心里都清楚。是我害了你父亲，那夜的一切都是我太大意。”

“但我说那种话还是很该死，”他用指节在地板敲，“我老是说些很该死的话。”

“你能说出来我很开心。”

“有啥好开心？”

“我们不能忘记，能走到今天不是自己一个人的功劳。你我之间要开诚布公，不该担心这个、担心那个。就算是难听话，该说的还是得说。”我能体会塞弗罗的孤单和他肩负的重量，卡西乌斯刺我一剑、留我等死那时必定就是这种感觉。他需要别人帮忙承担，而我不知道还能用什么方式跟他沟通。

外人看来，那种偏执简直像神经病，但其实在我被洛克质问或事情想不通的时候也一样很钻牛角尖。

“院训时，你和卡西乌斯掉进湖里快要溺死，你知道我为什么救你们吗？”塞弗罗问，“不是因为我相信你能当个合格的学级长——你脑袋里装的都是屁——是因为大家看你的表情。我都看见了。卵石、小丑、奎茵……洛克……”说出最后这个名字时，塞弗罗仿佛被人绊倒在地。“提图斯霸占城堡那段期间，你们每天都在山谷生火，我看见莉娅不敢杀山羊，但是你耐着性子教她，我也很想那样，我想融入你们。”

“那为什么不过来？”

塞弗罗耸耸肩。“我怕你们不会接受我。”

“大家现在也用那样的眼神看你，”我说，“你都没发现

吗？”

他嗤之以鼻。“哼，那不一样。我一直想学你，或学我爸，但没用。我看得出来，很多人宁可被胡狼捉走的人是我。”

“你想太多了。”

“事实如此，”塞弗罗的身体倾过来，变得有些激动，“你比我优秀，我自己也知道。你低头望向提诺斯那些难民时，眼中能有关怀他们、保护他们的冲动。我也想产生那样的感觉，但是我看着那些人却只觉得讨厌。为什么他们这么懦弱、互相伤害，而且笨得要命也不知恩图报？”他吞了口口水，抠掉粗短手指上的破皮，“听起来很糟吧。不过我就是这么想的。”

打了一架发泄怒气后，塞弗罗坐在走廊的那副模样很令人同情。我不想再说教。他为了当个好领袖已经焦头烂额，与一手栽培的号叫者还产生芥蒂。此刻，对塞弗罗而言最重要的就是体悟到自己与贾王、胡狼或者我们对抗的任何一名金种都不同，加上他也误以为自己比不上我。部分原因也是我没处理好。

“其实，我也不喜欢他们。”我说。

他摇摇头。“你不必——”

“是真的。至少可以说，当我看着他们时回想起自己以前原本是什么德行——就是个该死的土八蛋，你讨厌的那个模样。自我中心、意气用事，一遇上感情就盲目，自以为宇宙的意义就是为了爱生存下去。而且我还把伊欧变成一个完全不同的人，美化她和我们度过的那段日子——可能因为我亲眼看着父亲死掉，在这个世界留下很多遗憾，所以潜意识想连他的那一份也活下来。”

我抚摸自己的掌纹。“回想起来，一切都是因为她。对我来说，她就是所有，然而我只是她人生的片段。被胡狼捉走后，我满脑子就只有这件事。赔上我还不够，连我们的孩子也赔进去？其实我心里不是没有怨言，伊欧不可能预料到后来的发展，她连火星地表早就改造完成都不晓得。她牺牲自己只是想要唤醒莱科斯那几万人，可是真的值得吗？这么做甚至会害死自己肚里的胎儿啊！”

我指着走廊尽头继续说：“大家竟然将她当成圣女那样品德高洁的烈士，事实上她只是普通女孩。或许比较勇敢，但无私的同时又很自私，浪漫的同时也很愚昧。如果没死，她能做更多事。你想想，一个活生生的人可以有多大的贡献。说不定，她和我原本可以一起奋斗。”我笑着将头靠在墙上，“长大最烦人的一点就是回顾往事时会觉得满目疮痍。”

“我们才二十三岁好吗，猪头？”

“我觉得好像已经八十了。”

“长得是很像八十。”

我朝塞弗罗比了中指，换来他一个微笑。“你……”他似乎不愿继续想下去，“你觉得‘她’在看着你吗，从往生谷……还有你爸？”

我本来要脱口说出“不知道”，然而，我突然了解塞弗罗纯粹的眼神。他问的不单是我的家人，也包括他的家人；说不定还有单恋很久都没能告白的奎茵。如果总是看着塞弗罗粗鄙的外貌，会不小心忘记他的内心十分柔软，而且始终找不到归属；既不是红种也不是金种。他失去归属和家庭，战争结束后不知何去何从。此时此刻，最重要的是让他感受到被爱。

“嗯，我觉得她会看着我的。”开口时，我比自己认为的更有信心，“还有我父亲，和你父亲。”

“他们在往生谷可以啤酒喝到饱。”

“这也太不入流，”我轻轻踹他脚，“明明是威士忌河流向天边。”

他的笑声填补了我灵魂的空缺。朋友一个个回到身边……或是说我回来找他们了。怎么说都可以，两者没有分别。以前我建议维克翠要敞开心胸，结果自己却做不到。因为我知道有一天我不得不背叛，所谓的友谊是构筑在天大谎言上。如今，周围每个人都知道真相了，我却还是封闭内心，只因我更害怕失去大家，令所有人失望。然而，一如我与塞弗罗之间的情谊使彼此更坚强，这是仅属于我们但胡狼永远无法理解的武器。

“你想过之后怎么办吗？”我问，“假如真的杀掉奥克塔维亚和胡狼，能有方法打赢这场仗吗？”

“没。”塞弗罗回答。

“问题就出在这里：我一样不知道，也不会假装自己有答案。可是我也不会就这么应了奥古斯都的预言，什么计划都没有，直接带领人类走向混沌。正因如此，我们需要贾王这样的盟友，而且不能走恐怖分子路线，必须召集真正的军队。”

塞弗罗捡起引爆器，一把折断。“亲爱的小收割者，有何指示？”

第二十三章
浪潮

塞弗罗与我回去时，号叫者已经整装待发。劳洛和十几个火卫一的人躲在角落观望，担心会被阿瑞斯之子当成弃卒。贾王跟在我身后，手铐解开了。他同意我们的计划，不过要求稍微调整一下。

"嗯，瞧这气氛……"维克翠发现我们一身的淤青与指节上的血迹，"你们终于聊开了，"她回头望向拉格纳，"我就说吧！"

"该拉的屎总是要拉。"塞弗罗回答。

"那个有钱人呢？"拉格纳好奇地问，"他没戴手铐。"

"因为他是阿瑞斯之子啊，大黑，"塞弗罗解释，"你没听说吗？"

"贾王是阿瑞斯之子？"维克翠忍不住大笑，"那我一定不知不觉中成了地狱掘进者——"但是她看看我们两个的表情，又说，"等等……是认真的？有证据吗？"

"维克翠，你母亲的事我很遗憾，"贾王低吟，"但至少你活下来了，这是不幸中的大幸。我进入阿瑞斯之子超过二十年，与费彻纳有数百小时通联记录能证明。”

“他是我们的人，”塞弗罗说，“所以跳过这段好吗？”

“妈的，真该死，”维克翠摇摇头，“不过我妈果然没说错，她老是怀疑你有见不得人的秘密，我原本以为是性事——你喜欢马之类的。”塞弗罗不自在地扭了扭。

“那么，这位有钱人，你有法子带我们离开吗？”赫莉蒂问。

“没有。”贾王回答，“戴罗——”

“我们不走了。”我高声宣布。劳洛那群人一阵骚动，号叫者面面相觑。

“要不要说明白些？”废物率先开口，口吻有些生硬，“首先。我们现在听谁的？你吗？”

“号叫者一号。”塞弗罗轻轻捶我肩膀一下。

“号叫者二号。”我也拍拍他。

“这样没问题吧？”塞弗罗问。大家默默点头。

“第一个指令就是：我们改变作战方针，”我开始解释，“谁有钳子？”张望一阵，赫莉蒂从炸弹工具组掏出一把扔过来，我张开嘴，将右后侧藏有雾后九号毒药的自杀臼齿挖出来丢在桌上。“我已经被敌人俘虏过一次，不打算有第二次，所以这个东西对我没有意义。我不想死，但假如真的会死，就和朋友死在一起。不是死在牢房或高台，要死在你们身边。”我把钳子递给塞弗罗，他也取出臼齿，还朝桌上吐了一口血。

“要死就和朋友一起死。”

拉格纳连钳子都不必，直接用手指拔下大牙，血淋淋地放在那边。“要死就和朋友一起死。”之后，每个人都接过钳子拔牙，贾王一副旁观的态度，似乎觉得我们太疯癫，恐怕暗地怀疑自己是不是蹚进一潭浑水。就我而言，我要大家脱下沉重武装，嘴里装着毒牙就好比直接宣判死刑，一举一动只为迎接必然到来的结局——去他的，我绝不向命运屈服。要坚持信念，彼此信赖，追求生存和胜利。

我愿意拥抱这个信仰。

详细说明计划后，大家各自执行任务，我和塞弗罗回到火卫一的阿瑞斯之子战情室，询问是否可以找到不受监控的频道。“请帮我连接爱琴城城塞，”他们转头瞪着我，以为自己听错了，“各位朋友，加紧脚步，时间急迫。”

我和塞弗罗一起站在全息镜头前。

“他们会不会已经查到我们位置了？”

“应该还没。”我回答。

“那他会吓到尿裤子吗？”

“可以的话最好。记住，千万别提起野马和卡西乌斯来过，留着这底牌。”

频道连上后，画面上是个虽然年轻却面容枯槁、睡眼惺忪的女性赤铜种官员。“城塞主频道，”对方给出制式回应，“请问要转接……”她看着显示器，瞬间愣住，揉揉眼睛，说不出话来。

“我想和大统领讲话。”

“可以……请问……阁下姓名吗？”

“他妈的，这是火星收割者啦。”塞弗罗叫道。

女赤铜种的面孔被殖民地联合会的金字塔标志取代，熟悉到厌腻的维瓦尔第音乐伴着我们等候。塞弗罗的手指在大腿上弹跳，口里小声哼唱：“心跳加速、屁滚尿流，因为收割者来讨债……”

几分钟过去，胡狼那张毫无血色的脸终于出现在眼前。他身着白色高领外套，头发侧分，嘴角不是冷笑，神情透出好奇。他一边用早餐，一边开口。“收割者和阿瑞斯……买一送一是吗？”他的声音慢条斯理，仿佛是在嘲弄自己不懂礼数，还拿起餐巾擦拭嘴角。“你也走得太匆忙了，我都来不及说再见呢。看来气色不错啊，戴罗，维克翠也在你那儿吧？”

“阿德里乌斯，”我平铺直叙地说，“你消息灵通，想必知道桑恩企业大楼发生爆炸，自己背后的金主贾王不见踪影。现在局势混乱，采样搜证要好几个小时，甚至好几天才能做完。我特地联络你是想澄清一些事情。我们——也就是阿瑞斯之子——绑架了贾王。”

他放下调羹，举起白色咖啡杯，啜饮一口。“原来如此。目的是？”

“除非你释放所有非法拘留的政治犯，以及关在集中营的低阶色族，否则我们不会将他交出来。此外，你必须公开表态，为你父亲的死负起责任。”

“就这样？”胡狼没显露一丝情绪，但我很肯定他正在思索为何自己与贾王的合作关系会曝光。

“还有，你得过来亲我屁股上的痘痘。”塞弗罗说。

“有意思，”胡狼看着画面外的某个人，“我部下的报告指出，大楼遭到攻击后十分钟就实施禁航管制，唯一逃脱的船只潜入了空心区。所以我猜你们还在火卫一吧？”

我假装讶异无言，然后才回答：“你不答应，贾王就没命。”

“真可惜，我从来不和恐怖分子谈条件，尤其是会偷偷录像当成政战手段的人，”胡狼又喝一口咖啡，“你们说完条件了，那也听听我的提案：趁着还有机会的时候快逃吧。不过要记住，无论逃到哪躲到哪，你都没办法保护自己的朋友。我会一个一个把他们杀死。下次你再被关在黑暗里，就会有他们的头颅做伴了。戴罗，我保证绝对会让你走投无路。”

信号被切断。

“他是否打算让骨骑抢在军团前面先过来？”塞弗罗说。

“希望如此。我们还有得忙呢。”

火卫一空心区是个东西堆得密密实实的牢笼，容纳了居住隔间的金属柱在无重力环境中根根相连，直到尽头。每个格子就是一个生命故事：衣服在钩上飘动，携带式小型压力锅烹煮着来自火星各地上百种的家乡菜；墙壁上胶带黏贴的纸本相片里有湖光山色和齐聚一堂的家人。这儿的一切像是蒙上一层阴影，金属生锈，布料软绵绵，远离家园数万里回不去的橙种和红种，他们脸上只有疲惫无奈，只有通信仪屏幕和全息眼罩闪着光，仿佛梦境的碎片映在扭曲废铁上。不分男女老幼，只有沉浸在节目才能暂时忘却内心真正的希望。许多人挂上塑料布或毛毯，营造一些隐私感，然而，这么做无法隔绝气味和噪声。牢门关闭时的吱吱嘎嘎此起彼落、不绝于耳。还有转动钥匙声、旁人谈笑咳嗽、发电机嗡嗡叫、公用的全息方块也滔滔不绝，想转移贫贱百姓的注意。声音光影交错，最后糅成一锅浓稠的大杂烩。

劳洛以前住在空心区的磁极南端，那一带目前被黑道控制，约两个月前，阿瑞斯之子全面撤出。

我沿着塑料绳穿过囚笼间的峡谷，与正要爬回牢房的码头或大楼工人擦身而过。听见这双新重力靴的引擎运转，他们猛回过头，因为声音太过陌生，通常只会在全息频道出现，不然就是来自绿种人叫卖的每分钟五十元的虚拟现实。多数人从未亲眼见过圣痕者，更别说全副武装的圣痕者，所以神情极为诧异。

七小时前，我和号叫者在据点准备，并向他们和留在提诺斯的舞者解说计划——六小时前，有人通报卡珐克斯逃狱，不确定是谁放走——五小时前，维克翠将贾王和马提欧送回原地，之后，贾王整夜忙着安排人马、召集蓝种，就为这一刻——四小时前，贾王将自己的警备武力送过来，与阿瑞斯之子合流，并开放武器库供双方使用。同时我们得到情报，两艘奥古斯都家族名下的驱逐舰朝太空轨道码头接近——三小时前，拉格纳与劳洛率领一千名阿瑞斯之子前往四十三C区的废弃物处理船库，整备接下来要使用的船艇——两小时前，贾王的私人游艇蓄势待发——一小时前，殖民地联合会驱逐舰派遣四支部队前往史盖瑞许行星际太空港，而我的新甲胄上的血红色涂装也干了，终于可以穿上战场。

一切就绪。

我静静潜入空心区最深处，骨白色的锐蛇缠绕手臂，塞弗罗跟在一旁，仍旧骄傲地顶着阿瑞斯的尖刺头盔——但只沿用头盔，其他装备都和贾王借了新的，全都是尖端科技，比我们为奥古斯都做事时拿到的还精良。赫莉蒂带着一百名阿瑞斯之子押队。

他们穿着重力靴，还不太习惯。有些人拿起锐蛇，有些人戴上脉冲手套，不过全按照我的吩咐，不戴头盔。我要这里的低阶色族为叛乱做见证，告诉世人，红种、橙种和黑曜种也能穿上本来只属于主子的甲胄。

路人的面孔一闪即逝，只剩影子。四面八方加起来超过十万人，全都从窗户探头张望。他们的脸孔苍白且困惑，多数不到四十岁，与劳洛一样，都是被中介骗来，家人还留在火星，小孩或宠物之类属于正常人生的碎片根本不在这里。

附近住户指着这里，我能看到他们的口中都念着我的名字。想必犯罪组织的桩脚也在与上级联络，转述警察或反恐部队发布的情报：火星收割者还活着，他来到了火卫一。胡狼会派出骨骑和军团，而艾迦无论人在多远，绝对会发现杀死姐妹的仇人露面。

一如当初诱骗胡狼，此时此刻，我要将这些野兽引出巢穴。

接近市区中央前，我静静地向伊欧祷告，祈求她能赐我力量。殖民地联合会在此设置巨大的全息显示器，一百米长、五十米宽，不停播放戏剧节目，喇叭跟着节奏传出罐头笑声，外形就像金属荆棘中关入一个不断跳动的电子人像。影像射出淡蓝光线，有些病态感的霓虹映照四周，我的盔甲也忽明忽暗。锁一个个打开，牢笼里的人垂下双腿，坐在门窗前，不希望只是隔着笼子看我。

贾王派来的绿种人将头戴式摄影机对准我。阿瑞斯之子以我为中心散开，居民又看呆了。收割者的护卫竟然都是低阶色族，他们的红头发在空中飘飞，仿佛百根火炬燃烧着愤怒。赫莉蒂和阿瑞斯一左一右包夹，我们飘浮在两百米的空中，被囚笼团团包围。城市被沉默笼罩，只有喇叭发出罐头笑声，听来既突兀又诡异。我朝贾王的绿种人队伍点点头，他们动手阻断噪声；同一时间，桑恩大楼里的黑客团队覆盖火卫一全部频道，连接到地球、月球、小行星带、水星、木卫等地，接下来我说的话，将会通过网络、穿越真空黑暗、到达每个角落。贾王协助胡狼打造媒体霸业，却全盘转移到我们手中，证明他确实忠于阿瑞斯之子。这次跟伊欧的死不同。病毒式影片需要有心人亲手从网络挖出来看。此时此刻，我们对着上百亿全息装置前的一百八十亿人口讲话，等同对殖民地联合会发出一声最凶猛的吼叫。

那些屏幕本是枷锁，今日我们将它变为战锤。

卡努斯·欧·贝娄那与我对立，但他说过的一句话让我很认同：人生这口气，不过就是迎风一声大吼。而他选择为了自己的姓氏放声一吼。我从他那里学到的教训就是：那太傻了。我会被战争推向什么地方，我无法预见，但投身战场之前我定要大吼。我要吼的不是自己的名字，也非家族名望那种渺小的事物。我要吼出从十六岁背负到现在一直努力呵护的梦想。

接下来的喜剧节目被伊欧的影像取代，记忆中的女孩变成一个巨大的幻象，那张脸比起梦境更苍白沉静，却也更愤怒：杂乱干涩的头发，又脏又破的衣裳，即便处于灰蒙蒙的绝望之中，双眼依然闪亮。伊欧经过鞭刑，背上血肉模糊。她抬起头后嘴巴微张，双唇只开一条缝，但歌声流泻，音色稀薄，柔弱得如同初春的梦：

我的儿子，我的儿子
当黄金贵胄给我们戴上钢铁的缰绳
记住，为了那条山谷，所有美梦的归处
我们怒吼，挣扎

不曾停歇

即使身披枷锁

歌声在这座金属都市里回荡，听起来比地底岩石的回音还要响亮。幻影的光芒在一张张注视着的苍白脸孔上跳动。这里的橙种与红种不认识活着的伊欧，却听见她死后的呼唤。大家沉默哀戚地看着她走上绞刑台，我也听见自己空虚的哭喊。接着，过往的我瘫在灰种怀中，记忆和现实混杂，我能感觉到膝下的土石，身体却仿佛不停下坠。奥古斯都与普林尼、黎托说了几句话，麻绳缠住伊欧的颈子。居民脸上涌出仇恨，我感慨着，无论是当时或此时的自己都无力挽救伊欧，简直像是命中注定。伊欧落下，我眉心一蹙，耳边响起她衣摆拍动和绳索收紧的声音。我强迫自己低头。我必须看着以前的那个男孩是如何走上前，亲手拉着妻子双腿往下扯。我看着自己亲吻她脚踝，使出所剩不多的力气送她最后一程。伊欧的血花坠落，我开始说话。

“我本想平静度日，但敌人挑起战火。我叫戴罗，来自莱科斯，各位都知道我的故事，我与你们自身的经历并无不同。他们来到我家乡，杀死我妻子。但不是只因为一首歌，而是她挑战威权发声的勇气。好几百年了，数百万人困在火星地底，不知道外界的真相。现在他们看见了，于是进入你们认识的这个世界。他们和你们一样，长期活在苦难中。

“人类诞生时是自由的。但从水星的坑洞都市到冥王星的冰雪荒原，还有火星地底的矿区，人类活在枷锁之中，劳动、饥饿和恐惧的枷锁。这些枷锁来自我们亲手支撑的种族，原本我们赋予他们力量，为的不是统治和支配，而是期望世界不再受战争和贪婪所奴役。结果他们却带领人类进入黑暗，利用体制将那些繁荣据为己有，要大家屈服牺牲，却不给回报。为了维护政权，他们连梦想都要禁绝，声称人的价值取决于瞳孔的颜色，或是手上的印记。”

我摘下手套，握拳挥向天空。这是伊欧死前做的最后一个动作。然而，我和伊欧不同，我的手上没有印记了。回到提诺斯接受二度雕塑时，米琪将其取下，于是我成为数世纪来第一个不受印记束缚的人类。空洞区先陷入沉默，接着被震撼和窃窃私语填满。

“但现在我就站在大家面前，再也不受枷锁捆绑。各位兄弟姐妹，我请求你们加入，一起对抗这个压迫的机器。请各位在阿瑞斯之子名下团结一致，夺回属于自己的城市与财富，以及能够梦想美好未来的勇气。奴役不会带来和平，自由才是真正出路。得到自由之前，我们有抗争的义务。请注意，这不代表我们可以恣意妄为，采取暴虐或种族屠杀的手段。倘若有人意图强暴，请大家立即诛杀；倘若有人残害无辜民众，无论对象的色族高低，请大家立即诛杀。这是战争，但我们是善良的一方，也愿意肩负这个重担。我们要起义，并非为了仇恨与报复，而是追求公平正义，为下一代打造更美好的明天。

“现在，我想对所有的金种、所有的统治者发言。我进入你们的城池，毁掉你们的学校，与你们同桌用餐，也遭受你们严刑峻罚。你们想要杀我，但办不到。我明白你们有力量、有骄傲，也因此了解你们将会如何衰亡。七百年来，你们凌驾其他人种，却只给予这种程度的报偿。这是远远不够的。

“今天，我宣布你们的统治到此为止，城市、船只，乃至于星球，都不再属你们所有。一切都是我们建立的，所以一切也归我们，这是人类社会的基本原则。我们取回自己的财产，不会畏惧你们散播的黑暗夜幕。我们会咆哮、会抵抗，直到咽下最后一口气。不仅仅是矿坑，还有金星的海滩，木卫一硫黄火海的沙丘，冥王星的冰河裂谷。我们会从木卫三的高塔、月球的贫民窟，及木卫二刮着风暴的大海向你们进军。即使击溃我们，还有其他人会继续奋战。我们是一股正在崛起的浪潮。”

塞弗罗握拳捶胸。一次、两次，百名阿瑞斯之子跟随那股节奏敲打前胸，号叫者也加入行列。

最后，居民也参与了。众人击打胸膛，声响在这个被吸血鬼寄生的卫星内部凝聚、回荡。这股脉动穿透上面的蓝种巢城区，他们还在喝咖啡，就着温暖的灯光继续研习重力方程式；接着是灰种的营房，散布在每个行政区里；最上面有银种人在办公桌前买卖交易，最后是金种的豪宅与游船。

这股脉动会传到火卫一的小泡泡外，越过黑暗，抵达阿提卡城内胡狼的所在处。他会坐在那个被冰寒包围的宝座，身边是一群俯首称臣的小人，然而他不得不听我们的声音，那是我妻子遗留下来的心跳。这股力量会渗透到火星地底的矿区，他无法阻止；红种会在餐桌旁跟着捶胸，办公室内的赤铜种将提心吊胆，深怕矿工会随时冲破强化玻璃，将自己监禁起来。

心跳声蔓延到金星各半岛繁华的海岸大街。船艇上那些金种原本提着购物袋，悠然自得，但此时会望向驾驶者、园丁和每个维持都市机能的劳工，恐惧逐渐自心底渗出。地球上生产小麦和大豆的广阔平原和铁皮农庄，红种开着农耕机具辛勤工作，但这辈子都看不到他们喂养了谁，连那些人住的地方都是那么遥不可及。这股脉动进入帝国骨干，在月球表面状似棘刺的都市得到响应，最高统治者躲在耸入云霄的玻璃帷幕后面，自以为能继续鄙睨苍生。但我们的声音顺着蜿蜒的电线和晒衣绳传进底城。粉种女孩一夜劳动却无人感恩，正要给自己做份早点；锅里的热油溅出，棕种人厨师往后一跳，却还是溅到围裙；灰种望向巡逻艇外从邮局破门而出的紫种女子，通信仪发出警报，要他立刻启动镇暴机制——

这股热血带着无限希望流进我体内。我知道终章将再次揭幕，沉睡的灵魂终于苏醒。

“打破枷锁！”我高呼，所有人大声响应。

“拉格纳，”我通过对讲机下令，“动手！”

绿种人团队切换转播影像，牢笼这边众人捶胸呐喊的画面消失，取而代之的是殖民地联合会设置于火卫一的军事基地。那座巨大尖塔周边围绕码头和武器库房，外观丑陋但效率精良，构造就像螃蟹。通过它，胡狼彻底掌控了火卫一。此刻，营房中的灰种与黑曜种在暗淡灯火下收拾弹药，整装待发，与亲人朋友照片吻别，接着排成紧密队形跑进金属长廊。作战指令很简单：攻下空心区，将这里所有活人剿灭。然而，他们不会有机会抵达。

随着牢笼中捶胸的声音越来越大，军营灯光一瞬间全灭。贾王提供了通行证，劳洛带人进去切断电源。

炸掉那座建筑物也行，但我要的不是覆灭，而是带来勇气和愿景的胜利。阿瑞斯之子需要的也不是另一个残败的都市，而是战胜的英雄。

画面上浮现一小队维修船。跟劳洛一样的红种和橙种日日乘着这种东西上工。它们的造型扁平简陋，像凹凸不平的刺魟，身上黏满藤壶，但其实表面附着的物体并非甲壳动物。从另一台摄影机特写就能看见，每艘船上爬满数百人，有红种、橙种。火卫一的阿瑞斯之子近半数成员参与特攻，他们换穿笨重的宇宙飞行服，或站在甲板，或将身体系在船壳缝隙，手里持着焊工用的工具，以磁力腰带将贾王给的兵器绑在腿上。

特攻队里最突出的身影比别人高出六十厘米。队长拉格纳·佛勒洛一身骨白色崭新胄甲，前胸后背画了红色甩刀徽章。

维修船队接近驻军塔后下降，特攻队员发射磁力标枪，将船只与建筑物外墙串起，之后驾轻就熟地拉着缆绳移动，扣环上的小马达以令人惊叹的速度带他们冲向敌阵。矿坑里每天都看得到这种景象，装备重量丝毫无损红种的灵巧轻盈。

超过一千名焊工前仆后继，如我们攻进贾王居处那样杀向军营。差别在于特攻队旗鼓大张、毫无隐匿，再者，他们对无重力环境的熟悉程度远超号叫者。他们借由磁力靴吸附在金属外墙，队员在观景窗熔出入口，直接闯入。驻军的灰种朝窗外发射电磁磁道炮，几十人被轰成肉酱。然而他们也立刻展开还击，持续入侵。一艘巡逻镰翼艇靠在塔外，以机关炮击坠两架维修船，上面的伙伴化为焦烟。

一名阿瑞斯之子以火箭筒轰炸镰翼艇，传来一声巨响和火球，机身爆出紫色火光，断为两截。

镜头带到拉格纳。他同样从窗户窜进走道，全速往三个金种骑士冲锋。敌人之一我认得，是普里安的侄子。普里安说过，他母亲掌控火卫一的地权，但他在入学仪式时死在塞弗罗手中。拉格纳毫无顾忌地扑过去。黑曜种的战吼震慑众人，双锐蛇如剪刀扫过，后面还有一大群武装劳工。我只吩咐一定要夺下军营，但没有指定怎么做。拉格纳带着劳洛走出来，并伸手揽着他。

世人亲眼见证：奴隶也能成为英雄。

“火卫一是你的了，”塞弗罗转头对牢笼的居民高呼，“大家快站出来！火星的同胞，挺身而出的时候到了！你们这些王八蛋！快点动起来呀！”

所有人急急忙忙套上靴子，穿上外套，冲出家门，朝我们围过来，公寓外面被数万人塞满，很多人被挤到墙上。

浪起了。我满心恐惧，不知这波浪潮将会冲走什么。“强奸或杀害无辜民众都是死刑！这虽然是战争，但你们是善良的一方！你们这些家伙给我谨记在心！保护好自己的兄弟姐妹！一A到四C的人去占领十四楼的武器库，五C到三F的人拿下净水厂……”

塞弗罗很快取得主导权，号叫者与阿瑞斯之子从旁辅佐。我们握有的不是军队，而是攻城锤。虽然会死很多人，但会有更多人愿意追随烈士的脚步。火卫一还有其他居住区，阿瑞斯之子的装备存量显然不足，最后可能会演变成人海战术。幸好有塞弗罗带头指挥，维克翠从贾王据点流通情报加以引导，火卫一的解放已成定局。

不过，届时我早就离开了。

第二十四章
此处有狮

火卫一卷入革命风暴，赫莉蒂随我穿过走廊时爆炸四起，金种和银种人乘豪华游艇撤离针尖区，担心着数千米下方的暴动蔓延到上层。低阶色族拿着焊炬、熔接刀、铁管或黑市取得的高能枪和旧式散弹枪进攻，占据列车系统后打开了通往中高阶区域的路径。殖民地联合会驻军总部受到攻击，慌乱中还不忘派兵镇压；或许他们训练有素，组织严密，但我们的优势在于人数和奇袭。

以及怒火。

灰种设下重重关卡，摧毁轨道车厢，但仍无法阻止低阶色族的攻势。劳工绝对能找得出路，毕竟这地方是他们辛苦打造的。再加上贾王幕后施力，中阶色族已经成为盟友，协助开启运输通道，抢夺工业区货船，载满人后送到针尖区的豪华机库，甚至直冲史盖瑞许太空港，很多游轮和客船还来不及带难民离开。贾王的网络团队为我远程联机，因此能看见高阶色族带着行李细软和小孩逃命，他们争先恐后如兽群乱窜，模样可悲至极。火星军方出动镰翼艇和高速战斗机，自空心区起飞，却升上针尖区防守，开火击落一架低阶色族的船只，残骸撞破史盖瑞许港一座航厦的穹顶玻璃与钢骨，里面的平民都无法幸免，我不伤及无辜的盼望也至此幻灭。

穿过一大群低阶色族后，赫莉蒂和我到达一间老旧废弃机库。奥古斯都执政时期这里就无人使用。周围很安静，没有人，入口被焊死，挂上辐射警告标示吓唬游民。然而，我们上前让隐藏的新型虹膜扫描仪验证身份，门打开，这里和贾王描述的一样。

内部是一个大长方形空间，到处堆满灰尘与蜘蛛网，但中央停放了一艘七十米长配备相当奢华的银色游艇，外型神似展翅飞翔的麻雀。游艇由金星造船厂定制打造，除了排场大之外，速度也快，最适合有钱无处花的富翁逃难用。贾王特地从自己舰队抽出这艘船，方便我们混入针尖区的上流社会难民。游艇后侧的货梯已放下，舱中装满贴着桑恩企业翼足标志的黑色大箱，箱中囤积价值数十亿的先进科技军火。

赫莉蒂吹口哨说："有钱真好。光是燃料就花掉我一整年——搞不好还是两年的薪水咧。"

我们走到机库另一头与贾王安排的驾驶员会合。一名纤瘦的年轻蓝种站在船梯下等候。她没有眉毛，也没有头发，皮肤底下阵阵脉动的蓝色线路连到游艇的计算机。察觉我们靠近，她慌张转头，瞪大眼睛，显然是此时才知道自己要载的是谁。"先生您好，我是维丝塔上尉，今天由我担任您的驾驶。请恕我多言……但我觉得相当荣幸。"

游艇分三层，顶层和底层原本给金种使用，中间供厨师、仆役和船员起居。总计四大房一间蒸汽浴室，座舱在船体后侧，安装了颜色温润的皮椅，扶手上摆好巧克力与餐巾。我先拿了一个，但忍不住又多捞几个放进口袋。

赫莉蒂与维丝塔准备出航，我脱下身上的脉冲护甲丢在客舱，开箱取出一套防寒装备。纳米纤维包裹身体，材质类似虫皮甲，但外观并非黑色，而是带着斑点的白；手肘、手掌、臀部与膝盖之外泛着油光。这套护具是针对极地气候与水下活动设计的，比脉冲护甲轻了至少四十五千克，不受数字干扰，因此也不需要电力供给。虽说花了四亿元才能变身飞天坦克，但有时保持裤裆温暖更为重要，必要时再换装也行。

机库和货舱寂静无声。我系好鞋带出去，看看通信仪还剩十五分钟，就坐在船梯上，晃着腿等拉格纳来。我从口袋拿出巧克力慢慢剥开包装纸，咬了一口、留在舌尖，一如往常等它慢慢融化，却也一如往常失去耐性，还没融化一半就咬。伊欧就不一样了，要是运气好能分到糖果，她甚至有办法含上好几天。

我将通信仪放在地板上，透过头盔屏幕观看伙伴的战况。他们的对话从通信仪播出来，在这偌大机库的金属墙面四处反射。塞弗罗意气风发地率领数百名阿瑞斯之子自通风管线入侵中央空调，我坐在这儿袖手旁观，心里不禁有些歉疚，然而，我们肩负的任务不一样。

入口再次“嘎”一声打开，拉格纳与号叫者另两名黑曜种进来，他们才离开战场，拉格纳那身白甲有几处凹陷，也沾了脏污。“你对那些笨蛋手下留情了吗？”我坐在船梯上，用最浓厚、最纯正的雅言强调这句话，结果拉格纳抛了一个兵符过来。是把弯了的金色权杖，通常只授予高位将领。权杖顶端装饰着号叫女妖雕像，也染上血红。

“塔拿下了，”拉格纳说，“劳洛他们会处理后续。这是副统领普瑞希拉·欧·卡安的东西。”

“朋友，干得好。”我拿起权杖，杖身表面刻了卡安家族历来的功绩，他们掌握两颗火卫，曾经追随贝娄那一族。家族成员中有很多知名的战士与政治家，其中一个站在马旁的年轻人看来很眼熟。

“怎么了？”拉格纳注意到我的表情。

“没事，”我说，“只是认识她儿子普里安，其实他人品不差。”

“那是不够的，”拉格纳无奈一叹，“在他们的世界里那不足以生存。”

我闷哼一声将权杖压在膝盖，一把折弯，朝拉格纳丢回去，表示赞同。“给你妹妹做纪念品吧。该出发了。”

他张望一阵，蹙起眉头盯着通信仪，从我身边走进货舱。权杖在我的白色外衣留下血渍，我抹了抹，却只是让血在光滑布料上晕开，大腿上多出红色迷彩。我收起船梯，到里面帮忙拉格纳脱下脉冲护甲，换上防寒装备，之后回去找赫莉蒂与维丝塔，两人发动引擎、准备升空。

“记住，我们的身份是难民，找最多人走的航道混进去。”

维丝塔点点头。机库老旧，没有脉冲力场，仅凭五层楼高的钢板隔绝真空；马达开始运作，大门发出吱吱声，上下分开。

“停！”我叫道。维丝塔只用了一秒就察觉原因，立刻按下开关停止钢板，差点儿让空气泄出机库。

“该死，”赫莉蒂从驾驶舱望向挡住我们去路的身影，“狮子来了。”

野马站在头灯光线中，头发被照得一片白亮。她用力眨眼，赫莉蒂先关掉大灯，我下了船走过去。那双锐利的眼睛似乎正将我解剖。她的视线扫过没有印记的双手和脸上的疤。她看见了什么？

是我的决心，还是我的恐惧？

而我在她身上看见太多。那个与我相恋的女孩已经杳无踪迹，经过十五个月，她蜕变为成熟女性。外表纤细，但蕴藏丰沛的力量与知识。野马的眼神依旧灵动，不过因为疲惫而有了黑眼圈，长时间待在没有日照的地方和室内，面色苍白。我记忆中的女孩躲在那双眼睛后面，她的意志能与父亲媲美，容貌与母亲极为相像，还有难以解读的一抹慧黠，判断不出会带人翱翔天际，抑或是坠落深渊。

野马腰间围着正在冷却的匿踪斗篷，换言之，我们进入机库时就被她监视了。

但，她是怎么进来的？

“好久不见，收割者。”野马一派轻松地说。

我停下脚步。“好久不见，野马，”我扫视机库各个角落，“你是怎么找到我的？”

她蹙眉不解。“这不是你的意思吗？拉格纳要卡珐克斯转告我该怎么过来……”野马声音渐弱，“噢，原来不是你。”

“不是我。”我抬头看了看驾驶舱的挡风玻璃，拉格纳想必正在观察我们。他越界了，大战在即，还私下设局，这很可能会危害到任务进度。这下我可体会到塞弗罗的苦衷了。

“先前你都在哪儿？”她问。

“在你哥哥那里。”

“所以处刑仪式只是要我们放弃找你。”

我们明明还有很多可说。无数疑问、无数埋怨，但我们在意料之外的情况下相见。我不知从何开始，到底该说什么、该问什么。“野马，目前无暇叙旧，我知道你会到火卫一是打算屈服于最高统治者，那么你现在找我是为了什么？”

“别把我看扁了。”她的语气变得锐利，“我不是要投降，而是谈和。想保护别人的不是只有你。我父亲统治火星几十年，火星人民之于我和你同等重要。”

“但你走了，把火星丢在兄长的魔爪之中。”

“我离开火星是为了救它。”野马反驳，“你应该要懂什么叫以退为进。而且，你会发脾气是因为我离开的不只是火星。”

“野马，我得先请你让开。现在事情不只是跟我们有关，没有时间再闲话家常。我得出发了，所以，你要是不走，船就会从你身上开过去。”

“开过去？”她笑道，“你明知道我不必自己一个人来，大可以带护卫，设陷阱埋伏，或干脆通报最高统治者，还可以挽救被你毁掉的和谈。可是我没有那么做，所以你能不能稍微冷静一下，思考一下原因？”野马上前一步，“在矿坑时，你说过你追求的是更美好的世界，但为什么不懂我的理想也一样，我和卫星领主联手，就是为了达成目的？”

“你想投降。”

“因为我不能眼睁睁看着我哥继续恐怖统治，一定要重建和平。”

“这节骨眼谈和平太迟了。”

“要命。我知道你很顽固，但你就不能想想我为什么过来吗？为什么我要保住奥利安和你以前的部属？”

我打量她。“说真话，我不知道。”

“我今天过来，是因为我想相信你，戴罗，我想要相信你在矿坑告诉我的一切。当初之所以要走，是因为我不愿意接受武力是唯一手段，然而现实是无情的，最后我所爱的一切还是被夺走。母亲、父亲、手足。我不能再失去仅存的几个朋友了，所以我想保住你。”

“你究竟是什么意思？”我问。

“意思就是，我不打算让你离开我的视线，我要和你们一起去。”

换我笑出声。“你连我们要去哪里都不知道。”

“你换上海豹皮装，拉格纳跟你一起，外加现在公开宣战，你却要在崛起革命掀起前所未见的高潮时溜走。戴罗，就算不是天才，也看得出你想混进金种难民潮，前往女武神山锥请拉格纳的母亲出兵支援。”

该死！我拼命不动声色。与野马合作最麻烦的地方就在于总会出现无法控制的因素。她随时可以联络胡狼或殖民地联合会，告知他们我的目的地。我这计划需要低调，利用敌人以为收割者还在火卫一时行动。但她已经拆穿我了，我不能让她离开。

“忒勒玛纳斯家的人也知道，”野马似乎看穿我心思，“但我已经懒得针对你做什么保险措施，耍什么小心机。我们之前不够信任彼此，你还不腻吗？有必要藏着那么多秘密、那么多罪恶感？”

“你都已经知道了，我在莱科斯就交待清楚了。”

“所以，我们再给彼此一个机会。这是为了你、为了我，也为了我们想保护的每一个人。我和你目标一致，以前我们联手有哪一次输过？戴罗，我们可以一起创造新的未来。”

“你这是提议要结盟……”我静静地说。

“对。”野马目光如炬，“将奥古斯都、忒勒玛纳斯和阿寇斯三大家族的力量，加上崛起革命的团体、收割者以及奥利安的舰队，全部组织起来。这么一来，即便殖民地联合会也会胆寒战栗。”

“战争会害死数百万人，”我回答，“这你应该十分清楚。圣痕者不战到最后一兵一卒不可能放弃。你能接受这种后果？可以忍受亲眼目睹一切？”

“为了建设，必先破坏。”她说，“你说的话我有听进去。”

但我还是摇头。不只她和我，我们代表的族群间还有太多阻碍得跨越，一不小心，我就会受制于她，进行条件交换。“我怎么能要底下的人相信金种军队，我又要如何轻信于你？”

“你没办法，所以我才要和你一起去，借此证明我确实认同你妻子留下的梦想。同时，你也得证明一件事，那就是你值得我的信赖。我知道，论起破坏你可是一等一的能手，但我得亲眼瞧瞧你有没有建设的本事和意愿。这些鲜血和人命到最后能成就什么？如果你够资格，我甘心效忠；倘若你不如预期，我们就分道扬镳。”野马仰起头，“地狱掘进者，你意下如何？愿意再努力一次吗？”

第二十五章
出境[1]

进入货舱后，我替野马脱下脉冲护甲。“防寒装备在这儿，”我指着大塑料箱，“靴子在这儿。”

“贾王给了你们兵器库钥匙？”她注意到箱子上有翼足标志，“是被剁了几根手指才配合的？”

“一根也没剁，”我回答，“他是阿瑞斯之子。”

“什么？”

我咧嘴一笑，暗忖着终究也有她看不透的事。引擎轰隆响，船体逐渐离地。“快穿上，到船舱来。”我留她自己更衣，展现的态度比预想中还要冷淡。不管怎样，要我在野马面前露出笑容依旧有些尴尬。进入座舱后，我看见拉格纳正坐着吃巧克力，穿着白靴的腿跷在隔壁椅子扶手上。

“长官，我就直说了。”赫莉蒂站在驾驶舱和座舱中间双手抱胸，“你到底在打什么主意？”

“我在赌。”我回答，“赫莉蒂，我知道这对你而言很怪，

[1] 原文为Exodus，引自《圣经·出埃及记》。

但我和她以前就认识。”

“她是社会阶级的精英，比维克翠还要顶尖。而且她父亲——”

“——杀了我妻子。”我说，“既然我能忍，你们应该也可以。”

她吹着口哨，掉头进入驾驶舱，显然对新盟友不太认可。

“野马也加入了。”拉格纳开口。

“正在着装，”我看着他，“你无权放走卡珐克斯，更不应该泄露我们的行踪。要是被出卖怎么办？遭到他们偷袭怎么办？那你可能就回不了家，又或者，要是在那边才被发现，你的同胞绝无可能离开地面，全都难逃一死。这些后果你思考过吗？”

他吞下另一块巧克力。“想飞却不敢跳，坏朋友会从后面推一把，”拉格纳望向我，“好朋友会拉着他一起跳。”

“你读了《石肠传》？”

拉格纳点点头。“狄奥多拉给我的。洛恩·欧·阿寇斯确实睿智。”

“受你赞美他会很高兴的，不过别太相信书上的内容，有些地方美化过度——尤其是他早年经历。”

“换作洛恩，他会直接说我们需要她。战争中需要，和平年代也需要。不请她合作，就必须将金种全部灭绝。那并非我战斗的目的。”

野马进来了，拉格纳起身迎接。上回两人面对面，野马持着手枪指着他脑袋。“拉格纳，这段时间你颇有斩获，每个金种都听过你的大名，而且又敬又畏。另外，谢谢你放走卡珐克斯。”

“家人很重要。”拉格纳回答，“不过，容我提醒，接下来在我的故乡，你们是受我保护，如果有什么台面下的动作，我就无法担保你们的安危。在冰原上，即便是你——雄狮之女——失去保护也不可能撑太久。这么说你应该明白吧？”

野马毕恭毕敬地低头示意。“我懂，我也保证会尽力回报你这份信任。”

“聊够了就系上安全网。”赫莉蒂在驾驶舱那头喊着，维丝塔链接游艇计算机后驶出机库。座舱有二十个位置任凭选择，野马偏偏要去左边走道，坐我旁边，拉出安全网时手还轻轻擦过我大腿。

游艇飞出机库，静静漂流在火卫一暗淡的人造都市的真空里。举目所及，见到无数管线、码头和废弃物回收口，完全没有星星或太阳的光芒透进，豪华游艇鲜少在此出没。有个人来人往的运输站外墙有白漆写了下层的字样，船只摇摇晃晃渡过这片幽暗，朝阿瑞斯之子攻破的大门前进。

游艇速度较快，从货船和垃圾船之间穿过。那些船艇没有窗户，里面窝了很多人，汗流浃背，手中握有陌生的机械，那些都是可以杀人的武器。他们祈祷着，希望自己能如同想象一般勇敢。再过不久，他们就要降落在原本属于金种的机库，阿瑞斯之子已经发出命令，将门全部打开。

我也默默为所有人祷告。望向窗外时，我下意识握紧拳头，感到野马的视线正在衡量我内心的起伏。

顷刻后，游艇脱离工业区，中层街道上广告牌林立，我们浸沐在霓虹光线中，左右是人工建筑形成的山壁；有列车轨道、电梯和公寓。外墙的显示屏幕都连上网络，受到贾王黑客团队控制，正播放塞弗罗率众攻打各个哨站关卡在墙壁画上镰刀图案的影片。

这座三千万居民的城市也陷入动乱。往来外层空间的商船超越了穿梭人造峡谷的飞行出租车与民营船，同时又有大量货船从空心区涌入，准备越过中层、攻进针尖区。镰翼艇小队在我们头顶上的街道狩猎，我忍不住憋住呼吸，战机驾驶只要一个按钮就能将我们炸成碎片。幸好他们不但没有行动，还因为船只标识符登记为高阶色族，以通信联络要护送我们离开战区，更指引维丝塔与另一群船艇合流，朝卫星高处移动。

“那番演讲真是令人动容。”回应贾王据点呼叫后，传来维克翠的咕哝，那百无聊赖的语气和周边的战况格格不入，“小丑和废物已经占下史盖瑞许主航厦，劳洛夺取了中层的供水管线，贾王将影像传送到月球，到处出现镰刀标志。爱琴城、寇林思——应该说火星各地都起了暴动。据说地球和月球也有人跟进。公家单位沦陷、警察机关遭人纵火，你这招煽风点火彻底发挥了效用。”

“敌人很快就会反击。”

“是呀，亲爱的。胡狼派出的第一波部队已经被我们歼灭，按照计划，活捉到几个骨骑，不过没有莱拉丝或蓟草就是了。”

“真可惜，但也值得。”

“火星政府舰队从火卫二赶来，殖民地联合会军团也要行动了，我们正在进行最后准备。”

“很好，很好。维克翠，麻烦你一件事：通知塞弗罗我们这里有生力军。野马加入。”

一阵沉默。“这是加密频道吗？”

赫莉蒂转头抛了个话筒过来，我接住后说：“现在是了。你不赞成。”

维克翠态度变得刻薄。“我的想法很简单：你不能信任她。看看她爸、她哥是什么人，这一家子都贪得无厌。她这时当然要跟我们结盟，因为这样做好处更多。”我一边听她说话，一边看着野马。

“不靠我们，她自己那场仗也打不下去。问题是，她达成目的以后呢？等我们成了绊脚石，到时候你能狠心除掉她吗？能狠心扣扳机吗？”

“能。”

维克翠那番话还缭绕心头，游艇已沿着玻璃高楼往上升，驾驶舱与它们仅剩十几米距离。建筑物里一团乱，崛起革命渗透针尖区，低阶色族不屈不挠、直向上闯。灰种和银种人急忙封锁出入口，粉种站在卧室里，手中有刀、床上躺着血流不止的老金种夫妇；图书馆中，大人交头接耳，三个银种人小孩望向占据整面墙的全息投影，全是阿瑞斯的身影。最后，我们看见一个金种贵妇换上全身天蓝的礼服，戴上珍珠项链，金发散落至腰。她站在窗前，阿瑞斯之子已冲到楼下。她在自己一手布置出的舞台上对着脑袋举枪自尽，死后遗体挺得僵直，手指紧扣扳机，依旧一派尊荣高贵。

游艇向上升，远离妇人和喧嚣，再次与成群高级船艇会合。多数难民来自火星，急着逃出生天。然而，他们跟我们不同的地方在于，大部分船只不适合外层空间航行，穿越大气层时就成了一颗颗流星。难民船涌向热海中央的寇林思太空港，有一部分无视政府安排的路线及胡狼匆忙设立的关卡，顺着人造卫星轨道直赴火星另一头的家乡。军方舰队的镰翼艇和黄蜂机追去想将人赶回标准航道，但纷扰之中根本控制不了那些有头有脸又被恐惧驱使的金种。

“蒂朵号。”野马看着窗外。一艘玻璃外壳、帆船造型的游艇飘在右舷，“卓锡勒·欧·兰恩的船。小时候我跟她学过水彩。”

我望着更远的地方。那艘颜色暗沉、外形丑陋，毫无耀眼装饰、线条也不优雅的船舰朝火卫一挥军前进，动用的武力超过火星总力一半，护卫舰、火炬船、驱逐舰倾巢而出，甚至有两艘无畏级战舰在其中，叫人不免怀疑胡狼是否就在舰桥上。但仔细分析起来，这概率很低。领军者很可能是莱拉丝或刚获指派的执政官，每艘船上都装满训练扎实的士兵，和我们同样骁勇善斗。到了火卫一，这些战士仿佛斩瓜切菜般收拾掉我召集的那些乌合之众，正好为上次铁雨牺牲的同袍报一箭之仇。他们士气高昂、充满信心，巴不得敌人越多越好。

“是陷阱吗？”野马淡淡地问，“你没打算守住火卫一。”

“你听说过地球上的爱斯基摩人是怎么杀狼的吗？”她似乎不知道。“既然没有狼那样的速度和力气，爱斯基摩人就将刀子磨利，抹上血立在冰上。狼群接近，嗅到血腥味就忍不住要舔，胃口开后越舔越用力，等到发觉自己的血混进去已经来不及。”我瞥向外面的军舰，“他们痛恨混入金种的我。你猜猜，只为了除掉一个玷污自己族群的人，会有多少精兵冲向火卫一？这回也一样。傲慢是你们这色族最大的破绽。”

“你引诱他们去太空站，”野马会意过来，“因为你的策略中用不到火卫一。”

“如你所言，我现在要去女武神山锥请求支持。即使你和奥利安保住我之前的残存武力，但我们需要的远不止此。塞弗罗在通风系统待命，一旦敌人登陆就试图夺回军营和针尖区，势必得将航天飞机停靠在机库。塞弗罗会拿下这些航天飞机，装满幸存的阿瑞斯之子，然后回到他们的母船上。”

“你真的认为自己可以控制黑曜种吗？”她又问。

“不是我，是他，”我朝拉格纳点点头，“黑曜种长期活在恐惧中，将品管会的阿斯嘉支部员工视为天神，其实那些人不过是穿上甲胄扮演奥丁和弗蕾亚的金种。以前我在矿坑也很害怕住在大锅的灰种，就像院训时遇上学监。拉格纳会让他的同胞明白那些并不是神，只是人。”

“你要怎么做？”

“杀了他们。”拉格纳接口，“几个月前，我已经请朋友先回去告诉大家真相，我母亲和妹妹认为我们是英雄，我也会亲口解释为什么我会说神是假的，我会示范怎么飞，分发带去的武器，然后像当初戴罗征服奥利匹斯山一样，打败阿斯嘉的伪神。解放所有部落后，就靠贾王提供的船只离开。”

“难怪你们准备了那么多装备。”野马说。

“你怎么看？”我问，“成功率多少？”

“很疯狂的计划，”她似乎很讶异，“不过倒不是没有机会。但有个前提：拉格纳要真的能控制住同胞的反应。”

“我不控制，我只领导。”他语气沉稳。

野马看着他一会儿。“我相信你可以。”

拉格纳望向窗外，我注视着他的侧脸。那双黑色眸子底下在思考什么？我第一次感到拉格纳有心事没说。如果他可以偷偷释放卡珐克斯，私下当然也能有别的盘算。

三人无语，只是听着无线电频道。有些游艇船长要求不降落地表，但想进入军舰，于是动用各种人脉或撒钱贿赂，也有人哭哭啼啼使出苦肉计。此时此刻，平民感受到宇宙之大、己身之渺小。以前无往不利的地位与财富碰上战争，全数失去意义。就连创意、智能与好恶都归了零，只有功能性可以存活。战争最可怕的地方并非尸横遍野，而是人类会变成机器，不能变成机器的就沦为燃料。

圣痕者就是太理解这一点儿了。他们几百年的训练，为的正是大战重启的今天。陷人入罪的入学式及后来的重重考验都是为了能上战场的人设计，讲究物质生活的妖精终于面对了生命的黑暗面：杀不了人，就没有生存的权利。

一如洛恩所言，该来的躲不掉。妖精现在付出代价了。金种执政官开口广播，要求所有难民船遵照指示移动，不得接近战舰，否则将遭炮击。她不接受任何未获授权的船只接近旗舰五十千米内，担心遭炸弹攻击或阿瑞斯之子潜入。两艘游艇不听劝阻，被六千米外巡航舰的磁道炮轰成碎片。之后执政官再度公告，大家便乖乖听话了。我偷偷瞥着野马，暗忖她见到此情此景后有什么感想……还有，她有什么话想跟我说。要是能找个僻静的地方，又没有要务缠身该多好。我就可以问问别的事情，不必围绕在战况上。

“简直像是世界末日。”她说。

“不对，”我摇摇头，“是新世界的开始。”

我们混在船队中，依照官方指示沿赤道往西半球移动。底下就是热海，靛蓝海水上闪着点点白浪，褐色沙滩圈起绿色小岛。先游艇一步进入大气层的船只开始颤动，脉冲防护罩经过摩擦冒出火焰，看来像是伊欧与我小时候玩的鞭炮，不断跳动，并发出橘色、接着是蓝色的光芒。维丝塔将船开进另一列队伍。这一条是避开人潮、直接返家的路线。

不久后，火卫一变得遥远，往下望可以看见陆地。其他船只渐渐散开，最后只剩我们继续朝着未开化的极地前进，途中有数十枚殖民地联合会的人造卫星，全部用来监视火星的南极大陆。所幸黑客也霸占了这里的频道，播放三年前到现在的革命信息。一时之间，我们还不至于被敌人发现，但这也代表友军无法支持。野马探出上半身朝驾驶舱望去。“那是什么？”她指着雷达。游艇后方有个光点。

“火卫一另一艘难民船，”维丝塔回答，“民间船只，没有武器。”话虽如此，然而对方逼近的速度奇快，一瞬间距离只剩八十千米。

“既是民间船只，为什么现在才出现在我们的雷达上？”野马又问。

“或许装了反雷达或干扰器。”赫莉蒂有些不耐烦。但那艘船已经靠近到四十千米内，感觉不大对劲。

“民间船只没这么快。”野马说出自己的观察。

“俯冲，”我开口，“现在就进入大气层；赫莉蒂，准备开炮。”

蓝种启动防卫机制，加速的同时也强化后侧护盾。游艇切入大气层，船体震动，我的牙齿咯咯响，计算机语音指示乘客回位置，赫莉蒂却跳起来跑向船尾炮座。警报响起，雷达上后面那艘船的形状改变，原本的流线形伸出许多隐藏武器。对方尾随我们冲入大气层——而且他们开火了。

驾驶员的双手在胶体控制台上抽搐，我的肚子也跟着翻腾。贫铀弹以超音速袭来，划破天空和冰原，从游艇侧面掠过时拖着火舌。我们受大气冲撞，船体剧烈震动，维丝塔舞动着专注于电流胶体内的手指，看似面色平静，实际上正全心投入与敌船的纠缠；眼神失焦，就像灵魂出窍，一滴汗水顺着右额滑落到下颚。忽然一团灰影穿透驾驶舱，她的身子炸裂，血肉横飞，溅得我满脸。

前面玻璃碎了，那颗贫铀弹不只轰掉维丝塔上半身，还在地板上开了一个洞。又是一枚孩童头颅大小的贫铀弹击穿船壳，从我和野马中间飞过。这回连机舱的顶部和底部都破了。强风呼号，吹起我们的头发。游艇的计算机抛下避难面罩；气压变化，引发警笛大作。透过船顶和船底的破洞，我看见上头是无垠星空、下面是深沉大海。氧气越来越少，但敌人穷追猛打，继续攻击。恐惧中，我只能咬紧牙关、蜷缩抱头，心里有股想要吼叫的冲动。

一阵狰狞到不似人类的笑声传来。我本以为是风，没想到竟发自拉格纳。他仰头对着自己的神狂笑大叫："奥丁知道我们要来杀他。即使是伪神也没这么容易死哪！"他跳起来朝后面跑，笑得像是发了疯，我叫他快坐下，他却完全不理我。炮弹飞掠过拉格纳身旁。"我来了！奥丁！我来杀你了！"

野马戴上面罩，立刻解开胶体安全网，我根本还来不及反应。船身激烈摇晃，她重重地被甩上甩下，那冲击力道若不是金种的骨头密度绝对受不住。她的发际裂开一道伤口，血液染满前额。野马抓着地面，等待船体再次倾斜的瞬间利用重力滚进副驾驶座，虽然落点不太精准，但至少扣住扶手，并且爬进去了。面板上沾了很多血，越来越多警示灯亮起。我回头一看，拉格纳与赫莉蒂还活着，可是有三枚炮弹打了进来。我的牙齿几乎要将头骨震碎，左手边的酒柜有香槟瓶滚来滚去，我肚子也有这感觉。我不知所措，只能抓牢座椅，期望野马能阻止游艇坠毁。座椅的胶体安全网收紧、包住我肋骨，重力迎面而来，时间仿佛慢下，下方的世界急速膨胀，我们冲破云层。雷达上，从游艇飞出的物体与敌船接触，后方涌现强光。我只能从前方破裂的玻璃看见雪、山峰和巨大的浮冰；凛风打在脸上冷得刺骨。“准备接受冲击！”野马高呼，“抓紧——”

游艇朝海面中央一块冰冲去，地平线的一抹血红连接了暮光和崎岖的火山轮廓。山岩上站着一个人，背对红光，身影漆黑。我眨眨眼睛，暗忖自己是否生出幻觉，还是因死期将至才会看见费彻纳。他那张嘴如同深谷，幽禁了所有的光线。

“戴罗，趴低！”野马叫道，我赶紧将头压在膝上，以手臂圈住。“三！二！一！”

我们撞进冰中。

第二十六章
冰

沉入海中，周围冰冷而黑暗，海水从船尾和驾驶舱的破洞灌进。沉到水下后，空气化作泡泡，四处遁逃。坠落时安全网感应到压力，自动包紧身体，保护骨骼，然而此刻它却将我随船体拉进海底，等于是要我的命。海水像冰针刺脸，幸好我的躯干四肢有海豹装备保暖，所以还能赶紧拿出锐蛇割开安全网。水压挤得耳朵好疼。我在慌乱中找寻野马的身影。

她不仅活得好好的，还正准备逃生。野马的左手扬起灯光，劈开驾驶舱内的黑暗；她同样也抽出锐蛇割开安全网，我赶快一扬手往她的方向窜去。游艇后半截消失，整整三层结构就这么带着拉格纳与赫莉蒂不知去向。我脖子还因为鞭打症[1]而紧绷，赶紧先从盖在口鼻的面罩大大吸了一口氧气。

野马和我用灰种猎犬部队的手势沟通。正常人在这种情况下只知快逃，但我们受过训练，知道首要之务是稳定呼吸，做出谨慎的判断。

[1] 颈部鞭打症，也称为挥鞭式创伤症候群，因过快的加速或减速导致颈部如鞭子抽动而产生关节伤害。

船上或许还有我们需要的补给品。野马在驾驶舱搜找紧急应变工具组，我四下张望，没看到装备包，而且货舱那些要提供给黑曜种对付阿斯嘉的装备都没了。野马抱着和自己身体一样大的塑料箱子过来。那个东西原本压在驾驶座位下面。

深呼吸后，我们脱掉面罩。

我们游到破损的船壳边缘，外面就是海底，看来像个无底洞。她关了手电筒，我则拿了割下来的一截安全网将两人腰带绑在一起。海中有许多雕塑过的生物出没，用意是阻止黑曜种逃离这片大陆，所以都是食人猛兽。我以前看过照片，它们身体是半透明的，满口獠牙，眼珠突出，皮肤泛白，布满蓝色血管。光线和温度会吸引这种怪物，因此，若是开启手电筒在海域行动，就会看到它们从深海涌出，就连拉格纳也不敢这么做。

此处伸手不见五指，我们还是冲出残骸进入水中，但每米都游得很吃力。尽管野马就在旁边，我却看不见她。除去黑暗，海水也太过寒冷，手脚的动作一次比一次艰难。然而，我下定决心绝不死在海里，也不可以溺毙，就这么一面咒骂水域，一面奋力向上。

野马绊到我的脚，打乱我的节奏。我再次踢水，暗忖不知水面有多远。现在看不到阳光，无法分辨距离，我也几乎失去方向感。野马又踢了我的腿，这一回，我察觉底下有个快速又冰凉的巨物激起水波。

惊慌中，我盲目出剑，但什么也没击中。我压不下恐慌，一边朝底下挥剑，一边用力向上游，结果却一股脑儿撞上冰层，差点儿昏过去，幸亏有野马伸手扶着我的背。这片灰蒙蒙的冰层在头顶上挡住去路，我用锐蛇一插，听见野马也出手，可是冰层厚度竟不是锐蛇可以穿透。我伸手搭她肩膀，画了一个圆示意，然后背对背，两个人都看不见东西，即将缺氧，但双剑使劲在冰块上切割，直到终于有股松动感传至手上。我们削下的冰锥因为有浮力，硬是不沉，却又重到我们拖不动。我只好稍微远离，让野马拿锐蛇再多凿开一些。她将工具箱先嵌进去，之后伸手拉我，我则继续对着黑暗挥剑，以防万一，然后才赶快跟着她往上爬。

等到终于破冰而出，爬上如岩石般坚硬的浮冰。冷风袭来，两人都浑身颤抖。

我们的所在地点一侧是荒芜海岸，另一侧是黑暗大海。这里的天空浮着一层蓝色的金属光泽，而且微微传出脉动。火星南极入冬后会有持续两个月的黄昏风景，远处的山脉暗沉扭曲，目测约三千米，一路都是冰，偶有冰山突起。海滩上看得到不少船骸，海风凶猛，似乎风暴将至，大浪拍打起来的水花和飞盐乍看仿佛沙漠刮起风沙。

我们往内陆前进，路上一道喷泉射起五十米高，看来有人从冰层底下发射脉冲波。尽管冻得身体僵硬，我还是赶快跑过去，找到爬出来的赫莉蒂，野马拖着工具箱快步跟来。

“拉格纳呢？”我大喊。赫莉蒂转头看见我，面色苍白，神情惊慌，霰弹片插在大腿上，出血不止。她也穿着海豹装，所以没有冻死，可是没时间戴上头罩与手套。她拿着止血带用力压住伤口，回头瞥了冰层的大洞一眼。

“我不知道。”她喘息着回答。

“不知道？”我连忙甩出锐蛇要下去看，但赫莉蒂爬到我面前阻拦。“下面有东西！拉格纳引开了！”

“我得下去救他。”

“什么？”赫莉蒂叫道，“那么黑你怎么找得到？”

“不试试看谁知道？”

“这样会出人命！”她说。

“总不能让他死吧！”

“戴罗，站住，”赫莉蒂摘下脉冲手套，自腿上皮套取出崔格留下的枪指着我的腿，“不准动。”

“你这是在做什么？”我迎着狂风怒吼。

“与其让你自杀，我宁可先打断你的腿。你下去是自寻死路。”

“难道要我眼睁睁看着他死？”

“保护他不是我的责任。”赫莉蒂目光慑人，不带任何私人情感，心中只有任务，与我迥然不同。为了保住我，她是真的会开枪。就在我打算扑过去时，左边窜过一道身影，速度快到无论是我或赫莉蒂都来不及阻拦。野马纵身入洞，右手持锐蛇，左手的手电筒亮晃晃。

第二十七章
欢笑湾

等我跑到洞口已经只剩下溅起的水花。冰层太厚，野马一下去就不见踪影，但隔着脏兮兮的冰块能看到灯光，折射后像蓝色鬼火那样透到地上。我随着光点移动，赫莉蒂行动不便，但也跟过来，我大声叫她留在原地，先拿医药箱急救。

在提着锐蛇追踪几分钟后，光点静止。不过这点时间，野马还不必换气。然而，光线停下来的十秒后渐渐暗淡，即便在冰层上也知道她开始下沉了。我得想个法子把她带上来。我用锐蛇再凿开一块冰，奋力以手指撬起，举过头上，立刻看到底下有两个苍白的身影浮在血水里。野马冲出水面，发出哀号，左腋夹着面色发青动也不动的拉格纳，右手则对着水中某个看不清的物体砍劈。

我将锐蛇插在背后冰层上，用力扣住剑柄，抓紧野马的手，两人同声暴喝，合力将拉格纳拖出水面。她爬上来后与拉格纳一起摔在地上，但还有别的东西跟着：是一种像蛆的白色生物，体积与较矮小的人类差不多。怪物攀附在野马背上，形状类似展开的蜗牛，可是背部很粗糙，半透明的肉上长满毛，还有数十张发出尖锐叫声的小嘴，嘴里生了针状牙，朝她背部啮咬，简直要将她活活吞下。

拉格纳的背上也有一样的东西，而且体形接近大型犬。

“快扯掉！”野马挥动锐蛇大声尖叫，“快帮我扯掉！”那玩意儿的力气比看起来大很多，正拖着她往洞口蠕动，想逃进海底。但枪声响起，赫莉蒂命中怪物侧面，黑色体液从弹孔汩汩流出。

怪物发出惨叫，动作减缓，我趁机跑过去用锐蛇将怪物砍成两截，狠狠踢开，总算看着它抽搐死亡。

接着我赶紧替拉格纳解围，削了他背上那只，踹到一旁。

“底下还有好多，也有更大只的。”野马摇摇晃晃站起来，望向拉格纳，表情一变。我跑过去查看，他没了气息。

“注意洞口。”我提醒野马。

躺在冰块上的大个子脸上表情竟然像个孩子。我为他进行心肺复苏，同时看见拉格纳掉了左边靴子，袜子也被扯下一半。我按压胸口，他脚掌抽动。赫莉蒂慢慢走近。注射止痛药后，她的瞳孔扩张，大腿包了医药箱里的人工肉。不过从伤口深度判断，一旦药效退去，她连走路也走不好。赫莉蒂倒在拉格纳旁边，却还为他穿好袜子，好像这件事情至关紧要。

“回来。”我听见自己呼喊着。就连唾沫到了嘴角都会结冻，我没发觉眼眶已满是泪水。“快回来，你的任务还没结束。”拉格纳惨白的皮肤上还留有号叫者刺青，脸上也刻了他们族里的护身符文。

“同胞还需要你。”我继续说，赫莉蒂握住他的手，但灰种的两手加起来都没有黑曜种生着六根指头的手掌大。

“你要让敌人获胜吗？”赫莉蒂也开口，“醒醒，拉格纳，快醒醒。”

我感到拉格纳的身体弹了一下，接着恢复心跳，胸口有了起伏，喷出咸水，手指在地上乱抓一通。他大口咳嗽，好不容易喘过了气，躺在地上瞪着天空，带着疤痕的嘴唇咧开一抹嘲讽的笑。

“时机未到，万物之母。时机未到。”

“死定了。”赫莉蒂叹道。她看向野马救回来的物资——实在少得可怜。我们一行人迎着时速高达八十千米的强风与严寒，跋涉许久，终于找到山谷避风休息，但只有两个信号灯的微弱热力能取暖。风暴全面笼罩，海面一片昏黑，拉格纳戒备着，我们三人整理手头上有的东西：GPS发报机、几根蛋白棒、两支手电筒、少许干粮、一个电炉、一张单人电热毯（赫莉蒂防寒装备最少，我们先裹住她）。还有一把信号枪、一台人工肉敷料机，以及拇指大小的数字求生指南。

“她说得没错。”野马附和，“不赶快离开会死在这里。”

拉格纳带来的两名同伴下落不明，货舱内一堆武器也没了，连装甲、重力靴与各种补给都沉没海底。别说要帮助黑曜种对抗天神，就算想联络太空中的朋友也不可能。这区域的人造卫星失去作用，没有人会发现我们遇难——除了将我们轰下来的人之外。唯一的安慰就是他们也栽了。翻越冰原时，我们看见那艘船在山中冒出熊熊火焰；但糟糕的是，若他们之中有人幸存，还有武装，恐怕下一步就是来屠杀我们。我们可以防身的配备只有四把锐蛇、一支步枪和一副电力耗尽的脉冲手套。赫莉蒂背部也有伤，我们的海豹装都有些破损，最危急的则是水源。没有饮水，我们冻死前会先渴死。当然，周围除了黑色岩石外就是一望无际的冰，可是吃下冰块造成失温，那就不是脱水而死，而是冻死了。

“得找个真正的避难所。”野马虽然裹着手套，还是忍不住朝手掌呼气，“钻进驾驶舱时我看了一眼地图，距离山锥好像有两百千米。”

“两百和一千没区别。”赫莉蒂无奈道。她咬着裂开的下唇，依旧瞪着手边的物资，仿佛期盼它们能交配繁衍。

拉格纳听着我们的对话，眼中充满疲惫。他最熟悉这片土地，十分清楚我们根本无法生存。纵使不直说，也只能眼睁睁看着我们一个接一个倒下。他无能为力。第一个支撑不住的想必是赫莉蒂，再来就是野马。她的海豹装遭海底生物攻击后裂开进水；第三个会是我，只有拉格纳有一丁点儿活下去的可能。想当初我们的口气多嚣张，仿佛一夜之后所有黑曜种都能获得解放。

“没有游牧民吗？”赫莉蒂问他，“传闻有些军人遭到流放……”

“不是传闻，”拉格纳回答，“可是那些部落到秋天就不太进入冰原了，此时是噬人出没的季节。”

“你先前没提。”我说。

“抱歉，我以为我们会直接穿过他们的领域。”

“噬人？”赫莉蒂追问，“我没修过极地人类学。”

“食人族，”拉格纳解释，“遭部落驱离的无耻之徒。”

“他妈的……”

“戴罗，总会有办法联络上同伴，请他们救援。”野马坚持。

“没办法。阿斯嘉的干扰波让这片大陆无法使用电波信号，方圆千米，唯一能用科技产品的就只有那儿。不然就要看看另一艘船了。”

“对方是？”拉格纳问。

“不知道，但绝对不会是胡狼。”我回答，“假如他掌握了我们的行踪，大可以下令舰队包围，没必要只派特勤队。”

“是卡西乌斯，”野马说，“我猜他跟我一样乘坐经过改装且有掩护的船只到火卫一。可是，我原本以为他会直奔月球。当初约在这里和谈是有原因的。假如事情败露，被我哥知道，双方下场同样凄惨，他们的处境甚至会比我更危险。”

“他怎么知道我们会搭那艘船？”

野马耸耸肩。“可能看出什么破绽了吧，又或者从空心区就一路在跟踪。我不确定，但他可不是傻瓜。别忘了当初铁雨时他也在城墙底下拦截到你。”

“也可能有内奸。”赫莉蒂一脸阴沉。

“我没事告诉他自己的行踪做什么？”野马反问。

“假如是卡西乌斯就好。”我说，“至少他们不可能直接穿上重力靴去阿斯嘉求救，否则就得对胡狼解释为什么自己会到火卫一和火星来。话说回来，那艘船是怎么被打下来的？”我问，“我好像看到雷达上显示飞弹，但我们没有飞弹吧？”

“箱子里有，”拉格纳回答，“我用火箭筒发射了一枚萨里沙[1]长枪飞弹。”

“游艇都要坠落了你还能命中？”野马一脸难以置信。

[1] 萨里沙（sarissa）是古希腊的一种长枪，长度最多可达六点四米。

“嗯。本来想赶快拿一双重力靴，但来不及。”

“你觉得自己还不够厉害吗？”野马忽然发出轻笑。这笑声感染了我，也感染了赫莉蒂，只有拉格纳还搞不懂怎么回事。然而，赫莉蒂随即一阵咳嗽，扯紧兜帽。我敛起笑意。

我望着海面上的乌云，又问：“拉格纳，这风暴什么时候才会停？”

“大概两小时。速度很快。”

“看来只有一条路了。”我对他们说，“收拾好后入山，找到坠落的船。如果是卡西乌斯，他身边可能会有一整队十三军团的特勤人员。”

“那就不妙。”野马面色凝重，“特勤部队比我们熟悉雪地战。”

“比你们熟而已。”赫莉蒂稍稍拉开衣服，让野马看见脖子上的十三军团标志，“没有我熟。”

“你是龙骑兵？”野马又藏不住讶异。

“以前是。言归正传。禁卫军有所谓的战地规范，每个小队出任务都得准备足以在任何环境支撑一个月的资源。也就是说，对方有食物、饮水、保暖用品与重力靴。”

“要是他们没跟着船一起摔死呢？”野马看看赫莉蒂的背和我们手边薄弱的武力。

“就由我们杀死。”拉格纳说。

“趁着他们还在整顿时先下手为强。”我提议，“现在动身，全速逼近，也许可以趁风暴还没离开就找到对方。这是唯一的机会。”

拉格纳与赫莉蒂附和。黑曜种打包行李，灰种检查步枪弹药，只有野马看来犹豫不决，似乎还有话想说。“怎么了？”我直接问她。

“如果真是卡西乌斯……”她缓缓地说，“我不太确定，但假如不止他一个呢？如果艾迦也跟他同行呢？”

第二十八章
宴 会

我们沿着崎岖山路往上走，不久后风暴笼罩，除了身边的伙伴我们谁也看不见。铁灰色大雪咬着每个人的身体，遮蔽了天空、地上的冰层及内陆的山势。大家只能低着头，从海豹装帽檐底下眯着眼睛看路。粗糙的冰块摩擦靴底，风声猛烈，仿佛大瀑布。我弯腰驼背，一步一步前进。为了避免在暴风雪中走散，我、野马、赫莉蒂按照黑曜种习俗，拿绳子串在一起。拉格纳去前面侦察，而他是怎么看清地形的，我就不知道了。

回来时，他在岩石上大步跑跳，看来十分轻松，招了手示意我们跟过去。

说起来简单，做起来很难。我们三人眼前的世界狭小艰苦，而且一片灰白，仅有的掩蔽就是耸起的山肩，不过还得小心手套不被黑色岩石刮破；要是站不稳就会被狂风吹落峡谷，甚至掉进无底深渊。可假如我们停着不动，就会冻死。所以赫莉蒂与野马也从未放慢速度。众人艰苦挣扎了大概一小时，拉格纳指引我们进入山径，里面的风雪稍微弱一些。敌船就在下方，被岩石给刺穿了。

我见状感到同情。它有鲨鱼似的线条，尾翼的造型是星光散射。这是木卫三造船厂出产的知名高速赛船，船匠总会亲手漆上代表骄傲与勇敢的大红色和银色。可惜全成了烧焦残骸，还被戳出一个大洞。无论船上是卡西乌斯还是其他人都很难全身而退。船身后三分之一的部分折断，滚落山丘，两边目前都没看见人影。赫莉蒂以步枪瞄准镜观察，依旧没找到生还者或任何动静。

“有点儿奇怪。”野马蹲在我旁边，手上的锐蛇刻了她父亲的样貌。

“风向于我不利，”拉格纳开口，“闻不到气味。”那双黑眼继续扫视四周，每块石头都不放过，就怕有敌人埋伏。

“被步枪狙击太危险，”我感到背后风雪又渐渐变强，“得尽快接近。赫莉蒂，你在原地支援。”闻言，她在积雪上挖了个小壕沟，裹着电热毯躲进去。我们帮忙将雪盖上，只留下瞄准用的小洞。拉格纳下山坡去调查飞船后半截，我与野马则到前面一探。

她和我穿过斜坡，风雪变强后，我们必须接近到十五米才看得见船身。最后这段距离我们是匍匐前进，在后侧找到被拉格纳用飞弹轰出来的锯齿状大洞。心里原本顾忌里面会有一群金种和善战的色族准备拿下我们，但飞船看来就像癫痫发作后倒地死亡的人，灯光忽明忽暗，里面空间不小，但没什么东西，尤其灯熄灭了，更是什么也看不见。我们在黑暗中前进，到了中段，听见某种液体滴落的声响。血。我们不必看见，只要鼻子一闻就能肯定。座舱那边死了十个左右的灰种，都是坠落时被贯穿船壳的岩石给打死的。野马跪在一具遗体前面，检查他的衣着。

“戴罗。”她拉开死者衣领，指着刺青。即便人死了，数字墨水也还没凝固，浮出十三军团的标志。果然是卡西乌斯的人。

我使着锐蛇，拇指按下按键，启动全新设计。锐蛇在手中扭动，从甩刀变成较短的宽刃剑，适合狭窄拥挤的战场。

我们继续深入，还没察觉有生命迹象或卡西乌斯的下落，只有强风灌进船体内。我们踏在原本的船顶，头上是先前的甲板，气氛十分诡异，座椅与安全带垂挂下来，好像一条条的肠子。灯光又亮起，到处散落破损的通信仪、餐盘和一包包口香糖。金属舱壁的裂缝渗出污水，不久后电力又断，野马拍拍我手臂，指向舷窗。窗外雪地上有拖行的脚印，就着微弱光线还能看到血迹斑斑。她打手势问：是熊吗？我点点头，猜测应是剑背熊发现船骸，将使节团尸体拖出去当作今日大餐。一想到高高在上的卡西乌斯落到这种下场，我不禁打了寒战。

更里面传出了奇怪的吸吮声，我们试图找出来源，朝座舱前方迈步，但恐惧感越来越强烈。院训时，大家都听过人类啃生肉是什么声音，但再次亲眼目睹，就连我也觉得恶心。金种被倒吊，困在安全网带上下不来，腿也被折弯的金属板卡住。死者下方蹲了五个怪物，仿佛是从梦魇中走出来，全身覆盖粗糙毛皮，看得出曾是洁白的，现在却沾满血块与秽物。怪物正在啮噬尸体，虽然头颅大如巨熊，眼珠却是黑色，而且隐隐透露是有智慧的生物。再加上他们不是四脚爬行，而是两脚站立。最魁梧的那只转过身，飞船的电力在此时恢复，照亮了那身苍白却偾张的肌肉。他们肩上披着熊皮，涂抹海豹油脂御寒，溅了满身的暗红色血水，全都来自被扒皮的金种。

其实他们是黑曜种。那男子比我还高，持着铁制弯刀，穿着人骨和筋络绑成的胸甲，顶着熊头当头盔。热气从熊的口鼻下方喷出，那人张嘴露出黑牙，喉咙缓慢平稳地发出战号。其他人看见我和野马的眼睛后叫了一句话，但我听不懂意思。

“咻”一声，电灯又暗下。

带头的食人族踏过凌乱走道朝我们冲来，其他人跟在他背后。黑暗中人影乱窜，我甩出亮白锐蛇削断他的铁刀和胸甲，直接砍进心脏；接着脚跟一扭，避过他的冲撞。壮汉收不住步，直朝野马跑去，她灵巧侧闪，劈下敌人首级，黑曜种的身体扑倒在她背后，不断抽搐。

随着一声吼叫，另一个食人族掷出长矛，矛尖是凹凸不平的铁块。我压低身体，左手一扬，将铁矛弹上天花板，钉在野马头顶。我才起身，黑曜种却从背后向我一撞。他的体格不差我多少，力气却更大，与其说是人，反而更像野兽。他像疯子一样施展怪力，将我按在舱壁，磨尖的黑牙一口咬下。灯光亮起，我正好看见这人嘴边生满脓疱。然而我双臂遭到钳制，眼看对方要朝我鼻子咬来，我连忙别过脸，免得立时少一块肉。可是他的牙齿还是咬中我下颚，疼得我发出惨叫，鲜血染红脖子。这个野人的下一个目标是脸颊。再这样下去我真的要被生吞活剥了。灯光熄灭前，我见他以右手挥刀，想割开海豹装，钻过肋骨，挖出心脏，幸好布料纤维够坚韧。

眨眼间，制住我的食人族松手，身子扭动倒地。野马从他背后斩断了脊椎。

下一瞬间，一道影子射到我面前，野马被弹得两脚离地，左肩插着箭羽。她发出哀号，在地上翻滚，但我无暇查看她的伤势，先朝剩下三个黑曜种杀去。其中一人又架箭拉弦，第二人握着巨斧，第三人的武器是又大又弯的兽角，从熊盔口中抽出来的。

飞船外面响起慑人怒号。灯光暗淡。

黑暗中又窜进一道影子，接着黑曜种打成一团，血肉横飞。光线一恢复，只见拉格纳站在前方，一手扣着人头，另一手的锐蛇刺进敌人胸膛。第三个食人族手中的弓已断，他赶紧掏出短刀往拉格纳一阵乱砍，但拉格纳出手还击的瞬间削下了女子手臂。女野人翻滚闪避，表情阴毒，似乎无惧痛楚。拉格纳再上前，一剑劈落她头盔。女子相当年轻，脸颊涂白；鼻孔因为被割开，相貌恍若毒蛇，两眼底下有仪式留下的一条条疤痕。不管怎么看，她最多只有十八岁。她瞪着拉格纳的魁伟体态，说了一串话。即便以黑曜种的标准来看，拉格纳也十分威武，而且女子注意到了他脸上的刺青。

“Vjrnak.”对方的语气并非恐惧，而是狂喜，“Tnak ruhr, Ljarfor aesir!”她闭上眼睛，被拉格纳斩首而死。

“你没事吧？”我跑到野马身旁，她已经起来了，但箭还插在锁骨下。

“刚才她说什么？”然而野马却一个劲儿地问，“你的纳贾尔语比我好。”

“方言我也听不太懂。”喉音太重了。

但拉格纳当然懂。“污印，杀了我吧，我会转生为黄金之女。”他解释，“噬人找到什么吃什么，”说到这里，他往死去的金种撇了一下头，“他们相信只要吃下神的血肉就能变成神。之后会有更多聚集过来。”

“他们不担心暴风雪吗？”我问，“还是说他们的狮鹫可以在这种气候下飞行？”

拉格纳噘着嘴，一派不屑。“这些畜生没有狮鹫，应该会先躲起来。”

“船另一边呢？”野马追问，“有没有补给或生还者？”

他摇摇头。“只有尸体和炮弹。”

我请拉格纳先去带赫莉蒂过来会合，然后与野马留下来，想继续搜索物资。但他都已经走到外头的雪地，我却还面对倒地不起的食人族，震惊到无法动弹。虽然这些金种是敌人，但眼前的惨况使得生死太过廉价，也太过讽刺，仿佛现实只是某种扭曲的恶意。当然，如果一开始不是金种以恐惧和暴力维护统治权，世界就不会是这样。他们被自己养大的野兽生吞活剥。

野马站在一旁观察黑曜种遗体，肩上的箭伤疼得她频频蹙眉挤眼。“你没事吧？”她发现我沉默不语，开口询问。我指着一名金种指头上裂开的指甲。

“被剥皮的时候他们还没死，只是困在椅子上。”

野马点点头，神情哀戚。她伸出手，从黑曜种身上找到了六枚院训戒指。两枚普鲁托的柏树，密涅瓦的猫头鹰，朱庇特的闪电，黛安娜的牡鹿，以及我拿起来的最后一个：马尔斯的狼首。“找找看。”野马说。

我抬头看看挂在座位上的那些金种，许多人的眼睛舌头都不见了，但即便惨遭毁容，我也可以肯定他们不是我们的老友。野马与我调查完上下颠倒的船舱，也进去几间小寝室看看。她在一个衣柜里面发现华美的皮箱，装了些手表和镶了珍珠的银耳环。“是卡西乌斯的船没错。”她开口。

“是他的手表？”

“是我的耳环。”

进了卡西乌斯的房间，不必面对血淋淋的尸体，我趁机替野马取下扎在肩膀的箭矢。我先折断箭尾，把她往墙壁一压，抓住末端一拔。她没有出声，但身子一蜷，蹲在地上，显然疼得受不了。床垫也掉下来了，我坐着陪她，野马受伤的时候不喜欢有人碰。

“包扎吧。”等她能起身后，她说。

我拿机器给她，在前后及锁骨下的伤口贴上敷料。这么做可以止血，并加速组织再生，但依这种伤势程度不可能毫无知觉，所以接下来的几天，野马的动作也不会太灵活。我为她拉好海豹装，盖住露出的双肩，她自己拉好拉链，也帮忙我处理下颚的伤。空气中弥漫着她的气味，我们的距离很近，雪在她的发丝之间融化，水气飘进我鼻子。野马包扎我下颚，还抹了一层微生物软膏，药膏渗到毛孔内，一收紧就形成抗菌薄膜。她的手滑到我颈后，指尖探进头发，仿佛想要说些什么，却找不到合适的词汇。后来直到赫莉蒂与拉格纳来会合她都没有开口。听见赫莉蒂呼唤，我掐掐她没受伤的肩膀，转身出去。

船上装备大半都不见了。有些箱子本该装了光学组件，但不晓得被谁拿走。兵器库在飞船坠毁时裂解，散落山区各地，货舱舱壁也开了洞。其余东西不是摔坏就是被那些黑曜种拆掉，只留通信机组发出噪声。

拉格纳依据现场状况分析，卡西乌斯带着约莫十五个幸存者在几小时前离开，物资当然也全被扫走。几个噬人可能是飞船坠落时就在附近，否则卡西乌斯应当不至于留下同伴被吃。野马赞成这个推论，因为她在驾驶舱又找到几个噬人的尸体，换言之，卡西乌斯和剩下的护卫队自己也是急于逃难。第一批尸骸几乎被雪掩埋，才死不久的人则被我们搬到船外，以免比噬人更棘手的猛兽闯进来。

搜遍飞船后，我要大家进入厨房，请野马与赫莉蒂拿维修工具的焊炬分别将两边入口封死。虽然船上找不到武器和防寒装，至少储水是满的，而且没有结冻，食物库也还留有很多存粮。

舱壁隔绝酷寒，一时半刻也算得上舒适。两盏紧急避难灯散发琥珀色光芒，厨房浸沐在柔和的橘光中，更显温暖。赫莉蒂将就着时有时无的电力煮了番茄肉酱意大利面，拉格纳和我研拟该如何前往女武神山锥，野马整理翻出来的干粮，塞进储藏室找到的军用背包。

赫莉蒂端了面给我和拉格纳，我尝了一口，舌头差点儿烫伤，但也是在此时才意识到自己有多饿。拉格纳没讲话，手肘却轻轻挤我一下。赫莉蒂也盛了一碗给野马，还对她微微颔首示意。野马对我微笑，四个人安安静静地填饱肚子，只有叉子与碗的刮擦声。外头风势没减，船身螺栓被吹得嘎吱作响，小圆窗玻璃覆盖一层灰雪，但朦胧之中能看到不知什么生物把我们先前运出去的尸体全拖走了。

“在这种地方长大是什么感觉？”野马问拉格纳。她盘腿靠墙坐着，我躺在隔壁，中间摆了背包隔开，两人底下有拉格纳搬进来铺地板的垫子。我吃了第三碗面。

“总之就是家乡。以前我并不了解外面的世界。”

“现在了解了，不是吗？”

他浅笑回答：“像座游乐园吧。外头世界很大，却又很小，人活在一个一个的箱子里。办公室、车辆、船只。我们的世界很小，却也无边无际。”拉格纳说起往事，逐渐沉迷其中；起初他有点儿犹豫，后来才意识到我们是真的想听，真的关心，于是便说起自己小时候喜欢下浮冰游泳，还有性格很别扭，脑袋不大灵活，只有块头特别大。有一次被别家男孩欺负，母亲带他飞上天空。那是拉格纳第一次乘坐狮鹫，他在后座紧紧抱住母亲不放。当下他体悟到：只有凭借双手和意志，人才不会在翱翔中坠落。“她越飞越高，空气变得稀薄，寒气传进骨头。她一直等着看我何时衰弱放手，没察觉我偷偷将手腕绑在一起。那是我最接近死后回归万物之母的一次经验。”

拉格纳的母亲艾莉娅·佛勒洛，外号雪雀，在族中是传奇人物，以其对神明的崇敬闻名。虽是流浪者的女儿，她却成为女武神山锥的英勇战士，一次次成功劫掠其他部落，提高自己的名望。爬到高位后，虔诚的她奉献了四个孩子服侍神明，只留赛菲在身边。

“听起来跟我父亲很像。”野马淡淡地说。

“怎么都这么可怜啊？”赫莉蒂咕哝着说，“我老妈可是会做饼干，还会教我怎么拆气垫式担架的人呢。”

“那爸爸呢？”我问。

“烂，”赫莉蒂耸耸肩，“但是很无趣的那种烂。在每个港口都有老婆小孩，军团士兵都差不多。我遗传他的眼睛，崔格比较像我妈。”

“我不知道自己的第一任父亲是谁。”拉格纳指的是生父，因为黑曜种是一妻多夫制，和七个男人各自生小孩并不奇怪，然而，只要与女人发生关系，就有必须保护妻子所有儿女的义务，即便不是自己的血脉也一样。“我出生前他就去当奴隶了，母亲也没再提过他名字，连是生是死也不知道。”

“应该查得到，”野马说，“得从品管会的记录搜索，有点儿烦琐，但可以做到。假如你想知道，我们之后就把数据找出来。”

拉格纳听了有点儿惊讶，但缓缓点头。“嗯，我想知道。”

赫莉蒂再望向野马的神情已经和几小时前刚离开火卫一时不一样了。而我则是内心一阵激动。我见证了四个不同世界彼此交融，却如此自然无碍。“我们认识你父亲，可是你的母亲是怎样的人？单看外貌好像有点儿严肃。”

“你说的其实是我继母。她不喜欢我，应该也不怎么欣赏阿德里乌斯。我还小的时候亲生母亲就走了，她是个性格和善、有点儿淘气的人。但她内心有着深深的悲伤。”

“怎么说？”赫莉蒂追问。

“赫莉蒂——”我想打断。野马的母亲是连我过去也没深究的话题，她总不愿多谈，似乎想将秘密锁在灵魂深处，永远与外界隔绝。然而，今晚似乎是例外。

“没关系。”她自己开口，抱着双腿开始说，“我六岁时，母亲又怀了一胎，是个女孩。医生检查后说胎儿有些状况，建议手术分娩，可是我父亲却说，如果小孩熬不过生产，代表不配活下来。明明我们就可以往来不同星球，甚至改造生态，他却让我妹妹死在母亲子宫里。”

“搞什么？”赫莉蒂忍不住嘀咕，“做细胞疗法不就好了吗？你们家又不缺钱。”

“为了维持血统纯净。”野马解释。

“神经病。”

“我家就是这样。后来我妈变了个人，就算大白天也能听见她在哭，或一直凝望窗外。有一天晚上，她说要去卡拉格莫走走。那是结婚时我父亲送她的庄园。当时我父亲留在爱琴城工作，结果我母亲就没再回家了。找到时，她已经摔死在海边悬崖。我父亲坚持她是不慎跌落。就算他还活着，恐怕也不会改变说法。”

“很遗憾。”赫莉蒂叹道。

“令人难过。”

“所以我才要与你们同行。我想你们一定都有疑问。”野马解释，“我父亲是个伟大又刚强的人，但价值观不对，他太残酷。如果我有可能成为与他不同的人，”她和我目光交会，“我一定会那么做。”

第二十九章
猎 人

醒来后风暴停歇，我们从舱壁拆下一些隔热板把自己包起来，再次进入外面那片荒芜。蓝黑色天空中一片云也看不见，太阳凝在地平线，像一团熔化的铁水，我们就朝着那里前进。秋季剩下的日子不多。一路上大家都在盘算如何生火，借着火光，也许能与女武神山锥派出的斥候取得联系，然而，这么做也容易成为噬人的目标。于是我们东张西望、提高警觉，既要担心食人族，也要戒备卡西乌斯——甚至艾迦——带着特勤部队偷袭。

中午时分，我们找到了线索。岩壁凹龛足够容纳十余人，外头积雪被踏乱，看来有人曾经在此扎营等风雪过去。篝火旁边堆着许多石块，其中一颗以锐蛇刻字：per aspera ad astra. 颠簸路途通繁星。

“卡西乌斯的字迹。”野马说。

搬开石块，我们发现这里埋了两个蓝种与一个银种人，因为身体太虚弱，过夜就冻死了。纵使身处这种环境，卡西乌斯仍旧坚守骑士精神，为他们行葬礼。我们将石块盖回去，同时，拉格纳顺着小径先做探查，他的速度远非我们能及。我们跟着走了约一小时，远处传来轰隆声，接着是一发脉冲波。片刻后，拉格纳回来了，眼神极其兴奋。

“我沿着他们的脚印。”他说。

“你找到什么？”野马问。

“艾迦和卡西乌斯带着一堆灰种和三个圣痕者。”

“艾迦真的也在？”我问。

“没错。他们想要步行穿越山脉，朝阿斯嘉移动，但被一支噬人部落锁定，路上有很多尸体，死了好几十人。噬人刚才发动伏击，没有得手，不过有更多人朝那里会集。”

“他们装备如何？”野马问。

“没有重力靴，只有虫皮甲和背包。脉冲护甲没电了，被留在北边两千米外。”

赫莉蒂遥望地平线，手已搭上腰间那把崔格的遗物。“追得上吗？”

“他们带着太多补给品和食物饮水，而且有人受伤，所以有机会赶上。”

“可是我们到底是为了什么来南极？”野马插嘴，“我们不是为了狩猎艾迦和卡西乌斯，最重要的应该是带拉格纳抵达女武神山锥。”

“艾迦杀了我弟弟。”赫莉蒂说。

野马一脸错愕。“是你提过的崔格吧，原来如此。但我们还是应该先将复仇放一边，对方超过二十人，我们没有胜算。”

“问题是，要是他们先抵达阿斯嘉怎么办？”赫莉蒂说，“我们就完了。”

野马似乎还是不同意。

“对付艾迦你有把握吗？”我问拉格纳。

“有。”

“这是一次好机会，”我游说野马，“若不趁现在，还能找到更好的时机吗？他们既没武装又没军团做后盾，连身为金种的那份傲气也没了，此时此刻对我们是最有利的。塞弗罗之前说过‘能杀敌就要杀’，我想这次我会同意那个疯子的理论。如果能除掉艾迦，最高统治者就在一周内折损两个御史。至于卡西乌斯，他是奥克塔维亚对火星政权和各大家族的窗口，只要把你与奥克塔维亚的交易说出来，就能破坏他们之间的信任，等于是切断火星和殖民地联合会的牵连。”

“分化敌人吗……”野马考虑再三后回答，“好主意。”

“该叫他们还债了。”拉格纳接着说，“洛恩、奎茵、崔格。要想猎捕我们，就得尝尝变成猎物的感受。”

我们根本不可能跟丢。一路上都是尸体，好几十个噬人倒在狭窄山径上，被脉冲波烤焦，还冒着烟。虽然他们偷袭，但似乎没想过金种手上会有多大火力，周围山坡的岩石被轰出一个个坑洞。雪地上还有原牛[1]留下更深的脚印。它们类似野牛，体型巨大，毛皮粗厚，是黑曜种惯用的坐骑。

沿着路出去，高山树木覆盖丘陵，途中坑洞逐渐减少，而且还找到弃置的脉冲手套、步枪和一些灰种遗体。他们身上扎着箭矢或斧头，黑曜种死亡的位置也越来越靠近金种的形迹，而且可

[1] 1627年本已绝种的杂食性动物，学名源于德语，意即“原始牛”。与后来家牛之间的关系未有定论。

以看到锐蛇剑伤。数十人断了手脚，或是被斩下头颅。但卡西乌斯的队伍就要弹尽援绝，于是奥林匹亚骑士必须进行肉搏战。话虽如此，呼啸的风中依旧传来几千米外的枪战声响。

之后，我们遇上一些身负枪伤、不断呻吟的黑曜种，拉格纳停下脚步——因为发现一个重伤的灰种。那人还活着，只是撑不了多久。他腹部嵌进一把铁斧，望着异乡的天空喘大气。拉格纳蹲在他面前，没有遮掩自己的面孔，灰种看清楚后眼睛一亮，似乎认出他来。

“闭上眼睛，”拉格纳将弹匣空了的步枪塞回对方手中，“想着自己的家。”灰种照做，拉格纳手掌一转，拧断他颈部，再为他调整好头颅位置。山里响起尖锐的号角声。“他们要撤退了，”拉格纳解释，“想成为神的代价太大。”

我们加紧脚步，察觉右侧数千米外树林边缘正有群骑乘原牛的噬人经过，打算返回高山上的营地。由于我们藏身针叶林内，没有被他们发现。赫莉蒂以步枪狙击镜监视，确认噬人都消失在山丘彼端。“他们带走两个金种，我不认识，不过都还没断气。”

天气仿佛变得更冷了。

一小时后，我们找到猎物。雪原凹凸不平，而且有许多裂谷，左右被森林包夹，艾迦和卡西乌斯在低处行走。他们已经折损太多灰种，宁可暴露行踪也不回危机四伏的林子。现在他们身边只剩四人，三个金种一个灰种，身上是黑色虫皮甲搭配皮草，还有杀死噬人后剥下来的保暖衣物。大多人葬身树林深处，他们不得不全速逃命。我们分不出艾迦和卡西乌斯，因为两人都戴了面罩，披着斗篷的体形也大同小异。

起初我打算着要找地方伏击，取得战术上的优势，却想起飞船上的光学仪器都被带走，因此不得不假设艾迦与卡西乌斯的装备中有热感知仪器，就算我们躲在积雪底下也能侦测到，即便躲在原牛或海豹肚里，也不能轻易得手。既然如此，我便要拉格纳带我到前方的必经之路，直接阻断对方的行进路线，转移注意力。

我跟在拉格纳身边，凛风刺得肺叶发疼、不停咳嗽。敌队终于来到计划地点，他们穿着手工的简易雪靴，背着食粮，看来颇重。他们又组了一个雪橇，拖着各种求生用具，这些都是火星军团士兵必修的求生技能。四人穿戴黑色光学面镜，加装抗光镜片，所以遇见我们时气氛很怪异，完全看不到脸上表情。有种对方早就等着我们杀出来挡路的感觉。

我转着眼神，迅速判断局势。卡西乌斯因为身高很好辨认，剩下两人哪个是艾迦？两名金种都很高大，但也都比卡西乌斯矮。最后，我注意到师父的遗物挂在她腰上。

“艾迦！”我暴喝一声，摘下海豹装的绒帽。

卡西乌斯也解开面罩，满头大汗，脸颊涨红。只剩他有脉冲手套，但根据先前我们算到的死尸数量，手套电力必然所剩无几，于是二人齐声甩出锐蛇。剑刃沾的血结了冰，看起来就像红色长舌。

“戴罗……”卡西乌斯相当震惊，“我明明看见你们沉船……”

“你忘了我们一起游过泳吗？”我望向他背后，“艾迦，你打算把领头羊的位置让给卡西乌斯吗？”

她闻言才上前站在卡西乌斯旁边，解开腰带与雪橇的挂钩，也取下虫皮甲面罩，当她那张黝黑的脸面与光头露出时，冒出一股热气。艾迦回头看看经过的山谷与周遭的岩石、树木、雪原，一定怀疑我在某处安排了伏兵。她无论如何忘不了木卫二的教训，却又不知道我带了什么人，有多少大难不死。

“怪物和疯狗，”她咕哝着，先瞪了拉格纳才看向我。艾迦身上的虫皮甲一点儿刮痕也没有，难道被那么多黑曜种袭击她真能毫发无伤？“雕塑师把你重组得挺好的啊，锈铁。”

“好到可以杀掉你的姐妹了，”我回话时忍不住要尖酸刻薄，“可惜不是杀掉你。”艾迦没答腔。在不断回放的记忆中，我究竟看着她杀死奎茵几次？看着胡狼与莱拉丝夹杀洛恩后，她夺走洛恩的锐蛇几次？我指着剑。“那不是你的东西。”

“你活在这世上是为了服从，不是让你讲话的。畜生没资格跟我攀谈。”她仰头望天，火卫一在东方地平线闪耀，周围有许多红白光点，代表太空战争已然揭开序幕，也就是说塞弗罗擒下了船舰。不知道有多少呢？艾迦皱眉，与卡西乌斯交换眼神，一脸担忧。

“我等这一刻很久了，艾迦。”

“啊，这不是我父亲最疼爱的宠物吗？”她打量拉格纳，“这个污印让你以为他很驯良吗？他有没有告诉你，以前他要是在竞技场打了胜仗最喜欢什么奖励？掌声结束后，他会清洗干净受伤的血迹，我父亲就赏他几个年轻粉种发泄兽欲。他可贪心了，人家都很怕呢。”艾迦口吻无起伏又冷淡，像是对于这冰天雪地和我们感到厌烦，觉得“要打就赶快打一打吧”。杀了那么多黑曜种，这女人对于血腥仍没有厌倦。“看过黑曜种发情的模样吗？”她继续说，“要是看过，你就不会急着给他们解开项圈了，锈铁，他们的欲望大到你难以想象。”

拉格纳上前，一手一把锐蛇，而且还解开了从噬人那边捡来的白色皮草，任其飞落身后。四周只有风和血，苍凉到一种荒谬的程度。在这里，我们没有军队船舰，能够保护性命的只有手中的金属。火星南极仿佛正在嘲笑人类的渺小与自以为是，随时能捻熄我们胸口那簇微弱的生命之火。然而，对我们而言，生命并不只是这副脆弱的肉体。

拉格纳前进。这也是给野马与赫莉蒂的暗号。她们正躲在树林中。

别打歪了，赫莉蒂。

“艾迦，你父亲花钱买我，羞辱我，将我养成禽兽，而不是人。我心中的纯真不再，失去一切希望，也忘了自己名叫拉格纳。”他指着胸膛，“不过今日、明日，直到永远，我都叫作拉格纳。我是女武神山锥之子，静者赛菲、莱科斯戴罗和塞弗罗·欧·巴卡的兄弟；我是提诺斯之盾，只追随自己的本心。而你，邪恶骑士，待你心跳停止，我会将它挖出来喂给狮鹫——”

卡西乌斯的视线射向他左侧的山岩与矮树，眯眼注意到一片石堆，底下又堆着断枝。毫无预警地，他出手推了艾迦一把，艾迦脚步蹒跚，但是原本站立处背后的灰种脑袋碎裂，血液脑浆溅洒在雪地。赫莉蒂的步枪声响回荡不绝，更多子弹朝卡西乌斯和艾迦落下。御史毫不留情地闪到另一个金种背后，拿那人当肉盾。他被击中两发，虫皮甲强化纤维开洞。卡西乌斯翻滚后顾不得电力，一发脉冲波轰得山壁发出红光，轰然爆炸，积雪蒸发为水汽。

同时间，有人拉弓射箭，艾迦也听见了。她反应极其敏锐，立刻一个回旋以毫厘之差避开野马从树林发动的奇袭。卡西乌斯也向那里开炮，一时间树木飞散、岩石熔解。

我无法判断她们是否平安，也不能分神兼顾。我和拉格纳利用混乱场面朝两人冲去。随着距离拉近，视野缩小，我手中锐蛇化为甩刀。卡西乌斯的手套还在发光，一转身我却来到面前。然而他手套能量不足，威力大减，我只压低身子，撑着地面闪过，接着以莱科斯的舞蹈动作弹起；他再轰一股脉冲波，只是连番炮击后电力已然耗尽。

拉格纳将锐蛇当飞刀朝艾迦掷出，刀在空中画圈旋转。剑刃到了面前，艾迦竟不闪避，只是微微后退。那个当下，我心想她必死无疑，没料到艾迦却转头过来，右手握着剑柄。

她居然接住了刀。

恐惧感从心底涌出。我想起洛恩曾给我的忠告。“勿逆水而行，勿与艾迦为敌。”

四人成对厮杀，鞭子长剑相互击打、铿锵作响；锐蛇在半空弯折变化，快到肉眼跟不上。艾迦斜斜朝我两腿劈出一剑，我以同样招式还击，拉格纳与卡西乌斯则瞄准彼此咽喉突刺，想要立分高下。两边都采相同策略。于是乎，开战不到一秒，四人几乎就要将对方就地斩杀，我们都只差那么一点儿。

双方后退，拉开距离，四人嘴角皆微微扬起似笑非笑的表情——在剑斗中，我们找到共通的语言。那是接受雕塑前舞者说过的人性之恶，也是洛恩后半辈子愤世嫉俗的缘由。

这股诡谲静默由我打破。我朝卡西乌斯右侧接连使出一连串猛烈突刺，用意是要拆散他和艾迦，让拉格纳可以与御史一对一。卡西乌斯背后，野马爬出乱石堆，持着黑曜种的巨型弓箭跑近。还有五十米远。我的锐蛇化为鞭形，连两招扫向卡西乌斯的腿。他往我头上砍来，我再收缩架住。长剑打在锐蛇刀弧，我手臂一震，察觉卡西乌斯不仅力气比我大，动作也比上回决斗更迅捷。尤其能看得出他针对弧形刀刃下了一番苦功。他一定接受了艾迦的特训。我慢慢被他逼退，脚步踉跄，还摔了一跤，从他胯下空隙瞧见御史与污印的战况：艾迦一剑刺中拉格纳的左大腿。

又一支箭破空而至，虽然击中卡西乌斯背部，却未能刺穿虫皮甲，只是，冲击力使他也乱了节奏，回过神才施展出一套八招的剑艺。我猝然后退，那把长剑削过原本我的脑袋所在的位置。我整个人往雪地一躺，距离一条大裂谷只有几厘米之差。在连忙起身的同时，我举起锐蛇格挡卡西乌斯由上而下的重劈。要是踩空就完了。我用力往后一蹬，发挥最大敏捷度闪过他的攻击蹿到对面。另一头的艾迦钻到拉格纳剑下，旋身撕裂黑曜种脚筋，看来拉格纳也露出了败象。

卡西乌斯从裂谷边缘追来，意欲将我从肩膀到腰部斩成两截。我挡了这招，又抓起地上石块扔过去，利用空当重新站好。他一剑劈下，却是佯攻，手腕一扭转向我膝盖，这次我惊险躲过，卡西乌斯也趁机甩出鞭子勾我双腿。扯倒我后，他上来对准我胸口一踹，肺里空气全被挤出。我被卡西乌斯踩住手腕，无法挥舞武器，他一脸肃穆，似乎打算一剑穿心赐我个好死。

"住手！"野马喝道。她在二十米外瞄准卡西乌斯，拉满弓弦的手微微颤抖，"不要逼我。"

"休想，"卡西乌斯回答，"是你得……"

"咻"一声，箭矢飞来，他扭动锐蛇想弹开箭。然而，他没有艾迦那样超凡的反射能力，锯齿状的箭镞贯穿咽喉，从后侧伸出，羽毛搔弄着他俊美的下巴，没有见血，只听见皮肉与液体的咕噜声。

卡西乌斯往后一躺，重重倒下，口中发出干呕，肢体抽搐，不受控制，锐蛇乱劈，双腿乱踹，另一手紧紧抓着箭身。他吸不到空气，眼珠和我相隔只有几厘米。野马跑过来，我赶紧起身逃离，拿回武器对准卡西乌斯。他的四肢不断颤动。

“我没事。”卡西乌斯身下涌出血泊，挣扎求生却不可得，“去帮拉格纳。”

隔着卡西乌斯，我们看到污印勇士和艾迦打到山谷边缘，地上处处鲜红，然而，受伤的只有拉格纳。尽管如此，他口里依旧哼着豪壮战歌，数度逼退对手，利用两百五十千克的体重压制御史。双方剑刃摩擦出火光，艾迦闪了又闪，不敢与来自女武神山锥的黑曜种勇者正面冲突。她双臂发抖，双脚无空歇息，尽了全力和拉格纳维持安全距离，但同时身形又如柳枝摆荡。黑曜种的战号越发昂扬。

“不妙，”我低声吩咐野马，“射箭。”

“两人太靠近了——”

“没关系！”

箭矢自艾迦头旁几厘米处掠过——太迟了！拉格纳步入御史的圈套，连野马也未看透，但只消一会儿她就会察觉。洛恩教过我，而拉格纳从未学习过正统锐蛇剑艺，所以不晓得有这种招数。一直以来，他都是凭借力量和愤怒作战，因此只使用剑形，不了解鞭形。野马连忙再搭了一支箭，拉格纳像铁匠那样高举起武器重捶，艾迦也执长剑，看似要挡，锐蛇却忽然变形。因为出乎意料，没有敌人的格挡，拉格纳全部的力量都打空。他反应够快，在最后一刻收力，剑刃并未埋进积雪。倘若他面对的是一般对手，破绽就不存在，可惜艾迦是洛恩·欧·阿寇斯门下最厉害的徒弟，早就做好了准备。她横步移动，化鞭为剑，挥出一记回旋斩，招式行云流水。我想起自己与洛恩学艺时，野马和洛克时常去爱琴剧场欣赏芭蕾舞，舞者也有类似的动作，名为“鞭转”。若非看见剑刃染红，血花飞散在雪地，我还以为她没有砍中。

但艾迦不会失手。

拉格纳还想转身继续，可是腿支撑不住，往前一跌，海豹装上那道口像一抹血淋淋的冷笑。艾迦又朝他下背出剑，削了脊椎，再刺肚脐。污印勇士倒在裂谷前，锐蛇脱手滑出。我难以置信，怒不可遏，狂喝着举剑杀去，野马跟着我前进，立马射了一箭。艾迦避开，还往倒地压腹的拉格纳肚子上再戳两刀，黑曜种猛烈颤抖。艾迦抽回武器，转身应付我，但忽然瞪大眼睛往后急退，视线凝聚在我头上天空。野马接连放了两箭，艾迦猛然掉头，向后跳跃，拉开距离，站上裂谷边缘那一刻，她脚下的冰层凹陷崩落。艾迦双臂狂扭，却无法保持平衡，与我目光交错，瞬间身子翻倒，头下脚上坠入黑暗。

第三十章
静 默

艾迦掉下悬崖，山壁延伸至无尽黑暗。我跑向拉格纳，野马执弓箭回头盯着山丘和云层戒备。

不过她也只剩三支箭了。

“什么都没看到。”她说。

“收割者……”躺在地上的拉格纳嗫嚅，胸口大大起伏，连呼吸都十分吃力。腹部伤口不断冒出暗红血液。我明白艾迦最后那两剑大可直接夺人性命，但她选择下腹为目标，是为了使对手死得凄惨痛苦。我压着最大的伤口，手肘也红了。出血太严重，我实在不知道怎么办。这种深度的伤势就算靠人工肉也无法愈合，连保命都不可能。泪水刺痛我的双眼，视线模糊到什么也看不见。拉格纳的伤口冒出一阵阵热气，我原本冻僵的手指被鲜血暖得麻痒。他失血太多，面色苍白，神情尴尬地连声道歉。

“说不定是食人族，”野马还是很在意艾迦为何错愕，“他能动吗？”

“不能，”我无力地叹息。野马低头望着拉格纳，表现得比我坚强。“留在这里太危险。”

但我没有理会。我失去太多朋友了，再失去拉格纳实在太难承受。是我说服他回故乡，也是我要他和艾迦对战。一直以来，都是我不放过他，我亏欠他太多。如果最后能做的只有这件事，再傻我也不会放弃。我想保护拉格纳，想出办法治好他。要是有黄种在就好了。就算食人族来袭，我得赔上性命也无妨，我说什么也不离开。可是光想这些根本无济于事，奇迹不会凭空出现。每一次计划都敌不过大宇宙的恶意。

“收割者……”他又挤出声音。

“朋友，保留体力，你得尽力撑下来。”

“她好快。太快了。”

“反正都死了。”其实我并没有那么肯定。

“我一直梦想可以死得舒服一点儿，”拉格纳颤抖着，似乎意识到自己时间不多，“可现在这样不怎么舒服。”

他的话引出我压抑不住的啜泣。“没关系，”我哭着说，“你不会死。等会儿我们先封住伤口，然后找米琪帮你补起来。我们送你到山锥，叫人过来接。”

“戴罗……”野马开口。

拉格纳蓦然瞪着我，目光仿佛无法聚焦。他朝天空伸手。“赛菲……”

“不，是我啊，拉格纳。是我，戴罗，”我说，“是戴罗。”

野马焦急地说了些话，我只是不耐烦地说：“等等。”

“赛菲……”拉格纳依旧指着天上，我望过去，什么也没瞧见，只有几片云朵随海风飘过。我耳边传来卡西乌斯肢体扭动和野马拉弓的声音，依稀看见雪地上赫莉蒂的身影，我终于明白方才艾迦想躲的是什么——三千千克重的猛兽从云层穿出，狮身有翼，前腿和头颅却是老鹰的模样。它生着白羽，黑色鸟喙像钩子，单是头部就有成年红种的大小。狮鹫不仅雄伟，翅膀展开甚至有十米宽；翅下画上天蓝色的尖叫恶魔，降落在我面前时大地为之撼动。它的眼珠是淡蓝色，接近后可看见黑喙上以白色颜料写了符文咒语，背上有个精壮的身形，正拿白色号角吹出哀鸣似的声音。

隔着云朵传来许多号角回响，又有十二只狮鹫落下，有些在山径雪地，有些在高处山岩。为首者似乎是方才吹响号角的人。那人从头到脚裹着脏兮兮的白色皮草，头盔也是白骨，插了一排蓝色羽毛连到颈后。这群人的身高全都超过两米。

“是太阳之子。”其中一名女子操起很难听懂的方言，急急忙忙跑到默不作声的领袖旁摘下头盔。那张有许多疤痕与穿孔的脸看来十分野蛮。她先单膝下跪，隔着手套轻触额头以示尊敬。她脸颊上有个蓝色手印图案。“我们在天上看见火光……”女子一注意到我的甩刀，忽然噤声。

其余人也脱了头盔，察觉我们的头发和眼睛颜色后快步围上来。原来这群人全是女性，每个人的脸上都印着天蓝色掌印，掌心还有颗小小的眼睛。她们将白长发结成辫子垂在背后，眼皮内双，瞳孔漆黑，鼻梁、嘴唇与耳朵穿了很多环。只有带头那人还没有取下头盔，也并未下跪，只是静静上前。

“妹妹，”拉格纳又挤出声音，“是我妹妹。”

“赛菲？”野马问了后盯着对方左大腿挂的一串发黑人舌，应该是战利品之类。她没有戴手套，手背有许多符文文身。

“你认得我吗？”拉格纳声音粗哑，看对方接近时勉强露出笑容，“一定记得吧。”但那人却只是隔着头盔观察他的伤势，眼睛睁得很大，“我一直都记得你，”拉格纳继续说，“就算这世界不再有光，就算我们衰老消逝，还是记得，”他痛得一阵蠕动，“就算冰原融解，风声沉寂，我也认得你。”她一步一步靠近，我教你四十九种形容冰的词汇……还有三十四种不同类型的风……”拉格纳微笑，“可是你只能记住三十二种。”

对方一直不出声，然而，其余的人窃窃私语说出拉格纳的名字，加上又看见甩刀，似乎都推敲出我的身份了。

拉格纳使出最后一丝力气。“我将你放在肩上一起看过五次破冰，让你拿自己的缎带给我绑辫子，一起玩你用海豹皮做的娃娃朝老波弗砸雪球。我是你哥哥，泣日家族的人将我带走，同胞被送往禁锢之地，这是我以前告诉你的，你还记不记得？”

明明受了重伤，他却还有力气说这么多。一切都是因为这里是故乡、是家园，他在这里就像我上了钻爪机。拉格纳的语气与神情吸引赛菲越靠越近，终于双膝跪下，脱了骨盔。

静者赛菲，艾莉娅·雪雀的女儿，容貌野蛮却又尊贵不凡。瘦削的脸有棱有角，令人联想到乌鸦；她的双眼细小且靠近，嘴唇如薄刀，并因天冷而发紫，总是噘着，仿佛陷入长思；她右侧辫子及腰，左侧剃光的头皮上刻了深青色翅膀图案，外面围一圈咒符。不过赛菲与其他黑曜种相比，最特别也最令她们崇敬的便是皮肤。她身上找不到一点儿疤痕或瑕疵，只有一根铁棒穿过鼻子当装饰。赛菲低头，看着拉格纳的伤口眨了眨眼，眼睑上的蓝色眼纹刺青仿佛正悄悄窥探着我。

她朝哥哥伸手，没有接触，只是在感受拉格纳口鼻呼出的热气。但这对他而言不够，他抓起妹妹的手按在自己胸膛，让逐渐缓慢的心跳传出去。哥哥眼中涌出了喜悦的泪水，妹妹双颊的蓝色刺青也湿润。拉格纳哽咽地说："我说过会回来。"

赛菲的视线从他身上移向裂谷边缘艾迦坠落的地方，咂了一下舌头，四名女武士[1]在积雪上绑了木桩和绳索，垂降到山谷里搜寻敌人。其余人留在原地警戒保护领袖，每个人都拿出线条优雅的反曲弓。"得载他过去山锥，"我试着用她们的语言说明，"得去找巫医。"

赛菲没有看我。"来不及了，"拉格纳的白胡上沾了雪，"让我死在这里就好。死在冰原和荒野的天空底下。"

"不行，"我含糊不清地说，"你还有救。"

整个世界变得遥远朦胧。他继续失血，但内心的哀愁却被赛菲驱散。

"*死没什么了不起*，"拉格纳对我说，但语气无法像他以为的那么肯定，"*只要真正活过*。"他露出微笑，还想安慰我，然而却藏不了从过去到现在的种种遗憾。"那是我欠你的一份情，可惜……赛菲，这一切还没结束。"拉格纳咽了一口口水，口干舌燥，连讲话也痛苦万分，"我派来的人联络你了吗？"赛菲点点头，躬着身子跪在哥哥面前，白发随风飘扬。

拉格纳望向我："戴罗，我知道你希望以德服人。"他改用金种的语言，显然不希望赛菲听懂，"但光用讲的是不够的。"于是，我突然明白为什么一路上他都特别安静，而让他埋在心里独自承担的又是什么。若要实现我的计划，拉格纳必须杀死母亲，而他现在准许我接下这份任务。我回头望向野马，她也听懂了，

[1] 此处原文为Valkyrie，一般中译为女武神，但黑曜种并不自认为神。

露出一脸心碎。我真傻，竟轻易地以为能为朋友打造出更美好的世界，结果现在他却先走一步。拉格纳痛苦颤抖，赛菲从靴子掏出一把短刀，不愿看哥哥继续煎熬。但拉格纳对妹妹摇头，反朝我瞥来。他希望由我动手。我用力摇头，却怎么也无法从这场噩梦中清醒。赛菲狠狠瞪着我，要我尊重兄长最后的请求。

“**死也要陪战友一起。**”拉格纳解释。

恍惚中，我握着锐蛇，架在他胸口。拉格纳濡湿的眼睛出现一丝宁静。为了他，我必须坚强。

“我会代你问候伊欧，去你父亲住的往生谷，先帮你盖一栋房子，就在我自己家隔壁。等你到了，直接来找我，”他笑道，不过我没学过盖房子，所以你慢慢来，别着急。”

我点点头，仿佛我还相信往生谷存在，相信他和我最终会在那里相遇。“你的同胞会获得自由，”我说，“我以生命担保。再见之日不会太远。”

他笑着凝望天空。

赛菲慌张地将斧头交到哥哥手里。只有握着武器才能以战士身份死去，灵魂得以进入瓦尔哈拉[1]。

“不，赛菲，”然而，拉格纳却放下斧头，左手抓起一把雪，右手牵着妹妹，“**生命还有更多意义。**”他朝我点点头。

风声呼号。

雪花纷飞。

拉格纳继续看着天空，火卫一闪耀冰冷光芒，我静静将锐蛇刺进他心窝。死亡如同夜幕般降临，我无从得知他的世界是在何

---

[1] 瓦尔哈拉是北欧（也就是黑曜种）神话中的天国，欢迎英勇的战士。

时失去光芒、何时不再脉动，眼前的一切消失无踪。我只知道他走了，感受到寒冷笼罩、风中呢喃寂寞与饥渴。静者赛菲的黑色眸子一片死寂。

我的朋友，我的救命恩人，拉格纳·佛勒洛，离开了这世界。

第三十一章
白女王

我内心悲痛到麻木，我无法想象塞弗罗要是知道拉格纳死了会有什么反应。我的侄甥没办法再爬到这名亲切的巨人背上，拿他的头发结辫子。我的灵魂碎落一片，永远无法拼回。拉格纳保护我，给我力量，失去他后，我却得爬到狮鹫背上，由女武士载着飞离染红的雪地。巨翼拍打中，我蹿入云霄，初次见识到女武神山锥，我心里却没有一点儿震撼和敬畏，只剩一片虚无。

山锥错综交缠，自极地冰原直冲天际，景色突兀可笑。这样大规模的环境改造需要洛夫洛克[1]引擎持续运转五十年，所耗费的太阳系资源难以估量。不知是哪个发疯的金种想出这种方案。或许一开始就只是为了证明殖民地联合会做得到。数十座山尖彼此纠结，仿佛爱恨难分的情侣，周围笼罩迷雾，高处有狮鹫巢穴，中低层是乌鸦和鹰隼盘旋。一面高耸的岩壁上有铁链悬挂七具骷髅，冰层满布血污和动物排泄物。山中居住着唯一能够威胁金种的种族，但我身上的血却来自出身此处的勇士。

---

[1] 洛夫洛克为提出盖亚假说的学者。盖亚假说主张生物与环境交互作用，形成一个整体，本身就可视为单一的巨大生命形态。

赛菲和其余女武士搜查艾迦坠落的峡谷，除了脚印没找到别的东西，别说尸体了，就连血迹也没有，换言之，赛菲心中那把怒火没得发泄。看来原本她想守在兄长遗体旁至少几小时，然而远处传来鼓声，噬人会聚了更多兵力，想来挑战带走堕落天神的女武神。

后来，她持着斧头站在卡西乌斯面前。如果撇开野马，她是第一次看见没有穿盔甲的金种。手上沾了兄长的血的赛菲似乎想击毙卡西乌斯。假使果真如此，我不会干预，野马看来也是一样。但最后赛菲忍了下来，对部下咂嘴示意，收起武器，爬上狮鹫。有人过来将卡西乌斯绑在右边另一名女武士的坐骑上。虽然那箭没有命中血管，可是赛菲不杀他，不代表他就能活下来。

我们降落在螺旋状山锥最高点的岩壁凹洞，地上来自其他部落的黑曜种奴隶负责接应。这些奴隶的眼睛都被烫瞎，脸颊涂黄，象征懦弱胆小。背后铁门发出嘎嘎声关闭，寒风被阻绝于外，女武士抢先跳下狮鹫，不待我们反应，直接将拉格纳搬进石城。

数十名全副武装的武士闯进狮鹫兽栏，急着见赛菲。他们朝我们乱指一气，即便米琪教过我纳贾尔语，在研究院也特别进修过，那口音还是重得很难理解。我只听出个大概：这群人认为我们是异端，应该铐起来。而赛菲的护卫吼了回去，告诉大家我们是拉格纳的朋友，然后指着我们的头发，说是金种。部落里的人不知该拿我们怎么办，卡西乌斯被一小队人抢走，场景仿佛狗争碎肉，那根箭还插在脖子上，他瞪大了眼，露出很多眼白，被拖行时恐惧得朝我伸长手臂。他的确抓住了我几秒，不过立刻就被六个女巨人拉到一条被火炬照亮的长廊后。其余部落民包围我们，手持巨型铁制兵器，身上的兽毛气味很浓，令人作呕。最后众人安静下来，一名年长但身材结实的老妇出面，额上有个手掌状的刺青。她推挤到前方与赛菲对话。不难想见这位老妇就是艾莉娅·雪雀身边的将领。她用大动作指着洞顶讲了一串话。

“她说什么？”赫莉蒂悄悄问。

“在讨论火卫一的情况。她看见战场的光芒，觉得是天界发生斗争，所以认为不该接待我们，要当作囚犯才对，”野马说，“说要将武器交给他们。”

“休想。”赫莉蒂握着步枪后退，但我扣住枪管往下压，同时交出自己的锐蛇。“啊，这可精彩了。”她叹道。武士取出巨大的铁制手铐脚镣给我们戴上，行动时十分小心，不愿碰触到我们的皮肤或头发。后来卫兵赶我们进入隧道，不让赛菲的手下跟过来。离开时，我察觉赛菲的视线紧紧跟随，神情似是天人交战。

走下好几道光线暗淡的阶梯，我们被扔进没有窗户的石头牢房。里面空气窒闷，满是尘埃，火炉里燃着海豹油脂。有块石头翘起，绊了我一跤，身上的铁链撞击地面。我心中涌起一阵愤怒无奈。事态转变如此之快，我根本来不及反应，找不到方向。目前唯一肯定的就是原本计划并不可行，诸多努力都是枉然。野马与赫莉蒂不发一语地看着我。我满怀抱负踏上旅程，但才第一天就赔上拉格纳的命。

“为什么不让她杀死卡西乌斯？”赫莉蒂先开口了。我没有回答。

野马的态度比较柔和。“你还好吗？”

“你觉得呢？”我语气苦涩。幸好野马不是玻璃心，没有因此生气，哭哭啼啼说自己是一片好意什么的。她很清楚失去至亲好友的痛。“得重新拟订计划。”我的语调像机器人，拼了命想把拉格纳的身影推出脑海。

“我们的计划就是拉格纳啊，”赫莉蒂说，“整个计划不就是围绕他想出来的吗？”

“还有挽回余地。”

“怎么转？”赫莉蒂问，“连武器都拱手让人了，他们可不像粉种，看到我们会心花怒放。这些家伙不把我们吃了就谢天谢地。”

“他们不是食人族。”野马解释。

“你敢拿自己的一条腿赌赌看吗？”

“关键在艾莉娅身上，”我说，“还是有机会说服她。虽然没有拉格纳帮忙会比较难，不过这是唯一出路。我们要让她明白，儿子战死是为了帮助同胞看见真相。”

“你没听到他讲的话吗？他都说过光用说的不够了。”

“还是有可能的。”

“戴罗，你先休息一下。”野马说。

“休息？大家在太空轨道上抛头颅洒热血，塞弗罗和敌人交战中，唯一胜算就是我们带军队去救援。我哪来的闲工夫休息啊？”

“戴罗——”她想打断我，我却连珠炮般继续分析眼前的选项，说什么目标要放在追捕艾迦与阿瑞斯之子合流等。野马忍不住伸手搭住我肩膀。“戴罗，停一下。”我愣住，忘了自己说到哪儿，意识从冰冷无感的逻辑思考掉回悲惨情绪中。我的指甲底下还沾着拉格纳的血，他和我一样，只是想回到家乡，带同胞走出黑暗。然而，我却要他和艾迦决斗，夺走了他的未来。我没有哭，现在没有时间哭了——然而我依旧将脸埋进手里。野马拍拍我肩膀。“拉格纳最后露出了微笑，”她轻声说，“你知道为什么吗？因为他相信自己走在正确的道路上，为了爱而奋斗。你让朋友团结成一家人，就像以前一样。于是拉格纳认识你后成了更好的人。不要觉得是你害死他，没有你，他就没有真正活过。反倒是你，必须向前看。”她坐到隔壁，“我明白你一直想相信人性中有美好，不过你回想一下你与拉格纳是经历多少才走到今天，还有塔克特斯或我也一样。所以，你在一天、一星期中能做什么大改变？尤其是在这里……这不是我们熟悉的社会，我们习惯的道德观、价值观也不通用。不逃出去，恐怕是死路一条。”

“你认为艾莉娅听不进去是吗？”

“她会想听吗？黑曜种尚武好斗，我们现在有什么能力跟他们对抗？就连拉格纳也打算杀掉自己母亲，可见艾莉娅绝不会妥协。你记不记得纳贾尔语里‘投降’是用哪个字？Rjoga是表示‘征服’呢，还是‘奴役’？更何况，要是没有拉格纳领导就将黑曜种从殖民地联合会的控制中解放，你猜会有什么结果？艾莉娅·雪雀是心狠手辣的暴君，麾下每个将领都嗜血。另外，艾莉娅或许根本就在等着我们。就算切断金种的监控网络，难道人家不知道拉格纳的母亲是谁吗？他们早就可以先通知了。最糟糕的状况是，艾莉娅此时此刻就在对阿斯嘉汇报。”

小时候，当我看着父亲，以为长大成人代表对生命有更多控制权，能做自己命运的主宰。傻傻的小男孩哪里明白变成男人的瞬间也就失去自由，残酷的现实从四面八方进逼、收紧之后化作囚笼；人被责任、时间、失败的计划与失去的朋友束缚。我好疲倦。有人不断质疑我，却又有人听了以前的事情后选择性接受，认为我一定能达成他们的期望。

赫莉蒂闷哼一声。“想逃出去也没有那么容易。”

“首先要这样——”野马出声后立刻挣脱手铐。她刚拿了一小片碎骨挑开锁头。

“哪儿学会这招的？”赫莉蒂问。

“院训又不是我第一次念书。”她回答，“换你。”野马拉起我的手，“我想应该可以利用他们开门的瞬间……怎么了吗？”

我抽回双手。“我不打算走。”

“戴罗——”

“拉格纳是朋友，我也承诺要解放他的同胞，不能苟且偷生，一走了之，否则他岂不是白死了？唯一的办法就是继续前进。”

“但是黑曜种……”

“我们需要黑曜种，”我又说，“没有黑曜种支持，无法与金种军团抗衡。这不是你加入我们就能解决的问题。”

“没错。”野马没有刻意争辩，“那你有什么方法可以说动艾莉娅？”

“这就需要你的协助了。”

几小时以后，有人带我们到了巨大的谒见厅，整个空间高挑宽敞，像是专为巨人设计。墙壁上挂着海豹油灯，吐出一阵阵乌

烟。背后大铁门“轰”一声关上，剩下我们面对宝座上的人影。她是我见过最高大的人类，那远望睥睨的姿态仿佛一尊雕像。我们被上了镣铐，步伐笨拙，踩过湿滑黑色地面，来到女武神山锥之王艾莉娅·雪雀面前。

她膝上放的是儿子的遗体。

艾莉娅低头望着我们，体格跟拉格纳一样魁梧，但已经年迈且布满皱纹，如同原始丛林中最古老的神木，持续汲取土壤里的养分，茂密宽广的枝叶却遮蔽天空与阳光，使得矮小的新生树木难以生存、枯黄凋萎，而巨木仍只顾着向更高处伸出树枝，树根在地底抓得越来越深。南极凛风为艾莉娅的面部铸造出一层茧皮面具；她长发干燥粗硬，泛着脏雪的色泽；身体底下是层层叠叠的兽皮垫。女武神山锥的宝座是一具狮鹫肋骨，其体形之庞大，可以想见是雕塑史的巅峰。它的颅骨在艾莉娅头顶上静静俯瞰，翼骨张开十米宽，连接了大厅两侧。女王戴着黑色玻璃宝冠，战功彪炳的甲胄平日以大锁锁在脚下，那双干瘪的手掌染上血红。

身处原始社会，我很清楚该对宝座上的女王说些什么，却压根儿想不出该如何对于一名抱着儿子尸体的母亲开口。尤其她看我的眼神仿佛觉得我是针叶林里蠕动的蛆虫。

对艾莉娅而言，我说不说得出话都无关紧要。她一开口，话锋就极其锐利。

“在我们这片土地上传来异端邪说，说想推翻统治深渊中无数星辰的诸神。”她的声音犹如一只年迈的鳄鱼，更重要的是，她不操使黑曜种方言，却讲了金种语——而且是雅言。对南极大陆的居民来说，这是神圣的语言，只有少数人能习得，一般都是与神明沟通的巫医——或叛徒才会。艾莉娅的金种语很流利，野马吓了一跳，我倒还好，因为我很清楚低位的人要怎么往上爬。她这一口金种语印证我之前的臆测。果然，受主子宠爱的奴隶不可能只有伽玛部落。

“异端邪说出自居心叵测的假先知，用了一个寒暑慢慢撕裂我的部落，并且蔓延到龙脊、血篷、响穴等部落。遭受蒙骗的人竟对自己的同胞另眼看待。”她身子向前一探，鼻上许多黑头粉刺，眼睛周围纹路很深。

“谎言指称，污印之子将会回归，带来一个能指引大家离开的男人，他是黑暗中的晨星。可是我亲自调查过，确认幕后并非神明授意，全是邪门歪道，所以下令通缉，亲手捏碎散布谣言的人的骨头，扒了他们的皮，晒在山上任虫鸟啄食。”原来，我们在山顶看见的七具垂在铁链的尸体是拉格纳派回来的朋友。

“一切都是为了我的子民。我爱我的子民，尽管不一定出于我腿间，却都在我心中。我深知谣言全是虚假，承袭我血脉的拉格纳不可能回来。他若返回故乡，等于打破他对我、对同胞的誓言，违逆在阿斯嘉眷顾我们的神明。”

艾莉娅低头看着儿子。

“但我却陷入了这场噩梦，”她闭上眼睛，深呼吸几回才睁开，“你凭什么将女武神山锥最英勇的战士带回来，还把他害死？”

“我叫戴罗，来自莱科斯，”我回答，“这位是弗吉尼娅·欧·奥古斯都，以及赫莉蒂·泰·中村。”艾莉娅完全不搭理赫莉蒂，视线扫向野马。野马的身高也有将近两米，但在偌大谒见厅内仍显得像小孩。“我们是与拉格纳代表崛起革命回来这里拜访您。”

“崛起革命，”艾莉娅语气厌恶，“你和我儿子是什么关系？”她望向我的头发，那神情绝不是凡人对神明该有的模样，不知道她心里究竟藏了什么算计。“你是拉格纳的主人吗？”

“我是他的兄弟。”我纠正她。

“兄弟？”艾莉娅语带嘲弄。

“我从另一个金种手中将你儿子抢来。那时他宣誓效忠，将污印交予我，而我给他的代价是自由，于是我俩成为兄弟。”

“他……”艾莉娅声音一哽，“他是以自由之身死去？”

拉格纳母亲的语气中透露出更深一层的意味，野马也察觉了。“没错，而且他派回来的朋友，也就是被你曝尸荒野的那几个人，他们真正想要说的是：我揭竿起义，反抗金种统治，反抗夺走拉格纳和许许多多孩子的金种暴政。他们会证实拉格纳是我最得力的将领，他是个好人，曾经……”

“我知道自己儿子是怎样的人。”艾莉娅打断，“他还小的时候，我陪他在浮冰中游泳，教他描述雪和风暴，骑狮鹫带他见识世界的背脊。冲向天空时，拉格纳抓着我头发，开开心心大声唱歌。我儿子一向无所畏惧。”看来母亲与儿子的记忆有点儿落差，“我很熟悉自己的儿子，不需要外人来介绍。”

“那么，女王，请你扪心自问，为什么拉格纳选择回来？”野马开口，“为什么他派人回来通知，而且又亲自返乡，即使知道这么做代表背弃对你和族人的承诺？”

艾莉娅没有立即回答。她望着野马的眼神闪出一股饥渴。

“兄弟？”她冷笑，再瞪向我，“我倒是好奇了，你都是像利用我儿子这样，去利用你所谓的‘兄弟’吗？带他回来，不就是拿他当开启这片冰原的钥匙吗？”艾莉娅左右张望，我也转头查看，这才注意到那面高达十五人身长的石壁上刻上了黑曜种的史诗场景。以前我从未见过黑曜种的工匠，我在金种社会中遇到的都是战士。“你想拿我的母爱当筹码，这是凡人才有的劣行。我嗅得到你的野心和阴谋。呵，你不过是一介武夫，而我就算不明白深渊之中发生了什么，还是熟悉这片冰冷大地，明白人心之中藏着毒蛇。

“我亲自审问那些异端分子，所以很清楚你是什么身份。你本来是个比我们更低贱的畜生。红种。我见过你们红种，长得活像个小娃娃，躲在底下古灵精怪。但你窃取了太阳之子阿萨神族的肉体，自称可以打破枷锁。事实上，你会带来枷锁，要我们屈从听命，利用我们的力量壮大自己。每个凡人都存着这种心思。”

她上半身前屈，伏在我死去的朋友身上傲视着我。我在瞬间意识到女王想追寻的究竟是什么，以及拉格纳为何会认为必须杀死母亲、夺取王位，野马则认为非逃不可。艾莉娅只信服力量，现在，她看不到我的力量在哪里。

“你或许听过不少他的背景，”野马再开口，“但你根本不知道我是谁，你居然敢随便出言嘲讽？”

艾莉娅皱起眉头。她的确不知道野马的身家，也不愿惹怒正牌金种，当然前提是她得相信野马是货真价实。女王一眨眼，镇定下来。“太阳之女，我并未针对你提过只言片语。”

“怎么没有？你方才说戴罗心怀不轨，利用你们族人，岂不暗示我也是共犯？好像觉得我出现在这儿也是不安好心。”

“那么你存的是什么心？为何与这畜生同行？”

“我要看看他是不是值得我追随。”

“结果呢？”

“还不知道，但可以肯定的是，已经有好几百万人支持他。你有听懂这数字吗？艾莉娅？有没有个基本概念？”

“算术我还懂。”

“你问我存的什么心，”野马继续说，“我就解释个一清二楚。我和你一样，是个将军，也是女王，子民多得你根本无法想象，我拥有往来深渊的船只，每艘船上的船员都比你这辈子见过的人还要多，船上大炮可以劈开这里的山脉。但是我明明白白地告诉你，我不是天神，阿斯嘉那些人也一样不是天神。他们和你我一样，是有血有肉。”

艾莉娅缓缓起身，轻而易举地抱起儿子尸首。她将拉格纳放在旁边的石头祭坛上，从小瓮倒油，沾湿布巾覆盖他的脸。隔着那块布，她亲吻儿子，并低头凝望。

野马继续催逼。“这片土地了无生机，只有寒风、冰雪和岩石，但你们活下来了。山林里有食人族出没，周边部族虎视眈眈，你们还是活下来了。你宁愿将儿子女儿卖给口中的神明也要活下来，那么艾莉娅，告诉我，你又是为了什么？如果活着只是为了服侍别人，只为了某一天家破人亡，为什么要这么努力？我也眼睁睁看着家族分崩离析，朋友一个个死在眼前。我的世界破灭，你也一样。不过，如果和我连手，按照拉格纳的遗愿，协助戴罗的革命……就有可能创造新世界。”

艾莉娅转头看着我们，似是不知所措，不过还是踩着缓慢沉稳的步伐来到我们面前。“弗吉尼娅·欧·奥古斯都，倘若是你，会更害怕哪一个？——是神，抑或是拥有神力的凡人？”这问题悬在两人中间，化作一道言语无法跨越的鸿沟。“神不会死，不会感到恐惧。而凡人……”她藏在脏牙后的舌头咂了一下，“凡人恐惧着即将到来的黑暗，所以会拼尽全力战斗，只求活在光明之中。”

女王萎靡的声音令人心里发寒。我和野马当下明白：她早就知道了。艾莉娅知道所谓的神明都是人类的伪装。恐惧像泡沫一样在我心里膨胀。我真是太傻了，不远千里而来，自可以为她揭开蒙住眼睛的那层纱，结果艾莉娅不知何时早已看清真相。是在她成为女王后金种特地拜访吗？或者是她自己想通的？是在卖掉拉格纳之前还是之后？其实那并不重要，重要的是，艾莉娅自愿活在谎言中。

“有别条路可走。”话虽如此，我依旧十分无奈。恐怕在我们踏进谒见厅的那一刻，艾莉娅就已经做出裁决。“拉格纳看见了，他相信在新世界里，你们的族人可以离开这片冰原，主宰自己的命运。与我合作，就有可能创造那个世界。我能赋予你们力量，如你们的祖先一般穿越星河、隐蔽踪迹，靠靴子在云朵间飞翔；你们可以选择自己的新家，前往空气和身体一样温暖的地方，生活在绿地上，而不是无尽的白色之中。而你只需要做一件事：像你儿子一样成为我的战友。”

“不，矮人，你无法对抗天空、河川、大海与山脉，就如同你无法与神为敌。”艾莉娅回答，“我有自己的职责。我必须保护族人，所以我要将你们铐起来送去阿斯嘉，交给神明审判。部落将会延续，我的位子由赛菲继承，至于儿子，就埋葬在他出生的这片冰雪中。”

第三十二章
无人之境

从山锥起飞时，天空的颜色仿佛死人指甲底下的血污。我们趴在脏兮兮的毛皮座鞍上，整个身躯被铁链缠住，变得和行李一样。对流层底部的气流迎面冲来，我的眼眶湿濡。狮鹫振翅，肩膀纠结的肌肉在天空拍动，我侧着脸看见狮鹫骑士时不时会隔着面罩仰望一颗微弱光点。是火卫一。暮色被白黄相间的光线撕裂，战争还没有结束，塞弗罗手上还有船舰。不过剩下多少呢？够支撑吗？我暗自为他、维克翠以及所有号叫者祷告。

一如野马所言，光用讲的没办法与艾莉娅沟通，于是我们沦为囚犯，即将被送到阿斯嘉。女王要献上祭品，确保族人未来的安宁。至少艾莉娅是这么对赛菲解释的。那名从不说话的女儿拉着铁链，在艾莉娅身旁护卫的协助下将我、野马与赫莉蒂拖到狮鹫兽栏。她自己的部下已在那边守着。

几个小时过去，我们还在空中，俯瞰着天神年少轻狂时造出的大地。地形奇伟，但锐利无情，因为放逐火星南极原本就是惩罚。金种统治太阳系两百年后，黑曜种的祖先胆敢造反，于是被丢进冰天雪地、接受试炼。根据品管会统计资料，此后他们只有不到六成的人能活到成年。

由于所有精力全消耗在求生，黑曜种失去发展文化或社会结构的机会。第一次黑暗时代的游牧民也承受同样的苦。有农业才能进步，逐水草而居者则倾向掠夺与战争。

冷酷荒原上还有零星生命迹象，例如漫无目的的原牛群，或山脊上看到的一些火光。那些光线来自峡谷，黑曜种在岩洞设门筑城、囤积粮食，否则难以度过漫长严寒的永夜。飞了好几个钟头，我断断续续地睡着，体力早已不支。我们从躲在飞船残骸与拉格纳一起吃意大利面那时起就没合过眼。其实根本没过多久，但人生的巨变怎会如此剧烈?

号角声将我惊醒。**拉格纳死了**。我脑海中最先冒出这个念头。

我并不是初次在哀痛中醒来。

又是号角的声响回荡，赛菲的狮鹫队伍缩短间距，变得集中，升入了色如灰烬的云层。她在前座俯身，拉着狮鹫朝上空一片暗影飞升。钻出云海后，阿斯嘉飘浮在暮光中。那也是被天神切开的巨岩，徘徊于深渊和冰原间的天空，由阿萨神族掌管。奥林帕斯的存在是为了歌颂金种英明神武，阿斯嘉的存在却是要持续恫吓一支已被征服的种族。

那道仿佛毫无支撑、岌岌可危的石阶从下方山脉伸出。污印之道。要想获得天神宠爱、为部落带来荣耀与赏赐的黑曜种，必须登上这条阶梯，觐见带来死亡的万物之母，并成为她的奴仆。阶梯下方是堕落谷，满布其中的尸体积上霜雪，化作一个个白色小丘。这里太过寒冷，蛆虫不生，只能等乌鸦吃光死者血肉才会见骨。污印之道寂寥艰险，但黑曜种要上阿斯嘉别无他途。

即便是黑曜种，来到这个地方也会畏惧。我能感受到赛菲的情绪，她不可能上过这道阶梯，因为一旦成为污印就不会留在山锥或任何部落，必须去服侍金种。而艾莉娅也不会让自己女儿接受考验，总得留一个女儿继承王位。

阿斯嘉与奥林帕斯另一个不同处在于戒备森严。狮鹫接近到两千米内，将会被高频率电磁波震碎鼓膜，人类或其他生物想要靠近，也会受到强力脉冲防护罩攻击，皮肤和器官的水分经过分子振荡、沸腾燃烧。看在黑曜种眼中全是黑魔法。不过，归功于贾王和他的黑客团队，此时防御机制完全停摆，监视摄影系统与无人机都没侦测到我们，和卫星频道一样，重复播放着三年前的影像。只不过，若要见到众神，还是必须穿越污印之道，才能进入影口神殿。

我们降落在阿斯嘉下方的凶险山顶，污印之道由此处连接地面。黑色神殿坐落阶梯彼端，乍看像个老妪，欲强占世间万物。然而随时光流逝早就风化凋零。

我被女武士拉下狮鹫摔落冰层。双腿太久没动都麻掉了。女武士在一旁看着野马拉我起身，她悄悄对我说："是时候了。"我点点头，任女武士押着我与赛菲一起进入神殿。神殿正面基座上有三百三十三张石雕面孔，它们受因于此无法脱身，眼神惊恐绝望，口中吹出狂风。我们钻过黑色拱门，风雪铺满石砖。

"赛菲，"我开口。她慢慢转身望向我，头发上那些兄长留下的血迹还没有清理。"可以和你私下谈谈吗？"旁边的女武士一直等到领袖静静点头，才将野马与赫莉蒂先带出去。赛菲朝神殿深处前进，我身上还系着铁链，只能尽力跟上。到了露天小庭院后，我冷得浑身打战。在诡异的紫光下，她的眼神射向我，耐心等我开口解释。直到此时，我忽然察觉原来不只是自己对她好奇，赛菲也同样想了解我。这个发现给了我一点儿信心。她的双眼澄澈清透，想必也能穿透人心、甲胄乃至于谎言和事理的裂缝。野马对女王的判断正确，艾莉娅听不进去，但我是与她面对面才察觉这点，只能随机应变。事实上，纵使雪雀妥协，野马也不敢全盘信任。我可能会得到一个将领，却又失去另一个。但要是换成赛菲……赛菲是我最后的希望。

“他们去了哪里？”我问，“你有想过这件事吗？部落同胞将生命奉献给神以后发生了什么事？我猜你不会相信人家告诉你的那些傻话。什么以战士资格升天就能服侍神明、得到荣华富贵之类的。”

我等她回应，但她一如往常，什么也不说。要是无法在这里打动赛菲，我们就死定了。但我和野马都认为有机会，至少机会比面对艾莉娅大得多。

“假如你真的信服神，就不会在拉格纳升天侍神后发誓成为静者。其他人喜不胜收，只有你哀伤哭泣。因为你知道真相……不是吗？”我朝她走近，赛菲比我高一些，肌肉比维克翠更结实，无血色的面孔几乎与头发同色。“你早就察觉到那丑陋的真相。离开冰原的人不过是沦为奴隶。”

赛菲眉头紧蹙，我趁势追击。

“你哥哥是污印，山锥之子、威武的巨人，他进入天界服侍神，却被当作斗犬对待。金种逼他去斗技场，赛菲，他们拿他的性命来赌博。那个教会你冰和风的名字、当代最厉害的山锥武者，竟成了别人的玩物。”

她抬头仰望黑紫色夜幕上的星子闪烁。不知道有多少个夜晚，她一边凝视天空，一边想象兄长的生活？她要对自己说多少谎才能睡得安稳？现在她得知了拉格纳承受的苦痛，再去回想之前的每一夜，煎熬更是加倍。

“卖了他的人正是你母亲，”我把握机会，“她卖了你的兄弟姐妹和父亲，每个离开的人都变成奴隶，就像我的同胞一样。你应该听过拉格纳派回来的先知是怎么说的。我也曾经是奴隶，但我选择挺身而出，抵抗主人。你哥哥与我一同奋战，回来是为了带你们一起走，解放黑曜种受到的桎梏。他为此而死，为你们而死。即便是这样你都不相信他的遗言吗？你对他的爱只有这样吗？”

赛菲将头撇过来，眼球布满血丝，沉睡已久的怒火苏醒。她可能是在许多年前就明白母亲的所作所为，不知道在这二十五年间听过些什么，母亲是否曾吐实。毕竟身为下任女王，就得继承这重担，理解族人真正的处境。此外，赛菲说不定根本就听到了我们与艾莉娅的谈话，此刻她的眼神让我更相信这点。

“你把我交给金种，就是默认他们的统治，你哥哥的牺牲也白费了。假如你喜欢现在的世界，那就随你。但要是你认为世界太扭曲、太不公平，现在就是最好的机会。我可以揭发你母亲不肯说的真相，让你看看所谓的神究竟是什么。让我帮助你纪念你的哥哥。”

赛菲瞪着飘过地板的雪花，迷失在自己的思绪中。最后她谨慎点头，从斗篷内掏出铁钥匙朝我走来。

污印之道冰寒刺骨，骤雪狂风，曲折蜿蜒地蹿入云海内。但除此之外，只是很普通的一条路。上去时我们已经卸去铁链，伪装成山锥女武士，戴着骨头制成的蓝色骑乘面甲，穿上毛皮斗篷，靴子对我来说太大了。这身装备是由三个正牌的武士出借，她们和狮鹫留在神殿下面。赛菲带头，还有另外八人尾随。走到顶端时，我的两条腿已经十分酸痛，不过飘浮于空中的山头耸立黑色玻璃建筑，金种就在眼前。一共有八座塔楼，分属不同神祇，它们如轮辐般包围中央的玻璃金字塔，并以距离崎岖雪地二十米高的窄桥相连。然而，在金种居住区前面还有另一座神殿阻挡，形状近似一张呐喊的大脸，规模和当初的马尔斯城差不多。神殿前方有个方形小庭园，园子中心矗立一棵黝黑多瘤的树木，树枝冒出残火、火舌绽放白花，但花没在燃烧。女武士窃窃私语，担心遭到魔法暗算，赛菲小心翼翼摘下一朵花，皮手套边缘确实遭火焰烫黑。小白花状似泪滴，遭人碰触后转变为血红色，盛开后瞬间凋谢，化为灰烬。我也没有看过这样的东西，更不在意金种的小把戏。我冷得要死，懒得理。前面雪地冒出血红色脚印，赛菲等人吓傻了，立刻伸出双臂，勾指如爪。这是抵御恶灵的手势。

“只是将血埋在石头里而已，”野马说，“不是真的脚印。”话虽如此，那足迹不断延伸，指引我们通往巨神之口，女武士看见后惊愕惶恐，面面相觑。赛菲走到神殿入口跪下膜拜，我们三人只能照做，鼻尖还得触地。神口开启后，一个干瘪老头晃出来。此人蓄着白胡，紫色眼珠因年迈而混浊不清。

“发什么神经？”他大声咆哮，“又不是乌鸦，快入冬了还跑来！”老人走下阶梯，每一步都伴随着手杖敲击地面的声响，嗓音和脸上的皱纹一样深沉。“这时候该在山上的只有结冻的血与骨才对。难道你们偏要挑今天接受污印试验吗？”

“不。”我尽量将纳贾尔语说得地道。接受污印试验对我们没有意义，只有等到接受面纹时才能见神，而且，拉格纳那时的考验相当特殊，我未必有能耐通过。想与神会面只有一个办法，就是引他们出来。

“不？”老紫种一头雾水。

“我们想求见天神。”

身边这些女武士随时可能变节，只消开个口就能让我们完蛋。我的肩上感到沉重的压力，到现在还能保持理智是因为野马跟我一同跪在这萧条山峰上，执行计划。因此可以判断我应该不是在发神经。至少我是这么希望的。

“你们真的是神经病！”老紫种不耐烦起来，“天神来来去去，有时在深渊，有时在海底，而且无论如何都不会接见凡夫俗子，他们可没有那么多时间可浪费。能博得他们宠爱、受到天神关注的只有污印，只有生于黑暗夜色的冰霜儿女才有资格。”

麻烦死了。

“镶着星辰的铁船从深渊坠落，”我继续说，“它拖着火焰掉在地上，卡在女武神山锥附近，整个天空都被染成血红色。”

“船？”不出所料。这件事一定能引起老人的注意。

“铁和星星做的船。”我重复一次。

“你们怎么知道不是眼花？”紫种相当狡狯。

“我们亲手碰过了。”

他无言以对，狂躁眼神下的心思快速流转。我猜老人知道通信系统失灵，主子不知道飞船坠落并不奇怪，而且贾王中断网络前最后播放的画面是我在火卫一的演讲。老紫种是个演员，被流放到这种不毛之地后装模作样吓唬野蛮人，此刻却掌握了主子也没有的情报。从他表情判断，这老头已经想透了自身立场，明白能利用这机会讨主人欢心，贪婪全写在那双微闭的眼中。这大好机会怎能错过?

可悲可叹。人类总因贪心而愚昧。

“有证据吗？”他问得殷切，“谁都可以胡诌说看见神船坠落。”

赛菲对我的诈术仍有保留，但她也不屑那名跑腿的祭司，直接从行囊取出我的锐蛇。黑曜种用海豹皮裹好，搁在地上，还是鞭子的模样。紫种大喜，自口袋掏出一块布就想捡走，赛菲立刻抓起海豹皮抽回来。

“这是神器！”我吼道，“卑微凡人不可碰触！”

第三十三章
神与人

祭司带我们穿过巨神之口，一行人在山壁内部神殿前厅的黑色石板跪下等候。

神口在我们背后“嘎吱”一声关闭，房间中央冒出火柱，冲向缟玛瑙屋顶。

里面很空，有许多侍僧走来走去、轻声诵念。每个人都穿着黑色麻衣。

“冰霜的儿女——”黑暗中终于传来一阵神圣的嗓音。不过很显然是类似魔盔的合成效果音，多层音轨接合，营造听觉上的假象。那名没露面的金种女子连腔调也懒得调整，和我说起黑曜种语言是差不多程度，当然，她并不知道自己面对的是谁，口吻依旧高高在上。“你们有事禀报吗？”

“是的，太阳之女。”

“说说你们看见的船。”另一个声音传来。是男性，傲气少了些，比较活泼开朗。“孩子，你们可以抬头了。”

我们还是跪着，装出戒慎恐惧的模样，慢慢将视线从地面移向金种。有两人穿着甲胄，解除了斗篷上的匿踪功能，距离我们很近。大厅昏暗，只有火柱照明，光影在他们的金属面罩上跳动，乍看确实极具威严。男人有斗篷，女人看似来不及披，急急忙忙来听我们的情报。

女子的造型是弗蕾亚，男子的造型则是洛基，盔甲是狼状。虽然动物可以嗅到恐惧，但人类是不行的——不过，若是杀过很多人，也能在静默中感受到一股特殊的振动。我察觉到了——是赛菲。她心里正在想，原来神明真的存在，拉格纳和我们都错了。不过她没有开口说话。

“那艘船冒出火焰，穿越天空，”我低头装出嗫嚅的模样，“它发出凶猛的嘶吼，坠在山上。”

“这样啊，”洛基沉吟，“孩子，船是完整的还是裂成很多片呢？”

声称看见飞船坠毁原本就有风险，但大战当头，其他诱饵都很难吸引他们放下全息显示、安保系统与灰种戒护出来见面。阿斯嘉的神都是圣痕者，金种社会遭逢剧变，他们却困在城墙里出不去。在很久以前，这可能是相当光彩的职位，不过后来却成了变相的流放。不知他们是犯了什么过错、惹怒了谁，才落得在冰天雪地里给贱民当保姆。

“启禀太阳之子，船身散落在山丘。”我一直盯着地板，以免他们突然想起要我取下面罩，暴露相貌。态度越卑微就越不会引起敌人注意。“就像渔船被海怪撞翻，铁和人都碎了，掉在积雪上。”

我猜黑曜种大概会这么比喻，看来似乎蒙混过去了。

“人碎了？”洛基追问。

“是。人，脸很嫩，像火光下的海豹皮。”我得多找些合适的词汇，“眼睛像烧热的煤炭……”而且不能迟疑太久，拉格纳会怎么形容呢？“头发如两位的脸，金光闪闪。”

隔着面罩看不出金种反应，但他们可通过对讲频道私下沟通。

“祭司说你们拿了神的兵器。”弗蕾亚的语气很明白了，于是赛菲又取出那个海豹皮包裹。她很紧张，不知道我什么时候会如承诺的那样揭穿神明的假面。她双手微微颤抖。两名金种走近，清楚看见他们身边脉冲防护罩的模糊波纹，这时要是迎上去碰会被烤焦。他们毫无畏惧，毕竟这是自己的地盘。再靠近一些啊，你们这些笨蛋。

“为什么没有交给族长？”洛基问。

“或巫医？”弗蕾亚似乎也觉得奇怪，“污印之道漫长艰辛，只为了将这武器带来……”

“我们是流浪者，”野马开口，弗蕾亚低头观察那柄剑，“没有部落也没有巫医。”

“是吗？小女孩？”洛基站在赛菲面前，语气变得锐利，“那她脚踝上怎么会有女武神山锥的蓝色刺青？”他的手悄悄滑向大腿上的锐蛇。

“她被部落驱逐，”我回答，“违反誓约。”

“上面有没有家族徽章？”洛基问弗蕾亚，弗蕾亚站在我面前，伸手要拿海豹皮上的锐蛇。野马发出冷笑，引她注意。

“女士，就在握柄上。”野马忽然改用金种的语言，虽仍跪着，却取下面罩扔在地上，“那上面有飞翔的天马，是安德洛墨德斯家族的族徽。”

“奥古斯都？”洛基认出她长相后吓得口齿不清。

趁着他们震惊的空当，我向前一窜。两人转身时，我已从弗蕾亚手中抢回锐蛇，启动机关，化作甩刀。这个状似问号的印记在山丘和敌人的额头上燃烧，夺走许多金种的性命。而他们也一定在全息频道上看过了我的演说。

“收割者——”弗蕾亚立刻举起脉冲手套，却被我直接砍断肩膀，劈开下颚。接着我将锐蛇掷向洛基胸口，脉冲波阻碍了锐蛇攻势，剑刃凝在空中半秒，但防护罩随即瓦解。然而力道遭到分散，所以铠甲没被刺穿，仅是卡在表面。洛基毫发无伤，直到野马上前朝剑柄一踹，剑锋贯进洛基的甲胄和身体。

两个神都倒下。弗蕾亚躺平，洛基双膝跪地。

“脱下面具。”野马吼道。洛基抓住插在胸膛的剑想要拿出通信仪，但被她拍掉手。“休想。”脉冲护盾失效后，赫莉蒂赶紧过去解下他挂在腰间的锐蛇，我也拿了弗蕾亚的武器。“快点。”

赛菲与一干女武士还跪着，目瞪口呆，视线离不开弗蕾亚身躯下的那摊血泊。我摘下她的头盔。底下是一个年轻的女圣痕者，皮肤黝黑，有对杏眼。

“你觉得这看起来像神吗，赛菲？”我问。

洛基解开面罩，野马轻笑。“戴罗，看看是谁——居然是墨丘利学监！”他有张圆圆胖胖的娃娃脸，入学时本想挑我去自己阵营，但被费彻纳抢先一步。上回相见也是五年前，我带着号叫者攻入学院的奥利匹斯山，他在宫殿内要与我斗剑，但被我以脉冲波击中胸口。那时他脸上始终挂着微笑，但此时此刻瞪着胸前那柄剑就真的笑不出来了。

“墨丘利学监，”我说，“你可真是我见过最倒霉的金种。你待的两座山竟然都被一个红种给打下来？”

“收割者，你可真爱说笑，”他疼得发抖，但讶异之余竟又笑开，“你不是在火卫一吗？”

“抱歉让你失望了，不过我有留个疯子在那边处理后续。”

“该死、真该死，”他盯着胸口的锐蛇，拱起上半身不停喘息，“怎么会呢……我们居然没发现……”

“贾王侵入了你们的系统。”我告诉他。

“你来这里……是……”他吞下要说的话，因为赛菲起身了；她在弗蕾亚前面弯腰查看。赫莉蒂剥了金种的甲胄，女武士的指尖拂过死者脸庞。

“来带走她们，”我回答，“你没听错。”

“噢，天哪，奥古斯都——”老学监朝野马苦笑，“你怎么能……你疯了吗？她们是怪物！不能放她们走！你知不知道这会有什么后果？不能打开潘多拉的盒子啊！”

“如果她们是怪物，我们应当扪心自问，究竟是谁创造了怪物？”野马改以黑曜种语说话，希望赛菲也能听懂，“阿斯嘉的武器库密码是多少？”

墨丘利呸了一声。“你这叛徒。就算要问也得客气些吧。”

野马不为所动。“学监，是不是叛徒以后才知道。要我再问你一次还是直接把你耳朵切成薄片呢？”

赛菲拿手指沾了弗蕾亚的血尝了尝。“只是血而已，”我蹲在她身旁，“不能治病，也没有神力。她是人。”

我将弗蕾亚的锐蛇递向赛菲，她起初惊恐不已，难以接受，但片刻后便强迫自己握紧剑柄，身体激烈颤抖，担心忽遭雷击。凡人要是碰触到脉冲护盾就会触电。“这个按钮能缩回鞭子，另一个可以改变形状。”

她毕恭毕敬地接过后抬头看我，以眼神询问该以何种形态的锐蛇作战。我朝自己的武器瞥了瞥，觉得这么做或许能引起共鸣。确实是有点儿作用。可能是和她们受的训练有关，赛菲慢慢将锐蛇调整为甩刀形式。女武士面面相觑，放声大笑，情绪十分激昂。她们纷纷举起刀斧望向我和野马。我起了一阵鸡皮疙瘩。

“还有五个神，”野马说，“众姐妹，打算怎么招呼？”

第三十四章
弑神

我们拖着七个神，两个死了，五个当俘虏。我换上奥丁的甲胄，赛菲拿了提尔的装备，野马则化身弗蕾亚。那些东西都是从阿斯嘉兵器库搜出来的。走廊地板染红，赛菲揪着一个男神的头发，其余则由她的部下拽出来。一路发出乒乒乓乓声。

最后，我们搭乘阿斯嘉的飞船回到山锥，但在此先利用洛基提供的密码找到武器护甲，着装后先收拾剩下几个神。有两人在阿斯嘉的计算机主控室指挥绿种，试图突破贾王的信息封锁，赛菲削掉一人手臂，再打晕另一人。绿种看得心惊胆跳，有两人马上举拳暗示自己支持崛起革命。于是，我们通过他们协助，得以将其余工程师关进贮藏室，并和贾王总部搭上线。

虽没能联络到贾王本人，不过维克翠传来最新战况：塞弗罗的豪赌得手。火星防卫舰队有三分之一强落入阿瑞斯之子和贾王的蓝种控制。殖民地联合会有好几万精兵被困在火卫一动弹不得。但胡狼当然不会坐以待毙。他亲自率领剩下的船舰猛烈反击，并召回派到柯伊伯带[1]的部队回来增援。

我们利用阿斯嘉的生物探知系统找到另外三个金种，都在较低的楼层。一个女的在训练室练剑，一见我的脸就弃剑投降——当个名人确实是蛮方便的。还有两个躲在观测站，来来回回切换摄影机画面，没多久前才发现屏幕上都是三年前的画面。

捉到的人犯都上了磁力手铐，并以赛菲那头狮鹫带来的绳索捆在一起，塞住嘴巴。他们看见女武神山锥，一副要下地狱的模样。

黑曜种从山脉深处蜂拥而出，想要见证这不可思议的光景。以前大家只能远远看着神明，他们总是以三马赫的速度由春雪的天空一闪而过，留下金色光芒。如今我们将神捉了回来，身上甲胄释放脉冲力场，扭曲空气。飞船开炮毁了狮鹫兽栏遮风挡雪的大门。门熔化的场面让我想起当初在和平号上苦战，随后拉格纳便将污印献给我。

原本我不想以这种方式说服黑曜种，我以为可以好好谈，舍盔甲而穿防寒装也是为了表示我们无意争斗，想尊重黑曜种，希望艾莉娅能明白自己的立场。我相信他们的抉择，愿意为黑曜种挺身而战，就像我对全太阳系所宣告的那样。然而，拉格纳一开始就知道一切都是枉然，我也没有多余时间与黑曜种周旋、破除迷信。倘若艾莉娅真的不肯派兵加入革命，我只好动用武力或耍手段。洛恩也是被我逼得无路可退才点头。要让黑曜种听进我说的话，只有一种语言可行。

力量。

赛菲启动手套，脉冲波掠过我头顶，轰向女王禁区的门。

---

[1] 海王星轨道外侧有大量天体的区域。

老旧铁门被打得弯曲熔解，铰链嘎嘎作响。我们穿过一大群黑曜种，诸多巨人聚集大厅，左右下跪膜拜。这样强大的种族竟因迷信而式微。从前黑曜种士气旺盛的时代，他们曾试图渡海，建造大船、运送勇士出航，却被金种放在海中的雕塑生物覆灭，又或者直接遭遇金种从空中将其烧毁。他们最后一次出海已经是两百多年前的事了。

进入谒见厅，我们再度与艾莉娅见面。这次她麾下七十七个善战将领都在场，一齐转身瞪来，周围火炉冒着熊熊火焰与浓烟。每个人都高大魁梧，白发及腰，袒露胳膊；腰带上镶着铁扣，背上扛着重斧。灯光虽暗淡，可是黑色眼珠和戒指上的宝石闪闪发亮。但同时他们也因为太震惊，屹立三百多年的大铁门竟一瞬间烧红倾倒，众人哑口无言，也不知道是否该下跪。我上前时，七个天神还被拖在后头，野马和赛菲将俘虏一个个向前丢，又踢了他们的腿。金种软在地上，但摇摇晃晃想爬起来。他们遭蛮族包围，又被乌烟笼罩，竟然还没忘了维护尊严。

“这是神吗？”我隔着头盔咆哮。

没人回应。艾莉娅缓缓穿过站立两侧的将领。“我是神吗？”我又暴喝，取下头盔，野马与赛菲也跟着做。艾莉娅目睹女儿穿上天神的胄甲，吓得往后一缩，微微蠕动嘴唇，显然十分恐惧；但她继续上前，走到五名被捆绑塞嘴的金种面前。金种总算站稳了。每个身高都超过两米。然而驼背的艾莉娅还是比我高一个头。她瞪着过往信奉的神明，半晌后又望向她仅剩的女儿。“孩子，你干了什么好事？”

赛菲没有回话，手里锐蛇却动了一下，引起黑曜种将领注视：女王的孩子居然持有神兵利器？

“山锥女王，”我的语气仿佛双方未曾谋面，“我叫戴罗，出身莱科斯，与拉格纳·佛勒洛是歃血为盟的兄弟，同时也率领崛起革命，对抗伪装神祇的金种。你们都看见了天上的战火，那就是我的军队。在距离这片冰雪极其遥远的深渊中，有奴隶挺身而出，为公平正义而奋斗。我带着山锥有史以来最伟大的英雄回来……”我朝金种俘虏挥了一下手，他们以恶狠狠的眼神传达整个族群的怨恨。“但你们的英雄来不及说出真相，告诉你们同胞遭受奴役，就先被金种杀害了。他派回来的先知所言属实，你们信仰的神全都是假的。”

“骗子！”有人尖叫。是个背和膝盖都挺不起来的巫医。他吱吱喳喳、不断吼叫，直到赛菲作势才肯停下。

“骗子？”野马低吼，“我进入阿斯嘉，看过那些神明吃饭睡觉，甚至做爱和便溺的地方，”

她启动脉冲手套。“这不是神力，”接着又以重力靴飘浮在空中，黑曜种都看呆了，“这也不是，都是科技。”

艾莉娅明白为时已晚，女儿已经找出了真相，族人也难再回头。到头来，我和她只是一体两面。

本以为不必走上这条路，可惜没能坚持到最后。然而，面对战争时绝不能固执己见，胜利才是首要之务。此外，我猜野马也比较喜欢现在的局面。她一直担忧我会钻牛角尖，放出洪水猛兽却无法控制。如今她体认到我愿意妥协，懂得何时必须展示武力，想必心里踏实许多。她需要能创造未来的人，但也需要能屈能伸、随机应变、可以打胜仗的盟友。

至于女王呢？她已看到族人的眼神。所有人的焦点都放在我的剑上，剑刃还留有天神的血，因此成了圣物般的东西。艾莉娅还很清楚，我大可指称她是金种的共犯，煽动同胞推翻她。可是我却假装这是双方初次接触，给她台阶下。

遗憾的是，我挚友的母亲却不肯接受我的好意，径自走到赛菲面前。“我怀你、生你、养你，你就这么回报我？谋反？渎神？你配不上女武神的名号。”女王望向族人。“他们说谎，快点解救神明，宰掉这些邪魔歪道——杀光他们！”

将领还来不及抽出武器，赛菲一个箭步上前，挥舞我给的锐蛇，斩下母亲头颅。脑袋落地时她眼睛仍是大睁，那副高大的身躯支撑了几秒，慢慢向后倒。赛菲站在女王尸首旁吐了一口口水，转身面对子民。二十五年之后，她第一次发出声音。

“她早就知道了。”

赛菲的语调低沉，充满杀意。音量虽小，几乎像是耳语，但却比如雷声轰隆更能穿透大厅。她背对金种俘虏，在众目睽睽之下走到狮鹫骨座前面，母亲的宝箱已十年未开。赛菲弯下身子，手指紧扣箱锁，喉咙传出一阵野兽般的鼓动。她的手磨出鲜血，但铁锁终于断开，被抛在地上。掀开箱子后，赛菲掏出一件老旧的黑色虫皮甲，艾莉娅就是穿着它征服白色海湾；接着又拿出红色龙鳞披风，是女王年轻时杀掉的巨兽。然后，她举起母亲使用的巨型黑色双头斧，从反光判断，那根本就是强化钢的铸造品。赛菲拖着斧头，转身走向金种。

她做了个手势，野马过去扯下金种的口塞。

“你是神吗？”赛菲讲话的语调与哥哥大相径庭，语气生硬冷漠，堪比严冬暴雪。

“凡人，你们等死吧。”对方回答，“再不放了我们，阿萨神族就要降下火雨焚烧这片土地。你们应该很明白才对。我们可以融化冰雪、毁灭世界。神的力量不是你们能想象的，身为圣痕者就是掌握千年……”

赛菲一斧毙了他。血溅到我脸上，但我不为所动。我将人带回来就知道会有这个结果，何况本来就不能留他们活口。金种自己要塑造神话，就得面对神话终将走入黄昏[1]。野马走到我身边，意味她并不排斥眼前所见，但眼睛却直瞪着金种。她一定想起自己看过太多死亡，我们的责任是让每一条消逝的生命都不会白费。

我也默默为面前的金种哀悼。死到临头，他们却不畏首畏尾，挺直腰杆，一脸傲气。飘着黑烟的大厅离家很远，孩提时代骑马玩乐的庄园也在千万里外；济慈的诗、贝多芬的音乐、福尔默的发明都恍如隔世。一名中年女金种转头看着野马。“你什么感觉都没有吗？之前我是你父亲的部属，你小时候我们还见过。都是他那场铁雨害我沦落至此。”她瞪着我，开口念诵埃斯库罗斯[2]的诗。圣痕者时常以此作为战吼。

起身引领命运之舞！
扬起凡人怨恶之曲……
吾辈统治大地，掌控生死，
犯我者报应必至！
双手洁净无垢，

---

[1] 北欧神话所谓“诸神的黄昏”（神族灭亡并进入新的年代）原文为Ragnarok，拉格纳的名字源于此，其意义即为“众神”。

[2] 古希腊悲剧诗人，与索福克勒斯和欧里庇得斯一起被称为是古希腊最伟大的悲剧作家，有“悲剧之父”“有强烈倾向的诗人”的美誉。代表作有《被缚的普罗米修斯》《阿伽门农》《善好者》（或称《复仇女神》）等。

便无须惴栗怀忧。

金种一个个死在赛菲斧下，只剩方才发言的女性。她高高仰起头，嗓音清亮，直视我双眼，显然同样坚持自己理念。“牺牲、服从、繁荣——”赛菲的斧刃划过，阿斯嘉最后一个神明脑袋落地。女武神山锥的公主屹立在尸体面前，身上洒满鲜血，姿态恐怖苍老，但她实现了心中的正义。之后，她弯身持弯曲的短刀挖出女金种舌头。

野马在一旁看得很不自在。赛菲察觉到，嘴角上扬，走到母亲遗体旁，一手拿着摘下的王冠，另一手执起染血大斧，登上阶梯，坐进狮鹫胸廓骨之间，自行加冕。

“山锥的子女，收割者邀我们一同对抗伪神。女武神如何回应？”

赛菲的部属将插有蓝羽的斧头高举过头，口里呼喊黑曜种的死亡之歌。艾莉娅的旧部应和，歌声如滔天巨浪，拍打石头宫殿，我内心也涌起战鼓节奏，血液仿佛瞬间凝结。

“进击吧！女武神！洁尔妲、萨鲁尔、范尼、罗格米，骑着费迪尔、罗娜、波尔加前往血岸、荒沼、碎脊和巫径，告诉亲人，也告诉敌人：赛菲证实拉格纳派来的先知所言不假；阿斯嘉陷落，天神已死，古代盟约失效。去告诉他们——女武神将远赴战场！”

他们好斗的天性被激起，情绪慷慨激昂，足以撼动天地。我和野马交换一个眼神，两人有些忧心，不知释放这股力量最后会摧毁谁。

Ⅲ
荣耀

人生说穿了不过就是争一口气。

那口气代表我们想怎样过活，

还有倒下前姿态漂不漂亮。

——卡努斯·欧·贝娄那

第三十五章
光

拉格纳死后七天，我和赛菲游历冰原各地，前往男性为主的裂脊部落、北方海岸的血族勇士，还有习惯穿戴山羊角监视巫径的女性部族。我们借助重力靴移动，将阿斯嘉沦陷的消息散播出去。

而场面相当……戏剧化。

赛菲带着二十名女武士率先接受我与赫莉蒂训练，学会操作重力靴和脉冲兵器。起初她们相当笨拙，甚至有人以两马赫的速度直接撞山。但后来三十人成功随新女王从天而降，左脸是静者赛菲的徽章，右脸画上收割者甩刀，部落见状自然愿意倾听。

许多部落酋长被我们带到阿斯嘉山上，亲身体验神明是在怎样的地方进食睡觉，也展示了金种的尸体。无论原本是否有些意识到自己被奴役，见到证据后大多愿意加入联盟，少数不肯面对现实，甚至出言谴责的则受子民唾弃。我们要打败的不只金种，也包括像艾莉娅那样的领导者；有两个遭推翻的酋长羞愤难当地跳崖自尽，还有一个女酋长选择在温室割腕。

有个部落的领袖是名身材矮小、疯疯癫癫的女人。她被我们带到山上的计算机中心，三名绿种人拿出影片，告知她族人正准备谋反。她从我们这里借到锐蛇，火速飞回家乡，两天后马上带着两万兵力投靠我。

渐渐，我也听到拉格纳的传说，他的故事在各部落传开。大家尊称他为“语者”，因为他道出真相。不只派回先知，更为同胞牺牲性命。同时我也出名了。拜访部落时，靠近山壁便见到有人以火焰画出甩刀，而且我也多出一个外号：晨星。南极的冬季是连绵数月的黑夜。若骑乘狮鹫或外出旅行，都仰赖晨星判断方向。它也是初春天明时自天空隐没的最后一颗星星。

将黑曜种凝聚起来的并非部落间血浓于水的关系，反倒是我的功绩。部落间征战了好几代，对赛菲或其他领袖都知之甚详，我却像从未有人踏足的雪地那样干净神秘，更能寄托心愿和梦想。野马形容我象征新生。黑曜种社会沉浸于古老传奇与祖先故事，活在过去无法自拔，一个崭新的形象反而引人注目。

而在汇聚庞大黑曜种力量的同时，我们也遭逢严峻挑战。首先，各部落矛盾冲突依旧，动不动就要决斗厮杀；再者，多数部落接纳了迁居的提议，于是我们必须引导数十万人进入红种的地底小区，以免日后金种进行空袭。这过程不能被胡狼发现，否则将前功尽弃，所以野马留在阿斯嘉负责反间谍活动，借贾王的黑客团队隐蔽行动踪迹，并捏造与前几周状况吻合的假情报回传爱琴城品管会总部。

这支生力军规模过大，若想迁徙，很难不引起外界注意。身为金种贵族的野马提出了阿瑞斯之子有史以来最大胆的计划：借用贾王商队，出动阿瑞斯之子的军力，以数千飞船和货船在十二小时内带走全部人口。千艘船舰燃烧氦三，穿越南海，在冰原降下船梯迎接几十万巨人。他们穿着毛皮，携带铁制武器，除了战士外还有老人、儿童与伤病者，身上牲畜的臭味尚未散去。阿瑞斯之子负责掩护。平民送进地底，战士直接前往太空轨道。除了她以外，我想不出世上还有谁能在短时间内完成如此浩荡的组织作业。

◡

攻陷阿斯嘉后第八天，我与赛菲、野马、赫莉蒂押着卡西乌斯前去与塞弗罗会合，监督迁徙计划前置准备的最后阶段。新女王以粗布裹好拉格纳结冻的遗体，也带上飞船。我们在距离海面五米高的空中以音速飞行。她有些不安，紧紧抓着兄长，众女武士则用敬畏的神情望着窗外。飞船从阿瑞斯之子密道进入南方山区地底老矿坑，不少卫兵穿戴厚重的防寒外套和绒帽，正在巡逻，看见我们立刻高举拳头行礼。

经过半日地底航程，我们抵达提诺斯。城内进出频繁，数百船舰停泊巨型钟乳石周边码头，空中交通繁忙，我们朝着机库移动途中，所有人都停下手边工作，引颈注目。大家都知道船上不只有我和新结盟的黑曜种领袖，还有已然破裂的提诺斯之盾。一张张啜泣面孔闪过，消息在难民间传开。黑曜种来了。他们来出征，也来居住；来瓜分粮食，来争夺本就拥挤的街道空间。舞者提醒过，提诺斯难民区就像随时会爆炸的火药桶。而我完全同意。

飞船落地，船梯伸出，许多阿瑞斯之子围过来，全都沉默无语，气氛肃穆。我带头下去。除了舞者、米琪外，我也见到了塞弗罗。他立刻上前给我一个大大的拥抱，模样憔悴不少，短短的山羊胡没空整理。但他马上抬头挺胸、努力振作，勉励众人要坚强面对，好好迎接提诺斯之盾回归第二家乡。

“他人呢？”塞弗罗问。

我回头望向飞船，赛菲与部下抬着拉格纳出来。号叫者抢先过去致上哀悼，小丑向她说了几句话致意，然后塞弗罗也转身。

“欢迎来到提诺斯。”他看着女王，“我是塞弗罗·欧·巴卡，与拉格纳·佛勒洛是出生入死的弟兄，在场诸位都是他的战友。”塞弗罗指向号叫者，人人都披着狼皮斗篷，他取出了属于拉格纳的熊皮。“这是以前他的装备，你允许的话，我希望他能再穿上。”

“拉格纳的兄弟姐妹，就是我的兄弟姐妹。”赛菲回答后示意部下将拉格纳遗体交给塞弗罗，野马在旁边朝我使眼神。新女王态度如此宽和，是好迹象。若她怀有私心，应会将兄长遗体留在故乡，依照黑曜种传统进行火葬。然而赛菲竟说她明白拉格纳以何处为家——他属于并肩作战的朋友，属于帮他回到同胞身边的人。

号叫者为拉格纳盖上斗篷，抬着遗体穿过人群；阿瑞斯之子自动让出一条路，但纷纷伸手想要再碰碰心目中的英雄。野马到我身边。“你看。”她朝许多人头发和胡须系上的黑色缎带撇了撇头，悄悄抓住我的小指。虽然只是轻轻一掐，我却忽然回想自己在树林中受她援助那段时光，目送塞弗罗和拉格纳的背影时心中多了一丝暖意。“走吧，”她将我往同个方向推去，“舞者和我要跟贾王、维克翠开个会。”

“给她找个护卫，”我吩咐舞者，“要你能信任的人。”

“我没关系，”野马翻了一下白眼，“都能从黑曜种那儿回来了。”

“那就坑蛇小队吧。”舞者望向野马时眼神不太一样，没有以往那份和善，也因为拉格纳的死显得无精打采，整个人都变得苍老。他招手请纳罗过来，又对着飞船点头。“贝娄那在里面吗？”

“在座舱，赫莉蒂看着。他脖子伤口还没好，得请维朗尼治疗。处理要谨慎，安排单人房。”

“单人房？戴罗，空间不够，军官自己都没有单人房。”

“他可以提供情报，总不能还没审问就被人枪毙吧？”我回答。

“因为这样才留他活口？”舞者瞟了野马一眼，怀疑与她有关，仿佛我的决策必定受她影响。但事实上她比我还乐意下手除掉卡西乌斯。见我坚持，舞者叹口气：“我会保他无事。”

转身离开时，野马提醒我：“之后记得来找我。”

我露出微笑，觉得有她在安心不少。“好。”

到了米琪的工作室，我见到塞弗罗趴在拉格纳身上。听见亲友的死讯是一回事，亲眼看见他们的遗体遗物又是另一回事。父亲死后，我很厌恶他留下的旧工作鞋，母亲因为节俭不肯丢，总说这样太浪费。后来有一天我偷偷丢掉，被她狠狠刮了个耳光，逼我捡回来。

拉格纳渐渐散发出尸体的气味。

由于他的故乡冰天雪地，才能维持死者完好。然而提诺斯电力不足，连地底都市的净水和通风都无法稳定，米琪势必要给拉格纳做好防腐，依据他提过的办法准备丧礼。

我静坐了一小时等塞弗罗先开口。我很不想待在这里，不愿面对拉格纳死去的事实，或者沉溺在悲伤情绪中。但为了塞弗罗，我得留下来。

我的腋下发出臭味，浑身酸痛。小迪给我端了一盘吃的来，我只恍惚咬了几口饼干。拉格纳躺在那台子上的景象实在荒谬。他太巨大，脚掌垂在外头。

拉格纳的气味不好闻，但他神情平静，白胡上残留着仿佛冬莓的一条条鲜红，握着锐蛇的双臂交叉在袒露胸膛。死后，他的手臂、胸肌与颈部的文身更显深刻。其中一个是骷髅图形，他曾经给我与塞弗罗也刻上。那个骷髅看上去也很落寞，即便主人咽气，仍在诉说故事。拉格纳身上的一切都清晰无比，只有伤口例外。那道伤痕在身侧，乍看之下纤细得不像具有任何威力，是一抹蛇的微笑。艾迦在他腹部捅的洞很小。这样微不足道的东西怎么有办法夺走如此宏伟的灵魂？

我好希望他还活着。

现在正是所有人最需要他的时刻。

塞弗罗目光呆滞，手指轻轻拂过拉格纳惨白脸颊的刺青。“你知道吗？他本来说想要去金星看看。”他的声音孱弱得像个孩子，比以前温柔太多，“我找了那边开船度假的全息影片出来，他套上头戴显示器，笑得跟什么一样，好像终于找到了天堂——而且不必死掉就能去。好几次，他大半夜偷溜进我房间拿显示器去看，后来我受不了，干脆直接送他，反正再贵也不过就四百。结果看看他怎么报答我？”我当然不知道。塞弗罗举起右手，露出骷髅刺青，“竟然为了那东西就跟我当结拜兄弟。”他缓缓、轻轻地在拉格纳下颚打了一下，“这傻大个儿看到艾迦干吗冲上去呢？躲开不就好了。”

留守南极的女武士持续在荒原搜索奥林匹亚骑士下落。一路追到裂谷深处，见到那足迹被某种生物的深色血液遮掩，随后便失去线索。真希望她被怪物拖进山洞慢慢啃食，但我也明白这概率不高。凭她那身武艺绝不会轻易丧命。而且只要她还活着，迟早会想出办法与最高统治者或胡狼联系。

“是我的错，”我说，“我不该以艾迦为目标。”

“她杀死奎茵，间接害死我爸。”塞弗罗低声回答，“你被关起来的那年，艾迦还杀死我们好几十人。你没做错，如果我在场，大概连我也会被杀死。大黑也不可能拦住我，”塞弗罗的指节在桌子边缘刮着，皮肤起了皱褶，“他就是这样，永远都想保护大家。”

“提诺斯之盾。”我感慨地说。

“提诺斯之盾……”他哽咽附和，“大黑很喜欢这头衔。”

“我懂。”

“我猜在遇见大家之前，他觉得自己像把剑。但我们给他机会，实现心中的想象，能够保护别人。”他抹抹眼角，从拉格纳身旁退开，“对了，那个小王子还活着是吗？”

我点点头。“也用飞船载过来了。”

“可惜，就两毫米。”塞弗罗掐着手指比出一个很小的距离。野马就差那么一点儿射中卡西乌斯的颈动脉。赛菲派遣使者前往各部落时，我与她带着将领搭乘飞船回阿斯嘉参观，也顺便找了那儿的黄种给卡西乌斯诊疗保命。“戴罗，你为什么没杀他？要是你以为他会感恩图报就是自找苦吃。”

“我不能眼睁睁看他死。”

“为什么？”

“我自己也不懂。”

“你在说什么鬼话？”

“或许是因为我觉得有他的世界会比较美好。”我也很犹豫，“太多人利用他、欺骗他、背叛他。好像他的价值只剩这样，这不公平。我希望他也有机会决定自己的未来，决定要当个怎样的人。”

“我们又有谁能选择自身处境？”塞弗罗嘀咕，“就算能也维持不了太久。”

“但我们不就是为此而战吗？你刚刚不也说拉格纳做到了？原本他只能当一把剑，可是他在我们这里终于能成为盾。卡西乌斯也该得到同样的机会。”

“胡说八道，”他翻白眼，“不过就是对了一两次，不代表你说什么都对。无论狮子或老鹰，全都一样讨厌。迟早会有人偷偷宰掉他，你的女朋友也得小心点。”

“——她有坑蛇小队看着。而且她不是我女朋友。”

“随便你说。”他往旁边偷拉过来的皮椅一屁股坐下，伸手抓抓莫西干发型的尖端，“可惜她没带着忒勒玛纳斯父子一起啊，不然艾迦应该没命了。”塞弗罗转着眼珠，头往后一仰，忽然又说：“对了，我给你弄到了一些船。”

“我看到了，谢谢。”我回答。

“总算，”他鼻子一哼，笑了笑，“局势终于开始倒向我们了。二十艘火炬船、十艘护卫舰、四艘驱逐舰，还有一艘无畏舰。小收割者，你也该过去看看。火星军事部在火卫一塞满军团士兵，船上一个人也没有，我们大大方方走进去，全部开走，回到他们自己机库时还有正确密码呢。从头到尾，我的人连一枪也没有开，贾王的黑客侵入对方通信系统，所以他们都听见你的演讲。还没动手那些人就差不多要暴动起来了。红种、橙种、蓝种，甚至灰种也是。不过下回就没办法了。金种也不是白痴，会切断广播，避免再被黑进去。但这次已经叫他们忙了一星期。等我们与和平号、奥利安的其他船舰会合，就会有足够武力跟那些妖精一较高下。”

每逢此时，我就清楚感受到自己绝不孤单。在这烂透的世界里，至少还有个小小的守护天使。虽然他一身脏兮兮，但我会保护他，他也会保护我。塞弗罗永远能做得比我想象更多。当我去拉拢黑曜种，他已在胡狼防卫舰队制造破绽，牵制四分之一兵力，其余敌人被迫退守火卫二，与后备部队会合，并等待谷神星和大罐头（这是研究院的别名）的援军。

就那么短短一小时，塞弗罗曾拿下火星南半球，外界称他“妖怪王”。只是后来他也不得不先推进火卫一，劳洛带人切断军营建筑的供氧，利用排气系统将困在里面的陆战队员丢进太空。我明白我们不能松懈。胡狼怎么可能将卫星拱手让人？他在乎的不是这里的人民，他只不过舍不得毁掉这里的氦三精炼厂，所以很快会展开下一波攻击。这样对整体战略没什么冲击。胡狼得应付被我感召的平民，资源要是耗在这里就无法针对我了。这对他而言大概也是最糟的局面。

“在想什么？”我问塞弗罗。

他的目光飘到天花板以外的地方。“我在想什么时候才轮到我们，还有为什么非我们不可。你看看那些影片，听听那些故事，宇宙里大多都是普通人，在木卫三、地球、月球过着平凡的生活。我真忍不住忌妒啊。”

“你觉得自己没有好好活着吗？”

“活的方式不对。”

“那怎样才对？”我追问。

塞弗罗双臂环在身前，像个正低头俯瞰真实世界、心中却企盼着幻想成真的孩童。“我也不知道，反正就躲得远远的，别当什么圣痕者吧。妖精也好，知足常乐的中色族也行，只要能看着身边一切觉得安安稳稳，然后很清楚属于自己的东西不会被人抢走。像是房子啦，小孩之类。”

“小孩？”我讶异地说。

“我也不知道。老爸死掉前，你被捉走前，我都没想过这回事。”

“你是要说遇上维克翠之前吧……”我眨眨眼，“山羊胡挺帅的。”

“闭嘴啦。”

“你们有没有——”

他打断我，直接转移话题：“我想当普通版的塞弗罗。有老爸，也认识自己的妈妈，这样不是很好吗？”说完他笑出声，而且意外洪亮，“偶尔我会想到一切的原点。如果当初我爸先知道品管会要去搜索，马上带着我妈和我逃走，不晓得现在会变成什么样。”

我点点头。“我也常在想要是伊欧没有死，自己会过着怎样的人生。我们会有小孩，该给他们取什么名字好呢？”我对着那已经好遥远的梦微笑，“之后我会一年一年变老，也看着伊欧变老，身上伤疤更多，但我会更爱她——即使她厌恶红种的卑微。

然后我会葬了母亲，说不定还有哥哥姐姐。要是运气好，等到伊欧头发白了掉了，她会不停咳嗽，也许我某日会听见岩石落下砸中我的头，结束这辈子。由伊欧送我进焚化炉，撒下我的骨灰。我们的孩子再过着一模一样的日子，部落同胞会觉得我们幸福美满，养了有出息的小孩。直到小孩离去，终于再也没人记得我们。孙辈都死后，尘归尘，土归土，来自地底，又回到地底。渺小得仿佛从未存在。”我耸耸肩，“——但其实我也挺喜欢那条路。我每天都问自己，要是可以重来，可以什么都不知道，我愿意吗？”

“那你的答案是……？”

“之前我一直以为我是为了伊欧，能勇往直前都是因为心里很清楚我的目标：我爱她，她的梦想就由我来实现。但其实那都是鬼扯。每天这样腥风血雨，将一个女人塑造成偶像，包装成烈士，变得不是她自己，假装她完美无瑕。”我抓抓油腻的头发，“她一定不会这么希望。看见火卫一的空洞区我忽然明白……我是说，我顿悟到所谓正义并不是要修改过去的事，而是导正未来方向。大家这样战斗，并不全为逝者，更是为了还活着的人，为了将来到这个世界的生命，要给下一代更多机会。我们一切的努力都要朝这个方向去做。不然还有什么意义？”

塞弗罗坐在那里静静思考这番话。

“你和我一样，都在黑暗中寻找光明，期待它能出现。但是光一直都在。”我拍拍他的肩膀。

“那光就是我们，老弟。虽然我们伤痕累累，而且个个都是死脑筋。可是我们就是那道光，而且我们可以点燃别人。”

第三十六章
狂饮

我留塞弗罗陪拉格纳，在走廊上遇见维克翠。时间已晚，午夜过了。但她安排好贾王的安保、整顿阿瑞斯之子和新舰队后才从火卫一赶到。我下令舰队暂由她代管，直到找回奥利安。这个决定也有些惹恼舞者，他担心大权会落入金种手中。这些人对他而言都是居心叵测的对象。现在加上野马，也许会是压垮骆驼的最后一根稻草。

“他还好吗？”维克翠问的是塞弗罗。

“好多了。”我回答。这两人从我在火卫一公开宣战后就没再碰面。一个在前线，一个在贾王据点做后勤。“能见到你他一定很开心。”

她忍不住露出浅笑（好像还有点儿脸红）。“你要去哪儿？”出乎我意料，维克翠大声地问。

“去阻止野马和舞者把对方的脑袋扯下来。”

“真是好心，不过太迟了。”

“怎样？状况还好吧？”

“看你从什么角度看这件事。舞者在指挥中心大骂金种傲慢、自视甚高什么的。从没见过他那么激动。我没有留下来听，他也没有真的说太多。你知道的，人家不会给我好脸色。”

“你不也很少给野马好脸色吗？”

“我对她本人没什么意见，只是看了她想到家，加上你带来的新盟友，我更这么觉得。她就是一头难缠的小母马啊，但押在她身上比较不会亏是事实。你不这样认为吗？”

我笑了。“真搞不懂你到底是不是在奚落她。”

“我是啊。”

“知道她人在哪儿吗？”

维克翠装出一脸愁苦。“亲爱的，虽然大家都认为我无所不知、无所不晓，但可惜啊，我不是。”她经过我身边去找塞弗罗，顺手拍了拍我脑袋，“换作是我，会去三楼食堂找找看就是了。”

“你又打算去哪儿？”我问。

她淘气一笑。“你少管。”

进了食堂，我看到野马面前摆了一个金属罐，旁边还有纳罗叔叔、卡珐克斯和戴克索。十多名坑蛇小队队员坐在临近几桌，他们一边抽烟一边偷听野马讲话。野马双脚跷上桌，挨着戴克索，正在说学院的经历给另外两个人听。刚进去时，有两人被忒勒玛纳斯父子的魁梧身躯遮住，要等我绕过去才看到是哥哥和母亲。

“……当然啦，我就大叫帕克斯的名字。”

“那是我儿子。”卡珐克斯告诉我妈。

"……后来他带着我们学院的人冲下山丘，戴罗和卡西乌斯还以为地震了，一边尖叫一边跳进湖里，抱在一起好几个钟头哪！他们浑身发抖，脸都青了。"

"脸发青啊！"卡珐克斯大笑的模样活脱脱就是个巨人族的顽童。旁边偷听的阿瑞斯之子也忍不住笑。金种又怎样呢？卡珐克斯·欧·忒勒玛纳斯就是讨喜。"青得跟蓝莓一样哪！你说是不是呢，索福克勒斯？再给它一颗吧，丁娜。"母亲从桌面滚了一颗软糖过去，狐狸迫不及待钻到金属罐旁吞掉。

"大伙儿都在干啥呀？"我开口问，哥哥拿起金属罐倒进几个金种的杯中。

"听小姑娘说故事啰，"纳罗喷着烟气，哑嗓回答，"也喝点儿小酒。"

野马嗅到烟味，鼻子一皱。"好臭啊，纳罗。"

基尔兰白了母亲一眼。"都唠叨他们好几年了。"

"你好，戴罗，"戴克索起身，抓了一下我胳膊，"很高兴这次见面你手上总算没锐蛇了。"他伸手戳了我肩膀一下。

"之前抱歉，戴克索。你还替我照顾大家，我欠你一分情。"

"大部分都是奥利安在处理。"他双眼闪亮，利落回到座位。我哥哥对戴克索很感兴趣，尤其是他头顶那个天使刺青。这也是当然。他有我们两倍高、两倍重，相貌堂堂，又比马提欧那样的粉种更有礼貌。我后来听说马提欧在贾王一艘船上休养，复原情况不错，得知我活着也十分欣慰。

"舞者呢？"我问野马。

给我这么一问，她双颊泛红，笑着说："嗯，他好像不怎么喜欢我的感觉。但没关系，迟早会习惯的。”

“你是不是喝醉了啊？”我也笑着问。

“有一点儿吧。大家一起叙叙旧啊。”她放下腿，腾出身旁的空间，“我们正好说到你和帕克斯在泥巴里摔角。”

母亲静静看着我，嘴角微微上扬。她一定猜到了我心里惶恐震惊。我所处的两个世界终于交融在一起，却是在我不知情的时候发生。我坐下来，听野马讲故事时还是浑身不自在。这阵子太忙，没能留心她迷人的风采。她一如以往，从容、活泼，通过喊对方的名字与视线接触，自然而然使每个人感觉自己受重视，很快拉拢到叔叔和哥哥。基尔兰看见忒勒玛纳斯父子尊敬她，心里就更多一分接纳。被母亲看见我望着野马的眼神，我拼命要压下脸红。

“学院的事聊得够多了。”野马讲完帕克斯和我在密涅瓦城堡前面对打的细节，“丁娜，你不是说要讲讲戴罗小时候的事吗？”

“说气孔那次好了。”纳罗开口，“要是洛兰在——”

“别提那个，”基尔兰打断他，“还是——”

“我想到了，”母亲没搭理他们，自顾自缓缓道来，“戴罗还很小的时候——应该三四岁而已。他从爸爸那边拿到一只旧手表，铜壳那种，表面还是圆盘，不是数字显示。你记不记得？”我点点头，“很漂亮，你也很喜欢。好多年后，基尔兰生病咳个不停，矿坑里面药物短缺，想叫你去跟伽玛或灰种讨一些来，但人家会要我们拿东西交换，我不知道怎么办好。有一天，小戴罗忽然就拿着药进家门，还不肯说自己怎么弄到的。几个星期后，我看见一个灰种戴着那只手表看时间。”

我盯着自己的手掌，却感觉得到野马的视线。

“大家该上床睡觉啰。”母亲开口，纳罗和基尔兰嚷嚷不想走，她只是清清喉咙，站起来，在我额上吻了一下，而且嘴唇贴着的时间比以前久些。之后她又拍拍野马肩头，在哥哥搀扶下离开。纳罗也带着部下退出去。

“很坚强的女性，”卡珐克斯说，“而且很爱你。”

“你们能在这种情境下见面，也是好事一桩。”我说完后望向野马，“尤其是你。”

“我怎样？”她问。

“不会像上次那样，我在现场想要掌控一切。”

“嗯哼，感觉是个大灾难哪。”戴克索接口。

“今天气氛正常多了。”我回答。

“我也觉得，”野马笑了笑，“可惜没办法介绍你给我妈认识。她应该比我爸好相处得多。”

我报以微笑，还不明白两人之间渲染开的情绪究竟是什么，也没有勇气厘清。在野马身边总能让我放松，然而我却害怕追问她心里藏着什么，担心一不留神就会打碎现在和乐融融的气氛。卡珐克斯干咳两声，打破沉默时似乎有些尴尬。

“与舞者处不来吗？”我又问。

“恐怕是这样，”戴克索说，“他压抑太多仇恨了。狄奥多拉比较好应付，舞者……只要面对我们就像上战场。”

“而且还是情报部门的，”野马喝了一口酒，眯着眼睛，似乎觉得很烈，“什么消息都不透露，就算我摆明知道的也不例外。”

“话说回来，你也不是多坦白的人。”

她挤眉弄眼。“对，但我通常会跟和别人有互补作用。舞者很聪明，但也代表要说服他相信我们是真心合作会比较难。”

“你是真心要合作？”

“见过你家人后就更肯定了。”她回答，“你想为他们打造新世界，为你母亲，为基尔兰的孩子，我很能体会。之前……我和最高统治者谈判那时候，心里想的也一样。我只求保护自己所爱的人。”野马的手指划过桌面的凹凸不平，“当时除了投降，我找不到结束战争的办法。”她的目光射向我失去色族印记的手，仿佛那层平滑的皮肤底下埋藏了通往未来的秘密。说不定确实如此。“现在，我懂得该怎么做了。”

“真的吗？”我问，“你们都决定好了？”

“家是最重要的，”卡珐克斯说，“你也是我们的家人。”

戴克索伸手搭我肩膀，姿态依旧温文儒雅。索福克勒斯似乎能察言观色，在桌子底下枕着我的脚。“难道不是吗？”

“是，”我点点头，十分感激，“当然是。”

野马抿嘴微笑，从口袋掏出一张便条递过来。“奥利安的频道，我也不知道他们在哪里，我猜是在小行星带。出发前只给了简单指示，要她制造混乱。后来监听金种通信，听来成果不错。要对抗奥克塔维亚就需要她和那支舰队。”

“谢谢，”我对三人说，“原本以为我不会有第二次机会。”

“我们也是。”戴克索回答，“——所以我就挑明说了。戴罗，我们有些顾虑，主要是关于你的战术。利用钻爪机运送黑曜种侵略火星主要都市……恐怕是错的。”

“是吗？”我问，“怎么说？现在必须斩断胡狼的权力结构，争取平民的支持。”

“我和我父亲没有你那么信赖黑曜种。”戴克索字斟句酌，“让他们进入火星社会，后果可能会跟你以为的大不相同。”

“野蛮，”卡珐克斯附和，“他们是野蛮人。”

“拉格纳的妹妹——”

“并不等于拉格纳。”戴克索打岔，“我们并不了解她，只听说了她是怎样处决金种人犯……如果你打算直接将黑曜种送进火星都市，我们会感到良心不安，阿寇斯家族几位女士也有同感。”

“明白。”

“这计划还有另一个瑕疵，”野马开口，“就是不能真的针对我哥。”

“我的首要目标会是最高统治者，”我响应，“她才是最大的威胁。”

“目前好像是这样，但也别低估我哥，他比你想象中更奸诈，比我更难缠。”卡珐克斯也露出默认的表情，“可别忘了他做过什么坏事，如果能掌握局势与变量，他会躲在角落，算清楚每个人的每一步棋，想出该如何反制，摸透所有外部变因，所有可能的结局。那是他人生的乐趣所在。克劳狄乌斯死前，我们还没有被分开养，那时无论晴雨他都会躲在家里弄拼图、画迷宫，还一直拜托我试试看能不能走到迷宫中心。那时我都和我爸、克劳狄乌斯，还有帕克斯出去骑马钓鱼。那些迷宫我都走得过，然后他就大笑说自己有个聪明的妹妹。我本来还不以为意，但后来某天，他自己在房间觉得没人看见，居然就失声尖叫，甩自己巴掌——一切只因为斗智没能胜过我。

“等他再拿我实验迷宫，我就假装自己走不到终点，可是他没被骗，那模样简直就像知道我看见他了，我发现他不是大家以为的那个内向孱弱却可爱的男孩。我接触到了他真正的人格。”野马喘了口气，抖抖身体，仿佛想忘记往事。“他逼我走完迷宫，之后冷笑着说我真的很聪明，然后就扬长而去。

“下一次，他画的迷宫我真的走不过去，怎么试都找不到路。”野马不大舒坦地扭扭身子。

“他就在旁边看，地上散得到处都是铅笔。他就像是陶瓷娃娃里面装进一个古老的恶灵。我一直记得他那模样，后来想到他杀死我爸，脑海中也浮现那画面。”

忒勒玛纳斯父子沉默以对，和我一样相当顾忌胡狼。

“戴罗，你在学院赢了他，逼他自断一手，以他的性格绝对想报仇。把他扒光送到你面前的我也是他的目标。他很执着于我们，还有奥克塔维亚，过去则还有我爸。另外，塞弗罗利用钻爪机大大方方从地底侵入城堡救人，这种耻辱我哥同样不会忘记。要是太大意，你会害死很多人。攻占都市这种计划成功率太低，远远就能察觉。即使运气好得手——就算我们打下火星吧，战火仍要绵延多年。我建议直捣黄龙。”

“不仅如此，”戴克索附和，“我们还要确定战胜后你不会变成独裁者，或实行伪民主。”

“独裁？”我轻笑，“你们真觉得我想当君主吗？”

戴克索耸肩。“总会有人被拱上去。”

门口传来女子清喉咙的声音，众人转头一看。赫莉蒂的拇指插进腰带，站在那儿。“抱歉打扰，长官，不过贝娄那要求见你，似乎有些急。”

第三十七章
最后的鹰

卡西乌斯被拷在改造过的担架床栏杆上，就在阿瑞斯之子医务所的正中央。上回我在这里看着救了自己的士兵浑身是伤、痛苦死去，这回那些床上依旧躺满火卫一和热海这两次行动的伤员。通风口发出呼呼声，机器哔哔响，许多人在咳嗽，但最令我感受到沉重的依旧是那些目光。行经病床或地铺时，许多人伸出手，低呼我的名字，希望能碰碰我臂膀，感受没有印记、没有主子的烙印是什么滋味。我尽量配合，但角落位置我无暇顾及。

先前我请舞者把卡西乌斯安置在单人房，结果他还是被丢在医务所，四周是截肢伤员，隔着塑料布就是烧烫伤病房。这样被低阶色族注目，卡西乌斯势必感觉到战争的沉重。我猜舞者是别有用心，只是他的做法并无偏倚。既无残虐，也无宽待，就像对待一般人那样。我忽然很想请那个老社会主义者喝一杯。

卡西乌斯床边几张金属椅上坐的是纳罗的部下和两个资深的地狱掘进者，他们正在玩牌，背上都扛着重型步枪。一看见我马上跳起来行礼。

“听说他想见我？”

“喊了一整晚呢。”矮个红种回答时一直偷瞄我背后的赫莉蒂，“本来不想惊动您……但好歹也是个奥林匹亚骑士，所以还是请人传话了。”我们距离很近，不只能看见他一口脏牙，还嗅得到合成烟的薄荷醇气味。“而且长官，他说有情报想告诉您。”

“他能讲话了？”

“嗯，”这个红种像是发牢骚一样，“不能多说，但箭没有射坏声带。”

“我想和他私下谈。”

“让我们安排一下，长官。”

之后，医生和卫兵将卡西乌斯的病床推到药品室后，把门上了锁，里头堆满塑料箱子，只有我和卡西乌斯两个人。他躺在床上望着我，脖子还包着绷带，喉结与咽喉右侧微微泛红。

“你能活下来还真是奇迹。”我先开口，他只是耸耸肩，手臂上没有插管的痕迹。我皱起眉头。

“他们没给你止痛药？”

“不是故意的，这是投票结果。”卡西乌斯放慢讲话节奏，避免扯开伤口缝线，“吗啡酮存量不足，听他们说，伤员上星期表决通过，止痛药先提供烧伤和截肢病人。不过很多人晚上痛得哇哇叫，跟被丢掉的小狗一样。我还差点儿觉得他们品行高尚呢。”他迟疑一下，“我实在不知道——这样哭着叫妈妈，她就真的会听见吗？”

“你觉得你的母亲会听见吗？”

“我没喊过她。更何况，我的母亲除了复仇外什么也不在乎。虽然这节骨眼儿上复仇好像也没什么意义。”

“你有什么情报？”我无言以对，只好切入主题。其实我心里始终对卡西乌斯存有某种革命情感。

赫莉蒂质疑我为什么救他，我拿勇气和荣誉当借口，但最根本的原因还是期待能再度与他为友，争取好感。是我太傻吗？心有歉疚吗？他很讨喜吗？或许是我太虚荣，想从自己尊敬的对手那里得到认同。我确实尊敬卡西乌斯，他有泛滥过头的骑士精神，但无论如何都是种节操。相比之下，我要的只有胜利。

“是她还是你？”卡西乌斯问话的语气很谨慎。

“什么意思？”

“是谁拦阻黑曜种烫瞎我眼睛，拔掉我舌头？”

“是我们。”

“骗子。说老实话，我真的以为她不会放箭。”卡西乌斯想伸手摸脖子却被手铐扯住，愣了一下。

“大概没办法请你给我解开吧？不过痒起来还真是要人命。”

“不会死就好。”

他咯咯笑着，仿佛想表示想活下来也是需要一番力气的。“所以你救我是因为道德考虑？想表示你比金种更文明？”

“说不定是为了拷问你。”我回答。

“听起来不怎么高尚。”

“和刑讯逼供我三个月，再关在小箱子里九个月一样不高尚。话说回来，我什么时候又吃你那一套了？”

“一点儿也没错。”卡西乌斯眉心紧蹙，仿佛米开朗基罗的雕塑，“假使你以为最高统治者愿意谈判，就是大错特错。她不会为了我吃半点亏。”

“这样的人你还侍奉？”

“只是职责所在。”他一如往常，满口仁义道德，但我怀疑他的意志是否仍然坚定。我能从卡西乌斯眼中看到孤独，还有对另一种人生的渴望。他是被迫成为现在这副模样的。然而，他一开始并不希望当这种人。

“无所谓，”我回答，“我们为难彼此够久了，我并不真的打算刑讯逼供。你究竟有没有情报要提供？难道我们得再继续磨上十分钟吗？”

“戴罗，你没怀疑最高统治者为什么愿意和谈吗？你一定思考过吧。以她斤斤计较、有仇必报的个性，若非必要，怎么可能对弗吉尼娅或外缘区网开一面？就舰队军力而言，卫星统领加起来也不过奥克塔维亚的三分之一，核心区物资那么充裕，罗穆勒斯根本不是洛克的敌手，他的太空战术有多高明，你比谁都清楚。那么，奥克塔维亚愿意妥协的原因究竟是什么？”

“我知道她有意排除胡狼，”我说，“不先处理阿瑞斯之子就无法全力对付外缘区，所以用上缓兵之计，想要各个击破。说穿了其实没有多复杂。”

“那你知不知道她为什么急着除掉胡狼？”

“他让我逃走了，没解决反叛、氦三产量下降……”将那种变态之人放在火星首席执政官位置上会带来什么麻烦，我随口也能说上百来个。

“这些理由都算，”他打断我，“甚至可说颇有说服力。我们面对弗吉尼娅时也是口径一致。”

这显然话中有话。我走近他。“那你们没告诉她的是？”

卡西乌斯面露迟疑，似乎事到临头又觉得自己不该泄露，但最后还是说出口了。“今年年初，情报系统察觉能源部和矿务部收到的报告对不上，与身在矿区的间谍回报有落差。调查后发现，至少有一百二十五个案例是胡狼假借阿瑞斯之子名刻意报低氦三产量，实际上生产根本没有受到妨碍。他还声称有十四个矿区被阿瑞斯之子摧毁。当然，那也是子虚乌有。”

“欺上瞒下，”轮到我耸肩，“这也不是第一次有大统领贪污腐败。”

“关键在于，他并没有将氦三偷偷卖出，”卡西乌斯继续说，“而是借由造假来囤积资源。”

“囤积？囤了多少？”我追问。

“十四个矿区再加火星政府储藏的总和吗？依照这速率，不出两年，他握有的氦三会超越月球、金星、谷神星三者合计的战备储量。”

“但这行为背后的可能性太多。”我淡淡地说，暗暗计算之后大感诧异。太阳系最具价值的资源有四分之三由胡狼一人控制。“他和最高统治者作对应该有买通议员？”

“目前有四十人投靠他，”卡西乌斯大方透露，“比预期多。此外，胡狼还有另一招，不一定需要议员配合。”他想坐起来，但又被手铐拉住，成了个要坐不坐的尴尬姿势。“想问你一个问题，希望你能老实回答。”要不是看到他一脸严肃，我恐怕会失笑。“三月那时——也就是你逃走刚过几天，大概四个月前吧——阿瑞斯之子去掠夺一个位于外层空间小行星的仓库了

吗？”

“你说仔细一点儿。”我回答。

“地点位于小行星主带凯琳群集，编号S-1988，主要组成为硅酸盐；没有重要矿产，开采价值近乎零，形状有点儿像是野马左边屁股上那颗痣。”他眼神一闪一闪的，“这样够仔细吗？”

“你这王八蛋。”

“我就是。”但他回答的口吻却使那句话变得有些可爱，“重点是我刚才问的……”

我在接受米琪的复健过程中抽空读过所有塞弗罗的作战数据。的确，他针对小行星带的殖民地联合会军团据点做过数次攻击，不过完全没有符合卡西乌斯描述的地方。

“没有。就我所知，没有你说的S-1988。”

“那就不妙，”卡西乌斯低声道，“我们的评估是正确的。”

“仓库里面有什么？”我问，“卡西乌斯——”

“五百枚核弹。”他语气一沉，绷带上血色扩散，看上去像是张开的双唇。

“五百枚……”我重复一遍，就连听在自己耳中也觉得这声音遥远朦胧。“爆炸当量多少？”

“每枚三千万吨[1]。”

“能毁掉多少星球……卡西乌斯，你们为什么还留着那种东西？”

“未雨绸缪。灰烬之王能摧毁土卫五，就代表同样事件可能

[1] 爆炸当量计算单位为同质量的黄色炸药威力。目前记录中最强的武器为沙皇炸弹（氢弹），爆炸当量为五千八百万吨，是广岛原子弹爆炸的三千八百四十六倍。

再次上演。”卡西乌斯说，“所以武器是藏在核心区与外缘区中间。”

“再次上演……你情愿服侍这样的君主吗？”我问，“这种随时都可以炸掉整个星球的人？”

他没理会我的讽刺。“线索指向阿瑞斯之子，但最高统治者认为塞弗罗没有这种本事，于是和莫依拉亲自追查，发现掠夺船只本已作废，原本隶属裘利企业名下。既然不是阿瑞斯之子，那么一定是胡狼。而且我们不知道他打算拿核弹做什么。”

我站在那边不发一语，试图将各种讯息拼凑起来，推敲胡狼的意图。根据殖民地联合会规章，火星政府只能拥有二十枚核弹，并限于太空舰队作战使用，当量必须低于五百万吨。“假设情报属实，你告诉我的用意又是？”

“戴罗，火星也是我的故乡。我的家族在这片土地上生活的时间和你们一样久，而且我母亲还在家中。无论胡狼的最终目标是什么，最高统治者判断，他要是被逼急，定会采取焦土政策。”

“你们开始担心会一败涂地了。”我恍然大悟。

“塞弗罗当家我们就不担心，阿瑞斯之子迟早穷途末路。但现在的情况如何？这你自己最清楚，”他上下打量我，“信息封锁完全失败，奥克塔维亚不知道我在哪里，也无法确定艾迦是死是活，局面彻底失控。或许胡狼早就察觉自己会被出卖，以他那种疯狗个性，受到一点儿挑衅就会咬人。”卡西乌斯压低嗓音，“戴罗，就算你们赢了，火星熬得过去吗？”

第三十八章
计 划

“五百枚核弹？”塞弗罗小声发出惊呼，“他妈的王八蛋，你快点告诉我你是在开玩笑，是不是？”

舞者在战情室另一端揉着太阳穴静默不语，赫莉蒂站在墙角闷哼一声。“鬼扯。要是他手上有那种东西，怎么不早拿出来用？”

“推测战况的任务就交给实际跟他交手过的人吧？”维克翠开口，“阿德里乌斯的思维和正常人可是天差地远呢。”

“这倒是没错。”塞弗罗附和。

“不过赫莉蒂的问题也很合理。”舞者有些不大自在。身边围绕太多金种，野马还站在我身旁。“既然他有武器，为什么没用？”

“因为一旦使用，虽然能伤到我们，但对他自己的损害程度也一样重。”我回答，“还有，只要出手，最高统治者就有充分理由将他拉下台。”

“也有可能东西根本不在他那边。”贾王语气轻蔑，他的蓝色全息投影飘在众人面前，“这是陷阱，戴罗，贝娄那少主很清楚你在乎什么，所以故意拿出火星毁灭这个饵要你上钩。可是这分明是胡诌。搬运核弹会在物质侦测系统造成多大的信号起伏？我的技术团队怎么可能没察觉？更何况，一开始最高统治者制造核弹需要浓缩钚元素，那时候我就该得到消息了。”

“除非是以前就做好的，”我回答，“很多旧时代的东西都没有废弃。”

“太阳系是很大的。”野马淡淡道。

“我耳目也不算小。”贾王回应。

“以前大多了，”维克翠说，“我们在这边拌嘴的同时，人家正忙着削薄你的耳目。”

革命领袖齐聚一堂，一同望向S-1988小行星的影像。它位于火星和木星之间小行星主带，鸦女星族的凯琳群集，外观是块荒芜巨岩。鸦女星族是地球某间能源产业主导的矿业重镇，其中也有数座声名狼藉、专做盗匪与走私生意的太空站。塞弗罗从冥王星返回火星时利用的小行星二〇八[1]便是佼佼者。听他说，当地人给太空站取的外号叫“痛苦圣母”，在那儿，拥有一千克冷冻氦三或一克叫“恶魔尘”的毒品似乎就能变成富翁。但对于该处的详细情况，以及塞弗罗在站里做了些什么，他一反常态从未详述。金种开会喜欢围成圆形或方形，因为这样每个人能面对面，比起坐成一排更容易进行脑力激荡。

他们崇尚优化交流，但我尝试相反策略。我请大家专注于眼前问题——也就是盯着中间的投影——想找人吵架还得伸长脖子才行。

[1] 小行星二〇八外语名为Lacrimosa，即拉丁文“流泪”之意。痛苦圣母也称为七苦圣母，纪念圣母玛利亚的苦难，以九月十五为纪念日。

“可惜我们没有最高统治者那种神谕怪物，”野马说，“丢一只在卡西乌斯手腕上就能知道是不是实话。”

“真抱歉，这里没有阁下以前那些高级的玩意儿。”舞者答道。

“我不是那个意思。”

“不如拷问他吧。”塞弗罗坐在中间位置拿小刀修指甲，维克翠靠在他后面那堵墙，每次看到指甲弹到桌上就一脸不悦。塞弗罗左侧是舞者，右侧是一米高的贾王影像，夹在我们两人之间。火卫一掀起崛起革命，宣布独立，贾王暂代执政官之职。他趴在自家桌前，执白金折叠剥壳刀撬开心形牡蛎，壳堆成均等五摞。就他外表，看不出对于胡狼的报复手段有丝毫忧虑。赛菲披着部落里象征地位的皮草，满身大汗，不断在会议桌边来回踱步，仿佛困兽。舞者被她弄得心烦意乱。

“想确定消息是真是假吗？”塞弗罗问，“给我一把螺丝起子，十七分钟内搞定。”

“我们真的要在她面前讨论这种事吗？”维克翠指的是野马。

“她站在我们这边。”

“你确定？”舞者问。

“少了她就争取不到黑曜种联盟，”我回答，“也无法找回奥利安。”和卡西乌斯谈过后，我立刻与奥利安联络。她正率领和平号及残存舰队火速赶来。之前我完全没料到还有机会见到那个难相处的女蓝种和那艘船。离开莱科斯后，那是我第一次觉得像家的地方。“因为野马，我们才获得实质意义的军力。她保留我的指挥权，容许奥利安继续当舰长，如果目标并非一致，怎么可能这么做？”

“那这个目标是？”舞者追问。

“击败月球和胡狼。”她自己回答。

“那只是表象。”舞者说。

“她是自己人。”我又强调。

“只是暂时。”维克翠接话，“像她这么精明的女子说不定只是借刀杀人、除掉对手，接下来权力到手。她要的或许是火星，又或者更多。”

当我们跟金种在一起时，朋友也讨论过能否信任维克翠。对我而言这一切恍若昨日。我还记得除了洛克外无人挺身而出。她自己似乎没察觉这局面多讽刺，又或者她对于一年前野马出言质疑依旧怀恨在心，好不容易忍到今天，终于能够以牙还牙。

“与裘利家族同一阵线实在稀奇，”舞者说，“不过这回她没说错。奥古斯都这门血脉善权谋，未有例外。”显然舞者十分介意野马之前行事不够光明磊落，而她也早预料到这种场面，所以提过想留在自己房间，避免会议失焦。但若要革命成功，并在战争过后重组四分五裂的世界，我需要所有人的通力合作。

大家以为会由我出面为她辩护——这些人真的不够了解她。

“你们的逻辑全都不通，”野马自己开口，“我不是要羞辱各位，而是在陈述事实。假使有心加害，只要向最高统治者或我哥那里打声招呼，然后在船上放个追踪装置就成了。众所周知，他们费尽心机却迟迟找不到提诺斯，”其余人交换了一下眼神，“而我明知得不到你们信赖，仍没有那么做。重点在于你们信任戴罗，而戴罗信任我。比起你们任何人，他对我更熟悉，也比你们任何人更有资格下判断。像个小孩一样闹别扭真是很要不得，现在可以专心讨论正事了吗？”

“……给我电锯的话只要三分钟……”塞弗罗继续念叨。

“你不要再碎碎念了好不好？”舞者朝他吼。我第一次看他按捺不住。“你拔人家脚指甲，他当然会想尽办法说你想听的，这种做法没有意义。”舞者、依薇、哈莫妮都曾受过胡狼严刑拷打。

塞弗罗双臂抱胸。“老爹，你这样比较太笼统了，不公平。”

“我们不用刑，”舞者说，“讨论到此为止。”

“噢。是。好。”塞弗罗回嘴，“因为我们是好人嘛。好人怎么可以刑讯逼供呢？正义必胜……只不过胜利之前要死多少好人？要看着多少朋友被别人砍成两半呢？”

舞者望向我求援。“戴罗——”

贾王又撬开一颗牡蛎。“只要用对方法，并且缩小情报范围到可供确认的程度，刑讯逼供就会有效率。所有工具都是一样，没有所谓万无一失，就看你怎么运用。我个人不认为目前有余裕顾虑道德界线，我建议就让巴卡家的少爷过去。拔指甲甚至挖眼珠，都无所谓。”

“我同意。”狄奥多拉一出声，马上惊动全场。

“就像马提欧吗？”我问贾王，“塞弗罗可是把他的脸给打烂了。”

贾王的小刀在牡蛎壳上滑了一下，戳到手掌。他皱起眉，含了一下见红的伤口。“要是他没瞒混过去，确实就会说出我在哪里。就我的亲身经验，痛是最有效的谈判筹码。”

“我也同意，戴罗，”野马说，“必须确定他到底有没有说谎，不然我们的主要战略就会被他摆布。这是典型的反情报。换作是你也会这么做的。”是，遭胡狼酷刑虐待之前，我的确尝试过。

进入正题后就一直沉默的维克翠陡然绕过会议桌，径自走向投影。黑色的太空和明亮星点在她肌肤上跃动，金白色的头发落在愤慨的眼前。她竟褪下了灰色外衣，只留压缩式胸罩。苗条健美的身材一览无遗。维克翠平坦的腹部有五六条约八厘米长的斜向疤痕，持剑手臂上则多达十余道，还有一些在脸部、颈部及锁骨，都是锐蛇留下的伤。“有些疤让我引以为傲，”她边数边说，“有些则不然。”维克翠转身露出后腰，那里的烂肉愈合后依旧千疮百孔，是亲妹妹以强酸侵蚀的结果。她又回过头，抬起下巴，一脸狂傲。“我来到这里，是因为我别无选择，但我留下来则是出于自由意志。请你们不要让我后悔。”

维克翠愿意坦承不堪回首的往事，叫人十分讶异。我就不认为野马能在众目睽睽下放下戒心到这种程度。塞弗罗盯着这高挑的美女，目不转睛。她穿好衣服后望向投影，动手将影像上的小行星放大。“能不能提高分辨率？”

“这是普查局的无人机拍的，”我回答，“是将近七十年前的东西。我们没办法取得当今殖民地联合会的军事资料。”

“这已经派人进行了，”贾王说，“但他们对成果不乐观。殖民地联合会展开全面反击，信息战搞得网络乌烟瘴气。”

“这种时候如果你老爸在就方便了。”塞弗罗对野马说。

“他倒是从未提过这种事。”

“我母亲提过，”维克翠回忆道，“她在我和安东尼娅面前说，倘若星系外缘出乱子，凯旋将军可以拿些‘小玩意儿’去用。”

“听起来跟卡西乌斯的说法挺吻合的。”

她看向大家。“那么，我认为他说的是实话。”

“我也一样，”我也面对其他人，“而且刑讯逼供无法解决问题，就算把他手指一根一根剁掉，如果他还是坚持自己没撒谎呢？是不是要改切别的地方直到他改口？无论信不信他，最后都是一场豪赌。”我这番话换到几人虽不情愿但同意地点头。我庆幸至少自己过了这关，心里却仍觉得忧惧不安。原来朋友的心中也藏着野蛮的一面。

“他有何提议？”舞者问，“想必还有后续。”

“他叫我和最高统治者视频对话。”

“目的是？”

“连手对付胡狼。殖民地联合会提供情报，我们在他引爆前下手。”我回答，“卡西乌斯是这么说的。”

塞弗罗咯咯笑出声。“抱歉，只是这想象起来实在他妈的可笑，”他举起左手假装打电话，“哈啰，死老太婆，记不记得我绑过你孙子啊？”接着换右手接听，“大爷，还用说吗，不就是发生在我奴役你们全族之后吗？”演完这出，塞弗罗摇摇头，“和那老妖精有什么好说的？总之带着舰队打到她家门口再聊吧。胡狼那边可以让我和号叫者处理，没脑袋的人可不能按按钮。”

“女武神部落可以支持号叫者。”赛菲开口。

“不成，暗杀行动绝对是在胡狼意料之中。”我瞥向野马，她提醒过我千万别冲动，“双方交手多次，他不可能不提防。既然对手掌握了我们以前的策略，就不应该赌上人命和他玩。”

“瑞古勒先生，在他亲近的圈子中有你的人吗？”舞者问贾王。不知怎么，他们两人似乎相处融洽。

“本来有，不过在那两名灰种将戴罗救出来后，阿德里乌斯下令要情报头子清理门户。我那些人有的死、有的被关，还有一些怕得办不了事。”

“那奥古斯都小姐有何看法？”舞者问野马，众人的目光集中过去。

她慢条斯理地回答。“我认为各位能活到这个时候，是因为金种的狂妄自大，忘了当年是如何征服地球。每个金种都妄想成为统治者。一旦奥利安回归，加上塞弗罗夺取的船只，你们的力量是建立在舰队和黑曜种武力上。不要协助最高统治者，她依旧是最棘手的敌人。要是帮了她，她就能反过来对付你们。应该要撒下更多混乱的种子。”

舞者点头附和。“但我们能否肯定胡狼会在火星引爆核弹？”

“以前我哥最想得到的是父亲认同，最后他没有得到，就干脆将父亲杀了。现在他想要火星，假如得不到，你觉得他会怎么做？”

死寂在战情室弥漫开。

“我有个新计划。”我说。

“妈的，有就好，”塞弗罗朝维克翠低声说，“又要我躲在什么玩意儿里面吗？”

“亲爱的，你想躲就一定找个东西给你躲。”她回答。我点点头。

塞弗罗挥手。“那收割者，你赶快说吧！”

“先假设我们可以解放火星上半数都市，”我站起来，在桌面调出影像，红色浪潮在星球表面扩散，淹没各大城，同时逼退金种势力。“然后再假设与奥利安合流，尽管数量上仍是以一敌二，但太空作战中成功击溃敌方舰队——更进一步，女武神部落登高一呼，或许能说服对方的黑曜种倒戈，加上争取平民支持，导致火星的政府机器彻底停摆。接着我们有能力持续逼退殖民地联合会派来的援军，各地起义造反，和胡狼的争斗持续绵延好几年。接下来呢？”

“政府机制并不局限于火星，”维克翠说，“它会继续运作，不断投送人力和物资攻打我们。”

“又或者——”

“他会用核弹。”舞者回答。

“我相信只要崛起革命不退烧，他迟早会以核弹攻击黑曜种和我们的军队。”

“但这已经筹划了好几个月，”舞者抗议，“有了黑曜种胜算更大，难道现在要整个推翻重来？”

“没错，”我回答，“大家奋斗的目标是解放这个星球。历史上所有反抗军的优势在于需要保护的对象少，具有足够机动性，不被敌人掌握。相反，我们害怕失去的太多，需要保护的人也太多。战争并非几天几周内能结束，延续十年也不算什么，火星还会流更多血。你想想看，届时我们会获得什么成果？只是个曾经是我们家乡的空壳。仗一定得打下去，但我不要在这儿打。所以我的提案是——离开火星。”

贾王咳一声。“离开火星？”

赛菲自角落阴影走出，打破沉默，发表意见。“你说过会保护我的子民。”

“我们的优势在于控制地底隧道，”舞者也说，“还有人数够多。同时这些人也是我们的职责所在，戴罗，”他望着野马的眼神写满怀疑，“别忘记你的出身，别忘记自己为何走上这条路。”

“舞者，我并没有忘记。”

“你确定吗？这场战争是为了火星。”

“不只是。”

“还有低阶色族，”他逐渐提高音量，“在这里获胜，胜利就能穿透殖民地联合会。氦三靠火星生产，殖民地联合会需要火星和火星的红种，解放火星就等于解放其他星球。阿瑞斯当初就是这么计划的。”

“这场仗是为了全人类。”野马纠正他。

“不对，”舞者仿佛是在保护自己的地盘，“金种，你给我听好，要革命的是我们。我参与起义的时候你还不知道在哪儿将别人当成奴隶使唤……”

眼见同伴又起内讧，塞弗罗朝我使了个眼神，十分不耐烦。我轻轻点头，他便拿着锐蛇重重甩下，剑身劈进桌子半分，微微颤动。“收割者还没说完，你们这些人就急着耙粪，搞什么东西？——还有，色种主义我真的听腻了。”他左顾右盼，看到全场哑口无言后一派得意，自顾自点点头，装模作样挥挥手。“好了，收割者你继续。就要说到精彩的地方了吧？”

“谢了，塞弗罗。我们不能再中胡狼的计，”我说，“战败最常见的原因不外乎将战场交到敌人手中，我们必须跳出胡狼和最高统治者的算计，设好自己手边的资源，并逼着对方加入我们的棋局，回应我们的策略。为此我们必须放手一搏。如今革命火苗已经点燃，殖民地联合会掌控的每个地区几乎都有叛乱，留下来是故步自封。我认为不该困守火星。”

接着，我通过通信仪操纵会议桌，木星的全息投影浮现空中，周围有六十三个小卫星，其中四颗最大的卫星：木卫三、木卫四、木卫一、木卫二，统称“伊利昂[1]”。木卫星群是太阳系两大太空军团驻守处。其一是卫星统领舰队，另一则是宝剑舰队。塞弗罗看起来简直要乐昏了。

尽管他没意识到，但我此时端上的才是他期盼的轰轰烈烈一场大战。

“贝娄那与奥古斯都两大家族激烈内斗，导致核心区与外缘区隔阂更甚以往。奥克塔维亚在这里的主力是宝剑舰队，距离最近的补给点好几亿千米远。宝剑是太阳系第一大舰队，奥克塔维亚派出我们熟悉的好友——洛克·欧·费毕——去降伏卫星统领。截至目前，所有与洛克为敌的舰队都遭他击垮，即便外缘区有野马与忒勒玛纳斯、阿寇斯两大家族协助，仍节节败退。那些船舰上总计两百万人，其中有超过一万黑曜种，二十万灰种，还有三千当今世上最厉害的杀手——圣痕者。他们通过了金种社会引以为傲的院训，担任执政官、副将、骑士和小队长。除了洛克，还有安东尼娅·欧·西弗勒斯-裘利在后方支持。最高统治者通过宝剑舰队散播恐惧，将个人意志强加于各星球。宝剑舰队一如它的新指挥官，从未吃过败仗。”我在此停顿一会儿，给大家片刻沉淀，彻底理解这番话的意义。

“接下来的三十六天内，我们要毁掉宝剑舰队，挖出殖民地联合会这具战争机器的心脏。”我抽出卡在桌上的锐蛇丢回塞弗罗手中，“现在有什么鬼问题就快问吧。”

---

[1] 四大卫星统称伽利略卫星或伊利昂（Ilium），木卫一首都为伊利翁（Ilion），两者为同一词在英语和拉丁语的不同形态。

第三十九章
心

塞弗罗、野马与我进行最后准备，接着要上航天飞机、进入轨道。此时舞者露面。提诺斯城里忙碌喧嚣，他带领阿瑞斯之子各级领袖打点好几百艘飞船，经地底隧道前往南极，黑曜种撤离行动没有中断，老人孩童迁徙到矿坑内避难，战士则在太空轨道与舰队会合。要在二十四小时内移动八十万人口，这是阿瑞斯之子历史上规模最大的计划。费彻纳留给我们的不是个只会杀人的组织，也能救人。

他若是知道一定会非常开心。想着想着，我也露出微笑。

处理好舰队事务后，我火速赶往木星。舞者与贾王留守，维持革命势力的强度，牵制胡狼，直到战局的下一个阶段。

“很不可思议吧？”舞者望向引擎蓝色火焰形成的一片星海。飞船起飞后，越过巨大钟乳石群，冲入提诺斯城外的地底世界。维克翠和塞弗罗两人亲昵地站在机库入口，目送不同人种的共同希望窜入黑暗。“红星舰队进攻了，”舞者抽了一口气，“真没想到能亲眼见证这一天。”

“可惜费彻纳不在。”

“嗯，真的太可惜了。”舞者微微蹙眉，“这也是我最大的遗憾。要是他能看到自己儿子戴上那顶头盔，你也成为他心目中理想的模样，该有多好。”

“那是什么模样？”我见到一名红种号叫者穿上重力靴，跳了两下试试看，从悬崖飞出，钻进一架运输机敞开的舱门。

“对人保持信心。”他充满情感地说。

我转身望着他。在我跟同胞待在一起的最后时刻，他还特意过来找我，我真的很高兴。回不回得来还不知道，即便回来，也不确定他会如何看待我的行为，是否觉得我背叛了他、红种，以及伊欧的梦想。我还记得，过去也曾有过同样的场景。在约克敦上船那天，在场除了他还有哈莫妮及米琪，舞者当时也为即将上战场的我送别。我怎么会变得如此多愁善感呢？或许是人类的天性。我们总是无法好好地注视现在，甚至未来，老是这么放不下过去。

比起沉浸在过往之中，心怀希望其实是更艰难的事。

“你觉得卫星执政官真会愿意帮忙？”舞者问。

“倒也不是，关键在于要让他们觉得这是在帮自己，并在与对方反目前离开。”

“孩子，这一路上危机四伏。但你就爱冒险，是不是？”

我耸耸肩。“也只有这个机会了。”

背后的金属甲板传来脚步声，赫莉蒂带着几名新的号叫者拖着一大袋装备登上船梯。生命仿佛河水，不断将我向前推。自舞者与我相遇，就这么过去了七个年头。然而时间在他身上仿佛留下三十年的光阴痕迹。他面对战争已有几个十年？究竟和多少我从未听说，他也不再提起的朋友道别？他们彼此的情谊不会比我和塞弗罗、拉格纳之间浅。舞者也有过家庭，后来却几乎不谈了。

人人都有过去，也都遭到掠夺和破坏。费徊纳正是因此才打造这支军队，与其说他是为了集结大家的力量，不如说是为了拯救自己，否则他将坠入妻子死后心中的无底洞。费徊纳需要一道光，于是他便自己创造。他对着人生喊出的那声呐喊是爱，我妻子的呼唤也是。

“以前洛恩说过，如果他是我父亲，会把我养育成一个好人，而不是强者。他认为有能力的人反而得不到平静。”想起这件事我又笑了，“早知道我应该问他，那些好人的平静是谁帮忙挣来的。”

“你已经是个好人了。”舞者回答。

但我双手满满的疤痕，有斑斑血迹，握拳时指节泛起熟悉的苍白。

“是吗？”我笑道，“那我怎么老是想干坏事呢？”

舞者听了也笑出声，但他马上吓了一跳，因为我忽然把他拉过来用力拥抱。他仅剩的那条胳膊靠着我大腿，头顶勉强顶到我胸口。

“虽然头盔戴在塞弗罗的头上，但你是这里的心脏，”我说，“一直都是你。你太谦虚，所以才没有发现。你跟阿瑞斯一样伟大，而且和那个脏小鬼不同。直到现在，你依旧温柔善良。”我退开后轻轻捶了他胸口，“另外，你要记住，我很爱你。”

“噢，搞什么鬼，”他眼眶泛红，“你不是杀人不眨眼吗？碰上我你就心软啦？”

“最好是。”我眨眨眼。

他将我往旁边一推。“出发之前也记得跟你母亲说说话。”

后来，舞者过去朝一群阿瑞斯之子的陆战队员大呼小叫，我穿过人群时遇上废物推轮椅送卵石上航天飞机。我跟他们击拳打气，以阿瑞斯之子专属的手势行礼；我还碰到小丑带着新人你来我往讲了几句脏话，最后终于找到母亲，她和野马在一起。她们看见我，聊到一半忽然停下，表情都有些激动。

“怎么了？”我问。

“只是在道别。”野马回答。

母亲上前。“小迪从莱科斯带了这个过来。”她打开一个小塑料盒，盒里装着土壤。母亲的身形看来好娇小，她抬起头，挤出微笑。“当你飞进夜空，觉得自己身陷黑暗，别忘了你是谁，要记住自己并不孤单，你有我们所有人的希望与梦想陪伴。记住你的家乡，”她把我往下拉，在我额头留下一个吻，“记住被爱的感觉。”我紧紧拥抱她，放开后看见母亲坚毅的眼神也闪着泪光。

“我不会有事的，妈。”

“我知道。我也懂你老是觉得自己不配获得幸福，”她忽然说，“但孩子，你配得上，你比起我认识的所有人都值得。去做你该做的事，然后回到我身边。”母亲牵起我和野马的手，“你们都要回家，都要过自己的人生。”

我离开时情绪浓烈，但也有些一头雾水。“到底怎么回事？”我问野马。

她一脸“你怎么会不知道”的表情。“她很害怕。”

“为什么？”

“因为她是你母亲。”

我走向航天飞机登机的地方，塞弗罗和维克翠也来底下会合。

“地狱掘进者！”舞者在我们走到船梯顶端前大叫。我回头一看，他正高高举起拳头，背后一整座机库的人跟着望过来。数百名地勤搭乘作业车，还有许多红种、蓝种和绿种人担任驾驶员，捧着头盔站在船梯，最后是灰种、红种和黑曜种组成的战斗部队，扛了装备和补给，制服肩膀与脸上都有镰刀图案，也要登船跟我们一同出征。他们都是火星的子民，为了星球、为了同胞、为了大我而出征。我深深感受到大家的感情，阿瑞斯之子拿下火卫一后，我终于凝聚世人的希望。我必须依照承诺做到。他们一个接着一个握拳高举，仿佛海浪。这也令人想起伊欧握着血花死在奥古斯都面前的光景。

我背脊一阵凉。塞弗罗、维克翠和野马，甚至连我母亲也举起拳头。“打破枷锁！”舞者喊道。我也举起自己伤痕累累的拳头，静静登上红星舰队，远赴战场。

第四十章
黄色汪洋

木卫一的黄色汪洋拍打我靴子，举目所及，净是硫化物沙丘及硅酸盐矿物积聚出的锯齿山脊。铁蓝色的天空悬挂着木星，表面纹路如同大理石，而且不断在波动。从木卫一观看木星，它的大小是从地球看月亮的一百三十倍，仿佛巨神庞大且狰狞的面容。六十七颗木卫全数卷入战火，都市隐蔽于脉冲防护罩；那些来不及脱离星战机甲的士兵烧成焦黑，在太空中飘流；还活着的部队持续交战，猎杀敌人与物资，气体巨行星的幽渺冰环宁静不再。

这景观十分壮阔。

我站在沙丘顶端，左右是赛菲及五名女武士。她们穿着刚涂装完成的全新脉冲护甲，一同等待卫星统领的船只抵达。我方的军用飞船没有熄灭引擎，留在后方待命，外观神似深灰色双髻鲨。不过，从火星出发前黑曜种和红种一起帮船上漆，飞船前段多了两颗凸出大眼和咧开大嘴，口中利牙沾满血，就在两眼之间。赫莉蒂趴下埋伏，利用狙击步枪留意着南面岩阵的动静。

“有什么变化？”我的声音在氧气面罩里听来也是断断续续。

“没。”频道传回塞弗罗的声音。他和小丑换上重力靴到两千米外的小聚落查看，从这位置已经无法以肉眼追踪。我握着甩刀，心里焦躁。

“会来的，”我说，“是野马安排的时间地点。”

木卫一是个怪异的地方。它是伽利略卫星中最内侧、最小的那个，然而，却还是比月球大上一号。此处环境以金种现行技术无法彻底改造，与地狱极为相似，恐怕连但丁也要感到欣慰。

它在太阳系众天体之中最为干燥，火山活动与内部潮汐热变化最剧烈，成分包含大量硫化物，地表满布黄橘荒野，插上巍峨岩石。山峰窜出地面，刺穿沙丘、撕裂天际。

从天空中看，木卫一的赤道地带存在大片绿色斑驳。距离太阳过远，农作物和牲畜存活不易，于是殖民地联合会的工程部门以脉冲防护罩包覆数百万亩土地，派遣星系级运输舰，送来高于需求三倍的水和土壤，强化大气成分，屏蔽木星散发的过量辐射，并利用星球内部的潮汐热推动发电机，得以生产粮食提供给木星轨道，甚至还外销核心区。最重要的则是此处支持了星系外缘地带。木卫一是火星到天王星之间最大的粮仓，土地便宜，而且重力对人类的负担较小。

而劳动主力是哪些族群……这就不必多言了。

脉冲泡泡的外头，从南极到北极只见硫黄沙海，或沙海上冒出的火山与熔岩。

木卫一或许不是什么讨喜的地方，但我不得不尊敬生活在这里的人。虽有脉冲波保护，但他们与地球、月球、水星、金星等地居民不同，身材更为结实坚毅，眼珠为了尽可能吸收来自六亿千米外的阳光，演化得较大；他们皮肤苍白、个头高挑，对于辐射线的承受能力也强。当地人自认更接近当初征服地球、带来人类史上初次真正和平的钢铁金种。

早知道我今天就不该一身黑。我的手套、斗篷、里面的上衣都是黑色。本以为目的地是在星球另一侧（那儿不面对木星），只有二氧化硫形成酷寒冰原，结果卫星统领的工作团队最后一刻忽然表示会晤地点有变，要求我们前来硫黄海岸。此地气温高达一百二十摄氏度。赛菲走到我身旁，戴着新的光学目镜监视黄澄澄的地平线。赶赴火星的一个半月航程中，她和旗下女武士日以继夜跟着赫莉蒂学习、训练，很快就熟悉各项军事配备操作、登船和能量武器战术，还能辨识灰种的军用手势。

“这温度还行吗？”我问。

“真怪。”赛菲回答。她只有脸能稍微感觉到外界高温，身体其余部位都由装甲的冷却系统保持舒适。“为什么会有人住在这种地方？”

“能住的地方就会有人住。”

“金种有选择机会，”她说，“不是吗？”

“的确是。”

“这里的环境严苛。要是我，就会对住在这里的人严加戒备。”

由于重力低，沙尘随风扬起后卷成柱状，摇摇晃晃拍落。然而野马反倒认为我必须提防赛菲。

于是我暗中调查，知道这位新女王在航程中看了好几百小时的全息影片。她学习人类发展至今的历史，通信仪上所有活动也受到监控。赛菲喜欢雨林影像或实境体验，但野马担忧的不在于此，而是她花了大量时间研究过去的战争，对于土卫五遭核弹毁灭尤感兴趣。不知她究竟有何想法。

"很有道理，赛菲，"我回答，"非常有道理。"

塞弗罗赫然降落在我们面前的沙上，斗篷的匿踪效果随光影涟漪褪去。"这什么鬼地方？"

我不耐烦地拍掉面罩上的沙。自从启程后，我就知道他深陷爱河。那个可笑、烦人的恶作剧，还有在觉得没人注意时就溜到维克翠房里——臭小子恋爱了，而且这次居然不像是单恋。"有何发现？"我问。

"整个地方闻起来都有屁味。"

"这就是你的专业意见？"赫莉蒂在频道上问。

"嗯哼。那座山另一头有个聚落。"他的狼皮斗篷随风飘扬，连接甲胄的链子发出叮咚声响。

"有一小撮戴了护目镜的红种在运蒸馏设备。"

"有扫描沙子底下吗？"我问。

"老大，我又不是新手。什么面对面谈判，听起来就有鬼，不过目前没找到可疑之处。"他瞥着通信仪，"还以为木卫人比较守时，结果这些王八蛋已经迟到三十分钟了。"

"大概是紧张吧，以为我们有空中武力作后援之类的。"

"要是没有我们才蠢。"

"同意。"赫莉蒂在频道上附和。

"有你们在还需要空中武力吗？"我指指他的重力靴。塞弗罗背后有个灰色塑料箱，里面是泡绵包裹的萨里沙飞弹与发射器，是跟拉格纳炸毁卡西乌斯的船同一款。换言之，若有必要，眼前这个神经病将摇身一变，就成为小妖怪战斗机。"野马说了，他们会过来。"

"野马说了，他们会过来——"塞弗罗装了个幼稚的语调，

“他们最好给我过来。船在这种地方都很容易被逮到。”

野马乘航天飞机前往木卫一首都伊利翁后，舰队暂时滞留太空轨道。合计共五十条火炬船和驱逐舰关闭护盾和引擎，靠在荒凉的木卫九周围，在此同时，军容浩大的金种舰队正要穿越伽利略卫星。倘若对方够靠近，就能从雷达上找到我们；而此时我方则为了藏匿踪迹，处于毫无防备的状态，就算是一小队镰翼艇也能轻松击坠。

“木卫人一定会来。”我口里这么说，心却不踏实。

木星的金种性格冷傲、与世隔绝。伽利略四卫星上估计有约八万圣痕者。他们在本地学院受训，前往核心区的人少之又少，除了少数最有钱的人能负担度假花费，就只有受到殖民地联合会征召才有机会。月球虽是金种发祥地，对他们而言却陌生遥远，人生的重心都放在木卫三的繁华都会。

最高统治者早将外缘区的独立视作隐忧，当初曾提过，要将权威延伸至十亿千米外并非易事，真正的心腹大患其实不是奥古斯都与贝娄那家族互斗，两败俱伤，而是外缘区趁乱造反。届时殖民地联合会就会真正一分为二。六十年前，奥克塔维亚即位之初，土卫五统治者不肯臣服，她便要灰烬之王动用核武，将敌人连同星球一同摧毁，这次下马威直到今日依旧叫人胆寒。

奥克塔维亚将木卫统领的儿女留在月球做人质，以此要挟。然而一年前，在我凯旋式后第九天，野马在月球城塞安插的间谍组织出手营救，这些人质居然成功脱身。木卫大统领之一睿弗斯·欧·卢俄在宴会上遭波及杀害，于是人质逃离后才过两天，他的孙儿与木卫三柯多范家族齐力攻下木卫四的殖民地联合会军事据点，并就地宣布木卫一独立，呼吁人口更多、势力更大的其余星球联合阵线。

接下来，领袖魅力超群到接近危险程度的罗穆勒斯·欧·卢俄获选为外缘区最高统治者，而且没过多久天王星也愿意结盟。才过六十年又两百一十一天，卫星叛乱的戏码再次上演。

木卫统领显然认定奥克塔维亚会受火星局势牵制十年甚至更久，加上核心区低阶色族发动抗议，正常推论，确实很难相信她有余力派遣舰队镇压六亿千米外的独立运动。只可惜，他们小看了她。

“有人接近，”守在航天飞机仪表板前的卵石开口，“三艘船，目前两百九十千米远。”

“总算，”塞弗罗嘀咕，“那些该死的木卫人也该到了。”

地平在线浮现三艘船，左右两条萨佩顿级战斗机上画有卢俄家族的四首白龙徽章，龙爪扣住象征木星的闪电，中央那艘船是普里安[1]级大型人员运输舰，舰上标志我熟到不能再熟。是好几种颜色绘制成的沉睡狐狸。船停在我们前方，扬起风沙后梯子自船腹降下，里头走出七道利落的身影，与我相比都较高且较瘦。全是金种。他们戴着由雕塑师制造、名为“奎鲁”的生物式呼吸面罩，覆盖全部口鼻。奎鲁的边角伸至两耳，外观很像蝗虫壳。木卫金种的战斗装备比核心区要轻巧，颜色偏暗沉，因此他们披上鲜艳的围巾平衡视觉，背上扛长管电磁枪，枪托依照个人喜好定制，锐蛇则系在腰间，眼睛藏在橘色光学目镜下。脚上穿了舞空靴，不仅比较轻，而且也不借助重力，而是利用压缩气体的原理来移动，在沙漠上弹跳的模样就像朝湖泊抛石头——换言之，

[1] 普里安是特洛伊战争时的特洛伊王，院训中死亡的一人也叫这名字。

并不怎么高，然而一小时的移动速度却达六十千米。舞空靴的重量仅有我脚上重力靴的四分之一，电池充饱后足够整年所需，热感应系统也无法侦测。

由此推论，这群人并非骑士，而是刺客。赫莉蒂也察觉到潜藏的危机。

“野马不在其中，”她通过对讲机提醒，“忒勒玛纳斯的人吗？”

“没看见——”我回答，“等等，她来了。”

野马从一架战斗机下来，与个头较高的木卫一队伍会合。她的衣着跟对方相同，不过拿的是步枪。她身边跟着一个木卫一的女性，她肩膀微微前倾的姿态就像猎豹。抵达后，野马走到山丘顶端，回到我们这侧，其余木卫人士停在下方靠船的位置，表示自己并非威胁，目的只是护卫。

“戴罗，”野马赶紧解释，“抱歉迟了。”

“罗穆勒斯人呢？”

“他不会过来。”

“混账，”塞弗罗气得低吼，“我就和你说了吧，小收割者。”

“没问题的，塞弗罗，”野马又说，“来的是他妹妹斐拉。”

那名高挑女子往下睥睨，鼻梁有被打扁过的痕迹。她皮肤白，身体能看出低重力的影响。由于面罩和目镜让人看不清长相，只能模糊判断约五十岁。女子开口后语调无起伏。“我代兄长前来迎接。欢迎你，火星的戴罗。我是斐拉·欧·卢俄，官阶为副将。”

赛菲悄悄挪动脚步，仔细观察陌生金种和那身没见过的行头。我倒是满喜欢她这种模式。那些发现她在一旁绕行的人讲起话似乎就会坦白些。

“幸会，副将阁下，”我礼貌点头，“所以是由你代令兄发言吗？原本以为我可以和他本人会晤。”

斐拉的目镜旁挤出皱纹。“无人能代他发言，我也不例外。我的兄长希望邀你到他家，位于卡瑞克荒野。”

“是要我们自投罗网吗？”塞弗罗问，“我有个更好的主意：你立刻告诉你那狗娘养的老哥，他妈的，答应的事就要做到，否则别怪我拿枪管插进你屁眼，让你变成妖精最爱吃的烤肉串。”

“塞弗罗，住嘴，”野马说，“别捣乱。看一下是什么场合、什么对象好不好？”

斐拉注意的是赛菲，以及这个魁梧黑曜种腰间的锐蛇。

“我才不管她是谁。既然知道我们身份——他妈的，这可是火星收割者哪！轮得到她这么嚣张吗？究竟有没有脑？”

“这人不能一起去。”斐拉说。

“我可以理解。”我回答。

塞弗罗做出一个很糟糕的手势。

“那位是……？”斐拉朝赛菲撇了撇头。

“女武神山锥的君主，”我说，“拉格纳·佛勒洛的妹妹。”

对方十分提防赛菲。这是理所当然，拉格纳相当出名。“她也不能去。另外，你背后那个大铁块有点儿问题。那是船吗？”斐拉闷哼一声，仰起鼻尖，“是金星的东西吧？”

“借来的，”我回答，“如果你愿意交换……”

斐拉笑出声——这倒是令我讶异，不过她又立刻正色。“若以使节团身份谒见卫星统领，就请对我的兄长表示足够敬意，并相信他是诚心款待。”

“但是我也见过太多人只为图个方便就抛弃荣誉。”我出言试探。

“这里不是核心区，是星系外缘。”斐拉回应，“我们还记得自己的祖先，记得钢铁金种是什么样的人，不会和月球那婊子或是火星的胡狼一样口蜜腹剑。”

“即便如此……”我迟疑。

斐拉耸耸肩。“收割者，你必须作出抉择，而且你只有六十秒。”她退开，让我和野马、塞弗罗商议。我招手要赛菲也过来。

“你们有什么想法？”

“按照罗穆勒斯的性格，宁愿自己死也不会杀害宾客。”野马说，“我知道你还不能信任对方，但他们是真的还将荣誉感当一回事，不是贝娄那家族那种说一套、做一套的表面动作。在木星，金种将承诺当作性命看待。”

“你知道她说的地点吗？”我问。

野马摇摇头。“知道的话我就直接约在那边了。要注意，对方有侦测辐射和电磁波的设施，已经分析过你的数据，所以最好不要派人潜入。”

“真是太好了。”话说回来，眼前我们面对的本就不是战术问题或心理游戏，目标是要争取外缘区支持。我手上握有连最高统治者也欠缺的筹码，比起别人的荣誉感更能保住自己的小命。只不过，以前我曾误判情势，此刻一定要谨慎再谨慎。

“他们的待客之道有包括红种吗？”塞弗罗问，“还是金种限定？我们得确认一下这件事。”

我朝斐拉瞟了一眼。“的确。”

“他杀你的话就等于杀死我。”野马回答，“我会在你身边寸步不离，他轻举妄动，就等于和我的阵营宣战，会遭到忒勒玛纳斯，甚至洛恩三个媳妇的夹攻。罗穆勒斯现在将近三分之一的军力其实是属于我，他没有内斗的本钱。”

“赛菲，你怎么看？”

她闭上眼，通过蓝色刺青观察荒野上的灵。“可去。”

“那么塞弗罗，给我们六小时。如果我们没回来，就——”

“——去树丛打手枪？”

“杀得一个不留。”

“没问题。”他和我撞了下拳头，眨眨眼，“孩子们，祝你们聊得愉快啊。”塞弗罗也朝野马伸出拳头，“小马儿，你也一样啊。我们同一国的，对吧？”

她握拳伸过去抵了一下，开心地说：“他妈的，这是当然。”

第四十一章
卫星统领

伽利略卫星最有权势的人，住处却异常朴素。许多小花园构成曲折地形，以及无数静谧角落。此处位于某座休火山背光面，俯瞰绵延至天边的滚滚黄沙；在地平线隆起另一座火山，冒出乌烟，岩浆朝西方爬去。我们降落在岩阵中的机库，只有两艘船和一排覆满尘埃的浮空机车。隔壁那艘是流线型的黑色比赛用机，奥利安想必死也想驾驶一次。这里没有地勤过来协助，于是我径自沿硫黄灰上的白色石头走道朝房舍靠近。道路沿墙转弯，屋子不大，全都包在脉冲泡泡内。

卫星统领派来的队伍态度自在，先一步穿过铁门，进入房屋前方的草地，脱下沾满沙土的舞空靴摆在门口的黑色军靴旁。野马与我交换眼神后跟着脱鞋。我花的时间最久，因为重力靴太大太重，单一只就接近九千克，还有三条平行扣环固定在腿上。脚趾踩在草上触感奇异，但非常舒服，同时我也意识到自己的脚还真臭。看着十数名可能成为敌人的人将靴子排列在门前，感觉也很怪。我们仿佛闯进了一个非常私密的空间。

“请在此稍候，”斐拉对我说，“弗吉尼娅小姐，罗穆勒斯希望先与你单独谈话。”

“有危险的话我会尖叫的。”看她犹豫，我便开了个玩笑。野马眨眨眼，随斐拉入内。她显然察觉了我们之间的默契。斐拉不仅年长，还有一双一点儿细节都不遗漏的敏锐眼睛，所有举动都会受到她的评断。我留在院中听树梢风铃作响，发现花圃是平整的长方形，估测约三十步宽，从正门到内门步道大概十步深；周围墙壁涂上白色灰泥，表面光滑，爬满的藤蔓朝屋子扩张，绽放的小橘花飘散出浓郁的林地香气。

建筑物三两分散，房间和小花园交错分布。屋子都没有屋顶，因为没必要。脉冲防护罩隔绝了外界的天气变化，里面则有自己的灌溉系统，每天早上洒水器会自动浇水。柑橘树虽不高，但树根已经刺裂花园中央白色石材砌的喷泉池。就为了看一眼这样的地方，我的妻子被逼上绞刑台。

如果她在，应该会觉得这里既奇怪却又美丽动人吧。

“可以摘橘子吃哦，”我背后传来一个细细的声音，“父亲他不会介意。”我转身一看，前院朝着房子左边绕出一条路，路上有另一道栅门。有个小孩站在那儿，看起来大概才六岁，手里拿着小铲子，裤子膝盖处沾了泥巴，脏兮兮的。女孩头发剃得极短，面色白皙，眼睛比火星的女孩大了三分之一。仔细看她，不难发觉她骨架细瘦修长，令人联想到刚出生的小马。我见过的金种孩童并不多，因为核心区的圣痕者担忧子孙遭人谋害，通常会好好保护，与外界隔离。之前我听说外缘区这儿风气不同。他们不对孩子下手。当然，太阳系里每个人都声称自己不会残杀儿童。

“你好。”我试着露出亲切的样貌，但实在只有在侄子面前才会这样说话，所以有些尴尬。我其实挺喜欢小孩子的，可是相处起来就是别扭。

“你是火星人对不对？”她神情一亮。

“我叫戴罗，”我点头回答，“你呢？”

“盖娅·欧·卢俄。”女孩很是得意，模仿着大人的口吻，但也就只有说起名字时才是这个态度，“你以前真的是红种吗？我听爸爸说过。”她解释自己为何疑惑，“他们以为我没有‘那个’——”盖娅的手指拂过脸颊上还不存在的疤，“——就连耳朵都关起来了。”她往覆满藤蔓的墙壁仰起头，露出淘气的笑容，“有时候我会躲在上面。”

“我现在也还是红种，”我回答，“没办法从是变成不是。”

“噢，可是你看起来不像。”

既然女孩有这种误会，至少表示她没看过影片。“也许关键并不在于我的外表，”我暗示她，“而是我的行为举止。”

跟六岁小娃儿讲这种话会不会太沉重？只有天知道。不过女孩脸上闪过有点儿恶心的表情，我不禁担心自己是否说错话。

“你见过很多红种吗，盖娅？”

她摇摇头。“只有上课才会见到，爸爸说不可以和他们一起。”

“你没有仆人吗？”

盖娅咯咯笑了一阵，才发现我是认真的。“仆人？我还没有资格啊，”她再次碰碰脸颊，“时间还没到。”只要想象这么一个单纯女孩也得在学院的丛林中逃命，我就忍不住浑身的恶寒。然而，会不会去追杀别人的其实是她呢？

“如果你不放过我们的客人，恐怕一辈子都别想有资格了。”一个低沉沙哑的嗓音自玄关传出。

罗穆勒斯·欧·卢俄靠着门框。他的表情沉稳却十分慑人。此人身高与我相若，但较瘦削；鼻梁看得出断过两次，五官整体显得细长，不怒自威，右眼同样比我眼睛大三分之一。此刻，那双眼微闭，至于左眼眼睑还留有伤疤，眼窝内不是眼球，而以一颗黑蓝色的珠子代替。他抿紧嘴唇，上唇还有三条疤。罗穆勒斯的头发是暗金色，蓄起来结成马尾。撇开疤痕不谈，他的皮肤完美无瑕。但外形并不重要，那身气质更引人注意。我立刻感受到那股从容与自信，仿佛他早在门边观察，也早已看透了我。然而，罗穆勒斯朝小女儿眨眼那瞬间，我却又不禁对他产生莫大好感。即使明知他也是个暴君，我竟产生了要博取他好感的想法。

“你对我们这位火星访客有什么心得感想？”他问女儿。

“大块头，”盖娅回答，“比爸爸强壮。”

“没有忒勒玛纳斯家的人壮。”我说。

女孩双臂交叉。“嗯，世上没有人比他们壮啊。”

我笑了。“不一定哦。我认识一个人，他跟我就像我跟你的比例一样哦。”

“怎么可能——”盖娅张大眼睛，“是黑曜种吗？”

我点头。“他叫拉格纳·佛勒洛，是污印，来自火星南极，在当地部落算是王子。那个部落自称‘女武神’，所以也由骑着狮鹫的女性来治理，”我望向罗穆勒斯，“他妹妹和我一道过来。”

“狮鹫？”小女孩似乎还没有学过这一段，满头雾水，“那他人呢？”

“他死了。在过来找你爸爸的途中，我们把他送往太阳。”

“噢，不好意思……”她表现出的怜悯只属于天真的孩童，“是因为这样你才不开心吗？”

我眉头一挤。没想到情绪都写在我脸上了。罗穆勒斯察觉，出言替我解围。“盖娅，叔叔找你。番茄可不会自己播种啊。”女孩低着头与我道别，沿着走道跑开。我望着她的背影。心想要是我的孩子能出世，应该与盖娅是同样年纪。

“这是你安排的？”我问。

罗穆勒斯朝花园迈步。“就算我否认，你会相信吗？”

“事到如今，的确无论是谁都很难信任。”

“随时保持警戒虽无法感到喜悦，却能保住一口气。”他一派严肃，谈吐中有种铿锵有声的节奏，听得出军事化的教育背景。外缘区不风行虚伪造作、唇枪舌剑。当地人都直来直往。这气氛对我而言纵使疏远，却又让人感到焕然一新。“我父亲和祖父都以这里为家，”罗穆勒斯招手示意我在石凳坐下，“我想，在这里讨论家族的未来十分合适，”他从树头摘下橘子，坐在我对面，“当然，也是你的未来。”

“看来你们付出的心血庞大到不可思议。”我说。

“什么意思？”

“树木、土壤、草地、水源，全都不是这里的原生态。”

“人类一开始也不懂得用火。这也不失为一种美。”他似是反驳，“这颗卫星本来环境凄惨可怕，我们凭着巧思和意志才开创了今天的局面。”

“也许人类只是过客？”我又问。

他朝我摆摆手指。“你从不是以睿智闻名。”

“我确实不够睿智，而且也为此尝到苦头。”

“被关到黑箱里是真的吗？”罗穆勒斯问，“我上个月才听到这件事。”

“是真的。”

“卑鄙。”他语带鄙视，“但也清楚说明了你敌人的品行。”

小女孩在石头步道留下泥巴脚印。“她不知道我是谁吧？”

罗穆勒斯专心将橘子皮撕得像小缎带。我这么关心他女儿，他似乎颇感欣悦。“嗯，我家孩子未满十二岁，不可以看全息频道，只通过自然和人际互动学习成长。她必须先学会分析别人的意见，再学习构筑自己的立场，顺序不能颠倒。人并非数字世界的生物，而是活生生的血肉，与外界接触前要先建立正确认知。”

“所以才没有奴仆？”

“是有。但我不打算让他们今天碰到你，而且他们也不是盖娅的仆人。是什么父母会让儿女养奴隶？”他又显露鄙夷表情，“孩子不劳而获，就会以为那是常态。你以为核心区为什么会变成现在这种乱象？就是因为以前没人反抗。

“看看你去的学院。性奴隶？杀人？甚至吃人？而且还是对自己的金种同胞？”罗穆勒斯摇摇头，“太野蛮了。我们的祖先不是这么教的。核心区的人对于暴虐已经麻木不仁，忘了武力应当有其存在的意义。暴力是工具，能使人震慑或改变。但他们将暴力化为日常活动，还大力提倡，这样塑造出的文化就是将性和权力视为理所当然。一旦遭到抵抗，就只知道挥剑砍人。”

“他们也这么对待你们。”我提醒。

“没错，他们也这么对待我们，”他附和，“而我们也如此对待你们。”罗穆勒斯剥完橘皮，仿佛此刻剥的是头皮。果肉被狠狠掰成两半，其中一片朝我抛来。“我不会淡化自己身份，也不为压迫你们找任何借口。那确实是残酷行径，然而是有其必要。”

航行时，野马和我提过，罗穆勒斯特别从地球取了古罗马广场的石块回来当枕头。他绝非易与之辈，至少对其敌人肯定如此。纵使当下客客气气，但我们终究立场相左。

“对我来说也很难不将你看作一方暴君。”我回答，“你躲在这里，自诩比月球人更文明崇高，只因为你恪遵荣誉信念，压抑欲望。”我指向这简朴的房屋，“可是其实这不叫文明，仅是拥有严格的纪律。”

“这不算文明？秩序不算文明？克制动物本能换取社会稳定不算文明？”他慢条斯理，一小口一小口咬着水果。

我将橘子放在石凳上。“不，这不算文明。但我今天来也不是找你辩论哲学或政治。”

“那就好。我还以为我们连这点儿小事都难有共识。”他小心翼翼地端详着我。

“回到我们最熟悉的主题吧。战争。”

“人类最古老、最丑陋的朋友。”罗穆勒斯朝门口瞥一眼，确定没有闲杂人等，“但进入主题前，能以个人身份问句话吗？”

“若有必要就问吧。”

“你应当知道，我父亲和女儿也在你的火星凯旋式上遇害？”

“知道。”

“换个角度，凯旋式就是一切的开端。你明白吗？”

“明白。”

“所以跟外面传的一样？”

“我不愿臆测你所谓的‘外界’和‘传言’究竟是指什么。”

“听说安东尼娅·欧·西弗勒斯-裘利猛踩我女儿头颅，直到头骨凹陷。我的消息来源是少数侥幸存活的人之一。我们夫妻想要确认真伪。”

“嗯，”我回答，“是真的。”

橘子从他指尖滑落，犹如遭到遗忘。“她死前痛苦吗？”

我本来不确定自己是否记得他女儿，但那夜的种种在梦中回顾太多遍，有时我宁愿自己的记忆力差一些。罗穆勒斯的女儿相貌并不出众，那晚穿灰色礼服，别有电龙胸针。她想利用水池掩护脱身，最后被路过的维克瑟斯挑断脚筋，在地上爬了一阵子后才被安东尼娅夺走性命。“很痛苦，而且持续好几分钟。”

“有没有哭？”

“有泛泪，但没有哀求。”

罗穆勒斯朝铁门外望去，僻静住处底下的沙漠起了一阵尘暴。我懂那感受。自己呵护疼爱的人遭冷酷现实煎膏炊骨，该是多么心痛。他的女儿在此成长，是众人的掌上明珠。一个人去外头闯荡却落得这种下场。

“真相往往残酷，”他说，“不过也最重要。谢谢，而我也有一事相告，虽说你得知了恐怕不会开心——”

“你有其他客人。”我说。他一脸错愕。“门口有靴子，用的鞋油不是为这种环境准备的，所以沾得特别脏。我不会在意，你没有亲自过去沙漠时我就猜到了。”

“想必你也了解，我不能冲动行事。”

“当然。”

“两个月前，我还不赞成弗吉尼娅小姐的和议论调，但麾下也有别人担忧损失过重，所以表达支持。于是她独自离去。我个人不好战，然而战争有其功能，就我分析，若未得到一两次胜利，木星就没有任何优势。换言之，此刻议和就是投降。不过，尽管我自认逻辑推论不错，我方军力却并非同等坚实，截至目前，战况都屈居下风。费毕将军……手腕了得。还有核心区。不屑他们文化是一回事，但我无法否认那里培育的军人及后勤网络极其优秀。我们仿佛在对抗坡上的巨人。如今你来到这里，我也就有机会获得不必战争但能与敌人谈判的筹码，因此不得不审慎考虑该怎么出牌。”

也就是说，拿我当贡品，和最高统治者换取原本不可能的条件。完全的利己主义。当然，我出发前就明白此行凶险，只是以为罗穆勒斯应该斗志尚存，尤其双方都已经激战一年，总该有些报复心。

看来这人的血液特别冰冷。

“最高统治者派谁过来？”我问。

他望向我，似笑非笑。“你觉得呢？”

第四十二章
诗 人

洛克·欧·费毕坐在屋旁的果园里享用咖啡和接骨木口味的芝士蛋糕。远方暮光下，矮火山烟雾袅袅，慵懒一如缠绕于瓷器上的蒸汽。他转头朝那方向望去，正好瞧见我们进来，穿着黑金二色制服的他更显线条修长，仿佛盛夏中发光的麦穗。洛克的颧骨依旧很高，眼神温暖，然而那张脸却笼罩着一股遥不可及、屹立不摇的气势。战功彪炳的他胸前理当别满徽章，不过他认为耀武扬威显得粗鄙，只在左右肩上镶了属于凯旋将军的殖民地联合会金字塔翼章，以及胸前那枚宝冠骷髅，象征扬灰将军授予军权。这才是真正的虚荣。洛克轻轻放下碟子，拿餐巾抹拭嘴角，赤脚起身。

“戴罗，好久不见。”他口气温文儒雅，连我都差点儿相信彼此仍是挚友。但我要自己千万不能动摇，不能宽恕。就因为他，维克翠险些咽气，费彻纳和洛恩与世长辞。若非我要塞弗罗等人先行离开，与他父亲联络，不知道还会赔上几条人命?

“费毕将军。”我讲话无起伏，但疏远客套中藏着心痛，对方脸上却看不到一丝哀愁。我希望他有点儿反应，这样一来，也许能重拾友谊。但最后他终究还是敌人的将领，就像我也为同胞而战。洛克在自己的故事里并不邪恶。他是揭开收割者假面的英雄，我遭到俘虏后立刻参加火卫二战役，击溃奥古斯都和忒勒玛纳斯两家族联军。他不是为自己，而是为崇高理念，就和我一样。他爱他的同胞。若说这么做有什么罪过，就是这份爱太过强烈，因此手段也太过极端。

野马看着我，表情有点儿担忧。她明白我是什么感受。航行中，她问过这件事情，我说我已经不在乎洛克了。然而她知道，我也知道：这根本不可能。强敌环伺，野马在身边发挥锚点般的作用；即便没有她我仍能处理这场面，但未必可以把持心念，还是容易陷入阴暗愤怒。有这样的人陪伴值得庆幸，否则我也许会失去自我。

“久别重逢，但我实在无法感到开心，洛克。”她一开口就将我的注意力拉回现实，“没想到最高统治者不是派议政官来应付我们。”

“她派了，”洛克回答，“莫依拉成了死尸。最高统治者对此深感痛惜，但她信任我的能力和判断，就如同我信任罗穆勒斯大统领的为人。对了，谢谢您的款待。”他对主人说，“您必定可以想象，舰队的餐点乏味得可怕。”

“毕竟也是农业区，”罗穆勒斯说，“就算被人围攻，还是得填饱肚子。”他示意我和野马在洛克对面坐下，自己到餐桌主位。左右分别是海卫一大统领和一位我不认得的老妪。我只注意到她身上有凯旋将军的翅膀肩章。

洛克朝我瞥来。“就我而言，能看到戴罗你重返自己开启的战场，依旧十分欣慰。”

“这次战争可不是由戴罗引起的，”野马说，“是你那位最高统治者。”

“维护秩序的人错了吗？”洛克问，“遵守规章的人错了吗？”

“呵，真有趣。巧的是，我比诗人你更熟悉她的真面目。这个老太婆贪得无厌、心狠手辣。奎茵的死你以为是艾迦自己的主意？”她等着他响应，但迟迟等不到，“那是奥克塔维亚通过通信频道下的命令。”

“奎茵是因为戴罗而死，”洛克说，“不能推诿给别人。”

“胡狼就在我面前吹嘘他杀了奎茵。”我回答，“你应该不知道吧？”洛克似乎不为所动。

“假如他不偷偷动手，奎茵还有一线生机。我们其他人正为生存而奋战，他却躲在后船舱趁机下手。”

“满口胡言。”

我摇摇头。“抱歉，不过你骨瘦如柴的身体里应该涌出一点儿惭愧了吧？就算骂我也无法消弭，因为那是事实。”

“你害我杀死那么多自己的同胞，”洛克说，“我欠最高统治者的、欠殖民地联合会的，甚至在贝娄那和奥古斯都内斗后都没还清。倘若我早点看穿你的伪装，承担应负的责任，数百万人根本不必送命。”他声音颤抖，眼神迷惘，这些我都十分明了。在月球那段时日，我常在午夜梦回惊醒，一头冲入浴室。于惨白灯光下的镜中倒影也有同样表情：我见到百万冤魂在黑暗中哭喊着为什么？

他继续说：“我反倒不明白，弗吉尼娅，你为什么放弃火卫一的和谈？那样原本可以治愈金种分裂的伤痕，齐心对抗真正的敌人。”他的眼睛凝视我，“这男人要杀你父亲，要毁灭我们这个种族。因为他的欺瞒，帕克斯死了；因为他的诡计，你父亲死了。他操纵你，让你跟自己的内心冲突。”

“饶了我吧。”野马嗤之以鼻。

“我是——”

“别一副高高在上的口气，诗人先生，要多愁善感你请自便，我不吃这套。重点不在同胞爱，在于是非；这也无关乎感性，一切必须诉诸正义，建立在事实上。”听见“正义”二字，卫星统领皆不安躁动。野马头一扭望过去。“他们知道我支持外缘区独立，我是改革派，更知道我有脑子，不会将两者混为一谈，或放任个人情绪左右信念。我和你不一样。既然你那些词藻华丽的演说在这儿没有听众，何不跳过徒劳无功的口水战，直接听听我们的说法？决定一下战争究竟要以什么形式告终？”

洛克怒目而视。

罗穆勒斯浅浅一笑。“戴罗，有没有要补充的？”

“野马已经说得很完整了。”

“好，”他回应，“那么容我先表态，之后再请各位发言。对我来说，你们双方都是敌人：一边造成罢工和反政府活动，另一边正准备进行包围战。只不过，在星系外缘的这片黑暗中，你们需要我。你们需要我的舰队、兵力。这有多讽刺不是很明显吗？而我的问题只有一个：你们谁能给我更多好处？”罗穆勒斯先望向洛克，“——将军请说。”

“各位大统领，最高统治者和我为这场同胞间的纷争深表惋惜。虽然事出有因，但现在应该画下休止符，一同面对更巨大、更迫切的危机，不能流于口舌之争、兄弟阋墙。伪民主是颗毒瘤，人类生而平等是最冠冕堂皇的虚言，想必大家都看见了：火星乱象纷呈。阿德里乌斯·欧·奥古斯都正为维护殖民地联合会正进行崇高的战斗。”

“崇高？”罗穆勒斯问。

“而且效率惊人。然而，他一己之力无法阻止灾害蔓延，必须趁着尚有挽回余地时连根拔除，否则后患无穷。尽管你我出身不同，却都承袭征伐地球的先祖血脉，正因如此，最高统治者愿意放下一切争端，敦请各位出兵讨伐这股红色叛乱，以免核心区与外缘区陷入万劫不复的地步。

“为表诚意，最高统治者已经应允，战后会撤出木星区域的殖民地联合会军事据点。但此命令的效力不包含土星和天王星。”土卫六大统领听了发出一声轻蔑的闷哼，“此外，最高统治者释出更大善意，针对外缘区降低赋税和关税的处置展开会谈，并计划小行星带的矿务授权将从核心区企业转移到外缘区。各位曾经提案要求元老院增加相应议员席次，这一点儿最高统治者也同意。”

“那最高统治者的选举机制呢？”罗穆勒斯问，“一开始就没人让她自诩女皇，但那明明是选举决定的官职。”

“完成新议员任命后她就会着手修法。奥林匹亚骑士也按照各位建议，未来经由大统领投票表决，而非最高统治者一人遴选。”

野马歪头冷笑。“对不起，你可以说我疑心病太重，但洛克，你的意思不就是说不管罗穆勒斯先生现在讲什么，最高统治者大人都会点头答应，直到她又有筹码讨价还价的那一天？”她夸张地用鼻孔喷出一口气，“你们听我一句劝。我们家最清楚最高统治者的承诺包藏了多少祸心。”

“安东尼娅·欧·裘利呢？”罗穆勒斯顺着野马的话锋，“她杀害我父亲和女儿，你们会将她交给我们处置吗？”

“我会做到。”

罗穆勒斯看似对他开出的条件很满意，也受到红色叛乱这说法打动。洛克是个厉害的说客，答应的项目看似也合理可行、不多不少。我唯一的反击之道就是给卫星统领打造一个美梦，但这一着赌注很大。罗穆勒斯望了过来，等我开口。

“撇开色族，你们和我才是血脉相连。最高统治者是政客，而我是战士，与金属及艰险共存，那是我的命脉，是我存在的意义。我与你们人种不同，却能在你们的社会出人头地，甚至执行数百年来最成功的一次铁雨作战，夺下火星。”我身体前倾，“卫星统领，我要给你们的不是将就凑合，不是苟且偷安，而是真正的独立，永远脱离月球的制约。没有赋税，灰种和黑曜种不必去核心区服役二十年，核心区要奢靡堕落，就任由他们，此后无须接受指挥。”

“这番话相当大胆。”罗穆勒斯回答。眼见区区红种大放厥词，能够按捺得住证明他确实气量过人。

“妄自尊大。”洛克出言讽刺，“戴罗能有今日地位，靠的是身旁众人。”

“同意。”野马娇笑。

“我还有许多战友在身边。洛克，你呢？”

“没人了。”野马搭腔，“只有亲爱的安东尼娅，我哥哥安插的奸细。”

这话命中洛克与罗穆勒斯的要害。我望向那些卫星统领，继续说："你们有太阳系最大的船厂，但太急着开战，没有准备足够船舰与燃料。起初你们以为最高统治者不可能第一时间出兵讨伐，可惜计算错误。幸好她也犯了错，留下大量资源防卫核心区，以为奥利安会直接攻打。事实上，奥利安已和我会合。再加上从胡狼得来的军力，足以直接歼灭宝剑舰队。"

"你哪来那么多船？"洛克反驳。

"你不知道也很正常，"我回答，"而且你更不知道我的部队埋伏在哪儿。"

"他的军队有多大？"罗穆勒斯问野马。

"够大了。"

"洛克一直引导你们将我当成有勇无谋的莽夫。我看起来像吗？"——至少今天不像，"罗穆勒斯，你对核心区没兴趣，我也对外缘区没兴趣。这里不是我的家乡，所以我们也没有利害关系。我发动战争，为的不是消灭某个种族，而是要反抗压迫我家乡的人。帮我们击垮宝剑舰队，你们自然能独立。更何况，这是一石二鸟之计。就算打败诗人后我没办法扳倒最高统治者，一年半载之后我还是输，对奥克塔维亚造成的损伤也绝非她此生所能弥补。人力、物力、船舰和将领都没了，怎有办法对几亿千米外伸出魔爪。"这名卫星统领神情遂变。我还有机会。

洛克语出讥诮。"人家自称是解放者，你们觉得他有可能放着外缘区的低阶色族不顾吗？伽利略卫星有超过一亿五千万人受到他'奴役'呢。"

"能够解放当然要解放。"我满不在乎地说，"问题是我没办法。现实如此，我也心有不甘。他们都是我的同胞。只不过，作为领袖，我明白有舍才有得的道理。"

此话引来众金种点头称是。即便立场敌对，他们依旧敬重民族大义，能理解我的苦楚。然而得到敌人认同有些别扭，我不太习惯。

洛克察觉到风向转变。“我比起各位更熟悉这人。”他再度出招，“我们曾经亲如兄弟，但他是个骗子，为了离间我们的民族，他什么都说得出口。”

“嗯，我和最高统治者天差地远，人家可是句句属实呢。”我随口反击，立刻引起数人发噱。

“最高统治者绝对会实践诺言的。”洛克坚称。

“就像对我父亲一样吗？”野马语气变得刻薄，“去年月宴前，奥克塔维亚计划加害我父亲，那时我还是最高统治者身旁的枪骑兵呢。但她毫不避讳此事。而她为何要除掉我父亲？就只因为两人政治主张有所不同。各位和她可是真枪实弹地交过手，未来会怎样被她对付，你们自己想象一下吧。”

“听听……你们听听……”海卫一大统领用指节敲打桌面。

“各位难道愿意听信恐怖分子和叛徒的说辞？”洛克问，“六年来，他计划颠覆殖民地联合会，整个人生都是一场骗局，你们要怎么信他？又怎会以为红种比同为金种的人更替你们着想？”他一脸凄然地摇头，“兄弟姐妹，贵为金种就代表你们肩负人类社会的秩序和谐。眼前有个种族想拔起我们的根，但我们仍致力带来和平。不要中了戴罗的计，否则太阳系将回到黑暗时代，文明造就的奇迹会被他们的饥渴吞噬殆尽。此时此刻，大家尚有机会阻止他，然后就像过去一样携手同行。想想你们的子孙，各位想留给后代一个什么样的世界呢？”

诗人伸手按住心窝。“我来自火星，对于核心区的好感并不比各位高出多少。在我出生前，家乡就已受月球剥削。这一点儿确实必须改变，但这不需要通过他的力量，他的行径就像只是破了扇窗便要毁掉整栋房子，这绝非正途。吾友，请你们三思。为了缔造更美好的未来，最重要的是放下眼前的恩怨，发扬黄金时代真正的精神。我们金种要团结。”

再这么拖延下去，洛克很有可能以大义之名说动他们，野马和我都很清楚目前局势，而我来之前也想过自己势必要有所牺牲。尽管我再不情愿，但光从卫星统领神情就能观察到洛克那番话已引起涟漪。他们畏惧革命，也畏惧我。

这便是阿瑞斯之子最大的破绽。塞弗罗当初下错关键一步，不该释出我接受雕塑手术的影片，以此带领组织与敌人正面冲突。从前我可以离间分化、隔岸观火，革命只是种意识形态。如今，洛克植入的意象是身为主宰者的共同恐惧：自己拥有的一切是否会被奴隶夺走?

小时候，叔叔将甩刀交在我手中，吩咐说必要时可砍断手脚安保性命。那是属于矿工的记忆。每个人进入矿坑前都要记住断肢求生的道理。只不过，接下来我的决定未必能获旁人谅解。

“阿瑞斯之子交给你们。”我淡淡地说。然而，洛克正在高谈阔论，除了野马外没人听清楚。

“阿瑞斯之子交给你们。”我提高音量、重复一遍。

众人瞠目结舌。

罗穆勒斯探身的动作大到椅脚都在地上刮擦。“什么意思?”

“我刚才说了，我对外缘区没兴趣，这就是最好的证据。目前在各位领地上有超过三百五十个阿瑞斯之子的基地，我们煽动罢工、破坏卫生系统，我们让伊利翁街道撒满屎尿。你们可以选择把我献给最高统治者，但之后的千年都要受阿瑞斯之子折磨。但反过来，我能将所有阿瑞斯之子据点让出来不要，把革命带回核心区，只要我还有一口气就不会越过小行星带，条件就是你们要帮我打垮他的破舰队。”我指着洛克，他一脸愕然。

“胡说，”诗人感受到气氛骤变，“他说谎。”

可惜，我没说谎。我早已下令阿瑞斯之子尽速撤离外缘区，但仍有很多人无法全身而退，最后他们会被逮捕、拷问、虐杀。这是战争，也是领导人的矛盾所在。

“各位大统领，将军要你们屈服，”我继续说，“你们还不厌烦吗？还要继续侍奉远在六亿千米外的君主吗？”他们不禁点头如捣蒜，“最高统治者声称我是最大威胁，但你们看看，是谁在轰炸你们的都市？是谁杀死了你们上百万子民？是谁扣留你们的子女，放在月球做人质？是谁在火星谋害你们父亲与女儿？是谁曾经摧毁一整颗星球？难道是我吗？还是我的同胞？不是吧？你们最大的仇敌分明是贪婪的核心区。”

“此一时彼一时。”洛克还想抵抗。

“但那位置上的人可是同一个。”我吼了回去，望着罗穆勒斯左手边一名极其专注的土星金种。

“毁掉土卫五的是谁？最高统治者自己都忘了吧！她的宝座背对着外缘区，可是你们每天晚上都要看见天体残骸。”

“土卫五是悲剧，”洛克掉入野马为我设计的陷阱，“没有人愿意重蹈覆辙。”

“你确定？”野马闻言发难，转身望向斐拉。斐拉和数名木卫一的金种守在门口阶梯。“斐拉小姐，方便让我拿回通信仪

吗？”

“别着了她的道。”洛克说。

“着我的道？”野马故作娇羞，“将军大人，小女子绝无虚言。还是说你只接受咬文嚼字，容不下朴实的真相陈述？我个人倾向于信任大家并不害怕面对事实。”她伶牙俐齿地说完，一脸窃喜，再次看着斐拉。“斐拉小姐要是不放心，那由你操作，我无所谓，密码是L17L6363。”一听之下连我也呆了。她更是得意。

斐拉询问兄长。“也许他会跟巴卡家族联系。”

“你可以切断频道啊。”野马说完，立刻得到罗穆勒斯点头同意。

斐拉照做。“请开启编号三的文件夹，谢谢。”对方如言操作，立刻露出一脸困惑，微微眯起眼。她又读了一阵，忍不住噘嘴，还一副起了鸡皮疙瘩的模样，众人屏息以待，焦躁气氛弥漫。“斐拉小姐，你说那是不是难得一见？”

“究竟是什么？”罗穆勒斯开口，“给大家看看。”

斐拉朝洛克怒目相向，诗人与卫星统领同样一脸不解。东西到了罗穆勒斯手中，他马上滑动画面读完，露出压抑情绪的表情。卡西乌斯提供的情报被我用来对付自家主子，他的礼物正是插在奥克塔维亚心口的箭。原先我和野马讨论过，如果能经由殖民地联合会的情报网络散布这个假消息，更能取信于人。

“播给所有人看。”罗穆勒斯将通信仪丢回给斐拉。

“究竟是什么？”洛克压抑不住，口吻有些恼火，“罗穆勒斯——”然而，画面一出来他也呆了。介于火星和木星间，古柏带鸦女星族凯琳群集的S-1988号小行星正飘浮半空、缓缓旋转，底下的绿色跑马灯揭示了最高统治者的末日将至。内容的前半是假造的殖民地联合会内部通信，详述物资运送到明明没有太空站的小行星上，到了后半，还有殖民地联合会的机密文件，指示船只前去该地“补给”。接着切换为影片，我在航向木星途中派出一小队探查这颗星球，由叔叔带领红种同志闯进幽暗厂房。几人身穿宇宙飞行服在真空中摸索，本该寂静无声，但头盔内建的盖格计数器却开始狂叫，机器侦测到的辐射量远超太空作战规定使用的五百万吨核子弹头。

罗穆勒斯横眉竖眼。“既然不打算重蹈土卫五的覆辙，为什么你的舰队来到木星轨道前还特别去搬运核子武器？”

“我们根本没去过那地方。”洛克还在状况外，没能察觉自身处境。这个证据无可抵赖，因为最有效的谎话就是半真半假。“阿瑞斯之子几个月前抢了那里，当成仓库，纪录都是他们捏造的。”诗人吞下了假情报，可见最高统治者并没有将这件事情透露给他。奥克塔维亚该为猜忌付出代价，洛克毫无心理准备。

“意思就是真的有这么一间仓库。”罗穆勒斯这句话终于点醒洛克，但话一出口就无法收回。

“费毕将军，我们和月球中间怎么会有一座存放核武的秘密仓库？”

“这是最高机密。”

“你是在和我开玩笑吗？”

“殖民地联合会军事部为维护安全——”

“假如只是维安，东西怎么不在公开据点里？”罗穆勒斯质疑。“这仓库位于小行星带边缘，从月球过来正好是木星的近日轨道，简直就像是为了方便让某个将军到我家顺便路过……”

“罗穆勒斯大统领，我知道这看起来——”

“年轻人，你真的知道吗？你是否能理解，这些信息看来就像你打算彻底歼灭自己口中的兄弟姐妹？”

“那很显然是造假——”

“——不管怎样那座仓库确实存在。”

“是。”洛克不得不承认，“是有那座仓库。”

“里面有核武？而且辐射量有这么高？”

“都是维安所需。”

“其余部分全是假的？”

“没错。”

“你的意思是，你并没有打算带着核弹过来，将几颗木卫炸成碎片？”

“没有这回事，”洛克回答，“我们只有舰对舰的战术核弹，最高当量五百万吨。罗穆勒斯，我以名誉发誓——”

“以你卖友求荣的名誉是吗？”罗穆勒斯指着我，“你出卖了最正直的洛恩，我的盟友奥古斯都，以及我父亲睿弗斯。你还眼睁睁看着杀掉自己母亲的神经病踩碎我女儿头颅，并且与她共事，甚至效忠一个弑父的疯女人？”

“罗穆勒斯……”

“费毕将军，别再貌似亲昵直呼我名字。你诋毁戴罗是蛮人、骗徒，但看来他光明磊落，反倒是你充满心机城府，打着仁义与民族的大旗……”

“卢俄大统领，请您不要妄下断语，这是误会——”

“够了，”罗穆勒斯咆哮，跳起来以大手重拍桌面，“核心区那些卑劣无耻的狡诈算计、口蜜腹剑我听够多了。”他终于气到浑身颤抖，“念在主客关系，无法相约血宫一战，否则我真想断了你的命根子。你们已是无药可救，难道忘了身为金种是何等荣耀吗？要这样放弃原则贪恋权位，到底为什么？这么舍不得肩膀上那对翅膀吗，将军？”他嘲弄地说，“可悲至极。洛恩·欧·阿寇斯那样一个好人竟然因你而死。你父母到底有没有好好教育过你？”事实上的确没有。洛克是在家教和书本陪伴下成长。“没有荣誉，尊严何在？没有荣誉，信实何在？荣誉不在于谈吐，不在于博学，”大统领捶胸，“在于为人处世。”

“那么请您也慎思明辨……”洛克回答。

“该明辨是非的是你那主子。”罗穆勒斯冷冷地说，“得不到就炸成灰，除此之外她还会什么？”

野马忍了半天，还是不禁嘴角微扬。卫星统领从洛克指缝间溜走，他灰头土脸，我听得心如刀割。说出那些话的人曾竭力保护我，却又舍弃我，选择了不值侍奉的主君，支持那个根本不重视他的殖民地联合会。

以前我怀疑费彻纳怎会挑洛克进入马尔斯学院。他叛变前，只让我看过他灵魂的温柔之处，但他身为将军的气魄终于爆发。

“卢俄大统领，请仔细听我说。”他道，“你怀疑我此行是要摧毁此处，全是误解。我的任务是安保殖民地联合会，不受戴罗操弄，您应当能看穿才是。要是接受最高统治者的提议，和平将持续千年。然而，若您执意误入歧途，拒绝休战协议，接下来就没有谈判空间。你们舰队折损惨重，至于戴罗的武力，无论藏身何处都只是乌合之众，用的船舰也是赃物。

“相较之下，宝剑舰队象征殖民地联合会的铁腕和意志，为人类带来光明。您很清楚我的实力，也明白您找不到胜得过我的将领。等到各位船舰全毁，核心区骑士依旧会在第一时间发动总攻，届时扬起的烟尘也足以窒扼各位的子子孙孙。

“背叛自己的色族、背叛规章与殖民地联合会——各位即将跨越这条界线，并导致伊利昂诸星灭亡。我会让各位明白毁灭的定义。你们所认识的人全都会死，相连的血脉无论避居到哪一个星球都无法幸免。采取这种手段，我内心也十分沉重，但请别忘记我来自火星，是战神后裔，怒火焚尽苍生。”他伸出纤长的手，那枚马尔斯学院的狼首戒指仿佛正无声号呼，“与我携手，为金种和你们的子民开创更灿烂的未来，否则我就必须将各位的家园化作灰烬，在上头重新建立和平时代。”

罗穆勒斯沿会议桌慢慢走上前，最后面对着洛克。这名年轻将军的手臂还放在两人之间。然而，大统领却抽出悬在腰间的武器，锐蛇嗞嗞作响，化作剑形，刃上雕刻了地球和征伐的景象。卢俄家族与野马家，甚或是奥克塔维亚的血脉，同样是源远流长。罗穆勒斯划破自己手掌，吸了一口血，喷在洛克脸上。

“这代表血斗，费毕，下次相见，不是你死就是我亡，只有一人能活着离开。”他正式宣战，洛克也别无选择，只能点头。“斐拉，护送将军回去，他该整军了。”

“罗穆勒斯，不能让他走，”野马说，“这人太危险了。”

“我同意。”但我有另一个理由：我希望能带洛克脱离厮杀战场，不想亲手沾上他的血。“囚禁到战争结束，再放他毫发无伤地离去即可。”

“这里是我家。”罗穆勒斯回答，“我们有自己的做法。我担保了他的人身安全，言出必行。”

洛克拿起餐巾，将血水与唾沫擦干净，起身跟随斐拉走出屋外。他在门口停下脚步，回头望向我们。而他究竟是对我说话，还是对在场所有金种说话，我不太确定，然而，他一朗声诵念，我便知道他意指一整个时代：

兄弟姐妹自相残杀
浴血奋战，至死方休，
诸位灵前有我吊奠
依我指引，离世永眠。

之后，他微微躬身。“多谢大统领接待，我们很快就会再见。”洛克离席，罗穆勒斯交代斐拉必须持续监视到我也离开木卫一为止。

“通知我旗下将军和执政官，”他又吩咐身旁枪骑兵，“所有人二十分钟内视频通话讨论战术。戴罗，不知方不方便请你的执政官团队加入……”

我的念头还停留在洛克身上。我们可能再也见不到面，埋在胸口那一大堆话或许也没有机会说出口。同时，我也很清楚放他离开会对我的同胞带来何种后果。

“去吧。”野马从我眼中读出心思。我赫然起身告退，出去时洛克才刚系好鞋带，斐拉带着一小队人送他穿过花园，朝大门走去。

“洛克——”他迟疑一下，我语气里的情感迫使他转身面对我，“我是什么时候失去你的？”

“奎茵被杀后。”

“所以，在你还以为我是金种时就想要暗杀我了？”

“金种、红种，其实没有分别。你的灵魂早被染黑了。但奎茵那么善良，莉娅那么善良，你却利用她们，其心可诛。对戴罗你来说，朋友是榨干后就就可抛弃的弃子，而且你还能说服自己，相信每个人的牺牲都是值得，会推着你朝正义靠近一步。历史上有太多你这种人了。殖民地联合会不是没有瑕疵，然而阶级次序……现在的世界已是人类最理想的状态。”

“你有资格作出这个判断吗？”

“我有。要是你能在太空击败我，才轮得到你来评论。”

第四十三章
重 返

血从野马掌心滑落。

孩童的嗓音传来。

“众儿女，此刻流血，此后无畏。”金白发少女赤脚走过冰冷金属地板，左右站了数名魁梧巨人。她捧着铁匕首，刀刃沾上金种血液。“败亡不存——”

金种战甲上雕刻了先祖辈的出击图作装饰。男孩的斗篷洁白如雪，“唯有胜利。”少女划破罗穆勒斯·欧·卢俄本就有伤口的手掌，大统领闭着眼睛，那身龙纹甲胄白净光滑，媲美象牙。他的另一手牵着长子，男孩年方十七，甫获木卫三院训资格，今日日光炯炯、情绪高亢，初生之犊尚不明白此后光景。他的姑姑跪在旁边，单手搭着年轻人膝盖，一家三口相依相系，如同铁链。“怯懦离去。”少女背后涌来更多孩童，执着象征金种的四军旗，图案为桂冠圈起权杖、宝剑和卷轴。“怒火雄浑。”她举起滴血的刀，面对卡珐克斯·欧·忒勒玛纳斯及他的幺女。绥克莎头发凌乱，双颊有雀斑，肩膀很宽，笑容像父亲，但那股纯真则更像帕克斯。“子子孙孙，为伊利昂挺身而战！勇士们，拿出金种的威严！”

两百名执政官和副将起立，野马、罗穆勒斯为首，忒勒玛纳斯与阿寇斯两大家族位在左右。她伸手将血抹在脸上，所有人跟着做——我除外。我带着赛菲躲在角落观礼。金种上战场前习惯向先祖致敬，于是乎，火星改革派、外缘区暴君，无论是敌是友，大家都齐聚在野马的旗舰。这条无畏舰有两百年历史，名为**狄珍霍维丝号**[1]。

“这场战争将决定殖民地联合会要以何种形式走下去。若不屈服暴君，就必须自己开创命运，”野马列出敌将姓名。“洛克·欧·费毕、西皮亚·欧·法尔熙、安东尼娅·欧·西弗勒斯-裘利、徐莉安娜·欧·塔努斯。”最后这个是蓟草的本名，“这些人是首要目标。”

我曾参与仪式，今日再度见识，恐怕以后还要旧事重演。不过光辉灿烂仍在，金种的风采始终耀眼。他们不信往生谷，坦然面对死亡，追求的不是爱，只有荣耀。历史上从没出现过这种民族，未来应该也不会有了。与阿瑞斯之子的基层相处几个月后，金种在我眼中的形象从恶魔转变为堕天使。他们确实崇高尊贵，拖着闪亮尾巴从天空陨落，消失在地平在线。

关键在于，他们能承受多少次轮回?

敌军的大殿上，洛克也将念诵我们和许多朋友的名字。杀死“收割者”的英雄将流芳百世，刚离开核心区学院的幼兽血气方刚，蠢蠢欲动，希冀一战成名。

资历深厚的灰种军团也会积极狩猎。他们视殖民地联合会为

[1] 源于小说家爱德加·莱斯·巴勒斯（Edgar Rice Burroughs）创作的《火星公主》，后来迪士尼公司改编为电影《异星战场：强卡特战记》。

母体，敬爱社会、维护秩序，我的叛乱正是最大威胁；然后是黑曜种，这些奴隶听从主子使唤，只求战后拿首级换粉种。这些人想杀我和我的朋友，会牢牢记住塞弗罗、野马，甚至拉格纳的名字（他们还不知道自己的同胞已经离开人世）。忒勒玛纳斯、维克翠、奥利安，以及号叫者全都陷入危机。不过我一个人也不会交给他们。一个也不会。

这次轮我讨债。

俯瞰着跪地的金种盟友时，我已全身武装。我是收割者，二点二米高、一百六十千克重，脉冲护甲金属表面漆成血红，甩刀圈在右前臂手腕后，左手戴上脉冲兵器。今日主要目的不求快，而是开出一条路。赛菲穿上兄长遗留的装备后也同样高大威猛。面对仇敌的前夕，她的双眼涌满怨恨。

我必须让盟友看看她、看看我，才能更确切感受到收割者真的回来了。铁雨作战中死了很多火星人，所以有人厌恶我，有人对我好奇，也有人（但只有极少数）向我敬礼。绝大多数眼神中仍留着洗不去的那抹鄙视。所以我带上了赛菲。假如赢不到敬爱，以“敬畏”作替代还算可以。

得知洛克已从木卫二进军，我立刻向罗穆勒斯和协助制定战术的执政官团队辞行。他握手时力道沉稳，彼此表达敬意，但并非情谊。进入机库后，他也和野马与忒勒玛纳斯父子告别。地板震颤，数百位圣痕者乘坐航天飞机返回所属船舰。“我们好像老是在道别。”我对卡珐克斯说。他刚和野马说再见，将那个女孩像小娃娃般轻易抱起，往前额印下一吻。

“道别？道什么别，”他咧嘴大笑，“反正马上就可以打赢然后见面了，我们两个可还有大半辈子要好好活呢。”

“我真不知道该如何谢谢你们。”我回答。

“谢什么呢？”卡珐克斯一如往常搞不清状况。

“你们实在太好了……”我真不知该从何说起，“明明和我没什么关系，却愿意照顾我的家人朋友。”

“没什么关系？”他红彤彤的脸垮下来，“你这傻小子就会说傻话，我儿子把你当自己人看，”卡珐克斯回头望向机库内，野马正和洛恩一位媳妇在转运口交谈，“还有她也是。”我不知该说什么，只是噙着眼泪，“就算不管他们，我也把你当自家人啦。所以你就算跟我们同一边了。”

他将索福克勒斯放到地上，狐狸转了两圈，跳上我大腿，在装甲关节处挖来挖去——居然挖出了一颗软糖。绥克莎站在她父亲背后，一根手指按着嘴唇示意。这壮汉眼睛都亮了。“索福克勒斯，是什么好吃的呀？噢，居然是你最喜欢的西瓜口味！”狐狸又跳回他肩头，“你看，连它也祝福你。”

“谢了，索福克勒斯。”我伸手搔搔它耳后。

出发前，卡珐克斯过来给我熊抱。“收割者，你保重啊，”说完后他摇摇晃晃上了船梯，才走了十米就又高呼，“你钓鱼吗？”

“啊？”

“红种钓不钓鱼啊？”

“我是没钓过。”

“我在火星的房子有条小溪穿过院子，打完后你和我一起去吧，只要坐在岸边抛线就好，我教你怎么分辨鳟鱼和狗鱼。”

“那我带威士忌过去。”

他指着我。“说得好！两人痛痛快快喝一场！”卡珐克斯钻进航天飞机，抱过绥克莎后又和其他女儿嚷嚷方才见证的奇迹。

“搞不好他才是最幸运的家伙。”我对悄悄走到背后来目送忒勒玛纳斯家人的野马说。

“叫你小心点是否有点儿好笑？”她问。

“我保证不冲动。”我对她眨眨眼，“有女武神的人在身边，我想应该没有人会恋战。”

她朝我身后望去。赛菲在我这艘航天飞机旁等候，兴致勃勃地观察其他船只的引擎。野马似乎还有话要说，却找不到合适的词汇。

“你可不是刀枪不入。”她碰碰我装甲胸口，“打完仗我们还可以再见个面。”

“我还以为再也没有‘我们’了呢。”

“你要活下来才知道我会不会改变主意，”野马回答，“更何况，你要是在战场上死了，留我一个是要怎么办？你听到没有？”

“听到了。”

“真的懂了吗？”她抬头，“我不想再一个人了。所以你要回来。”野马握拳在我胸膛敲了敲，转身要回自己船上。

“野马——”我追过去牵她入怀，她来不及作出反应。钢铁铿锵，引擎轰隆。这一吻并不温柔，而是充满饥渴。所有责任压在身上沉甸甸，而她紧紧贴着我，颤抖中透出恐惧，害怕今日一别就是永别。我们分开以后，我搂着她轻轻摇晃，靠过去嗅嗅她的发香，胸口也闷得难受。“我们很快就会再见。”

第四十四章
幸运儿

我在自己舰桥来回踱步，像头看见食物就在笼外的囚狼，我心里仅剩的慈悲心全被收割者的狰狞面孔给掩埋。

“芙嘉，号叫者就位了吗？”在我后方低处，主要由蓝种构成的轴心船员在无菌舱内闲聊，面孔被全息屏幕照亮，通过皮下植入物和计算机链接。舰长裴卢斯虽然很客气，但乍看像个游民。他曾在和平号担任上尉，正在等候命令。

“就位了，长官，”芙嘉回报，“四分钟后敌军前锋就会进入长程炮击范围。”

傲慢的金种穿越黑暗，这一区的太空中有白色残骸遍布，犹如汪洋。我真希望能冲出去将敌人轰成碎片。然而我在从空中掩护木卫一北极圈的无畏舰队上共率领三个团体；野马与罗穆勒斯则前往南极迎战。两方相隔八千千米，大家看着灰烬之王的军力穿越木卫一、木卫二的空荡地带，直攻而来。

“敌人巡航舰进入一万千米。”组员的语气没有起伏。我的舰队不像金种那样，开战前还有仪式祝祷。明明是自诩为正义一方，却显得平淡甚至渺小。所幸船员都很团结，无论引擎室、炮击站或舰桥都弥漫着同袍情谊。所有人都是为了梦想聚集于此，因此更加勇敢坚强。

“替我连接奥利安。”我没有转身直接开口。

面前的光线波动，浮出她的面孔。她好像还是那么古里古怪，而且胖了。奥利安在约五十千米外的**珀耳塞福涅怒吼号**，这也是我另外的三艘无畏舰之一。奥利安坐在指挥椅上，除了我的先发部队外，所有蓝种都与她联机。能走到今天这一步，她功不可没。上次见面后的几个月里，奥利安整合残存舰队，劫掠核心区的运输航线，增加船只，同时也召集赞同理念的蓝种，阿瑞斯之子才有足够且忠诚的人力能操控从胡狼夺来的船舰。

“舰队挺大的嘛，”她说的是敌方，给出了不低的评价，“就知道我不该理你，继续当强盗才快活。”

“看得出来，”我回答，“你的房间已经豪华到银种人都要自叹弗如。”过去一年半来，奥利安以和平号为家，接收了我房间，拿来塞满劫掠战利品。例如金星生产的地毯、金种私藏的艺术品。我还在书柜后面翻到一幅提齐安诺的画。

“怎么说呢，我就喜欢些漂亮玩意儿。”

“嗯哼，要是今天也帮我们渡过难关，我给你找只鹦鹉放肩膀如何啊？”

“啊呀，我的确是一直找不到鹦鹉。是裴卢斯说的吗？干得好。”那名形容枯槁的舰长在我身后浅浅歪了一下头作回应。“只有在大星球才能找到鹦鹉啊。猎鹰、鸽子或夜枭都有，独缺鹦鹉。要是你拿红色的来，我会亲自登上安东尼娅·欧·西弗勒斯-裘利的舰桥毙了她。”

“那就红色的吧。”

“好，很好。看来得好好备战了。”奥利安自己哈哈大笑，从舰桥的侍者那里拿了一杯茶，“另外我要说一句，谢谢你，戴罗。谢谢你当初肯相信我，给我这个机会。从今以后，蓝种不再需要侍奉主人。祝你旗开得胜，小伙子。”

“也祝你顺利，上将。”

奥利安的影像消失，我回头查看中央侦测显示。等比例的木星太空图上有许多数据浮动，轨道上有四颗小星体，距离木星比伽利略卫星更近。我特别注意的是最外围的木卫十四。它与木卫一比邻，质量小，只比火卫一大一些，专出产高价值矿物，原本设有军事基地，但战争初期就被敌人炸毁。

“六十秒后号叫者脱离通信范围。”芙嘉说完，维克翠进入舰桥，她一身厚重金种甲胄，前胸后背画上红种的甩刀图案。

“你过来干吗？”我问。

“因为你在这儿啊。”她回答得理所当然。

“你不是应该在**高更号**上吗？”

“这不是**高更号**吗？”她咬咬嘴唇，“那……我一定是迷路了，只好跟着你免得又走错地方啰，是不是？”

“塞弗罗要你来的吧？”

“他那颗黑玻璃心也是会碎的，所以我来确保你有吃饱穿暖，免得他肝肠寸断。嗯，我还想和洛克打声招呼。”

“你妹妹不管了？”

“洛克先，接下来再轮她，”维克翠肘击我一下，“我很有团队精神的好吗？”

我回头朝驾驶舱下令。“芙嘉，替我从头盔连结号叫者。”

“是，长官。”

耳机发出一阵噪声，面罩落下后，抬头显示器列出了机组员代号、阶级、姓名。只要登入网络就有资料。我启动全息通信，半透明像素拼贴出友人的面孔，将舰桥全面覆盖。“老大是怎么啦？”塞弗罗每逢上战场就在脸上抹红漆，不过屏幕发出的是蓝光，“要吻别还是怎样？”

“确定一下你们就绪了没。”

“你那些亲戚就不能给我们把洞挖大一点儿吗？”塞弗罗嘀咕，“我觉得我简直像是要钻进别人的屁眼。”

“你是想要说塔克特斯在的话一定会很喜欢吗？”维克翠也联机进来，所以我听得到。

我笑出来。“他有什么不喜欢的？”

“最主要是衣服吧。”野马在她的舰桥加入，换好了纯金战甲，胸口是一头咆哮红狮。

“还有清醒的感觉。”维克翠附和。

“这颗卫星闻起来像坨屎，”小丑在星战机甲里发言，“比死掉的马还臭。”

“穿着装甲在真空状态还能闻到啊。”赫莉蒂说话还是那样慢吞吞。她在我这艘船的机库内，后头叮叮咚咚的，不少船员在吆喝。她脸上多了一个大大的蓝手印，是黑曜种部属帮忙画上的。“那就应该不是卫星的味道啰。”

“这么说来原来是我自己啊，”小丑装模作样地嗅了嗅，“哦呵，真的是我呢。”

“早叫你洗澡了。”卵石咕哝道。

“号叫者内规十七：妖精才在战前洗澡，”塞弗罗说，“士兵越野越臭越性感。我以你为荣啊，小丑。”

“谢谢长官！”

“瑟瑞卡！关好保险！”赫莉蒂吼了一句，“抱歉，这些该死的黑曜种到底为何要边散步边把手扣在扳机上？真他妈的可怕。”

“为什么大家要像小孩一样说笑？”赛菲一开口，震得我耳膜都要裂了。

“他妈的！你小声一点儿啦！”塞弗罗率先发难，众人同声叫骂。

“输出音量调低一点儿！”小丑对这位女王大吼。

“我听不懂……”

“输出——”

“输出是什么？”

“他们叫你‘静者’是否误会了什么？”维克翠一问，野马扑哧一笑。

“赛菲，弯腰，”赫莉蒂高呼，“我够不到，你得弯腰。”

她在机库找到赛菲，帮忙调整了输出音量。女王每晚都抱着新到手的脉冲拳套睡觉，但通信仪器操作技术却不到位。

“好了，这位大姑娘刚刚问我们为什么要开茶会？”赫莉蒂又开口。

“这——是——传——统——啊，赫莉，”塞弗罗模仿她拖拖拉拉的咬字，“小收割者超级多愁善感，大概又要啰里吧唆了。”

“我没这打算，”我回答。

但我这群无理取闹的家人竟然唉声叹气。“你真的不告诫我们要维持怒火，坚守即将消逝的最后光明……之类的吗？”塞弗罗的玩笑听在我耳中五味杂陈，换作洛克铁定就会吐出那样一番话。我胸口又一阵紧缩。对于自己领导的这群怪人与叛徒，我有着满满的爱与担忧，真希望我有能力保护他们不受伤害，避过接下来的腥风血雨。

“无论发生什么，要记住，我们都很幸运。”我说，“因为今日我们有机会改变世界。还有，你们都是我的家人，大家要勇敢，也要互相照顾，我们要一起回家。”

“老大！你也一样！”塞弗罗回答。

“打破枷锁。”野马开口。

“打破枷锁！”众人呼应。

接着，塞弗罗那张脸一扭。“号叫者出动——”

“噢呜——”长号之后，那些影像一个接一个消失，直到头盔里一个人影都看不见。我呼出一口气，心底默默祷告。无论能听到我说话的有哪些神灵，都请保佑众人平安。

面罩缩回甲胄，蓝种隔着屏幕望向我，门口几个红种、灰种陆战队要护送我前去机库。不同星球、不同的人生将以我为中心，于此时此地交会。今天我又会结束几人的人生？葬送几条生命？维克翠对我微笑，仿佛我已经可以直接准备庆功。她本来不该在这艘船上，而是在虚空彼端的敌船舰桥。

但她来与我们相伴，寻找曾以为永远得不到的救赎。

“又要攻进人家家里了。”她说。

“已经是第二次。”我问机组员，“你们有何感想？”——一片尴尬的死寂，众人面面相觑，不知该如何回应。最后，一名光头的年轻女蓝种在座位上叫道：“我们准备要杀光那些该死的金种了……长官。”

众人哄堂大笑，气氛舒缓了些。

“其他人呢？”维克翠的声音清亮，众人也叫嚣应和。陆战队员有的年仅十八，也有的与我父亲一样大。他们重重踩踏甲板。

“替我将信号播送出去，”我下令，“找贾王用的公开频道，让金种那边也听得见，知道可以在哪儿遇上我。”芙嘉点头后将我送上直播。

“人类社会的各位，我是收割者。”我的声音通过主系统广播，舰队内一百一十二艘船、数千镰翼艇，以及蛭附艇都能听见；声音也穿透到引擎室和医务所，医师与新征召的护理师正在整理器材和空床，以负荷之后涌入的伤员。三十八分钟后，贾王与火星上的阿瑞斯之子也都能听见，还会为我转播到核心区各地。然而，届时我是否依旧健在，就看与洛克共舞的结果。

“无论是在矿坑、都市，在天空、宇宙，我们始终活在恐惧之中。恐惧死亡、恐惧痛苦。但今日我们不能恐惧，因为我们承担不起。我们守在黑暗的边界，手中是留给人类的最后一把火。只要我还有一口气，只要你们心脏还在跳动，只要船舰还能运作，就别让火光熄灭。留下梦想，留下颂扬，我们是被选中的人，负责延续人类的火苗。”我捶打胸口，“我们不是红种，不是蓝种，也不是金种、灰种或黑曜种。大家都是人类，是革命的浪潮，今日，让我们一起夺回属于自己的命运，打造我们渴望的未来。

“守护你们的心脏，守护身边的朋友。随我冲破漫长黑暗的夜晚。曙光必在前方等候——只要我们打破枷锁！”我滑出锐蛇，在掌中化为甩刀，“所有船舰准备迎战！”

第四十五章
伊利昂之战

舰队中某艘船传来红种的传统鼓乐，曲名为《晚潮》。原本是被殖民地联合会禁绝的。今天有人改编为进行曲，以广播系统演奏给所有人听。随着那稳健的节奏，我们步步逼近宝剑舰队。对方的军容盛大，前所未见。进攻火星那次完全被比下去。当时不过是两大家族与他们拉拢的盟友，这回却是全人类的抗争，规模也因此相对放大。

不巧的是，我与洛克师出同门。他熟悉亚历山大、汉朝军队和阿金库尔之役，也明白在军力庞大时最大的威胁在于通信和情报网络混乱。洛克绝不会高估自己实力，所以将军队划分为二十个独立机动单位，每个执政官拥有高度自治权，也因此充分展现了速度和弹性。作战时，我军将面对的不是一把大锤，而是一张剑网。

“简直是场噩梦。”维克翠不禁咕哝。

我可以料到洛克会如此布阵，但实际面对时还是忍不住想诅咒他。太空作战的原则之一是先决定到底是要歼灭或捕获敌人船只，看来洛克有登船攻击的打算，所以我们若采取单纯炮击，仍会有危险，同时也不易设陷阱引诱。对方的武力极度强大，就算号叫者正面冲突也是找死。换言之，我们只有一个优势：蛭附艇上的十万黑曜种。洛克对我的思维也掌握得很好，据此拟定战术。

为今之计就是超越对方的想象框架，让他看看什么叫作真正的“狂”，直接承认自己根本就不懂红种脑袋里装什么。我指挥**和平号**执行自杀任务，直接冲入敌人舰队中央。但战火并非由我点燃，那是奥利安的任务。她率领舰队的四分之三在前头进攻，部队聚集起来，形成球体阵势。最小的轻型巡洋舰船身四百米，多数为五百米的火炬船，加上驱逐舰和两艘无畏舰。双方起初以长程导弹你来我往，彼此都有计算机系统辅助反制。不久后洛克那边有了动作：炮弹、飞弹、长程磁道弹全数上膛，数十亿元几秒内化为乌有。

奥利安朝洛克那边靠近，野马与罗穆勒斯自木卫一南极出发包夹，瞄准敌舰最脆弱的部位：引擎。不过洛克的舰队灵巧至极，有十支分队及时转向，舷侧对准卫星统领，十万架磁道炮同时开火，威力惊人。

金属炮弹和金属船壳碰撞碎裂。氧气与人被抛进太空。

然而，这些战舰设计之初早将炮击承受度纳入考虑，所以内部分割为数千独立空间，既可阻碍敌军登船占领，也可避免船壳不慎损坏一块就要全船撤离。它们宛如飞行堡垒，涌出成千上万的单人战斗机穿越敌我之间的空旷地带。有些战斗机携带小型核弹，力求轰炸对方主舰，驾驶员都是地狱掘进者和一般矿工，焚膏继晷接受阿瑞斯之子的仿真程序训练，在蓝种同步辅助下，与殖民地联合会那些漆上金色条纹的镰翼艇厮杀。而敌人的飞官则是身经百战、资历深厚。

接下来，罗穆勒斯的人马慢慢偏离，与奥利安合流，野马继续朝敌阵中心逼进，为我的突破行动构筑舞台。

接近到三百千米，中程磁道炮启动，二十千克重弹以十马赫高速密集连射；金种舰队的高射炮防御坚实，即便遭到命中，也有闪耀虹光蓝芒的脉冲防护罩弹开炮弹。

我的突击部队一直躲在后方，再过不久就进入登船阶段。数百蛭附艇擦身而过，那些急于立功的执政官会带走旗下所有陆战队和黑曜种，标准战术是以攻为守，夺下敌船的同时也削减敌人的武力；若是心态保守的执政官则会死守到最后一兵一卒，不断驱赶侵略部队，以战舰炮击为主要攻击手段。

“奥利安已经给了信号。”舰长提醒。

“直击巨像号。引擎推到满速。”船身在我脚下微微震动，“裴卢斯，炮击由你控制，不要理火炬船，注意驱逐舰或更大的东西即可。”我们逐渐自奥利安舰队脱离，“维持护卫队形，不要落后。”

通过炮击船队后，四千米长的珀耳塞福涅怒吼号在眼前延伸。我们从奥利安舰队前方中央穿出，如暗箭般瞄准敌阵心脏，疾驰飞越五十千米的交战地带。舰队散出金属碎箔，变作掩护。不过洛克应该已经看穿。主舰纷纷后退，等着突击队自投罗网。

防护罩闪着蓝光，金属碎箔无法完全误导敌方的轰炸，炮火终究落下。我们开始还击。一艘驱逐舰经过，被我们舷侧全体炮击给炸得体无完肤、失去动力，但蛭附艇涌入残骸中想要登船，却被我方护卫船队击溃。仍有十数条敌船持续炮轰，防护罩由蓝转红，即将失效，右舷机组快要无法支撑。顷刻后船壳被凿穿七个大洞，舰内压力门启动，隔绝暴露于真空的区块。此时我们也失去了一艘火炬船，就在前方五百米处，它遭磁道炮总攻击，化为尘埃。开炮敌舰正是安东尼娅的**潘多拉号**。

“用姐姐的船还这么嚣张？”维克翠说。

火炬船舰桥已喷出人的身躯，安东尼娅却持续朝小船攻击，直到核能引擎大爆炸，发出两次炽烈白光，吞噬了船体后半截，冲击的威力将我的旗舰打得偏离航道，所幸电磁与声波脉冲防护系统支持住了，灯光只闪了一回。然而此时撞来一庞然大物，我右侧十米厚的舰桥舱壁向内凹陷，磁道炮弹的形状印在金属上，仿佛异形胎儿。炮击队立刻迎战，八十挺磁道炮对准一点五千米长的驱逐舰狂射，消灭了两百名敌军。事已至此，我们并不打算俘虏敌兵。虽然和平号威力惊人，但我们也受了不小损伤，安东尼娅又派突击队来犯。

“**提诺斯希望号**被击沉，”蓝种雷达员静静地说，“**底比斯咆哮号**出现核爆反应。”

“通知他们反转四十五度后弃船。”我叫道。两船听命行事，改变航道，朝安东尼娅的旗舰冲撞，她赶紧倒退回避。有一艘船爆炸了。

进入敌阵，我们数量不敌、火力不敌，遭到团团包围，无路可退。敌舰围成球形，封锁所有去路，我们只剩下四艘……不，是三艘火炬船。

“多层甲板起火，”另一位军官发出警告，“十七号甲板弹药库爆炸。”

和平号就在我身旁慢慢死去。

洛克那条卫星级战舰出现在远方，是和平号的两倍长、三倍宽，这八千米的船身几乎像是飘浮天空的军事都市，配上两侧的月牙弧线，活像是张嘴横游的鲨鱼。巨像号不停后退，抵消了我们前进的速度，避免遭到正面撞击，同时也能善用炮火优势。洛克一定想起了我对付卡努斯时也以旗舰互撞。

然而，此刻这招怎么看也不可能成功。和平号引擎近乎失去动力，船壳严重破损。

“所有战斗小队和磁道炮瞄准敌舰上层甲板，给我们打个洞出来。”我调阅船体全息图，以手指画出靶区，维克翠协助指挥，派出保留至今的战斗机。镰翼艇冲入中间地带，和平号侧向敌舰，进行总攻击。

这节骨眼儿上，其实我们如何抵抗都没用，就像被熊压制的狼，腿一条条被扯断，接着是耳朵、眼睛、牙齿。它将留下狼腹，等着好好享用。战斗机和船舰在周围爆炸，蓝种的神经联机突然而止，不停呕吐；舵手阿努斯在引擎失灵后甚至全身痉挛。

“法兰舞者号失守，”裴卢斯报告，“没有射出逃生舱。”虽然船上只有轴心人员，比死掉上千人好，但终归也是四十条人命。最初带来的十六艘火炬船只剩两艘，还在和平号后面与潘多拉号缠斗。然而，对方的黑船是那样庞大，安东尼娅打到他们再也无力还手，即使船员弹射逃生，她还是赶尽杀绝，一一射落。维克翠望着妹妹的残酷举动，平静无语，暗暗记在账上。

洛克显然想逼我们发动蛭附艇，巨像号朝着失去行动能力的旗舰逼近，距离只剩一千米。我可不会让他失望。“所有蛭附艇前往卫星级战舰，”我下令，“启动喷射管。”

数百套空装甲弹射出去，看起来就像另一场铁雨作战。两百架蛭附艇从和平号四个机库出动，外形丑陋，数量密密麻麻。每架蛭附艇可以运送五十人攻入敌舰内部，与珀耳塞福涅怒吼号的蓝种会合，由他们进行远程控制，迅速穿越双方旗舰间最敏感的地带。洛克猜到我有这招，采用低当量核弹对付，因此不到半途就全军覆没。

侵略部队成了两艘战舰中间的残渣，舰桥响起警笛，长程感应雷达失效，炮台被炸毁，多层甲板开了洞。

“撑一下，”我喃喃自语，“再撑一下就好了，帕克斯……”

“收到。”芙嘉说。

洛克的影像浮现面前。“戴罗，”他朝我背后一瞥，“还有维克翠。一切都结束了。你们的船已经无用武之地，下令舰队投降，我还可以留你们性命。”洛克竟以为能在不杀我们的前提下结束叛乱，这种自以为是的态度真教人恼火。重点是，我们都心知肚明一定得拿出俘虏或尸体昭告天下，要是炸掉这艘船就休想在船骸中搜出我。我看看维克翠，她朝地板吐口水，一派挑衅。

“你怎么说？”洛克逼问。

我做了个不雅的手势。“操你妈。”

洛克转头。“朱苏斯副将，派出所有蛭附艇，请凌云骑士将收割者带来给我。死活不论，能辨识就行。”

第四十六章
地狱掘进者

我望向座位上的蓝种。他们大都是我夺下这艘船为它改名时就在场的部属，后来跟随奥利安干了一阵子银河海盗，然后加入这次革命。“你们都听见了，”我开口，“大家做得好，和平号将引以为傲。道别的时刻来临了，赶快进航天飞机，我们很快就会再见，不要感到羞愧。”他们敬礼，裴卢斯舰长开启舰桥下方的通路，船员一个个往下滑。原本那里只是逃生舱，但出发前特别置入了装甲厚重的航天飞机。个人避难舱就在旁边，然而，我和维克翠没有临阵脱逃的意思。时机已然成熟。

“小宝贝，该走啰，”她提醒我，“快点。”

我拍了拍舰桥门框。“和平号，谢谢你。”我再次因革命而失去战友。我随维克翠、陆战队快步通过舰内走道。红光闪烁、警笛刺耳，船身一阵阵晃动，洛克派来的蛭附艇已经抵达，金种骑士团正率领黑曜种与灰种凿洞。只不过进来后他们不会找到我，只会剩一艘空船。一行人抵达重力升降梯时，走道末端墙上出现烧红的圈圈，我们赶紧登机。圆圈越来越亮，简直像是一轮烈日。扩音器仍传出鼓声，咚！咚！咚！

维克翠给敌军留了礼物，我们隔着十层楼听见地雷爆炸，随即下三号甲板辅助机库和突击小队会合。三十台重装战斗飞船已放下阶梯，蓝种在驾驶舱上作最后检查，橙种也忙着调整引擎状态，加满燃料槽。每船都有百位全身劲装的女武神战士，还有同等数量的红种与灰种负责特定武器，经过时黑曜种敲打脉冲斧和锐蛇，高呼我的名号。赫莉蒂与赛菲在机库中央，筛选出一群勇士做我随身护卫，此外还有个小团体围在一起祈祷。那是我特地向舞者借来的地狱掘进者，他们还不及黑曜种的一半高。

“船身已经被开洞。”我对赫莉蒂说。她掉头望向一队红种，那群人马上跑到我们身后戒备。

“双方距离不到一千米。”

“哇……”她一副乐不可支的样子，“也太近了吧？”

“是呀，”我也跟着兴奋起来，“他们大概担心核弹吧，所以一看引擎熄灭就赶紧靠近，赌我们不敢玉石俱焚，连自己一起炸。”

“给他们一个热吻，”维克翠搔首弄姿地对赫莉蒂说，“记得要把舌头伸进去。”

赫莉蒂甩着煤渣砖似的头发。“那还等什么呢？”

赛菲从小包里掏出一把干燥蘑菇。“要不要吃神粮？”她问，“可以看见龙。”

“亲爱的，打仗就已经够可怕了吧？”维克翠说完，又补一句，“更何况以前和卡西乌斯在热海度假时我就嗑了一整个星期的药……”她察觉到我的眼神，“嗯，那是认识你之前的事，是说你有看过他脱掉衣服的样子吧？别跟塞弗罗提起我说了这些。”

赫莉蒂与我也婉拒了蘑菇。机库外面传来自动枪械的声音。“出征的时候到了！”我朝在场三千黑曜种大喝，“拿起你们的斧头！记住你们受过的训练！Hyrg la，拉格纳！”

“Hyrg la，拉格纳！”众人呼应。

那句话的意思是“拉格纳永垂不朽”。女王举起锐蛇，向我行礼，带头吟唱黑曜种战歌，歌声在一艘艘飞船间回响，听来虽令人胆寒，但这回这些声音与我同一阵线。我引领女武神战士进入天界，然后释放他们的力量。

“维克翠，你还行吗？”我担心安东尼娅就在隔壁，她会否心有旁骛？

“小宝贝，我好得很，”高挑女子从容回答，“你看好自己的翘臀就行了。”她拍拍我屁股，退后几步，做个鬼脸，抛来飞吻，跑进自己所属的飞船，“我会小心的。”机库内只剩我和地狱掘进者小队，他们边抽烟边转着恶魔似的红眼珠打量着我。

“第一个进去就能拿到那顶他妈的桂冠，”我说，“戴头盔吧。”

其实我无须多言，他们纷纷点头，咧嘴一笑，然后动身。我乘着重力靴飞上三十米，降落在四台钻爪机中的一台。这是从小行星带内侧的某间白金矿业征收来的，每台机器间隔五十米，状如攫抓的手掌，驾驶舱位于肘部，指尖有十数个钻孔组件。这些钻爪机经过劳洛改造，背后装上喷射引擎，厚甲包覆侧面，脚下这台的驾驶空间更为了容纳我的身躯和金种甲胄特地加大。我滑进座位，伸手抓住数字控制板。

“启动。”我下令。通电后，钻爪机发出嗡嗡声，周围玻璃微微颤动，这触感真是熟悉至极。我像个神经病一样大笑出声。

或许我就是个疯子吧。然而我很肯定一件事：若不出奇制胜，就不可能打赢这场仗。洛克绝对不会掉入陷阱，也绝不会冒险进入容易埋伏的小行星带。换言之，我只有一个选项，也就是利用伪装出的狂妄发动突袭。以前他总爱对我说教，认为退一步海阔天空，想必他也会认为这就是击败我的最佳策略。只可惜，我并不是他自以为看透的模样。我并非金种。

我是地狱掘进者，我的身后有一支巨人军队，一个疯疯癫癫的女子，还有最顶尖的战舰；我的船员是怒气冲冲的宇宙罪犯、优秀的工程部门，还有解放的奴隶。他真以为自己知道怎么打败我？随着钻爪机不断震动，我笑了起来，一股沉眠已久、近似疯狂的力量涌入心中。敌军登船部队乘同一台重力升降机来到这间机库，惊见钻爪机的瞬间就被维克翠那艘飞船近距离发射电磁磁道炮，一网打尽。

“记住金种领导人说过的话，”我对钻工叫道，“牺牲、服从、繁荣，这可是人性的三个光明面。”

“去他妈的老巫婆，”一个人在频道上说，“我就让她看看什么叫人性。”

“确认钻头温度，”我吩咐，他们接连应答，“头盔戴好，准备上工。”

将控制器顺时针旋转后，钻爪机跟着挪动位置，我双手在晶板前移动，浑身狂震，牙齿咯咯作响；甲板凹陷，一层层烧熔剥离。五秒内我就下降十米，反复几次动作后立刻离开了机库，驾驶舱外包满熔解的金属，甲板接二连三遭到穿透，位置不断往下，与黑曜种部队拉开距离。现在不能放慢，一慢下来钻头就会卡住，钻工定会赔上生命。这节奏就是我同胞的命脉。我要向下，再向下。

我的钻爪机高速贯穿甲板，多数金属无法与碳化钨利齿的威力抗衡。落进营房时我依稀看见另一台机器打通了战舰核心部位，每支爪子持续下探，场面壮观又吓人。餐厅、水槽……然后是走廊，一支登船队伍被大量渣滓吓呆，望着那庞然大爪撕裂船体，仿佛某个荒诞无稽的金属神祇将手臂往下戳刺。

“不要放慢速度。”我吼道，身体在座位上抖到几乎要抽筋。速度太快了，温度过高了，已经失控了，接着……是一片虚无。我挖破**和平号**船腹，进入死寂荒凉的太空，失去重力，如一根长矛那样划破水面，朝**巨像号**疾射而去。途中与一架攻击**和平号**的蛭附艇交错，近得我能看见驾驶瞪大眼睛；还有一架撞上爪子，几秒内就粉碎，人员与机体朝四周碎散，其余钻爪机纷纷自**和平号**各部冲出，掠过宇宙、逼进卫星级战舰，身旁战况紧锣密鼓，到处都是爆炸的蓝火及对空轰击的弹雨。野马那支舰队沿着宝剑的边缘打游击，塞弗罗则仍潜伏待命。

我已经能感受到敌军的困惑。我就在他们蛭附艇队伍的正中，却没有人想到要攻击，因为计算机无法辨识这是什么船。对雷达而言，我只是一个断臂状的宇宙垃圾，事实上，舰桥若非通过肉眼辨识，根本猜不透究竟遭遇何种攻击。

“启动喷射引擎！”改装钻爪机的后侧发出引擎呼啸，将我推向**巨像号**的黑色船壳。敌方镰翼艇看出我图谋不轨，朝我开枪扫射，拇指大小的弹丸落在钻爪机上，悄然无声。板甲还挡得住。可是我隔壁另外一台机器就没有这么幸运，战舰顶部五米长的磁道炮管发光，击碎驾驶舱，地狱掘进者当场毙命，爪子四分五裂，而且熔凿组件也弹到我这边的玻璃，刮出裂缝。磁道炮持续攻击，旁边的蛭附艇也被撕碎。洛克或许还不知道外头是什么情形，但他宁愿牺牲自己人也要阻止我们靠近。

灰色金属物体如雨洒落，**巨像号**的磁道炮猛攻了一轮，我前面三架蛭附艇已毁，弹丸打在钻爪机的“手腕”部位，穿透机身，溜进了驾驶舱，从我胯下几寸的地方冲出，沿胸膛往上飞，险些从下颚打烂我整颗脑袋。尽管我本能地后靠闪过，头顶上的金属支架仍被轰得如塑料吸管向外折曲、熔化，玻璃也碎了。我失声惨叫，被弹丸造成的震荡击得头昏脑胀。

我眼前冒出白色星点，努力甩甩头想要回神。

视线清楚后，我发现自己偏离轨道，但钻爪机本就没有转向机制，再这样下去会撞上**巨像号**的甲板，凭我的本事可没办法渡过难关，还好有朋友帮忙。钻爪机也与奥利安旗舰上的蓝种联动，虽然不知是谁，但成功逆转了推进系统，千钧一发保住了我，没有坠毁。机器缓缓落在战舰表面，我在座位上身子一软，虽冷汗直流，但忍不住狂笑。

“他妈的，真是太厉害了，”我朝着远方某个不认识的救星呼喊，“多谢了！”

然而，钻爪机本身的运作还是得由驾驶手动进行。更何况蓝种只精于弹射运算，论手指的动作不会比我灵巧。在晶板上一阵乱舞后，我回到以前的工作模式，重新启动钻头开挖，金属船壳嗞嗞作响，螺钉飞出。最外层的装甲沦陷。以前我还听金种说，就算是蛭附艇也无法入侵卫星级战舰。

内部冲出的气压形成阻力，我快速操作调高回转数，精准地调动钻头轮替，使其不致过热。渐渐地，我看不到银河了。我随着机器陷入船体中，然而并非笔直向下，而是慢慢朝战舰前侧移动。一层、两层，我破坏了走廊和营房、发电机组与瓦斯管线，感觉像是回到以往那个凶狠的自我（不过我也祈祷别意外挖进弹药库）。人和器物像是秋叶一样卷进洞内。舱壁破损还有防护设施能加以封闭，卡在中间或已滚进隧道的人则完全没救。

深入三百米后，机器终于支撑不住，钻头几乎要磨平，引擎也热得转不动。我往下一探，打算弹射驾驶舱，但手居然滑开了，上面都是血。我急急忙忙检查身体，发现护甲没有任何损坏，也就是说那不是我的血，而是方才贯穿三架蛭附艇又嵌在支架的磁道炮弹带进来的，上头的血块中还沾了头发、骨屑。

抬头一看，隧道末端船壳最外侧像是有个通往星星的钥匙孔，孔外飘着尸体，还在徐徐旋转。突然一阵阴影罩下——安东尼娅的旗舰经过，遮蔽了木星反射的阳光。我和死者处于同样情况：我身陷黑暗，独自在巨像体内，通信频道因战况而嘈杂混乱。维克翠已经离开机库，奥利安与卫星统领的舰队从木卫一朝木星扫荡，野马的旗舰还遭受洛克攻击，安东尼娅率领其余兵力，追打撤退的忒勒玛纳斯与卢俄联军。

塞弗罗依旧按兵不动。

头上三十米处有个物体窜过被我凿开的某层甲板，朝着二十米宽的隧道内部去。我的头盔侦测发现兵器，马上启动脉冲防护罩往上飞。一个年轻灰种戴着塑料制的紧急氧气面罩，眼睛瞪得老大，两脚离地飘浮，单手扣着凹凸不平的舱壁裂口，浑身是血。而且那也不是他的血，而是后方一个死去同胞的。他不断发抖，钻爪机似乎灭掉了他们整排士兵，大多都被抽进真空，他是唯一的幸存者。从对方眼里，我明白自己的模样有多么恐怖，但他举起手枪的瞬间我根本无暇思考，锐蛇立刻刺穿他心脏，现场又多出一具尸体。年轻人的瞳孔放大，身体停在空中，直到我伸脚抵住他胸膛，抽回长剑。两人就此别过。零重力环境下，剑刃上的血珠上下跃动。

重力场恢复了。我一瞬间跌至地面，血水从天而降。灰种的遗体在地板弹了一下，背后隧道透出光线。我回头后看到洞里钻进一台又一台飞船，维克翠带着突袭队攻进战舰，后头有镰翼艇追来，但我们在机身后侧安装高动能炮台，装填拳头大的弹丸，敌军被杀得落花流水。只是大家都很清楚敌人还有数百架飞机，我们动作得快。速度和出其不意是我们仅有的优势。

飞船在我前方减速降落，颇有戏剧效果。黑曜种冲出来与我会合，上头还有更多部队抵达，赫莉蒂与几个穿着战斗服的红种跟在后面，将破墙工具搬到前方舱壁。战舰的自卫系统已封锁我们去路，于是他们发动热熔钻头，金属板都被烫红。这么做之前我们也不忘张开脉冲干扰场，才不会好不容易挖开一堵墙却触动更多防御机制。

“十五秒后打通。”赫莉蒂说。

维克翠站在旁边监听敌军通信。“应变小组出动了，混合编制，超过两千单位。”她顺便和奥利安那边的战术中心联机，利用旗舰的大型雷达取得战况更新。洛克似乎派出了超过一万五千人搭乘蛭附艇攻击和平号，应该大部分人都进去了，正在苦苦搜索我的下落。一群蠢蛋哪。这回将军下了重本，却押错了宝。此时我正带着一千八百名黑曜种狂战士潜入这仿佛空城的主舰。

诗人一定会气炸。

“十秒。”赫莉蒂继续倒数。

“女武神部队，随我来！”我暴喝一声，高举双手形成一个三角。

五十三名黑曜种按照来到木星前的训练行动，踩过一地军用品，集中在我背后。赛菲在左，维克翠在右，赫莉蒂守住背后。金属门遇上高热熔化，红种与灰种将门推开。我凿开的隧道跨越十层甲板，都有同样的小队正预备攻坚，而且成功抵达的还有另外两台钻爪机，也就是说，还有另外两千黑曜种会打进来，并通过灰种、红种与少数与我们立场相同的金种辅助指挥。大家要面对的是乘坐轨道车和重力升降梯前来迎战的舰内保安部队。

此处将掀起一场烈焰风暴。双方近距离交战。烟尘、哀号，这是战争中最残酷的一面。

“防护罩全开。”我以纳贾尔语对黑曜种武士发号施令，所有人甲胄周围泛起虹光。“无论色种，手持武器的格杀勿论，手无寸铁的就放过，牢记我们的目标，为我开出一条路！Hyrg la，拉格纳！”

“Hyrg la，拉格纳！”众人齐声怒喝，捶打胸膛，唤醒心底的野性。许多黑曜种在航天飞机上吃了蘑菇，狂战士借由药性消除一切痛觉，接连向前涌入战场。维克翠在我身边也精神一振。我还记得她在米琪的实验室内曾提过，她很享受战场的气味：手套上积染的汗水、枪械的机油，还有幸存后那种肌肉紧绷、同胞握手言欢的感觉。然而我认为她真正爱的是正面对决的真实与直接，兵刃相向反而能毫无模糊地带。

“维克翠，一起行动吧，”我提醒她，“遇上金种就采取九头蛇战术。”

“Njar la tagag……”身后的赛菲出声了。

“……syn tjr rjyka！”

吃下神粮的战士情绪亢奋，高喊“没有痛苦，只有喜悦”，接着赛菲再带领众人发出战吼，嗓音比拉格纳更加高亢。两个结翼姐妹呼应，然后是她们的结翼姐妹，传开之后，频道上充斥着歌声。我的身体明明不断想逃跑，内心却激昂了起来。这才是黑曜种战斗前要吼叫的真正理由。他们不是要震慑敌人，而是要唤醒自己的勇气、彼此的情谊，驱散孤单与恐惧。

汗水顺背脊滑落。恐惧感仿佛只存在另一个世界。

赫莉蒂打开保险。

“Njar la tagag……”

我甩出锐蛇。

战士的脉冲武器通电后嗡鸣振动。

身体颤抖，口中像是塞满灰烬。戴上面罩。埋葬人性。望见一切。心中一片虚无。行动，杀戮。

再行动，再杀戮。我非人，也不把对方当作人。

战歌来到最高潮。“Syn tjr rjyka！”恐惧只是幻觉。

假如你真的在看，那么伊欧，请暂时闭上眼睛。

收割者降临时，周遭将化为地狱。

第四十七章
地狱

“破门！”赫莉蒂高呼一声，金属门倒下，我冲进干扰场。在干扰场里，声音、光线，甚至自己的动作都变得模糊不清。

她朝两米的破洞扔出驱逐用闪光弹，另一头毫无防护的人就连视神经都会被烧焦。紧接着，一颗核融合手榴弹爆炸，我也趁着烟雾弥漫跳进去，往前冲。维克翠和赛菲跟在我左右。敌方的枪林弹雨立刻袭来，打在护盾上的声音好比雨滴落在锡屋顶。脉冲兵器和枪炮的闪光不断，弹药发出高热，你来我往。

脉冲拳套击发，后坐力震得我手臂抽搐，我赶紧闪避，免得挡住动线。不知是谁撞过来，我被撞到左边墙壁，拳套继续发射高温粒子，敌人的线圈炮遭护盾挡下，子弹弹落脚边。更多黑曜种从后面涌入，他们动作快得可怕，但前面枪炮声不绝于耳，我强自镇定，判断形势，发现一味冲撞会被瓮中捉鳖，白白送命。得想办法推进。

又有东西从我头旁擦过，在通道入口炸开，肢体和甲胄碎片凌乱满地，头盔的计算机系统自动帮我隔音，以免鼓膜受损。我蹒跚前进，逃出危险区域，可是又有一枚手榴弹掷来。一名黑曜种上前挡住，被炸成肉末——不拉近距离不行，但我什么也看不见，烟雾和火光太密集了。

都给我下地狱去吧。

怒吼之后，我启动重力靴，以时速八十千米直闯敌阵，途中顺势进行一轮猛攻。距离地面一米处，维克翠追上来了。我们终于看见底下原来是二十名灰种在金种带领下坚守阵地。我纵身欺近穿着闪耀银甲的副将，锐蛇如矛，贯穿防护罩和他的脑袋。副将倒地，手臂被我压制，应变小组的一干灰种立刻散开包围。有人朝我发射离子弹，不过防护罩一阵闪烁，反而炸死他们几个人。接着我挥舞锐蛇，刺穿一人颈部，另外两个士兵瞄准我胸膛开枪，十几发后甲胄凹陷，我也不由得退后几步，同时察觉敌人祭出重型磁道炮，穿甲弹正对我的脑袋。我连忙回避，脚踩在血迹上一阵滑扑。磁道炮发射，地上登时多个人头大的洞。

一回头，维克翠直冲灰种队伍，利用重力靴左飞右窜，像一颗发怒的大铁球。骨头溅到墙壁和她身上那套重装。几秒后，黑曜种也来助阵，敌兵被脉冲斧大卸八块，他们一面哀号一面退避角落，寻求火力支持。赛菲砍断一人的腿，那人倒下同时子弹也轰在舱壁，他身首异处。

这场面实在可怖。

烟雾呛鼻，肢体扭动，伤口烧焦，连血液都化为蒸汽。有个人临死前失禁，尿液积在我甲胄底下。我的脉冲拳套枪口还嗞嗞作响，维克翠上前拉我起身。

“谢了。”

那颗鸟形的狰狞头盔轻轻点了一下，看不出究竟什么表情。

黑曜种小队继续进攻，我跑到敌方灰种撤退的转角，他们另外一支应变作战小组急急忙忙在飘浮的重力座上架设重兵器。距离三十米，再过去有个升降梯。他们开炮了，我头上那堵墙壁的四分之一应声熔化。我通过对讲机，要赫莉蒂拿着崔格留下的那把多功能步枪赶到我刚才的位置。

“四个锅盖头，一个金种，”我知会她，“架了一台QR-13。收拾掉。”

她调整枪管。“遵命。”

侵入点倒下六个女武神的人，一名强壮的女战士头盔缩回甲胄，口里吐出鲜血。她的身体有一半在冒烟，而且持续受到熔解的铠甲侵蚀皮肉。然而这位勇士还想站起身，明明应该剧痛难当，却发出狂笑，她的神志已陷入神粮蘑菇营造的幻境。只可惜，她们从未经历过这样的战场、这样的伤势，不明白身体已到达极限。她还是倒在姐妹身上。扶着她的人喊了赛菲的名字，赛菲瞥了一眼，注意到维克翠摇摇头。女王学得算快，早就有所觉悟，但事到临头依旧难忍悲愤，对伤者说了几句家乡的事物。关于天空，关于夏季薄暮下的羽毛飞扬。最后赛菲拔出剑，我才看懂她已在不知不觉中亲手捅进部下的头颅。

头盔显示器的角落浮现野马的面孔，我接起频道。“戴罗，你们攻进去了没？”

“进来了，正加紧脚步赶往舰桥。怎样？”

“得更快些。我这边承受的火力太猛。”

“好。但按照计划，你该撤退到木卫十四了。”

“洛克开了电磁脉冲，”听得出她很紧张，“护盾勉强还能挡一阵，可是舰队半数船只引擎报废，坐以待毙。钻爪机小队出击后，巨像号矛头指向这边，要是正面冲突，我们完全不是对手，更何况备用电力也只剩一半。”我听得突然一阵反胃，洛克必定能从监视摄影看见这边情况，也算得出我打到舰桥只是时间问题，于是改换策略，想要和我交易，拿野马为人质逼我投降。“总之，全速攻进他那破烂舰桥就对了，懂吗？”

“懂，”我转身下令，“动作加快！维克翠，由你指挥，我等会要上线；赛菲，你向前冲。”

“赫莉蒂，跟上。”维克翠在走道上来回踱步，“小母狮需要救援，快！快！”

“你别乱晃你的大胸部。”赫莉蒂启动步枪的转角射击模式，枪身一拐，将影像传送到头盔，接着她击出四连发，每回消耗背上弹匣三十枚。“前进！”

我们绕过转角，拉近距离。一名灰种想要接替炮手位置，被我的脉冲波轰飞。旁边的维克翠施展克拉瓦格斗术四连击，和敌方金种过招，成功一剑穿心，我则在他咽喉补刀。赫莉蒂带上支援队，搬运QR-13炮台。若非前方的人一身重装，不然根本追不上。

这边的目的地是舰桥，其余侵入的部队也着手夺取巨像号最关键的区块。虽是闪电作战，但灰种很仰赖战术、掩护、地形和科技上的优势，只要没有准备，就无法发挥最大战力。相较之下，黑曜种仿佛攻城锤，完全忍受不了诱惑，一心只想打下舰桥。我按照预定步骤进行，通过抬头显示器的地图，指导红种和灰种小队，因此让维克翠领军前进。只是中途又遭到拦截，我通过通信调动别队，乘升降梯去包夹敌人。现今战况吃紧，一方面要挽救野马的旗舰，另一方面也得考虑到敌军蛭附艇很快会回归。

当然，这些条件洛克同样会计算进去。才进来不到三分钟，他就启动了全舰封锁机制，所有升降梯、轨道车和能闭合的舱壁都堵住，巨像号化为一个蜂巢状的大迷宫，我们每五十米就会遇上一次关卡。这个系统的棘手处在于入侵者的机动力将会大减，守军却能利用电子密钥通行无阻、绕道夹攻、交叉火网。即便我们这种部队也撑不了太久。别无他法，无论使用何种科技、何种计策，最后总得进行白刃战。大家互相掩护，小心翼翼不被一身的装备绊倒，全都闷头勇往直前。但说穿了也不是什么勇气，而是一旦停步就是对不起保护自己的伙伴。

我们一道一道墙突破，赛菲带着部下浴血奋战。四面八方都有人围剿。尽管这些人都是我见过最优秀的士兵，但被灰种狙击手在背上开洞或遭音波脉冲轰炸同样会没命。还有金种骑士和七个黑曜种奴隶杀了好几人，都是靠着维克翠、赛菲和我手中的锐蛇才铲除路障。

这一切都是为了抵达舰桥，为了我前天只要伸出手就能碰到的男人。倘若这是所谓的荣誉，此刻我将引以为耻。假使当时动手宰掉洛克，能保住多少女武神的战士？

“殖民地联合会的各位，我是火星收割者，阿瑞斯之子已经攻进这艘船……”我的声音从中央广播系统传出，一支小队到达战舰后侧的通信主机。事前我和野马录制好音讯文件，每个小队都携带备份，只要打进敌船，找到机会就立刻播放，希望能争取低阶色族协助；运气若好，或许还能解除封锁机制，或至少多开几道门、骚扰武器库等。虽说宝剑舰队内都是万中选一的军官，要像和平号那样全船投诚是痴人说梦。但能有多少算多少。

我的演说内容在巨像号上似乎起了点儿效用，争取到几分钟宝贵时间，让我们能加速推进。洛克选择关闭人工重力，大概是观察我们战斗后察觉黑曜种的零重力经验实在不够。

殖民地联合会灰种穿墙进来，模样像是水中的海豹。他们把握机会痛宰黑曜种泄愤，无重力状态导致黑曜种失去速度优势，还时常干扰到彼此行动。还好片刻后有别队重启重力系统，我指示他们调整到地球单位的六分之一，抵消装备重量，减轻众人肺活量和脚力的负荷。

我们又杀光一整队灰种，终于攻到舰桥前。不过模样十分狼狈，所有人身上血迹斑斑。我蹲下喘息，调高装甲氧气循环，满身大汗中启用药物注射功能止痛，方才敌方金种在我二头肌上留下伤口。

针头扎进大腿后一阵酸麻，其余小队紧急回报，表示失去敌人踪迹。可见洛克要所有武力集中到舰桥进行防御。我回头望向舰桥大门，门外圆厅空无一物，我回想研究院的课程。当时讲师展示过星芒状空间设计，并指出攻守双方可采用的手段。三条走道从不同方向连接前厅，中间有座升降梯，入侵者若抵达这里就很难防御，所以洛克才召回所有战斗人员。

“亲爱的洛克，”维克翠对着天花板上的摄影机喊叫，赫莉蒂带队员摆好机械，“花园宴之后我真是想死你了。你在里面吗？”她叹口气，“应该听得到吧。听我说，其实我都懂，你一定以为大家恨你，毕竟你害死了我母亲和一大堆朋友，我自己脊椎还中了一枪，后来又被下毒，收割者和我受了一整年的罪。但是呢，其实我们没这么想，就只是……想找个盒子也把你放进去而已——又或许不只一个。你觉得如何？是不是很诗意？”

赫莉蒂的突击小组还剩三人。他们放好磁力压板、架设热能钻头后，她输入几个指令，钻头旋转起来就像正在脱水的洗衣机。

赛菲结束侦察回来，收起头盔报告。“隧道那头进来了更多敌军。”她指着战舰走道，“我杀了带队的人，可是还有金种在外头。”事实上，她可不是只杀了人家，还提着一颗头颅回来。然而她也被敌人反击，走路有点儿跛，左臂还在流血。

“噢，居然是弗雷基鲁斯，”维克翠看着那颗脑袋，“和我同学院的，人其实还不错，而且厨艺很棒。”

“有多少人朝这边移动？”

“多到可以让我们死无全尸。”

“惨了惨了。”赫莉蒂在我背后捶打那扇门。

“太厚了吗？”我问。

“嗯。”她也摘下头盔，莫西干发型被压向一旁，神情紧张，满脸是汗。“其他门都是GDY标准设计，但这扇不是。它用了木卫三的产品——而且还是定制！至少有两倍厚。”

“打开要多久时间？”我追问。

“火力全开的话……十四分钟？”她不大肯定。

“十四？”维克翠重复一遍。

“也许要更久。”

我转头低吼一声。赫莉蒂当然清楚，我现在连五分钟都没有。我试图接通野马，却没有任何回应，恐怕旗舰已经遭到攻击。可恶，你一定要活下来啊，只要活着就好——我为什么要让她离开我的视线呢？

“朝敌人冲锋，”维克翠提议，“往中央走道杀过去，逼得他们像遇到猎犬的狐狸那样四处逃窜。”

“嗯，”赛菲与她意气相投，两人可能从没想过会有这么一天，“太阳之女，我随你出征，迈向荣耀。”

“荣什么耀啊，”赫莉蒂说，“总之等钻头就对了啦。”

“要大家坐在这里像妖精一样等死吗？”维克翠问。

我还没开口，也还没想出对策，就突然听见墙壁传出液压马达运转声。进入舰桥的大门开了。

第四十八章
凯旋将军

一行人冲进舰桥，同时也担心遭到暗算。然而里头风平浪静，整齐干净、灯光微暗，是洛克最喜欢的氛围。

隐藏的喇叭流泻出贝多芬的曲子，驾驶员都还在各自的座位上，面孔打上光线，失去血色。前方有一条宽敞的金属走道，两名金种朝更远处的洛克走去。他对着三十米宽的全息投影调度指挥，船舰在雷达上曼妙地舞动。将军站在火海影像之中，不停切换画面，仿佛指挥家指挥着浩瀚壮阔的交响乐章。洛克的心是美丽又可怕的武器，将我们的舰队打得四分五裂。野马的狄珍霍维丝号承受巨像号与三艘驱逐舰磁道炮的猛攻，氧气外泄起火，真空状态从船身的破洞将人和各种物体向外抽。而且此情此景只是战场的一隅，敌人的主力——如安东尼娅——正在追杀罗穆勒斯、奥利安和忒勒玛纳斯，战火朝木星延烧。

左侧二十米外，靠近舰桥的武器库驻扎了一队黑曜种与灰种。他们屏息以待，只要指挥官一下令，立刻舍命保护巨像号。

右边敞开的门旁有个无人注意的娇小粉种。她一身侍者制服，柔弱的姿态与大战极不协调。但她昂首挺立，手底下控制面板正闪耀着只有输入正确密码才能看见的绿光。当粉种放开开启按钮，她嘴角漾起一抹最甜美的笑，接着又速速将门重新关上。

仅仅三秒，但金种步兵指挥官已察觉有异。狼这种生物虽然号叫时能让人留下最深刻的印象，真正进行狩猎却讲究安静迅速。我指着左边还在待命的部队，身旁的黑曜种立刻扑去。敌人指挥官暴喝一声，要部下转身迎敌，然而武器还没举起，赛菲率先杀至，剑刃劈开数人脸颊和膝盖，其余女武神勇士一拥而上，等到赛菲的锐蛇将金种砍倒在地，对方总共只开出了两枪。

舰桥另外一头的灰种也开火，但随即被赫莉蒂小队收拾。

“洛克！”身旁的众人还在激战，我却褪下头盔发出大吼。

诗人终于从全息投影回头看见我。他那尊贵不凡、冷血无情的将军气势尽失，只剩错愕与惊惶。

维克翠与我穿过舰桥，走道底下的左右两侧坐满蓝种，他们抬起头，一脸困惑恐惧，但战舰仍继续对外开炮。洛克身边冲上两名禁卫军，身上是黑紫两色的甲胄和月球卢耐家族的弦月徽章。我与维克翠依照预先排练的九头蛇战术，她攻右路，我负责左面，我遇上的敌人个头较矮，脱下头盔后露出盘紧的头发，一副准备摘下桂冠的嘴脸。“我是菲利希亚·欧——”我一个假动作甩出锐蛇鞭，对方举剑格挡，结果却被维克翠斜劈过肚脐，再由我一剑斩首。

“再会，菲利希亚。”维克翠吐了口口水，转头对另一人说，“最近老遇不到能打的，你呢？”

结果那人丢下锐蛇，跪在地上喊着要投降，她原本打算一剑毙命，但眼角余光注意到我的态度，不情愿地放过对方，只是朝脸手踹了几脚，踢过去给镇压了舰桥的黑曜种看管。“喜欢我们的钻爪机吗？”

维克翠缓缓走到洛克左方，掩藏不住身上的杀气。“这充满诗意的惨败很适合你吧，卑鄙无耻的小人。”

蓝种全部瞠目结舌，不知所措。舰内部队赶到门外，钻头还留在那儿，但他们也得花上十多分钟才能攻破厚门。

洛克的对讲机传出许多杂音，要求将军指示。外头的战斗部队茫茫然不知所措，破绽百出。指挥官太习惯背后有只隐形的手，如今需要自立自强时却和瞎子没两样。他作战模式的弱点就在这里。一旦失去情报中枢，需要部下独立思考，立刻陷入混乱。

“洛克，叫舰队退下。”我发出命令，满身大汗，双腿几乎要抽筋，快要没力的手不断颤抖，但还是重重跨出一步，踩得钢板发出巨响。“快。”

他的视线射向我背后那个开启大门的粉种，语气中泄露了彼此不只是主仆，也是情人。“埃玛瑟……居然连你也……”然而，年轻女孩面对将军的哀戚神情却毫无羞愧，反倒站得更挺，摘下颈圈上的粉种标志丢在地上，象征她再也不是费毕家族的财产。

我的昔日之友浑身颤抖。

“真是浪漫到无可救药啊。”维克翠冷笑一声。

我在灰色甲板留下一条血红足迹，拉近与他的距离，伸手指着显示画面上野马快要支撑不住的战舰。船身开了许多洞，洞内冒出火光，仿佛星子；周围有驱逐舰持续炮轰，位置就在和平号前方，比她还近了三十千米。

“叫他们停火！”我挥出锐蛇，指着洛克。他腰间也挂着武器，不过很明白自己不是我对手。

“快下令。”

“休想。”

“野马在船上！”我叫道。

“她选择了自己的命运。”

“你派了多少人出去？”我冷冷问，“你叫多少人到和平号上取我性命？两万吗？驱逐舰上又有多少人？”我解开左前臂上通信仪的保护套，调出和平号反应炉的远程操作程序，状态已在闪红灯。

出发前我就逆转了冷却机制，使其过热，只要随便输入一个指令就能引发大爆炸。“叫他们停火，否则你也会没命。”

洛克昂起圆润的下巴。“我无法凭着自己的良心下这种命令。”

他不可能不懂这代表什么。“那么我们只好共同承担责任了。”

洛克猛转头对通信人员说：“赛卢斯，通知驱逐舰进行紧急回避。”

“太迟。”维克翠说，而我已经通过通信仪提高反应炉功率。屏幕上发出令人胆寒的红光，照耀着每个人。洛克身后全息投影的**和平号**猝然爆出蓝火，驱逐舰得到长官指示，纷纷急着逃命，只好暂停对野马那头的攻势。然而，最后**和平号**内部喷出刺目强光，能量震破船体，朝外扩散。冲击波打在驱逐舰上，船壳凹陷只是小事，它们彼此相撞，就连**巨像号**也猛烈晃动，位置偏离，所幸防护罩吸收了大部分威力。**狄珍霍维丝号**漂远了，灯号全数熄灭，我只能默默祈祷野马平安无事，然后咬住脸颊内侧，逼自己专注在面前局势上。

“为什么不炮击？”洛克看见部下和船舰的损伤，只能面对自己的失算，“明明可以瘫痪他们……”

“我要安保自己人。”

“但他们也救不了你。”洛克回头瞪着我，“我的舰队还是远胜你们，等到平定其他战场就会夺回**巨像号**，届时你们有什么办法可以守住这舰桥？”

“诗人，你是傻了吗？你都没怀疑过塞弗罗在哪儿吗？”维克翠问，“别跟我说你算来算去竟然忘了算这件事。”她朝影像点点头，洛克的舰队追打卫星统领和奥利安，双方一路往木星前进。“差不多也该露脸了。”

开战时，轨道在最内侧的木卫十四距离很远，然而随着时间推进，逐渐朝战场移动，最后与我方不断撤退的舰队交错，跟木卫一距离只剩两万千米。为了歼灭我们，洛克的部队以安东尼娅为首，对我们穷追猛打，却没料到这是陷阱。院训时代的死马战术重现。

我与罗穆勒斯会谈时，地狱掘进者小队早就在荒芜的木卫十四表面挖了洞。洛克麾下的巡弋舰和火炬船从卫星旁边经过时，一侧有塞弗罗率领六千名星战机甲斗士，另一侧则是两千艘蛭附艇载运五万黑曜种和四万怒吼的红种。磁道炮火力全开，敌方最后关头才张开防空网，但已沦入包围之中，联军像月球水沟的蚊子那样蜂拥而上，覆盖敌船船体，夺取其内部器官。

然而我不只想赢过殖民地联合会，还算计了罗穆勒斯。他原本准备了自己的蛭附艇，想瓜分战利品来制衡我，可是阿瑞斯之子更需要船舰。所以塞弗罗带兵出动后红种立刻炸毁隧道出口，等他察觉自己同样中伏，船舰总数已落后我们。

“没办法引诱你到小行星带，就找颗星星送过来。”观望战局时，我如此解释。

“高明。”洛克低声回答，但彼此都明白，这种战术能成立的先决条件是我能动用五万黑曜种，而他却不行。宝剑舰队内黑曜种合计最多一万（说不定只有七千）。再者，他怎么算也算不到这一点儿。过去阿瑞斯之子的攻击都以红种为主，换言之，几个月前就分出胜负了，我无法船坚炮利，干脆就拿船当饵，以舰内人员扳回劣势。而结果就是洛克的船一艘艘落到我手中，炮口自然也跟着转向。阵型乱了后就无法有效防守。洛克剩下的选择只有抽空船体，但我军部队一开始就穿着磁力装甲和氧气面罩，他只会害死自己的部属。

“这场仗已经打完了，”我对将军说，“不过你还可以救回很多人，只要开口叫舰队放弃抵抗即可。”

他摇摇头。

“诗人，你被逼到了死角，”维克翠劝说，“没有退路了。虽然你很久没做过什么好事，但现在正是好时机。”

“要我毁掉我仅存的一丝荣誉吗？”他淡淡地问。附近一条驱逐舰上有二十名机甲兵攻入后侧机库。“不可能。”

“荣誉？”维克翠嗤之以鼻，“你以为自己还有什么荣誉？大家本来是朋友，是你自己先背叛的，如果直接害死人也就罢了，结果你让朋友被关在小箱子里，让他们被电击、烧灼，日以继夜折腾一整年。”隔着甲胄，我很难想象说这话的人也曾经受难，但若是细看那双眼神中流露出的哀伤，就知道唯有见过虚无、失去身而为人的尊严才能理解。她相当激动。“你就是这样对待朋友的。”

“维克翠，我发誓保护殖民地联合会。你们都曾在前辈面前承诺过，否则就得不到脸上的印记。我们的职责是保护为人类带来秩序的文明，但你看看自己做了什么？”他望向我们身后的女武神战士，极度不屑。

“你还活在床边故事里吗？可怜的幼稚鬼。”维克翠态度也同样轻蔑，“还真以为人家心上有你？安东尼娅吗？胡狼吗？奥克塔维亚？”

“不，”洛克冷静地回答，“我没有那种误会。这跟他们没有关系，跟我自己也没有关系。不是人人都得温良恭俭让。为了责任，有时必须冷酷，就算因此远离了心中所爱。”他望着维克翠，眼神带着怜悯，“你要知道，你不可能成为戴罗想要的模样。”

“你以为我是为了他才来的？”

洛克蹙眉。“不然是为了复仇吗？”

“不是，”她愠怒，“没这么狭隘。”

“你究竟想骗谁？”洛克突然往我这边撇了一下头，“为他？还是为你自己？”

维克翠被问得一时无语。

“想想你的部下，洛克，”我说，“还要死多少人才够？”

“要是在意人命，何不叫你们的战舰停火，”他回答，“顺便教导部下接受秩序，明白生命容不得我们予取予求。如果要满足所有人，资源消耗殆尽的日子就不远了。”

听到洛克说出这种话，令我心碎。

历尽风霜，潮起潮落，洛克与我一样，不会恨人，只是受迫于现实无奈，才走到今天这种地步。但这种种苦痛的意义应当是要让我们矫正历史错误，前人恣意妄为地造出现今的世界，还大啖其血肉，我们怎能妥协接受？他的虹膜反射出船舰的爆炸，整张脸被火光照得惨白而愤怒。

“这一切……”他似乎也感到幕将落下，“她真是相当动人。”

“嗯，跟你一样，”我回答，“她是个有梦的人。”洛克明明还很年轻，面容却太过沧桑。岁月在他的面容、在我们之间留下痕迹。杀死朱利安后，我跪在马尔斯学院城堡里颤抖，诗人对我的劝诫好像是昨天才听见：被丢进深水后只剩一条路，不肯游泳，就会溺毙。要是我知道会有今天，当初一定更加珍惜那段情谊，想尽办法也要将他留在身边，争取他的认同。

可是生命的走向只有当下与未来，逝去无法挽回。

我们仿佛身处两岸，中间那条河越来越宽、越来越急，也越来越深，两人都化作无尽夜色中的苍白月影。然而，我脑海闪过的不是长大后的各种矛盾冲突，而是并肩同行的那些日子。渐渐地，我看见洛克脸上浮现出坚定信念，他下定决心要自我了结。

“没有必要寻死。”

“史上最大的舰队在我手上给丢了，”他退后一步，握紧锐蛇，投影正好也显示塞弗罗将宝剑主力打得七零八落，“要我如何继续？我要怎么担下这种耻辱？”

“我亲眼看见自己的妻子丧命，懂得那种滋味。然后我选择自杀，让别人吊死我，以为这样一切就能结束，再也不会心痛。可是后来的每一天我心中都充满罪恶感。死亡不是解脱。”

“年纪轻轻就丧妻，”洛克回答，“我十分同情。还有花园宴上，以及事后得知你们受到什么折磨，我都非常难过。但对我而言，唯一的慰藉只有我的使命。当这个职责被剥夺，我就什么也不剩，再也无法弥补……我的过错。我爱殖民地联合会，爱自己的同胞，”诗人的声音越来越小，“你难道不能理解？”

“我能。”

“你也爱你的同胞。”这话既非批判，也非宽恕。他只是露出微笑。“我无法看着这个种族没落，无法接受人类世界化为灰烬。”

“不会演变成那样的。”

“会的。我们的时代即将结束，现在已经进入了倒数阶段。人类历史的短暂光明逐渐暗淡。”

“洛克——”

“就让他动手吧，”维克翠的声音从背后传来，“他选择了自己的命运。”

直到此时，我还是很难接受她的冰冷态度。难道她看不出即使洛克背叛过我们，骨子里仍是个极为善良的人？而且他也还是我们的朋友。

“维克翠，之前的事我很抱歉。希望你想起我时会记得我好的那一面。”

“我不会。”

洛克还是对她露出一抹哀愁的微笑，拔下左肩的将军徽章，紧握在掌中，仿佛想汲取意志力。但最后他将徽章扔在地上，拔下右肩徽章时眼角已噙满泪水。“我配不上将军的位置，今日我虽败犹荣。你们卑劣的胜利是永远及不上的。”

“洛克，听我说，你不必在此画上句点。新世界才刚开始，裂痕就靠我们来修补。这个世界还是需要洛克·欧·费毕，”我犹豫了一下，“我也需要你。”

“你的世界里没有我的容身之处。即便过去是兄弟，现在若非我无能，我一定会杀死你。”

我觉得眼前一切恍若一场噩梦，无力抵抗拉扯众人命运的那股力量。就像沙子流过指缝，怎么也留不住。这场面是我一手造成，然而我却欠缺足够的心力、智慧——或者什么都好，我无法扭转局势。无论我说什么、做什么，都无法挽回洛克。从他知道我真实身份的那一刻就注定了。

我稍稍上前，暗忖着或许能不动武趁隙夺下锐蛇，然而洛克察觉我的动机，立刻举起一手示意。他的神情像在安慰我，也像在恳求我给他一个解脱。“站好别动，我的眼前只剩黑夜。”诗人望向我，眼眶满是泪水。

“求你继续加油啊，我的朋友……”我说。

他轻轻点头，锐蛇却缠住脖子，挺胸说道：“我是费毕家族的洛克，祖先曾行走在古老的红星地表，也征伐过从前的地球。今日，我输了战役，却不会输掉自我，我绝不沦为俘虏。”诗人闭上眼睛，手在颤抖，“我将成为夜空中的星星、曙光的先锋；我承袭了神的荣耀，”他的吐息颤抖，心里也相当恐惧，“我是金种。”

从未尝过败绩的舰队终于溃不成军，而戴莫斯的诗人就在曾经的无敌旗舰上了结自己的生命。风不知从何处窜入，黑暗在耳边低语，诉说着我的朋友终将一个个离开人世，我的光亮将会一丝丝消散。血从遗体慢慢蔓延到我靴边，那抹鲜红上映出了我自己的身影。

第四十九章
巨 像

相较于我，维克翠没有受到太大震撼。见我待在洛克遗体前面，她便代为出面指挥。诗人的眼睛失去生气，瞪着地板。

我耳朵充血了，听不清楚周围的声音。但战争不会为我停下脚步。维克翠站在蓝种舱位前面露出严肃的表情。“这艘船现在属于崛起革命，有人反对吗？”船员都不讲话，“很好，只要听命行事，各位就可维持原本的职位。不愿意接受命令的人请现在就起身，我们会暂时拘禁。但若阳奉阴违，我们就当场诛杀。你们自己选。”七名蓝种听完后站起来，赫莉蒂将人带离舱位。“欢迎各位加入崛起革命的行列，”维克翠对留下的人说，“距离胜利还有一大段路，现在请为我接通珀耳塞福涅怒吼号和泰坦号到主屏幕上。”

“命令取消，”我开口，“维克翠，用你的通信仪联络，先不要让大家知道我们得到这艘船。”

她点点头，在通信仪上按了几个键，奥利安与戴克索浮现在投影上，黑肤舰长先出声。“维克翠，戴罗在哪儿？”

“就在旁边，”她回答，“你们情况如何？有没有弗吉尼娅的消息？”

“敌人舰队三分之一都遭到我们登船攻击，弗吉尼娅已搭乘逃生舱离开，等会儿伊斯梅尼亚回响号会接应。塞弗罗打到他们第二旗舰里，回报断续传来，看起来进度不是问题。忒勒玛纳斯和卢俄比较吃紧……”

“我们势均力敌，”戴克索解释，“需要巨像号来打破均势。我父亲和妹妹登上潘多拉了，目标锁定安东尼娅……”

对话声再次飘远。

当我沉浸在悲伤中，忽然察觉赛菲靠近。她跪在洛克身旁。“这人是你的朋友？”她问。我点点头。“他还没有离开，还在这里，”赛菲指着自己的心口，“也在这里。”她又指着全息投影上的星星，我抬头望着她，因为这股汹涌的情感而讶异。赛菲对洛克表示尊敬虽不至于让我心上的伤口痊愈，但多少填补了那个空洞。“让他明白。”她朝着洛克的眼睛点一下头，那两圈纯粹的金色凝望着地面。我摘下金属手套，亲自为他合上眼。赛菲微笑，我也站起身。

“潘多拉号朝D6坐标区水平移动。”奥利安回报安东尼娅的位置，画面上一群敌船竟脱离宝剑舰队，彼此开火以歼灭船壳上的蛭附艇，同时将原本用于防护罩的动力转移给引擎，逐渐脱离战场。

“到D7了。”

“竟然临阵脱逃，”维克翠看傻眼，“为了自保还真是不择手段。”殖民地联合会其余执政官想必也难以想象。原本我还得将巨像号带进战场才能平手，打上十二小时，两败俱伤收尾，但这下子状况不一样了。安东尼娅到底是背叛还是单纯怯战，目前尚无法肯定。不过她这么做等于将胜利端到我们面前。

“她这一走，敌人阵型就出现破绽。”奥利安也提醒我，她和自己旗下的船长、船只进行神经连结，进入眼神失焦状态，但仍立刻带领舰队切入安东尼娅原先守住的区块，拿下敌军的侧腹区域。

“别放她走！”维克翠大吼。

然而，戴克索与奥利安没有余力派人追捕安东尼娅，必须赶紧掌握难得的机会，歼灭面前的敌船。“没关系，那就让我来，”维克翠自言自语后下令，“引擎推力六成，五分钟内拉到全速。舵手调整航线，追上潘多拉号。”

我在脑海中快速评估。一方面，我们身处战区后侧，战斗才刚结束，能够即刻动身的只有巨像号，别的船舰已经损坏得差不多了；另一方面，巨像号尚未采取行动，所以外人并不知道这艘船已经易主，也产生了一个开战前我根本没有料到的选项。

“命令取消。”我赶紧出声。

“不行！”维克翠转头瞪我，“戴罗，一定得抓到她！”

“还有更重要的事——”

“不能让她逃了！”

“可以之后再去抓。”

“等她做好准备就抓不到了，这边还要好几个钟头才能分出胜负，你答应过会帮我逮到她！”

“我会做到，可是你得将眼光放远，”我告诫她，“解除舰桥防护设定。”

她一脸震怒，但我先不理会。金属外壁缩回，我穿过洛克遗体，走到玻璃前方凝望黑暗的太空。

远处以木星为背景，战火闪烁，木卫一就在下方，木卫三在它左边，仿佛一颗闪耀的大梅子。

“赫莉蒂，找回所有能动用的部队守住舰桥，镇压敌人。赛菲，你们就当舰桥的最后防线；舵手，航道设定为木卫三，不准让殖民地联合会发现这艘船换人接管。我说得够明白了吗？所有人都不准进行对外通信。”蓝种照我的吩咐操作。

“木卫三？”维克翠还频频看向妹妹的方向，“那安东尼娅和这边的战斗——”

“已经赢了。你妹妹一走就大势已定。”

“但我们去那边做什么？”

引擎开始加速，**巨像号**远离**和平号**与野马那边的大群船骸。“去争取下一次的胜利——抱歉，我先和别人讲个话。”

我将沾在护膝的血迹抹了一点儿到面罩上，然后稍稍在显示器还可延伸的范围内收起部分面甲。果不其然，罗穆勒斯自己先来联络了。我调整画面到左侧，并且加快呼吸，假装我跑了一阵子才接听。

他的脸孔出现在左边，占据画面的八分之一，似乎经过一场枪战，但我看不太到他那边的状况，他也看不到我的状况，主要画面只有面部与头盔。“戴罗，你们在哪儿？”

“在舰内通道，”我喘着气跪下，装出要休息的模样，“正朝舰桥进攻。”

“还没有进去吗？”

“洛克启动封锁机制，没那么容易。”

“戴罗，听好，巨像号改变方向，朝木卫三过去了。”

“是造船厂，”我惊呼，“他想攻击造船厂！没有船只可以拦截吗？”

“没有！都太远了。看来奥克塔维亚又是自己得不到，也不让别人好过。造船厂是外缘区的未来，你得尽一切手段赶快拿下舰桥！”

“我会努力试试看……可是罗穆勒斯，洛克船上有核弹，要是他目标不只是造船厂，那……”

他脸色发青。“请你一定要阻止他，下面也有你的同胞。”

“我会全力以赴。”

“谢谢，戴罗，祝你好运。第一队，跟我来……”

信号切断，我头罩完全解开，所有人都瞪大了眼。其实他们没有听到对话，不过也猜得出接下来会如何发展。“你打算毁掉罗穆勒斯在木卫三周边的造船厂是吗？”维克翠开口问。

“好样儿的，”赫莉蒂说，“好样儿的。”

“我什么也没毁掉，”我说，“现在我还在走道上奋战，努力要攻进舰桥。洛克自知不敌，决定抢在我拿下这艘船前最后的一点儿时间攻击敌人要害。”

维克翠听得眼睛一亮，不过还是有所保留。“假如罗穆勒斯发现——甚至只是起疑，就会将我们的部队还有夺取的船只全部轰成渣。”

“谁会说出去？”我的视线扫过舰桥，“谁？”问完后，我瞥向赫莉蒂。“一有对外信号就朝那家伙的脑袋开枪。”

只要毁掉造船厂，外缘区少说五十年内无法轻举妄动。今日罗穆勒斯虽是盟友，但我很清楚他迟早会成为崛起革命的威胁。既然我现在帮他赢了一战，为此失去洛克，也放弃木星这边的阿瑞斯之子，那么拿些代价回来并不为过。可是我一低头却看见鲜红的脚印落在身后。连我自己都没发现，我竟是踏着洛克的血前进。

巨像号穿过野马与我们部队留下的宇宙垃圾，从木星这头往木卫三靠近。卫星统领派出速度最快的战斗机想拦截，却被炮台一一击坠。罗穆勒斯的未来希望就在他引以为傲的厂房和生产线，灰色的金属太空站群聚在一起，排列成环状。外缘区的独立与壮大即将被打碎。

我们来到如宝石般闪耀的木卫三，**巨像号**依我吩咐，水平对准赤道上的外缘区工业之巅峰；女武神的战士来到我背后，赛菲见识到金种文明的壮阔，大大开了眼界。船厂区域长度达两百千米，容纳数百辆运输舰，包括**巨像号**在内，全太阳系最精良的船舰就在是这里诞生。然而此处一如神话中的怪兽，儿女若挣脱了父母掌控，就会反噬，核心区也同样会是这种命运。

“这是人类建造的吗？”赛菲的语气中藏有敬畏，身边好几人甚至惶恐下跪。

“出自我的同胞，”我回答，“是红种的手。”

“耗费两百五十年……这里的第一座厂历史悠久。”维克翠过来和我并肩站着，一同望向厂房正射出数百艘逃生舱，想必是得知巨像号接近的消息。然而，优先撤出的肯定是主管阶层。我不会逃避责任，我很清楚一旦下令开火杀死的是些什么人。

“会有成千上万的红种死在里面，”赫莉蒂静静地对我说，“还有橙种、蓝种……灰种。”

“他知道。”维克翠说。

赫莉蒂没有离开。“长官，你真的想这么做吗？”

“想？”我无奈地反问，“这整件事从来就不是我们想怎样不想怎样。”我回头要对舵手下令，但还没开口，维克翠就搭着我肩膀阻拦。

“亲爱的，你不必自己承担，这次算在我头上。”她以金种清亮的嗓音喊着，“全体炮击，二十一号到五十号弹头沿目标中线发射。”

我们一起看着战舰攻击，毫无防备的造船厂化为废墟。赛菲依旧着迷于外头的光景。虽然之前看过战争的全息影片，内容却都以狭窄走道上的人员战为主。他们第一次目睹战舰真正的破坏力，我也第一次见到她脸上露出真正的恐惧。对他们而言，死在炮火下太过悲哀。没有战歌与战号，仅能在静默之中瞪着星空，只是为金种王朝作嫁衣，然而也无可奈何。

同时，我脑海深处回荡着一句古老而黑暗的谚语：

冤冤相报何时了……

此时心境比我预期更加沉重。船厂爆炸，我不忍卒睹，转身看着赛菲。残骸朝着卫星地表飘去，最终将落在木卫三的海洋和都市中。

“这艘船该改名了，”我说，“由你命名。”

一道白光打亮赛菲的脸。

“Tyr Morga。”她毫不迟疑。

“什么意思？”赫莉蒂问。

我望向窗外，船厂一截一截被卷进火焰，木卫三的亮光映衬飘流的逃生舱。

“意思是*晨星*。”

Ⅳ
星星

我的儿子，我的儿子
当黄金贵胄给我们戴上钢铁的缰绳
记住，为了那条山谷，所有美梦的归处
我们怒吼，挣扎
不曾停歇
即使身披枷锁

第五十章
雷电

宝剑已折，折损过半，四分之一的船只落入我们手中，其余或随安东尼娅逃跑，或零星追着幸存的执政官直奔核心区。我请绥克莎带着姐妹搭乘机动性较高的轻型巡弋舰出动，由维克翠做总指挥，任务是捉拿安东尼娅和援救卡珐克斯。他在尝试攻入潘多拉号时被敌人俘虏。本来我要塞弗罗也过去，制造两人相处机会，没想到他明明先去过维克翠船上，却又在他们出发的半小时前先回来，而且自个儿在那边生闷气，不肯告诉我怎么回事。

至于野马，她为了卡珐克斯一阵慌乱，但强自镇定。若不是主舰队需要帮忙，她大概会亲自带兵救人。我们先修整船只，先求安全航行，无法使用的船就在壳上凿洞，接着在战场的船骸堆中搜寻有无生命迹象。目前崛起革命与卫星统领虽维持合作关系，但可能不会太久。

两天前开战至今，我还无暇打盹，看来罗穆勒斯也一样。黑眼圈框住了他的愤怒与疲惫，在这短暂的时间里，他失去的不仅仅是一臂一子，还有更多更多。我们双方都不想面对面，只能开视频会议。

“如最初所言，你们独立了。”我说。

“而你拿到了船舰。”罗穆勒斯背后罗列的大理石柱，柱上有托勒密风格的雕刻。由此可知，他人在木卫三的悬宫，太阳系外缘的文明枢纽。“但是凭着那种规模的舰队，并不足以与殖民地联合会核心一战，灰烬之王将亲自等着你。”

“我也在等。有很多事情得和他的主子做个了断。”

“你们要从火星进军？”

“你很快就会知道了。”

他沉吟一阵。“这次作战中有件事情令人在意。后来我的部下登上每艘船检查，完全没有发现超过五百万吨的核弹信号。不过你那时说有，然后……提出了一些证据。”

“我的部下找到的信号可不少，”但这当然是谎话，“有疑问可以到我的船上看看，核弹全集中在巨像号并不奇怪。以洛克那种个性，一定会严格管控。能在最后一刻攻进舰桥已是不幸中的大幸，船厂可以重建，但人死不能复生。”

“他们真有核弹？”罗穆勒斯还是继续追问。

“我会拿自己同胞的未来当赌注吗？”我冷冷地扬起嘴角，“木卫安全了，你们得以决定自己的下一步。知足点比较好。”

“的确。”话虽如此，罗穆勒斯却已看透真相，察觉自己遭到愚弄。然而，除非他放弃和平局面，否则只能拿同样说辞面对子民。一旦透露真相，以当地的民心风俗，定会坚持讨回公道。只是现在的外缘区没有继续打仗的本钱，两军一旦交锋，必定是船舰较多的我方胜出，况且就算重挫了我，未来就没有人挡在殖民地联合会面前。他别无选择，只能配合演出，我也得承受罪孽煎熬，永远无法忘记外缘区还有几亿人受到奴役，成千上万阿瑞斯之子将落到罗穆勒斯手里受死。无论我怎样警告撤离，总会有人走不了。“请你们今天就动身吧。”

“搜索生还者需要三天，”我回答，“找完立刻走。”

“好吧。我会派船护送各位到事前议定的边界，你的旗舰出去后，舰队就不能再返回，你麾下任何船只若是越过界线，等同宣战。”

“我还记得我们讲好的条件。”

“我还是要提醒一声，顺便请你代为问候核心区，我也会妥善‘照顾’你没能接回去的阿瑞斯之子。”撂下话后，他马上切断通信。

三天后，我们返程，途中继续进行船舰整修。焊工、金工攀附船壳，仿佛无害的藤壶。虽然折损二十五条旗舰，但夺取到手的超过七十艘，可谓现代战争史的重大胜利。可惜，当你必须清理自己朋友的血迹时，无论再多胜利也教人快乐不起来。

这种时候厚着脸皮并不难，因为你所能看到、嗅到、碰到和感受到的其实相当有限。等到亢奋退去、情绪松懈，你很快就会想起自己干了什么好事，如何害朋友惨死。舰队战就像诅咒，交战后得经历好几个月的漫长空间，然后一切过程重演，一遍一遍又一遍。

我迟迟没有对大家交代要朝哪儿前进，他们也没有当面问我，但通过部属表达了疑惑。我给的始终是同一个答案。

“去我们该去的地方。”

舰队的中坚是阿瑞斯之子，成员早就历经千辛万苦，所以还能聚在一起唱歌跳舞，乐天知命。而这气氛似乎会传染。离木星越来越远时，走道上更常听见有人吹口哨，并且还兴起一股在制服绣徽记、给星战机甲涂鲜艳矿业色彩的风潮。这种活力在殖民地联合会的军队中绝对见不到。只是，目前还是同色族的人才会聚在一起，只在办正事时打破族群藩篱。我本以为他们可以更融洽地相处，不过至少是个好的开始。我脸上虽挂着微笑，继续领导众人，却仿佛与周遭的一切失去联系。

我在走道上杀死十人，炸掉造船厂时又害死一万三千名同胞。虽然他们的面孔不至于纠缠着我，只是内心那抹恐惧怎么也甩不开。

截至目前，我尚未与阿瑞斯之子基地取得联系，所有频道全部失效。这代表银种人破坏传输站的计划已经完成，现在金种和红种都面对同样的信息障碍。

我为洛克安排他应得的葬礼。诗人想必不愿留在异乡，所以我将他送往太阳。灵柩是金属材质的太空鱼雷。我和野马将遗体安置进去，偷偷让号叫者从人满为患的停尸所搬出来，私下举办告别式。我们死了太多自己人，而我为敌方将军痛心疾首的模样是不能公开的。

为他哀悼的人少之又少。洛克念念不忘的金种同胞就算记得，也只会给他安上弄丢舰队的臭名，堪比古代的盖乌斯·特雷恩蒂乌斯·瓦罗，竟傻得在坎尼让汉尼拔包围得逞。对革命分子而言，洛克只是个金种，自诩超凡入圣，但碰上收割者也不得不屈服。

看着曾有深厚情谊的朋友化为冰冷的尸体，我不禁感到寂窦，好像捧着再也无法安放花朵的花瓶。

我希望洛克和从前的我一样相信来世，但我究竟是什么时候失去信仰的，我甚至无法肯定。应该并非一朝一夕吧，而是慢慢被迫面对现实，假装相信往生谷存在，心里会比较好过。要是洛克死前能抱着对新天地的期待，那该多好。可惜他自刎前仍只肯定金种文明，怀抱着一个自我中心的信念沉入黑暗。

那绝对不是什么愉快的事。

轮我跟他道别了。当我凝视洛克的面孔，脑海中浮现的都是回忆。月球宴会前他在床上看书的模样（后来被我用麻醉针扎了）；还有他盛装打扮，约野马一起去爱琴城看歌剧，过来约我同行，还说天琴座奥菲斯的故事一定能打动我。还有，院训时大战结束，守在炉火边的他一见我活着回来，大大地笑开，冲上来拥抱我。那时我们根本还没长大，只是一群男孩。

如今，他的身体失去温度，眼周发黑，一点儿年轻气息也不剩。因为我，他再无可能与别人白头偕老，享受天伦之乐。我想起了塔克特斯，眼泪涌上。

我的朋友（特别是号叫者）并不赞同我让卡西乌斯也参加告别式。可是我认为缺了他的最后一吻，对诗人会是一大遗憾。卡西乌斯腿上还有铁链，手也被磁力锁箍在背后，但我过去为他解开，让他可以与洛克好好告别。卡西乌斯庄重地弯下腰，在诗人额上轻轻一吻。

卡西乌斯与洛克道别后，金属舱门重重关上，塞弗罗走进来。他依旧不同情洛克，和野马一样只是冲着我才出席，怕这里会需要支持。洛克出卖我和维克翠，最重视忠诚的他自然无法接受。在塞弗罗眼中，洛克没把别人当朋友，连野马也这么想。她同样是受害者，而且为此失去父亲。即便尼禄·欧·奥古斯都有诸多不是，也改变不了血浓于水的事实。

他们等我开口说话，但我无论说什么都只会引来更多怨怼不满。于是，我按照野马事前忠告，不逼别人听我美言这位众人心目中的叛徒，只念了以前他喜欢的一段诗：

莫畏烈日骄阳，
莫惧凛风寒霜，
俗务尽，凡缘了，
志已酬，返家乡。
流金岁月终有时，
烟囱蒙尘土飞扬[1]。

“Per aspera, ad astra.”包含塞弗罗在内的所有金种一同低语。按下按键后，洛克从眼前离去，与拉格纳还有世世代代的勇者一同朝太阳奔去。其他人走了，我还留在原地，野马陪在我身旁，注视着被带走的卡西乌斯。

“你对他有何打算？”等到只剩我们她才开口问。

“不知道。”我有点儿不高兴。为什么要在这时候提起呢？

“戴罗，你还好吗？”

“还好，只是想一个人静一静。”

“嗯。”但野马没走，反而靠得更近，“不是你的错。”

“我说我想静一静——”

[1] 莎士比亚作品《辛白林》第四幕第二场角色于葬礼吟唱的诗词。

“不是你的错。”

我发起脾气，暗忖她为什么不肯走，一转身却看见那双太过温柔坦诚的眼睛，压抑在肋骨底下那股窒闷全部爆发，泪水不听使唤地沿两颊滑落。

“不是你的错。”她将我拉过去，我忍不住啜泣。野马搂着我的腰，额头抵在我胸膛。“不是你的错……”

晚上我和朋友一起用餐，地点在从洛克易主而来的大房间。大家安静无声，连塞弗罗也不多话。

维克翠出发后他就心事重重。事实上，这几天下来军队众人内心都蒙上阴影，不过只有在场几位知道目的地，所以心情也比一般官兵凝重。

野马想守在我身边，但我不愿意。我需要时间思考。于是我没说什么就关上门，一个人躲在桌边，躲在伤痛里面。朋友来参加葬礼是为了我，不是洛克，只有赛菲态度比较仁慈，然而那也是因为她在前往木星途中不断见证洛克的军事天才，能以比较纯粹的眼光欣赏。无论如何，最后只有我一人还将洛克视为挚友好好对待。

将军的个人房中还弥漫洛克的气味。我翻翻架上的书本，看见展示盒里飘着一块烧焦的船体金属，墙壁上也挂了不少战利品，都标明是最高统治者因他在“火卫二战役的英勇表现”、火星大统领因他“保护金种社会”所馈赠。索福克勒斯的《底比斯三部曲》还摊在床头柜，我也没有动过，书还停在同一页。我什么摆设也没有改，仿佛觉得这么做可以将他留下，像是以琥珀留住诗人的灵魂。

我躺下想休息，却盯着天花板睡不着。于是又起身拿了他的酒瓶倒威士忌，走到客厅看全息影片。开战后网络就断了，与其余人类失去联系，我心里有种莫名不安。我搜寻舰上主机寻找储存了什么内容。有太空盗匪和高贵的金种骑士、黑曜种赏金猎人，金星上多愁善感的紫种音乐家。后来我发现了近期播放过的文件夹，最新的记录是开战前一晚。

我的心脏跳得很快，还下意识先回头张望，就像正要偷看别人的隐私。文件夹里有洛克喜爱的歌剧《崔斯坦与伊索德》的爱琴城演出版本，其余却都是我们学院时代的数据。我手悬在半空，想要点开，心里却有个声音说要缓一缓。我通过对讲机呼叫赫莉蒂。

“还醒着吗？”

“现在醒啦。”

“想请你帮个忙。”

“我哪一次不帮了？”

二十分钟后，卡西乌斯上好手铐脚镣到了我这里。押送队伍是赫莉蒂本人外加三名阿瑞斯之子，我下令解散，向她点头致谢。“谢谢，我可以接手处理。”

“恕我直言，长官，我不觉得。”

“赫莉蒂……”

“我们会在外面待命。”

“去休息没关系的。”

“有需要就叫我们。”

“真是铁一般的纪律。”等到人都出去后，卡西乌斯不禁调侃。他站在大理石圆形玄关欣赏雕刻。

“洛克挺会打点装潢的，可惜品位属于交响乐团第一把交椅——就是九十岁老先生的那种。”

“根本是三千年前的人吧他？”我回答。

“我觉得他不会喜欢罗马人的袍子，太没有时尚感。我父亲从政时居然有人提议要恢复那种衣着打扮，还特别在酒馆和一些俱乐部里那样穿。我也看过照片，”他打个哆嗦，“很恐怖。”

“以后也会有人嫌弃现在的高领的。”我抓着自己的领子。

他瞧见我手上有威士忌。“所以这是社交场合？”

“不算是。”我带他到客厅，四十千克的囚犯鞋踩在地上铿锵作响，相当沉重。然而卡西乌斯看起来却比我还自在。我给他斟了一杯酒，他坐在沙发上，一脸担心是陷阱的模样，朝酒杯扬起眉毛。

“不会吧，戴罗？下毒不符你的风格。”

“这可是乐加维林呢。是火星包围战后洛恩送洛克的礼物。”

卡西乌斯闷哼一声。“我不懂讽刺。至于威士忌嘛……有了酒还有什么问题不能解决呢？”他看看酒杯，“这是瓶好酒。”

“这让我想起父亲。”我听着头顶上空气循环系统发出的轻微嗡嗡声，“当然，他以前喝的东西比较适合当清洁剂，或者用来杀光人类的脑细胞。”

“他死的时候你几岁？”卡西乌斯问。

“没记错的话，大概六岁。”

“六岁……”他摇晃酒杯沉吟道，“我父亲平常不会一个人喝酒，但偶尔我会看到他在喜欢的地方一个人喝。那是奥林帕斯火山山脊上一条偏僻的小路。他会坐在长凳子上，喝的就是这种酒。”卡西乌斯咬着脸颊内侧，“我也最喜欢在那个时候和他相处，没有别人在场，只有远方几只老鹰在飞。他和我说过山上长了什么树木。我父亲很喜欢树，讲起它们的分布，什么鸟会在什么树上筑巢，真是滔滔不绝。冬天就更严重了，连树木变成什么模样也要一一解释。其实我从没认真听，现在倒是有些后悔。”

卡西乌斯喝下一口酒，除了醇烈的气味外，他还能尝到泥煤与葡萄柚的香气，那是非常地道的苏格兰美酒。至于我，其实就只尝得到烟熏味。“马尔斯城？”他朝洛克房间的控制台上撇了撇头，“我的天，看起来好小。”

“比火炬船的引擎还小，”我附和，“人生就是这样等比成长，”我笑了起来，“一开始我也觉得灰种都好高。”

“呵……”他一脸淘气，“你也可以拿塞弗罗当标准啦……”咯咯几声后，卡西乌斯变得认真。

“我想向你道谢……谢谢你让我参加告别式，我有点儿……意外。”

“换作是你也会那么做。”

“嗯，”卡西乌斯似乎不大肯定，“那是洛克的东西吗？”

“嗯。我打算看看他的影片，有一些记录显示他反复看过数十次，但内容并不是学院之间的竞争，而是大家相处的情形。我想你懂的。”

“你看过了吗？”

“我想等你一起看。”

卡西乌斯听了又是一阵错愕，不明白为什么我这么做。

我按下播放键，心思随影片回到学院，回到两人都还没长大的年代。起初气氛很尴尬，后来威士忌稀释了紧绷感，放松愉悦变得比较容易，沉默却也更显深沉。画面上出现的是高原地带，大家在营火边听奎茵说故事。“我们那晚接吻了。”卡西乌斯说。奎茵刚刚讲完自己祖母的故事，她四度在距离都市一百千米的山区中不靠建筑师一个人盖房子，却总盖不成。

“奎茵钻进睡袋，我说我听见怪声，两个人就出去查看。后来她终于发现是我在偷偷扔石头，只是想要骗她出来。她脸上那笑容真令人难忘，”卡西乌斯笑着回忆，“那双长腿就该箍在人身上，你懂吧？”他笑个不停，“不过她还是有点儿矜持，轻轻打了我一巴掌，把我推开了。”

“她可没有那么好追。”我说。

“是啊。但她隔天早上亲自叫我起床，还亲了我几下。当然是照她的方式来。”

“这大概是史上初次丢石头战术成功的记录。”

“厉害吧。”

有些片段我从来不知道。洛克曾约卡西乌斯钓鱼，因为奎茵要从后面将他推进池塘。卡西乌斯本人在我面前饮下一大口酒，看着年轻的自己溅起满天水花，还想要拉奎茵一起下去。当然也有比较私密的片段，例如洛克和莉娅在高原的夜幕底下进行侦察时陷入爱河，两人停下来喝水时，手不经意擦过彼此。费彻纳躲在树丛，拿通信仪记录下很多画面。两人初次在城门碉堡里盖同一条被子、洛克约她到高地献上初吻……但紧接着就听见安东尼娅与维克瑟斯从雾中接近，眼睛戴着光学镜片闪出光芒。

洛克试图拦阻，却从峭壁坠落，莉娅就是在此时遭到俘虏。他摔断手臂，被急流冲走，花了三天时间走路返回，而且以为我被胡狼杀死。诗人为我哀悼，找到我给莉娅堆的墓，却看见狼群已经挖开石头，叼走她的遗体。他一个人在原地哭了好久。卡西乌斯看见这一幕，表情十分凝重，令我想起他与塞弗罗回去时看见莉娅、洛克的处境，也同样愤慨不已，说不定心里暗自后悔竟与安东尼娅联手。

还有很多片段，很多我之前不知道的点点滴滴。其中重复播放过最多次的是卡西乌斯嚷嚷着自己新找到两个好兄弟，要我们也进贝娄那家族效力。那时他精神奕奕，人生充满喜悦。我们都一样，即便我当时内心纠结，依旧情绪高昂。事隔多年再回头看这些，更凸显了我的隐瞒给他们带来多大冲击。

我给卡西乌斯再斟满杯子。全息投影的微光洒落，他一直没讲话。洛克的马是灰斑花色，他低头望着缰绳，不知在思考些什么。“我们害死了他，”卡西乌斯终于开口，“都是因为我们挑起战争。”

“是吗？”我问，“这世界不是我们造就的，我们甚至也不是为个人私利而战，洛克也不例外。他效忠奥克塔维亚，效忠一个根本不在乎他牺牲的殖民地联合会。洛克的死将创造一个新的政治舞台，大家会把罪归咎到他身上，他为那些人做牛做马，还要沦为替罪羊。”卡西乌斯知道我在暗示什么，那也是他最大的恐惧：或许，根本没有人在意他的一言一行，什么荣誉，什么骑士精神……都是旧世界的价值观，不容于当前的太阳系。

“你觉得这会持续多久？”他若有所思，“这场战争？”

“是说我们之间还是所有人？”

“我们。”

“你当初说要打到一方心脏不再跳动是吧？”

“你居然还记得，”他闷哼一声，“那其他人呢？”

“直到再没有色族之分。”

他笑了。“目标怎么放这么低？”

我看着他摇摇酒杯。“要是奥古斯都没将我与朱利安排在同个房间，你觉得后来会怎样发展？”

“不重要了。”

“说说看？”

“我也不知道。”他语气有些激动，喝光威士忌后自己又倒满，明明上了手铐，动作却依旧利落。卡西乌斯瞪着玻璃杯，眼神迷惘。“你和我不像洛克或弗吉尼娅那样心思细腻。你如果是雷，我就是电。记不记得，那时我们还在脸上涂东西，骑着马像个白痴一样四处乱闯？其实那才是真正的我们。我们无法改变性格，你和我需要一场风暴。若是不起风暴，就只能平凡地结束一生。现在这样硝烟四起，冲突对立……我们的呐喊总是最响亮。”他意识到自己又将话说得太冠冕堂皇了。嘴角不禁染上一抹无奈微笑。

“你真的这么觉得？”我问，“人永远只能有一种样貌吗？”

“你不认同？”

“维克翠也是这么说自己，”我耸耸肩，“但我坚持她有别的选择，每个人都有。”卡西乌斯身子前探，这次是给我倒酒，“洛恩也常常提起他被困在自己的人格和过去的抉择中，于是渐渐感觉人生根本不属于自己，背后受另一种东西操纵，扭曲了面前道路。然而到最后，尽管他对世界有爱与仁慈，有珍惜的家人，都无法挽回命运。你选择什么方式去活，就以什么方式死去。”

卡西乌斯在我这番话中听见的不只有质疑，同时也明白野马、塞弗罗、维克翠都可能步上这个后尘。更重要的是，他的人生跟我一样，被迫卷进汹涌波涛。“你觉得自己会死吗？”他问。

“洛恩总说，时机总有成熟的一天，那一天只会越来越接近。”

他望着我，眼神温柔，似乎忘了酒的存在。这气氛比我预期得更亲近，或许真的说进他心坎了。又或者，卡西乌斯也觉得自己只是一步步朝死亡迈进。“我之前没想过你背负了多少。”他语气谨慎。

“多年来，你藏匿在敌人之中，无法对别人袒露心情。是不是？”

“当然不能说，风险太大，会害死很多人——你好，我是红种派来的间谍？”

他没有笑。“现在也一样。所以你才对生命感到灰心。即使与同胞团聚，你依旧像是外人。”

“没错。”我举起酒杯，心里有些迟疑，不知究竟该对卡西乌斯吐露多深。但后来威士忌帮助我开口。“和大家交心好难，每个人都有不能碰触的禁忌。塞弗罗还思念父亲，将完全不认识的人的命运扛在自己身上；维克翠始终认为自己应该要凶残阴毒，假装她就只想要复仇。还有，人人都觉得我有远见，因为我有过那样的妻子，就代表我能创造更美好的未来。事实上我自己看待她的角度已经跟以前差很多了。野马——”我困窘地将话吞回去。

“说吧，她又怎么样？你杀了我兄弟，我杀了费彻纳，还有什么能比这更尴尬？”

我眉头一挤，暗忖着这场面确实够怪。

“她老是在评断我，”我说，“评价我的一言一行，仿佛要算个总分来决定我够不够格。”

“够什么格？”

“让她愿意配合，能不能担任领袖……我也不确定。我还以为在冰原时我就算证明了自己的为人与能力，但看来还是不够。”我耸耸肩，“你当初应该也有同样的感觉吧？艾迦杀死奎茵，你还得继续执行最高统治者的每个命令，达成你母亲的……期望。现在你却跟杀了你两名兄弟的人对坐饮酒，谈天说地。”

“我不在乎卡努斯。”

“嗯，你们感情还真好。”

“小时候他对我不错，”卡西乌斯说，“这样说感觉有点儿不可思议，但以前我很崇拜卡努斯。他带我做运动、出门旅行，还把自己跟女孩相处的那套也教给我。不过对朱利安又是另一个样子。”

“我也有哥哥，他叫基尔兰。”

“还健在吧？”

“目前在阿瑞斯之子里面做技工，已经生了四个小孩。”

“啊？所以你已经当了叔叔？”卡西乌斯一脸不可思议。

“不只叔叔，基尔兰后来和伊欧的姐姐再婚。”

“这样啊。我也跟小孩子相处过，我很会哄小孩。”卡西乌斯的眼神变得蒙眬，笑意逐渐收敛。我明白他灵魂深处埋藏的疑惑是什么。“戴罗，我已经厌倦这种战争了。”

“我也一样。要是可以救回朱利安，什么代价我都愿意。可是现在我们就是为了他，为了与他同样处境的人而战——那些温和、善良，知道世界应该是什么模样的人。问题是，他们的声音永远盖不过恶人。”

“你不担心自己毁了一切后再也拼凑不起来吗？”他诚恳地说。

“当然担心。”我早就了解自己的弱点，“所以才需要野马帮忙。”

卡西乌斯凝望我良久，最后摇摇头，发出的那声轻笑不知是针对自己还是我。“要讨厌你可真是不容易。”

“冲着这句话，一定要干杯。”我们举杯，没再多说什么。但他离开前，我给了他一个全息方块，要他回去看。我也先为方块的内容道歉，解释了这件事必须要让他知道。卡西乌斯听出话中讽刺。我知道，他将会在回到牢房后看完，潸然泪下，然后觉得更加孤单。面对真相总是艰难。

第五十一章
潘多拉

卡西乌斯离开后过了几小时，我睡得并不安稳，后来又被塞弗罗叫醒。他从通信仪联络，说有要紧的事。维克翠与安东尼娅在小行星带交火，她要求增援，所以塞弗罗已经整装，并要赫莉蒂组织突击部队。

野马、号叫者和我搭乘忒勒玛纳斯家族舰队中剩下最快速的火炬船出动。明明才经历过木卫战役，还旗开得胜，赛菲得知又有能作战的场合仍跃跃欲试。然而眼前我需要她整顿黑曜种。只有女王能维持秩序。情况一如塞弗罗最近的新笑话：看见一个身高两米三的女人拿着战斧和挂满舌头的钩子进来，我们要说什么呢？答案就是闭嘴少啰唆。

我则有另一层顾虑。目前我们太依赖几名特定人物来凝聚向心力，要是随便损失某个指挥官，都可能导致革命军瓦解。

我们全速前进，尽快追上维克翠，但抵达该坐标后周围却都是干扰信号的小型星体，而且还立刻收到署名“裘利”的加密讯息。

“捕获贱人，卡珐克斯得救，我赢了。”

于是我们转乘航天飞机，从火炬船到了维克翠的舰队。一路上塞弗罗总紧张地抓着裤管。她这仗打得漂亮，二十艘船舰出击，迅速扩展为五十艘黑船——船只设计相当高科技，机动性与造价同样高昂，符合他们商贾世家的背景，与奥古斯都或贝娄那家族喜爱的巨兽形式截然不同。船上都有裘利家族矛贯日冕的徽章。

维克翠在母亲以前使用的旗舰*潘多拉号*上等候，换上一身黑色制服，华丽雍容；右胸挂了家族纹章，烈焰般的橘色线条沿着黑色长裤往下延伸，金色饰扣闪亮耀眼。她还找回了之前佩戴的耳环，耳垂上多了两块翠玉，脸上笑容灿烂，却又有些神秘难解。

“欢迎各位来到*潘多拉号*。”

卡珐克斯又受伤了。他站在旁边，右臂上了石膏，右半脸贴着人工肉。几个女儿马上过去探视，他笑呵呵地问候野马，野马情绪激动到顾不得颜面，跑上前搂住他脖子在光头上亲了一下。

“野马呀，”卡珐克斯乐不可支地放下她，低头说，“抱歉，真对不起，老是被人家抓走。”

“美女总要等王子来救嘛。”塞弗罗打趣道。

“好像真是这样呢。”他回答。

“答应我别再有下次了，卡珐克斯。”野马开口，他赶紧点头承诺，“而且你又受伤了！”

“小伤啊，没大碍的，王子殿下，你不知道我血液里面有魔法吗？”

“说到这个，要见你的可不只我们。”野马回头瞟了阶梯一眼，吹了声口哨，卵石就放下索福克勒斯，爪子敲地板的声音从背后传来，狐狸一溜烟儿从塞弗罗脚边蹿过，差点儿把他撞翻。索福克勒斯跳进卡珐克斯怀中，他张大嘴巴狂亲狐狸，看得维克翠退后一步。

“我还以为你这边出了问题。”塞弗罗朝她咕哝。

“我早说过，一切都在控制之中。”维克翠回答，“戴罗，主舰队距离多远？”

“两天。”

野马张望了一阵。“戴克索呢？”

“他正在处理上面几层的鼠辈。还有几个圣痕者死撑着，要全挖出来得费些工夫。”

“途中几乎没看到损毁的船骸，”我开口，“怎么办到的？”

“什么怎么办到的？我才是裘利家族正统继承人。”维克翠得意地说，“无论是看我母亲遗嘱还是看出生顺序都是一样。也就是说，安东尼娅指挥的根本就是*我的*船，靠钱买通的舰上人员当然要联络我。他们以为几条小船后面跟的就是大舰队，所以哀求我让可怕的火星收割者放他们一条生路……”

“你妹妹的部下如何处置？”我问。

“处决三人，毁掉他们船只，杀鸡儆猴，抓到又不肯投诚的执政官目前都关着，他们的职务由效忠我及母亲的旧识接管。”

“人家愿意加入吗？”塞弗罗嘀咕。

“他们追随的是我。”维克翠说。

“这两者有些不同。”我也出言试探。

“毫无疑问，这些都是*我的*船。”距离重振母亲的企业版图只差一步，而接下来的每一步都必须在和平状态下完成。维克翠目前的角色依旧相当微妙，就像狮雨战役时洛克得以全权掌控那支舰队。

其他人对她的忠诚度将遭受考验，塞弗罗对此显然感到不安。野马和我互望，皱了一下眉头。

“这年头‘所有权’成了个有些难定义的词，”塞弗罗还是说出口了，“他们的意见好像还是很多。”维克翠一听就要发脾气，野马赶快介入。“我想塞弗罗的意思是想问你，既然报了仇，还想跟我们一起进军核心区吗？”

“其实我还没报仇，”维克翠回答，“安东尼娅还没死。”

“那她要是死了呢？”野马追问。

维克翠耸耸肩。“我不太擅长给承诺。”

塞弗罗看上去更加低落。

牢房中关了数十人，大部分是金种，其余是蓝种和灰种。他们先前身处高位，但效忠安东尼娅。

我觉得自己仿佛站在峡谷，敌人从两旁栅栏后方对我怒目相向。我独自穿过走道，让这些金种亲眼看到俘虏自己的究竟是何人。这感觉倒是挺爽快的。

我在倒数第二间才找到安东尼娅。她靠着栏杆坐下，除了脸颊上有些瘀血，还是跟从前一样漂亮。性感的嘴唇、浓密的睫毛，即便牢狱中灯光惨白，依旧遮不住瞳孔里那抹火焰。柳枝般纤瘦的腿盘在身下。她正伸出黑色的指甲抠着大脚趾上的水泡。

“就觉得我听见收割者的镰刀声呢。”安东尼娅嘴角浅浅扬起，眼神十分魅惑，看遍我身上每一寸，仿佛欲将我吞吃入腹。“亲爱的，你应该灌了不少蛋白质吧？又跟以前一样雄赳赳气昂昂。不过别担心，我不会忘记你瘦到皮包骨、哭啼求饶的窝囊样儿。”

“这边的舰队只剩你一个骨骑，”我朝隔壁牢房望去，“我要知道胡狼究竟有什么计划，他的军力分布、补给线和据点战力，也要知道他对阿瑞斯之子掌握多少。还有，他和最高统治者之间是什么关系？双方是同谋还是有疙瘩？胡狼是否有意斗垮她？我要所有能够击败他的情报，最重要的是，我要知道那些该死的核武藏在什么地方。只要告诉我，就能活命，不说就是死路一条。清楚了吗？”

安东尼娅听见核武二字没什么特殊反应，隔壁房间那人也一样。

“很清楚，”她说，“我非常乐意配合。”

“安东尼娅，我知道你会想尽办法活下来，但我说话的对象不只有你。”我伸手敲打隔壁栅栏。

那个个子较矮、肤色较黑的金种终于红着眼睛抬头。她的脸很尖，说话声音也一样。怪的是，她的卷发比印象中亮眼很多——还有眼睛。那一定是人工染色。“蓟草，你也一样。谁先提供更多情报谁就能活下来。”

“手段真是阴毒，”安东尼娅刻意喝彩。“这样还自称红种？我觉得你在我们的社会应该如鱼得水？”她冷笑一声，“我没说错吧？”

“你们有一小时时间考虑。”

我转身离去，让我的威胁在两人内心发酵。

“戴罗！”蓟草叫道，“帮我跟塞弗罗说对不起。拜托你！”

我回头慢慢走过去。“你染了头发。”

“小镀金想跟我们平起平坐呢。”安东尼娅讲起话故作亲昵，开始伸展那双长腿。就算坐着，她还是比蓟草高出一个半头。“别怪她，她就是爱做梦。”

蓟草凝望着我，双手抓紧铁条。“抱歉，戴罗，我不知道事情会演变成这样，不然我一定……”

“你从一开始就很清楚。你并不笨。现在还假装自己不了解就太可悲了。其实你想对付我是很正常的，”我缓慢地说，“问题在于，原本塞弗罗会在场，号叫者所有人都会在场，”她盯着地面，不敢和我四目相交，“你怎么能那样对他？怎能这样对所有同伴？”

蓟草无言以对。我搔搔她的头发：“以前的你比较好看。”

第五十二章
利牙

回到监牢的控制室后，塞弗罗、野马和维克翠都来了。另外还有两个技术人员坐在人体工学椅上，周围同时浮着十几个影像。“说了什么吗？”我问。

“还没，”维克翠回答，“但我稍微‘加热’了一下，水迟早会烧开的。”

塞弗罗正瞪着画面。“想不想和蓟草谈谈？”我问。

“谁啊？”他挑眉，“我没听过这个名字。”我看得出这次重逢反而令人伤心，让我更难过的是塞弗罗虽逼自己坚强，还是很难承受亲手带出的部下叛变。我无法确定他不肯放下防备究竟是因为维克翠还是我，或是因为他自己。说不定以上皆是。

几分钟以后，安东尼娅和蓟草满身大汗。按我提议，牢房加温到四十摄氏度会造成生理不适，同时重力也略微提高，但是在感官不易察觉的范围内。目前蓟草不讲话，只是一个劲儿地哭；安东尼娅老在摸脸上的瘀青，似乎想确保不会坏了那张脸蛋。“你倒是想想办法。”安东尼娅隔着栅栏说。

“想什么办法？”蓟草在另一边回话，“就算我们什么都招，还是会死。”

“哭哭啼啼的像什么样。快给我抬起头来。这样你怎么配得上脸上的圣痕者。难道你不是马尔斯学院的人吗？”

“她们知道自己被监听，”塞弗罗说，“至少安东尼娅一定猜得到。”

“有时候被发现也无所谓，”野马解释，“智力越高的人在拘禁时越是喜欢算计，但那种自信却使得她们误以为局势在自己控制下，反而更容易受到心理操弄。”

“这是你被人严刑逼供后的人生领悟吗？”维克翠问，“有机会来分享分享。”

“安静。”我调高音量。

“那我就什么都告诉他们，”蓟草对安东尼娅说，“反正我早就不在乎了。”

“什么都告诉他们？”安东尼娅问，“但你又知道什么呢？”

“我知道的够多。”

“我知道的比你多。”

“谁会信你？”蓟草一副没好气的模样，“你这弑母的疯子！要是你知道自己在别人眼里是什么样子——”

“噢，亲爱的，你不会真那么笨吧？”安东尼娅同情似的叹息，“唉，可惜你真的是笨。我看了都难过。”

“你到底想说什么？”

“单细胞。动动大脑啊，至少要努力试试看。”

“去你的，你这贱人。”

“抱歉，蓟草，”安东尼娅沿着栏杆伸个懒腰，“都是因为太热了。”

“我看是你梅毒入侵脑细胞吧。”蓟草开始抱胸踱步。

“这种话也说得出口……果然我们家教不太一样。”

我考虑着是否要带蓟草出来直接逼问。“也许是陷阱，”野马提醒我，“安东尼娅或许设想过遭掳的情境，甚至可能是我哥的伎俩。故意给部下假情报对他而言很正常，尤其是在部下极有可能被捉的情况下。”

“会是设好的局吗？”维克翠问，“舰上停尸间里有超过五十具金种尸体，他们恐怕不同意这种臆测。”

“她说得没错，”塞弗罗接口，“先摆一会儿，等到安东尼娅被独自约谈，也许会供出更多。”

安东尼娅闭上眼睛，头还是靠着栏杆。她算准蓟草还要问所谓“动脑”是什么意思，蓟草也真的没让她失望。“刚刚你说我把什么都招了就没价值，那是什么意思？”

安东尼娅隔着栏杆望过去。“亲爱的，你还真是没仔细想。我绝对是死定了，你自己也说过，就算我不承认，但是……我跟我姐比起来可是乖巧家猫。我对着她脊椎开枪，还往她背上淋酸液淋了将近一年，你说她会不会像剥洋葱一样把我的皮一层一层扒下来？”

“戴罗不会让她那样做。”

“他是红种，在他眼中我们都是戴了王冠的恶魔。”

“他不是那种人。”

“但有个小妖怪是。”

“他有名字，他叫塞弗罗。”

“这样啊，”安东尼娅才懒得理，“总而言之我是没命了，你还有机会。不过呢，提供情报只要有一个人活着就好。所以你真正应该思考的是：假如什么都说出来，他们有什么理由留你活命？也就是说，你心中得有策略，不能一股脑儿招供，要一点儿一点儿交换条件。”

蓟草走向分隔两人的栏杆。“你想骗我啊？”她很勇敢地说，“你搞清楚，没救的只有你。戴罗会赢的，说不定他本来就是对的。我告诉你，我会帮他的。”她抬头看着牢房角落的监视摄影机，视线离开安东尼娅，“戴罗！我会告诉你胡狼的计划！然后——”

“快带她走！”野马叫道，“快！”

“糟——”维克翠也看出来了。塞弗罗和我还一头雾水，她已经冲到门口，同时对技工嚷嚷。

“打开三十一号房！”塞弗罗和我这才回神，追到走廊，撞倒了正在调整全息投影的绿种人。野马跟过来，一行人赶到牢房区大门，维克翠狂捶吼叫说要进去，终于等到门板嗡嗡开启，我们没空和警卫说明，他们还在慌乱整装。

囚犯喊叫此起彼落，但我还是听见“砰、砰、砰”的声音。抵达现场时只见安东尼娅蹲在蓟草旁边，双手穿过栏杆，手上沾满鲜血，指头上还黏着卷发。前号叫者成员的颅骨已经凹陷，但安东尼娅还再拉起来往栏杆作最后一击。维克翠马上推开磁力牢门。

安东尼娅完事起身，对着姐姐微微扬起嘴角、举起双手，一派无辜天真。“小心点儿，”她还出言挑衅，“小维维，你可别冲动，只剩我能给你们情报了，除非你想一头栽进胡狼嘴里……”

维克翠依旧出手打烂了妹妹的脸。隔着十米外都能听见骨头裂开的声音。安东尼娅向后缩，想要躲开，却被姐姐架在墙壁痛殴。维克翠的招式精准，宛如机械，而且安静得令人毛骨悚然。

肘击、膝蹴，她将我们学过的武术发挥得透彻。安东尼娅抵抗时连指甲都嵌进了姐姐的手臂。那方传来的声响逐渐浑浊，有更多液体喷溅，她终于没了力气，肢体瘫软。维克翠还不肯停手，我在旁边也无意介入。对于安东尼娅，我也只剩仇恨，我心中还是有个黑暗面希望她多吃点儿苦头。

塞弗罗推开我朝维克翠扑过去，努力揪开她右手，并以左臂扣住她颈部，两腿先攻下盘让她往后倒，接着箍紧她腰部，不给她反抗余地。得救后，安东尼娅往旁边一倒，野马纵身上前护住，免得头盖骨敲到小床的金属支架，恐怕不死也会重伤。我跪在栏杆前探着蓟草脉搏，心里其实明白只是枉然。她整个脑袋都凹进去了。我瞪了半天，疑惑自己怎么没有一丝恶心恐惧。

我心中有某个地方死去了。是什么时候死的呢？我怎么都没察觉？

野马大叫要找黄种，警卫立刻去联络。我摇摇头，回了神。

塞弗罗放手，维克翠给他勒到猛咳不止，怒火中烧地用力将他推开。野马也放下安东尼娅。她鼻子全碎，吐息仿佛打鼾，脸也不成形了，断牙卡在烂掉的嘴唇上，要不是有头发和印记，恐怕谁也不知道这人是金种。维克翠瞧也不瞧她一眼，径自走掉，不小心挡路的灰种都被狠狠拨开，有两人还因此跌倒。

“维克翠——”我朝她喊，但不知道能说什么。

她回过头，眼睛红彤彤，但不是因为气愤，而是无尽的悲哀。她的指节也破皮了。“以前我还给她绑过辫子，”维克翠勉强挤出声音，“真不知道她长大怎么会变成这种人，为什么和我完全不同。”她的中指和无名指也嵌着妹妹的牙齿碎片，拔出后对着灯光观看，好像第一次捡到海玻璃的孩子。但她很快就一阵颤抖，满脸惊恐，把牙扔在钢板地面，发出“当”一声。维克翠的眼神飘向我背后的塞弗罗。“我告诉过你了。”

稍晚，医生还在给安东尼娅治疗，阿瑞斯之子则前往蓟草原本乘坐的火炬船**提丰号**，收拾她的遗物，并在柜子暗层找到一团特地保存起来的臭狼毛。废物拿出来后，塞弗罗不禁喉咙一哽。

“是蓟草解下来的。”小丑说，第一批号叫者围在喷射管前给蓟草送别。野马不愿打扰，所以躲在墙角。只有卵石、废物、塞弗罗和我。“院训时，安东尼娅被胡狼挂在十字架上，是蓟草去给她松绑。”

“我都忘了。”我说。

塞弗罗鼻子一哼。“这什么世界。”

“记不记得，那时莉娅不敢给羊扒皮，你还和蓟草串通故意要激她？逼她坚强一点儿？”卵石说得嘴角都扬起了，塞弗罗也笑了。

“笑什么笑？”小丑说，“你那时候还在吃蘑菇、对着月亮鬼叫咧。”

“我有看到，”塞弗罗说，“我一直都有在看。”

“老大，你这样听起来很变态，”废物打趣道，“而且你偷看大家的时候都在干吗啊？”

“还用问？一定是躲在树丛打手枪。”我说。

塞弗罗又哼一声。“大家都睡了我才会做。”

“恶心死了。”卵石皱着鼻子，拿出号叫者斗篷，“小蓟草，狼嚎不息。”她眼里那分温柔令人不忍直视，没有任何控诉与愤怒，真诚为朋友送终。我意识到自己是多么喜爱这群人，包括洛克在内。大家致哀后，蓟草也追随拉格纳和洛克，展开前往太阳的旅程。小丑和卵石离开时手牵着手，废物还在旁边不停胡言乱语。我笑着目送三人离去，塞弗罗没走，野马也还在角落。

“维克翠那句‘我告诉过你了’是什么意思？”我问。

塞弗罗瞥了野马一眼。“算了，无所谓，”他作势要走，却踌躇不前，“她不要。”

“不要什么？”

“不要我。”

“噢……”

“别难过，塞弗罗，”野马开口，“她最近情绪压力一定很大。”

“的确。”塞弗罗靠着墙壁，“而且可能是我的问题吧，我说……”他做了个鬼脸，“开战前我跟她说我爱她。你们猜猜她怎么回答？”

“谢谢你的爱？”野马随口说。

他额头一皱。“不是，她说我傻。搞不好她还真说对了。我大概是读错书，所以急昏头了吧。”

塞弗罗看着地板，若有所思，野马朝我点头示意，要我赶快说说话。

“塞弗罗，你毛病的确不少。例如很臭、很矮、刺青品位很莫名其妙，挑的色情片更……怪到不行。还有，你那脚趾甲到底怎么回事？”

他头一偏瞪过来。“什么怎么回事？”

“太长了啊，老弟。你……不觉得该剪了吗？”

“才不要，可以勾住东西很方便。”

我眯着眼睛，分不清这到底是不是玩笑话，只能硬着头皮给予鼓励。“总之老弟，虽然你有很多缺点，但无论如何都不傻。”

塞弗罗的表情很难分辨究竟有没有听进去。“她觉得自己连血液都是毒的，在牢房那话也是这意思。她迟早会毁掉一切，所以要我趁早跟她保持距离。”

“她是在害怕。”野马说，“尤其经历过这些。”

“现在一切还没结束……”他靠墙坐下，头也往后一靠，“这好像是注定哪，冤冤相报何时了……”

“至少木星那场算是赢了。”我安慰他。

“就算每场都赢，不代表最后就能胜利。”塞弗罗咕哝，“胡狼一定还有什么诡计，奥克塔维亚也只是略有损伤。权杖舰队比宝剑舰队更大，一定也会从金星、水星调度兵力，所以最后大概是一比三。会有更多人死，我们认识的人也不例外。”

野马微笑。“除非我们改变局势。”

第五十三章
寂静

野马解释计划大纲，我们大笑几声，开始分析利弊得失，她则先带忒勒玛纳斯家的人回去主舰队。我和维克翠、号叫者留下来审问安东尼娅，并监督船只修整。

明艳动人的安东尼娅已不复存在。伤势太重，完全毁容了。左眼窝骨近乎粉碎，鼻梁现在是平的，原本还完全陷进鼻腔，医生得用镊子夹出来。她嘴巴也肿了，空气一经过门牙就发出咝咝声。除此之外，还有颈部鞭打症及严重脑震荡。医疗团队起初把她当成船舰坠毁的伤员处置，后来才察觉脸上好几处痕迹都有朱庇特学院戒指的闪电图案。

“正义的印记。”我说。塞弗罗听见翻了个白眼。“怎么？我也会说笑话啊。”

“小收割者，我看你还是多练练吧。”

我过去讯问时，安东尼娅左眼仍是一团黑色肿胀，右眼则怒气腾腾，但态度还算配合。或许此刻她意识到自己是真的有生命危险，姐姐随时能回来收拾残局。

依据她的情报，胡狼的最后通信是说他已为我们进攻火星进行准备，集中舰队，计划要夺回火卫一，也呼叫大罐头和其他殖民地联合会军事据点出兵增援。不过火星的金种、银种、赤铜种掀起一阵出走潮，赶赴月球或金星避难。该两地成为失势贵族的避难所。地球有过同样的历史，法国大革命后的伦敦，三次大战后北半球弥漫辐射，所以许多人避居新西兰。

此处的一大问题是安东尼娅的情报无法验证，尤其现在行星间远程通信可谓回到石器时代。我们明白胡狼可能使用反间计，预期安东尼娅等人可能变成俘虏，以他们为诱饵启动陷阱。本来蓟草会是我们判断情报真伪的主要工具，安东尼娅杀她的手段虽冷血残酷，但就效益而言确实值得。

赫莉蒂过来*潘多拉号*舰桥时，我正在试图对外联系，盘腿坐在前方观察站那儿，不断尝试登入贾王的数位情报节点。战舰内部时间已是深夜，灯光暗淡，只有蓝种轴心船员留在座位，带领船只朝主舰队会合。远方的朦胧形影是小行星正在旋转。赫莉蒂走到我旁边坐下。

“提提神吧。”她递上锡杯。里头是咖啡。

“怎么那么好？”我有点儿受宠若惊，“也睡不着吗？”

“嗯，其实不大喜欢坐船——不准笑。”

“身为军团的一员，这种体质很不方便吧。”

“还用说吗？能在各种环境入睡就有成为好军人的一半资格。”

“另一半呢？”

“在任何地方都能大便、发呆，还有就算接到蠢命令也不会失控。”她手指轻叩地面，“都是因为引擎嗡嗡叫，听起来像黄蜂。”她甩掉靴子，“不介意吧？”

“没关系，”我喝了一口，“这是威士忌吧。”

“反应很快呢，”她眨起眼活像个淘气男孩，“很多人还在好奇目的地到底是哪里。你就老实跟他们说吧，应该都能接受的，继续保密大家晚上都不好睡。”

“舰队里有几百个奸细，”我回答，“这是很肯定的。我可不想打电报到敌人那里去。”

“也是，”她朝我手上的通信仪撇头，“还是没回应？”

“小行星就够麻烦了，现在殖民地联合会一有机会就进行干扰。”

“嗯，贾王把他们逼急了。”

我们坐了一会儿没说话。赫莉蒂不太算能让人心情平静的人，但她出身农家，有种朴实的气质。

在乡村中，一个人的名声好坏就看那人的言行，或是他养的狗是什么样。我与她有很多地方不同，却又存在着微妙的默契。

“节哀顺变。”她开口。

“你说哪一个？”

“两个。你和那女的认识很久了吗？”

“学院时代就认识，嘴巴很毒，但是个可靠的……”

“……直到某一天她不可靠了。”

我耸耸肩。

“维克翠不太稳定。”

“她自己说的吗？”我问。

赫莉蒂轻笑。“怎么可能。”她拿出掺了药的香烟叼在嘴里点燃，还问我要不要，我摇摇头婉拒。战舰空调发出空洞的鸣叫。“这种寂静令人难受，”片刻之后，她说，“你被关在那种地方，应该比谁都清楚。”

我点头。“没有人问过我那时候是什么心情，”我说，“就是被关在箱子里时。”

“也没有人和我提过崔格。”

“你希望有人提吗？”

“不希望。”

“以前我都不在意的，”我说，“再怎么安静也无妨。”

“年纪一大就会自己制造声音了。”

“在莱科斯也没什么事可做，就是坐在那边凝视黑暗。”

“凝视黑暗啊。听起来挺有气势。”她的鼻子喷出烟，“我们小时候是和玉米一起长大，听起来很平凡吧。不管朝哪个方向看都是田。偶尔我会趁晚跑到田中间，假装自己在海里，然后仿佛会听见它在低语。可是不是什么平和的声音，反而充满恶意。但这样仍能转换心情。崔格就不一样，他喜欢好望角，原本想留在当地当警察或野生动物保护官，早上霜还没化就去打猎，晚上和一群傻子到酒店聊天，就这么过一辈子也无所谓。想离开的是我，想听海、看星空的是我。不过是在军团服役二十年，很划算。”

虽然赫莉蒂自嘲解闷，我好奇的却是为何选在此时吐露心事。她主动来找我，刚才我还以为是想慰问，但从一开始赫莉蒂身上就有酒味，所以其实是她不想独处，于是找上唯一见过崔格的人。我放下通信仪。

“我告诉他不必跟来，但心里知道我走等同拖他一起走。我还跟妈妈说会照顾他。我一直没机会和家里说他已经走了。搞不好我妈以为两人都死了。”

“那你未婚夫呢？”我问，“叫伊法瑞对吧？”

“你还记得啊？”

“当然，也记得他是月球人。”

赫莉蒂盯着我好一会儿。“嗯，小伊人很好，之前在云城的私人安保企业上班，专长是追查高价财物流向，例如绘画雕塑艺品或珠宝之类。很可爱的男孩。我们进入第十三军团后有休假，就去了一趟金星沙滩，大家在主题酒吧碰面，小伊完全不认得我和崔格，当然更不可能知道什么阿瑞斯之子。不过救你出来后，我趁着跑补给线的机会和他搭上了几句话，用的是网吧线路。再过了一周，我才告诉他崔格死了，结果就收到他回讯说也要参与地下活动，预备加入月球的阿瑞斯之子。之后就没听到消息。”

“应该没事的。”我说。

“谢了，不过我们都很清楚月球最近情势多乱。”她耸耸肩，抠了一会儿搬重物磨出来的手茧，手肘撞我一下。“我只是想跟你说，你做得很好。我知道你不是为了得到别人赞美，也知道自己只是个普通士兵，但还是想告诉你。”

“崔格看了一定会很开心吧？”

“会。他在的话搞不好都要高兴到尿裤子了，我们可是要去 ”

赫莉蒂说到一半停下，全息警示音哔哔响，一个蓝种通信官也特地过来告知。我赶快拿起通信仪，发现有一条讯息正对整个小行星带播送。这是从火星出发并穿越小行星带后初次得到的信号。

“播出来！”她叫道。我按下后，一段录像跳出来，背景在一间灰暗的拷问室，有个人浑身是血地被拷在椅子上，胡狼走过去站在他背后。

“那是——”赫莉蒂在我背后低呼。

“嗯。”我回答。是纳罗叔叔。

胡狼举起手枪。“戴罗，这场戏拖太久了，我们该好好聊聊。骨骑在外层空间发现他们破坏信号塔，这家伙看起来不怎么样，嘴巴倒是很硬。我想套些你的消息出来，结果他差点儿咬断舌头也不肯跟我讲话。跟你一比真是挺讽刺的。”他走到叔叔身后，“我不要条件交换，不要你任何东西，只要你睁大眼睛看清楚。”枪有我的手掌大小，是线条纤细的灰色金属。座位上的蓝种倒抽了一口气，塞弗罗冲进舰桥时，正好播到胡狼用枪口抵住叔叔脑袋，纳罗的眼睛飘向摄影机。

“抱歉，戴罗，我会跟你父亲说——”

胡狼扣下扳机，叔叔瘫在椅子上，我觉得又有一部分的自我坠进黑暗，找不回来。“关掉。”我麻木地说，内心涌现无数回忆——小时候纳罗给我戴上防烤衣的头罩，我们在桂冠庆典上嬉闹，伊欧被处死后，他在台下哀伤的眼神，还有叔叔的笑脸……

“长官，根据时间标记，判断事发生在三周前，”蓝种通信官芙嘉悄悄地说，“由于信号受到妨碍，所以没有立刻接收。”

“其余船舰也有收到吗？”我小声问。

“报告长官，目前无法确定，但是目前干扰降低，又是通过脉冲频率播送，应该所有人都能看见。”

我还吩咐奥利安要维持全舰扫描信号，希望早点和贾王连接上。看来拦不住了。

“该死。”塞弗罗嘀咕。

“为何？”赫莉蒂问。

“这等于是在自己舰队放了把火。”我的语调没有抑扬顿挫。高低色族原本的紧绷气氛还没消弭，却给胡狼煽风点火，这下一定会内讧。叔叔之前和拉格纳一样受众人敬爱，连我现在都仍在震惊，不敢相信纳罗就这么死去。

“我们该怎么办？”塞弗罗问，“戴罗？”

“赫莉蒂，叫醒号叫者，”我回答，“舵手，后引擎开到最大，四小时内一定要返回主舰队；通信官，跟野马、奥利安联机，忒勒玛纳斯也加进来。”

赫莉蒂起身立正。“遵命。”

虽然信号不够好，所幸仍能联络奥利安，我要她封锁全舰舰桥与炮台控制权，避免有人想要轰炸金种盟军。又过了三十分钟才接通野马，塞弗罗带着维克翠站到我背后，忒勒玛纳斯家族其他人在自己的船上。信号不良，野马的脸上一直有噪声压过。她正跑过走道，身边有两个金种和几个女武神的战士。“戴罗，你们知道了吗？”她能看见我背后有别人。

“我三十分钟前才看见。”

“抱歉——”

“什么情况？”

“我们比较早收到，然后不知哪个浑蛋转寄到所有通信主机，”野马证实了我的担忧，“整个舰队都看到了，戴罗……现在好几艘船上都有人扬言铲除高色族，十五分钟前珀耳塞福涅怒吼号三个金种被红种杀害，我自己一个军官被迫跟两个黑曜种动手，是对方先攻击她。黑曜种死了。”

“真是一团烂屎。”塞弗罗叹道。

“我现在疏散自己人回去。”野马那边传出枪响。

“你在哪？”我问。

“晨星号。”

“你为什么在那儿？赶快走啊。”

“还有部下在，七个金种去引擎层支持后勤，不能丢下。”

“我派父亲的亲卫队过去，”戴克索从自己的火炬船发讯，“他们会救你出来。”

“别傻了。”塞弗罗说。

“不要来，”野马也立刻拒绝，“现在金种过来，就是双方血战到你死我亡。戴罗，只有你回来才能解决这次危机。”

“还要几小时。”

“尽快吧。另外……有人攻击监狱。我猜目标是抓卡西乌斯来处刑。”

塞弗罗与我交换一个眼神。“先去找赛菲，和她待在一起，”我说，“撑到我们回去。”

“找赛菲？……戴罗，就是她起的头。”

第五十四章
小妖怪和金种

战斗航天飞机降落在晨星号的备用码头，野马应该在这里等待，但没有露面，她说要救援的金种也没有到，只有狄奥多拉率领一群阿瑞斯之子迎接，她手上没有武器，身边却围绕一群装备齐全的士兵，看起来十分突兀。但所有人都听她指挥。狄奥多拉说明了大致经过：纳罗叔叔被敌人处决的消息传开后，各处有零星冲突，渐渐演变成双方枪战，然后延烧到别的船舰，这条旗舰也无法幸免。

“野马被赛菲那边的人带走，卡西乌斯和所有高色族战俘也是。”她一边说一边观察我带了什么人来。

“野蛮人真要不得，”维克翠咕哝，“要是杀了她一切就毁了。”

“他们不会杀她的，”我回答，“赛菲知道野马和自己同一阵线。”

“那到底为什么要这么做？”赫莉蒂问。

“打着正义的旗帜吧。”维克翠被塞弗罗瞟了一眼。

“不是，”我说，“我觉得不是，应该另有原因才对。”

“这下可好，”维克翠朝太空点点头，“忒勒玛纳斯似乎不肯松手。”另一艘航天飞机进了机库，我们围过去等它降落，但船梯还没放下就有人跳了出来，戴克索、卡珐克斯、绥克莎，以及我没见过的另外两个姐妹跳出来，重重落地。他们全副武装，卡珐克斯一条胳膊还用绷带吊着，后面跟着三十多个金种部下，算得上是支小军队了。

“这样会害死所有人吧。”赫莉蒂说。

塞弗罗站在旁边打量这支登船的作战部队。“冤冤相报何时了……”他的话终于又多起来了。

“卡珐克斯，你这是在做什么？”我站在机库里质问他们。

“来救弗吉尼娅啊。”他大叫着，脚步完全没停，直到我出面阻拦，挡住进入内部的通路。他一副要直接撞开我的模样。“不能把她交给那些野蛮人！”

“我说过要你们先留在自己船上。”

“问题是我们服从的是弗吉尼娅，不是你。”戴克索开口，“会有什么后果我们自己明白，但保护家人是第一优先。”

“野马都吩咐了不要带骑士过来。”

“情况不一样。”卡珐克斯低吼。

“你们想在这里开战吗？让舰队就此分裂？想的话，最快的方式的确就是带着金种武力冲进去。”

“难不成要眼睁睁看她死吗？”卡珐克斯又说。

“如果对方是因为你们冲进去才不得不杀她呢？”我这么一问，他终于冷静一点儿了，“要是被你们逼到死角，他们会不会拿野马的性命相逼？”我凑近一点儿，让卡珐克斯看见自己也心焦如焚，同时让我的声音能传到戴克索那里。“卡珐克斯，听我说，你们这么做等于不给黑曜种其他路走，只能反击。更糟的是，你们很清楚他们现在有足够的战力。交给我处理，我会带她回来。你们要是硬闯，恐怕明天我们就要一起守灵。”

卡珐克斯回头看看儿子，他一向都会参考戴克索的意见。看戴克索点头，我松了口气。“好吧，”卡珐克斯回答，“但收割者，我要和你一起过去。孩子，留下来等我通知，要是我死了，你们就火力全开吧。”

“是，父亲。”

我心头踏实了些，回到自己的队伍。“塞弗罗呢？”

我和忒勒玛纳斯家沟通的短短几分钟内，他居然就这么溜走，打什么算盘我也摸不透，只好先带着维克翠与卡珐克斯进船。赫莉蒂通过阿瑞斯之子的情报和植入眼球的芯片负责领路。她的部下在主机库内找到暴民，对方扬言要审判卡西乌斯，罪名是杀害数十名组织成员，其中当然包含阿瑞斯本人。野马则不见踪影。她到哪儿去了？正常来说，这种时候她应该要躲起来，一有机会就与我们会合。难道被黑曜种捉走了？或是落入更糟的情况？连接机库的走道人满为患，我们得将红种、黑曜种一个个推开才进得去。

大家鼓噪推挤，我可以从他们头顶上看到机库中间那座二十米的高架上有几十个黑曜种与红种昂首阔步，带头的正是赛菲。已经有七个金种被他们拿橡胶缆绳吊死，尸体脚尖离群众高达五米，头皮被削下。由于金种骨骼比其他人种坚固，这七人得经历数分钟的痛苦才会开始脑部缺氧，这个期间必须忍受底下的咒骂、吐唾沫，或拿螺钉、扳手、瓶罐之类的东西乱砸。遗体的下巴到胸前凝固一大片血，因为舌头被静者赛菲切下。卡西乌斯和剩下几名囚犯也被带上走道，等候受刑。他们跪在旁边，显然已遭受毒打。唯一庆幸的是我没看到野马。卡西乌斯被扒掉上衣，厚实的胸膛被人烙印甩刀图案。

“赛菲！”我高呼着，但她听不见。我还是没看见塞弗罗。机库本来仅能容纳一万人，现在挤了两万五千人，很多人携带武器，有部分在上周的战斗中受伤。他们全都想看热闹。黑曜种在人群中异常高大，低阶色族仿佛融为一片汪洋，而他们是海中的岛屿。现在回想，我本来就不该将大量伤兵和获救者集中在同一艘船，情绪太容易被挑拨了。众人察觉我到场，还特地让开一条路，高呼我的名字，以为我也是来见证正义得到伸张。那凶残的氛围令我背脊发凉。此刻押解卡西乌斯的人中有一名绿种人，就是那个在火卫一给我咖啡的人。其余面孔我没有印象。

渐渐，所有人都知道我来了。以我为中心，一片死寂如涟漪般往外扩散。高架上的赛菲终于看见我了。

“赛菲！”我吼道，“赛菲！”我喊了几回她才听见，“你这是在做什么？”

“做你做不到的事。”她朝着下方以黑曜种语言大叫，声音中并无愤怒，而是坦然接受自己执行了这虽不荣誉却不得不为的举动。赛菲化身来自冥界的复仇英灵，白发垂在背后，手中刀刃沾染死者舌根的血液。我这样信任她，请她为这艘船起新名，但狮子虽愿意让人接近，不代表就失去兽性。卡珐克斯因这场面吓得不浅，眼看就要叫自家人过来大开杀戒，多亏维克翠扣着他的手臂请他缓缓。可是就连维克翠的眼神也透出恐慌，不只是因为头顶上的俘虏，她也担忧自己会遭到何种待遇。

果然不该带任何金种过来。

人生有时就是如此，你一路埋头苦干，就忘记看清脚下，等你意识到，早就连膝盖都埋进流沙里。我就是碰上这种状况。周围暴民的反应难以预测，上方带头的女黑曜种体内继承了艾莉娅·雪雀的血脉，我的防御只有几名阿瑞斯之子和黑曜种。赫莉蒂掏出手枪，维克翠袖子底下的锐蛇蠢蠢欲动，就这么直接踏入会场太鲁莽，要是走错一步，一切都会在转瞬间结束。

“野马呢？”我朝赛菲高声发问，“你该不会杀死她了吧？”

“她吗？不。狮族之女带我们离开冰原，于我们有恩。可是她会妨碍公正裁决，只好先关起来。”至少她性命无虞，谢天谢地。

“那这里是怎样？”我继续问，“公正裁决？就像你母亲把拉格纳派回去的朋友都用铁链吊死在山峰上吗？”

“那是冰原的法则。”

“但是赛菲，你不在冰原，而是在**我的**船上。”

“你的船？”低阶色族不会接受这种说法，“你的船是我们流血流汗打下来的。”

“的确，这是所有人的功劳，”我回答，“你还对冰原念念不忘吗？当初离开南极是因为你发现过去的生活是个骗局，一切都受到奴隶主人的操弄，于是就答应跟随我。现在看来，你似乎无法履行自己的承诺。”

“你就可以吗？你承诺过我的族人会平安，”赛菲的斧头往下面一指，喊得声嘶力竭，所有的失落与愤怒都爆出来，“我亲眼看到这些人干了什么好事，我知道金种都是怎么打仗、有什么船只武器。和他们多费唇舌没有用，金种只听得懂一种语言，那就是鲜血。只要他们还活着，还能发声，我的同胞绝不会安全。金种手上的力量太大了。”

“你觉得拉格纳想要的是这样吗？”

“对。”

“拉格纳希望你能比金种有人性，不是现在这样。他要你成为黑曜种楷模，但在我看来，也许金种没错，你们真的只会杀人，因为他们打从一开始就将你们养成疯狗。”

“金种存在一天，我们就一天无法改变。”她低头瞪视我，声音在机库中回荡，“为什么要袒护他们？”赛菲将卡西乌斯拉上前，“为什么要在乎杀死我哥哥的凶手？”

“你知不知道拉格纳死前为什么牵住你的手，不是握住剑？因为他不要你为复仇而活。那太空虚了。他对你有更高的期望，他想看见的是未来。”

“我已经看过天堂和地狱，我知道未来注定是战争，”赛菲回答，“继续战斗，直到敌人都被埋进黑夜。”她将卡西乌斯拉到自己面前，举刀要挖出舌头，但还来不及动手就被音波脉冲击落武器——革命的象征，阿瑞斯本人——塞弗罗戴着戳出尖刺的战盔现身。那几名黑曜种的气势转弱，他稍微挺起胸膛，拍掉肩上的灰尘，头盔缩回甲胄之中。

“这是干吗？”维克翠问，我也只能摇头。

“你们这群猪脑，”塞弗罗一脸鄙夷，“连我的东西也敢动。”他穿过高架，朝赛菲靠近。

“啧，滚开，”几名女武神战士挡住他，他头顶只到对方的胸部，“你们这些白毛别碍事。”

等到赛菲下令他们才挪动脚步。塞弗罗行经几名金种俘虏，故意顺手在他们头上敲几下。“那个是我的，”他指着卡西乌斯，“小姐，把你的手拿开，”赛菲没有缩手，“他砍了我爸脑袋装进箱子，如果你不想落得同样下场，最好趁我还有点儿礼貌赶快物归原主。”

赛菲后退一步，可是没有收刀。“既然是你的血债，那他的命交给你处置。”

“废话，”塞弗罗嘘她走，“小妖精，站起来。”他边吼边踹卡西乌斯，就着犯人脖子上的绳索一提，“你不是很爱面子吗，给我站起来。”卡西乌斯双手捆在背后，行动不便，摇摇晃晃起身，脸被打得很肿，胸肌上的甩刀烙印似乎还在冒烟。“是不是你杀了我爸？”塞弗罗朝着烙痕弹了手指，“是不是？”

卡西乌斯低头看他，脸上的表情仿佛人生再无欣喜，只能紧抓住最后一丝尊严。他与过去几年的虚荣模样不一样，战乱和打斗磨光了他的生存意志，那张脸属于一个只求好死的人。“是，”他声音洪亮，“是我。”

“很好，我们总算有了共识。这家伙是杀人凶手，”塞弗罗朝群众大叫，“我们要怎么处置杀人凶手？”

观众喧闹直说要处死。塞弗罗掴了卡西乌斯几下耳光，满足大家的心愿，将犯人从高架推下。卡西乌斯直坠而下，最后缆绳扯直，人吊在半空喘不过气，脸整个涨红，双腿乱踢。观众情绪亢奋，齐声为阿瑞斯喝彩。

暴民没有灵魂，单凭恐惧、偏见与惯性存在。他们不认识卡西乌斯，不知道挂在上面的人是个为了保护家人情愿付出所有，最后却沦落到孤独无依的受害者。在群众眼中，他是禽兽，身高两米一，曾自以为天神，如今却得裸身受辱，连性命都保不住的战犯。

而我看到的却是一个身不由己、无可奈何的男人。无论他怎么做都得不到世界的善意回应。着实令人心碎。

但我没有上前。我明白自己目睹的不是朋友的死，而是新生。其他人还没意识到这点。卡珐克斯一脸惊吓，维克翠也是，即便她不同情卡西乌斯的处境，但最让她难以接受的可能是塞弗罗的残暴。任谁看了都会感到恶心。赫莉蒂举着武器和红种对峙，他们也持枪瞄准卡珐克斯，因此错过精彩的部分。

我以崇敬的眼神望着塞弗罗，他在高架上敞开双臂，接受子民拥戴。卡西乌斯在下面命悬一线，很多人还比赛谁跳得最高，能够到他脚尖。无人成功。

“我叫塞弗罗·欧·巴卡，”我的朋友吼道，“我是阿瑞斯！”他捶打自己胸膛，“我用锐蛇杀死九十四个金种，四十个黑曜种，一百一十三个灰种。”暴民欢声雷动，连黑曜种也群起应和，“加上船舰大炮和脉冲手套、核弹、小刀和尖铁棒……”塞弗罗戏剧化地瞬间停顿。

底下群众踏地鼓噪。

他再朝胸口一捶。“我是阿瑞斯！我也是杀人凶手！”他双手叉腰，“我们要怎么处置杀人凶手？”

无人回答。

塞弗罗也不期待这些人答得出来。他从一个金种囚犯脖子上抓了绳圈，往自己颈子一套，对着赛菲露出一个几近疯狂的笑，眨眨眼往后倒下，跌了出去。

众人失声尖叫，维克翠最是凄厉。塞弗罗那条缆绳也绷紧，就在卡西乌斯旁边窒息踢脚。小妖怪与金种一起在大家头顶晃荡，有人赶紧搬梯子过来要给他解开，可是手忙脚乱，伸得太长，打到墙壁弹弯。维克翠启动重力靴想亲自过去营救，被我拉了回来。“等等。”

“他会死的！”维克翠尖叫。

“重点就在这里。”

绳索上挂的不是过去那个孤单到需要我关怀的小男孩，而是穿越地狱后终于理解父亲、理解我妻子梦想真谛的男子汉，也是我要誓死保护的对象。纵使他可能为了保护革命真谛而先行牺牲。

卡珐克斯瞠目结舌，赛菲望着眼前的矛盾景象，黑曜种战士茫然不解，只能等待女王裁决。拉格纳相信妹妹，认为她能够超越残酷的现实，寻回失落的慈悲与宽恕。这颗种子在赛菲心底萌芽。她没说什么，只是举起斧头砍断勒住塞弗罗的缆绳，接着也不情愿地放下卡西乌斯。

我知道，拉格纳必定在宇宙的某处微笑。

两个人自半空摔落，由底下的人群一起接住。

塞弗罗跳下之后卡珐克斯就没动过，他凝视赛菲，脸上写满不解，手拿通信仪却迟迟没有叫来儿女，片刻后就看不到人影。阿瑞斯之子与号叫者跑过去推开群众，保护头目，塞弗罗跪着大喘气，我也赶快过去照应。赫莉蒂窜到卡西乌斯那儿，他在左边不停呼呼哈哈，卵石取下斗篷给他御寒，也遮住一身血腥。

“能讲话吗？”我问塞弗罗。他点点头，嘴唇因为极度痛苦而颤抖，但眼神极为澄澈。我扶他起来，高举拳头示意所有人安静。阿瑞斯之子将命令传了出去，两万五千人的呼吸随着我这位个头矮小的朋友的脉搏起伏。他望着大家，讶异着自己竟得到这么多的敬爱。许多人的眼眶都湿了。

“戴罗的妻子……”塞弗罗的气管一定受了伤，声音十分干哑，“他的妻子，”他的语气变得更为激动，“和我父亲。他们从来没有见过面，却有共同的梦想，想要一个自由的世界。那个世界不会建立在尸体上，而会在希望，还有凝聚我们所有人的爱之上。仇恨只会带来分化。我们已经失去太多，却还没有溃散，没有被击败。我们持续奋战，理由不是要为逝去的生命报仇，而是为了还活着的彼此，为了还没有来到这世界的新生命。

“卡西乌斯杀死我父亲……”他走到弑父凶手身旁，吞了口口水，抬起头，“可是我原谅他。为什么？因为他也只是想保护自己认知中的世界，因为他害怕。”

维克翠推挤到最前面。她看着塞弗罗，好像明白他也正对自己喊话。“既然我们要成为新时代的先锋，就该朝美好的明天迈进。我是塞弗罗·巴卡，我再也无所畏惧。”

第五十五章
卑微的巴卡家族

“你真是疯了。”我一直等到跟塞弗罗躲进维朗尼的诊所才开口，他自己也按着脖子大呼小叫。

我亲了他额头一下。“真他妈的小疯子，你自己说是不是？”

“是是是，不过这招是学你的，所以你又是什么？”

“他本来就神神经经。”米琪从角落幽幽地说。他拿了掺药的烟抽，鼻孔喷出紫气。

塞弗罗眉心一蹙。“很痛唉，现在我连转头都没办法。”

“脖子扭了，软骨受损，咽喉撕裂。”维朗尼隔着生物扫描仪出声说话，她苗条黝黑，即使面对经历各种苦难的人仍是那么沉稳有耐性。

“我来的时候就问过你了，维朗尼，这些工具也太不美了吧？”

她转了一下眼珠。“塞弗罗，要是你再多十千克，颈部就会折断。现在这样已经很幸运了。”

“还好跳下去之前我有拉个屎。”他咕哝道。

“换成戴罗呢，就可以多支撑五十千克，”米琪又得意起来，“他的颈部肌肉抗张强度达到——”

“够了没啊？”维朗尼一脸疲乏，“你还要说几次啊？”

“我只是很欣赏自己的最高杰作啊。”米琪往我眨一下眼。他就爱惹维朗尼生气。找了人家过来帮忙后，工作时间这两人几乎都在实验室共处，医生快给他烦死了。

“噢！”塞弗罗被她戳到脊椎骨，一阵哀号，“你戳的是我！”

“抱歉。”

“妖精。”我调侃他。

“我脖子差点儿断了唉！”塞弗罗抱怨。

“我也经历过好不好，更何况你还没受鞭刑。”

“我宁可被打。”他嘀咕时还努力想转转头，“感觉比较松。”

“下手的是帕克斯就不一定。”我回答。

“又不是没看过影片。他没施全力。”

“你又没被鞭过。看过我的背吗？”

“你看过我眼窝血淋淋的模样吗？胡狼是拿刀直接挖出来哦，我可没吭半声。”

“我全身都被雕塑过了，”说到这儿，门“嗞”一声滑开，野马走进来，“而且还被雕塑两次。”

“你也只能拿这个出来现，”塞弗罗特意用手比引号强调，“我真是他妈的好特别，连骨头都换啦，DNA也重排过。”

“他们老是这样吗？”维朗尼问野马。

“好像是呢。”她回答，“我可以贿赂你把这两个家伙的嘴巴缝起来，等到粗话少一点儿再拆线吗？”

米琪猛抬头。“嗯，你这提议……”

塞弗罗打断他，问野马。“那个金种少爷怎样了你知道吗？”

“能留着舌头是挺开心的，前胸伤口已经缝合，但因遭殴打有些内出血，除此外没大碍。”

“所以你终于去看他了？”我问。

“嗯，”野马点点头，若有所思，“他……有点儿激动。对了，塞弗罗，卡西乌斯要我代他跟你道谢，还说他知道自己没这资格。”

“废话，他当然没资格。”塞弗罗喃喃地说。

“赛菲说黑曜种不会再找他麻烦。”我告诉两人。

“黑曜种？”野马的注意力被我刚说的话拉回来。

“对，黑曜种全体。”我笑道，“完全没想过会演变到这一步。”

“什么意思？”

“我不是乱说。她现在代表所有黑曜种，不再只限女武神。这次暴动前黑曜种并没有跨部落的组织，”我解释，“赛菲利用机会说服所有酋长顺服。”

“所以……这算是政变吗？”塞弗罗问。

我笑道：“似乎是。”

“就看看能维持多久了。但无论如何都相当……了不起，”野马分析道，“正所谓危机就是转机。”

米琪打了个冷战。“黑曜种也开始玩权谋了……”

“话说回来……你那么做到底是演戏还是来真的？”野马问塞弗罗。

“我也不知道，”塞弗罗耸耸肩，“只是觉得总得找个点切入，打破这无尽的轮回。老爸的确死了，但把太阳系毁掉也没办法让他起死回生。而且你应该懂吧，卡西乌斯杀他又不是因为看他不顺眼。双方都是军人，只是在尽自己的职责。是不是？”

野马轻轻摇头，不知道该说什么，最后伸手搭了塞弗罗肩膀。塞弗罗完全理解她有多钦佩。野马竟然说不出话，那就真的是最大的赞美，所以脸上也十分难得地浮现毫无讽刺意味的真挚笑容。

但门一打开，他的笑意马上消失。维克翠进来了，眼眶红红，情绪显然相当激动。

“我有话跟你说。”

“你们出去，”塞弗罗说完，看大家都不动，“全都出去！”

我们到外面等待。“这趟预计多久？”野马问。

“四十九天，”我把手拢着耳朵、靠在门上想偷听的米琪拉回来，“关键在于怎么让蓝种别张扬。”

“四十九天够我那老哥使出各种手段了。这计划很难成功。”

“只要能夺得先机就行。”

她明白我的忧虑。船外的宇宙运行不歇，红种仍被追捕，纵使我们激发低阶色族团结抵抗，革命持续有所斩获，可是航向核心区的每一天依然充满危险。胡狼会抓到我的朋友，最高统治者也将倾尽全力镇压异议分子。

“阶级问题并没有完全解决，”野马提醒我，“黑曜种还是杀死了七个人，我这边有很多人已经对战争和伤亡感到疲倦，赛菲集结部落势力后更棘手，更难应付。”

“却也能帮上大忙。”

“就看她下次何时又想造反。随时都可能出错。”

米琪走回来，诊所的门也正好打开。塞弗罗与维克翠走出来，两人脸上都荡漾微笑。“是在开心什么？”我问。

“开心这个。”塞弗罗亮出朱庇特学院的戒指，套在他手上有点儿松。我眯起眼睛端详，没能立刻会意，直到察觉马尔斯学院的戒指在维克翠的小指上卡得有些紧。“她开口了。”塞弗罗一脸幸福。

“啊？”我脱口而出。

连野马也扬起眉毛。“你是说……求婚吗？”

“没错，各位观众！”塞弗罗咧嘴笑道，“我们要在一起啦！”

七天后，两人在*晨星号*的副机库举办一场小宴会，完成婚姻大事。说要结婚后，维克翠请我负责在仪式上带新娘入场。我说不出话，只能用力拥抱她。今日，我也是同样狠狠给她一个拥抱，才牵她走过难得洗干净的号叫者和高头大马的忒勒玛纳斯家族。我从来没看过塞弗罗这么体面，平常乱七八糟的莫西干头今天整齐地梳向一侧，站在米琪前面等待。习俗上，我们应该找白种主持典礼，但维克翠对传统一笑置之，直接请米琪帮忙。

紫种的脸颊好像会发光一样。妆也太厚了，不过看上去开朗很多。米琪从雕塑师变成奴隶，再从奴隶变成主婚人。他也是一路颠簸，性格变得可爱不少。小丑和废物邀他参加新郎的告别单身派对，他乐坏了，在那边跟着学狼嚎。我们趁着婚礼前夜把塞弗罗从房间绑架到餐厅，喝个尽兴。

暴动留下的敌视气氛并没有完全消散，但举办一场婚礼能营造众人还可以正常过活的印象。当战乱变得疯狂无情，更需要心怀希望，相信人生能够继续前进。阿瑞斯之子内部也有少数人质疑红种的领导者怎可与金种通婚，幸好维克翠的精明干练获得干部一致赏识。她随赛菲和我亲赴伊利昂、攻入晨星号的英勇事迹也赢来众人敬意。她为低阶色族付出够多，所以舰上没起什么骚动，至少这一晚很平静。

我从没见过塞弗罗那么快乐。婚礼前一小时那副紧张兮兮的模样也是难得一见。他跑到我的浴室梳头发。可是莫西干头哪有什么东西可以梳？“我是不是疯了啊？昨天还觉得结婚不错……”他盯着镜中的自己。

“现在也不会变差。”我说。

“不要安慰我。说实话，我觉得肚子好不舒服。”

“我和伊欧结婚之前吐了。”

“该死……”

“而且还吐在叔叔的鞋子上。”提到逝者，我的心疼了一下，“那时我怕的不是娶错对象，是怕伊欧嫁错人，怕自己配不上她……叔叔说，女人看男人比男人看自己还来得准。所以你爱维克翠，和她并肩作战，两人都能得到幸福。”

塞弗罗眯眼从镜子中瞪我。“但谁不知道你叔叔很疯癫。”

“那不是正好？我们谁不疯癫？维克翠更不例外。正常人会想嫁给你吗？”

他嘴一扬。“他妈的，没错。”

我出手又拨乱他头发，心里希望两人从今往后都能开心快乐。这是我们最大的愿望了。

“可惜老爸看不到。”

“我觉得他正在某个地方偷笑儿子居然得踮脚才亲得到新娘。”

“他确实嘴很贱。”

于是，我将新娘子交到局促不安的塞弗罗手中，他抬起头，两人目光凝结在那一刹那。我不存在，别人也不存在，他们的世界里只剩彼此。维克翠敛下以往的剽悍，流露出丰沛情感。我一看就明白她深深爱着新郎。以她的性格，自然从未提过此事。但她平时的冰冷锐利都在今晚变得温润。她终于在塞弗罗身上找到归属，得到能安心歇息的避风港。

米琪开始一段词藻华美的演讲，但比我预期的朴实一些。我走到野马身旁，看她每听一个字就点一下头，马上猜到是谁在背后帮忙润饰，她也看穿我心思，靠过来说：“你该看看初稿才对，可精彩了。”她嗅了一下，“你喝醉啦？”不过她一转头就发现号叫者个个满脸通红，忒勒玛纳斯父子也摇摇摆摆，“大家都醉啦？”

“嘘，”我递上酒瓶，“是你太清醒。”

米琪终于收尾了。“……至死不渝。我再次宣布，塞弗罗与维克翠·巴卡结为连理。”

“是裘利才对，”塞弗罗急忙纠正，“她家的历史比较久。”

维克翠摇摇头，低头望着自己的丈夫。“他没说错。”

“你是裘利家族——”塞弗罗还是不懂。

“昨天还是，今天开始我比较想当巴卡家的人。当然了，除非你有异议，或是要我当个小媳妇。”

“当然没异议。”塞弗罗整张脸都亮了起来。米琪继续仪式，两人终于转身面对众人。“我在此宣布火星巴卡家族的塞弗罗与维克翠成为夫妻！”

婚礼办得简单，喜庆气氛却很浓厚，而且弥漫到全舰。我的族人别的不懂，苦中作乐绝对是一流。活着不能只剩呼吸，还要活得精彩。全舰队广播播送了塞弗罗的致辞，仿佛心灵的创口得以缝合。

在这样的日子，最重要的意义在于证明舰队里的所有人都能好好活着。巡弋舰、驱逐舰、火炬船乃至*晨星号*，到处有人举办小型派对，外头出勤的镰翼艇摆出漂亮的阵型作为祝贺，自酿或者从殖民地联合会抢来的酒传来传去，许多人聚在机库围着军火武器唱歌跳舞。讲究尊卑、对黑曜种仍有偏见的卡珐克斯也放下身段，与野马一起舞蹈，醉醺醺地抱了塞弗罗与维克翠，努力忘了以前金种那一套，和笑靥灿烂、身材丰腴但是指甲缝有机油的女红种学新舞步。一年半前在和平号机库叫我留下深刻印象的塞萨也露脸。今天早上他刚完成野马的特殊委托，喝醉后笨拙地在舞池里头转圈圈。卡珐克斯大笑叫好。

戴克索看着自己父亲一反常态，坐在角落摇摇头，就像平常那样稳重。我过去跟他喝一杯。“葡萄酒。”

“感谢老天，”他小心地接过玻璃杯，“你那些族人老是给我喝些像引擎油的东西。”他不时留意通信仪。

“我有请赫莉蒂注意安全，这并不是专属金种的庆典。”

他笑道：“另一件值得感谢上苍的好事，”戴克索终于啜饮一口，“金星环礁产的好酒。”

“你父亲真是完全放开了。”我朝着舞池点点头。大个子与两个红种扭得正起劲。

“不是只有他。”戴克索窃笑，我们一同望向野马，她让塞弗罗牵着旋转飞跃，脸上充满朝气。或许是因为酒精，她的秀发与额头都汗水淋漓。“她心里有你，你应该很清楚才对，”戴克索说，“只是因为怕失去，所以才保持距离。人不就是这样矛盾吗？”

“戴克索，你怎么不下去跳舞？”维克翠过来问，“别老是这样一本正经，起来！起来！”她将大块头拉起来推到舞池，自己却一屁股坐在空位上，“我脚好痛。我翻遍了安东尼娅的房间找衣服，却忘了她是个小脚的家伙。”

我笑了。小丑已经烂醉，跌跌撞撞地走近。

“维克翠，戴罗，我问你们，卵石是不是对那个男的有意思？”他靠在一张桌旁，又拿起酒往嘴里灌，牙齿都染成紫色了。

“高的那个？”维克翠问。卵石正与石像鬼部队的灰种指挥官共舞。“她好像对人家有好感哦。”

“他帅惨了，”小丑说，“牙齿又整齐。”

“你过去邀请她不就得了？”我说。

“呃，不会太唐突吗？”

“我的天哪。”维克翠叹道。

“那我去。”

“行，”她提醒，“记得先鞠个躬，有礼貌点。”

“哦，好，那我过去，”他又倒一杯，“等我喝完。”

我抢过酒杯将小丑推出去，赫莉蒂出现在门口，正好看到小丑过去开口的窘态，他往卵石一个鞠躬，马上像古人一样手臂往外一挥。“我的妈呀！他竟然来真的！”维克翠笑到香槟从鼻子喷出来，“你也去带走野马吧，不然她都要把我丈夫骗走了——**丈夫**，唉，这两个字讲起来好怪。”

“这世界本来很怪。”

“也是。我也当了人家的**妻子**，谁想得到呢？”

我上下打量她。“其实你还满合适的，”我搂着维克翠，“非常合适。”她笑逐颜开。

“长官。”赫莉蒂过来了。

“赫莉蒂，你也要来喝一杯吗？”然而我一转头，不由得敛起笑意。她神情不太对，肯定是出事了。“怎么回事？”

她招手要我过去私下说话。

“胡狼，”赫莉蒂压低声音，不愿破坏气氛，“他在频道上，说要与你对话。是直接联机。”

“信号延迟？”

“六秒。”

舞池中，塞弗罗还在跟野马一起踏着乱七八糟的舞步，两个人都跟不上红种。她满身大汗，眼里充满欢乐。谁也没有感觉到外头的世界朝我心脏袭来的惊涛骇浪，而我也希望他们不会发现。至少别在今夜。

第五十六章
蚊[1]

他坐在款式朴素的椅子上，位于我的圆形训练室中央，身穿白色外套，高领左右各别一只金狮。

全息影像上，强化玻璃穹顶外那片星空洒落冰冷光点。我特地改建这间训练室拿来做战斗演练。会选在此处和敌人会面，除了不给他机会观察到多余的线索，也要避免胡狼玷污洛克用过的旗舰，或是破坏朋友的热闹喜庆。

即便相距数百万千米远，而且隔着数字影像，我却仿佛能闻到削铅笔的气味，听见他房间充斥的那股沉默。画面太逼真，要不是泛着微光，我真会以为他本人上了船。他后面的背景模糊难辨。胡狼见我进来，脸上没有笑容，他不再伪装，然而我看得出他心里依旧是一抹冷笑。他一手转着银色触控笔，只有这动作透露出些许烦躁。

“收割者你好，宴会办得如何？”

我压抑着心里那股不安。胡狼当然知道有婚礼，舰队里有奸

[1] 本章标题“蚊”比喻渴求的人事物近在眼前，但总有如纱网或玻璃等各种阻碍而不可得的处境。

细，而且我无法判断那人究竟与幕僚群多接近。我不能让恐惧控制思路，要是他的触手能伸到这里，我们早该遭遇不测。

“你想干吗？”我问。

“上次是你联络我，我想也轮到我问候一下才对，尤其我都跟你叔叔见过面了。你收到讯息了对不对？”我没回话，“反正，你回到火星时两边都会用大炮跟你沟通，所以未必有机会跟你聊上几句。人生真是难捉摸，是不是？话说，洛克死前你们有没有碰面？”

“有。”

“你的宽容大度叫他感动落泪吗？”

“没有。”

胡狼皱眉。“我还以为他无法招架呢，浪漫的人最好骗。回想起来，我杀掉洛克女友时他还守在旁边。你在外头大叫塔克特斯，他慌了抬起头，我的手术刀就悄悄将奎茵的颅骨碎片朝里面压一点儿。

“原本想让她在脑部受创的状况下苟延残喘，可是一想到她会流口水，我就觉得恶心了。要是她一直流口水，你说洛克还会不会喜欢呢？”

门的声音传来，但不在摄影镜头范围内。野马离开会场跟进来，一注意到通话对象就静静旁观。我其实应该关掉通信，让这禽兽自言自语，却不知为何无法这么做。一开始愿意接通就是因为好奇他到底有什么诡计，没揭穿之前很难放下。

“洛克并非完人，”他只是太爱金种，还有人类，“但他拥有能付出性命保护的理念，单就这一点儿就胜过多数人。”

“宽恕死人往往比较简单，”胡狼回答，“我非常能够体会。”他唇边那微乎其微的一丝抽搐泄露了仅存的人性。胡狼永远不会承认，但他的口吻就是带着遗憾。我知道他求的是生父的认同，不过他是否真心怀念奥古斯都？真的因为人已逝去而释怀、感慨？他真的是这个意思吗？

胡狼从大腿上拿起一根金色的指挥棒，按了按钮后棒子伸长成权杖，顶端是一颗豺的头颅，压着殖民地联合会的金字塔标志。那是一年多前我定制送他的。“你的礼物我一直留在身边，”他用指尖抚着那头豺，“从小到大，大家都只知道送我狮子，没把我看在眼里。是否最大的敌人往往比任何亲戚朋友都还了解你自己呢？”

“你持权杖，我持宝剑，”我回避他的问题，“一开始就是这么说的。”我之所以会有此赠礼，也是希望胡狼能感受到关怀，视我为朋友。曾有一度我以为真能做到。我像野马，或卡西乌斯，那样试图改变他。“这跟你想象中一样吗？”我问。

“你是指？”

“你父亲的位置。”

他蹙眉思考该如何应对。“不一样，”片刻后他回应，“和预期中不同。”

“你习惯受人憎恨对吧？”我追问，“所以即使没必要，还是要下手杀死我叔叔。他人的怨恨成了你活下去的理由，现在联络我也是同个原因。只有通过这种行为，你才觉得自己存在。但我不恨你。”

“说谎也不打草稿。”

“我没说谎。”

“我杀的可不只你叔叔，还有帕克斯、洛恩——”

“我怜悯你。”

他向后靠。“怜悯？”

“火星大统领，全太阳系仅一人之下的权威位置，几乎可说是心想事成。但你仍不满足，总是觉得不够，这欲望也不会有结束的一天。阿德里乌斯，其实你不是想要证明给你父亲或我看，也和弗吉尼娅、最高统治者没关系。你是为了自己，你的心已经坏了。你厌恶自己，埋怨自己怎么不像克劳狄乌斯、弗吉尼娅，或是我。”

“你？”他冷笑，“龌龊红种吗？”

“我不再是红种。”我亮出没有印记的手。

胡狼一脸鄙夷。“戴罗，你退化到没有色族的等级了吗？像个误入神的领域的智人？”

“神？”我摇头。“你怎么会是神？你连金种都谈不上，只不过想依靠头衔来彰显自己地位，渴望一个根本够不到的形象。说穿了，你缺乏爱，是不是这样？”

他又嗤之以鼻。“弱者才需要爱。你和我唯一的共通点就是饥渴。你说我永不满足，何不照照镜子？这样就会看到同个东西回瞪自己。尽管你对你的红种朋友睁眼说瞎话，但我很清楚，你早就迷失在我们的社会里，盼望自己是真正的金种。院训时你那个眼神我可没忘记。还有在月球上，我提议共同统治，你又露出同一个表情。攻进火星城塞、意气风发时也是。正因为饥渴，我们永远无法与别人共存。”

这番话确实正中我心。我潜意识中最深沉的恐惧来自黑暗，来自孤独，来自失去了爱无法寻回。此时，野马出面。“哥哥，你错了。”

一见到她，胡狼又往后靠上椅背。

“戴罗有过妻子，有过关心的家人。他拥有的不多，但很快乐。你什么也不缺，心里却一片悲凄。你永远都快乐不起来，因为你总是在嫉妒，”胡狼的冷静渐渐被动摇，“所以你杀死父亲，杀死奎茵，杀死帕克斯。可这不是游戏，哥哥，这不是你画的那些迷宫——”

“你这贱货，不准叫我哥哥，我没你这样的妹妹。就连对这种畜生、驮兽都能张开腿，接下来你要不要去勾搭黑曜种？我看早就有人在排队了吧。我们这色族和家族都因你蒙羞。”

我气不过地靠近影像，但野马伸手按住我胸膛，回头对胡狼说：“哥哥，你一直觉得自己没有人爱，但其实妈妈非常爱你。”

“爱我怎么不留下来？”他厉声质问，“她怎么会走？”

“我不知道，”野马回答，“但我也爱你，只是被你狠狠推开。我们是双胞胎，应该像生命共同体。”她眼眶泛泪，“好几年前，我一直袒护着你，直到最后发现算计克劳狄乌斯的就是你。”她眨眨眼睛，忍着没哭，甩甩头坚定意志后才继续说，“这件事我就没办法原谅了。真的没办法。就算得到了爱也会亲手毁掉，这才是你的诅咒。”

我上前与野马并肩。“阿德里乌斯，我们要过去了。你的舰队即将被击溃，火星会被攻下，城墙再厚也保不了你，你一定得接受制裁。等你受刑，脚下的活板门打开，跳起恶魔的舞蹈，你就会领悟到自己的一切作为只是徒劳，连愿意拉你双脚的人也没有。”

幽蓝光芒随着联机中断隐去，只剩下玻璃穹顶和漫天星子。“你还好吗？”我问。野马点点头，伸手拭泪。

“没想到会哭出来，抱歉。”

“其实我比较常哭。所以没什么。”

她挤出微笑。“戴罗，你觉得我们能成功吗？”野马眼睛还红着，为了婚礼画上的眼影糊掉，鼻子也红，一抽一抽没停过。然而我从未见过这么美的她，生命最真实的模样自然散发，心上的伤痕与恐惧衬托出她的娇弱，种种不完美更令人怜惜，想将她搂进怀中不放。

这次她没有抗拒。

“我们一定要成功，还有大半辈子要活呢。”我抱紧野马，好难想象这样一个女人会接受我，但她也靠在我胸口上，手臂紧缠。我才突然想起两人也曾如此契合，曾一起数着星星，感受时间流动。

“该回去了。”许久之后，她说。

“回去做什么？我想要的一切都在这儿。”我低头瞧见野马深色的发根，深深吸进她的气味。

无论句号是画在明天，还是八十年后，我都希望自己继续沉浸在她的体香里。而且我想要的更多，需要更多。于是我抬起她纤细的下颚，两人视线交汇。不管我原本想说什么来纪念这宝贵的一刻，一望进她眼底我就全忘了。彼此之间的隔阂依旧存在，填满疑问、责难和罪疚，然而那也属于爱与人性。世界被裂痕所分割，一切事物扭曲污秽，但这无尽岁月中总有几个晶莹剔透的刹那值得期待。

第五十七章
月球

卢比孔[1]浮标线是由信号收发机排列成的环，每台机器有两名黑曜种那么大，以地球为中心，飘浮在一百万千米外，包围最高统治者控制的核心区块。

五百年来，没有外部舰队敢穿越这条线。本是战无不胜的宝剑舰队毁灭后，消息传回核心区，再过两个月又三周，也就是我声称即将进攻火星和最高统治者宣布殖民地联合会旗下所有都市戒严的八周后，红星舰队直扑月球，通过浮标线时一发炮弹也没开。

忒勒玛纳斯家族派遣火炬船做前锋扫荡诡雷，搜查殖民地联合会军队可能布下的陷阱。后头有奥利安的驱逐舰，上面载满黑曜种，船壳涂上象征冰原神灵的全知之眼；第三波部队的标志是泣日，维克翠乘坐无畏舰潘多拉号，率领裘利家族舰队前进；第四波是金种改革阵营，洛恩·欧·阿寇斯的媳妇也要向奥克塔维亚讨个公道，印有奥古斯都家族徽章的金黑狄珍霍维丝号船身

[1] 典故为意大利卢比孔河。古罗马曾有律令，将军带兵不得穿越卢比孔河，否则视为叛变，目的在于防止内乱。但西泽打破此项禁忌。欧美语言中“穿越卢比孔河”含义近似“破釜沉舟”。

还很狼狈。殿后的是我，舰队指挥中枢位于劫来的史上第一大船——白色巨像*晨星号*。左右两侧画上七千米长的红色镰刀，钻爪机凿开的部分并没有完全修缮，只是先更换外层的金属壳。我是牺牲了和平号才换来这条卫星级战舰，这船实在太大了，画到最后颜料不够，所以看起来像是一道歪掉的月牙。有些人觉得是吉兆，代表奥克塔维亚·欧·卢耐必定败在我们手中。

战火被我们带往殖民地联合会核心。

敌人提前三天得知，我们自始至终没有隐匿信号。然而，依据月球的混乱程度判断，对方并没有做足准备。纷扰不断，灰烬之王将殖民地联合会最后一道防线——权杖舰队——罗列在周围，严密守护。商船滞留于北半球亚壁航路，通过弗拉米宁太空港时须接受检查才可以进入地球大气层。我们穿越卢比孔浮标线后天下大乱。有些船舰抗命脱队，许多人朝金星逃难，也有一些闯关直赴地球。但在银白色LDC战斗机与机动护卫舰轰炸下，引擎和船壳很快被撕裂。他们为了维护秩序，不惜牺牲几十艘船的人命。

数量上我们不敌对手，可是占有先机。而且自诩文明社会的人总对想象中的蛮族有极深的恐惧。

月球大战揭开序幕。

“未获身份识别代码的舰队请注意，”清脆的赤铜种嗓音从公开频道传来，“月球防卫总部警告，你们持有赃物，同时违反殖民地联合会外层空间疆域法。请立刻报备审核，说明来意。”

“对城塞发射远程导弹。”我说。

“距离一百万千米……”蓝种炮手迟疑着，“绝对会被打掉。”

“废话，他清楚得很，”塞弗罗说，“照办就是。”

与核心区阿瑞斯之子联系时，必须严格执行反情报程序，甚至舰队军官彼此间也得处处提防，否则消息就会被间谍泄露。目前胡狼无力支持，金星第四的威尼斯舰队及内环带第五舰队都来不及赶到。他们都被奥克塔维亚派去火星作增援了，即便引擎全开，也要三周才能到达。反间计奏效。塞弗罗差点儿被吊死后将谣言散布出去，最高统治者也信以为真。

太阳系最繁华的帝国即将走上末路。权力如果没摆对位置，就没有任何意义。

二十分钟后导弹被轨道防御系统拦截。

“外部通信，直接联机，”坐在背后的通信官报告，“标志符属于执政官。”

“接到主画面。”我说。

影像立刻出现。金种指挥官生了张老鹰似的脸孔，留了平头，额侧斑白。舰队中所有舰桥和全息屏幕都能转播这段互动。“莱科斯的戴罗，”对方操着完美无缺的月球口音，可见家境优渥，“请问你是否具有此舰队的司令权？”

“你们的习俗规范与我何干？”

“行，”他没有不顾礼数，“我是卢修斯·欧·瑟杰努斯，执政官禁卫军第一大队上将，”这人我听说过，性格古怪，但做事很利落，“目前率领一支外交使节团前往你的坐标位置，”卢修斯平铺直叙，“请求避免武力冲突，容许我们降落旗舰，商议最高统治者及元老院的提案……”

“我拒绝。”

“什么？你刚刚说——”

“殖民地联合会船只接近，我方会立刻开火。最高统治者如果有意谈判，请她亲自前来，不要通过仆人的嘴。告诉那个老太婆，我们是来打仗，不是来聊天的。”

船上弥漫着一股亢奋气氛。我们在抵达前三天才公开目的地，大家得知后情绪沸腾。进攻月球本身就将永垂不朽，无论输赢，都会在殖民地联合会历史留下抹不去的痕迹。我的部下心里并非没有恐惧，但拦截核心区各地通信后就会发现敌人同样惶恐不安。这是几百年来金种第一次暴露弱点，显然击溃宝剑舰队的举动重挫了敌军士气，比起任何宣传诱惑都来得有效。

我穿过走道，士兵群起行礼，他们正要到运输机或蛭附艇集合，以红种和战力较弱的灰种为主体，但也有些红种技术人员与黑曜种斥候、重装步兵分布在每个小队。我重新以个人认证码发送许可到晨星号的飞航管制系统。平时这些事我都交给下面的人处理，今天则不敢大意。因此前往舰桥监督。

负责舰桥安全的红种陆战队队长大喝一声，要队员朝我敬礼，超过五十个红种、灰种和黑曜种在我面前立正站好。舱内的蓝种忙着操作各种仪器，奥利安站在主控台前，也就是先前洛克站的位置，一双胖手扣在背后，肤色几乎和制服的布料同样黝黑。她一回头，那双浅色眼睛大睁，咧嘴一笑，露出白牙，看来有点儿讨人厌。

“收割者，舰队差不多就绪了。”

寒暄一阵，我也站到观测窗前。“状况如何？”

“灰烬之王摆开防御阵型，看来是想预防被我们调虎离山，直接发动铁雨作战。脑子果然精明哪，他没有必要亲自过来应付，核心区其余舰队都会朝我们逼近，只要持续拉锯，我们就会腹背受敌。对方认为我们必须速战速决，没有其他选择。”

“战术眼光果然精准。”我回答。

“当然，”她瞥了通信仪一眼，“德尔塔小队的萨佩顿级航天飞机是谁偷偷核准的啊？”

我知道奥利安一定会发现，可是不想太早解释。虽然塞弗罗救了他一命，但不是每个人都像我这样同情卡西乌斯的立场。“派了一队人去和元老院议员联系。”我撒谎。

“你我心知肚明，”她回答，“到底怎么回事？”

我凑过去，不想被旁人听见。“不能让卡西乌斯留在船上，否则我们出发后就算有人看着他还是会被暗杀。太多人对贝娄那家族怀恨在心，他留下来不安全。”

“丢进监狱别放出来不就好了？”她说，“你这样是纵虎归山。”

“他不会再跟我们作对了。”

奥利安的视线朝我背后射去，确定没人偷听。“如果黑曜种那边知道……”

“所以我才不想声张。我要放他走，你也放那艘航天飞机出去。答应我。”她抿着嘴，有点儿为难。

“答应我。”奥利安终于点了头，然后望向月球。她和以前一样，总让我觉得她心里有话没说。

“我答应你就是，但小伙子，你自己多多留意。”

之后，我在高度控管的牢房外与塞弗罗碰面。他坐在以重力缆索悬挂的橘色货运箱上，拿了酒瓶一个人喝，而左手却搭着腿上的枪套。船上很热闹，这条走道却很安静，主要活动都在机库、炮座、引擎室和装备室，来监牢的人少之又少。

“你怎么来了？”塞弗罗的工作服也是黑的，他穿了新的战斗背心，两腿在半空中敲来敲去。

“奥利安刚才提起飞航权限的事。”

“该死，她还真的发现了我们要放老鹰飞走啊？”

“她答应会配合。”

“最好别给我玩什么花样。要是赛菲知道……”

“我懂的。奥利安说不会讲出去。”

“你说了算。”塞弗罗苦着脸将最后一点儿酒喝干，目光飘到走廊彼端，野马也来了。

“卫兵重新调度完成，”她开口，“陆战队员会走一三C，卡西乌斯往机库的路线已经净空。”

“好。你没问题吧？”我拉了她的手。

野马点点头。“不算太肯定，但人生不就是这样？”

“塞弗罗呢？你也确定？”

他跳下来。“我人都在这儿了不是吗？”说完，他过来跟我一起拉缆索。

卫哨站没人，只有阿瑞斯之子的成员留下食物包装与烟灰缸。塞弗罗和我走向强化玻璃构成的十边形牢房，口中哼着以前为普林尼作的歌。

“要是你腿上有点儿湿——”唱着唱着，我们停在卡西乌斯的牢房前，对面就是安东尼娅。她坐在小床上没动，脸还是肿得不像话，直瞪着我们，一脸愤恨。

塞弗罗敲敲玻璃。“起床了起床了，贝娄那少爷。”

卡西乌斯揉揉眼睛，坐起身后看见是我和塞弗罗，最后问的却是野马。“怎么回事？”

“要到月球了。”我说。

“不是火星？”卡西乌斯问，背后的安东尼娅在床上也发出窸窸窣窣的声音，两人同样讶异。

“不是。”

“真的直接进攻月球？”卡西乌斯几乎是自言自语，“真是疯子，哪来足够的军力？连防护罩都过不去才对……”

“小甜心，轮不到你操心，”塞弗罗说，“那是我们的问题。但不久后这艘船就要被炸翻了，迟早会有人冲进来往你脑袋开一枪。我们家小戴罗呢，光想就难过，我最舍不得小戴罗难过啦。”卡西乌斯的表情好像觉得我们是神经病，“他听不懂。”

“你说厌倦了这场战争，是认真的？”我问。

“我是真的不懂……”

“他妈的，这明明很简单，卡西乌斯，”野马说，“只要回答就是不是而已。”

“是。”卡西乌斯还坐在床上，但安东尼娅已经站起来观察了，“我是累了，怎么不累？为了战争，我已经失去一切，所有人都只在乎自己。”

“所以？”我问塞弗罗。

“噢，够了，”他鼻子一哼，“我有这么容易满足吗？”

“你们到底在玩什么把戏？”卡西乌斯问。

“谁有空陪你玩呀老兄。戴罗要放你走。”卡西乌斯睁大眼，“可是我得确定你不会回头又来砍我们，毕竟你这家伙满脑子就是什么鬼荣誉、血债血偿之类的，得听你发个誓我比较好睡。”

“我杀了你父亲……”

“你还是别提醒我比较好。”

“留在这里我们也保不了你，”我解释，“而我认为这世界还需要卡西乌斯·欧·贝娄那，可惜不是在这，也不会是最高统治者身旁。假如你愿意发誓，愿意以个人荣誉担保你放下这场战争不再参与，就能获得自由。”

安东尼娅在我们背后狂笑。“荒谬啊，卡西，他们在耍你，你给人家看扁了。”

“我没叫你张开那张烂嘴。”野马喝道。

卡西乌斯望着野马，思考刚才那番话。“你也同意？”

“是我提的，”她回答，“其实事态如此，并非你的错，卡西乌斯。之前我态度是很刻薄，这点要向你道歉。我明白，就你的立场当然想报复，无论是戴罗或我……”

“不，和你无关。从来就没算在你头上。”

野马愣了一下，继续说：“……但你应该也看清了复仇究竟带来什么结果，以及奥克塔维亚和我哥这两人的真面目。你唯一的错就是包庇自己的家族，但这罪不至死。”

“真想放我走？”他问。

“我希望你能好好活下去，”野马回答，“所以没错，我想让你离开，再也别回来。”

“但……要上哪儿去？”他又问。

“只要不是这里，都好。”

卡西乌斯听见吞了口口水，依旧天人交战。他不仅仅要思考自己认知中的荣誉与责任是什么，也一边想象着没有野马存在的世界是什么模样。我能理解他的挣扎。即使得到自由，也将十分难受，失去爱的空虚就是最可怕的牢狱。不过最后，卡西乌斯舔舔嘴唇，不是对我，而是对她点点头。“以我父亲和朱利安的名义起誓，我不会再与你们任何人为敌。如果你们放我走，我离开后就不会再回来。”

“懦夫，”安东尼娅捶打玻璃，“恬不知耻的窝囊废——”

我用手肘轻轻撞一下塞弗罗。“还是要看你。”

他掐了掐小山羊胡。“啧，你们两个小浑蛋最好是别看走眼。”塞弗罗从口袋掏出磁卡，刷了门锁，“咚！”牢门开启。

“这层楼的副机库有宇宙飞船等候，”野马淡淡地说，“而且获准出航，你要走就立刻去。”

“说立刻就是马上，猪头。”塞弗罗附和。

“小心你被人从后面赏一颗子弹！”安东尼娅又叫道，“叛徒！”

卡西乌斯伸手试探牢门，仿佛担心门根本还是锁的，是我们故意欺骗他，要嘲笑他希望幻灭的可怜模样。他鼓起勇气板着面孔一推。门确实能开。于是卡西乌斯走到我们面前，伸出双手，作势要受铐。

“你自由啦，”塞弗罗用指节敲敲自己带来的橘色箱子，“但得先躲在这里面，出去的时候才不会被人看到。”

“嗯。”他停顿一下，回头朝我伸手。我握了，内心还是有股奇妙的情感。“就此别过，戴罗。”

“一路顺风，卡西乌斯。”

接着，他迟疑着要如何面对野马，两只手都颤动一下，似是希望能拥抱。然而野马只伸出一手，到最后还是态度冷淡。卡西乌斯看着那手，摇摇头不愿接受。“至少还有月球那段日子。”他感慨地说。

“再见，卡西乌斯。”

“保重。”

卡西乌斯对着打开的箱子看了一下，又犹豫该和塞弗罗说什么道别。“我不知道你父亲的理念是否正确，但绝对钦佩那股勇气，”他也伸出手，“很遗憾，他看不见现在的场面。”

塞弗罗对着他的手用力眨眼。他本来就不是个性柔软的人，在这情境下更是别扭，不过还是回了礼。两人双手交握——然而有些不大对劲。卡西乌斯迟迟没放手，神情忽然蒙上一层冰霜，身体猛然一动。他速度太快，我来不及介入，眼睁睁看着朋友矮小的身躯被他拽过去夹在右腋下，乍看仿佛两人要起舞，实际上卡西乌斯趁隙夺下他右腿的枪套，塞弗罗脚步一扭，想要拔枪反击，却已摸不到武器，接着卡西乌斯将他撞开，枪口抵住他的脊椎。塞弗罗瞪大眼睛，惊恐地望着我。“戴罗——”

“住手！卡西乌斯！”我怒吼。

“这是我职责所在。”

“卡西乌斯……”野马上前一步，伸出颤抖的手，“他救了你的命……别这样。”

“跪下，”卡西乌斯回头，“你们全给我跪下！”我仿佛身在悬崖边缘，无底黑暗中传来低语，要抓我回去。我无法抽出锐蛇，只要稍微轻举妄动，马上就会被卡西乌斯射杀。野马跪下，示意我照做，恍惚之中我也跪下。

“杀掉他！”安东尼娅大叫，“把那浑蛋给毙了！”

“卡西乌斯，听我说……”我开口。

“你也给我跪下！”卡西乌斯对塞弗罗叱喝。

“跪下？”塞弗罗露出凶狠冷笑，眼中闪过狂傲，“愚蠢的金种，你忘记号叫者守则第一条了吗？——绝不屈服。”他右腕甩出锐蛇，回头要砍，但仍慢了一步。卡西乌斯开枪打中他肩膀，塞弗罗往后一退，背心裂开，血溅在金属舱壁，却仍斗志满满，蹒跚向前。

“那么我就为了金种处决你。”卡西乌斯低声说完，近距离朝他胸膛连射六发。

第五十八章
暗淡

鲜血从塞弗罗胸口喷到我脸上。锐蛇脱手，脚步摇晃，他跪下喘气。我顾不得卡西乌斯的枪口还在冒烟，直接冲过去，塞弗罗按着伤口，无法思考，嘴角和背心冒出的气泡都是红的，连带染红了我的手。他朝我吐出鲜血，然后想勉强自己站起来一笑置之，可是已经没力气了。他的手臂乱晃，呼吸断续，瞳孔逐渐放大，最后被原始且深沉的恐惧填满。

“别死啊！”我失声尖叫，“塞弗罗你别死！”他在我怀中颤抖，“拜托，塞弗罗，*我求你*，活下去。拜托你，塞弗罗……”他没有留下遗言或心愿，没有机会在最后时刻表达什么。他再也不会动了。生命与心跳都随着那抹红色、我脸上的泪水和安东尼娅的笑声流逝。

我失声痛哭。

这世界的恶意太过巨大。

我抱着挚友在地上前后晃动，被黑暗、仇恨与绝望征服。卡西乌斯站在那里睥睨，神情中没有一丝怜悯。

“自作自受。”他说。

我号哭着，骤然起身，卡西乌斯立时用枪托朝我脑袋两侧重击。但我没有倒下，反而甩出锐蛇，可惜他又出手打了两次，我还是倒地了，而且卡西乌斯取走了剑，架在也想站起来的野马脖子上，另一手的枪口瞄准我额头。我抬起脸，眼看他就要扣下扳机。

“最高统治者要活捉！”野马开口劝阻。

“说得也是，”卡西乌斯克制怒火，淡淡回答，“没错，到时候看她想怎么割肉拆骨，逼你老实招供。”

“卡西乌斯，放我出去。”安东尼娅低吼。

他伸腿将塞弗罗的遗体翻过来，找到磁卡打开牢门。安东尼娅出来时一副觉得自己是女王的模样，还穿着囚犯拖鞋踩过塞弗罗的血泊，用膝盖狠撞野马的脸，将她击倒在地。我视线模糊，因脑震荡引发反胃感，上衣沾了塞弗罗的血，一路温热到腹部。安东尼娅站在我面前调侃着说：“呃，小妖怪又弄脏地板。”

“看好他们，拿通信仪，”卡西乌斯吩咐，“我们需要地图。”

“你要干吗？”

“先找手铐。”他将枪丢给安东尼娅，消失在转角。

安东尼娅跪在旁边，一脸若有所思。她将枪口抵在我唇上。“张开，”她踹了我下体，“我叫你张嘴。”我痛得眼睛翻了一圈，只能照办。她将枪管插进来，金属压在咽喉的异物感强烈，牙齿不断刮擦到黑色枪身。我一阵干呕，胆汁涌到舌根。安东尼娅眼中充满怨恨，弯腰想将枪戳得更里面，直到我四肢抽搐真的吐了才拔出来。“可怜虫。”

她向我吐了口水后才抢走通信仪和锐蛇，还趁卡西乌斯从卫哨站回来时把塞弗罗的剑抛过去。两人合力将我塞进囚犯拘禁服，口套与背心都是金属材质；我的手臂被锁在胸前，指尖能碰到另一侧肩膀。接着，我被塞进我们带来的箱子，必须弯起膝盖，否则装不下。这个姿势无法保护自己，摔进去时我的头部重重撞上塑料底板。这两人将塞弗罗和野马也塞入箱中，压在我上方，塞弗罗的血就滴在我脸上，我额侧的伤口也一片濡湿。我整个头昏脑胀，别说要动，连哭都难。

“戴罗……”野马小声地问，“你还好吗？”

我没有回话。

“找到地图没有？”卡西乌斯在外面问，声音从箱子上方飘过。

“我还找到可以挡住摄影机的干扰场，”安东尼娅回答，“我推箱子，你在前面探路，如何？”

“可以，走吧。”

干扰场“啪”一声张开，我们就这么被带走了。假如没有塞弗罗和野马压在身上，我还可以采取蹲姿，以背部顶盖，现在这小小的空间挤了三个人，闷热至极，汗臭冲鼻，而且呼吸也困难，毫无反抗余地，只能任由两人穿过这条我为卡西乌斯清空的路线，进入无人的机库，上船梯、入船舱。他们开始进行航前通信。“航天飞机编号S-129，准许出航，请等待脉冲护盾解除，”舰桥发来通知，引擎开始运转，“请起飞。”

于是，敌人从船腹将我带离朋友和族人的保护，与此同时，红星舰队还在准备即将到来的大战。

我屏住气息，期待奥利安会通过对讲机要求航天飞机降落，或下令镰翼艇攻击航天飞机引擎。结果什么回应也没有。母亲大概还在泡茶，心里思念儿子又不知去向，不知是否平安，而我只能祈祷她无法隔着虚空与我感同身受，体会不到我这改造后的身躯与再怎么愚昧武勇也难以承受的恐惧。无论如何，我还是害怕。不仅担心自己，也担心野马。

隔着箱子可以继续听见安东尼娅与卡西乌斯对话。卡西乌斯发送紧急信号，片刻后，有个冷冰冰、带噪声的声音传来。

“月球防卫部攻击舰*克罗诺斯号*呼叫*萨佩顿级*航天飞机，收到奥林匹亚级救难信号，请表明身份。”

“*克罗诺斯号*，我是晨曦骑士，认证代码787EchoAlpha91227。目前从敌军旗舰逃出，请求护送与降落许可；同船者有安东尼娅·欧·西弗勒斯–裘利，并携带贵重物品，敌船正在追踪。”

沉默一阵后对方回答。“收到。代码确认完毕，请保持频道，由变幻骑士与您接洽。”对讲机传出的声音背景中能听到艾迦在讲话，我更加畏惧。她果然逃过了冰原那一劫，还顺利回到月球。

“卡西乌斯？你还活着？”

“算是。”

“你带了什么？”

“收割者，弗吉尼娅，阿瑞斯的尸体。”

“尸体……给我看看。”

有脚步声靠近箱子，打开后，卡西乌斯先搬出野马，再将我也丢到地上的全息机旁，投影出来的艾迦既小又暗，望着我们的眼神出乎意料的淡漠。安东尼娅拿着塞弗罗那把枪指着我头颅，卡西乌斯揪着塞弗罗的莫西干头发，给她看脸。

“了不起，贝娄那，”艾迦的语调总算透出内心兴奋，“了不起，真让你办到了。最高统治者在城塞等候你。”

“过去之前，我要你先保证不会加害弗吉尼娅。”

“说什么傻话？”话虽如此，安东尼娅依旧顾忌手中有锐蛇的卡西乌斯，“她是叛徒。”

“囚禁就好，”卡西乌斯说，“不需要处决和刑讯逼供。艾迦，我要听你亲口担保，否则就把船开走。戴罗杀了你的姐妹，想不想报仇你自己决定。”

“我接受，”艾迦响应，“不会有人加害于她，而且我可以保证奥克塔维亚也不会反对，与外缘区谈判也还用得着。我现在就派战斗机中队过去，你将航道转向41'13'25，沿轨道绕行，之后火星雄狮号会发送降落许可。目前不方便让你直接停在月球，不过奥古斯都大统领一小时内就会过来和最高统治者会晤，想必他不介意送你们一程。”

“火星大统领要到月球？”卡西乌斯问，“没看见他的舰队。”

“他当然要过来。”艾迦回答，“他看准了戴罗不会真的进攻火星，所有舰队都埋伏在月球另一侧。红星舰队向我父亲那边进攻根本是自投罗网。”

第五十九章
火星雄狮

野马和我被身着黑甲的黑曜种拖下货舱梯板，他们个个体形都不比拉格纳小，制服上别着雄狮标志。我试着踢踹挣扎，黑曜种就拿出两米长的离子矛朝我肚子一抵，电得我浑身抽筋、通体剧痛。倒在地上后，他们揪我头发起身，正好跪在那儿盯着塞弗罗的遗体。他再也无法睁眼，这或许是种幸福。他的嘴唇沾了血变成粉红色。野马想站起来，也被黑曜种往腹部重捶一拳，发出一声闷哼后同样只能跪地喘气。黑曜种甚至强迫卡西乌斯也先跪着。

反倒是安东尼娅先与骨骑同胞会合。莱拉丝也穿着黑色甲胄站在我们面前，双肩和护胸中央都有金色徽章，是张嘴号叫的金色骷髅，加上铠甲左右还嵌着人骨，装饰虽然野蛮，却充分显示出骨骑元老的地位。她宛如胡狼版的塞弗罗。莱拉丝头发剃光，小头锐面，又生了对凹陷且无情的眼睛，仿佛厌恶宇宙间的一切。莱拉丝背后站着十名年轻圣痕者，每个人都剃了光头才上战场。“扫描检查。”

她下令。

“你这什么意思？”卡西乌斯质问。

“胡狼的意思。”莱拉丝监督部下滴水不漏，卡西乌斯也只能忍气吞声，“他可不希望你们耍小手段。”

“我有最高统治者担保，”他说，“我们是要带收割者和弗吉尼娅去月球城塞。”

“我明白，这边也有收到联络，很快就会过去。”莱拉丝招手要他站起来给部下确认无电波或辐射信号。卡西乌斯拍掉膝上的尘埃，我只能继续跪着。她又望向被黑曜种拖下船梯的塞弗罗，亲自过去探探脉搏，发出冷笑。“干得好，贝娄那。”

另一个骨骑轻声赞叹。那人眼光炽烈，颧骨如大理石雕像，连手指也刺了青，用上了色的指甲压着下唇。“巴卡的骨头能卖多少钱？”

“非卖品。”卡西乌斯回答。

那人笑得傲慢。“什么都能买卖。一根肋骨一千万如何？”

“不卖。”

“一亿好了。贝娄那……”

“瓦利-瑞斯副将，请记住，我的头衔是晨曦骑士，要不要加上先生二字随你便。阿瑞斯的遗体所有权归殖民地联合会，不是我想卖就能卖。别再纠缠不休，否则我和你就只能来硬的了。”

“来硬的？”原来他就是塔克特斯的哥哥，“是哪儿硬啊？”我还真没见过这么惹人厌的嘴脸，内心不由得有些庆幸。原来塔克特斯在这家人里算正常的了。

“下流。”野马的齿间还有血迹。

“下流？”塔克特斯的哥哥说，“那么漂亮的嘴可不是这么用的。”

卡西乌斯上前一步，其余骨骑的手立刻搭上剑柄。

“塔苏斯，闭嘴。”莱拉丝歪头听着对讲机，塔苏斯走回去时还用鼻孔瞪人。“是，主君，”她回应，“巴卡死了，我刚才确认了。”

安东尼娅凑过去。“阿德里乌斯吗？让我跟他讲话。”才说完她马上伸出手。

“安东尼娅想跟你讲话，”莱拉丝停顿几秒才转头，“他说可以之后再谈。塔苏斯、诺法斯，给收割者解开手铐，把他押好。”

“弗吉尼娅呢？”塔苏斯问。

“谁动她谁就没命，”卡西乌斯问，“你们知道这一点儿就够了。”尽管他努力掩饰，眼底还是流露一丝畏惧。如果有选择，卡西乌斯根本不会带野马到这里来。胡狼的走狗和最高统治者的部下不同，他们行径卑劣，难以预料，在这个当下，艾迦的承诺显得无足轻重。奥克塔维亚为什么要将我们先送到这儿？

“没人会动你的战利品，”莱拉丝的语气还是怪怪的，“收割者除外。”

“我要送他到——”

“我们知道。但主君想清算昔日恩怨，你降落的同时最高统治者已经同意了，就当作多一层防备。”她将通信仪递来，卡西乌斯看完屏幕，立刻面色发白，朝我瞥了一眼。“所以现在你是要让我办正事，还是真的要打一场？”

他别无选择，只能按下遥控器，打开我双手和躯干的锁。塔苏斯与诺法斯上来，将我双臂扳开，以鞭形锐蛇缠紧手腕，用力向外拉扯，我的肩膀被磨得几乎脱臼。

“你打算袖手旁观吗？”野马吼道，“你满口的荣誉到哪儿去了？你整个人生都是装出来的吗？”卡西乌斯本想说些什么，但野马已经往他脚边呸了一口口水。

安东尼娅露出一个丑恶笑容，看我受苦就志得意满。莱拉丝从卡西乌斯手中取走我的锐蛇，带到护送航天飞机的镰翼艇后侧，举起我那把甩刀，放进尚未冷却仍在闷烧的引擎。

“收割者，你是在我家小弟身上撒过尿吗？不然他怎么那么死心塌地？”等候时，塔苏斯又开口说道。

他一弯腰，喷了香水的头发就往我眼睛刺，这群人里只有他没理发。“不过呢，你也不是第一个开发那领域的人啦。懂我意思吧？”

我直视前方。

“他左撇子还是右撇子？”莱拉丝回头问。

“右。”卡西乌斯回答。

“保罗斯，拿止血带来。”她又吩咐。

我会意后全身血液冰冷，现实世界变得遥远模糊，仿佛一切都发生在别人身上。即使橡皮已经箍紧我右前臂，针扎般的感受在手指流窜。

然后，我听见敌人来到。

那双黑靴踏步而来。

所有人态度大变。因为感到畏惧。

骨骑左右让开，迎接主子从走道踏进机库。他身旁还有十二名高大剃发的金种护卫，人人都是维克翠那种体态，衣领和锐蛇上看得到金色骷髅笑脸，肩膀披着骨骸，是敌人被砍下的指节（包括洛恩、费彻纳还有号叫者）。我的岁月一点儿一点儿毁在这些人手中，他们浑身散发傲慢气息，注视我时眼里找不到嫌恶，只是失去同理心后纯粹的虚无。

我之前说自己不恨胡狼果然是谎话。他缓步走来，腰间磁扣皮套内的手枪就是杀死叔叔的凶器。胡狼穿着金色盔甲，缀以金狮怒吼纹饰，躯干两侧嵌上人类肋骨，骨头上刻了密密麻麻的图文，我没办法看清。他头发往一边侧分，手拿银色触控笔转了又转，没完没了。安东尼娅上前，但很快又停下脚步，因为发现胡狼是走向塞弗罗而不是自己。

"很好，骨头完整，"他查看血淋淋的遗体后来到妹妹面前，"好久不见，弗吉尼娅。有什么话想跟我说吗？"

"我对你无话可说，"她咬牙道，"对怪物有什么话好说的？"

"嗯。"胡狼以两根手指端起妹妹的下巴，卡西乌斯见状，手立刻就搭上锐蛇，可是一旦出手就会当即被莱拉丝等一干人碎尸万段。"我们要一起熬过去，"他声音很轻，"你还记得自己说过这种话吗？"

"不记得。"

"很小的时候，妈妈刚走那阵子，我哭个不停，你说你绝对不会离开，但克劳狄乌斯一找你，你就彻头彻尾忘掉我的存在。我留在空荡荡的大屋里流泪，那时我就体认到，人拥有的终究只是自己。"他轻轻点了野马鼻子一下，"妹妹，接下来这几个钟头，我将会挖掘出你真正的样貌，能看到埋藏在这外表底下的东西真是令人兴奋。"

胡狼走过来给我解开口套。尽管跪着，我的体形还是比他高大，光体重就多了五十千克。但他犹如海洋，既广且深，诡谲幽暗，埋藏无穷威力，沉默却如雷鸣，慑人心魄。我看得到他父亲的影子。如今落入了这人的局里，我不禁担忧所有努力终将枉然。

“又见面了，”胡狼开口，但我没有回答，“认得吗？”

他用笔点了点甲胄上的肋骨，我们的距离缩短后，我看清了上面刻的东西。“以前我父亲说，人的地位取决于自身的行为，可是我倒觉得是取决于对手，你怎么看？”他靠得更近，一条肋骨上的图案是戴着尖刺日冕头盔的人，另外一条则是箱里装了颗头颅。

胡狼拆下费彻纳的肋架挂在身上炫耀。

我怒火中烧，扑过去想咬他的脸，喉咙发出低吼，仿佛受创的猛兽，野马听见一脸错愕。但我被他手下压制着，气到浑身发抖，却只能在胡狼面前蠕动挣扎。卡西乌斯瞪着地板，特意避开了野马的目光。我发出的声音粗哑得像是变了个人，只有胡狼能召唤出一个人灵魂最深处的黑暗。“我一定会扒下你的皮。”

他似是对我感到厌倦，翻个白眼后弹弹手指。“嘴还是塞起来吧。”塔苏斯立刻给我戴上口套，胡狼才转身就敞开双臂，乍看像是要迎接久别重逢的老友来参加宴会。“卡西乌斯！安东尼娅！”他说，“立下大功的英雄……啊，亲爱的……这是怎么回事？”胡狼看着她的脸问。之前被囚时，我曾在他身上闻过安东尼娅的香水味，也注意到两人擦身而过时安东尼娅会以指甲抠抠胡狼颈部，他们关系亲昵，可见一斑。他用手端起安东尼娅的下巴，歪头打量。“是戴罗干的吗？”

“是我姐。”她纠正道，显然不喜欢被胡狼这么观察。安东尼娅被我们关起来时，关心自己的脸更甚于悼念母亲。“别担心，我会叫她付出代价，而且也会把脸整好。”说完后，她将头缩了回去。

“别，”胡狼提高声音，“干吗整？”

"丑死了。"

"丑？亲爱的，疤痕是我们真正的容貌，诉说出每个人的故事。"

"这是维克翠的故事，不是我的。"

"你还是很美。"胡狼温柔地拉过安东尼娅的下巴，在嘴唇上留下很轻的吻。看得出来，他根本不是真心，如野马所言。每一个人在阿德里乌斯眼里都只是块肉。只可惜，即便安东尼娅这样难得一见的蛇蝎美人，心里依旧藏了渴望被爱、被珍惜的心情。胡狼最擅长利用这种弱点。

"这是巴卡的遗物。"安东尼娅交出塞弗罗的枪。

胡狼用拇指抚摸枪柄上的号叫者雕饰。"十分别致。"他取下自己原本的配枪，丢给旁边保镖，将塞弗罗的武器据为已有。当然了，我们的所有物是他最好的战利品。

通信仪屏幕闪烁，他举手示意所有人安静。"元帅，什么事？"

灰烬之王的头被投影到半空，影像巨大而怪异。他的两道眉毛十分浓密，底下的金眸深沉，下颌肉垂在军服黑色高领上方。"奥古斯都，敌方舰队进攻了，第一波是火炬船。"

"是来救他的吧？"卡西乌斯说。

"数量多少？"胡狼问。

"超过六十，半数带着红狐徽记。"

"要我亮相了吗？"

"还不必，你的舰队由我调度就好。"

"你应该知道协议内容。"

元帅嘴巴抿成一线。"知道，你按计划去跟最高统治者会面，带晨曦骑士和目标到城塞，我女儿会处理后续。好好拷问，尽快确定敌人还有什么诡计。有神谕协助应该不难才对。去吧，为金种而战。”

“为金种而战。”

影像消失。

胡狼转头望着将我拉下船梯的那群黑曜种。“奴隶，这边用不到你们了，去舰桥找黎瑟努斯执政官报到。”黑曜种二话不说就离开了。接着，阿德里乌斯的目光扫过现场的三十名骨骑。“晨曦骑士为我们创造了获胜的契机，忒勒玛纳斯家族会来救我这妹妹，号叫者与阿瑞斯之子则想带走收割者，绝不能让他们得逞，要由我们将人犯送达月球城塞，交给最高统治者及她身边的智囊团。”然后他对安东尼娅和卡西乌斯说，“暂且放下新仇旧恨，今日我们同为金种，无论什么事都可以等到崛起革命灰飞烟灭再了断。在场很多人都与我一起经历过躲地洞的日子，大家眼睁睁看着……这头牲畜，竟敢掠夺本属于我们的东西。再这么放任下去，我们的家园、奴隶、统治权，将什么都不剩。我们要为自己而战，为了挽回这消逝的时代而战。”

骨骑凝神细听，盼着主子下令。亲眼见到这仿佛邪教的组织实在令人胆寒。阿德里乌斯居然将我的说话模式学过去，还融进自己的风格，直到此刻还不断进化。

他回过头，莱拉丝已将被引擎烧红的甩刀拿回来，递过握柄。“莱拉丝，你留在舰队这里。”

“确定吗？”

“这是最后手段。”

“遵命，主君。”

安东尼娅显然不懂这两人的对话是什么意思，而且对此极其不满。胡狼提着我的锐蛇转了几下，视线在我和野马来回一遍，似乎灵机一动。“卡西乌斯，你被戴罗关了多久？”

“四个月。”

“四个月啊，那该把机会让给你才对。”胡狼将烧红的锐蛇抛向卡西乌斯，他精准地接下剑柄。

“把他的手砍下来。”

“最高统治者要——”

“要活捉，我知道。没人要他的命，但最高统治者也不会希望和这家伙面对面时他居然还可以握剑。所以呢，我们要剥夺他一切反抗的可能后再带他上路，除非……你对这个做法有什么意见？”

“没。”卡西乌斯身子一旋，来到我面前，高高举起还炽热的武器。

“你变成这种人了吗？”野马开口，卡西乌斯脸上闪过一抹愧疚，“戴罗，你看我这里，”她又说，“看我……”

我集中所有意志忽略剑刃，注视野马，从她那边汲取力量。但是超高温金属切开右腕皮肤骨骼那瞬间，我再也记不住她。我疼得哀号，眼中只有滚落地面的手掌。血管都焦黑了，鲜血缓缓滴落；肉被烤出黑烟，在空气中飘散。痛楚之中，我又看见胡狼拎起我失去的手，今日他又多了个纪念品。

“Hic sunt leones.[1]”他说。

“Hic sunt leones!”部下应和。

[1] 此处有狮。

第六十章
龙喉

我抱着自己的断腕，除了痛得发抖，心里还忽然想到叔叔。他是不是和爸爸重逢了？是否与伊欧一起坐在林中营火边听鸟啭？他们是否正看顾着我？焦黑的伤口仍不断出血，剧痛蔓延全身，眼睛都快看不见东西了。我和野马被三十名骨骑搬进战斗机，两人平行捆在机舱后侧座位，舱顶灯光跳动，绿得像是另一个次元，机身被乱流震得摇晃不止。月球起了风暴，都市上空被雷云覆盖，只有黑色塔尖蹿出了那片混沌。光点舞动，是橙种和高阶红种安全帽上的照明。我的同胞还受奴役，为殖民地联合会准备船舰兵器，残杀来自火星的自己人。军事据点在泛光灯下仿佛白昼，建筑物间的黑色形影闪着红光，梭巡来回，除镰翼艇外，还有穿上重力靴的金种。他们飞跃相隔数里的高楼，为即将到来的风暴与大战作准备，并与朋友、同胞、爱人告别。

行经艾洛里昂歌剧院，屋顶雉堞后有一群金种列队仰望天空，有角战盔威风凛凛，远远望去，石像鬼与建筑物几乎化为一体。闪电落下，光芒之中，他们化为黑色剪影，等待着敌人从天而降，带来炼狱。

战斗机突破摩天楼周围云层，下方交错纵横的市区街道一片悄然，静静等候来自太空轨道的轰炸，只有底城的方向冒出火光，如血流窜。暴动持续着，救灾车辆奔驰，月球都市神经紧绷断裂，屏息数日，肺叶仿佛要爆炸。这一切就为了即将到来的最后高潮。

我们滑翔一阵，降落在最高统治者那座尖塔塔顶，艾迦率一众禁卫军在停机坪等着押送我们。骨骑换上重力靴，先飞在战斗机外围掩护，卡西乌斯一手将双臂缚在身前的我推到外面，另一手拉着塞弗罗，像是拖行猎到的鹿，野马则由安东尼娅赶出来。月球的无情冬雨沿艾迦黝黑的脸庞滴落，她的领口冒出热气，于夜色中扬起灿白的笑。

“晨曦骑士，欢迎回家，最高统治者正在等你。”

这是军方的传说。如神话般名为“龙喉”的重力升降梯停在月球地底一千米处。门发出嗞嗞声打开，连接外头昏暗的水泥甬道；对面另一扇大门上有殖民地联合会的金字塔纹章，机器发出蓝光，扫描艾迦虹膜，接着金字塔分成两半，齿轮和活塞嘎嘎作响。这座建筑使用的科技相较外界极其古老，可追溯到还与地球征战的年代。当时月球人最大的恐惧是美国开发的磁道炮。经过七百年，雄伟的地底碉堡看不出什么改变，证明了殖民地联合会禁卫军团队的纪律有多么严明。

我怀疑费彻纳是否知道龙喉的位置。但答案恐怕是否定的。艾迦不会随便透露这种机密，而且说不定就连她也没有完全掌握地底碉堡的全部结构。左右两侧通路似乎在很久以前就坍塌了。不禁令人好奇从前走在里面的都是些什么人，后来又被谁因为何种理由炸毁。

队伍穿过几个高度戒护的房间，里面弥漫全息显示的光线。蓝种和绿种人躺在人体工学床上，身上插了静脉注射，通过大脑植入的节点芯片与网络连接，眼神遥远蒙眬。地底碉堡好比殖民地联合会的中枢神经系统，就算月球表面被毁，奥克塔维亚还能在这里继续她的斗争。

一群黑曜种守在这里，身着黑色龙形头盔和暗紫色胄甲，腰间短剑上有金色字体写着“cohors nihil”，意思是零号军团。我从没听说过这支部队，但此刻可以看见他们保护的是什么：通路尽头那道看来平凡无奇的金属门正是殖民地联合会的终极防线。门吱吱嘎嘎滑开，距离我从飞船后方跳出去已有一年半。我再次见到最高统治者的侧影。

她的声音中带有睥睨苍生的气势。“……杰努斯，平民伤亡有何重要？大海难道会担忧盐被掏光？敌人发动铁雨，你要不计代价全部打落，竭力避免那些黑曜种降落后和底城暴民连成一气……”

宽敞的黑灰色房间，执政官和灰烬之王的全息投影围成半圆，傲立圆心的就是核心区统治者，我所对抗的不公不义全都算在此人身上。与会四十余人都是奥克塔维亚麾下老将，个个手段残酷，模样如同教堂石雕。见我被带进房间，他们嘴角微微扬起，得意之情溢于言表，仿佛早料到战争会如此画下句点，并认为这个结果是自己努力得来，而非纯粹的机缘巧合。就像他们生为金种也是命中注定。

殖民地联合会自然明白捉到火星收割者意义多么重大，早就开始对我方舰队进行马不停蹄的黑客攻击、散布讯息，并将新闻发布到地球与核心区各地，希望借此平息动乱。我被处决的片段、塞弗罗的死状也会被放到网络，或许连野马也将难逃此劫，卡西乌斯和艾迦的协议未必算数。于是，老百姓会问：看看反抗的人是什么下场？就算再怎么厉害，不也败给金种了吗？谁能击败金种？一个也没有。

金种的魔爪会扣得更紧，权威更加稳固。

倘若我们输了，这个金种王朝将是地球战败以来前所未见的强大，而且他们认知到低色族也能造成威胁，将培育出成千上万如艾迦和胡狼那样的新生代，建立新学院，增编军队，牢牢扼住同胞的颈子。那样的未来是费彻纳最大的担忧，也是我看着胡狼走向最高统治者时无法压抑的恐惧。

“敌人的黑曜种没有受过跨行星战斗训练。”某位执政官说。

“你有提醒过费毕将军吗？”最高统治者问，“还是他母亲？话说我还不得不把费毕夫人那些议员都先软禁起来，不然个个都想溜上船，学苍蝇那样飞走。”

“议政官就是没胆……”不知是谁偷偷低语。

除了全息投影之外，还有一小群金种在场。数量超过我所预期：两名奥林匹亚骑士、十个禁卫军，最后是莱森德。他十岁了，与上次见面相比高了十五厘米。他拿着通信仪记录祖母的一言一行。一察觉卡西乌斯和我们进来，脸上立刻露出笑容，望向我的好奇神情仿佛隔着玻璃看老虎。这孩子那双金种眼珠晶莹澄澈，扫过我身上的束缚，接着看了艾迦，也发现我少了一边手掌。那模样就像是观看之余还不忘以指甲敲敲玻璃，确认厚度。

进去后，两个奥林匹亚骑士小声对卡西乌斯打招呼，不敢惊扰奥克塔维亚的会议，然而她仍注意到我了，眼中不带任何情绪。骑士皆一身重装，随时能出面保护最高统治者。

最高统治者头顶上还有一个球形影像，月球战场信息滴水不漏地显示出来。灰烬之王舰队在背光侧展开凹面阵型，如屏障般掩护城塞。太空战开始了，但我的部队并不知道胡狼守株待兔，一旦遭左右夹击，将被逼入绝境。只可惜我没办法联络奥利安，否则她或许想得出该如何挽回颓势。

阿德里乌斯默不作声地就座，耐着性子旁观灰烬之王指挥一整面火炬船队。

“卡西乌斯，你比猎犬还厉害。”真理骑士嗓音浑厚，两眼细长。由于他出身地球，所以较火星居民矮壮。“真是他本人？”

“如假包换。从他旗舰捉来的。”卡西乌斯说完往我膝盖后方一踹，揪着我头发拉起面孔给对方看个清楚，之后，他又将塞弗罗扔在地上给大家检查。喜乐骑士摇摇头。他身形比卡西乌斯瘦长，散发出更多的贵族气息。他来自金星的古老家族，我曾经在火星看过他与别人决斗。

“连奥古斯都家族的女儿也逮到了？你这是什么好运气？艾迦宰掉了那黑曜种，现在是恐惧骑士与情爱骑士去讨伐维克翠和那个白女巫……”

“我巴不得和维克翠滚两圈，”真理骑士从我身旁绕过去，“一定很刺激。卡西乌斯？你应该做过吧？”

“就算有也不能说，”卡西乌斯往投影点了点头，“情况怎样？”

“和费毕的处境相比好太多了。敌人是很难缠，不易拦截，为了派出黑曜种一直想靠近，可是灰烬之王始终保持距离。等到胡狼的舰队出去，对方就无路可退了。毕竟都到了敌阵侧面，不是吗？”

他回答时一脸渴望，卡西乌斯都看在眼里。

“想过去随时都能去，”卡西乌斯说，“叫艘航天飞机就好。”

“那也要花上好几个钟头，”真理骑士回答，“更何况已经有四个骑士上场，奥克塔维亚身边总不能没人。另外，我的船还停在另一边保护迎光面。看看他们有没有办法落地吧，只是概率似乎不高。如果给他们得手了，地面也得有部队应付——我们得给他洗洗脸哪。”

“啊？”

“我是说巴卡。他那张脸太血腥、太难看了，等会儿就要直播，除非又被人家黑。真是的，动不动就被黑，贾王那边到底有多少人？一个个都自以为是英雄，一群活在伪民主幻想里的蠢蛋。幸好昨天晚上已经有猎犬部队打下他们一个窝。”

“阻止黑客最好的方法就是赏他们一剑。”喜乐骑士附和。

“敌军的决心毅力我算是相当佩服，”灰烬之王的声音从房间中央传来，他的影像是别人的两倍宽，“后路被断，依旧勇往直前，我们有折损，但对方伤亡更惨重。”他在舰队后方的一条轻型巡弋舰上，通过数十艘船传递命令，布阵精准，可谓毫无破绽，红星舰队迟迟无法突破五十千米的界线。

要是执行战术的是洛克，还会将部下安危纳入考虑，又或者不愿轻易抛下那艘有三百年历史但被我夺走的船舰，灰烬之王则毫无顾忌。官兵都是用过即丢的弃子，谁的身家背景、多少人命，乃至于军火成本，他都没看在眼中，只要能将敌人摧毁就好。此役等同背水一战，他会不惜代价取得胜利。

看着盟友身陷险境，我也心焦如焚。

“有进一步消息再向我汇报，”奥克塔维亚指示，“可能的话，留下戴克索·欧·忒勒玛纳斯的命，其余人无所谓，他父亲或裘利家的人杀了无妨。”

“遵命。”老将行礼，影像消失。奥克塔维亚叹了口气，貌似疲惫，这才转身望向晨曦骑士，露出一副和失散多年的孩子重逢的表情。“卡西乌斯——”年轻骑士先鞠躬，然后最高统治者上前拥抱，在他额头轻吻。从前她也和野马如此亲昵。“听到你在火星南极的遭遇，我非常难过，还以为你不可能活下来。”

“艾迦会这么判断也无可厚非，反而是我该向最高统治者致歉，花了太久时间了结个人恩怨，没能尽快回来让您安心。”

“我懂。”奥克塔维亚对我不屑一顾，目光落在野马身上，“看来你赢得挺漂亮，卡西乌斯。你们两个都是，”她又往胡狼点点头，脸上没有笑容，“有你助阵，这场仗用不了多少时间。”

“为您效力是我的荣幸。”胡狼露出奸笑。

“嗯，”奥克塔维亚语气有些异样，仿佛想起什么往事。她手指拂过卡西乌斯结实的脖子。“他们想吊死你？”

“想归想，但办不到。”卡西乌斯咧嘴一笑。

“这让我想到洛恩年轻的时候。”我知道，她也说过弗吉尼娅让她想起年轻的自己，与胡狼相比，奥克塔维亚或许对手下还多了一丝关注，不过无论如何她也只是将人当作工具，以别人的情感与忠诚保护自己。最高统治者伸手朝我一挥，看见我脸上戴着口套，眉心一蹙。“知不知道他有什么计划？——所有会对战果造成影响的……”

“根据目前得到的线索，他应该是想直接攻打城塞。”

“卡西乌斯，别再说了……”野马叫道，“她根本不是真心善待你！”

“难道你就真心？”奥克塔维亚问，“大家都知道你究竟在乎的是什么，弗吉尼娅，他们也知道你使出什么手段来达成目的。”

“空中还是地面？”胡狼开口，“从哪里进攻？”

“据我所知是地面。”

“之前怎么没提？”

“你忙着看戴罗的手啊，好像没空理我。”

胡狼不搭理这句讽刺。“月球上没有钻爪机？”

“都废了，连旧矿坑里也清除得一干二净，”奥克塔维亚回答，“派人确认过。”

“攻击部队应该会由佛勒洛和裘利指挥，”胡狼继续说，“这两人是戴罗手下大将，也是他能夺走卫星级战舰的主要原因。”

“佛勒洛——是那个黑曜种对吧？”最高统治者问。

“黑曜种女王，”野马说，“你该和她见个面，赛菲看到你一定会想起自己的母亲。”

“黑曜种、女王……他们组织起来了？”奥克塔维亚露出警戒神情，又向卡西乌斯询问，“真的吗？议政官团队之前分析过，认为他们不可能跨越部落组织。”

“预测有误。”卡西乌斯回答。

安东尼娅总算逮到机会，赶紧开口，希望得到最高统治者注意。“最高统治者，联盟仅限于受戴罗影响的黑曜种，也就是火星南极那些部落。”

最高统治者没有理会。“我不太放心。城塞里头也有几百个黑曜种……”

“他们依旧忠诚。”艾迦开口。

“你要怎么肯定？”卡西乌斯问，“有没有从火星来的？”

奥克塔维亚望向艾迦。“大半，”她坦诚地说，“零号军团也是，毕竟火星的黑曜种最优秀。”

“将他们从城塞驱离，”奥克塔维亚吩咐，“即刻生效。”

一名禁卫军离席处理。

“妹妹跟她哥哥同等级吗？”艾迦问卡西乌斯。

“差多了，”还跪着的野马笑道，“因为妹妹更聪明，带着一群女战士在身边，而且发誓要你血债血偿呢。艾迦，赛菲会喝光你的血，拿头骨做成酒杯带去瓦尔哈拉。她就要来找你了，你逃不掉的。”

御史与最高统治者对视，表情紧绷。“总得先降落才能攻击城塞，”艾迦说，“这不可能。”

“他们要怎么过来？”卡西乌斯问我，我摇摇头，隔着口套大笑。艾迦朝我手腕伤口狠狠一踹，我几乎要晕过去，疼得蜷曲倒地。“他们怎么过来？”卡西乌斯又问，我还是不回答。他对喜乐骑士招手。“扣住他另一条手臂，”我左手被向外扯开，“他们怎么过来？”这次卡西乌斯说话的对象是野马，“你不说，我就把他另一只手也砍下来，接着是脚、鼻子，然后挖出眼珠。佛勒洛打算怎么到城塞？”

“反正他是死定了，”野马冷哼，“你去死。”

“他死得快或慢由你决定。”卡西乌斯回答。

“谁跟你们说黑曜种还没降落？”野马话锋一转。

“什么意思？”

“贾王早就安排他们随运粮船从地球过来，几个小时前就到了，这时正一路杀向城塞呢。足足有一万黑曜种，你们现在才知道吗？”

“一万？”莱森德小声地自言自语。这男孩坐在全息机旁，面前搁着祖母的拂晓权杖。有一米长，由黄金与铁锻造而成，尖端是象征殖民地联合会的三角与烈日。“各大军团都出去阻挡敌人，等不到他们回防，一万黑曜种会先打进来。”

“我率领禁卫军迎战，召回两组军团。”艾迦说完就走向门口。

“不，”奥克塔维亚站在原地思考，“不，艾迦，你留下来陪我。”她转头望向禁卫军指挥官，“雷格特斯，你带他们到地面增援，整排都带走，这里不需要人，奥林匹亚骑士留着够了。任何船只靠近城塞就开炮，就算灰烬之王在上面也无所谓，懂吗？”

“遵命。”多数人随雷格特斯离开，只剩卡西乌斯与另外三名奥林匹亚骑士、安东尼娅、胡狼、最高统治者和三个执政官阶级的护卫，再来就是我们两个俘虏。艾迦伸手按了门旁的机器，那群人走了以后，密室再度封闭，甚至有第二道更厚重的螺旋门从墙壁伸出，缓缓将我们与外界彻底隔绝。

“抱歉，艾迦，”奥克塔维亚对回到身旁的御史说，“我知道你想和部下一起上前线，但我已经失去莫依拉，不愿你去冒险。”

“我明白，”虽然艾迦这么回答，却听得出心情低落，“交给禁卫军处理就好。现在是不是该解决另一件事了？”

奥克塔维亚望向胡狼，他非常轻微地点头。“西弗勒斯-裘利，你过来。”

安东尼娅依吩咐上前，显然很讶异会特别被点名。她嘴角上扬，一脸兴奋，想必期盼自己的一番辛劳能获得赏识，站在最高统治者面前时双手还扣在背后。

“裘利执政官，你在今年六月受征召加入宝剑舰队，前去平定卫星统领叛乱，没错吧？”

安东尼娅皱起眉。“最高统治者，我不明白——”

“这不是个很单纯的问题吗？请你直截了当地回答。”

“没错，我率领所属家族的舰队，以及第五、第六军团。”

“接受洛克·欧·费毕的指挥，是吧？”

“是，最高统治者。”

“那么请你解释一下，为什么将军死了，你却还活着？”

“我也是千钧一发逃过死劫，”安东尼娅改变语调，察觉对方话中暗藏杀机，“最高统治者，战况十分……惨烈。号叫者埋伏在木卫十四，而洛克……费毕将军，他接连中了敌人两次诡计，但错不在他，换作别人也无法发现。我努力想挽回，重振士气，可是将军的舰桥被戴罗攻下，舰队遭火炬船队围剿，战场上连分辨敌我都很困难；黑曜种冲进我军船舰大开杀戒，那些哀号到现在都还回荡在我的噩梦里……”

“真会瞎掰。”野马冷哼。

“你撤退了。”

“是的，最高统治者，但这也是不得已而为之。我知道还会有今天这场决战，唯一能做的就是尽力保留殖民地联合会的船舰和兵力。”

“挽回了那么多人命，品行十分高尚。”最高统治者说。

“谢——”

“当然，前提是真有那么回事。”

“最高统治者您刚刚说——”

“孩子，我应该一字一句都说得很清楚了，你不该为了活命擅离岗位，让将军落入敌人手中。”

“最高统治者，您是认为我说谎吗？”

“这很明显吧。”野马说。

“我的荣誉不容诬蔑，”她痛骂野马，挺起胸膛，“我怎么可能——”

“唉，孩子，冷静点，”最高统治者打断她，“现在还不清楚状况，有些话别说得太早。逃走的人不只你一个，这些人将舰队记录都送回殖民地联合会了，所以我们知道那里发生什么事，包括所谓的‘战况惨烈’以及西弗勒斯-裘利家的安东尼娅是如何玷污自己名声。居然在指挥官呼叫援军时落荒而逃，自己躲到小行星带安保性命，可是手上的船仍旧被敌军夺走。”

“输了那一仗的人是费毕，”安东尼娅气急败坏，“又不是我。”

“他会输是因为盟友弃之不顾，”艾迦沉声，“要不是你擅离岗位打乱阵型，也许还有反败为胜的机会。”

“费毕确实失误了，”奥克塔维亚附和，“但他直到最后都忠于色族，言行始终高洁，甚至在接受战败事实后不惜自我了断，避免遭敌人拷问，或沦为筹码。他死前不忘摧毁叛军的造船厂，他的英勇足以名列钢铁金种。可是你……争功诿过，毫无胆识，像个三岁小孩一样逃走还尿湿裤子。明明背弃将军苟且偷生，现在居然当着这么多人面前出言诋毁，更何况在场者还有将军生前的好友，”她朝卡西乌斯扬手一挡，“部下就是看穿你的卑劣本性才会倒戈，将你的船舰全让给更令人钦佩的姐姐。”

“是谁在背后诽谤我？叫他们到血宫和我一决胜负！”安东尼娅气得发抖，“难道我的名声只能让藏头露尾、吃醋眼红的小人给毁了吗？居然为了打击我而捏造子虚乌有的假消息，究竟安的是什么心？说不定是想侵吞我的家族事业、财产，甚至借此削弱金种整体的力量！阿德里乌斯，快告诉最高统治者那些指控有多荒谬无稽！”

然而，他默不作声。“阿德里乌斯？”

“在我看来，忠心的狗比起忠心的懦夫更有用，”他回答，“莱拉丝说得没错，你骨子里还是太软弱。软弱是一种危险的性格特质。”

安东尼娅露出就要溺毙的神情，眼看水位逐渐淹过头顶，却被暗流往下卷，抓不到任何东西，无法得救。艾迦仿佛一道巨浪卷到她背后，奥克塔维亚开口，正式谴责她。“安东尼娅·欧·西弗勒斯-裘利，裘利家族长女，一级执政官兼第五、第六军团指挥官，依据殖民地联合会规章赋予的权力，我在此宣判：你犯下战时谋反和渎职两大重罪，处以死刑。”

“你这老妖婆——”安东尼娅破口大骂，转向胡狼，“你不舍得吧？阿德里乌斯……拜托你……”但她没了舰队，也没了漂亮脸蛋，还肿胀的两眼涌出泪水，无论朝哪儿看都看不到希望。最后，安东尼娅和我视线交汇，她能猜得到我心里在想什么。*自作自受*。维克翠、莉娅、蓟草，牺牲这么多人来成就自己。“求你……”她抽噎起来。

谁也不会同情她。

艾迦从背后扣住安东尼娅脖子，她吓到浑身颤抖、双膝瘫软，连反抗的意志也没了。魁梧的女御史收紧了手，开始勒紧。

安东尼娅发出咯咯声，不断蠕动，花了整整一分钟才断气，随后艾迦还不忘用力将她颈部折断，尸体往塞弗罗那边堆上去。

“真是可恶，”最高统治者的目光从安东尼娅身上移开，“她母亲还算挺有骨气——卡西乌斯，你脚脏了，”血液凝固在囚犯拖鞋的橡胶鞋跟，也溅到了绿色裤管上，“里面有套房，包括厨具和淋浴间，进去清洗一下吧。仆人问我要不要用餐，吵了好几个钟头，正好让他过去给你做点东西吃。不用担心错过精彩战况，元帅说过，最少还要僵持几小时。莱森德，你能给客人带路吧？”

“最高统治者，我不会离开您的身旁，”卡西乌斯又是那副高尚的骑士口吻，“我可以等到战争结束这些禽兽都伏法后再休息。”真理骑士觉得他太做作，翻了个超大白眼。

“真是好孩子，”她终于转头看我，“现在该处理红种了。”

第六十一章
红种

艾迦将我拖到全息基座中央，来到最高统治者脚边。那张大理石般的面孔浮现君临天下的冷笑。

但她的肩膀根本负荷不了金种帝国和百年来辗转难眠的每一夜，显露出疲态。奥克塔维亚盘紧的头发上有好几绺深灰，眼角有一丝丝触须状的蓝纹，代表她又得进行下一次的细胞重生疗法。只要我还活着，她就不得安宁；即便我现在跪在地上浑身是血，但只要能在这暴君的噩梦中纠缠她，我心里就爽快。

“解开他的口套吧。”她对艾迦说。御史站在我背后，准备要按最高统治者命令用刑。真理骑士和喜乐骑士守在奥克塔维亚左右，仍是一身绿色囚服的卡西乌斯和野马、禁卫军就在旁边，胡狼坐在靠近莱森德的位置，享用仆人端上的咖啡。口套摘下后，我赶紧活动下颚，伸展肌肉。

“想象一下，这世界如果少了狂妄的年轻人不知会是什么光景。”奥克塔维亚对艾迦说。

“想象一下，这世界若少了老人的贪婪会变怎样？”我声音还哑。艾迦握拳，往我脑侧痛殴。我眼前一黑，几乎整个人滚了一圈。

“假如不想听他说话，何必拿掉口套？”野马问。

胡狼冷笑。“说得有道理呢，奥克塔维亚！”

最高统治者板起脸。“全太阳系都知道上回我们处决的是替死鬼，这回要让大家看清楚，这是货真价实的崛起革命红种本人，只要见证他的陨落，就会认识到最出类拔萃的低阶色族也不过如此。”

“让他开口讲话说不定又会挑起什么波澜。”胡狼警告。

“奥克塔维亚，你真以为自己不会被我哥暗算吗？”她问，“你——或者说你们所有人——只要一天不死，他就一天不会罢手，非要把你的权杖和宝座都给夺走。”

“他当然想要这个位置。谁不想？”最高统治者回答，“莱森德，我的职责是什么？”

“守住宝座，缔造联盟，使臣民了解追随君主比斗争更有利。最高统治者只需要少数人的爱戴，但需要多数人的畏惧。一定要明白自己的定位。”

“很好。”

“最高统治者的责任并非统治，而是领导。”我说。

她置若罔闻，转头看着正在操作转播设备的喜乐骑士。“就绪了吗？”

“是，最高统治者，绿种人已经重建联机，可以对全核心区做直播。”

“和红种道别吧……野马。”艾迦拍拍她的头。

“都不敢动手啊？”我嘲讽胡狼，“好个男子汉。”

“我想亲自动手，奥克塔维亚。”胡狼忽然开口，起身走向全息基座。

“执刑由奥林匹亚骑士负责，”艾迦说，“和执政官你无关。”

“我不记得有请示你同意。”

艾迦感到受辱，一脸狰狞，龇牙咧嘴，但最高统治者按住她肩膀劝阻。

“由他去吧。”奥克塔维亚说。她如此纵容胡狼实在不寻常，但我早就察觉两人间有一分诡异的默契。胡狼为何出现在这里？月球是他最该避开的地方，怎会愿意进入最高统治者拥有绝对优势，随时能下杀手的环境？所以他手中应该握有王牌，能保证自己人身安全。这一切背后到底藏了什么秘密？艾迦走远，我看得出野马也在思考同一个问题。喜乐骑士递上武器，胡狼拒绝了。他从自己腰间取出塞弗罗那把手枪，箍在食指上转。

“既非金种，”胡狼解释，“就配不上锐蛇及正式处决，让他跟他叔叔同个死法吧。我很乐意当拨乱反正的那只手，此外，拿塞弗罗的枪杀掉戴罗……别有一番滋味，你说是不是呢，奥克塔维亚？”

“也罢。你还有什么要求吗？”她用厌倦的口气说。

“没了，感谢你的慷慨。”胡狼走到我身旁取代艾迦的位置。最高统治者在我们眼前面貌丕变，方才的憔悴枯槁一扫而空，露出宁静祥和的面容，与小时候在莱科斯全息机上看到的一样。我还记得，她老是谈起“服从、牺牲、繁荣”。想当初，奥克塔维亚在我心中是女神的地位，为了取悦她、让她以我为荣，就算牺牲性命也甘愿。今日我却宁可不要命也恨不得她死。

喜乐骑士对她点点头，柔光洒落，奥克塔维亚的形象灿烂辉煌，如同太阳那样温暖又强烈。原来这一切只是特效，灯光随化学药剂发出噼啪声，越来越亮。胡狼在旁边拨弄散落的一绺头发。他分边分得极为工整，朝我堆了满脸和善笑容。

转播开始。

“殖民地联合会的各位，”奥克塔维亚开口，“我是最高统治者。有史以来，人类就不断地与部族相争、与大自然对抗，一路上充满考验与牺牲，历经漫长艰辛的奋斗。而今，我们终于离开大地、进入宇宙，这样的成果奠基于色族秩序，我们需要每个人坚守岗位、放下欲求。但阿瑞斯以及这个……恐怖分子，他们声称色族是少数压迫多数，实际上，色族的存在是为了维护秩序与繁荣，促进人类世代永续，而我们也确实做到了让文明不断传承，直到这人出来作乱。”

她伸出细长手指指着我。

“这人曾与各位和各位的家人一样，全心服侍社会，原本在所属色族之中是最为出色的人，小小年纪就拥有崇高地位，也获得许多表扬。但他却被虚荣心蛊惑，将私欲扩展到整个星系，想要征服别人。他忘了自己的职责，忘记秩序存在的理由，自己坠入黑暗，还想拖着全人类一起受罪。

“我们不愿随他堕落。绝不。我们不屈服于邪恶，”她捧着心窝，“我们……我们共同创造人类社会。金、银、赤铜、蓝、红、白、橘、绿、紫、黄、灰、棕、粉、黑，还有红，凝聚我们的力量更甚于他们的恶意撕裂。七百年来，金种一直是文明的牧者，为黑暗带来光明，为饥渴带来富足，今日我们也要为战乱带来和平。为了和平，我们必须消灭将战火散布到诸位家中的冷血无情的恶魔。”

奥克塔维亚转身时是一脸麻木不仁的表情，我想起她也是这么冷眼旁观我与卡西乌斯的决斗。那时她就巴不得我快点死，好回头继续享用咖啡和美食。在她眼中，我从过去到现在就是个污点。此刻她脑海中一定也闪过往事，并想象着待会儿我的血液将在地上逐渐冰冷，尸体被拖去解剖。

"莱科斯的戴罗，基于规章赋予的权力，我再次宣判。你犯下教唆恐怖行动——"我望向全息摄影机镜头，明白现在有无数人正在观看，"——在火星进行大规模屠杀——"我没再认真听了，心脏在胸中狂跳，仿佛要从喉咙冲出。这股脉动传到左手指尖。时机到了，我迎来结局。"你犯下杀人重罪——"我的人生凝聚在这一刻，化作我朝向虚无怒吼的那口气。"阴谋推翻殖民地联合会……"

可是我要的并不是出一口气。

那种人生目标就留给洛克，留给金种。我要的不只这样，他们绝对无法体会。我要的是来自我同胞的愤怒，我要所有为人奴役者的愤怒。最高统治者继续细数我的罪状，胡狼等着动刑，卡西乌斯站在禁卫军和两个骑士身边旁观，艾迦注意到我正在注视他，小心翼翼逼近。她感到气氛不对，而我突然仰头狂啸。

为了我的妻子，我的父母；为了拉格纳、奎茵、帕克斯、纳罗；为了我失去的所有亲人朋友；为了被殖民地联合会夺走的一切。

因为我是莱科斯的地狱掘进者，火星收割者；因为我付出自己的一切，换到进入这座地底碉堡的机会，来到奥克塔维亚面前。今日我只有两条路，不是随朋友葬身此地，就是向仇敌讨回公道。

最高统治者朝胡狼点头，示意动手处决，他将枪口抵在我后脑，扣下扳机。火光闪耀，我的头皮被烤焦一块，巨响轰得右耳都听不见了。可是我没有倒下，没被子弹贯穿颅骨。枪管飘出烟雾，胡狼低头一看，惊觉不妙。

“糟——”他连忙退后，丢下手枪要抽出锐蛇。

“奥克塔维亚！”艾迦大叫着冲上前。

只那么一刹那，最高统治者也察觉异样，听见摄影机后有怪声，转身就看到一名禁卫军偏着头朝地面发射脉冲步枪，嘴里却吐出一条鲜红舌头。她定睛一看，发现那根本不是舌头，是卡西乌斯的锐蛇刺穿头骨，沾满了血自那人齿间探出。剑尖立刻缩回，奥克塔维亚一个字都来不及说，周围三名护卫就接连倒地。卡西乌斯低头站在死者背后，右手是猩红色的锐蛇，左手是我和野马身上束缚衣的遥控器。

“贝娄那？”他按下按钮前，奥克塔维亚只讲出了这三个字。铁衣打开，野马朝地上一跌，接着我也被松绑。她迅速飞扑过去，抓起禁卫军的步枪，我则掏出藏在金属衣内的短刀，扑向最高统治者。奥克塔维亚连眨眼的时间也没有，黑色外套根本挡不住刀刃，下腹部被我刺中；我们的距离近得能嗅到她先前喝过的咖啡，我仿佛感觉到她睫毛拍打出的气流。我再补上六刀，最后一刀没忘记向上划至胸腔，最高统治者的血喷洒到指节与上半身。

“奥克塔维亚！”艾迦朝我杀来，但半途就被跪在地上的野马开枪拦截。脉冲弹打在她甲胄上，人被弹飞到房间另一头，落到塞弗罗与安东尼娅遗体旁的会议桌。在场两骑士目睹最高统治者几乎被砍成两半，摇晃退倒，立刻抽出锐蛇展开护盾攻向卡西乌斯。而卡西乌斯明明只是个一身绿色囚服、毫无护具的人，竟反过来冲锋陷阵，真理骑士措手不及，被他一剑插进眼窝，刀刃从头盖骨顶端伸出。

胡狼从腰际取下我的锐蛇，立刻出招。我侧闪后欺近，他狂喝猛砍，但被我扣住手臂，一记头槌，追加扫腿撂倒。抢回锐蛇后，我马上将他左臂钉在地上，叫他无手可用。胡狼大吼大叫，朝我脸上啐口水，两腿乱踹一气，我用膝盖往他头顶猛击，他头昏眼花，动弹不得。

“戴罗！”卡西乌斯和喜乐骑士捉对厮杀中还不忘提醒。“后面！”

艾迦从裂开的桌下站起，怒目圆睁，杀气腾腾。我先跑开去帮卡西乌斯与野马。我很清楚，在失去右手的状况下，一旦过招，我不出几秒就会没命。卡西乌斯的衣服几乎要由绿转红了。毕竟对手全副武装，他左腿被狠狠削了一剑。喜乐骑士善用体重与左手神盾优势压制卡西乌斯，野马在死掉的禁卫军身上翻出两把锐蛇向我抛来，我边移动边接住，立刻启动剑刃。卡西乌斯下盘再度中招，还踩到尸体滑倒，不得已中举起脉冲拳套格挡，武器却被敌人砍坏。然而，此时的喜乐骑士背后破绽毕露，察觉到我接近已经太迟。我无声无息地纵身飞跃，自后方劈下一剑，剑身到了甲胄外几厘米处便受脉冲抵抗，劲道减缓，不过依旧随震动传进左手，我的锐蛇终究切开了那身天蓝铠甲与肌肉骨骼，身体以左肩到右侧骨盆这条斜线上下分离，血水在地板滴滴答答。

他倒地后，密室陷入死寂。

野马跑过来，将散乱金发往后拨，脸上漾着热切的笑。我扶起卡西乌斯。

“演技如何？”他还忍不住蹙眉。

“和你的剑术相比天差地远。”我瞥向满地尸体。他也咧嘴笑开。这一瞬间，他展现的活力比过往任何一次战斗都要丰沛，那神情敲响我心头的钟，忽然领悟到这就是我们失去的岁月。那段骑马奔驰在高原以为世界任我遨游的回忆。于是我也笑开。我们伤痕累累，血迹斑斑，心头却涌上阔别已久的充实感。

“还不能大意。”野马说。

我们三人同时转身面对全太阳系最难对付的人类。艾迦蹲在受到重创的奥克塔维亚旁边，最高统治者已经爬到全息基座边缘，翻身躺卧，双手压着腹部，面色苍白，颤抖不已。御史和莱森德脸颊都挂着泪水，男孩跑过去照顾祖母。

“艾迦！”被钉住的胡狼大叫，“杀掉他们！不然就赶快开门！”他发了疯似的扭动，想用断了手掌的右臂碰触锐蛇按钮，将其变软。然而，按钮明明只在头上一米处却怎么也按不到。“把门打开！”他咬牙吼道。

只可惜，想要开门得先到门前，要到门前不仅得先通过我们三人，还得背对我们好几秒才能输入密码。换言之，现在不是她死就是我亡。

“艾迦，将最高统治者交给我们，她接受制裁的时候到了。”我不是不知道她会如何响应，但我的重点是转播，满地金种鲜血的画面传到核心区各地了。艾迦没回头，时机未至。那双特大号的手掌轻抚奥克塔维亚的脸，她抱着她的姿态就像怜惜孩子的母亲。“撑下去，”御史开口，“我会带你离开。我保证。奥克塔维亚，你要撑住。”

最高统治者虚弱点头，莱森德伸手搭着御史臂膀。“请您尽快。”

“跟她耗，”野马悄悄献策，“她的时间压力比较大。”

“千万别被逼到角落，”我也提醒她，“按照计划横向移动。卡西乌斯，你还有力气打头阵吧？”

“你们要跟紧。”他说。

艾迦站起来了。她抬头挺胸，一身肌肉与甲胄浑然天成，此人是殖民地联合会最强武者最优秀的弟子，她一脸阴沉，难以捉摸。变幻骑士的深蓝色铠甲上有海龙缓缓游动。艾迦的肩膀和拉格纳一样宽厚，我真希望能找赛菲助阵。御史手中闪出一米半的银光，起手式就是柳流剑术的冬姿，锐蛇如火炬，高举侧翼，左脚前探，臀部下压，膝盖微弯。野马和我一左一右，现下战力最强的卡西乌斯负责正面。

艾迦露出饥渴的眼神，寻找我们阵型的弱点：卡西乌斯腿受伤，我缺了右掌，野马体型无法抗衡，地面上又有重重障碍。

她出招进攻。

一对多时，主要有两种策略。首先可引诱对方互相干扰，但卡西乌斯和我经验丰富，野马反应敏捷，于是艾迦自然选择第二种做法：全速集中于我，将我击溃，就要同伴连营救都赶不上。她认为我最好对付，事实也的确如此。鞭子甩过来时我连剑都没能举起，只能狼狈后退，不然就会失去眼珠。逼我脚步大乱后，她化鞭为剑，施展排山倒海的连番突刺，招式看似狂乱，其实经过设计，迫使我以剑护住全身要害；接着她就能使出洛恩命名为“剥翼”的一式，剑身迭在我的武器之上，尖峰直取肩膀、顺势下滑，截断手臂的肌肉与筋络。既然我知道敌人的用意，便不停后退，不让艾迦有机可乘。不过我得全心注意身后地面的尸体位置，也得仰赖卡西乌斯和野马的掩护。只是卡西乌斯节奏抓得太急，锐蛇挥得太远，我先前也差点儿犯了同样失误。

然而艾迦未以锐蛇还击，却启动重力靴弹跳起身，向他撞去。体重与装备合计两百千克，再加上重力靴提供冲力，绝非肉身能够轻易抵挡，单用看的都仿佛能听见骨头碎裂的声音。卡西乌斯索性紧紧箍住艾迦，额头用力撞击她的护肩，但很快就滑落下来，被御史压制在地。野马冲过去阻止她下杀手，艾迦也早料到我们会彼此掩护。她本来就是拿卡西乌斯当诱饵。她成功在野马下腹留下浅伤，险些开膛破肚。

我朝御史背后掷出锐蛇，但不知她究竟是靠听觉或直觉，上身一弯就此躲开，锐蛇落在基座与上层会客室的隔板。艾迦回头出腿，踹中野马，她髌骨向后一折，不知是否脱臼了，但摔倒中依旧出了剑，于是御史的矛头重新转向手无寸铁的我。

“该死该死该死该死——”我一边低呼一边翻滚，滚到禁卫军遗体那里想找把锐蛇防身，又提了脉冲步枪，想也不想就往后头射。防护罩挡下子弹，发出阵阵红光，艾迦追到我后面，一剑削断枪管。我再次翻滚后退，后腿被她划了长长一道伤口，热得发烫，还好后来找到锐蛇，总算跳出全息基座，到了高出三十厘米的座位区。她举起脉冲拳套朝我开火，我赶紧压低身体，没被打中，但头上的钢板屋顶熔解滴落，我又滚到旁边。

几把锐蛇在下方过招，铿锵声不绝于耳，我爬到边缘，准备重返战局。艾迦以一敌三竟占上风，我们落花流水，四散逃窜，反而营造更好的机会让她收拾另外两人。卡西乌斯的腿伤和肩上新伤成了明显破绽，野马从后侧拦截保护，艾迦却在她出招时顺势柔身闪避，仿佛早已知道每个人的下一步动作。

几轮交手后，我明确意识到这样下去绝对打不赢，艾迦的实力始终是最大的隐忧，加上被削断右手手掌根本不在我计划内。我们定会被她一个个杀死的。

野马与卡西乌斯左右夹攻，乍看钳制了对手，我一跃而下，施展致命一击，但她旋转飞跃，如同周旋在三道龙卷风中的一缕细柳。艾迦善用所有优势：她身穿护甲，我们根本伤不到她，但她只要轻轻一划，我们就会皮开肉绽。于是她将攻击重点放在四肢肌腱，以出血至死为战术。洛恩教导我们时比喻这是智者掘根。

她的剑在我前臂留下一道深口，撕开我指节，切去一截小指。我发出咆哮，但只靠愤怒不够，只靠本能也不够。我们三个太狼狈，敌不过她这样的怪物。洛恩调教得实在太好了。艾迦一个旋身，双手持剑刺进我右侧肋骨。我觉得全世界天摇地动。接着她发出骇人低吼，将我高高举起，我的双腿在全息基座上方半米晃。卡西乌斯又冲上来，艾迦一剑将我甩出，转身招架。我重重坠地，感觉胸口简直要陷下去，不停地喘却吸不进一口气。卡西乌斯与野马还挡在敌人和我中间。

“别想碰他！”野马叫道。

方才这剑没有伤及内脏，但还是找到了米琪特制强化肋骨的缝隙，我又流出满身鲜血，勉强起身爬到基座对面。胡狼还被固定在那里，已经无力挣扎。面对这场血腥杀伐，他脸上荡漾冷笑，坚信我最终还是会死在艾迦手上。最高统治者已无血色，眼神蒙眬，但仍靠在全息基座边缘隆起处持续观战，让莱森德紧紧搂着。艾迦回头一瞥，满心担忧，明白奥克塔维亚时间不多了。

“你们怎么会选择他放弃我们呢？”艾迦朝野马与卡西乌斯怒吼。

“这是理所当然吧？”野马回答。

卡西乌斯从大腿枪套掏出一根针筒丢过来给我。“等她杀光我们就来不及了。”我爬起来，艾迦又是一阵狂追猛打，还好卡西乌斯与野马尚有余力挡她一时半刻。御史受挫折般暴喝，我们三人伤痕累累，再跟她僵持下去也活不了太久。我爬到全息基座边缘的最高统治者正对面，也就是塞弗罗的遗体旁边。

“别想逃！”艾迦吼道，“等会儿我就把你眼珠挖出来，你这个锈渣无路可走了！”

谁说我要逃？我跪在塞弗罗身边，他胸前是人造血液和卡西乌斯的假子弹射穿的布料，我拿锐蛇切开上衣，见到六个人造肉捏出的伤口，形状真是栩栩如生。塞弗罗一脸祥和，跟他的本性相互矛盾，更何况我们的任务还没结束呢，怎么能躺下休息？我打开针筒，赫莉蒂准备的蛇咬剂量就连死人也能叫醒，如果只是纳罗精制的血花萃取物引发的假死状态，那就更不用说。

“妖怪妖怪快醒来……”我高高举起针筒，祈祷他心脏还未衰竭，狠狠朝着他胸膛一扎。塞弗罗瞬间睁开眼睛。

“操——！”

第六十二章
人皆为狼

进去监牢与卡西乌斯启动作战计划前，塞弗罗喝下的那瓶东西其实就是血花精油。药效相抵，他仿佛是被大爆炸反应带回现实，立刻跳起来左顾右盼，神情慌乱，手抖个不停。最初的作用会让人捧着心窝，咬牙忍受，崔格与赫莉蒂前去营救我那次，我也尝过蛇咬的痛。塞弗罗昏过去前的最后一幕是禁闭室里我的面孔，一觉醒来还不确定自己在哪儿，但很清楚现在满地尸体血腥，还有人在旁边打打杀杀。他像疯子一样双眼充血瞪来，指着我的腹部说："你在流血！戴罗！你在流血！"

"我知道。"

"还有你的手怎么搞的？为什么连手都可以搞丢！"

"我知道！"

"该死——"塞弗罗快速扫过周围，察觉胡狼无法行动，奥克塔维亚不支倒地，但艾迦将卡西乌斯与野马打得落花流水。"成功了！他妈的竟然成功了！快去帮忙那个金毛啊猪头。起来起来！"他硬生生提起我，塞了一把锐蛇过来，自己朝着全息基座冲去，像院训在松林时那样鬼叫。"我来杀你了艾迦！看我要怎么刮花你的脸！”

“是巴卡！”胡狼在地上高呼示警，“巴卡还活着！”

塞弗罗半途从死掉的禁卫军抢来脉冲手套，往这位年轻的火星大统领脸上一踩，顺势拔出嵌在他手上的锐蛇，动作一气呵成，在杀向艾迦的同时手套击发，用了药又感到胜利在望的小妖怪狂暴更胜以往。

脉冲波直击艾迦防护罩，她被红色波光包覆，光影变换激烈，导致一时间视线不清，卡西乌斯总算逮到空隙，然而她身法依旧巧妙，一次次避过致命伤，锐蛇只擦过肩膀。然而转眼间塞弗罗又出手，在她后腰刺了两下。艾迦哀号后退，我趁势上前，地上出现了极少人看过的景象：艾迦的血。血沾在塞弗罗剑上，他伸手抹在指尖。

“哈哈哈，你看看，你也是会流血的嘛。不如来看看你身体里装了多少血。”他压低身形，移动起来就像野兽。野马、卡西乌斯与我三人合力夹攻当今世上最厉害的奥林匹亚骑士，如同狼群围剿林中猎豹；猎豹前扑，我们就后退，伺机抓向她后腿会腰侧。现在轮我们放血了。四柄锐蛇化作囚笼，塞弗罗甩舞刀刃、亢奋大叫。

“闭嘴！”艾迦朝他出剑，塞弗罗灵敏闪开，卡西乌斯和我趁机刺了过去。她是能挡下卡西乌斯攻向咽喉的一剑与后续两招，却早已无暇应付我。我以假动作先砍腹部，实际上却转向小腿，她若反击，我就脚步一飘远离，结果艾迦剑势过大，露出破绽，塞弗罗又杀了过去。他对准御史跟腱连番怒劈，等对方闷哼，脚步踉跄要报仇，他又退开。

“你死定啦，”他语气中透出得意，简直到了卑劣的程度，

"你要死啰！"

"闭嘴！"

"这一剑为了奎茵！"他叫道，此时卡西乌斯正削去她的左膝肌腱，"这是为拉格纳报仇！"我无声无息刺进她右大腿。"接下来，这是为了火星！"野马将她手臂从肘部砍断，艾迦低头看着那截断肢，仿佛怀疑那是否属于自己。

不过她没有思考的时间。塞弗罗丢下脉冲拳套，自地上捡起真理骑士的锐蛇，一个飞扑，双剑扎进艾迦胸口，人就悬在她身上，一条腿还踏不到地。双方面孔相距仅只几寸，鼻头几乎要碰到。艾迦跪下后，塞弗罗终于站稳。

"Omnis vir lupus."

他戏谑地吻一下艾迦鼻尖，狠狠抽出两柄锐蛇，化为鞭子在前臂周围舞动，伸长了手急速后退。

当代剑术第一的变幻骑士走到人生尽头，往冰冷的地面喷出一口血，跪下了地，绝望的眼神则飘向最高执政官。对她而言，奥克塔维亚是她姐妹的母亲，不只养育她，也在太阳系统治者的地位上尽力关爱她，此刻两人甚至共赴黄泉。

"对不起……最高统治者……"艾迦含血道。

"不必道歉，"奥克塔维亚坐在地上挤出声音，"你依旧闪耀。历史……不会忘记。"

"应该不会忘了，"塞弗罗毫无怜悯，"再见晚安，葛里穆斯。"语毕，她砍下艾迦头颅，朝她胸前一踹，那副躯体向后倒地。他像狼一样趴在敌人尸首上号叫，这荒谬的光景看得奥克塔维亚忍不住发出粗重的叹息。她闭上眼睛。我们上前时，她眼中已噙着泪。卡西乌斯和我摇摇晃晃，他得搭着我肩膀，拖着一条腿走。野马跟在后面，塞弗罗坐在胡狼胸口，锐蛇夹着他脑袋压制住。

莱森德身上都是祖母的血，他捡起了奥克塔维亚落地的锐蛇挡路。“我不会让你们杀她。”

“别……莱森德，”奥克塔维亚说，“太迟了。”

男孩双眼红肿，手中武器颤抖，卡西乌斯迈出一步，伸出手。“放下武器吧，莱森德。我不希望连你也得杀。”野马和我交换眼神，奥克塔维亚察觉了，想必心底深处一阵发冷。莱森德也很明白自己绝不是对手，理智压下情感。他抛下锐蛇，退到一旁，目光空洞地望着我们。

奥克塔维亚的眼神逐渐遥远暗淡，已在前往另一个世界的途中，那里不受她管辖。我原本以为她会有番凶狠的遗言，又或者如维克瑟斯、安东尼娅那般求饶。但最高统治者绝不流露一丝软弱，此时复苏的反而是逝去已久的悲伤与爱。其实色族制度也不是奥克塔维亚创造的，只是担任它的守护者太久，因此仍需负起责任。

“为什么？”她问卡西乌斯，身子因哀愁而轻轻颤动，“为什么呢？”

“因为你说谎。”

他回答后不发一语，从弹药腰带取出小型全息机放在染血的手上。那个三角棱晶只有拇指大小，晶体表面闪过影像，划过半空，落进最高统治者手里。奥克塔维亚浸沐在蓝光中，看着卡西乌斯一家人死前的片段。走廊上人影攒动，慢慢清晰后能看见有穿着虫皮甲的士兵。一路上先砍倒他姑姑，片刻后从室内拽出小孩杀死。不只用锐蛇，还出脚猛踹。越来越多尸体被拖出来堆在旁边，一把火放下去，保证不会有任何幸存者。超过四十具尸体都是孩童或无圣痕者的族人，单单一晚就全死光。他们以为死人无法泄露机密，但一切的主因就是胡狼。他以惨无人道的手法终结贝娄那与奥古斯都两氏相争，并在凯旋宴上设局捉我，换取最高统治者的合作与缄默。

“你还问我为什么？”卡西乌斯几乎像在说悄悄话，“因为你根本毫无荣誉心。我宣誓成为奥林匹亚骑士，守护殖民地联合会规章及人类社会的正义，你不也发过誓吗？奥克塔维亚？但你完全忘了自己的职责，所有人都一样。于是整个太阳系分崩离析。这样的话，下一个世界或许会更好。”

“这个世界已经是最好的了。”奥克塔维亚虚弱地说。

“你真心这么认为？”野马问。

“全心全意。”

“那我只能说，你太可悲。”野马回答。

卡西乌斯也有同感。“我心仍与弟弟同在。如果这个世界认为他太软弱，没有活下去的资格，我绝对无法接受。换作是我弟弟，一定也愿意相信人类可以缔造新的未来。”他回头望向我，“为了朱利安，我也愿意相信。”

卡西乌斯又拿出两个全息机递给我，第一个播放出我的朋友是如何在凯旋宴上惨死，第二个则是要给外缘区，希望对方明白，这也是为了他们好。政治的运作还是不能停摆，我将两个晶体放在奥克塔维亚手中，土卫五的影像浮现在她面前。蓝白色的天体伴随同样壮观的土卫六和土卫七，一同随着图形转动。随后，土卫五的北极放出一丝丝白光，起初并不引人注意，直到好几朵蘑菇云覆盖地表。

核爆映入最高统治者眼帘，野马让出位置，由我蹲在将死的敌人面前柔声劝谏，试图使她明白我们并非以复仇画下句点，而是正义。奥克塔维亚隔着我肩膀望向外面战况。虽然殖民地联合会炮火猛烈，但我们的禾谷舰队仍持续登船攻击。

“我们族里有个传说：通向下一个世界的路旁会有人站着守候，分辨善恶，加以裁决。他才是收割者。他和我不同，我只是凡人。你很快就会见到真正的收割者，你的罪孽由他来审判。”

“罪孽？”奥克塔维亚摇摇头，看着手上的三个全息棱晶，这里记录的不过是她罪行的冰山一角。“这都是合理牺牲，是统治者必须付出的代价，”她双掌盖住棱晶，“为了胜利，一定要有所承担。你很快就会懂，因为成为了征伐者，你也走在同样的道路上。”

“不，我不一样。”

“失去了太阳，宇宙只剩黑暗。”她身子颤抖发冷，我克制冲动，不然会出于本能想找条布给奥克塔维亚盖上。最高统治者很清楚下个阶段会是什么情况，最高统治者死后，权力斗争也不会结束，金种将被撕裂。“一定……得有统治者，否则千年以后孩子会问：‘是谁破坏了这个世界？是谁熄灭了光明？’而父母的答案就会是你。”

我早就明白了。所以我才问塞弗罗懂不懂革命的方向。我不会为了镇压混乱而开启另一段暴政，但这些都不必对她解释。奥克塔维亚艰难地吞了口口水，连呼吸都吃力。“你得阻止他，你得……阻止阿德里乌斯……”

这便是奥克塔维亚·欧·卢耐的遗言，这些字句随着她瞳孔中的土卫五火光一同褪去，只留一圈冰冷金色凝视无尽黑暗。我为她合上眼。敌人的逝去、警告和恐惧化为寒意，钻进我体内。

站在殖民地联合会巅峰长达六十年的最高统治者终于死去。

我心里却更加畏忌，因为胡狼居然开始仰天狂笑。

第六十三章
沉 默

他的笑声在房里回荡，全息投影上是月球和舰队相互厮杀的场面，蓝光照得他面色更显苍白。野马关闭转播，开始分析最高统治者的数据库。卡西乌斯走向莱森德，我在死者面前站起来，浑身伤口像是着火般热痛。

“那是什么意思？阻止他什么？”卡西乌斯问。

“我也不懂。”

“莱森德？”

男孩惊恐害怕，一时之间无法言语。

“影像已经发送到所有船舰和星球，”野马说，“所有人都能看到奥克塔维亚是怎么死的。网络舆论开始发酵，大家都不知道之后会是谁掌权。得先下手为强。”

卡西乌斯与我来到胡狼面前。“你又干了什么坏事？”塞弗罗抓着他猛摇，“那老太婆为什么说那种话？”

“叫你养的狗滚开。”胡狼从塞弗罗膝盖下方开口。我将塞弗罗拉开，他依旧处于肾上腺素分泌过度的状态，一直在周围踱步。

“所以你到底有什么阴谋？”我也问。

“跟这种人多说无益。”野马说。

“多说无益？你以为奥克塔维亚为什么会放我进来？”胡狼在地上回答，单膝跪起，压住受伤的手掌，“她都不担心我腰上的枪，难道不是因为有更大的威胁得应付吗？”

他隔着乱发注视我。阿德里乌斯目睹方才一场激斗，亲自带我们来却被钉在地板，眼中竟没有任何情绪。

“戴罗，我还记得被困在地底的那段日子，”他缓缓地说，“那时只能摸到没有温度的岩石，普鲁托分院所有人都围着我，一起缩在黑暗中。他们呼吸的气息和视线都集中在我身上。我记得自己有多害怕让大家失望，记得自己准备了多久，但亲生父亲却是那么看不起我。我整个人生的重量都集中在那几个时刻。我拥有的事物一点一滴地消散。我们逃离城堡，伏尔甘分院来得太快，想要奴役所有人。最后一批人动作太慢，被我引爆地雷埋了，不过伏尔甘分院也一样。我好像听见了父亲的声音，他说他很讶异我竟比预期得更早落败。爆炸封闭了隧道，之后的一星期我听不见任何声音。再过一星期，我们杀了个女孩，吃她两腿的肉活下去。那时她哭说不要，求我们挑别人。可是我那时就懂了，要是没有人肯牺牲，最后就是所有人一起死。”

恐惧随寒意扩散，自腹中那股空虚向上攀爬。“野马……”

“……在这儿。”她语气中透出恐慌。

“什么？什么东西在这儿？”塞弗罗低声问。

“戴罗……”卡西乌斯悄悄地说。

“核弹。不在火星，”我回答，“在月球。”

胡狼漾起冷笑，慢慢起身，无人敢阻止他。谜题解开了。他和最高统治者之间那紧绷的默契、言谈中潜藏的恫吓，以及为何有胆只身深入奥克塔维亚的权力中枢，即便嘲讽艾迦也不担心后果。

“噢，该死，该死该死该死——”塞弗罗抓抓莫西干头，“该死啊。”

“我压根儿没想过炸掉火星，”胡狼说，“我在那里出生，理所当然该成为它的主人。而且火星才是最重要的，氦三是整个帝国的命脉。月球是一副虚有其表的骨骸，就像奥克塔维亚一样，寄生在殖民地联合会的骨髓上吸血，还给我自命不凡。她拿我无可奈何，你也一样，你们太软弱，而且你没在学院学到教训。为了胜利就必须有牺牲。”

“野马，能不能锁定核弹的位置？”我问，“野马！”

她听得呆住了。“不行。辐射信号大概被什么东西给遮住。更何况就算我们知道位置，他也不会罢手……”野马准备联络我们舰队。

“你说出去，我就每分钟引爆一颗。”胡狼指指耳朵，原来他早就植入对讲装置，所以莱拉丝一直都听得到，也就是说，实际上核弹是由她操作，所谓的“最后手段”就是这个意思，“要是你们能有机会翻盘，我为什么还要告诉你们？”他顺顺头发，擦拭甲胄上的血痕，“炸弹好几周前就安装妥当，由月球的黑道走私进来，分量足以引发核冬[1]，甚至重演土卫五事件。都安排好后，我就告诉奥克塔维亚，和她谈了条件。本来她的任期只会持续到崛起革命结束，现在看来局面……有了意料之外的变化。等殖民地联合会战胜，她会召集元老院议员，正式退位，任命我

[1] 理论认为若使用大量核武器攻击如都市这种充满可燃物的目标，造成大量烟尘进入大气层，有可能导致气候变异，引发长期低温。然而后续研究也指出原始理论模型或许有误，气温变化可能会在几小时到三至四个月内就结束。

为接班人，用最高统治者宝座交换我不要摧毁月球。”

“所以奥克塔维亚才要软禁议员，”野马似乎觉得想吐，“根本是在为你铺路？”

“没错。”

我稍稍退开，深感肩上负担沉重。我的身躯经历重重难关、失血过多、疲惫不堪，现在又面对如此巨大的……恶意。还有自私。我实在不知如何因应。

“你他妈的真是个神经病。”塞弗罗说。

“他才不是，”野马说，“如果真是有病我就不会怪他。阿德里乌斯，月球上有三十亿人，你不是真心想要这么做的。”

“这些人有在乎我吗？我为何要在乎他们？”他问，“这只是场游戏，而我赢了，就这样。”

“核弹到底在哪里？”野马朝他靠近一步恫吓。

“嗯哼，”他轻声斥责，“动我一根汗毛，莱拉丝就引爆一枚炸弹。”

野马也手足无措。“那些都是活生生的人，”她说，“三十亿人的生杀大权在你手中，这是任何人都不能承受的重担，你可以当个比父亲、奥克塔维亚更好的——”

“你这贱货，少看不起人了。”他仿佛不可置信地冷笑道，“以为我也会被你的话术蒙骗吗，现在你只能怪自己了。莱拉丝，引爆澄海南部的炸弹。”

我们一同望着头顶上的月球影像，怀抱一丝希望，祈祷胡狼只是虚张声势或者信号奇迹似的传不出去。但红色小点在冷色系的画面慢慢扩大，其实仍旧不太起眼，只囊括了一个都市十千米见方的范围。野马冲向计算机，“是核爆没错，”她低语，“那里住了超过五百万人。”

“现在没了。”胡狼淡淡地说。

“你这变态……”塞弗罗尖叫着要冲过去，卡西乌斯连忙拦住他，将他向后推，“别拦我！”

“塞弗罗，先冷静。”

“小妖怪别紧张，好戏还没演完呢。”阿德里乌斯说。

塞弗罗一听十分错愕，抓着自己心窝。刚才的药力应该会造成心绞痛。“这下怎么办？戴罗！”

我强迫自己动脑。“所以你想怎样？”

“我想怎样？”他拿了一块布咬着，缠住血流不止的手臂，“我要你做你原本就想做的事：戴罗，跟你妻子一样成为烈士。你自尽吧，就在此时此地，当着我妹妹的面。代价是三十亿人可以存活。你想要的不就是这个吗？可以成为英雄哦。你死后我会继任最高统治者，太阳系就和平了。”

“不行。”野马说。

“莱拉丝，下一个。这次是蛇海。”

投影上又浮现一朵红晕。“住手！”她叫道，“阿德里乌斯，拜托你。”

“你一下子杀掉六百万人。”卡西乌斯仿佛还无法理解。

“外头的人会认为是我们干的。”塞弗罗闷哼。

胡狼附和。“每次核爆看起来都像是太空发动的进攻。都是你造成的，戴罗，想想有多少孩子变成焦炭，母亲哭天喊地。这明明是你扣一下扳机就能解决的事。”

朋友都望着我，我的心思却飘得很远。我听见从莱科斯矿坑传来的哀号，嗅到每天凌晨机器表面凝结的露水；我知道自己回家时会有伊欧守候，她就在崎岖道路的另一头，与纳罗、帕克斯、拉格纳、奎茵相伴，或许还有洛克、洛恩、塔克特斯等人。死亡并不是终点，而是新的开始，我会努力相信这件事——但我死了只会将胡狼留给人类，他能凌驾于我所爱的人事物，毁掉我们奋斗得来的一切成果。我一直认为自己可能撑不到革命结束，总抱着没有明天的想法前进，然而朋友给我爱、用信念支持我，所以我想好好活下去，我想重建世界。野马看着我，双眼湿润，我明白她的心意：她希望我能选择活下去，但绝对不会逼我。

“戴罗，你怎么说？”

“我不要。”我瞬间扣住他脖子。胡狼不能呼吸咽喉发出咯咯声，我将他往地面一摔，跳上去以膝盖压制手臂，将他头颅夹在两腿间，接着将手塞进那张嘴。他眼神惊慌、双脚乱踢，牙齿咬得我指节喷血。

上回我制服他后取走的部位不对。恶魔会在乎手吗？他的恶行和谎言都是靠舌头编织。我属于地狱掘进者的拇指食指牢牢掐住仿佛初生坑蛇的嫩肉。“故事都是这样结束的，阿德里乌斯，”我低头对他说，“无人哀号，无人怒吼，只有沉默。”

我使劲一扯，拔掉胡狼的舌头。

被压住的他忍不住哀号，鲜血从喉头汩汩流出，黏在嘴唇，手脚抽搐停不下来。我带着满腔怒火起身，敌人作恶的工具在手中还湿润着，我确切感受到了自己的愤恨及友人讶异的目光。我没有连阿德里乌斯耳朵里的机器也拔掉，让莱拉丝好好听听主子的呻吟。我赶紧走到通信机组那里跟维克翠的旗舰连线。她的面孔跳出来，一见是我便瞪大眼睛。

“戴罗……你还活着……”她挤出声音，“塞弗罗呢……核弹——”

“你们要全力摧毁**火星雄狮号**，”我指示，“引爆核弹的是莱拉丝，还有几百颗藏在月球都市里。快点击沉那艘船！”

“火星雄狮号在敌阵最中心，”她反问，“直接攻击那艘船舰队会先全军覆没。得花上好几个钟头才有可能。”

“能不能拦截信号？”野马问。

“怎么拦？现在有好几百万的信号在往来。”

“电磁脉冲？”塞弗罗从我背后探头。

维克翠看见他总算安心，但又立刻摇头。“对方早就准备好对应的屏障了。”

“那就对核弹本身进行电磁攻击，造成接收器短路，”我说，“发动铁雨作战，对所有都市释放电磁脉冲，直到危机解除。”

“你这可是要让三十亿人的生活倒退到中古世纪啊！”卡西乌斯提醒。

“那样是打不赢的，”维克翠回答，“我们没有实力投下铁雨，只会赔光兵力，月球还是在金种手上。”

又一颗核弹爆炸，这次靠近南极。第四颗，在赤道。每次核爆会带来何种结果，我们心知肚明。

“莱拉丝无法判断阿德里乌斯的情况，”卡西乌斯连忙问，“她到底会多忠心？真的会全部引爆吗？”

“还听得到他鬼吼鬼叫应该不至于吧。”我虽这么说，但也怀疑是否自己一厢情愿。

“对不起——”一个孱弱的声音传来，回头一看，莱森德到了背后。大难当头，我们都忘了他的存在。男孩刚哭过，眼睛充血还没消。塞弗罗下意识举起拳套要射，还好卡西乌斯机警拨开。

“请联络我义父，”他鼓起勇气，“就是灰烬之王，他应该知道轻重缓急。”

“听你在那边——”塞弗罗开口。

“我们才刚杀掉最高统治者和他女儿，”我回答，“何况元帅他曾经——”

“毁掉土卫五。”莱森德打断我们，“是没错，但他其实耿耿于怀。请联络他，要求他协助。祖母也会希望他帮忙的，月球是我们的家。”

“莱森德说得没错，”野马伸手轻轻推开我，“戴罗，你让一让。”她深陷思考，来不及解释想法，先开启频道连接所有禁卫军主舰，高大的将军一个接一个出现，像是泛着银光的幻象围住被我们杀死的两人。最后一个联机的是灰烬之王，他看到现场后面色铁青，震怒不已，没料到女儿和君主都败在我们手里。

“贝娄那，奥古斯都！”他叱喝后察觉莱森德在我们身旁，“难道你们连——”

“义父，请先不要生气。”男孩开口。

“莱森德……你没事吧？”

“拜托你，先听他们要说什么，这关乎这颗星球的未来。”

野马上前提高音量。“禁卫军舰队诸位，以及灰烬之王阁下，最高统治者已经身亡，然而破坏月球都市的核弹并非红星舰队的武器，反倒来自殖民地联合会自身的战备，只是被我的兄长窃占。他旗下的执政官莱拉丝负责控制引爆，目前还有超过四百枚炸弹，而莱拉丝就在*火星雄狮号*舰桥。只要她不死，核弹就会持续爆炸。各位金种，若不接受改变，就只能迎来毁灭，请你们赶紧作出决定。”

“你这个叛徒——”一名执政官怒骂。

莱森德从全息基座走回最开始的位置，拿起祖母的权杖。回来时，那群执政官还不停对野马叫嚣。

“她不是叛徒，”男孩再次出声，将权杖搁在野马手上，“她是新的征伐者。”

第六十四章
万岁

*火星雄狮号*下场凄惨，革命军与禁卫军通力合作，炮火全面猛轰。地表上的几次核爆比任何休战协议都管用，两大阵营吞下嗜血厮杀的欲望，毕竟乐见美景与文明付之一炬的人少之又少。只可惜月球最终仍是满目疮痍，击溃*火星雄狮号*前又起了十二次爆炸，更多城市从钢筋水泥沦为火焰灰烬，月球残破不堪。

金种内部亦然。最高统治者之死与核爆事件几乎同时传开，殖民地联合会军心涣散，较富裕的执政官领船逃往金星、水星或火星。新主未立，他们自乱阵脚。

奥克塔维亚的朝代长达六十年，许多人根本只认识这么一位最高统治者。月球社会濒临崩溃，我们还没离开密室，就得知外界供电短缺，四处暴动，人心惶惶。碉堡有逃生船，但我们逃得出月球，逃不出太阳系。既然挖出了殖民地联合会的心脏，若在此刻离去，人类的未来何去何从？

不可能靠武力攻下月球，这道理我们四人都明白，从一开始就没有那种打算。就像拉格纳并不想与金种战到最后一兵一卒，所以看得出野马的重要性。她一直是革命的关键，拉格纳是有所领悟才赌上所有人性命放走卡珐克斯。于是野马站在伤痕累累的月球影像下，留心听着每个都市发出的哀号。我悄悄走近。

“准备好了吗？”

“什么意思？”她摇摇头，“他怎么狠得下心？”

“这我不知道，”我回答：“但还有机会挽回。”

“怎么挽回？天下都大乱了，”她说，“死了不知道几千万人，灾情——”

“大家一起重建。”

这句话重燃了她的希望，仿佛忽然想起自己身在何处、所为何来，也意识到朋友都还在身边。野马很快对我眨眨眼，露出笑容，接着望向我缺了右掌的手，轻轻拍了一下我肩膀。“你居然还有力气站着？”

“任务可还没结束。”

我们满身血污，模样狼狈，但跟莱森德到了门口，卡西乌斯输入奥林匹亚骑士才有的认证码打开门，接着鼻子皱了皱。“什么怪味？”

“有点儿像是臭水沟。”我说。

塞弗罗瞪着抢来的锐蛇。一柄是艾迦的，另一柄原属于洛恩。“是胜利的味道。”

“你是不是拉在裤子上了？”卡西乌斯眯起眼睛，“一定是。”

“塞弗罗……”野马也开口。

“要假装被杀、吞下大量血花油，本来就会引起非自主的肌肉反应啊，”他骂道，“不然你们以为我故意的啊！”

卡西乌斯和我互望一眼。我耸耸肩。“难说。”

“其实是故意的。”

塞弗罗做个鬼脸，比了中指，但忽然嘴唇扭曲，一副整个人要炸开的模样。“怎么？”我问，“难不成你现在还——”

“才不是！”他拿出身上的水瓶朝我扔来。“你刚刚把一整管肾上腺素插到我胸口啊，混账，我要心脏病发了！”我们伸手要扶他，却被他拍开，“没事。没事。”塞弗罗喘了几口气才站稳，再对大家挤了个怪表情。

“真的没事？”野马还是这么问。

“左手没感觉了，可能得找医生看看。”

我们勉强挤出笑声。我们看起来根本是四具僵尸，现在还有办法前进，真多亏那几个禁卫军身上留下的药物。卡西乌斯跛足行走，像个老爷爷，但始终将莱森德带在身边。他驳回塞弗罗的提案：让卢耐家族血脉于此时此地断送在他的锐蛇下。“这孩子受我庇护。”卡西乌斯冷冷地说。男孩随行其实能增加我们行为的正当性。

“我爱大家。”门缓缓开启时，我说。胡狼失去意识，成为战犯，就背在我背上。“不管以后发生什么事。”

“包括卡西乌斯吗？”塞弗罗明知故问。

“今天尤其爱我吧？”卡西乌斯回嘴。

“大家别分散。”野马提醒我们。

内门打开，野马掐掐我的手，塞弗罗神经紧张微微颤抖。外门也轰隆隆打开，外面塞满禁卫军和零号军团的黑曜种，全部手执武器对着密室入口。野马上前，两手各持一个权力的象征。“禁卫军，你们效忠最高统治者，不过她已经死了。”她径自前进，即便被对方枪口抵住也不停步，我观察发现有个年轻金种目露凶光，想要扣下扳机，不过被年纪较长的指挥官伸手扣住往下压。

禁卫军左右散开，让路给她通过，一个接一个放下武器，头盔缩回护甲。我从没见过野马这般光辉璀璨、威风凛凛的姿态，如同暴风中心的罕有宁静。我们跟在后面，不发一语，离开龙喉。将近四十以上的人选择随行。

城塞内部也陷入混乱，仆人四处搜刮财物，卫兵则三三两两离去，想带亲朋好友逃难。我们先前声称打进来的黑曜种其实一直留在太空轨道，赛菲根本没下船。一切只是调虎离山引禁卫军离开密室的手段，想不到流言的威力超乎预期，大家都知道最高统治者已死以及黑曜种即将血洗月球的消息。

乱象之中，众人马首是瞻。我们穿过月球城塞的黑色大理石走廊，金种雕像矗立左右，殖民地联合会各大部门也设于此。将士群集身后，亦步亦趋跟着野马。城塞里的人就属她最具权威，而且她还高高举起最高统治者的两样象征。有些人刚打照面的第一反应仍想动武，不过看见我、卡西乌斯，以及后头这么一大批士兵，立刻意识到当下情势，有些加入，有些逃走，还有少数开枪或集结小队试图阻挡，但他们就连野马周围十米都无法靠近，立刻被收拾掉。

到达元老院的象牙白大门前时，我们背后俨然形成一支小军队。议员被软禁其中，仅二十名禁卫军构成薄弱防线守着入口。

一位风度翩翩的金种骑士上前迎接，看来是这里的指挥官。他瞥了后面百余人一眼，里面有贵族也有黑曜种，还有灰种和我。当下他就作出决定，十分恭敬地对野马行礼。

“我的兄长在城塞里还有三十人，”她开口，“都是骨骑。请队长带人搜索缉拿，如果他们抵抗，可以不留活口。”

“遵命，最高统治者。”他弹了手指，带走五人。左右两个黑曜种推开议会大门，野马昂首阔步走进去。

议会内部空间宽敞，白色大理石分为十层，围着最高统治者专用的中心台座。我们从北面进入后引发一阵骚动，几百双议政官的眼珠瞪得又圆又大，紧紧跟随。他们想必都看到了转播，知道奥克塔维亚已死，月球各地遭受核弹攻击。议会厅内某个角落，洛克的母亲起身，引颈望向浑身血迹的一行人踏上大理石阶走向会场中心。走道两侧的议员无言以对，伴随我们的是沉默，并非喧哗叫骂。莱森德和卡西乌斯一同上前。

粉种过去搀扶议会内的多数派发言人下台，隔着麦克风，我们清楚地听到他紊乱的气息，看来方才是在进行什么重要程序——选举。在战乱中他们还忙着选举？这些人此刻像是偷吃糖果的小孩，东西还在手中就被发现，惊慌失措。议员怎么也想不到保护自己的禁卫军竟然会支持叛军，甚至很难想象我们能毫无阻碍地从密室抵达元老院。然而，就是这些人塑造出一个由恐惧统治的社会。人人为求生存，急着攀附明日之星，如此简单的人性反而催生了政变的成功。

野马站上讲台，我们随侍左右，并将胡狼放在地上，让议员都看个清楚。他失血严重，已经面色惨白地昏过去。野马望向我。其实她从未想要走到这一步，但我已坦然接受了自己作为“收割者”的任务，现在轮到她了。我看得出她内心波涛汹涌，需要我的支持，就跟以往我需要她一样。可惜我永远无法代替她，不能帮她做这件事，除非真的将所有议员杀光，不然他们不可能接受。我是连接低阶色族的桥梁，而她则牵起了高色族。必须两人联手才能凝聚全人类缔造和平。

“殖民地联合会的各位议员，”野马开口，“现在向各位发表谈话的是弗吉尼娅·欧·奥古斯都，也就是火星雄狮家族，尼罗·欧·奥古斯都的女儿。或许你们早就认识我了。六十年前，奥克塔维亚·欧·卢耐也曾站在这里，她斩下暴君——也就是她的亲生父亲——的头颅，登上最高统治者的宝座。”

她锐利的目光扫向所有议员。

“今日我也带来暴君的首级。”野马举起左手，提起奥克塔维亚的人头，那是保住我们性命的两样东西之一。金种只懂得一种语言，想要他们改变，只能以那个语言来号令。“前朝造成殖民地联合会中枢遭受核子浩劫，数百万人因奥克塔维亚和我兄长的贪婪欲念而死。若我们不力挽狂澜，人类文明迟早会化为灰烬。我宣布，从今天起，殖民地联合会正式进入新时代。”她看着我，“往后我们会有新的同伴、新的政策。支持我的有崛起革命阵线及数个金种家族，目前，他们的船舰与黑曜种跨部落联盟都在太空轨道待命，各位必须作出选择。”野马将人头放在讲台，举起另一只手上代表殖民地联合会最高地位的拂晓权杖，“不顺服者亡。”

议事厅被死寂笼罩。太巨大了，我觉得所有人仿佛要被这空无吞吃入腹，战火再起。金种不愿成为第一个屈服的人，我当然可以逼他们，不过我意识到与其逼迫，不如以身作则。我在野马面前跪下，抬头望进她眼底，失去手掌的臂膀按在胸前，心里涌出难以形容的喜悦。“最高统治者万岁。”我开口，接着是卡西乌斯、塞弗罗，再来是莱森德，以及随行的禁卫军。议员也一个接一个跪下，最后，五十人都接受现实，齐声打破沉默高声叫道：“最高统治者万岁！最高统治者万岁！”

野马即位后一星期，我站在她身旁见证他哥哥的绞刑。瓦利-瑞斯等十多名骨骑已伏法受死，他们的首领从我身旁走进水泄不通的月球广场。今日的阿德里乌斯头发蓬松整齐，穿着莱姆绿的囚犯服，围观的低阶色族安静无声。乌云虽薄，但飘了细雪。最近我在接受放射线治疗，所以总想呕吐。但是我还是过来陪她，就像当初她也陪我送洛克最后一程。野马看似平静，不过脸色白得跟脚下的大理石砖一样。忒勒玛纳斯家族的人也到场，面无表情地注视爬上金属阶梯的胡狼，负责执刑的女白种早已就位等候。

女刑吏宣读罪状，人群中传出笑骂，一个玻璃瓶碎裂在胡狼脚边，再来就是石块砸在额头。他不眨眼，不畏缩，抬头挺胸，让人在脖子上缠绳圈。我真希望能叫他把帕克斯还来，让奎茵、洛克和伊欧死而复生，但换个角度看，阿德里乌斯也算在历史留下痕迹，火星胡狼永远不会被人遗忘。

白种走向拉杆，阿德里乌斯的发上已经积了一些雪。野马哽咽，坠门掀开。火星重力较低，要是无人在底下拉脚是吊不死的，所以要犯人的亲友来做这件事。月球上重力更小，然而，白种提出要求后没人上前。胡狼的脸涨成紫色，双腿在半空踢踹，可是谁都不愿帮他一把。我看着这一幕，思绪仿佛凝固在几百万千米远，无法同情他半分。都要结束了，在他做过这么多坏事以后，我还是没办法。但我明白野马的感受不同，内心正天人交战，于是轻轻握着她的手，带她上前。恍惚之中，她走到孪生哥哥脚下，抬头时神情也宛如身处梦境。她轻声说了些话，低头一扯。虽是最后一程，也要让他知道自己有家人爱着。

第六十五章
往生谷

月球遭核弹攻击，野马成为新的最高统治者，接下来几周变化依旧翻天覆地。数百万人丧命，却第一次看见希望。听了她对元老院的演说，数十支金种舰队投诚，与奥利安和维克翠连手。灰烬之王竭尽所能鼓舞士气。然而月球重创，内部分裂，野马正式就职，他充其量就是多保住一些船舰不被夺走，然后带着主力转进水星。

灰烬之王一走，野马很快掌控了军事要项，特别是灰种军团兵及黑曜种奴隶骑士。她通过政治手腕，实行废除色族的第一步：松绑金种对军权的钳制，解散元老院议会和品管会，起诉侵犯人权的数万名嫌犯。然而审判和执法不可能像对付胡狼那样快速利落，我们只能尽力。

奥克塔维亚死了，罗穆勒斯等卫星统领也被困在外缘区，我应该可以休息一阵子。灰烬之王试图煽动水星和金星，其他金种军阀也蠢蠢欲动，月球依旧乱象纷呈。四处都起暴动，粮食短缺，辐射危害扩散。虽然不至于灭亡，但恐怕也回不到原本的风光。纵使贾王承诺全力协助重建，甚至夸口要将城塞推上新巅峰，还是一样。

我体力逐渐恢复。从胡狼留在月球的航天飞机里捡回手掌，由米琪与维朗尼帮忙接上，不过还要好几个月才有办法写字，使剑就更遥远了。我只盼短期内没有动武的理由。

曾经，我恨不得彻底摧毁殖民地联合会，废弃典章，打破枷锁，在废墟上建起一个崭新美好的新年代。

但我后来明白，这个世界不能那样运作，现阶段虽然是不完整的胜利，却已是人类所能追求的最好结果。改变无法像舞者或阿瑞斯之子期待的那么明显，同时却也避免了无政府状态的恶果。

至少我们是这么希望。

赛菲由赫莉蒂从旁督导，重返火星，进行下一波解放族人的行动，这次带去南北极的不是武器，而是医药。她亲眼目睹胡狼以核弹炸出的坑洞，我还记得她的眼中充满哀伤。目前看来，她确实承接了兄长的遗志，将带领黑曜种到火星上预留的一片温暖土地。赛菲主张黑曜种先不要进入文化迥异的都市，我想她内心深处明白，自己其实无法完全控制同胞的言行，然而他们终究离开了牢狱，迟早会对外界好奇，慢慢迁徙、同化。改变的不只黑曜种，还有我们红种。不久之后，我也要回去火星协助舞者安顿红种移居地面，有许多人决定留在地底，继续过习惯的生活，但其余人得到了看见天空的机会。

卡西乌斯离开月球时我过去送行。野马本来希望他留下来，一起设计更好的司法制度，但他说自己对政治感到厌倦。“其实你也不一定要走。”我对已经站在停机坪的他说。

“这里除了回忆什么也不剩了，”他回答，“更何况我一直为了别人而活，也想看看外头的世界究竟还有什么，这怪不了我吧。”

“那这孩子呢？”我朝莱森德点点头，他扛着一袋行李正要上船，“塞弗罗觉得不应该留他活口。他是怎么说的……‘就像坑蛇蛋在椅子下，迟早会破壳。’”

“你又怎么想？”

“世界不同了，我们自己也该说到做到。而且他不只是奥克塔维亚的孙子，也是洛恩的孙子。当然，血统在这个时代并不重要。”

卡西乌斯微笑。“这小子让我想起朱利安，不管出身如何，心地都很善良。我会好好教他。”他伸出手，却不是要与我相握，而是交还杀死洛恩和费彻纳那夜夺走的戒指。我抓着他的手，把它捏紧。

“那原本属于朱利安。”我说。

“谢了……兄弟。”

月球城塞，原本金种的权力核心。距离初次见面将近六年，我与卡西乌斯·欧·贝娄那在这里的机坪握手道别。

又过了几周，我看着海鸥飞翔，海浪拍打，北面海岸水色深沉，但飘着朵朵白花。野马与我乘坐双人飞机，停在太平洋东北东一座大半岛的雨林边缘，附近的岩石和树木都爬满青苔。空气清新，刚好是会呼出一点儿白烟的温度。我第一次到地球，却有种回到家的感受。“伊欧一定会很喜欢这里吧？”野马问。她穿着黑色大衣，衣领盖到颈部，新任禁卫军坐在五百米外。

“嗯，”我回答，“一定会。”这里的景色就像我们传唱的歌谣，不是温暖的海滩或热带乐园，而是被重重雾气与松针遮起的秘境。无论真相或喜悦，都必须自己去寻找。我想起了梦中的往生谷，篝火轻烟斜斜飘向地平线。

“你觉得能持续吗？”坐在沙地上，野马望着水面，“我是说和平。”

“凡事都有第一次。”我说。

她做个鬼脸，靠在我身上闭起眼睛。“至少我们拥有当下。”

我也笑了。一只老鹰在水上滑翔，又窜进了薄雾，消失在浪蚀岛上的树林，令人想起卡西乌斯。

“我通过你的测验了没？”

“测验？”

“打从你在火卫一挡船起，不就一直在测试我吗？我本来以为在南极冰原上就算通过了，结果好像没有。”

“你有注意到呀，”她淘气地笑了笑，很快敛起笑意，拨开散在眼前的头发，“对不起，但我没办法无条件做个追随者，我得确定你除了破坏之外懂不懂建设，这影响到我的同胞能否在你创造的世界活下去。”

“我明白。但不仅是这样。见到我母亲和哥哥后你改变了，好像有什么心结打开了。”

野马点点头，依旧凝视着海洋。“这是另一件要跟你说的事。”我回头望着她，“你骗了我将近五年，打从我们认识就开始骗我。直到在莱科斯的矿坑你才坦诚，我们之间的信任和亲密一下子全毁，修补需要时间。我得观察彼此是不是能回到刚开始的关系，还有我是不是真的能再相信你。”

“你知道你可以。”

“现在当然知道，”她回答，“但是……”

我皱起眉。“野马，你在发抖——？”

“听我说完。我不想瞒你，可是我也不知道你会有什么反应，会采取什么行动。我要你放弃杀戮不仅是为了自己，也为了另一个人。”她望向我背后的蓝天，一条飞船缓缓降落。秋季阳光刺眼，我伸手遮着眼睛，想看清楚。

“还有人要来？”我有点儿紧张。

“算是。”野马起身，我跟着站好。她踮脚吻了我，轻轻柔柔，但停留很久。刹那间，我忘了鞋下的沙、松树和海盐的气味。她的鼻尖磨蹭起来冰冰凉凉，双颊晒得红润，共同经历过的痛苦悲伤使这个瞬间更加甜美。倘若痛苦是存在的必然，那么爱就是生命的意义。“你只要记住，这世上我最爱的人就是你……”但她又抽身拉着我，“虽然不是唯一。”

飞船滑过常青树林，停在海滩，机翼向后折起的模样就像鸽子。海沙海水溅在引擎上，野马与我十指交扣，一起走过去。船梯伸出，狐狸索福克勒斯率先冲出去追海鸥，接着是卡珐克斯在孩童的嬉笑声中露面。我觉得腿有点儿软，困惑地看着野马。她的笑容很紧张，但继续拉着我前进。卡珐克斯下船后轮到舞者、维克翠还有塞弗罗现身，他们朝我招手，满脸期待地望着舱门。

曾经，我以为自己的命格太锐利，身边的人都会与我相克。此刻我才体会：其实我始终与所有人命运相系，紧密交织、无法切断，就算此生结束，仍能永存。妻子的死在我心上留下空洞，但有了这些朋友，终于将洞填补完整。母亲跟哥哥基尔兰从飞船出来，两人也是初次踏上地球土地。她和我一样，嗅到盐的味道就露出微笑。母亲斑白的头发被海风吹起，双眼泛着泪光，那是父亲一直希望她拥有的幸福表情。母亲怀中抱着一个金发娃娃，呵呵笑着。

“野马？”我声音颤抖，“那是？”

“戴罗……”她笑得灿烂，“是我们的儿子。他叫帕克斯。”

终　章

小帕克斯在狮雨战役的九个月后出生，当时我还被困在胡狼那张石桌里。野马担心孩子受敌人加害，从未公开怀孕一事，躲在**狄珍霍维丝号**直到分娩，偷偷将婴儿送到小行星带给卡珐克斯的妻子照顾，然后重回战场。

因此，她试图与最高统治者和谈的行为并非单纯为了自己或同伴，也顾虑到儿子。他希望给小帕克斯一个没有战争的未来。我不会怪她的决定，更不怪她隐瞒不说。她很害怕，一方面不知道究竟还能不能信任我，另一方面也不确定我是否准备好当个好爸爸。野马要测试我的其实是这件事，而且后来在提诺斯差一点儿就说了。不过在和我母亲聊过以后打消念头。母亲很了解我，怕我发现自己有了儿子后会无法坚定完成任务。

革命需要的是武器，而非父亲。

但我的人生也进入了新阶段，现在，我可以同时担任两个角色。

战争尚未结束，为了拿下月球付出的牺牲也无法轻易抛弃，我很明白这件事。可是我并非独自在黑暗中摸索。当年跨进学院大门时，我自以为是地将全世界的未来扛在肩头，最后被压得粉碎，只能靠着朋友慢慢拼凑回来。如今，伊欧的梦想寄托在每个人身上，大家一起创造能让我的孩子和往后世世代代安居乐业的新世界。

我不仅能够破坏，也能重建。伊欧和费彻纳比我更早察觉这一点儿，所以他们相信我。无论他们是否在往生谷等待，我的心都能感受，耳朵能听见，能在儿子身上看到。等他再大一些，我要让他坐在我大腿，听父亲和奶奶说故事。说阿瑞斯的愤怒、拉格纳的勇猛、卡西乌斯的荣誉、维克翠的忠诚、塞弗罗的友谊，还有伊欧的梦——是她给我鼓励，追求更美好的世界。

后记

我很害怕动笔写《晨色之星》。

好几个月来，我一直拖着不写下第一个句子。我画了船舰的内部示意图，写下几首《火星崛起》和《黄金之子》的歌，写那些家族、行星还有卫星的历史。就是这些东西，它们组成了五年多前我在父母车库上方的房里一头跌进去的残酷小世界。

我会这么害怕不是因为不知道该往哪里去，而是因为我很清楚地知道这个故事会如何结束。我只是觉得我的能力还不足以将你们带到那个地方。

听来是否很熟悉？

因此，我将自己摆进与世隔绝的状态。我打包行李，带上登山靴，离开我在洛杉矶的公寓，前往太平洋西北海岸有狂风肆虐的家族小屋。

我以为与世隔绝能对进度有帮助，我还以为只要这么做，就能在海岸的宁静与雾中找到灵感。我可以从日升写到日落，在常青树和那些制造出传奇故事的灵魂行经的峡岸间走动。写《火星崛起》时有用，《黄金之子》也颇有效，但写《晨色之星》时就不行了。

当我处于与世隔绝的状态，我觉得自己被关了起来。我被戴罗给困住，被他可能走上的数千条道路，还有我自己脑中挤成一团的思绪困住。我在那样的心理状态写下最初几章。这么做应该有助于故事成形，能为戴罗的眼中添加某种诡异又悲伤的狂躁情绪。但我看不见他从阿提卡被救出来后故事要如何发展。

一直到我从小木屋回来，这个故事才终于找到自己的灵魂。我终于开始了解，重点再也不是戴罗，而是围绕着他的那些人。是他的家人、朋友、爱人，那些充斥在他身边的声音，还有许许多多跟着他的心一起脉动的心脏。

我怎会觉得我能在隔绝的状态下写出那样的东西？我没跟Tamara Fernandez一起进行喝咖啡仪式（我认识的人中她最睿智，而且头上没有白发）；没有一大清早跟Josh Crook一起吃早餐，一起谋划要征服世界；没跟Madison Ainley一起看好莱坞露天剧场的演唱会；没找Max Carver 花数小时辩论罗马的战役；也没和Jarrett Llewelyn一起大吃冰激淋，或跟Callie Young宅到不行地疯狂讨论星际大争霸，然后与Dennis "the Menace" Stratton一起神经兮兮地讨论一堆阴谋。

友谊是人生的活力所在。我的每个朋友都狂放不羁，而且心胸宽广、梦想满满、疯狂搞笑。如果没有他们，我就只能漫无目的地到处飘，这本书也将空洞虚无。我要深深感谢每一个人（有被我点到名的，还有没点到名的），谢谢你们与我一同分享这美好的人生。

每一个新手都需要睿智的巫师来为他引路，让他看见传说中的那条救命绳。我认为自己相当幸运，能在二十多岁的少年时代拥有一位巨匠当我的导师。Terry Brooks，感谢你对我说的每一句鼓励与建议。你最棒了。

谢谢Phillip Clan总愿意给我一个可以大胆做梦的家。还有Joel，特别是你，五年前，你和我一起坐在那张沙发上，为了一本还没有写下的书天马行空地想地图，你是我生命中的一大奇迹，也是我最好的兄弟（虽然没血缘关系）。谢谢我其他的好兄弟：Aaron让我开始写作；Nathan则是不管我写什么他都很喜欢（虽然有时实在写得不好）。

同时，我也要谢谢我的代理人：Hannah Bowman，她在各式各样的作品中找到《火星崛起》；Havis Dawson将这套小说推出超过二十八国的版本。Tim Gerard Reynolds，你在念有声书时真是让我鸡皮疙瘩都起来了。感谢我的外国出版社日以继夜地努力翻译出里面的脏话、镰翼艇之类的字，或是把塞弗罗讲的话变成韩文、意大利文或任何一种当地语言。

谢谢Del Rey无与伦比的团队，你们从《火星崛起》的稿子初次来到眼前就义无反顾地相信着它，我再也遇不到这么好的出版社了。Scott Shannon、Tricia Narwani、Keith Clayton、Joe Scalora、David Moench。就我而言，你们有赫奇帕奇的好心肠，还有格兰芬多的无畏勇气。

谢谢我的家人，你们一直都将我的与众不同当成优点，而非缺点。你们让我在森林田野四处探险，而非不断转着电视看。感谢父亲教导我有能力却不滥用的通达；母亲教导我能力使用得当时会多么快乐；感谢我姐姐经营阿瑞斯之子粉丝页从不喊累，并且她比世上任何人都要了解我。

我要对我的编辑Mike Braff（又称“忒勒玛纳斯”）献上最深

的感谢。就算他在这本书前还不了解我的恐惧有多深，现在铁定也非常清楚了。很少有作者可以像我拥有Mike这样的编辑。他诚恳、有耐心、勤奋不懈（有时我都还没那么勤奋）。这本书能在《黄金之子》出版后一年上市，全都是他创造出的奇迹。这位超级好人，我要向你脱帽致敬。

还有我的每一位读者，感谢你们。你们的热情与期待容许我能继续以自己的方式过人生。因此，我永远都会心怀感激与谦卑。你们的创造力、幽默感和支持，都通过每一则讯息、推特和留言传达到我这边。能在各种活动和签书会上见到你们、听到你们的故事，这是身为作者的额外收获之一。谢谢你们做的一切，号叫者们，希望我们很快有机会一起号叫。

曾经，我以为写作这本书是不可能的任务。它像一栋摩天大楼，巨大又完美，而且极度遥不可及。它总在地平线嘲笑着我。然而，当我们望着这样的一栋建筑，难道以为它们是一夜之间蹿起来的吗？当然不是。我们曾看过川流不息朝着那方向过去的车辆，见过横梁和纵梁的骨架、大批大批的建筑工人和嘎嘎作响的起重机……

所有宏伟的事物都是由一连串不起眼的片段组合出来的。每一刻的自我怀疑、每一日的苦役都会值得。你我崇敬的人做出的作品，全都是建立在许许多多失败的基础上。

因此，不管你有怎样的计划，不管你在挣扎些什么，不管你有怎样的梦想，继续咬牙前进，因为这世界需要由你造出的摩天大楼。

颠簸路途通繁星（Per aspera, ad astra）！

——皮尔斯·布朗

The End

图书在版编目（CIP）数据

火星崛起. 3, 晨色之星 / (美) 皮尔斯 · 布朗 (Pierce Brown) 著 ; 陈岳辰译. -- 南京 : 江苏凤凰文艺出版社, 2017.10

书名原文: Morning star

ISBN 978-7-5594-1077-1

Ⅰ. ①火… Ⅱ. ①皮… ②陈… Ⅲ. ①长篇小说—美国—现代 Ⅳ. ①I712.45

中国版本图书馆CIP数据核字（2017）第217142号

Jacket design: David G. Stevenson and Faceout Studio
Jacket illustration: David G. Stevenson

图字：10-2016-075号

书　　名 火星崛起3: 晨色之星

著　　者 （美）皮尔斯 · 布朗
译　　者 陈岳辰
责任编辑 丁小卉　姚　丽
特邀编辑 叶　子　姚红成
责任监制 刘　巍　江伟明
策　　划 读客图书
版　　权 读客图书
封面设计 读客图书　021-33608311
出版发行 江苏凤凰文艺出版社
出版社地址 南京市中央路165号，邮编：210009
出版社网址 http://www.jswenyi.com
印　　刷 三河市吉祥印务有限公司
开　　本 890mm x 1270mm　1/32
印　　张 19.25
字　　数 419千
版　　次 2017年10月第1版　2017年10月第1次印刷
标准书号 ISBN 978-7-5594-1077-1
定　　价 69.90元